BASTEI
LÜBBE

BASTEI LÜBBE ANN RULE IM TASCHENBUCH-PROGRAMM:

13 390 Wenn du mich wirklich liebhast
13 506 Blick in den Abgrund
13 576 Alles, was sie sich erträumte
13 764 Eine Rose für ihr Grab
13 833 Am Ende der Straße

Ann Rule
Der perfekte Ehemann

Ins Deutsche übertragen
von Cécile G. Lecaux

TRUE CRIME
Der wahre Kriminalfall

BASTEI LÜBBE

BASTEI LÜBBE TASCHENBUCH
Band 13 992

Erste Auflage: August 1998

Deutsche Lizenzausgabe 1998
by Bastei-Verlag Gustav H. Lübbe GmbH & Co.,
Bergisch Gladbach
Originaltitel: You belong to me
Lektorat: Isolda Pflaum-Weidlitsch / Dr. Edgar Bracht
Titelbild: Tony Stone
Umschlaggestaltung: QuadroGrafik, Bensberg
Satz: KCS GmbH, Buchholz / Hamburg
Druck und Verarbeitung:
Brodard & Taupin, La Flèche, Frankreich
Printed in France
ISBN 3-404-13992-5

Solange ich denken kann, habe ich geglaubt, Polizisten seien die anständigsten Menschen auf der Welt. Nichts hat diese Ansicht je erschüttern können. Mein Großvater war Sheriff und mein Onkel ebenfalls. Im Alter von neunzehn Jahren wurde ich selbst zu einem Gesetzesvertreter. Heute, mit der Weisheit und Erfahrung von fast vier Jahrzehnten gesegnet, weiß ich, daß es immer einen verschwindend geringen Prozentsatz schlechter Cops geben wird. Aber sie werfen nur einen einzigen Schatten auf die Tapferkeit und Hingabe der großen Masse jener Männer und Frauen, die uns in ihrer Eigenschaft als Gesetzeshüter beschützen.

Ich widme ›You Belong to Me‹ den Millionen guter Cops da draußen – jenen, die bereit sind, ihr Leben für uns zu geben, und dies viel zu oft auch tatsächlich tun.

Ich danke ihnen und wünsche ihnen viel Glück.

Danksagungen

Wenn ein Buch von einer wahren Begebenheit handelt, so wie dieses, bin ich völlig abhängig von Fakten, Dokumentation und dem Erinnerungsvermögen anderer Leute. Es ist auch eine echte Herausforderung, Photos aus Dutzenden verschiedener Quellen zusammenzutragen. Man hat sie mir großzügig überlassen, in dem Vertrauen darauf, daß die kostbaren *Originale* auch zurückgegeben werden. Ich kann gar nicht sagen, wie dankbar ich hierfür bin. Dann gibt es noch meine Kritiker der ersten Stunde, meine Erstleser, die mich auf kleine Unstimmigkeiten aufmerksam machen, die ich selbst nicht mehr wahrnehme, und manchmal auch enthusiastische Kommentare äußern, was ich noch mehr zu schätzen weiß. Sie spielen eine überaus wichtige Rolle bei der Entstehung eines Buches.

Wie immer habe ich nachstehende Namen in keiner speziellen Reihenfolge aufgeführt, da sich das Leben dieser Menschen und das meine sich wieder und wieder überschneiden, an verschiedenen Orten dieser Welt und aus unterschiedlichen Gründen. Ich bin sicher, daß sie alle hierfür Verständnis haben werden.

Danke Don und Susan Dappen, Phil und Margie Williams, Sandy Harris, Jimm Redmond, Pat und Fred Wessendorf, Jodi Dombroski, Carol Worley, Kathy und Gary Jacobi, Charles Steadham, Gerry Brittingham, Verne Carver, Bob und Denise Evans, Maureen und Bill Woodcock, Lisa und Martin Woodcock, Donna Anders, Bill und Shirley Hickman, Lola Linstad, ›Tex‹ und Gene Parsons, Fay Moss, Gail DiRe, Diane Brace, Bobbi Bennett, Chuck Wright, Robert Keppel und Greg Canova.

Danke auch an John Hansen, Mark Ericks, Joe Sanford, John Boatman, Sonny Davis, Hank Gruber, Rudy Sutlovich, Don Cameron, Duane Homan, Jim Yoshida, John

Henry Browne, Len Randall, Mike Baily, Ted Forrester, Joyce und Pierce Brooks, Rod Englert, Dr. Clyde Snow, Mike Tando, Craig VandePutte, Bob und Gen Lofgren, Jim Lane, Jim Swenson, Gary Svendson, Dennis Elder, Colleen und Scott Elder, Claude und Ernie Bailey, Millie Yoacham, Austin und Charlotte Seth, Erik Seth und Denise Watson, Nils und Judith Seth und Roberta Yochim.

Des weiteren bedanke ich mich bei Sudden Printing und Burien, das seinem Namen alle Ehre gemacht hat.

Ich kann mich als Autorin glücklich schätzen, auf die Unterstützung eines Teams wie dem meinen bauen zu können – mein Dank geht an: meine Lektoren bei Pocket Books, Julie Rubenstein und Bill Grose; ihre Redaktionsassistenten Liate Stehlik und Joe Gram; meine Publizistin, Cindy Ratzlaff; Pockets großartigen künstlerischen Leiter, Paolo Pepe, der immer versteht, was ich zu sagen versuche, und meine sanftmütige, aber entschlossene Literaturrechtsexpertin, Emily Remes. Anschließend danke ich meinen Literaturagenten, Joan und Joe Foley, sowie meinen Theateragenten, Mary Alice Kier und Anna Cottle. Gott segne euch alle!

Inhalt

Vorwort der Autorin

›You Belong to Me‹, der zweite Band meiner Buchreihe, beinhaltet einen neuen Fall in Buchlänge – die Titelgeschichte – sowie fünf weitere Fälle aus meinen Akten. ›You Belong to Me‹ führte mich denkbar weit fort von allem, was mir vertraut ist; ich fand mich an der Treasure Coast in Florida wieder, bei Recherchen zu dem bizarrsten Fall, der mir bislang untergekommen ist. Selbst wenn er sich in den Neunzigern zugetragen hat, sind die mit ihm verbundenen Emotionen zeitlos. Der Mörder war allerdings jemand, den ich persönlich nicht verdächtigt hätte, was wieder einmal mehr beweist, daß bei der Lösung eines Mordfalles kein Platz für Vorurteile oder Hast bleibt.

Jedem, der schon etwas von mir gelesen hat, ist vermutlich aufgefallen, daß ich mich sehr intensiv mit dem Leben jener Menschen befasse, über die ich schreibe. Für mich sind es nicht nur ›Geschichten‹; mir ist in jedem Augenblick bewußt, daß ich nicht von fiktiven Personen berichte, sondern von wirklichen Menschen. Wenn ich ein Buch oder einen Artikel beendet habe, entferne ich mich von den Menschen, die mir begegnet sind, um mich einem neuen Projekt zu widmen. Aber ich komme immer auf sie zurück, und ich vergesse nie. Bei den fünf überarbeiteten Fällen in diesem Buch bin ich in das Leben von Menschen zurückgekehrt, die ich bereits kannte. Manche von ihnen waren natürlich schon tot, als ich sie ›kennenlernte‹, und für sie hat sich nichts geändert; andere, die, in welcher Form auch immer, in ihre Geschichte verwickelt waren, haben die Ereignisse hinter sich gelassen, so wie wir alle nach einer Tragödie nach vorne blicken müssen. Es ist wirklich erstaunlich, wieviel Neues ich bei der Überarbeitung der fünf Fälle, deren Einzelheiten ich zu kennen meinte, erfahren habe. ›Schwarze Weihnacht‹, ›One Trick

Pony‹, ›Der Computerfehler und der Mörder‹, ›Das Verschwinden‹ und ›Der letzte Brief‹.

Sofern sich ein roter Faden durch ›Du gehörst mir‹ zieht, dann jener, daß die einzelne Geschichte ein schockierendes Enthüllungselement beinhaltet. Arglose Menschen haben nicht die leiseste Ahnung von den Gedanken und Plänen einer Person, die sie so gut kennen (oder zu kennen glauben) und deshalb nicht im mindesten fürchten – oder würden niemals auch nur vermuten, daß jemand, der nur ganz am Rande ihres Lebens eine Rolle spielt, eine Bedrohung darstellen könnte.

Manche Mörder beobachten ihre Opfer sehr genau. Einige ähneln Gespenstern, die ihre Anwesenheit durch das Knacken eines Zweiges oder leises Atmen am anderen Ende einer Telefonleitung verraten. Andere sind allgegenwärtig, sind einem ebenso vertraut wie das eigene Spiegelbild.

Mehrere der folgenden Fälle, darunter die Titelgeschichte – ›Du gehörst mir‹ – handeln von krankhafter Liebe, und doch sind die Wege, auf denen die Besessenen ihre Opfer in die Falle gelockt haben, nicht weniger verschieden als die Betroffenen selbst.

Erwartungsgemäß enden sie auch tragisch. Wie sollte es ein Happy-End geben, wenn sich ein Serienmörder aufmachte – nicht um Menschen zu töten, zu denen er in irgendeiner Beziehung steht, sondern völlig Fremde, die das Pech haben, gewisse Charakterzüge aufzuweisen, die ihn zur Gewalt reizen.

Wenn ich die Parallelen und Divergenzen der einzelnen Fälle in diesem Buch betrachte, wird mir klar, daß es um *Macht* geht, um das Bedürfnis des Mörders, nicht nur über sein eigenes, sondern auch über das Leben anderer zu bestimmen. Seltsamerweise bin ich nie auf einen Mörder gestoßen, der *wirklich* Macht besessen hätte; jeder einzelne von ihnen hat aus Schwäche heraus gehandelt. Sie alle waren innerlich hohl und leer – so leer, daß sie sich vertrackte und tragische Mittel und Wege ausdachten, Macht auf ihre Opfer auszuüben.

Sie sind alle verschieden. Sie sind alle gleich.

Ich bin sicher, daß dieser zweite Band meiner True-Crime-Reihe einige Fälle umfaßt, die Sie ebenso verblüffen werden, wie sie mich selbst verblüfft haben.

Du gehörst mir

Jeder von uns fragt sich, nach welchen Kriterien ein Mörder sein oder seine Opfer auswählt; ich selbst denke sehr oft darüber nach. Welch chaotischer Synchronismus hat sie zusammengebracht? Manchmal kennen sie einander schon ein halbes Jahrhundert oder länger; manchmal sind sie bis zu ihrer ersten tragischen Begegnung Fremde. Und jedesmal wieder sage ich mir: »Wenn doch nur …« Wenn das Opfer doch nur ein wenig früher oder später gegangen wäre. Wenn es doch nur nicht geregnet hätte, wenn doch nur mehr oder weniger Verkehr gewesen wäre. Wenn sich die Ehepartner doch nur nie getroffen, nie verabredet und nie verliebt hätten, wenn sie doch bloß einem völlig anderen Menschen begegnet wären. Wenn man doch nur die Zeit zurückdrehen und Entscheidungen, die sich als fatal erweisen, rückgängig machen könnte.

Aber natürlich läßt sich im wirklichen Leben nichts ungeschehen machen.

In der Titelgeschichte dieses zweiten Buches ›Du gehörst mir‹ gab es so viele Variablen, die das schreckliche Ende hätten abwenden können. Möglicherweise war das Opfer nicht die Frau, für die ihr Mörder sie gehalten hat. Möglicherweise. Der Mörder war die letzte Person auf der Welt, die die meisten von uns verdächtigt hätten.

ERSTER TEIL

Sandy

Kapitel 1

Die schlanke Frau lag in der sengenden Hitze, das Gesicht nach unten, in einem Pinienhain. In diesem März war es beinahe so heiß wie in diesem Hochsommer. Dort, wo ihr Kopf ruhte, ließ das Geäst über ihr drei oder vier Stunden am Tag ein wenig Sonne hindurch, so daß ein einzelner goldener Strahl auf ihre Wange fiel. Sie war unbekleidet, aber ihre Nacktheit blieb den Fahrern und Mitfahrern der LKW und PKW, die auf dem nahen Freeway vorbeirauschten, verborgen. Sie war praktisch unsichtbar. Die Frau schenkte dem Motorenlärm und den Dieselabgasen, die durch die saubere Waldluft wehten, keinerlei Beachtung.

Die Interstate I-95 schlängelt sich die gesamte Ostküste der Vereinigten Staaten entlang, von der Grenze zwischen Maine und New Brunswick, Kanada, bis nach Miami. Einige Leute, die es wissen müssen, behaupten, bestimmte Streckenabschnitte seien die gefährlichsten Amerikas. Zweifellos ist es eine der verkehrsreichsten Autobahnen, und sie gehört zu den ersten, die gebaut wurden. Sie führt von den eisigen Wintern im Norden bis zum wohltuenden tropischen Dauersommer in Florida, von Bangor nach Boston und New York, um Philadelphia herum und quer durch das Herz von Washington D. C., ehe sie nach Süden schwenkt, durch Virginia und die Carolinas. In Höhe von Savannah fegen die salzigen Winde des Atlantiks über die I-95 hinweg, und von dort aus folgt sie stur der Küste Floridas: von Jacksonville nach Melbourne, Fort Pierce, Fort Lauderdale und schließlich Miami, auf der ganzen Strecke dicht am Meer entlang.

Familien benutzen sie, um nach Disney World in Orlando zu reisen und anschließend mit Micky-Mouse-Stofftieren und komischen Hüten beladen wieder heimzufahren. ›Zugvögel‹ fliehen vor den Schneestürmen im Norden, um die angenehmen Temperaturen Floridas zu genießen und erst wieder zurückzukehren, wenn im Norden der Frühling anbricht und sich im Süden schwüle Sommerhitze einstellt. Drogenhändler rasen über die I-95, einige von ihnen im Besitz von raffiniert versteckter Ware im Wert von mehreren Millionen Dollar, andere so verdächtig und ungeschickt wie Disneys Goofy. Viele der Reisenden legen auf der über 1200 Meilen langen Strecke von New York bis Miami keine Rast ein, ältere Leute, die dazu neigen, am Steuer einzudösen, junge Männer, die sich mit Alkohol stärken, und Fernfahrer, die sich keine Ruhepause gönnen. Sie alle halten mehr oder minder wachsam Ausschau nach den örtlichen Gesetzeshütern und der Autobahnpolizei, der Highway Patrol. Alle sind ein wenig zu schnell unterwegs. Bis zirka fünf Meilen Geschwindigkeitsüberschreitung drücken die Trooper, Beamte der Staatspolizei, ein Auge zu; bei allem, was darüber liegt, zücken sie den Protokollblock.

Die Interstate 95 führt durch die östlichen Küsten-Countys in der Mitte des Staates, die einige der reizvollsten Landstriche Floridas bieten: Brevard, Indian River und St. Lucie. Der Indian River fließt parallel zur Küste von Cape Canaveral nach Port Salerno und trennt die schmalen Küsteninseln und Riffs vom Festland. Hier sieht man Delphine Kapriolen schlagen, und hier schwimmen die riesigen, sanften Seekühe so gemächlich, daß sie Gefahr laufen, von Motorbooten ausgerottet zu werden. Das Land hier ist flach wie eine Ebene, aber üppiggrün von Bäumen und Blumen, die in der feuchten Hitze prächtig gedeihen. Orangenhaine und Pinien, Krotone und Palmettos. Oleander und Hibiskus. Wenn es in Indian County regnet, hämmern die schweren warmen Tropfen förmlich auf die Erde ein, und die Hurrikane können ganze Wohnanlagen, die dicht bebaut sind mit brandneuen Apartmenthäusern, rasend schnell in die Riffs zurückverwandeln, die sie einst waren.

Die Indian River County blieb in der Vergangenheit von den großen Naturkatastrophen mehr oder weniger verschont. Der letzte Hurrikan, der dort schwere Schäden hinterlassen hat, war Hurrikan David im Jahre 1979. Hurrikan Andrew verwüstete Miami, ließ jedoch weite Teile von Sebastian, Winter Beach und Vero Beach unberührt.

Der Tourismus ist der größte Industriezweig an der Küste Floridas, aber in der Indian River County verläuft er noch recht zivil. Vero Beach ist nicht überlaufen, und es kommt auch selten zu Staus. Zwei Trooper pro Schicht sind durchaus in der Lage, den Streckenabschnitt der I-95 zu kontrollieren. Natürlich gibt es hier Drogen – es gibt überall welche, und die County- und Regionalbehörden sind entschlossen, hart durchzugreifen. Aber hier kann ein Polizist seine Privatnummer noch ins Telefonbuch eintragen lassen, braucht sein Haus nicht mit einer Alarmanlage abzusichern und muß auch nicht ständig nervös über die Schultern sehen.

Obgleich die meisten Reisenden, die die I-95 befahren, kaum etwas von Indian River County sehen, leben dort Tausende von Menschen, die hoffen, daß die Lebensqualität, das Klima und die natürliche Schönheit ihrer Heimat nicht ›entdeckt‹ werden und ein kleines Miami aus ihr entsteht. Die Menschen dort kennen einander, können ›Zugvögel‹ auf den ersten Blick identifizieren, heiraten, bekommen Babys, treten dem Elternbeirat der Schule bei und lassen sich scheiden – einige von ihnen sterben auch dort.

Das Police Department von Vero Beach ist in einem weißen Stuckgebäude mit leuchtendblauen Schlagläden, Fensterrahmen und Türen untergebracht, das Büro des Sheriffs der River County in einem beigefarbenen Stuckgebäude, und beide Häuser sind von blühenden Sträuchern und Bäumen umgeben. Die Wache der Florida Highway Patrol des Bezirks befindet sich in der North 25th Street unten in Fort Pierce. Die drei Dienststellen, deren Zuständigkeitsbereiche einander berühren und sich überschneiden, arbeiten zusammen. An manchen Tagen besteht das größte Problem der örtlichen Cops in den Vagabunden, die wegen des milden Winters nach Süden ziehen und deren Mehrheit Taugenichtse und Irre sind.

Und an manchen Tagen geschehen in der Indian River County unglaublich abscheuliche Verbrechen.

Wie in Kalifornien, Oregon und Washington leben auch an der Küste Floridas nur wenige Eingeborene. Kaum jemand, der dort wohnt, wurde auch dort geboren. Fred und Pat Wessendorf sind in den fünfziger Jahren von Gloversville im Norden des Staates New York hierhergezogen. Sie waren damals jung verheiratet und hatten einen kleinen Sohn, Martin. Aber es dauerte nicht lange, und es kamen noch drei Töchter hinzu: Kathy, Susan und Sandra Lynn. Fred arbeitete in der Produktionsabteilung des Press Journal von Vero Beach und avancierte später zum Experten des hochtechnologischen Prozesses, Farbphotos zu drucken. Jahrelang verdienten Fred und Pat sich ein kleines Zubrot, indem sie in den frühen Morgenstunden Zeitungsautomaten auffüllten.

Fred, ein wortkarger Mann, der eher zuhört als redet, hat eine hübsche Frau geheiratet, die seine Schweigsamkeit mehr als wettmacht: Pat Wessendorf sagt, was sie für richtig hält – sei es nun taktvoll oder nicht. Das war schon immer so. Sie ist sehr gluckenhaft und wird zur reißenden Löwin, wenn sie ihre Kinder bedroht glaubt. Letzten Endes ist vermutlich Sandra Lynn – ›Sandy‹ – dasjenige ihrer Kinder, dem Pat die meiste Aufmerksamkeit widmet. Sandy ist die Jüngste.

Die jungen Wessendorfs haben sehr hart gearbeitet, um vier Kinder großzuziehen. Sie lebten in dem kleinen Haus, das Freds Vater in Fellmore besaß und zu dem ein großes Grundstück mit vielen Bäumen und Blumen gehörte. Als die drei Mädchen ein Alter erreichten, in dem sie mehr Platz und Privatsphäre brauchten, baute Fred ihnen eine Art ›Schlafsaal‹ auf der Rückseite des Haupthauses. Die Wessendorf-Mädchen waren alle blond und hübsch, aber ansonsten so verschieden, wie drei Schwestern nur sein konnten. Komisch, daß zwei von ihnen Polizisten heirateten: Susan und Sandy. Und doch schien es, als hätten ihre Ehemänner abgesehen von ihrem Beruf nichts gemein.

Während Martin, ihr einziger Sohn, nach New York zurückging, blieben alle drei Töchter in der Nähe ihres Elternhauses wohnen. Kathy und ihr Mann bekamen Kinder und züchteten exotische Vögel und Haustiere. Wenn sie Kathy besuchte, mußte Pat Wessendorf manches Mal tief durchatmen, da sie nie wußte, welches Tier als nächstes hereinspazieren würde. Manchmal war es ein Leguan, manchmal irgendein Getier, das ihr gänzlich unbekannt war. Susan arbeitete in einer Bank, und Sandy und Kathy fanden nacheinander eine Anstellung bei derselben Firma in Vero Beach, einem Immobilien- und Investmentunternehmen.

Pat und ihre drei Töchter versuchten, sich jeden Donnerstag zum gemeinsamen Mittagessen zu treffen. Die Wessendorfs und ihre erwachsenen Kinder waren die letzte Familie auf der Welt, die mit irgendwelchen außergewöhnlichen Problemen gerechnet hätte – doch, welche Familie tut das schon? Natürlich gab es Schwierigkeiten jener Art, auf die jeder ab und an stößt, aber nichts Schlimmes, Tragisches, Schockierendes – keine Ereignisse, mit denen Alpträume und bittere Erinnerungen einhergehen.

Kapitel 2

Fred und Pat Wessendorfs Kinder waren sehr verschieden, was sich Ende der Achtziger noch deutlicher abzeichnete als vorher. Anfang Dreißig, war Susan Wessendorf Dappen eindeutig die Athletin unter den Töchtern. Ihr Ehemann Don (Donny für seine Freunde), war Lieutenant beim Vero Beach Police Department. Chief Jim Gabbard erlaubte den Ehefrauen seiner Beamten, das vollausgestattete Fitneßstudio des Departments zu benutzen, und Susan trainierte dort mehrmals die Woche nach der Arbeit. Sie und Don joggten – gewöhnlich zusammen mit ihrem Hund Casey – und schwammen häufig in ihrem eigenen Pool.

»Keins von uns Mädchen hat sich je sonderlich fürs Kochen interessiert«, bemerkte Sue sachlich. »Zumindest Sandy und ich nicht.«

Don Dappen hat das nie etwas ausgemacht. Sue konzentrierte sich auf ihren verantwortungsvollen Posten bei der Bank und war ihren beiden Kindern eine großartige Mutter. Hinzu kam, daß sie Dons Beruf von Anfang an fasziniert hatte. Die Ehefrau eines Polizisten zu sein gehört zu den härtesten Jobs auf der Welt. Manche Frauen wollen gar nicht wissen, was während einer Tages- oder Nachtschicht passiert ist. Dieses Wissen würde sie nur noch mehr um das Leben ihrer Männer bangen lassen. Aber ein Polizist kommt mit seinem Job besser zurecht, wenn seine Frau Interesse an seiner Arbeit zeigt. Und das hatte Sue immer getan.

Don Dappen ging mit zwanzig zur Polizei. Er war immer stämmig und muskulös und ein freundlicher Mann, wenngleich er auch eine gewisse unverkennbare Autorität ausstrahlte. Mit dreiundzwanzig beförderte man ihn zum Detective.

Vor ein paar Jahren, als er die Gelegenheit bekam, einen größeren Drogendeal zu vereiteln, wäre Don Dappens Karriere – und sein Leben – beinahe beendet gewesen. Ein achtundzwanzigjähriger Mann aus Fort Lauderdale, dessen Partner, ein achtundvierzigjähriger New Yorker, und ein lizenzierter Pilot hatten eine zweimotorige Piper Navajo mit sechsundfünfzig Ballen Marihuana, mit einem Gesamtgewicht von 1300 Pfund, beladen und waren von Miami aus in nördliche Richtung gestartet. Sie hatten den Fehler begangen, zum Auftanken auf dem Vero Beach Municipal Airport zu landen.

Um 21 Uhr an einem Donnerstag abend rollte die Maschine am Tower der Federal Aviation Administration vorbei, und der Lotse bemerkte, daß die Nummer der Maschine nicht mit jener übereinstimmte, die der Pilot beim Landeflug durchgegeben hatte.

Er benachrichtigte das Police Department von Vero Beach, und Don Dappen fuhr in einem neutralen Polizeifahrzeug vor. Der Dispatcher informierte ihn, daß das Flugzeug, das gerade aufgetankt wurde, die Seriennummer N4469R trage und diese zu einer Piper Navajo gehöre, die auf einem Flughafen in Miami gestohlen worden war.

Später, als er sich an den Vorfall, der böse hätte ausgehen können, erinnerte, sollte Don Dappen den Kopf schütteln. Aber an diesem Abend beobachtete er, wie die weiße Navajo, mit zweihundert Gallonen Kerosin im Tank, langsam Richtung Startbahn zu rollen begann. Dappen schaltete Blaulicht und Sirene ein und hielt geradewegs auf das Rollfeld zu, um dem Flugzeug den Weg abzuschneiden.

Er erwartete, daß die Maschine stoppen würde, aber der Pilot drosselte nicht einmal seine Geschwindigkeit – im Gegenteil. Don Dappen setzte sich vor das Flugzeug, während ein Kollege des Vero Beach Police Department auf deren Höhe blieb. Die Polizisten wollten den Piloten zumindest zwingen, das Tempo zu verringern.

»Die Maschine hinter mir holte rasch auf«, erinnerte sich Don. »Der Pilot hatte nicht die Absicht, den Start abzubrechen. Alles, was ich in der Heckscheibe sehen konnte, waren die Scheinwerfer ...«

Nach einem gefährlichen Manöver, bei dem es mehrfach beinahe zur Kollision kam, lenkte Dappen seinen Wagen vom Rollfeld fort und dann wieder vor die Navajo. Die Maschine hob ab und flog knapp – höchstens fünf Meter – über Dappens Wagen hinweg.

Aufgrund der schweren Last gelang es dem Piloten nicht, rechtzeitig die nötige Flughöhe zu erreichen, um einem Palmkohlbaum am westlichen Ende des Flughafens auszuweichen. Die linke Tragfläche knallte dagegen, und das Flugzeug wurde mit solcher Gewalt herumgerissen, daß es auseinanderbrach und in der Dunkelheit in das dichte Gestrüpp hinter der Startbahn katapultiert wurde. Es endete in einem schwelenden unförmigen Haufen, aus dem das Kerosin lief, das es gerade an Bord genommen hatte. Don Dappen, sein Kollege und die Feuerwehr bargen die verwundeten Drogenhändler aus dem Wrack.

»Es war stockduster«, erzählte Dappen. »Man konnte nicht die Hand vor Augen sehen, und der Gestank nach Benzin war unerträglich.« Es grenzte an ein Wunder, daß die 245 000-Dollar-Maschine nicht Feuer fing – ebenso wie die Tatsache, daß der Pilot und seine Komplizen den Absturz überlebten, wenngleich sie einige Zeit im Krankenhaus verbringen mußten, ehe sie vollständig wiederhergestellt waren. Man verurteilte sie wegen Marihuana-Handels, Gefährdung von Staatsbeamten, Widerstandes gegen die Staatsgewalt und schweren Diebstahls.

»In welcher Gefahr ich mich befunden hatte, begriff ich erst, als ich wieder zu Hause war«, sagte Don Dappen. »Erst dann fing ich an, darüber nachzudenken ...«

Sandy Wessendorf lernte ihren Cop kennen, als sie noch die Junior-High-School besuchte. Sie und Timothy Scott Harris kamen zusammen wie zwei Menschen in einem Film, von ihrer ersten romantischen Begegnung konnten die meisten Frauen nur träumen. Sandy war erst sechzehn und Tim einundzwanzig, und die fünf Jahre Altersunterschied machten sich damals noch stark bemerkbar. Wären sie nur ein paar Jahre älter gewesen, hätte sich niemand daran gestört. Aber Sandra Lynn Wessendorf war noch Schülerin und Tim Harris bereits Polizist in Sebastian, dem kleinen Nest, in dem sie lebte.

Obgleich Sandy dies nicht billigte, war eine ihrer besten Freundinnen schrecklich verliebt in einen anderen Polizeibeamten aus Sebastian. »Er war verheiratet und hatte sogar drei Kinder – aber er erzählte meiner Freundin irgendwelchen Blödsinn, den ihm nur ein Mädchen im Teenageralter abkaufen konnte«, erinnerte Sandy sich einige Jahre später, als sie bereits zur Frau herangereift war. »Sie glaubte wirklich, er würde sich von seiner Frau scheiden lassen und sie heiraten. Sie wollte einfach nicht hören.«

Sandys Freundin brauchte eine Ausrede, um ihrem Elternhaus fernbleiben zu können – und diese Ausrede war

Sandy. »Eines Abends habe ich sie zu einem Treffen mit diesem Cop begleitet. Er war der Partner eines Polizisten namens Tim Harris. Cindy* (Die Namen einiger Personen in diesem Buch wurden geändert und sind bei ihrer ersten Nennung mit einem Sternchen gekennzeichnet) fuhr mit ihm davon, und Tim und ich saßen in meinem Wagen. Ich weiß nicht – zumindest nicht genau –, was die beiden getrieben haben, aber ich weiß, daß Tim und ich uns nur unterhalten haben. Sicher ist mir aufgefallen, daß er sehr gut aussah, aber er kam mir so viel älter vor. Ich war nicht sonderlich beeindruckt. Nicht an diesem Abend.«

Ihren zweiten Abend mit Tim Harris sollte Sandy allerdings nie wieder vergessen. Es war Sonntag, der 14. Januar 1979, kurz nach dreiundzwanzig Uhr, als Sandy und Cindy in der Nähe des Flughafens von Sebastian in ihrem Wagen unterwegs waren. Die Mädchen hörten ganz kurz eine Sirene aufheulen, und Sandy sah im Rückspiegel das Blaulicht rotieren. Sie geriet in Panik und hielt sofort am Straßenrand.

Sandy hätte sich keine Sorgen zu machen brauchen. Der großgewachsene junge Polizist, der an ihr Wagenfenster trat, war Tim Harris, und er lächelte breit. Diesmal mußte Sandy zugeben, daß ihr noch nie ein attraktiverer Typ begegnet war. Er hatte dunkelbraunes Haar, und das Grün seiner Augen erschien ihr noch intensiver als das ihrer eigenen. Sandy Wessendorf war beliebt; sie hatte eine große Auswahl an Verehrern und war noch nie auf den Gedanken gekommen, mit einem ›älteren‹ Mann auszugehen. Das änderte sich in diesem Augenblick.

»Miss«, sagte Tim mit gespielter Strenge. »Ich fürchte, ich muß Sie verhaften. Sie haben gegen ein Gemeindegesetz verstoßen.«

»*Was?*« Sandy wußte, daß sie nicht zu schnell gefahren war. Ihr Dad hatte ihr die Beachtung der Verkehrsregeln eingeimpft.

»Tut mir leid, aber ich werde Sie wegen eines 916.83 aufschreiben müssen.«

»Was soll denn das sein?« Sandy konnte nicht abschätzen, ob er es ernst meinte oder nur Spaß machte.

»Widerstand gegen einen Polizeibeamten.« Er verzog keine Miene, während er den Bußgeldbescheid auf seinem Klemmbrett ausfüllte. Sandy beantwortete seine Fragen, nannte ihre Adresse auf dem Victoria Drive in Sebastian und verriet ihm ihre Größe und ihr Gewicht. »Einen Meter sechzig ... 55 kg.« Sie sah, wie er ›blond‹ als Haarfarbe eintrug, und bemerkte das Zucken seiner Mundwinkel, als er in das Feld für ›Augen‹ ›hübsch‹ schrieb.

»Ich verhafte Sie wegen unsozialen Verhaltens«, teilte Tim ihr mit. Er riß eine Kopie des Formulars ab und reichte sie ihr. »Sie müssen die Instruktionen befolgen, die unten auf dem Blatt stehen.«

Sandy las, was Tim notiert hatte, und ein Lächeln umspielte ihre Lippen. »Hat sich in der Nähe des Flughafens von Seb. o. g. Beamten widersetzt. Wird das am 15.01.79 um 19 Uhr in der City Hall wiedergutmachen – dann hat o. g. Beamter dienstfrei, und vielleicht möchte Sandy ja *ohne* Cindy kommen.«

Tim erklärte, sie müsse sich auf der Wache melden, andernfalls bleibe ihr ›Vergehen‹ in ihrem Führungszeugnis vermerkt. Bereits mit sechzehn war Sandy Wessendorf stur. Sie ging am folgenden Abend nicht auf die Wache.

Tim Harris war jedoch nicht gewillt, so leicht aufzugeben. Als sie vier Tage später durch Sebastian fuhr, hielt er sie erneut an. Diesmal weigerte er sich, Sandy ihren Führerschein zurückzugeben, nachdem er ihn zu sehen verlangt hatte. »Ich muß später auf der Wache noch einige Berichte schreiben«, sagte er. »Dort können Sie Ihren Führerschein abholen, und wir unterhalten uns.«

Wollte sie ihren Führerschein wiederhaben, hatte Sandy keine andere Wahl, als sein Angebot anzunehmen.

Sie verbrachte einige Zeit mit Tim, und sie redeten, aber Sandy zögerte noch, sich mit ihm zu verabreden. Sie hielt ihn für zu alt. Er war schon von der Schule abgegangen und erwachsen – während sie das letzte Schuljahr noch vor sich hatte und den ganzen Spaß, der damit verbunden war. Sie hatte keine Lust, sich schon zu binden.

Nicht, daß sie sich vor Tim gefürchtet hätte. Ganz und gar nicht. Er war ein Junge aus dem Ort – oder genauer aus dem Nachbarort. Er erzählte ihr, daß er seinen High-Schoolabschluß 1976 in Satellite Beach absolviert habe, einer Kleinstadt etwa fünfundzwanzig Meilen nördlich von Sebastian, die auf einem Riff gebaut war, das zur Patrick Air Force Base und Cape Canaveral führte. Tim Harris war auf der Satellite High-School ein herausragender Sportler gewesen und hatte sich als Hürden- und Querfeldeinläufer einen Namen gemacht. Sein Vater hatte offenbar einen bedeutenden Job in Cape Canaveral, und seine Mutter schien beruflich sehr erfolgreich zu sein.

Sandy Wessendorf gab Tim Harris mindestens ein halbes Dutzend Male einen Korb, aber er tauchte immer wieder in ihrem Leben auf. Sooft sie sich umblickte, schien Tim in der Nähe zu sein. Kein weibliches Wesen konnte Tim Harris widerstehen, wenn er etwas wollte, und Sandy wollte er zweifelsohne.

Und so war dieser Januarabend 1979 der Anfang ihrer Liebe. Fast fünfzehn Jahre später befand sich das inzwischen vergilbte Protokoll mit dem Vorwurf des Widerstandes gegen einen Polizeibeamten immer noch unter Sandys Erinnerungsstücken, ein Souvenir an jenen ersten, glücklichen Abend, an eine wunderbar romantische Begegnung, die den Schmerz, die Enttäuschung und die Tragödien, die später folgen sollten, nicht ahnen ließ.

Schließlich gab Sandy es auf, Tim auszuweichen, und stimmte zu, sich mit ihm in einer stillen Nebenstraße von Sebastian zu treffen. Er hatte Dienst, aber sie sollte in ihrem Wagen kommen und hinter ihm parken. Ihre Eltern wären sicher nicht einverstanden gewesen, hätten sie die Einzelheiten der Romanze ihrer sechzehnjährigen Tochter mit einem einundzwanzigjährigen Cop gekannt. Aber Sandy war bereits ein wenig verliebt, und jedesmal, wenn sie Tim sah, vertiefte sich dieses Gefühl.

Als Tim sie schießlich das erstemal zu Hause abholte, war er ausgesucht höflich; er sprach ihre Eltern mit ›Mr. und Mrs. Wessendorf‹ an (das würde so bleiben, auch nachdem sie einander näher kennengelernt hatten). Fred Wessendorf mochte Tim (und das sollte immer so bleiben). Pat hingegen wurde nicht so recht warm mit Sandys Verehrer. Aber das war typisch für die mißtrauische und gluckenhafte Pat; und sie fühlte sich in Tims Gegenwart immer etwas unbehaglich. Sie erinnerte sich noch gut an ihr erstes Zusammentreffen mit Sandys neuem Freund.

»Tim war sonderbar. Er schlich immer umher«, erzählte sie. »Ich hörte es klingeln, aber wenn ich öffnete, war niemand an der Tür. Tim versteckte sich in den Sträuchern neben dem Haus. Sandy meinte, er tue das, weil er schüchtern sei – aber, Himmel, er war ein erwachsener Mann und Polizist, und seine Spielchen kamen mir wirklich merkwürdig vor. So war er immer: schlich umher, versteckte sich und sprang dann urplötzlich auf einen zu, so daß man fast zu Tode erschrak.«

Das war kein Witz. Tim war tatsächlich so. Er konnte nicht lachen, nicht fröhlich sein, und er lief mit gesenktem Kopf durch das Haus – wie ein verschüchtertes Kind.

Sandy fühlte sich geschmeichelt von Tims Beharrlichkeit. Er weigerte sich einfach, ein Nein zu akzeptieren, und er ließ ihr weder Zeit noch Raum, mit einem anderen Jungen auszugehen. Tim sah umwerfend aus in seiner Uniform; neben ihm wirkten die Schüler der High-School wie kleine Kinder. »Ich habe mich Hals über Kopf in ihn verliebt – wie nur eine Sechzehnjährige es kann«, erinnerte sich Sandy.

Dennoch schien er sich von dem Augenblick an zu ändern, da Sandy ihm ihre Liebe zeigte. In den ersten Wochen, in denen sie sich mit Tim verabredete, glaubte Sandy an eine feste Beziehung, auch wenn er sie quälte, indem er mit ihren Freundinnen flirtete. »Das war schon komisch«, sagte sie »denn er wirkte unheimlich schüchtern. Es tat mir richtig weh – und es war mir peinlich –, aber das kümmerte ihn offensichtlich kein bißchen.«

Außerdem war Tim Harris absolut unzuverlässig. Manchmal tauchte Tim pünktlich auf, manchmal Stunden zu spät und manchmal gar nicht. »Dann erzählte er mir, er sei nicht in der Stadt gewesen – er habe seine Mutter besucht.«

Sandy wartete immer auf Tim und wagte nicht, sich vom Telefon wegzurühren, für den Fall, daß er anrief: »Ich nehme an, ich war so fasziniert von ihm, gerade weil er sich nie an unsere Abmachungen hielt.«

Ihre Mutter war wütend: Pat Wessendorf haßte es, mit ansehen zu müssen, wie ein Mann ihre Tochter so unglücklich machte. Als Tim eines Abends zu spät eintraf – und wieder einmal sein Versteckspiel spielte –, behauptete Pat, Sandy sei nicht zu Hause. Sandy war entsetzt, als sie herausfand, daß ihre Mutter Tim fortgeschickt hatte, ohne ihr ein Wort zu sagen. Immerhin hatte er sein Versprechen zu kommen eingelöst – wenn auch mit Verspätung –, und Sandy suchte immer irgendwelche Entschuldigungen für ihn.

Was Sandy Wessendorf nicht ahnte, war, daß sich Tim mindestens ebenso oft wie mit ihr selbst mit einem anderen Mädchen traf. Als Tim jedoch immer häufiger wegblieb, konnte Sandy nicht länger die Augen vor dem Offensichtlichen verschließen. Zu viele von Tims Ausreden waren unglaubwürdig. Sie fragte in Sebastian herum und erfuhr, daß ihre Rivalin ein hübsches Mädchen aus Melbourne Village war und Michelle Schrader hieß. Michelle besuchte das College in Auburn, drüben in Alabama. Sandy war verzweifelt, als Michelle sie anrief und ihr sagte, sie und Tim gingen miteinander.

Als Sandy ihn zur Rede stellte, gab Tim widerstrebend zu, daß er sich tatsächlich noch mit einem anderen Mädchen treffe, betonte jedoch, es sei nichts Ernstes – nichts, was Sandy Kopfzerbrechen bereiten müsse. »Wir haben Probleme«, beharrte er. »Ich versuche, mit ihr Schluß zu machen.«

Beide jungen Frauen waren zu verliebt in den jungen Polizisten, um sich von ihm zu trennen, und Tim schien das Tauziehen um seine Person beinahe zu genießen. Es bedurfte keiner großen Detektivarbeit von Sandys Seite, um herauszufinden, daß Tim nicht nur mit Michelle ausging, sondern auch mit ihr verlobt war!

Irgendwann im Frühling 1979 fuhren Sandy und ihre Schwester Susan nach Auburn. Der Besuch bei Michelle machte die Hoffnungen der siebzehnjährigen Sandy Wessendorf, ihre Rivalin habe im Zusammenhang mit der Beziehung zu Tim übertrieben, endgültig zunichte. Michelle trug einen Verlobungsring am Finger, den Tim ihr geschenkt hatte, zeigte Sandy und Susan ihr Brautkleid und prahlte mit ihren Hochzeitsplänen: »Wir heiraten im August«, erklärte sie Sandy. »Ich gehe vom College ab, um Tim zu heiraten.«

Sandy fühlte sich am Boden zerstört. Michelle war nur ein paar Jahre älter, aber viel weltgewandter als sie selbst und schien sich Tims so sicher zu sein.

Michelle redete und redete, als wisse sie nicht, was Tim Sandy bedeutete – vielleicht wollte sie ihr auch nur unter die Nase reiben, wie ernst ihr Verhältnis war, um ihre Nebenbuhlerin zu verletzen. »Wenn Tim und ich runterkommen (nach Sebastian), können wir uns ja mit dir und einem deiner kleinen Freunde zum Essen treffen.«

Einer deiner ›*kleinen Freunde*‹, sagte sie doch wahrhaftig! Der einzige Freund, den Sandy hatte, war Tim – derselbe Tim, mit dem Michelle verlobt war. Wie sich später herausstellte, traten Tim und Michelle nicht im August 1979 vor den Altar, aber die Tatsache, daß Tim ihr seine Verlobung verschwiegen hatte, veranlaßte Sandy, mit ihm Schluß zu machen. Obgleich sie sehr darunter litt, weigerte sie sich, mit ihm zu sprechen oder ihn wiederzusehen. Wozu? Sie würde ihm doch niemals wieder vertrauen können.

Und dann, am 30. August 1979, raste der Hurrikan David mit einer Geschwindigkeit von 150 Meilen pro Stunde über Kuba und Puerto Rico hinweg und geradewegs auf die Küste Floridas zu.

»Tim rief an«, erinnerte sich Pat Wessendorf. »Er nannte seinen Namen nicht, aber ich erkannte ihn an der Stimme. Er sagte: ›Hier spricht das Police Department von Sebastian, Ma'am. Wir überprüfen nur, ob auch jeder weiß, in welchem Schutzraum er sich einzufinden hat, wenn uns der Hurrikan erreicht.‹«

»Ja, man hat uns informiert, Tim«, entgegnete Pat, um ihn wissen zu lassen, daß er sie nicht hatte täuschen können. Sie war nicht sehr glücklich über seinen Anruf, da er verriet, daß Sandy Tim nach wie vor etwas bedeutete. Pat hatte beinahe so etwas wie eine böse Vorahnung; obwohl Sandy sich bestimmt freuen würde, wenn sie erfuhr, daß Tim noch an sie dachte, bezweifelte Pat, daß es irgend jemanden von ihnen glücklich machen würde, wenn Tim in ihr Leben zurückkehrte. Er sah gut aus, hatte einen guten Job, kam aus gutem Haus – und doch hatte er etwas an sich, das Pat unheimlich war. Er hatte Sandy angelogen, sich heimlich noch mit einem anderen Mädchen getroffen und war in ihrem Haus herumgeschlichen wie ein Einbrecher. Außerdem hatte Pat festgestellt, daß Tim ihr nie direkt in die Augen sah; er sah keinem in die Augen. Niemand konnte so schüchtern und Polizist sein.

Der Hurrikan David hinterließ tausend Tote, aber er brachte Sandy und Tim wieder zusammen. Tim hatte sich von seiner Wohnung aus nach dem Wohlbefinden der Wessendorfs erkundigt. Michelle war bei ihm gewesen und hatte auf diese Weise erfahren, daß Tim immer noch an Sandy interessiert war.

Später telefonierte Tim mit Sandy und erklärte ihr, er habe sich einfach davon überzeugen müssen, daß sie und ihre Familie in Sicherheit seien. Es war drei Monate her, seit sie das letzte Mal mit ihm gesprochen hatte, aber Sandy verzehrte sich nach ihm. Ihn nicht mehr zu sehen und nicht mehr mit ihm zusammenzusein hatte ihr fast das Herz gebrochen.

Nach dem Hurrikan David traf sich Tim mit Sandy, obwohl er noch mit Michelle liiert war. Er wandelte auf einem schmalen Grat zwischen den beiden Mädchen. Tim mußte sich oft sehr schnell etwas einfallen lassen, damit Michelle nicht durchschaute, welchen Platz Sandy nun wieder in seinem Leben einnahm.

Aber er war nicht schnell genug. In den Weihnachtsferien 1979 kam Michelle ihm auf die Schliche. Sie brach ihr Studium in Auburn ab und zog wieder bei Tim ein. Ihn zu halten bedeutete ihr erheblich mehr als ihre Ausbildung.

Sandy Wessendorf war verzweifelt. Sie magerte ab und spielte unablässig ihre Aufnahme von ›Sad Eyes‹. Sie hätte alles auf sich genommen, um Tim glücklich zu machen. »Ich wäre von einem Hausdach gesprungen, wenn er es verlangt hätte ...« Und es bestand kein Zweifel daran, daß sie es ernst meinte.

»Ich wollte ihn unbedingt zurückhaben, und das ging so weit, daß ich anfing, ihn und sie (Michelle) zu besuchen – sei es auch nur auf einen Sprung. Er kaufte uns beiden Weihnachtsgeschenke und versprach mir, ihr den Laufpaß zu geben. Er war gemein zu ihr. Er lud mich zu sich nach Hause ein, wenn sie da war ... Einmal fiel sie über mich her. Wie eine Katze – sie kratzte mich und zog an meinen Haaren. Dann griff sie nach irgendwelchen Tabletten und verschwand im Bad. Ich bekam Angst. Was hatte sie vor? Wollte sie sich umbringen?«

Sie spielte nur Theater. Sandy und Michelle, zwei ausgesprochen hübsche Frauen, waren beide verrückt nach Tim Harris. Er verabscheute Streit, schien es jedoch zu genießen, im Mittelpunkt so großer Aufmerksamkeit zu stehen. Er hätte sich für eine von ihnen entscheiden müssen, aber das tat er nicht.

Michelle lebte sechs Monate mit Tim zusammen, dann zog sie aus. Ihren Kollegen im örtlichen Krankenhaus erzählte sie, sie fühle sich beinahe erleichtert, daß endlich Schluß mit ihm sei. Vermutlich stimmte das auch. Michelle war mehrmals mit Blutergüssen an ihrem Arbeitsplatz erschienen, ohne ein Wort über deren Ursache zu verlieren. Nach ihrer endgültigen Trennung von Tim machte sie tatsächlich einen viel unbeschwerteren, glücklicheren Eindruck.

Und sie hatte auch keine Blutergüsse mehr.

Es war Anfang 1980. Sandy hatte den Kampf um Tim Harris gewonnen. In vieler Hinsicht war sie jedoch die Verliererin – wenngleich sie hiervon noch nichts ahnte.

Alle drei Wessendorf-Mädchen warfen Pat vor, krankhaft neugierig zu sein und sich in ihr Leben einzumischen – vor allem in Sandys –, aber Pat hielt dies für ihre Pflicht. Sie besaß Lebenserfahrung, die Mädchen nicht. Pat hatte

Glück gehabt mit ihrem Fred. Er war ein guter, freundlicher Mann. Sandy wußte nicht, daß nicht alle Männer so waren wie ihr Vater. Dennoch konnte selbst Pat nichts wirklich Negatives an Tim finden. Er war erst zweiundzwanzig, und viele zweiundzwanzigjährige Männer – eigentlich noch Jungen – hatten noch keine Ahnung, was sie konkret von einer Frau erwarteten. Fred mochte Tim, und gewöhnlich konnte sich Fred Wessendorf auf seine Menschenkenntnis verlassen. Pat fühlte sich weiterhin unbehaglich.

Nach Tim Harris' Rückkehr war Sandy älter und mißtrauischer; er hatte sie bereits zu oft betrogen. Trotzdem ließ sie sich sofort erweichen, als er sie anflehte, ihm zu verzeihen. Sandy war nicht nachtragend, sie war es nie gewesen. Sie nahm jede Entschuldigung sofort an – und damit war die Angelegenheit für sie erledigt, ohne länger böse zu sein. Und sie liebte Tim über alles.

Sandy Wessendorf war nun noch hübscher als an jenem Abend, da Tim sie das erstemal in seiner Eigenschaft als Polizist angehalten hatte. Sie trug das butterblumenblonde, von sonnengebleichten Strähnen durchzogene Haar sehr lang und war kaum geschminkt – sie brauchte kein Make-up. Tatsächlich verkörperte Sandy das, was Tim Harris sich immer von einer Freundin gewünscht hatte. Viel später zeigte er ihr einmal ein Photo eines der Mädchen, mit denen er auf der High-School liiert gewesen war, und Sandy bekam einen Schock. »Sie sah genauso aus wie ich«, erzählte sie ihrer Mom. »Fast wie ein Zwilling. Es war seltsam, sich dieses Photo anzuschauen: Es hätte auch eines von mir sein können.«

Seit der Junior-High hatte Tim Harris immer Beziehungen unterhalten, und er war mit jedem Mädchen – mehr oder weniger treu – ein oder zwei Jahre zusammengewesen. Mit Ausnahme von Michelle Schrader, deren dunkles Haar kurz geschnitten gewesen war, hatten all seine

Freundinnen lange blonde Mähnen gehabt. Immer war es Tim, der Schluß gemacht hatte, um sich seiner neuesten Flamme zuzuwenden. Jeder, der Tim näher kannte, wußte, daß er niemals akzeptieren würde, daß ein Mädchen *ihm* den Laufpaß gab.

Der junge Polizist hatte eine etwas paradoxe Einstellung zu Frauen. Während er ihnen einerseits nachstellte und alles daransetzte, sie für sich einzunehmen, war er andererseits der Überzeugung, daß sie keinerlei Respekt verdienten. Seinen Kollegen blieb Tims kaum verhohlene Verachtung für Frauen nicht verborgen, und diese Einstellung irritierte sie.

»Er konnte schon komisch sein«, erinnerte sich einer von ihnen. »Manchmal, wenn wir Streife fuhren, lehnte er sich aus dem Fenster und beschimpfte eine Frau als Nutte oder machte eine obszöne Geste. Ich meine, der Typ war ein Cop, verdammt noch mal ...«

Kapitel 3

Ja, Tim Harris war wahrhaftig ein Cop. Er hatte schon immer Polizist sein wollen und dieses Ziel entschlossen verfolgt. Nach der Scheidung seiner Eltern war er bei seinem Vater und seiner Stiefmutter geblieben, um seinen Abschluß an der Satellite-High zu machen und die Stadt, in der er über mehr Kontakte verfügte, die ihm bei der Verwirklichung seines Traumes helfen konnten, nicht verlassen zu müssen.

Tim war immer sehr fleißig gewesen – er hatte keine andere Wahl gehabt. Obgleich sein Vater George als technischer Zeichner eines Weltraumprogramms gut verdiente und seine Mutter als Chefsekretärin arbeitete, war

Tim nur eines von sechs Harris-Kindern. Sie wuchsen in der Nähe von Washington D. C. auf, in der North Imboden Street Nr. 522 in Alexandria, Virginia. Paul wurde im Januar 1957 geboren, Tim am 26. April 1958, Bethany Lea im September 1960, Dan im Juni 1961, David im Juni 1963 und Sarah im Juli 1964. Sie alle waren außergewöhnlich hübsch, hatten braunes Haar und blaugrüne Augen. Aber sechs Kinder in sieben Jahren waren zweifellos nicht nur anstrengend, sondern auch eine große finanzielle Belastung für George und Virginia Harris.

1965 zogen die Harris' nach Satellite Beach, da George eine Stelle in der aufstrebenden Weltraumindustrie angenommen hatte. Gewöhnlich jobbte Tim in den Ferien in Disney World in Orlando. Im Sommer nach seinem Abschluß an der Satellite-High war er als Hilfskellner in einem Restaurant in Disney World tätig. Im Herbst belegte er am Brevard Community College Vorlesungen in Fachbereichen, von denen er hoffte, daß sie ihm zu einer Anstellung bei der Polizei verhelfen würden. Im Januar 1977 erklärte sich das Satellite Beach Police Department bereit, seine Grundausbildung am Brevard Community College zu fördern. Trotz seiner Bereitschaft, diese selbst zu finanzieren, brauchte Tim einen Sponsor. Er war erleichtert und überglücklich, als der Chief des Satellite Beach Police Department sich persönlich für ihn verwendete.

Tim beendete die Grundausbildung im April 1977. Da er nicht gleich eine Stelle im Polizeiwesen finden konnte, trat er am 1. Juli der US-Army-Reserve bei und besuchte bis Oktober eine Militärpolizeischule. Er hatte seine endgültige Körpergröße von einem Meter fünfundachtzig erreicht, wog jedoch nur 87 kg. Seine äußere Erscheinung entsprach genau dem, was er war: ein großer, hagerer, gutaussehender Neunzehnjähriger, noch unfertig und ein wenig linkisch. Aber die Polizei war nun einmal seine ganze Leidenschaft, und er hatte den festen Vorsatz, sich seinen Traum zu erfüllen.

Sein Studienberater am Brevard Community College, William McEntee, setzte sich für Tim ein, indem er ihn dem Bürgermeister von Melbourne Village, Florida, als geeigneten Kandidaten für seine winzige Polizeieinheit vorschlug. Wie gut McEntee Tim Harris tatsächlich gekannt hat, ist fraglich. Sein Empfehlungsschreiben war so formuliert, daß er, sollte Tim den Erwartungen nicht gerecht werden, seine Hände in Unschuld waschen konnte.

»Offensichtlich ist er (Tim Harris) zuverlässig, geduldig und gewissenhaft in der Ausübung seiner Pflichten.«

»Er scheint weder Selbstzweifel zu kennen noch sich leicht entmutigen zu lassen. Vermutlich wird er sich als gutes Teammitglied, guter Zuhörer und engagierter Mitarbeiter erweisen.«

»Ich bin geneigt vorzuschlagen, ihn bei der engeren Auswahl zu berücksichtigen.«

Es war tatsächlich eine sonderbare Empfehlung. Immerhin kommt es selten vor, daß angehende Corps auf ihre ›Entmutigungsschwelle‹ geprüft werden. Wie auch immer, im November 1977 wurde Tim Harris vom Melbourne Village Police Department eingestellt. Melbourne Village war ein kleines Nest in der Brevard County, deren gesamter Polizeiapparat aus nur zwei oder drei Beamten bestand. Es gab dort nicht viel zu tun, aber es war die erste Sprosse der Karriereleiter, die Tim erklommen hatte: Eines Tages würde er es zum Trooper der Florida Highway Patrol bringen.

Er war erst neunzehn und bereits ein Cop. Das genügte ihm für den Augenblick.

In Melbourne Village lernte Tim auch Michelle Schrader kennen, das Mädchen, das als Sandys Rivalin um seine Gunst buhlen sollte. Michelle war damals im letzten

Jahr auf der High-School und gerade mal siebzehn, etwa so alt wie Sandy Wessendorf zwei Jahre später – als sie sich mit dem gutaussehenden Polizisten einließ. Tim konnte überaus charmant sein. Michelles Eltern hatten Tim sogar angeboten, einige Monate bei ihnen zu wohnen, nachdem er bei seinem Vater und seiner Stiefmutter ausgezogen war.

Während seiner kurzen Karriere in Melbourne Village wurde Tim zum Police Officer des Jahres gewählt. Eigentlich verhielt es sich so ähnlich wie bei Sheriff Andy Taylor, der mit Deputy Barney Fife das Sheriff's Department von Mayberry leitete. Die Auszeichnung mußte unter ihnen und den Beamten der Mini-Einheit von Melbourne Village herumgereicht werden, und Tim Harris hatte sie als einzige noch nicht erhalten.

Tatsächlich war man im Department wenig begeistert von den Beschwerden, die über Tim Harris eingingen. Es hieß, Tim benutze seine Marke und seinen Status, um junge Frauen anzuhalten und deren Führerschein zu konfiszieren, so daß sie sich mit ihm treffen mußten, um ihn wiederzubekommen. Gut, er war noch jung und interessierte sich für Frauen – aber es konnte nicht toleriert werden, daß er ihnen während der Dienstzeit nachstellte. Darüber hinaus hatte Tim einen Autofahrer wegen seiner abgelaufenen Autoplakette verhaftet, obwohl die neue, gültige Plakette auf dem Rücksitz gelegen hatte. Außerdem raste Tim in seinem Streifenwagen wie ein Irrer.

Tim Harris wurde vor die Wahl gestellt, zu kündigen, gefeuert zu werden oder sich einer Bewährungsfrist zu unterwerfen. Tim entschied sich für die Kündigung. Am 3. Juli 1978 setzte er ein knappes Schreiben auf.

»Mit [sic.] Bedauern reiche ich hiermit meine fristlose Kündigung vom Melbourne Village Police Department ein.«

Offensichtlich handelte es sich dabei um ein Gentlemen's Agreement. Höchstwahrscheinlich war einfach eine Stelle gestrichen worden, was in Polizeikreisen häufig vorkam, für den Rest der Welt allerdings ein harter Schlag sein mag. Sofern kein Dienstvergehen vorliegt, kümmert sich die Polizei um ihre Leute.

Im folgenden November stattete der Polizeichef Robert Segien Tim mit einem Empfehlungsschreiben aus.

> Timothy S. Harris war neun Monate Angestellter dieses Departments. In dieser Zeit verlieh sein Enthusiasmus gegenüber seinen Pflichten Officer Harris die zusätzliche Motivation, die ihm gestellten Aufgaben in hervorragender Manier zu erfüllen. Officer Harris' Bereitschaft, jeden noch so unangenehmen Einsatz zu übernehmen, und seine kollegiale Haltung machen ihn zu einem wertvollen Mitarbeiter jedes Departments, das ihn in seine Reihen aufnimmt. Harris ist ein Polizeibeamter, dessen Vorgesetzte sich darauf verlassen können, daß er seine Arbeit professionell erledigt. Er ist vertrauenswürdig, intelligent und sich seiner Verantwortung als Polizeibeamter in hohem Maße bewußt.

Bei allen weiteren Bewerbungsgesprächen erklärte Tim Harris, er habe beim Melbourne Village Department gekündigt, weil er dort nicht glücklich gewesen sei, da dessen professioneller Standard nicht seinen Erwartungen entsprochen habe.

Tim war noch sehr jung, und viele junge Cops werden irgendwann reifer und hören auf, Frauen nachzustellen und zu rasen. Da das Melbourne Village Police Department kurz darauf endgültig aufgelöst wurde, gerieten jedwede Schwierigkeiten, die Tim Harris dort gehabt hatte, in Vergessenheit. Er konnte seine Karriere mit weißer Weste fortsetzen.

Tim verdiente seinen Lebensunterhalt eine Zeitlang mit dem Installieren von Aluminiumtüren und -fenstern. Seinem Arbeitgeber – VI-CO Aluminium – teilte er mit, daß er an einer langfristigen Anstellung nicht interessiert sei. Er wolle möglichst bald wieder als Polizist arbeiten.

Und das gelang ihm auch. 1978 trat Tim Harris dem Police Department von Sebastian, Florida, bei.

Die Gesetzeshüter, die in der Indian River County Dienst tun, kennen sich praktisch alle. Wenn Don Dappen an einem County Deputy vorbeifährt, hupt und winkt er. Ebenso halten es Florida Highway Patrolmen, wenn sie auf örtliche Cops treffen.

Detective Phil Williams vom Indian County Sheriff's Office begegnete Tim Harris 1979 das erste Mal. Und der junge Mann war ihm nicht sonderlich sympathisch. Es ist allgemein üblich, daß Polizisten in Amerika ein Auge zudrücken, wenn Kollegen sich geringfügiger Verkehrsdelikte schuldig machen. Fährt ein Cop allerdings deutlich zu schnell oder rücksichtslos, wird er verwarnt wie jeder andere Verkehrssünder. Als Phil Williams auf dem Weg zu einem Einsatz Sebastian durchquerte, hörte er plötzlich eine Sirene und sah im Rückspiegel einen Streifenwagen mit Blaulicht.

»Ich hatte gerade die Stadtgrenze von Sebastian passiert, an der die Geschwindigkeitsbeschränkung aufgehoben wird, als dieser Cop aus Sebastian – es war Tim Harris – mich anhielt und wahrhaftig sein Protokollheft zückte. Ich dachte, er wolle mich auf den Arm nehmen, aber das war ein Irrtum«, erinnert sich Williams. »Ich sagte ihm, was ich dachte. Er befand sich außerhalb seines Zuständigkeitsbereiches, den er nur im Fall einer Verfolgungsjagd verlassen durfte, und die war ja nun eindeutig nicht gegeben. Ich hatte mich innerhalb des Stadtgebietes an das Tempolimit gehalten.

Sein Benehmen ließ sehr zu wünschen übrig. Er sagte: ›Ich weiß, daß Sie Cop sind, aber ich werde Sie trotzdem aufschreiben‹. Ich gab Gas und ließ ihn einfach in einer Staubwolke stehen.«

Im Laufe der folgenden zehn Jahre begegneten Tim Harris und Phil Williams einander ab und an auf der Straße. Sie waren keine Freunde, und sie waren keine Feinde.

Sandy Wessendorf sollte im Juni 1980 ihren Abschluß an der Sebastian-High-School machen, sie brauchte jedoch in den letzten sechs Monaten nicht mehr am Schulunterricht teilzunehmen, weil ihr Notendurchschnitt bereits ausreichte. Alle Wessendorf-Kinder waren ausgesprochen fleißig. Sie halfen ihren Eltern beim Auffüllen der Zeitungskästen, und Sandy arbeitete zusätzlich in der dänischen Bäckerei im Publix-Supermarkt.

Sandy war sehr gut im Rechnen, und sie sparte ihr Geld. Schon bald erkannte sie, daß Tim ein verschwenderischer Mensch war. Er verbrauchte sein ganzes Geld. Es schien immer irgend etwas zu geben, das er unbedingt haben mußte. Tim rauchte nicht, trank nicht und konsumierte auch keine Drogen, aber offenbar hatte er es stets schrecklich eilig, irgendwelche neuen Dinge zu besitzen.

Er wollte sein eigenes Heim, was Sandy irgendwie süß fand. Seit der Scheidung seiner Eltern hatte sich Tim nirgendwo mehr zu Hause gefühlt, weder bei seiner Mutter noch bei seinem Vater. In Abständen ließ Tim immer wieder durchblicken, daß sie eines Tages heiraten würden. Sandy wollte ihm gerne glauben, aber sie traute ihm nach wie vor nicht. Schließlich hatte er sich erst vor einem Monat endgültig von Michelle getrennt.

Zwischen Tim und Sandy lief es ziemlich gut. Sie

wußte, daß er immer noch mit anderen Mädchen flirtete, und sie argwöhnte auch, daß es manchmal nicht dabei blieb, aber Sandy Wessendorf liebte Tim Harris. Er war ihre erste große Liebe, ihre einzige große Liebe, und wenn Tim sich noch die Hörner abstoßen mußte, war sie gewillt, auf ihn zu warten. Sie wollte nur Teil seines Lebens sein – der größte –, die Frau, die noch bei ihm war, wenn es schon lange keine andere mehr gab.

Zum Glück war Sandy so philosophisch eingestellt. Während eines Besuches bei Tim klopfte es. Sie öffnete, und eine hysterische junge Frau, die Kellnerin einer nahe gelegenen Pizzeria, stürmte durch die Tür und verkündete, sie sei schwanger – von Tim.

Sandy schwieg und zeigte nur auf das Schlafzimmer, wo Tim noch im Bett lag. Als er die schluchzende Kellnerin auf sich zukommen sah, zog er sich die Decke über den Kopf und weigerte sich, mit ihr zu reden.

Nachdem die junge Frau gegangen war, begann Tim zu weinen. Er mochte überrascht gewesen sein – Sandy nicht. »Ich wußte es irgendwie. Eines Morgens, nachdem er zur Arbeit gefahren war, fand ich eine Nachricht in seiner Wohnung. Sie stammte von ihr und lautete: ›Die vergangene Nacht war phantastisch. Ich habe dich sehr gern. Ich möchte dich wiedersehen‹ und so weiter.«

Sandy, gerade erst achtzehn, wurde viel zu schnell erwachsen. Während Tim weinte, weil er befürchtete, die Pizzeriakellnerin könne tatsächlich schwanger sein, wollte Sandy von ihm wissen, wann genau er mit der Frau geschlafen habe. Ausnahmsweise antwortete er ihr ehrlich. Sandy sagte sich grimmig, daß Tim vom weiblichen Fortpflanzungssystem und allem, was damit zusammenhängt, absolut keine Ahnung hatte.

»Also«, stellte Sandy fest. »Möglich, daß sie schwanger ist – aber noch kann sie nicht sicher sein. Sie versucht nur, dir einen Schrecken einzujagen.«

Tim schien unheimlich erleichtert. »Ich habe ihm keine Szene gemacht«, sagte Sandy. »Tatsächlich war er dermaßen verstört, daß er mir sogar leid tat. Aber ich zeigte ihm deutlich, daß ich wütend war und er sich anstrengen mußte, um mich zu besänftigen.«

Tim Harris war eine seltsame Mischung aus kleinem Jungen und Macho-Cop. Bei der Arbeit gab er sich stark und selbstsicher; Sandy gegenüber verhielt er sich wie ein Kind, das hinter Mutters Rockzipfel Schutz sucht, überließ es ihr, sein Geld zu verwalten und seine Rechnungen zu bezahlen. Eine erfahrene Frau hätte vielleicht Probleme vorhergesehen, aber Sandy hatte keine Erfahrung. Sie lernte nur, schmerzhafte Schläge hinzunehmen und gute Miene zum bösen Spiel zu machen. Und Tim Harris trotz allem weiter zu lieben.

Tim war der erste Mann, dem sich Sandy hingegeben hatte, und er sollte noch viele, viele Jahre der einzige bleiben. Als sie das erstemal mit ihm Sex hatte, war sie siebzehn und hatte keine konkrete Vorstellung. Aber sie war dennoch enttäuscht. »Ich hatte Angst – und ich war überrascht, als er plötzlich auf mir lag.«

Es gab weder ein Vorspiel noch zärtliche Küsse oder Liebesgeflüster. Kein Wort. Nie. »Er warf mich einfach auf das Bett, und das war's.«

Insgeheim erhoffte sich Sandy ein aufregenderes Sexleben, doch sie wäre nie auf die Idee gekommen, mit Tim darüber zu reden.

Kurze Zeit später äußerte Tim ernsthafte Absichten, Sandy im Sommer 1980 zu heiraten. Sie war noch nicht soweit, und der Gedanke, ihm exakt ein Jahr nach seiner geplanten Hochzeit mit Michelle das Jawort zu geben, widerstrebte ihr verständlicherweise. Sandy zögerte. Sie wollte sich seiner absolut sicher sein, ehe sie mit ihm vor den Altar trat. In ihrer Naivität glaubte sie an Tims Treue, wenn sie erst verheiratet waren. »Ich dachte wirklich, daß sich danach alles ändern und Tim mich nie wieder betrügen würde.«

Im Sommer 1980 bestand kein Zweifel mehr daran, daß sie zusammengehörten und bald ein Paar sein würden. Tim hing nicht nur von ihr ab; Sandy war auch außergewöhnlich hübsch. Sie zu betrügen hätte jeder andere Mann für verrückt gehalten.

Ende des Sommers 1980 fand Tim ein kleines Haus im 600er Block der Mulberry Street in Sebastian Heights. Es war nichts Besonderes, aber neu, und hatte etwa 80 Quadratmeter Wohnfläche und eine Garage. Sandy sah es sich an und stellte wenig begeistert fest, daß es total braun war: brauner Anstrich, braunes Dach, alles braun. Andererseits versetzte sie der Gedanke, daß es ihr eigenes Haus sein würde, in helle Aufregung.

Tim verdiente beim Sebastian Police Department nur an die 16 000 Dollar jährlich und konnte die geforderte Anzahlung auf den vereinbarten Kaufpreis von 46 000 Dollar nicht leisten, aber er installierte für den Verkäufer neue Lampen und fand einen Weg, das kleine Haus zu erwerben. Im August 1980 wurde ihm ein Kredit von der Gulf Atlantic gewährt, der sein Konto monatlich mit 476 Dollar belastete. Kurze Zeit später kamen Ratenzahlungen für einen Truck hinzu – 207 Dollar pro Monat –, eine Karte von Sears und eine Mastercard.

Sandy griff ein. Als erstes übernahm sie die Verwaltung seiner Finanzen und warf, schon lange bevor sie heirateten, ihrer beider Geld in einen Topf. »Bereits mit siebzehn Jahren half ich ihm bei der Tilgung der Hypothek.«

Tim säte Rasen in ihrem kleinen Garten in der Mulberry Street, und Sandy pflanzte verschiedene Blumen und stellte einige der in den Gärten Floridas allgegenwärtigen rosa Flamingos auf. Vorausgesetzt, Sandy bezahlte Tims

Raten pünktlich – was sie immer tat – würde das Haus in der Mulberry Street in dreißig Jahren ihm gehören.

Aber schon bald fand Tim es nicht groß und nicht schön genug. Er war ein Mann, der extrem schnell das Interesse an etwas verlor. Er wünschte sich etwas sehnlichst, aber sobald er es besaß, verloren Gegenstände, Menschen und sogar Tiere jeglichen Reiz für ihn.

Er brauchte ständig etwas Neues, immer mehr.

Kapitel 4

Die Frau lag noch in dem Pinien- und Palmettohain an der I-95. Ameisen bissen in ihren nackten Po. Bei Einbruch der Dunkelheit wehte eine kalte Meeresbrise über das Land. Jeden Morgen war die Frühlingssonne heißer, und sie rührte sich immer noch nicht, und es fand sie auch niemand.

Im Dezember 1980 gingen Tim und Sandy zu einem Juwelier und suchten ihren Verlobungsring aus. Sandy legte ein Hochzeitsdatum im April fest, aber nun war es Tim, der zögerte. »Er sagte, er wolle bis zu meinem neunzehnten Geburtstag warten, und das hätte Oktober bedeutet. Aber ich war noch achtzehn, als wir uns schließlich am 25. Juli 1981 das Jawort gaben. Ich erinnere mich, daß auf unseren Einladungen stand: ›Und zwei werden eins.‹

Ich hatte nach wie vor Bedenken. Einerseits war es der glücklichste Tag meines Lebens – andererseits auch wieder nicht.«

Tim und Sandy wählten Karen Carpenters Song ›We've Only Just Begun‹ zu ihrem Hochzeitslied, und Sandy trug ein traditionelles weißes Kleid mit hohem

Kragen aus durchscheinender Spitze und dazu einen spitzenbesetzten Schleier. Ihr Brautstrauß bestand aus gelben Rosen und Margeriten. Sie wirkte sehr, sehr jung und sehr unschuldig. Sie war ungeschminkt. Tim hatte einen braunen Smoking mit einem Rüschenhemd und eine braune Samtweste an. In seinem Knopfloch steckte eine gelbe Rosenknospe. Cummings, der Polizeichef von Sebastian, vollzog die Trauung. Die Hochzeitsfotos zeigten ein überglückliches Paar, das sich mit Piña Coladas zuprostete.

Obwohl er außerordentlich gut aussah, haßte es Tim Harris, photographiert zu werden. Als Sandy hartnäckig blieb, legte er widerwillig den Arm um sie. Er lächelte für die Kamera, aber hinter ihrem Rücken kniff er Sandy richtig fest, um sie spüren zu lassen, wie er tatsächlich dazu stand.

Ihr Sexleben erfuhr auch nach der Hochzeit keine Bereicherung. »Es war immer noch ›ein Akt‹ – ohne Spur von Liebe«, sagte Sandy. »Ich wandte den Kopf ab und weinte, weil ich anfangs noch glaubte, es müsse romantischer sein. Ich gab die Hoffnung nicht auf – aber es blieb alles beim alten. Ich hatte neun Jahre lang Sex ohne jedes Gefühl.«

Am Samstag abend brach das frischvermählte Paar in die Flitterwochen auf – Richtung West Virginia, wo Tims Bruder Danny eine Woche später heiraten sollte. Tim und Sandy durchquerten Georgia und North Carolina, bestaunten die Smoky Mountains und Chimney Rock und verstanden sich – abgesehen von der körperlichen Seite ihrer Ehe – prächtig. Während sie die herrliche Landschaft bewunderte, träumte Sandy Harris von einer wunderbaren Zukunft. Tim würde ihr treu sein; sie würden Kinder bekommen und den Rest ihres Lebens miteinander verbringen.

In West Virginia wohnte sie bei Tims Familie, und Sandy fühlte sich unwohl. Tims Mutter, Virginia, und eine seiner Schwestern hatten Tims und Sandys Hochzeitsfeierlichkeiten in Florida beigewohnt. Sandy war ihrer Schwiegermutter einen Tag zuvor das erste Mal begegnet. Es fiel ihr schwer, vier Tage ihrer Flitterwochen im Kreise einer Familie zu verbringen, die sie kaum kannte. Auf Danny und Debbie Harris' Hochzeitsphotos war eine sehr attraktive und scheinbar glückliche Familie zu bewundern. Sandy, selbst erst seit einer Woche Ehefrau, saß unter ihren Angehörigen und bemühte sich zu lächeln. Tim, an ihrer Seite, sah wie immer gut aus, wirkte jedoch etwas verlegen. »Auf Photos schafft er es immer, Lurch, dem Butler aus der Fernsehserie ›The Addams Family‹ Konkurrenz zu machen – Kopf zurück, Kinn nach vorne geschoben«, lachte Sandy.

Auf den Familienphotos der Hochzeit lag Tims rechter Arm hinter Sandy.

Er kniff sie, aber das fing die Kamera nicht ein.

Sandy hatte es immer für merkwürdig gehalten, daß sie so wenig von Tims Familie wußte. Er redete einfach nicht gern über sie. Wenn er es doch tat, verhöhnte er sowohl seine Mutter als auch seine Stiefmutter, die er in besonderem Maße angriff. Seinem Vater grollte er, weil er sich von seiner Mutter hatte scheiden lassen. Tim war danach bei ihm und seiner Stiefmutter geblieben, um seinen Abschluß an der Satellite-Beach-High machen zu können, war aber offenbar in ihrem Haus nicht mehr willkommen. Seine Stiefmutter schien ihn ebenso abzulehnen wie er sie. Sandy war Tims Vater auf ihrer Hochzeit zum ersten und letzten Mal begegnet, obwohl er nur eine Stunde nördlich von ihnen auf Merritt Island lebte.

Die einzigen Familienmitglieder, die Tim etwas bedeuteten, dürften seine jüngeren Brüder Danny und David gewesen sein.

Sandy und Tim kehrten aus ihren Flitterwochen zurück in ihr kleines braunes Haus in der Mulberry Street 656. »Wir besaßen kaum Möbel«, erinnerte sich Sandy. »Ich glaube, wir hatten gerade mal einen Tisch und ein Bett, wenn ich mich recht entsinne. Aber Tim bestand darauf, eine teure High-Tech-Alarmanlage zu kaufen, um das Haus zu sichern. Sie kostete weit mehr als alles, was sich im Haus befand.« Damals hätte Sandy ihm fast alles zugestanden, ohne weniger für ihn zu empfinden. Sie glaubte fest daran, daß ein wundervolles neues Leben vor ihnen lag. Sie war außergewöhnlich geduldig mit ihm gewesen, während er sich mit anderen Frauen ausgetobt hatte, aber jetzt waren sie erwachsen, verheiratet und einander treu, wie sie sich bei ihrem Ehegelöbnis versprochen hatten. »Ich war verrückt nach Tim. Schätzungsweise war ich besessen von ihm. Ich hätte nach wie vor alles für ihn getan.«

Tim stand kurz davor, sich seinen Lebenstraum zu erfüllen. Am 5. Februar 1982, sieben Monate nach seiner Hochzeit mit Sandy Wessendorf, bewarb er sich auf Drängen seiner Frau als Trooper bei der Florida Highway Patrol. Sollte es je einen Bewerber gegeben haben, der einem Trooper auf einem Werbeplakat glich, dann war das Timothy Scott Harris. Bei einer Größe von einem Meter fünfundachtzig brachte er 102 Kilogramm auf die Waage – ohne ein Gramm Fett. Er sah umwerfend aus – tatsächlich schien er mit jedem Jahr attraktiver zu werden. Er scheitelte sein Haar links, und es fiel ihm in einer dicken Welle in die Stirn. Seine Augen waren so grün wie der Atlantik manchmal unmittelbar vor einem Sturm – und nicht weniger unergründlich. Manchmal ließ Tim sich einen Schnurrbart wachsen. Er hatte seine Lehrzeit in Melbourne Village und Sebastian hinter sich gebracht und war inzwischen weit entfernt von dem undisziplinierten Jungen, der er einmal gewesen war. Er kannte die Regeln. Er wußte, was er zu sagen und wie er sich zu benehmen hatte.

Die Florida Highway Patrol unterzog Bewerber sehr harten körperlichen, intelligenzbezogenen und psychologischen Tests. Tim füllte geduldig Fragebögen mit Fragen über sein bisheriges Leben, seine Familie und seine bisherigen Arbeitsstellen aus. Die Highway Patrol überprüfte Tim und seine nächsten Angehörigen, und wie sich herausstellte, hatten alle eine blütenweiße Weste.

Computeranfragen beim Clerk of Circuit Courts, dem Clerk of County Courts, dem N. C. I. C. (dem National Crime Information Center in der FBI-Zentrale in Quantico), beim F. C. I. C. (dem Florida Crime Information Center) sowie den Polizeidienststellen auf örtlicher, städtischer und County-Ebene förderten keinerlei Informationen über einen gewissen Timothy Scott Harris zutage, was sie auch nicht konnte, denn Tim war nie verhaftet worden.

Ebenso wenig wie über Sandra Lynn Wessendorf Harris, George G. Harris, sein Vater; Virginia Ann Harris, seine Mutter, oder Paul Bethany, Lea. Daniel, David oder Sarah.

Beamte der FHP unterhielten sich mit Sandys und Tims unmittelbaren Nachbarn. Von allen bekamen sie zu hören ›Sehr nette Leute‹ und ›keinerlei Schwierigkeiten‹.

Tim erklärte, seine erste Stelle beim Police Department von Melbourne Village sei aufgrund dessen mangelndee Professionalität eine große Enttäuschung für ihn gewesen, und präsentierte das überschwengliche Empfehlungsschreiben von Chief Segien. Außerdem hatte ihm das Police Department von Sebastian ein gutes Zeugnis ausgestellt, und er war noch nie von irgendeinem Arbeitgeber gefeuert worden. Er rauchte nicht, trank nicht, nahm keine Drogen – und das war auch in der Vergangenheit immer so gewesen. Er beantwortete alle Fragen so ehrlich wie möglich. Ja, man hatte ihm vor langer Zeit den Führerschein entzogen – als er noch ein Teenager gewesen war. Wegen rücksichtslosen Fahrens. Er hatte seinen Wagen verkauft, um das Bußgeld zu bezahlen, und seinen Führerschein hiernach nie wieder abgeben müssen.

Dank Sandy verfügte Tim über eine ausgezeichnete Kreditauskunft. Er gab seine Schulden wie folgt an: 34 000 Dollar Hypothek bei der Gulf Atlantic, 250 Dollar bei Sears, Roebuck, und 150 Dollar an Master Charge.

Aber er war auch kein Heiliger. Ja, gab Tim zu, er habe sich ab und an unberechtigterweise krank gemeldet und vermutlich als kleiner Junge irgendwann einmal einen Schokoladenriegel geklaut.

Die FHP durchleuchtete seine Vergangenheit bis hin zur Surfside-Grundschule in Satellite Beach, und Tim Harris erwies sich als absolut sauber. Er war klug; er hatte seinen High-School-Abschluß mit 3,7 gemacht. Er hatte auf dem College die Grundausbildung zum Polizisten absolviert, er konnte vier Jahre Berufserfahrung als Polizist nachweisen, und er war aktives Mitglied einer Reserveeinheit der Militärpolizei.

Zum Zeitpunkt seiner Bewerbung bei der Florida Highway Patrol hatte man Tim innerhalb des Sebastian Police Department zum Corporal befördert, wodurch er zum dritten Mann in der Kommandokette des zwölfköpfigen Departments avanciert war.

Trooper Robert T. Weber, einer der für die Überprüfung von Bewerbern zuständigen Beamten, faßte wie folgt zusammen: »Die Ermittlungen haben ergeben, daß der Bewerber durchaus qualifiziert ist für die Stelle eines Troopers. Ich habe nichts Negatives feststellen können. Seine Ausdrucksweise ist korrekt, er macht in Uniform einen sehr professionellen Eindruck, und ich denke, er könnte sich als wertvoller Mitarbeiter erweisen. Ich empfehle, ihn bei der Einstellung neuer Mitarbeiter zu berücksichtigen.«

Im Mai 1982 hatte Tim die Vielzahl von Anforderungen, die werdende Trooper erfüllen mußten, beinahe bewältigt. Am schwersten war die mündliche Prüfung. Jeder Cop kann sich noch gut daran erinnern, was es heißt, vor einem Prüfungsausschuß hochrangiger Beamter zu sitzen, während man schweißgebadet überlegt, ob es tatsächlich eine richtige Antwort gibt oder vielleicht versucht wird, den Prüfling mit Fangfragen hereinzulegen.

Tim Harris mußte sich dieser Tortur am 5. Mai 1982 in Lantana, Florida, unterziehen. Er fand sich einem Lieutenant der FHP gegenüber, einem Major, zwei Sergeants und einem Superintendent. Mit steinernem Gesicht nickten sie und blickten auf ihre Punktetabellen. Bewertet wurden Erscheinungsbild, Ausdrucksweise, Auftreten, Selbstbeherrschung, Auffassungsgabe, Logik und Kohärenz.

Er bestand. Er riß sie zwar nicht vom Hocker, aber er fiel auch nicht auf die Nase. Die Benotung war mittelmäßig. Er beeindruckte die Prüfer nicht solchermaßen, daß einer von ihnen ›Mit Überzeugung empfohlen‹ oder ›Mit Begeisterung empfohlen‹ angekreuzt hätte, keiner entschied sich jedoch für ›Mit Vorbehalt empfohlen‹.

Nur ein Mitglied des Prüfungsausschusses hatte eine Seite von Tim wahrgenommen, die ihn als Mitglied der Highway-Patrol-Elite möglicherweise wenig wünschenswert machte. Sergeant K. D. Buckner kreuzte ein Kästchen an, in dem stand ›Schüchtern, unsicher oder unbeherrscht‹ sowie ein zweites ›Hat Schwierigkeiten, Feinheiten zu begreifen, braucht zusätzliche Erläuterungen‹.

Aber Buckners Vorbehalte reichten nicht aus, Tim Harris abzulehnen. Man stellte ihn ein. Er kündigte beim Sebastian Police Department und bereitete sich auf die 65th Recruit Training School der Florida Highway Patrol vor. Die Ausbildung sollte am 31. Mai 1982 beginnen und am 13. August enden. Das bedeutete, daß er seine junge Frau drei Monate allein lassen mußte, während er sich in der Landeshauptstadt Tallahassee aufhielt.

Tim war euphorisch und Sandy stolz auf ihn. »Er sah einfach umwerfend aus«, erinnerte sie sich. »Sein Anblick in Uniform hat mich immer fasziniert.«

Dieser Sommer 1982 hätte der romantischste Abschnitt in Sandy und Tim Harris' Ehe sein können. Solange er in der Highway Patrol Academy in Tallahassee wohnte, besuchte Sandy ihn jedes zweite Wochenende. Ihr Job erlaubte ihr nicht, vor Samstag morgens aufzubrechen, aber sie nahm die sechzehnstündige Fahrt in der Sommerhitze auf sich, um die acht oder zehn Stunden mit ihm zu verbringen.

»Ich habe ihn so sehr vermißt, als er oben in Tallahassee war«, erinnerte sich Sandy. »Ihn auch nur für kurze Zeit zu sehen war die Anstrengung wert.«

Die 65. Klasse der FHP bestand aus fünfundsechzig Rekruten, darunter zehn Frauen. Sie hatten an fünf Tagen in der Woche von acht bis fünf Unterricht und dazu noch fast den ganzen Samstag. Die Wochen waren anstrengend und vollgepackt mit Informationen, die einem Rekruten – oder sonst jemandem – draußen auf der Straße das Leben retten konnten. Auf dem Stundenplan stand einfach alles, von Erster Hilfe bis Menschlichem Verhalten, von Festnahmetechniken bis Auftreten bei Prozessen. Man brachte ihnen bei, Beweismittel sicherzustellen, Fingerabdrücke zu nehmen und Personen zu befragen oder zu verhören. Es gab Radars und andere Geräte zur Geschwindigkeitskontrolle, deren Umgang gelernt werden mußte. Selbstverständlich standen auch Ermittlungen bei Verkehrsunfällen auf dem Programm. Tim Harris' Hauptinteresse innerhalb des Polizeidienstes hatte schon immer dem Verkehrswesen gegolten, und bei der FHP war er an der richtigen Adresse. Trotzdem schnitt Tim in *jedem* Fach überdurchschnittlich gut ab.

Seine höchste Benotung war eine 99 beim Defensiven Fahren, seine niedrigste eine noch sehr ansehnliche 88 im Fach Schußwaffen. In den Bereichen Ermittlung und Strafrecht tat er sich besonders hervor. Alles in allem lag sein Durchschnitt an der Patrol Academy bei 92,58. Die FHP veranstaltete Mitte August ein Bankett und eine Abschlußfeier, und Sandy Harris, die im Publikum saß, war schrecklich stolz auf ihren jungen Ehemann.

Alles lief bestens, auch im Zusammenhang mit Tims neuer Dienststelle. Obgleich er bei seiner Bewerbung angegeben hatte, daß er bereit sei, überall in Florida zu arbeiten –, lebten er und Sandy schon so lange in der Indian River County, daß ihnen der Gedanke an einen Umzug nicht sonderlich gefiel. Auf der Akademie war Tim Lt Gary Morgan und Trooper Byron Sickman begegnet. Die Beamten kannten ihn von gerichtlichen Anhörungen in Vero Beach her vom Sehen. Beide Männer sollten eines Tages gute Freunde von Tim werden, und damals, 1982, erwiesen sie ihm einen Gefallen.

»Wir wußten, daß man vorhatte, Tim irgendwohin in die Gegend von Lake Okeechobee zu versetzen«, erinnerte sich Morgan. »Und wir wußten, daß in unserem Fort-Pierce-Bezirk direkt in Vero Beach eine Stelle frei war. Also fragten wir ihn, ob er ... dort bleiben wolle ... ließen ihn wissen, daß wir ... daß wir uns dafür verwenden würden ... daß er daheim in der Indian River County arbeiten konnte.«

Und es funktionierte. Tim war nur kurze Zeit in Lake Okeechobee im Einsatz. Die nächsten acht Jahre würde Trooper Tim Harris auf den Straßen in der Indian River County seinen Dienst verrichten, auf deren Bundes- und Schnellstraßen, die ihm so vertraut waren wie sein eigenes Gesicht beim Rasieren.

Sandy brauchte nicht von Pat und Fred Wessendorf und von ihren Schwestern Susan und Kathy wegzuziehen. Sie behielten ihr kleines braunes Häuschen und schmiedeten Pläne, um eines Tages ein Grundstück kaufen und ein Haus bauen zu können, das Platz genug für Kinder hat.

Bereits im ersten Jahr wurde Trooper Tim Harris von seinen Vorgesetzten hervorragend beurteilt. Er lag in der Bewertungstabelle immer über dem Durchschnitt. Die Florida Highway Patrol hatte sich einen Super-Trooper an Land gezogen.

»Trooper Harris ist in unserem Bezirk viertbester Mann, was Verhaftungen wegen Trunkenheit am Steuer, Verhaftungen wegen anderer Vergehen und Bußgelder anbelangt … Ich schätze seine Zuverlässigkeit und Disziplin in besonderem Maße. Er ist ein Mitarbeiter, der nur minimaler Aufsicht bedarf.«

»… hat durchweg eine positive Einstellung … hat sich den Zielen des Departments verschrieben.«

»Kann eine der höchsten Verhaftungsraten wegen Trunkenheit am Steuer im gesamten Bezirk vorweisen.«

»Trooper Harris … zögert nicht, auch schwierige Fälle freiwillig zu übernehmen und legt erheblich größere Begeisterung für den professionellen Gesetzesvollzug an den Tag als seine Kollegen.«

»Seine Beziehungen zum örtlichen Büro der Staatsanwaltschaft und zu den Richtern sind ausgezeichnet. Er bereitet seine Fälle stets gut vor und organisiert sie im voraus.«

Und doch war es beinahe so, als lebe Tim Harris in zwei verschiedenen Welten: in seinem Job und in seiner Ehe. Manches blieb auch nach der Hochzeit unverändert. Tim war immer ein Sonderling gewesen. Er legte keinen Wert auf Kontakt mit anderen Paaren, und er schien auch keine Freunde zu haben, höchstens Bekannte innerhalb der Patrol. Manchmal verabredete er sich mit einem anderen

Trooper zum Angeln, wobei es ihm mehr um den Sport und weniger um dessen Gesellschaft ging.

»Ich schätze, ich habe ihn gezwungen, sich mit meinem Schwager Don anzufreunden. Sie waren beide Cops; eigentlich hätten sie einiges gemeinsam haben müssen«, erinnerte sich Sandy. »Wir spielten mit Don und Susan Karten, aber das war auch unsere einzige gesellschaftliche Zerstreuung.«

Tim trank nicht; er hatte eine beinahe pathologische Aversion gegen Alkohol. Don Dappen erinnert sich an einen Abend, an dem er Piña Coladas gemixt hatte.

»›Trink doch einen mit‹, forderte Sandy ihren Mann auf. Tim nahm ein Glas, und es schmeckte ihm auch. Als ich jedoch fragte, ob er noch einen Drink wolle, entgegnete er nur barsch: ›Nein, nein!‹ Möglicherweise spürte er die Wirkung des Alkohols ein klein wenig und hatte Angst, die Kontrolle zu verlieren … Ich habe ihn noch nicht einmal mit einem Bier gesehen.«

Schon in der Zeit vor ihrer Hochzeit hatte Tim physische Gewalt angewendet, um Sandy zurechtzuweisen. Das setzte sich in ihrer Ehe fort. »Wenn ich etwas tat oder sagte, das ihm nicht gefiel, packte er meinen Arm und drehte ihn mir auf den Rücken. Oder er kniff mich oben in die Oberschenkel, auf der Innenseite, dort, wo es am meisten weh tut – ohne daß man etwas sah. Er wollte seinen Willen durchsetzen, egal wie.«

Sandy hatte immer gewußt, daß Tim extravagant und unpraktisch war, ein Mann, der immer mehr wollte. Er mußte den neuesten und besten Wagen haben, das größte Boot, die modernste Technologie. Er bettelte Sandy an, ihm das zu kaufen, was er sich gerade wünschte – als sei sie die Mutter und er das verwöhnte Kind. Und er war hartnäckig, ließ nicht locker, versprach: »Nur noch das eine, und dann bitte ich nie wieder um etwas.«

Manchmal gab Sandy nach. Manchmal war ihr das

schlicht nicht möglich. Sandy kümmerte sich schon so lange um ihre Finanzen, daß sie sehr genau wußte, was sie sich leisten konnten und was nicht. Und sie war seit drei Jahren mit Tim zusammen; sie wußte, daß ihn jedes neue Spielzeug bald langweilen und er trotz aller Beteuerungen sehr wohl wieder etwas Neues verlangen würde.

Manchmal fragte sie sich, wo das enden sollte. Vermutlich würden sie eines Tages im Armenhaus landen.

Sandy verdiente 15 000 Dollar im Jahr und Tim etwas über 22 000 Dollar. Bei ihrem Einkommen konnten sie sich nicht alle sechs Monate einen neuen Wagen, ein neues Boot, ein neues Haus *und* ein Baby anschaffen. Und sie würden bald ein Baby haben. Sandy war schwanger, und das Kind sollte Ende des Frühlings 1983 zur Welt kommen.

Tim schien sich auf das Baby zu freuen, weigerte sich jedoch einzusehen, daß Sandy ihre Lebensweise ändern mußte und nicht mehr alle gewohnten Tätigkeiten verrichten konnte – schwer heben, arbeiten, Sex. »Das schaffst du doch noch«, beharrte er, wenn sie total erschöpft und kaum noch in der Lage war, den Arm zu heben. Manchmal konnte sie Tims Erwartungen nicht erfüllen, so daß er häufig verärgert reagierte.

Der Name des Babys stand bereits fest. Tim hatte schon vor langer Zeit entschieden, daß, sollte er je eine Tochter bekommen, diese Jennifer Lynn heißen würde, und ein Sohn sollte Timothy Jr. getauft werden. Hätte er Michelle geheiratet, wäre es dasselbe gewesen. Diese Namen hatte er für *seine* Kinder ausgesucht, und damit basta! Sandy räumte er keinerlei Mitspracherecht ein.

Zu den Tätigkeiten, die Sandy auch während der Schwangerschaft nicht aufgab, gehörten, vollzeit als Sekretärin zu arbeiten *und* morgens um zwei das Press Journal auszuliefern – 250 Stück im Sommer und 600 im Winter, wenn sich die Zugvögel in Florida aufhielten. Sie versorgte eine Gegend mit Apartmenthäusern und mußte die gesamte Strecke mit zwei schweren Taschen zu Fuß zurücklegen. Die Hälfte der Zeitungen hatte sie in den ersten Stock der Apartmenthäuser zu werfen. »Ich war ständig todmüde«, seufzte sie, als sie daran zurückdachte.

Am Morgen vor Jennifers Geburt hatte Sandy diffuse Bauch- und Rückenschmerzen, da es ihr erstes Kind war, erkannte sie jedoch nicht, daß es sich um Wehen handelte. Sie überredete Tim, sie beim Zeitungsaustragen zu fahren. Als sie von ihrer Tour zurückkamen, reagierte er ungeduldig, weil sie nicht sicher war, ob sie das Krankenhaus aufsuchen sollte.

»Ich weiß nicht«, sagte sie zu Tim. »Ich weiß nicht, was richtig ist.«

»Entscheide dich«, entgegnete er schroff. »Entweder bringe ich dich in die Klinik, oder ich lege mich wieder ins Bett.«

Als Sandy schließlich begriff, daß tatsächlich die Wehen eingesetzt hatten, litt sie Höllenqualen, und sie machten sich auf den Weg zum Krankenhaus. Kurz vor der Notaufnahme bat sie Tim, sie aussteigen zu lassen. Aber er nahm ihr ihre Unentschlossenheit nach wie vor übel und hielt nicht an. »Ich hatte wirklich schreckliche Schmerzen, aber er sagte nur: ›Nein, ich fahre bis zum Parkplatz, und du wirst gefälligst laufen, du Schlampe‹«, erinnerte sich Sandy.

Sandy gehorchte. Als die Schwestern in der Ambulanz sie entdeckten, wurde sofort ein Rollstuhl herbeigeholt. Fünf Stunden später kam Jennifer Lynn Harris zur Welt.

Tim hatte sich geweigert, sie in den Kreißsaal zu begleiten, nachdem er über Sandys Vorschlag, mit ihr den Schwangerschaftskurs zu besuchen, auch nur gelacht hatte. Nach Jennifers Geburt wirkte er jedoch glücklich und stolz.

In seiner Wut hatte Tim Sandy von Anfang an übel beschimpft, sie, wie die fremden Frauen auf der Straße, als ›Nutte‹ und ›Schlampe‹ tituliert. Es war schon immer zwecklos gewesen, mit ihm zu diskutieren. Hatte Sandy versucht, gegen irgendeine seiner Anschuldigungen zu protestieren, war er ausgewichen. Mit den Worten ›Schnauze, Schlampe‹, hatte er sich abgewandt.

Und doch liebte sie ihn. Es gab nie eine Erklärung dafür, warum ein Mensch einen anderen liebt, und es wird auch nie eine geben. Sandy fühlte sich an Tim gebunden. Auch wenn sie nicht mehr ›besessen‹ von ihm war, bemühte sie sich weiter, ihm alles recht zu machen. Sie stellte sich vor, daß es eine Mischung geben müsse, die ihn glücklich machen würde, hatte sie nur noch nicht gefunden. Niemand in ihrer Familie hatte sich je scheiden lassen, und Sandy war Tims Frau geworden, um für immer mit ihm zusammenzubleiben.

Lange Zeit gelang es Sandy, sich damit zu trösten, daß Tim anders war als andere Männer. Er trank und rauchte nicht, und er hatte einen harten Job. Sie kannte Frauen, die es schlechter getroffen hatten.

Davon war sie felsenfest überzeugt.

Tim hatte Schichtdienst: von acht bis vier, von vier bis Mitternacht und von dreiundzwanzig bis morgens um sieben Uhr. Nach ihrer Hochzeit machte sich Sandy wegen anderen Frauen keine Gedanken mehr. Sie blieb auf, bis Tim nach Hause kam, und fragte, was passiert sei. »Es interessierte mich wirklich«, erinnerte sie sich. »Und meistens erzählte er mir auch von irgendeinem Zwischenfall, so daß ich das Gefühl hatte, ein wenig an seiner Arbeit teilzuhaben.«

Tim flirtete nach wie vor. »Er hatte so einen Blick … eine bestimmte Art, einen anzuschauen«, erzählte Sandy. »Ich glaube nicht, daß eine erwachsene Frau darauf reingefallen wäre, aber ein junges Mädchen bestimmt … so wie er in seiner Uniform aussah, mit seinen grünen Augen ...«

Aber Sandy glaubte, daß er es beim Flirten beließ. Er machte ihren Freundinnen gegenüber, die selten genug zu Besuch kamen, immer noch anzügliche Bemerkungen, aber sie dachte, er wolle sie damit nur bestrafen, weil ihn deren Anwesenheit störte.

In der Annahme, daß es so etwas wie eine perfekte Ehe gar nicht gab, glaubte Sandy Harris, daß ihre nicht schlechter sei als irgendeine andere. Sie war hingerissen von ihrem kleinen Töchterchen, sie liebte ihren gutaussehenden Mann, und ihr Leben gefiel ihr. Sie belegte am Indian River Community College Kurse in Buchhaltung, um sich beruflich zu verbessern, und sie und Tim machten Pläne von ihrem neuen Haus – dem Haus, das Tims Ansprüchen genügen würde.

Tims Stellung bei der FHP bedeutete, daß sie ernsthaft in Betracht ziehen konnten, das kleine Haus in der Mulberry Street zu verkaufen. Auf der Suche nach einem Grundstück, das für sie erschwinglich war, fuhren sie durch die ganze County. Eines Tages entdeckte Sandy eine 4000 qm große Parzelle in einer Gegend namens Citrus Hideaway, die zweite von der Ecke der County Road 510 aus. Sie lag zehn Meilen nördlich von Vero Beach, in der Nähe der Kreuzung, die gemeinhin als Wabbasso bezeichnet wird. Noch war das Gelände unbebaut, einmal abgesehen von der riesigen Pseudoplantage am Ende der 75th Court: ›O'Hara's Scarlett.‹

Sandy verliebte sich in das Land; auf dem Grundstück, mit dem sie liebäugelte, standen Pinien und Palmettos; es bot unbegrenzte Möglichkeiten. Es sollte 15 000 Dollar kosten, und sie wußte nicht, wie sie sich das leisten sollten – es sei denn, sie *und* Tim würden etwas kürzer treten. Sie wußte, daß sie sich einschränken konnte, bezweifelte jedoch, daß Tim bereit sein würde, den Gürtel enger zu schnallen. Sooft sie eine neue Anschaffung ablehnte, wurde er nach wie vor wütend.

Kapitel 5

Anfang 1980 betrat Phil Williams, der Indian-River-County-Deputy, der Tim Harris seinerzeit, anläßlich einer Verkehrskontrolle, in einer Staubwolke hatte stehen lassen, das Büro des Sheriffs. Phil und Tim waren beide leidenschaftliche Polizisten und hatten auch in etwa das gleiche Alter. Aber damit erschöpften sich die Gemeinsamkeiten auch schon. Tim war in einem verhältnismäßig wohlhabenden Umfeld aufgewachsen, obwohl er behauptete, eine entbehrungsreiche Kindheit gehabt zu haben, während Phil durch und durch ein Junge vom Lande war. Wenn sie einander auf der Straße begegneten, grüßten sie sich mit einem knappen Wink. Phil hatte Tims ›Vorwand‹, um ihn anzuhalten, nie vergessen, und konnte Harris nicht besonders gut leiden. Aber das spielte auch weiter keine Rolle; die Chancen, daß sie je gemeinsam ein- und denselben Fall zu bearbeiten hatten, hielt er für gering. Phils Ehrgeiz galt der Aufklärung von Verbrechen, und Tim jagte leidenschaftlich gerne betrunkene Autofahrer.

Phil Williams war so kräftig gebaut wie ein Linebacker, hatte ein freundliches, manchmal täuschend offenes Gesicht und trug einen üppigen Schnauzbart. Die Eltern seiner Mutter stammten aus der Suwannee County oben im Norden, an der Grenze zu Georgia, wo Live Oak die größte ›Stadt‹ im Umkreis war. Seine Verwandten väterlicherseits kamen aus Vero Beach. »In unserer Kindheit und Jugend haben wir wohl gegen jedes bestehende Angel- und Jagdgesetz verstoßen«, erinnerte sich Williams lachend an seine jungen Jahre. »Und ganz sicher war keiner von uns bei der Polizei. Sollte meine Vergangenheit mir bei meiner Ermittlungsarbeit überhaupt von Nutzen sein, dann insofern, als ich mich in die Denkweise der Gegenseite hineinversetzen kann ... Ich glaube, die Bildung eines Menschen besteht weniger aus einem Blatt Papier, das man sich an die Wand hängt, sondern vielmehr aus der Summe der Erfahrungen, die man durchlebt hat.«

Phils Dad, Wallace Wiliams, arbeitete seit dreißig Jahren im Elektrizitätswerk der Stadt Vero Beach. Seine Mom, Audrey, war bei der First Union Bank angestellt. Er hatte zwei Schwestern, Arlene und Francine.

Phil Williams besuchte mit mindestens drei künftigen Mördern die Grundschule, ein Umstand, dessen Ironie ihm durchaus bewußt war, als er als Erwachsener darüber nachdachte. »Ich erinnere mich an Sylvan Bishop – wir waren zusammen in der ersten Klasse. Später erzählte er mir, daß es sein größter Wunsch sei, eines Tages auf der FBI-Liste der meistgesuchten Verbrecher zu stehen. Ich nahm ihn nicht wirklich ernst.«

Sylvan hat es beinahe geschafft. Im September 1970, im Alter von achtzehn Jahren, meldete Sylvan Bishop, in einem Waldstück westlich von Vero Beach zwei verweste Leichen entdeckt zu haben. Die Toten wurden schließlich als die neunzehnjährige Kathleen Phillips und ihre zwanzigjährige Freundin Joanna Malandrino identifiziert. In der Annahme, sie seien auf dem Weg zu Joannas Großmutter oben in New Jersey gewesen, hatten ihre Familien sie nicht als vermißt gemeldet. Die beiden waren auch tatsächlich auf der I-95 nach Norden gefahren, aber bereits nach hundert Meilen hatte der Wagen gestreikt und sie gezwungen, in den frühen Morgenstunden des 1. September an einer Tankstelle in Vero Beach anzuhalten.

Dort hatte Sylvan Bishop Nachtdienst gehabt. Offenbar nah daran, sich seinen Lebenstraum zu erfüllen, war Sylvan bereits in Erziehungsanstalten in Okeechobee und Marianna gewesen, hatte im Gefängnis von Apalachee eingesessen und sechs Wochen in einer staatlichen psychiatrischen Anstalt verbracht. Die naiven Mädchen aus Hollywood hatten sein Angebot, sie nach Feierabend in die Stadt zu bringen, außerordentlich nett gefunden und bis um 6 Uhr 30 gewartet.

Hiernach wurden sie nicht mehr lebend gesehen. Sylvan Bishop hatte auf dem Sektor ›Verbrechen‹ wahrhaftig Karriere gemacht. Er wurde wegen zweifachen Mordes angeklagt. In dem Monat, in dem Phil Williams davon erfuhr, erinnerte er sich an den Kindheitstraum des kleinen Jungen, der in der ersten Klasse an dem Pult neben seinem gesessen hatte, und begriff, daß Mörder nicht immer Fremde waren; ein Mörder konnte auch jemand sein, der zum eigenen Umfeld gehörte, so daß man ihn – oder sie – nie verdächtigen würde.

Wenn Erfahrung etwas zählte, hatte Williams ein Doktorat in schmerzlichen Begebenheiten des richtigen Lebens – ebenso persönlicher wie beruflicher Natur. Aber nur ein einziger Fall würde ihn je zum Weinen bringen, der sich allerdings erst ereignen sollte, nachdem er schon fast zwei Jahrzehnte bei der Polizei war.

Ende der sechziger und Anfang der siebziger Jahre war Phil Williams in Vero Beach Sänger und Gitarrist in einer Rockgruppe. Die kleine Band kam nie groß raus, war aber mit ihrem Repertoire von vierzig Songs sehr beliebt bei Tanzveranstaltungen und städtischen Feierlichkeiten in der Indian River County. Ihre Mitglieder verdienten nie so viel Geld, daß sie ihren Lebensunterhalt davon hätten bestreiten können, vielleicht weil Williams sich weigerte, ausschließlich in Bars aufzutreten, und Bands, die in Kirchenkellern und Bruderschaftsunterkünften spielten, selten Schlagzeilen machten.

Mit siebzehn ging Phil Williams zur Army, noch bevor

er einberufen werden konnte. Er verbrachte zweieinhalb Wochen in Fort Jackson in South Carolina und erwartete täglich, zur Grundausbildung irgendwohin beordert zu werden. Aber die Army wollte Williams nicht haben; er litt an einem ›H-3-Hörschaden‹. Das bedeutete, daß er nicht in der Lage war, Hochfrequenztöne zu hören, was vermutlich auf seine Tätigkeit als Musiker zurückzuführen war. In einer Zeit, da junge Männer nach Ausreden suchten, um *nicht* nach Vietnam zu müssen, war Phil Williams enttäuscht, als man ihn nach nur zwanzig Tagen ehrenhaft entlassen nach Hause zurückschickte. Er hörte einwandfrei, aber die Army-Ärzte befürchteten, der Gefechtslärm könne seine H-3-Insuffizienz verschlimmern, und diese Verantwortung wollte das Heer nicht übernehmen. Zum Glück der Bürger des Staates Florida ergab Williams' Gesundheitsscheck bei der Polizei keinerlei Beanstandungen.

Phil Williams heiratete 1971 und wurde 1975 Vater eines Sohnes. Zwei Jahre danach ließen er und seine erste Frau sich scheiden. »Der große psychische Schmerz, den ich nach unserer Trennung empfand, ließ mit der Zeit nach«, rekapitulierte Williams. »Und ich konnte jetzt nachempfinden, was in Leuten vorging, die das gleiche psychische Trauma durchlebten. Die persönliche Erfahrung erlaubte mir, Mitgefühl und Verständnis für sie aufzubringen. Man könnte sagen, daß die Scheidung die härteste Schule war, die ich je durchgemacht habe.«

Williams erinnerte sich, nach den richtigen Worten gesucht zu haben, um seinem kleinen Jungen beizubringen, daß er nicht mehr mit ihm und seiner Mom zusammenleben würde. »Ich sagte ihm, daß ich immer sein Daddy bleiben, immer für ihn da sein würde – aber es zerriß mich innerlich. Damals konnte ich nicht ahnen, wie sehr mir diese spezielle Erfahrung Jahre später bei Ermittlungen helfen sollte.«

Nachdem sich herausgestellt hatte, daß es seine wiedervereinigte Band nie zu etwas bringen würde, nahm Phil Williams eine Stelle als Mechaniker bei Piper Aircraft in Vero Beach an. Drei Jahre danach kam es zum Treibstoffengpaß, und Williams wußte, daß Piper dadurch starke Einbußen hinnehmen mußte. Nicht aus Überzeugung, sondern aus rein wirtschaftlichen Überlegungen heraus, bewarb er sich beim Indian River County Sheriff's Office. Im September 1974 wurde er angenommen. Mehr als überrascht stellte Williams fest, daß ihm die Arbeit großen Spaß bereitete und er offenbar ein Naturtalent war.

Am Geld lag es sicher nicht. Die Indian River County zahlte ihren Deputys 8000 Dollar im Jahr. Williams heiratete wieder. Da sein Gehalt nicht ausreichte, um eine Frau zu versorgen und den Unterhalt für seinen Sohn zu bezahlen, gründete er eine Landschaftspflegefirma, die er in seiner Freizeit betrieb. Nach einiger Zeit hatte er bereits fünfundzwanzig Stammkunden und heuerte Kollegen an, die ihm aushalfen.

Sein Interesse am Anbau wuchs. In seinem eigenen Garten zog er Mangos, zwei verschiedene Reb- sowie Guavenarten, Papayas, Brombeeren, Loquats, Ananas und Nektarinen. Einmal rettete er eine gewaltige alte Eiche, indem er eine verfaulte Aushöhlung mit 150 kg Beton füllte. Der Baum steht heute noch.

1980 bat Williams um seine Versetzung und wurde Detective in der Ranch and Groves Unit. Damals hatte die der Indian River County landwirtschaftliche Diebstähle im Wert von über 150 000 Dollar jährlich zu verbuchen. Zum Teil handelte es sich um schlichten altmodischen Viehdiebstahl, und zum Teil wurden Fertigprodukte entwendet. Gelegentlich mußten die Detectives auch nach Lecks suchen, über die Chemkalien austraten, die das

Grundwasser verseuchten. Des weiteren befaßte sich die Einheit mit der Überprüfung von Drogenschmugglern, eine Branche, die in den Siebzigern und Achtzigern in Florida florierte. »Es war nicht ungewöhnlich, daß wir gleich mehrere Ballen Marihuana auf irgendeiner Landebahn fanden, die Überreste eines verunglückten Rauschgifttransportes der vergangenen Nacht«, erzählte Williams. »Ich lernte, welche Umbauten dafür bei Flugzeugen und Schiffen üblicherweise vorgenommen wurden.«

Indem sie das Verteilernetz gestohlener landwirtschaftlicher Güter infiltrierten, gelang es Williams und seinen Kollegen von der Ranch and Groves Unit, die Diebe derart zu verunsichern, daß sie nicht mehr wußten, wer ein echter Käufer und wer ein Undercover-Detective war, so daß die Verluste der Farmer und Orchideenzüchter in der Indian River County um 138 000 Dollar zurückgingen.

Innerhalb der Polizeiarbeit gab es einen Bereich, der Phil Williams' Bestimmung war, auch wenn er hiervon nichts ahnte. Er sollte in einen grauenhaften Mordfall verwickelt werden, der seinen Glauben an Freundschaft und Loyalität beinahe zerstören würde. Sylvan Bishop hatte er für abartig gehalten – für einen komischen Kauz, der glaubte, berüchtigt und berühmt seien ein und dasselbe.

Der nächste gewaltsame Todesfall berührte Williams persönlich. Vor seiner ersten Ehe hatte Phil Williams viel Zeit mit zwei engen Freunden verbracht, die wie Brüder für ihn gewesen waren: David Gore und Fred Waterfield. Sie hatten gemeinsam gejagt, waren gemeinsam mit ihren jeweiligen Freundinnen ausgegangen und während der gesamten Schulzeit dicke Freunde gewesen. Fred hatte mit Phil in der Band gespielt. »David Gores Mutter hat meine Eltern vor fünfzig Jahren miteinander bekannt gemacht, und unsere Familien kamen einander sehr nahe.«

Die Nachricht über Sylvan Bishops Mord an zwei jungen Frauen hatte Phil nicht sonderlich überrascht. Als er allerdings in einem blutigen Verbrechen ermittelte, in das zwei Männer verwickelt zu sein schienen, die er als Brüder betrachtet hatte, war er zutiefst erschüttert.

»In der Indian River County ... waren mehrere Frauen verschwunden. Schon bald fiel der Verdacht auf ... David Gore«, erzählte Williams leise. »Ich hielt ihn des fünffachen Mordes einfach nicht für fähig, aber ich hatte schon vor langer Zeit gelernt, den Instinkt meiner Kollegen zu respektieren. Ich hörte über Polizeifunk, daß in der Nähe von Gores Haus ein Mann eine nackte Frau verfolgte ... Ich übernahm und umstellte zusammen mit mehreren anderen Beamten das Haus. Aus dem Kofferraum von Gores Wagen tropfte Blut, und ich half, diesen zu öffnen und die gefesselte Leiche einer Frau zu bergen. Nun gab es keinen Raum mehr für Zweifel an Gores Schuld.«

Williams wurde zu Fred Waterfields Haus beordert, so daß er die Verhaftung seines ehemals besten Freundes sowie die Befreiung einer Frau, die David Gore auf seinem Dachboden gefangengehalten hatte, nicht miterlebte.

Phil Williams setzte seine unglaubliche Geschichte fort. »Ich fuhr zu den Waterfields, mit denen ich ebenfalls befreundet war. Einzelheiten, die Waterfields mir gegenüber äußerte, halfen meinem Department, nachzuweisen, daß er an der Entführung des ermordeten Mädchens in David Gores Wagen beteiligt gewesen war – sowie an *sechs weiteren Serienmorden* ... mindestens.«

Phil Williams trat bei den Prozessen seiner beiden ehemaligen Freunde als Zeuge auf – für die Anklage. David Gore wurde zum Tode verurteilt, Fred Waterfield zu fünfundsechzig Jahren Haft. Abgesehen davon, daß er die beiden niemals verdächtigt hätte, war Williams fasziniert von den düsteren Geheimnissen, die sich hinter einer lächelnden Fassade verbergen konnten. »Mein Interesse an der Psychologie des kriminellen Verstandes – vor allem in Hinblick auf Mord – war geboren.«

Kapitel 6

1988 gehörten Don Dappen und Phil Williams einer aus verschiedenen Abteilungen bestehenden Sonderkommission zur Aufklärung eines der bislang schrecklichsten Fälle mehrfachen Mordes in der Geschichte der Treasure Coast von Florida an. Tommy Wyatt, sechsundzwanzig, und Michael Lovette, einunddreißig – beide aus einer Haftanstalt in North Carolina entflohen – stürmten am 18. Mai 1988 in eine Domino's Pizzeria in Vero Beach, angeblich nur, um sie auszurauben. Aber deren Safe war mit einer Zeitschaltuhr versehen, die erst eine Viertelstunde später ablaufen sollte.

Wyatt und Lovette beschlossen zu warten, gaben sich jedoch nicht damit zufrieden, sondern terrorisierten ihre wehrlosen Geiseln. Während Lovette sie mit vorgehaltener Waffe bedrohte, vergewaltigte Wyatt die achtundzwanzigjährige Frances Edwards, die Frau des Pizzeriamanagers, vor dessen Augen. Danach stieß er den Lauf seiner Pistole gegen ihren Hinterkopf und drückte seelenruhig ab. Anschließend wirbelte er herum und schoß Billy Edwards, siebenundzwanzig, in die Brust. Edwards, der trotz seiner schweren Verletzung versuchte, seine tödlich verwundete Frau zu schützen, vermochte Wyatt nichts entgegenzusetzen. Wyatt zielte mit einer Smith and Wesson Kaliber 38 auf das Logo von Edwards Baseballmütze und schoß.

Matt Bornoosh, Auslieferungsfahrer von Domino's und im gleichen Alter wie sein Chef, fiel auf die Knie und fing an zu beten. Grinsend feuerte Wyatt auf Bornooshs Kopf, aber die Kugel streifte ihn nur. Brutal rammte Wyatt den Lauf der Waffe in dessen Ohr und sagte leise: »Wenn du ganz genau hinhörst, kannst du die Kugel kommen hören …«

Dann drückte er ab. Unglaublicherweise lebte Matt Bornoosh hiernach noch mehrere Stunden, wenngleich er das Bewußtsein nicht wiedererlangte.

Sergeant Pete Huber vom Vero Beach Police Department griff geistesgegenwärtig nach seiner Kleinbildkamera und photographierte den Tatort, als in der Ferne bereits die Sirenen der Krankenwagen heulten. Seine Aufnahmen sollten beim Prozeß drei Jahre später eine entscheidende Rolle spielen, ebenso wie die neuen forensischen Techniken der DNA-Analyse, die es ermöglichten, anhand von Spermaspuren die Blutgruppe zu bestimmen und so einen Vergewaltiger zu überführen.

Bei dem Wagen, den die Mörder zwei Tage zuvor in Jacksonville gestohlen hatten, kochte das Kühlwasser über, so daß er am Ausgang von Vero Beach liegenblieb. Lovette und Wyatt stellten ihn in einer Seitenstraße im Westen der Stadt ab, türmten Papiertaschentücher auf seine Vordersitze und zündeten ihn an. Nachdem sie den Koffer mit dem Geld aus dem Domino's unter einer Brücke versteckt hatten, trampten sie auf der Bundesstraße 60 nach Westen.

In einer Bar in Seffner lernte Tommy Wyatt, ein geborener Schauspieler mit vollen Wangen und unschuldigem Gesicht, eine vertrauensselige junge Frau namens Cathy Nydegger kennen. Lovette und Wyatt fuhren nach Vero Beach zurück, um die Beute zu holen. Der Koffer war noch da, und sie verließen Vero Beach in Richtung Tampa. Auf einer einsamen, unbefestigten Straße bedeutete Tommy Wyatt Cathy Nydegger, mit ihm zu kommen, und steuerte ein Feld an. Lovette hörte gedämpfte Stimmen, dann die Geräusche eines Handgemenges und schließlich einen Schuß.

Die beiden Männer schleiften die Leiche des Mädchens zum Ufer eines Kanals.

Tommy Wyatt hatte keine Zeugen zurückgelassen. Es

sollte fast drei Jahre dauern, bis die Justiz die gewissenlosen Mörder stellte, aber die Gerechtigkeit siegte schließlich. Staatsanwalt Bruce Colton teilte den Geschworenen in Saratosa mit, daß die Sonderkommission der Polizei 82 Zeugen und 155 Beweisstücke anführen könne.

Man verurteilte Tommy Wyatt und Michael Lovette zum Tod auf dem elektrischen Stuhl. Lovettes Gnadengesuch wurde 1994 stattgegeben und das Todesurteil in lebenslange Haft umgewandelt.

Nach dem Vorfall in der Domino's Pizzeria im Mai 1988 waren sämtliche Polizisten entlang der Treasure Coast im Mai 1988 auf der Suche nach Verdächtigen fast rund um die Uhr im Einsatz. Damals erlebte Don Dappen Phil Williams zum ersten Mal ›in action‹ – er registrierte, daß der County-Detective hartnäckig war wie eine Bulldogge. Phil gab nicht auf, ehe er nicht herausbekommen hatte, was er wissen wollte. Dappen ahnte seinerzeit noch nicht, wie eng sie beide keine zwei Jahre später in einem Mordfall der sie, sofern möglich, noch tiefer erschüttern sollte als die grotesk-grausamen Pizzeria-Hinrichtungen, zusammenarbeiten würden.

Dennoch konnte Dappen immer noch lachen, wenn er an Phil Williams dachte. »Er ist so bodenständig, wie man nur sein kann. Er macht einem nichts vor. Er ist tatsächlich ein echter Landjunge. Während der Mörderjagd nach der Schießerei in der Pizzeria fanden wir uns auf der Suche nach einer Waffe in irgendeinem Graben wieder. Ich sagte: ›Laß uns Mittag essen gehen‹, worauf Phil entgegnete: ›Ich esse hier‹. Ich glaubte, er will mich auf den Arm nehmen, aber er griff nach seinem Messer, schnitt irgendwelche Gräser ab und begann, sie zu essen.«

Williams kannte sich in Sachen Vegetation aus, nicht nur, weil er auf dem Land aufgewachsen war, sondern wegen seiner Tätigkeit bei der Ranch and Groves Unit. Hätte er die Wahl gehabt, wäre ihm ein Hamburger wahrscheinlich lieber gewesen, aber er konnte sich auch von Natur ernähren, wenn es sein mußte.

In den ersten Jahren ihrer Ehe spielten Sandy und Tim Harris regelmäßig mit Don und Sue Dappen Karten; Pat Wessendorf traf sich zwar weiterhin jeden Donnerstag mit ihren drei Töchtern zum Mittagessen, aber Sandy vertraute Einzelheiten aus ihrer Ehe mit Tim eher ihren Schwestern als ihrer Mutter an. Wenn Pat erfahren hätte, daß Tim Sandy schlecht behandelte, wäre sie aktiv geworden, während Susan und Kathy sich damit begnügten, zuzuhören und mitfühlend zu nicken. Ihnen wurde klar, daß Tim absichtlich Dinge tat und sagte, um Sandy zu verletzen. Sogar mit ihnen flirtete er, obwohl sie ihn in keinster Weise ermutigten. Susan sagte ihm rundheraus, er solle das bleiben lassen, während sich Kathy schrecklich unbehaglich fühlte.

Sandy Harris hoffte immer noch, daß er sich eines Tages ändern würde. Sie liebte ihn so sehr; sie glaubte immer noch fest daran, daß er sich dessen bewußt werden und ihre Liebe erwidern würde. Sie hatten schon so vieles miteinander durchgemacht – für Sandy zuviel, um ihre Ehe aufzugeben.

Don Dappen hielt Tim für einen komischen Kauz. Zum einen waren sie befreundet, weil sie Schwestern geheiratet hatten, und zum anderen, weil sie beide Cops waren, aber Dappen spürte, daß Tim im Grunde seines Herzens ein Einzelgänger war. Tim angelte leidenschaftlich gerne, liebte Boote und fühlte sich berufen, betrunkene Autofahrer aus dem Verkehr zu ziehen. Darüber hinaus gab es kaum etwas, worüber man sich mit ihm unterhalten konnte. Und vor allem bemerkte Dappen schon sehr früh – daß Tim Frauen richtiggehend zu hassen schien.

»Wenn er bei einer Streifenfahrt ein Mädchen auf dem Bürgersteig entdeckte, verlangsamte er das Tempo, kurbelte das Fenster herunter und brüllte – *brüllte* wahrhaftig – so laut er konnte, ›Hey, kleine Schlampe!‹, um anschließend obszön mit der Zunge herumzuspielen. Ich sagte: ›Was ist los mit dir? Bist du verrückt?‹ Aber er lachte nur.

Manchmal rammte Tim beinahe einen vorausfahrenden Wagen mit einem alten Mann oder einer alten Frau am Steuer und hupte anhaltend – ich meine, etwa fünfundvierzig Sekunden oder so. Mir war das furchtbar unangenehm. Und eines Tages waren wir oben in Gifford – im schwarzen Stadtteil –, ein Schwarzer lief völlig harmlos die Straße entlang. Tim hielt neben ihm und herrschte ihn an: ›Hey Nigger! Wohin willst du?‹«

Don Dappen war entsetzt. Tim war ein Bundesbediensteter und erwachsener Mann, und er benahm sich wie ein ungehobelter und grausamer Teenager. »Ich sagte zu ihm: ›Laß mich hier raus. Fahr rechts ran und laß mich aussteigen‹.«

Außer seinen Vorgesetzten innerhalb der Patrol zollte Tim niemandem Respekt. Sandy, die er nach wie vor beschimpfte, konnte nicht verstehen, was in ihrem Mann vorging. Manchmal meinte sie, er betrachte die Welt von einer völlig anderen Warte aus als jeder andere Mensch, den sie kannte, als schaue er durch das falsche Ende eines Fernglases, so daß alles und jeder für ihn häßlich aussah.

Unfälle, bei denen jemand zu Tode gekommen war, schienen Tim völlig unberührt zu lassen. Sandy wußte, daß es Donny bedrückte, wenn er deren Hergang aufnahm, aber Tim barg Leichen aus Autowracks mit der gleichen Leichtfertigkeit, mit der er Protokolle schrieb.

»Manchmal kam er nach Hause und erzählte: ›Wir hatten heute abend einen richtig guten Unfall‹«, erinnerte sich Sandy. »Er sagte: ›Ein Typ ist durch das Fenster geflogen und hat sich dabei die Schädeldecke abgesäbelt. Der andere wurde aus der Tür geschleudert und ist voll auf die Straße geklatscht. Sauber!‹«

Eines Tages rief man Tim zu einem Unfall in der Nähe von Fort Pierce, bei dem ein kleiner Junge den Tod gefunden hatte, wahrscheinlich, weil er nicht angeschnallt gewesen war. »Tim ließ das kalt. Der kleine Junge war schwarz«, erklärte Sandy. »Und Schwarze bedeuteten ihm noch weniger als alle anderen. Himmel, es war ein *Kind*, aber Tim kümmerte das absolut nicht.«

Hin und wieder, wenn Tim Tagschicht hatte, sahen er und Sandy abends fern. Neben Sex war das das einzige, was sie gemeinsam unternahmen. Sie redeten nie miteinander, es sei denn, es ging um Tims Arbeit oder eine weitere Neuanschaffung. Trotzdem gab Sandy nicht auf.

»Wirklich glücklich war Tim nur, wenn er etwas Neues bekam«, rekapitulierte Sandy. »Aber er verlor so schrecklich schnell das Interesse daran. Er hatte vier Trucks in zwei Jahren – einen weißen Toyota-Pickup, einen Blazer, einen Chevy S-10 und einen Dodge Ram.«

Aber Tim Harris wollte nicht nur Autos, auch Boote hatten es ihm angetan. Beim ersten handelte es sich um ein recht bescheidenes Achtzehn-Fuß-Sun-Skiff. Daraus wurde mit der Zeit ein Einundzwanzig-Fuß-Well-Craft.

»Er wollte ständig ein größeres und besseres haben als jeder andere Trooper«, sagte Sandy. »Und gewöhnlich bekam er es auch. An seinen wenigen freien Wochenenden drehten sich sämtliche Familienunternehmungen um das Boot. Wir fuhren den Fluß hinunter zu den Inseln, wo wir dann picknickten oder Hamburger kauften. Die Kinder hatten ihren Spaß.«

Sandy behielt ihre Eheprobleme weitgehend für sich. Sie war sicher, selbst etwas falsch zu machen. Und Tim wollte, daß für Außenstehende alles ›rosig‹ aussah; er wäre sehr wütend geworden, hätte irgend jemand von ihren Problemen erfahren.

1985 kauften sie das viertausend Quadratmeter große Grundstück in Citrus Hideaway. Sie hatten gehofft, es von dem Überschuß aus dem Verkauf des Hauses in Mulberry Street finanzieren zu können, doch als sich endlich ein Interessent für das kleine braune Haus fand, reichte dieser gerade aus, um die Hypothek zu tilgen. Fred und Pat Wessendorf liehen ihnen 15 000 Dollar für den Erwerb des Grundstücks. Mit dem Land als Eigenkapital, konnte die Bank einen Kredit in Höhe von 45 000 Dollar für den Bau eines Hauses gewähren.

Tim ließ Entwürfe für sein Traumhaus zeichnen, gab Hunderte von Dollar dafür aus. Stolz legte er sie Sandy vor, die ungläubig auf die Blaupausen starrte. Das Haus hatte 500 Quadratmeter Wohnfläche! Sogar ein Zimmer für ein Hausmädchen war vorgesehen. »Ich verdiente 21 000 Dollar im Jahr und Tim 29 000. Ein Haus dieser Größe war untragbar! Tim meinte, ich hätte seinen Sold der Army Reserve nicht berücksichtigt, aber dieser betrug nur 160 Dollar monatlich. Er war absolut unrealistisch.«

Wieder gerieten der Träumer und die realistisch denkende Buchhalterin aneinander. Sie mußten noch Tims Truck und sein Boot abbezahlen, ehe er beides gegen neuere, teurere Modelle eintauschte, so daß sich ein immer größerer Schuldenberg vor ihnen auftürmte.

Tim und Sandy stritten wegen der Pläne für das neue Haus – oder genauer, die Diskussion endete, wie immer, wenn der Streß in ihrer Ehe ein bestimmtes Level überstieg, in einer Sackgasse. Tim titulierte Sandy als Schlampe und kehrte ihr den Rücken zu. Sie redeten zwei Wochen kein Wort miteinander.

Sandy würde Tims Verhalten ihr gegenüber nie begreifen. Ihre Treue stand außer Frage. Sie liebte ihn. Keinen anderen Mann würdigte sie auch nur eines Blickes. Trotzdem beschimpfte Tim sie beim kleinsten Streit im übelsten Gossenjargon. Sie hoffte, daß ein eigenes Haus ihr Leben verändern würde.

Schließlich schaffte sie es, auf der Grundlage irgendwelcher Pläne, die sie mit einigen eigenen Ideen kombinierte und mit den Extras, die Tim wünschte, ergänzte, ein Haus zu entwerfen, das sie sich leisten konnten. 270 Quadratmeter Wohnfläche, vier Schlafzimmer und zwei Bäder waren ein Kompromiß, mit dem sie beide leben konnten. Sie kamen überein, daß Tim das Haus selbst bauen sollte, um die Lohnkosten auf ein Minimum zu reduzieren. Er war ein sehr geschickter Handwerker – vorausgesetzt, die Arbeit langweilte ihn nicht, bevor er fertig war.

Tim konnte einfach alles, vom Schreinern bis zum komplizierten Fliesenlegen, und er war ein kräftiger und unermüdlicher Arbeiter. Durch seinen persönlichen Einsatz sparten sie Tausende von Dollars. Wenn Tim nicht im Dienst war, schuftete er am Haus in Citrus Hideaway. Es würde das erste in der 75th Court sein – obgleich später sehr edle Anwesen dort entstehen sollten. Es war eine große Investition, ein solides Fundament, auf dem Tim und Sandy ihre wirtschaftliche Zukunft aufbauen konnten.

Ursprünglich hatten Sandy und Tim vor, bis zur Fertigstellung ihres neuen Heims in einem Campingwagen auf dem Grundstück in Citrus Hedeaway zu wohnen, aber das erwies sich als sehr unpraktisch. Es gab keinen Strom; außerdem war Sandy wieder schwanger und konnte sich in dem winzigen Wagen kaum drehen. Also zogen sie mit Jennifer vorübergehend bei Pat und Fred Wessendorf ein.

Wie alle anderen Bereiche seines Lebens prägten Widersprüche und Extreme auch Tims Verhalten beim Bau seines Traumhauses. Er war ein talentierter, äußerst sorgfältiger und gleichzeitig ein nachlässiger, desorganisierter Arbeiter. Für manche Bauabschnitte gab er übertrieben viel Geld aus, um an anderer, wichtiger Stelle zu sparen.

Für das Gerüst des weißen Stuckhauses verwendete er beispielsweise die doppelte Anzahl der tatsächlich benötigten Wandpfosten. Sogar Fred Wessendorf, der gewöhnlich für sich behielt, was er dachte, fragte sich laut, ob Tim wirklich *so* viel Holz für den Rahmen brauche. Die solide Konstruktion glich beinahe einer Festung, kein Wind, kein Sturm, nicht einmal ein Hurrikan würde sie einreißen. Natürlich trieb dies die Baukosten beträchtlich in die Höhe. Tim verlegte die Fliesen in den Bädern meisterhaft – hinterließ jedoch Kleber auf den Kacheln, der bereits getrocknet und kaum zu entfernen war, als Sandy die Schlamperei entdeckte. Sie und Tim stritten ›fast jeden Tag‹, bis das Haus endlich fertig war. »Ich fand, daß er Geld und Material verschwendete. Aber ich liebte dieses Haus«, seufzte Sandy. »Es entsprach genau unseren Vorstellungen – alles war praktisch durchdacht.«

Außerdem war es sehr hübsch – das kleine Haus in der Mulberry Street hätte in die dazugehörige Doppelgarage gepaßt. Es war zweigeschossig, mit strahlendweißen Holzwänden und einem breiten, überhängenden Dach. Das Wohnzimmer hatte ein Erkerfenster und einen offenen Kamin mit erhöhter Feuerstelle. Das Elternschlafzimmer war riesig, und es gab Platz genug für zwei Kinderzimmer.

Tim arbeitete hart, damit sie noch vor Weihnachten 1985 einziehen konnten: Das Baby sollte auch etwa um diese Zeit zur Welt kommen.

Viele Jungverheiratete müssen mit irgendwelchen Schwierigkeiten fertig werden. Sandy hatte im Dezember 1985 ihren zwanzigsten Geburtstag gefeiert, und Tim war nur fünf Jahre älter. Positiv nahm sich aus, daß beide sehr verantwortungsvolle Posten bekleideten. Und jetzt, da ihr neues Haus fast fertig war, schien es, als könnte doch noch alles gut werden.

Vielleicht würden sie endlich aufhören, sich zu streiten,

wenn sie beide nur ihr Möglichstes taten, damit ihre Ehe funktionierte. Sandy wußte, daß andere Leute – darunter auch ihre eigenen Schwestern – sich fragten, warum sie bei Tim blieb. Aber niemand, der nicht ähnliches durchgemacht hatte, dürfte das verstehen. Wenn Tim charmant und lieb war, konnte kein Mann süßer sein. Er schaffte es mühelos, sie die schlechten Zeiten vergessen zu lassen und ihren Glauben an ihn wiederherzustellen. Sein Anblick in Uniform versetzte sie nach wie vor in helle Begeisterung. Wenn sie ihm nichts bedeutete, hätte er es wohl kaum auf sich genommen, mit seinen eigenen Händen ein Haus für sie zu bauen, oder?

Dennoch, und trotz Sandys Optimismus fiel bereits alles auseinander. Sofern es möglich ist, einen Zwischenfall oder einen Augenblick zu bestimmen, da die Samen der Tragödie zu keimen begannen, kann man die Weihnachtszeit des Jahres 1985 als den Anfang vom Ende für Tim und Sandy Harris bezeichnen.

Kapitel 7

Im Dezember 1985 rief man Trooper Harris zu einem Autounfall in der Nähe von Vero Beach. Es war nicht viel mehr als ein Blechschaden. Routinemäßig notierte Tim Namen, Adressen und Telefonnummern der Fahrer und Zeugen. Die blonde Frau, die ihn unentwegt anstarrte, war ihm sofort aufgefallen, obwohl er sich nichts anmerken ließ. Er schätzte sie auf Anfang Dreißig. Sie war schlank und ausgesprochen attraktiv.

Ob nun er DeeLisa Davis* anrief oder sie ihn – wie Tim Harris später behauptete –, es bahnte sich eine Affäre an, die seine Ehe gefährden sollte. Tim beharrte darauf, nach der Aufnahme des Unfallhergangs nicht weiter an DeeLisa gedacht zu haben. Er wäre verrückt gewesen, hätte er ihr unmißverständliches Angebot, mit ihm ins Bett zu gehen, nicht wahrgenommen. Sandy stand kurz vor der Niederkunft, und Tim war müde, vom Dienst, von der Arbeit an seinem Haus und dem Zusammenleben mit seinen Schwiegereltern. Vor allem aber fühlte er sich gelangweilt.

Und Tim Harris unternahm immer etwas, um diesen Zustand zu ändern.

DeeLisa versicherte Tim, daß sie nur an einer Affäre interessiert sei, und er glaubte ihr. Hätte er auch nur die geringste Ahnung von der weiblichen Psyche gehabt, wäre ihm klar gewesen, daß es nur sehr wenige Frauen gibt, die tatsächlich nur auf Sex aus sind. DeeLisa war geschieden, hatte kleine Kinder und war bei der Telefongesellschaft tätig.

Sie sollte sich hoffnungslos in Tim Harris verlieben.

Tim hatte DeeLisa nur sehr wenig von seinem Privatleben erzählt, und sie war darauf bedacht gewesen, keine Fragen zu stellen. Er trug einen Ehering, und sie war nicht dumm. Und doch ...

Anfang Januar 1986 war das Haus in Citrus Hideaway endlich bezugsfertig. Sandy hatte es gerade erst notdürftig eingerichtet, als Timothy Scott Harris Jr. eine Woche danach zur Welt kam. Das zweite Kind der Harris wurde per Kaiserschnitt geholt, und Sandy mußte mehrere Tage im Krankenhaus bleiben.

Tim nahm DeeLisa mit in sein neues Haus und prahlte mit seinem handwerklichen Geschick. Er führte sie ins Elternschlafzimmer und zog sie auf das Bett. DeeLisa konnte nicht übersehen, daß Tim mit einer Frau zusammenlebte. Aber sie wollte absolut sicher sein, auch wenn sie damit rechnete, daß ihr die Antwort nicht gefallen würde. »Hier wohnt eine Frau. Deine Frau, nehme ich an. Wo *ist* sie?« fragte sie schließlich.

»Im Krankenhaus«, erwiderte Tim ungerührt. »Sie hat gerade ein Baby bekommen.«

DeeLisa holte tief Luft. Wäre sie stark genug gewesen, ihren Prinzipien zu folgen, hätte sie ihre Beziehung zu Tim in diesem Moment beendet. Es war eine Sache, mit dem Ehemann einer anderen zu schlafen, aber es erschien ihr erheblich unmoralischer, es in dem Bett zu tun, das er gewöhnlich mit seiner Frau teilte – noch dazu während sich diese in der Klinik von der Geburt seines Kindes erholte. DeeLisa wußte, daß sie gehen sollte, aber sie konnte nicht.

Sie war bereits verrückt nach ihm.

Sandy sollte erst viel, viel später von Tims Verhältnis erfahren. Als sie mit Timmy nach Hause kam, war Tim sehr lieb zu ihr und verwöhnte sie sogar einige Zeit, bis sie wieder einigermaßen bei Kräften war. Sie wußte, daß er sich zwei Mädchen wünschte und keinen Jungen. Dennoch war er begeistert, nachdem er Tim Jr. erst gesehen hatte.

Der Alltag kehrte wieder ein. Es war schön, in dem neuen Haus zu leben, aber für Tim verlor es schon bald seinen Reiz. Der Bau hatte eine neue Herausforderung für ihn bedeutet, und jetzt war dieses Kapitel für ihn abgeschlossen. Als sich in der Küche eine Schranktür lockerte, bat Sandy Tim, sie zu reparieren – aber dazu sollte es nie kommen. Die Tür hing noch jahrelang schief in den Angeln.

Tim säte pflegeleichten Bahia-Rasen und kaufte sich einen fahrbaren Rasenmäher. Außerdem schaffte er eine Satellitenschüssel an.

Sandy konnte ihn einfach nicht davon abhalten, sich ein ›Spielzeug‹ nach dem anderen zuzulegen. Er leistete sich einen Computer, verlor jedoch schon nach wenigen

Wochen das Interesse und benutzte ihn kaum noch. Er beschloß, ein Gewächshaus zu bauen. Er besorgte Aluminiumplatten, machte sich an die Arbeit, um sie ein paar Stunden später frustriert auf den Müll zu werfen.

Sandy und Tim hatten immer noch keine Freunde – nicht solche, mit denen man auf Partys ging oder die man zu sich einlud. Sie besaßen jetzt ein Haus, das groß genug dafür gewesen wäre, aber Tim lehnte Besuch ab.

»Zu den Leuten selbst war Tim nett und freundlich«, erzählte Sandy. »Aber hinter ihrem Rücken bezeichnete er sie als ›Abschaum‹. Frauen gegenüber gab er obszöne Laute von sich. Die anderer Männer betrachtete er allesamt als Schlampen. Er haßte jeden. Er weigerte sich, mit den Nachbarn zu grillen, und wir nahmen nur sehr selten Einladungen zu Partys von Kollegen der FHP an.«

Tim wollte auch nicht, daß Sandy Freundinnen hatte. Nach einer Weile stellte sie ihre Versuche, Bekanntschaften zu schließen, ein. Sie waren den Streit und die Mühe nicht wert. »Meine Mom war meine einzige Freundin – die einzige, mit der ich reden konnte.«

Sandy ahnte nicht, daß ihr Mann ein Verhältnis hatte. Natürlich bot sein Beruf die idealen Voraussetzungen für Seitensprünge. Trooper fuhren mit ihren Streifenwagen nach Hause und mußten sich zu Beginn ihrer Schicht nicht auf dem Revier melden. Es kam oft vor, daß der Dispatcher sie daheim anfunkte, wenn sie gebraucht wurden, um bei einem Unfall oder einer Fahndung zu helfen.

Sandy wußte nie genau, wo sich Tim aufhielt.

Sandy Harris hatte zwei kleine Kinder, einen Job und ein großes Haus. Sie liebte Tim nach wie vor, aber manchmal erschien er ihr noch wie ein drittes Kind. Sie wollte glauben, daß er Jennifer und Timmy liebte, obwohl er sich weigerte, ihr bei deren Versorgung zu helfen. Nie badete oder fütterte er sie. »Wenn ich ihn anrief und ihn fragte, ob er sie von der Kindertagesstätte abholen könne, bekam ich nie eine konkrete Antwort. Er sagte nur: ›Vielleicht, Schlampe – vielleicht auch nicht.‹«

Sie konnte sich nicht auf ihn verlassen. »Manchmal warteten sie auf mich, und manchmal waren sie schon zu Hause, aber ich mußte jedesmal dort vorbeifahren, um zu sehen, ob sie noch da waren. Er holte sie ab, wenn *ihm* danach war – nicht, um mir einen Gefallen zu tun.«

Abgesehen von den Kindern, lebte Sandy in einem emotionalen Vakuum.

Sandy stellte ihr gemeinsames Konto glatt und beglich immer noch alle Rechnungen. Sie wußte, wenn sie es nicht selbst tat, würde keine einzige bezahlt werden. Wenn Tim Harris etwas kaufen wollte, ›bettelte und flehte‹ er. Es nutzte nichts, wenn Sandy ihm ihre Außenstände in Erinnerung rief. »Wenn Tim heimlich etwas kaufte, erfuhr ich es erst, wenn die Rechnung eintraf. Stellte er ohne mein Wissen einen Scheck aus, wurde ich wütend, schrie ihn an, das gebe ich zu. Aber Tim bezeichnete mich wie eh und je – als Schlampe und ging einfach.«

»›Nur noch diese eine Sache‹, sagte Tim immer. Wie beispielsweise: ›Nur noch den Dodge Ram Truck, und ich werde dich nie wieder um etwas bitten‹.«

Sandy wußte, daß er sein Versprechen nicht halten würde, ließ sich jedoch letztendlich stets erweichen. Schließlich nahm sie sogar eine zweite – und später eine *dritte* – Hypothek auf das Haus auf, um die neuen Trucks und die größeren Boote anzuschaffen, die Tim sich wünschte. Hatte sie seinen Forderungen nachgegeben, war er gutgelaunt und umgänglich – aber das hielt nie lange vor.

»Warum brauchst du ständig irgend etwas Neues?« fragte sie ihn einmal.

»Als Kind habe ich nie etwas bekommen«, entgegnete er. »Das hole ich jetzt nach.«

Sandy fiel es schwer, das zu glauben. Tims Eltern mußten erheblich mehr Geld gehabt haben als die Wessendorfs. Aber Tim hegte unversöhnlichen Groll gegen beide Elternteile. Den Grund dafür kannte Sandys nicht, warum – er wollte nicht darüber sprechen. Er schickte seiner Mutter nie ein Weihnachts- oder Geburtstagsgeschenk – nicht einmal eine Karte –, und er verbot Sandy, dies zu tun. Trotzdem schrieb Virginia Harris regelmäßig und übersandte Präsente, vor allem nach der Geburt der Kinder.

Tagtäglich einem passiv-aggressiven Partner ausgesetzt, begann Sandy Wessendorf, sich langsam zu verändern. Das süße Mädchen mit den vollen Backen, das sich so blind in den jungen Polizisten verliebt hatte, gab es nicht mehr. Ihre Träume waren zerplatzt wie Seifenblasen. Ihre Ehe entbehrte jeglichen soliden Fundaments, und sie konnte nie voraussehen, was Tim tun oder nicht tun würde. Sie hatte immer auf das Gute im Leben vertraut, aber mittlerweile hegte sie Mißtrauen.

Sandy wurde härter. Ihre Eltern und Schwestern bemerkten die spröde Fassade eines Menschen, den man zu oft und zu tief verletzt hatte – und sie waren bedrückt.

»Manchmal«, gab Sandy zu, »wünschte ich beinahe, er käme draußen auf dem Highway ums Leben – nur um seine Grausamkeit nicht mehr ertragen zu müssen. Ich hatte keine Lust auf Sex mit ihm. Wenn ich ihn um Mitternacht zurückerwartete, stellte ich mich um fünf vor schlafend. Aber es nutzte nichts. Es war immer rein-raus-danke, und jedesmal mußte ich nachher weinen, obwohl ich es nicht wollte.«

Sie hatte nach wie vor keine Ahnung, daß Tim sie betrog. Sie dachte nur, er hasse sie und ihr gemeinsames Leben, und wußte nicht mehr, was sie dagegen tun sollte.

In seiner Freizeit war Tim Harris abwechselnd unsicher und schüchtern – und er verachtete andere Leute. Er vertraute nur dem Meer, und er vertraute dem Mann, in den er sich verwandelte, wenn er in Uniform am Steuer eines Streifenwagens saß.

Und er war ein guter Florida State Trooper. Am 14. Juni 1987 brachte der *Miami Herald* ein vierspaltiges Interview mit Tim, über die Reaktion der Autofahrer in Zusammenhang mit der Anhebung des Tempolimits auf fünfundsechzig Meilen in der Stunde. Das neue Gesetz – das nur bestimmte Regionen betraf – war am 27. April in Kraft getreten. Tim und seine Kollegen, die die I-95 entlang der Treasure Coast überwachten, hatten im Mai 712 Protokolle ausgestellt. Im ganzen Vorjahr waren es 842 gewesen.

Tim Harris meinte lapidar: »Raser bleiben eben Raser. Es gibt eben Leute, die grundsätzlich zehn, zwölf Meilen schneller fahren als erlaubt. Und dann sind da noch diejenigen, die mit mindestens neunzig Meilen unterwegs sind.«

Während *Herald*-Reporter Phil Long Tim begleitete, sah er ihn zwei Protokolle ausstellen. Einer der Fahrer war Tims Radarpistole zufolge 82 Meilen in der Stunde gefahren, der zweite 76 – beide in der 65-Meilen-Zone. Long photographiere Tim am Steuer seines Streifenwagens und bei der Belehrung der ertappten Verkehrssünder. Er war nach wie vor sehr attraktiv, obgleich er jetzt reifer wirkte; er hatte etwas an Gewicht zugelegt, und seine Wangen waren ein ganz klein wenig erschlafft.

Einen Monat später berichtete der *Miami Herald* erneut über Tim Harris. Diesmal erklärte er eine neue Technik, die Radarwarngeräte austricksen würde. Die neue Tempofalle, auch VASCAR Plus genannt (Visual Average Speed Computer and Recorder), gestattete es dem Trooper, ohne sich von der Stelle zu rühren, mit Hilfe eines kleinen schwarzen Kastens die Zeit zu messen, die ein Fahrzeug brauchte, um eine bestimmte Entfernung zurückzulegen. Darüber hinaus ermöglichte es einer fahrenden Patrol-Einheit, folgende und vorausfahrende Verkehrsteilnehmer zu überwachen. »Man kennt Zeit und Entfernung«, erklärte Tim, »und ist in der Lage, die exakte Fahrgeschwindigkeit zu errechnen.«

Tim berichtete lächelnd, daß an die neunzig Prozent der Fahrer, die die Patrol mit dem VASCAR erwischt, über Radarwarner verfügten und unangenehm überrascht seien, angehalten zu werden; da der VASCAR weder Strahlen noch ein Signal aussende, nütze der Radarwarner nichts mehr.

Die Trooper sollten zehn Überstunden die Woche einlegen. Das würde die Treasure-Coat-Gegend viel Geld kosten, aber da die betroffenen Countys einen Teil der Bußgelder erhielten, lohnte sich der Aufwand. Die Bußgelder berechneten sich wie folgt: 44 Dollar für 56 bis 65 Meilen in der Stunde (dort, wo die neue Verordnung nicht galt) und 74 Dollar für 66 bis 79 Meilen in der Stunde. Die echten Raser mußten 99 Dollar plus 2 Dollar für jede zusätzliche Meile in der Stunde zahlen.

Tim war das Gesetz; er war der Trooper, den Captain Dean Sullivan vom Fort-Pierce-Revier der Florida Highway Patrol zum Repräsentanten seines Departments wählte. Von Stolz erfüllt, las Sandy die Artikel über Tim. Sie schnitt sie aus und klebte sie in ein Album. Wenn je eine Frau gemischte Gefühle für ihren Mann gehegt hatte, dann Sandy Harris. In Zeiten wie diesen war sie froh, Tims Frau zu sein.

Aber es gab auch weniger gute Zeiten. Tim titulierte sie und andere Frauen immer noch als ›Schlampen‹ und ›Nutten‹. Er weigerte sich immer noch, sich mit anderen Paaren anzufreunden. Er kniff Sandy immer noch in die Oberschenkel, dort wo niemand sonst die schwarz-lila Blutergüsse sehen konnte. Er drehte ihr immer noch den Arm auf den Rücken, wenn sie ihn erzürnte.

Und Sandy ahnte immer noch nichts von Tims Maitresse DeeLisa Davis.

Kapitel 8

Die Frau im Pinienhain war nach wie vor allein. Sie lag inzwischen schon so lange dort, daß die kleinen Tiere, die in dem Wäldchen lebten und starben, sie nicht einmal mehr wahrnahmen. Die Insekten stachen nicht mehr in ihre nackte Haut. Sie war Teil ihrer Umwelt geworden, so reglos wie ein herabgefallener Pinienast, so still, wie es zuweilen die Nacht wurde, wenn vom Fluß nicht die leiseste Brise herüberwehte.

1988 übertraf Tim Harris weiterhin die Mindestanforderungen, die an einen Florida State Trooper gestellt wurden. Seine Vorgesetzten kreuzten in jeder Kategorie das oberste Kästchen an. Sicher, er war ein schweigsamer Zeitgenosse, aber stets bereit, ein Schwätzchen mit jedem seiner Kollegen zu halten. Er tat seine Arbeit, und er tat sie gut. Er war immer dort, wo er zu sein hatte, und er beklagte sich nie über einen Sondereinsatz.

1987 hatte Tim sich zum Dienst bei der K-9, der Hundestaffel, beworben, um einen Hund zu bekommen und am Training in Fort Lauderdale teilzunehmen. Die FHP erweiterte gerade ihr Kontingent an Polizeihunden für ein neues Drogenbekämpfungsprogramm. Gleich hinter den betrunkenen Autofahrern standen die Drogendealer, die Florida mit ihrem Gift überschwemmten, auf Tim Harris' Liste. Und so war er ganz aufgeregt, als ihm befohlen wurde, sich in der K-9-Schule zu melden.

Der Hund, den man Tim zuwies, hieß Shadow. Shadow war ein prächtiger, langhaariger neunzig Pfund schwerer Deutscher Schäferhundrüde. Tim verbrachte Wochen mit dessen Ausbildung, und als sie in die Indian River County zurückkehrten, hatte sich bereits ein untrennbares Band zwischen ihnen entwickelt. Tim baute für Shadow einen

Zwinger neben dem neuen Haus. Wie die meisten K-9er erwies sich Shadow als sanfter, verschmuster Familienhund gegenüber Sandy, Jennifer und Timmy – bei seinen Einsätzen mit Tim war er jedoch bereit, jeden in Stücke zu reißen, der seinen ›Partner‹ bedrohte. Sein Beschützerinstinkt Tim gegenüber war außergewöhnlich.

Tim scheute sich nicht, Shadow zu benutzen, um sich einen sadistischen Scherz mit jemandem zu erlauben. Das war die einzige Art von Humor, die er verstand. Sue Dappen hatte Angst vor Hunden. Eines Tages betrat sie das Haus ihrer Schwester, ohne Shadow zu bemerken, der ruhig in der Diele saß. Tim grinste und sagte leise: »Shadow, paß auf.« Der große Hund spitzte sogleich die Ohren und begann zu knurren. Sue blieb in panischer Angst wie angewurzelt stehen – ganz so, wie Tim erwartet hatte. Don betrat das Haus hinter Sue, sah, was vor sich ging, und griff ein. »Tim! Hör auf damit!« herrschte er seinen Schwager an.

Tim pfiff den Hund zurück, lachte aber herzlich.

Eine Zeitlang war Timm derart von Shadow angetan, daß alles andere in den Hintergrund trat. Die Tatsache, daß sogar seine Erfolgsrate sank, führte sein Sergeant einzig und allein auf die Abwesenheit während der K-9-Ausbildung zurück. »Er und sein Hund sind allzeit einsatzbereit.«

Selbst seine Affäre mit DeeLisa hatte Tim auf Eis gelegt, solange er mit Shadow in Lauderdale gewesen war; und weder sie noch Sandy bekamen ihn nach seiner Rückkehr häufig zu Gesicht.

Tims Aufgaben- und Einsatzgebiet änderten sich im Grunde nicht. Er untersuchte immer noch Unfälle, verhaftete betrunkene Autofahrer und schrieb Protokolle für Raser. Der einzige Unterschied darin bestand, daß ab Mitte 1987 Shadow ihn begleitete, denn das Drogenbekämpfungsprogramm, bei dem die beiden eingesetzt werden sollten, war – sei es nun, weil die Steuergelder dafür nicht ausreichten oder aber die Behörden trödelten, zwei Jahre danach immer noch nicht realisiert.

Tim Harris und Shadow waren ein beeindruckendes Paar, wenn sie Verkehrssünder stoppten: Der hünenhafte, großgewachsene Trooper, der durch seine Dienstmütze noch größer wirkte, und der Hund, der nur darauf zu warten schien, daß er ihn aus dem Wagen ließ, um einen Arm oder das eine oder andere Bein zu zerreißen. Der Shadow, der mit Sandy und Tims Kindern spielte, war ein völlig anderer als der Diensthund und seinem Herrn sehr ähnlich: Beide besaßen zwei verschiedene und völlig gegensätzliche Persönlichkeiten.

Anfangs kümmerte sich Tim vorbildlich um Shadow, aber dann fiel Sandy auf, daß er den Hund, wenn er dienstfrei hatte, stundenlang in den Zwinger sperrte. Vielleicht wäre dies nicht der Fall gewesen, hätte Tim mit ihm als Partner Drogen aufspüren können. Sandy seufzte. Erwartungsgemäß war er, wie aller anderen Spielzeuge, auch des Hundes überdrüssig geworden und hatte keine Lust mehr, sich mit ihm zu befassen, nur daß Shadow ein lebendes, fühlendes Wesen war und Tim abgöttisch liebte. Der Hund tat ihr leid, und sie versuchte, ihn möglichst oft freizulassen, damit er mit ihr, Jennifer und Timmy zusammensein konnte.

Jetzt, da Tims Interesse an Shadow nachgelassen hatte, war auch die friedliche Phase in der Ehe der Harris' zu Ende. Tim begann sich wieder zu langweilen. Schließlich äußerte er Sandy gegenüber einen Wunsch, den sie kaum fassen konnte. »Er wollte einen Hubschrauber! Ist das zu glauben? Er wollte seinen eigenen Hubschrauber. Er hatte vor, einen Bausatz zu kaufen und ihn selbst zusammenzusetzen – er meinte, das würde ihn nur 28 000 Dollar kosten. Letztendlich konnte sie ihn überreden, statt dessen mit einem größeren Boot vorlieb zu nehmen.«

Ein Boot wäre das kleinere Übel, aber es mußte ein wirklich großes sein, um den Verzicht auf den Helikopter wettzumachen. Diesmal kaufte Tim einen 25 Fuß langen Cubby-Proline-Kabinenkreuzer mit 200 PS, so daß Sandy das Haus erneut belasten mußte. Die bisherigen Festkosten und auch die zweite Hypothek waren noch tragbar gewesen. Aber Tims 45 000-Dollar-Kredit für das Boot machte Sandy Sorgen; sie wußte, wie leicht sie ihr schönes Haus in Citrus Hideaway verlieren konnten.

Sandy rechnete und rechnete, aber das Resultat war immer dasselbe. Die monatlichen Raten für das Haus betrugen 1094 Dollar, für den Bootskredit 329 Dollar und für Tims neuen Truck 350 Dollar; hinzu kam, daß Tim mit dem Truck so viel unterwegs war, daß die Benzinrechnung pro Monat 250 Dollar überstieg. Das hieß, daß sie 2023 Dollar abführen mußten, ehe sie überhaupt daran denken konnten, Lebensmittel, Kosmetikartikel oder Kleider zu kaufen – oder die Nebenkosten wie Strom, Gas und Wasser zu bezahlen. Vergnügungskosten hatten sie keine, da sie nie ausgingen. Wenn Tim abends zu Hause war, sahen sie fern. Sie redeten nicht mehr miteinander.

Gemeinsam verdienten Sandy und Tim nur 3900 Dollar brutto im Monat, und Sandy hatte panische Angst vor dem Bankrott.

Tim kümmerte das nicht: er war glücklich mit seinem neuen Boot und erstand gleich für 2000 Dollar eine Tauchausrüstung. Als nächstes schaffte er sich ein Handy für 1200 Dollar an, und die erste Telefonrechnung belief sich auf 600 Dollar.

Abgesehen von seinen nächtlichen Einsätzen auf der I-95, bei denen er nach Rasern, Betrunkenen und Drogendealern Ausschau hielt, oder den Tagschichten, bei denen er von jenen offensichtlich allen Troopern bekannten Stellen unbemerkt den Verkehr überwachte, liebte Tim das Wasser. Er hatte seine Kindheit nahe dem Indian River verbracht, mit all den kleinen Inseln, die auf dem Strom zu treiben scheinen. Einige von ihnen waren nur Erdhügel, zu winzig, um auch nur einen Namen zu tragen, aber auf manchen gab es Anleger, an denen er das große neue Boot festmachen konnte.

Der Indian River würde ihn bis in den Atlantik tragen, wenn er es wünschte. Tim fürchtete sich nicht im mindesten vor dem Wasser; er forderte es beinahe heraus, ihn zu ertränken, hatte jedoch Bedenken, wenn sich Jennifer und Timmy in der Nähe der allgegenwärtigen Ströme, Flüsse und Bäche der Umgebung aufhielten. Einmal, Timmy war etwa zweieinhalb, beobachtete Sandy die Kinder beim Spielen im seichten Wasser, als Timmy plötzlich unterging und etwas Wasser schluckte, ehe Sandy ihn packen und wieder auf die Beine stellen konnte.

Obgleich Timmy nie ernsthaft in Gefahr gewesen war, warf Tim ihr monatelang ihren ›Leichtsinn‹ vor. »Erinnerst du dich«, sagte er drohend, »wie unser Sohn beinahe ertrunken ist ...«

Sandy fühlte sich immer schuldig, obwohl sie wußte, daß es nur wenige Kinder gab, die in diesem Alter nicht die eine oder andere Tasse Wasser schluckten, und sie die Kinder nicht aus den Augen ließ, wenn sie im Wasser waren.

Tim seinerseits schwamm wie ein Delphin. Jetzt da er von allen Polizeibeamten in der Indian River County das größte Boot besaß, lud er ab und an Kollegen zum Fischen oder Tauchen ein. Sein Schwager, Don Dappen, begleitete ihn häufig.

Einmal nahm Tim mehrere Beamte zum Tauchen mit. Er erklärte sich freiwillig bereit, die Ankerleine zu überwachen, solange sie unter Wasser waren. Als der erste Taucher wieder an die Oberfläche kam, stellte er zu seinem

Entsetzen fest, daß Tims Boot bereits mehrere Hundert Meter entfernt war. Sein Rufen blieb erfolglos, und so schwamm er, so schnell er konnte, darauf zu, und erreichte es gerade noch, ehe es am Horizont verschwand. Mit letzter Kraft zog er sich an Bord. Tim war nicht da, und der Anker hatte ganz offensichtlich keinen festen Halt auf dem Grund gefunden. Dem Cop blieb nichts anderes übrig, als die Ankerleine zu kappen und das Boot zur Signalflagge zurückzulenken. Die anderen Männer würden bald erschöpft auftauchen und feststellen, daß der Kabinenkreuzer nicht mehr da war. Er konnte nur annehmen, daß Tim aus irgendeinem Grund das Boot verlassen hatte und ertrunken war.

Nach und nach tauchten die anderen Männer auf, erleichtert, daß das Boot auf sie wartete – aber auch schockiert, als sie von Tims Verschwinden erfuhren. Don Dappen überlegte, wie er Sandy die traurige Nachricht beibringen sollte. Doch plötzlich und unerwartet brach Tim Harris durch die Wasseroberfläche. Lebendig und guter Dinge. Er machte sich über ihre Sorge um sein Wohlergehen lustig, reagierte jedoch wütend, als er hörte, daß die Ankerleine gekappt worden war. Tim wollte einfach nicht begreifen, daß sie alle hätten ertrinken können, wenn das Boot noch weiter abgetrieben wäre.

Ein anderes Mal nahm Don an einem nächtlichen Hummertauchfang teil: Es war am Tag der Saisoneröffnung, und sie mußten äußerst vorsichtig bis auf den Grund des Indian River tauchen, damit die Ripptide, die kräftig in Richtung Ozean strömte, sie nicht von der Leine pflückte wie ein Hurrikan Herbstlaub von einem Ast. Tim lachte nur über Dons Warnung und sagte, er würde als erster runtergehen und sich umschauen.

»Als wir unten ankamen«, erinnerte sich Don, »konnten wir ihn nirgends entdecken. Eigentlich hätte es ganz leicht sein müssen, denn wir mußten nur unsere eigenen

Lampen ausschalten, um den Strahl seiner Lampe zu sehen. Aber er war nicht da.«

Sie tauchten wieder auf, erneut überzeugt, daß Tim ertrunken war. Das Funkgerät auf dem Schiff knisterte, dann meldete sich der Skipper des letzten Bootes in einer Reihe von Vergnügungsschiffen, die Richtung Ozean ankerten. »Wir haben einen Mann namens Tim an Bord genommen«, erklärte der Mann. »Gehört er vielleicht zu Ihrem Boot?«

Tim *war* von der Ripptide fortgerissen worden, trotz seiner Zusicherung, nicht leichtsinnig zu sein. Als Don die Informationen der Bootsführer entlang der Ankerreihe vorlagen, stellte sich heraus, daß Tim gar nicht gegen die Tide angekämpft und jegliche Hilfe abgelehnt hatte. Er hatte sich auf den Rücken gelegt und sich vor den Augen der entsetzten Skipper Dutzender Boote treiben lassen, als befände er sich im heimischen Swimming Pool. Im letzten Moment, kurz vor dem offenen Meer, hatte ihm der Kapitän der letzten Yacht eine Leine zugeworfen und ihn aus dem Wasser gezogen. Tim war absolut nicht verängstigt gewesen. Ihm schien gar nicht bewußt zu sein, daß er unaufhaltsam tückischen Strömungen, Haien und dem sicheren Tod entgegengetrieben war.

Er erweckte vielmehr den Eindruck, als sei es ihm egal.

Lt. Gary Morgan, einer jener FHP-Officer, dem Tim zu verdanken hatte, daß man ihn der der Indian River County zuteilte, wurde 1989 einer seiner Vorgesetzten. Mehrere Trooper hatten Morgan gegenüber erwähnt, Tim sei tief enttäuscht gewesen, weil man das versprochene Antidrogenprogramm nie realisiert habe. Morgan rief Tim in sein Büro. Tim klagte, er habe einfach keine Möglichkeit, Shadow dem Zweck zuzuführen, für den er gezüchtet worden sei.

»Ich kam ihm entgegen«, erinnerte sich Morgan. »Ich versprach ihm, seinen Dienstplan einen Monat im voraus aufzustellen, damit er feste Zeiten für das Training mit seinem Hund einplanen konnte. Ich würde ihn an bestimmten Tagen ›beurlauben‹, manchmal für acht Stunden – also eine ganze Schicht – und manchmal für vier Stunden, so daß er mit Shadow die verschiedenen Übungsplätze oder auch den Tierarzt aufsuchen konnte. Wissen Sie, ich habe ihm mehr oder weniger zugestanden, mit dem Hund zu tun, was er für richtig hielt, und mit Shadow im Rahmen des Drogenfahndungsprogramms auf der Interstate zu arbeiten. Zu Unfallaufnahmen rief ich ihn nur, wenn alle anderen Trooper anderweitig zu tun hatten ... Und er hat sich nie über diese Einsätze beschwert ... Ich übertrug ihm Indian River und Saint Lucie und ließ ihn und den Hund die Interstate rauf und runter Streife fahren.«

Shadow leistete gute Dienste, war in seinem neuen Aufgabenbereich ganz bei der Sache, und Mann und Hund verbrachten wieder mehr Zeit miteinander. 1989 wurde Shadow sogar im *Press Journal* von Vero Beach erwähnt. ›Shadow (der Schatten) läßt sich nicht hinters Licht führen – und das hat er am Donnerstag morgen bewiesen ...‹

Shadow und Tim hatten einen Mann gestellt, dem eine ganze Reihe von Autodiebstählen zur Last gelegt wurde. Shadow hatte ihn in einem Wald aufgespürt, wo Tim auf den zuletzt gestohlenen sowie vier weitere, bereits teilweise zerlegte Wagen gestoßen war.

Shadow blieb Lieblingshund der Medien. Er und Tim posierten gemeinsam unter der Schlagzeile ›Kein gewöhnlicher Haushund‹. Tim erklärte dem Reporter, daß Shadow *offizielles* Mitglied der Florida Highway Patrol sei und ebenso wie jeder menschliche Trooper das Recht habe, eine Polizeimarke zu tragen – und das tat er auch: Sie baumelte von seinem Halsband.

Irgendwann 1989 wurde bekannt, daß die FHP im Rahmen einer Personalaufstockung Trooper suchten, die sich für spezielle Verbrechensbekämpfungsmaßnahmen-Programme interessierten. Tim Harris gehörte zu den Bewerbern, die genommen wurden, was nicht sonderlich überraschte.

Er war ein ausgezeichneter Trooper. Am 4. August 1989 schrieb der stellvertretende Bundesstaatsanwalt von Florida, Stuart A. Webb, an Major William Driggers und Colonel Randall Jones von der Patrol:

»Beiliegende Belobigung wird Ihnen zur Kenntnisnahme und Umsetzung zugesandt. Ich muß hinzufügen, daß Ihr Trooper T. S. Harris den Angeklagten dank seiner hervorragenden Beweisführung zu einem Schuldeingeständnis gezwungen hat. Trotz der nur sehr geringen Menge an Marihuana, die es uns gelang sicherzustellen, hat der Officer zusätzliche Zeit und Mühe aufgewandt, um den Erfolg der Anklage zu sichern, und mir die Arbeit damit sehr erleichtert. Trooper Harris hat sich in jeder Phase dieses Falles hervorgetan und ist eine Bereicherung Ihres Stabes und der Florida Highway Patrol.«

Trooper Harris, der laut letzter Beurteilung nur minimaler Weisung bedurfte, sich problemlos Veränderungen anpaßte, ›höchst kompetent‹ und ›flexibel‹ ... ein echter Gewinn für die Truppe war, sah sich selbst offenbar in nicht ganz so glanzvollem Licht. Er war ein zorniger, mürrischer und unglücklicher Mann.

Wer weiß schon, was es erfordert, einen Menschen glücklich zu machen? In jenem Spätsommer 1989 hätte Timothy Scott Harris eigentlich glücklich sein *müssen.* Er hatte eine hübsche Frau, eine attraktive Geliebte, die ihn liebten – auch wenn beide manchmal das Gegenteil wünschten, zwei gesunde, fröhliche Kinder, ein schönes großes Haus, das er eigenhändig gebaut, den Job, den er sich immer erträumt hatte, berufliche Aufstiegschancen und einen loyalen Hund, der ihm treu ergeben war – ohne jegliche Vorbehalte. Tim sah aus wie ein Filmstar, erfreute sich bester Gesundheit, und seine Kollegen behandelten ihn mit Respekt.

Aber Tim Harris war nicht glücklich. Er hatte geheime Sexphantasien, die keine der beiden Frauen in seinem Leben erfüllte. Er redete mit niemandem über seine Obsessionen. Als ein ohnehin wortkarger, in sich gekehrter Mann hätte er niemals irgend jemandem von den Dingen erzählt, die ihm durch den Kopf gingen, wenn er den dunklen Windungen der I-95 folgte, die sich im Norden bis Melbourne und im Süden bis Port St. Lucie schlängelten.

ZWEITER TEIL

Lorraine

Kapitel 9

Obgleich Lorraine Marie Dombroski Boisseau Hendricks und Sandra Lynn Wessendorf Harris einander nie begegnen sollten, hätten sich die beiden Frauen vermutlich gemocht; sie hatten vieles gemeinsam. Wie Sandy Harris war Lorraine in der ersten Woche im Oktober geboren – Sandy hatte am sechsten Geburtstag und Lorraine am dritten. Lorraine war sechzehn Jahre älter als Sandy, obwohl sie erheblich jünger wirkte. Sie war eine auffallend schöne Frau – schön wie ein Filmstar. Wie ein Model. Und sie konnte aussehen wie ein junges Mädchen, wenn sie auf Make-up und elegante Kleider verzichtete – was häufig der Fall war. Mit dreiundvierzig hätte sie jeder für vielleicht dreißig gehalten. Sie war 165 groß und wog keine 125 Pfund. Ihr kastanienbraunes Haar war außergewöhnlich dick, und sie hatte blitzende braune Augen.

Das Bemerkenswerteste an Lorraine war vermutlich ihre grenzenlose Lebensfreude. Sie hatte ein zauberhaftes Lächeln und besaß die Energie von zehn durchschnittlichen Frauen.

Lorraine Hendricks hatte wie Sandy Harris schon schwere Zeiten durchgemacht und war wie diese eine Frau, die Probleme kompetent anging, anstatt in Tränen auszubrechen. Keine der beiden Frauen hatte sich je lange von irgendwelchen Widrigkeiten in ihrem Leben unterkriegen lassen. Beide hatten Eltern, die stets zur Stelle waren, um ihre Tochter zu unterstützen.

Lorraine kam 1946 in Stamford, Connecticut, als Tochter von Frank und Josephine ›Jodi‹ Dombroski zur Welt. Frank war Berufsoffizier und im Zweiten Weltkrieg unter General Dwight D. Eisenhower in Europa im Einsatz gewesen.

Wie alle Soldatenfamilien waren die Dombroskis mit ihren Kindern – einem Sohn und einer Tochter – oft umgezogen. Als Lorraine fünf war, lebten sie in Deutschland, und es sollte nicht ihr letzter Aufenthalt dort sein. Ihren siebzehnten Geburtstag verbrachte sie in Fort Holabird in Baltimore. Und es gab noch viele, viele Ortswechsel mehr, ehe Frank 1965 als Major in den Ruhestand trat. Er hatte seinem Land vierundzwanzigeinhalb Jahre gedient. Der ›Major‹ war ein kräftiger, sanfter Mann, der seine einzige Tochter vergötterte, und es überrascht keineswegs, daß Lorraine dazu erzogen wurde, Männer in Uniform zu respektieren. Ihr Dad stellte ein leuchtendes Beispiel für sie dar.

Jodi Dombroski war eine hübsche Frau, und Lorraine hatte große Ähnlichkeit mit ihrer Mutter, war jedoch etwas größer. Sie hatten das gleiche Lächeln und teilten den starken Glauben an die Beständigkeit der Familie. Lorraine hatte in der Küche eine kleine Plakette aufgehängt, die den Betrachter daran erinnerte, daß Liebe und Wissen von einer Generation an die nächste weitergegeben werden.

Die Dombroskis waren gläubige Katholiken, und Jodi Dombroski arbeitete fast ihr ganzes Leben als ehrenamtlich Helferin – für das Rote Kreuz, für verschiedene Krankenhäuser, für die Kirche – und lehrte Lorraine, daß vom Schicksal begünstigte Menschen verpflichtet seien, jenen zu helfen, denen es weniger gutging.

Lorraine war die geborene Sportlerin. Sie entwickelte sich zu einer hervorragenden Schwimmerin und machte ihr Rettungsschwimmerabzeichen im Alter von sechzehn

Jahren, als ihr Vater in Fort Holabird stationiert war. Ihre Mutter, in der Uniform einer ehrenamtlichen Rotkreuzhelferin, lächelte stolz.

Lorraine Dombroski wuchs zu einem strahlend schönen Teenager heran, obgleich sie selbst sich dessen nicht bewußt zu sein schien.

»Ich weiß noch, damals in Baltimore«, erzählte Jodi. »Lorraine fiel aus allen Wolken, als ich ihr die Teilnahme an einem Schönheitswettbewerb vorschlug, bei dem es eine College-Garderobe zu gewinnen gab. Sie meinte lachend, daß sie keine Chance habe – aber sie gewann.«

Es war der erste einer Reihe von Siegen. 1967 kürte man sie zur Miss Stamford, Connecticut, sie kam in die Endausscheidung für die Miss-Connecticut-Wahl, bei der sie im Talentwettbewerb die Geschichte der Trommel demonstrierte – von Jazz über Rock bis hin zu afrikanischen Rhythmen. Aber ›Lori‹ hatte auch Köpfchen, und ihre Sprachbegabung war bemerkenswert. Sie besuchte die University of Connecticut und sprach als Erwachsene fließend Französisch, Deutsch, Spanisch und Polnisch. Auf ihre polnischen Wurzeln war sie immer besonders stolz. Den Polnischunterricht begann sie, wie alles, wozu sie sich entschloß, mit Leib und Seele. Schon kurze Zeit später lud sie ihren Lehrer zu einer polnischen Mahlzeit nach Hause ein und stellte ihn ihren Eltern vor.

Obgleich ihr Haar später nachdunkeln sollte, war Lorraine Dombroski mit achtzehn Jahren der Inbegriff der hübschen Blondine, hatte eine Figur, von der die meisten Mädchen im Teenageralter nur träumen können. Wäre sie nicht so nett gewesen, hätte sie vielleicht Eifersucht und Neid geweckt. Aber sie *war* nett. Zu kleinen Kindern, alten Leuten und – vor allem – Tieren fühlte sie sich in besonderem Maße hingezogen.

Das sollte immer so bleiben.

Aufgrund ihrer Großherzigkeit sollte es später leicht fallen, Lorraine als ›gutmütig‹ einzustufen – zu nett, um wahr zu sein. Aber sie war viel mehr als das. Es gibt Menschen, die das Leben hinzunehmen scheinen, wie es kommt, ohne je von ihrem Pfad abzuweichen. Nicht so Lorraine Dombroski. Sie war neugierig und abenteuerlustig und nicht nur ein wenig leichtsinnig. Sie probierte einfach alles – vorausgesetzt, es verstieß nicht gegen ihren eigenen moralischen Kodex. Eine Weile war sie Drummerin in einer Rockband, sie erklomm Berge, um sich an deren Steilwänden abzuseilen, und sie versuchte sich im Fallschirmspringen.

Als junges Mädchen machte es ihr nichts aus, ›Lori‹ genannt zu werden, aber später zog sie ihren vollen Namen vor. Für ihre beste Freundin Carol war sie gewöhnlich schlicht ›Lor‹ .

Lori Dombroski fehlte nur noch ein Semester bis zum Collegeabschluß, als sie von der Uni abging, um 1977 John Boisseau zu heiraten. Carol Worley, die über zwölf Jahre mit ihr befreundet und wohl ihre engste Vertraute war, erzählte: »Sie hielt ihn aus, während er sein Studium beendete. Sie war sehr, sehr verliebt in John, und sie genoß ihr Leben mit ihm. Manchmal beklagten ihre Freunde, daß Lori arbeiten ging, während John die Schulbank drückte – aber sie selbst verlor nie ein böses Wort über ihn. Sie war so glücklich mit ihm. Sie wanderten, fuhren Kanu, machten Camping – brausten auf Motorrädern durch die Wildnis der Everglades. Sie liebte all ihre gemeinsamen Unternehmungen.«

Lori und John Boisseau nahmen an Motocross-Rennen teil, und als sie Anfang Zwanzig war, hatte Lori bei einem solchen Rennen einen Unfall, der beinahe tödlich ausgegangen wäre. Sie landete im Krankenhaus und mußte sich einer Notoperation unterziehen, bei der ihr ein Großteil der Leber und die Gallenblase entfernt wurden. Aber außer der Nabe erinnerte nach ihrer Genesung nichts an den Unfall – sie selbst verschwendete kaum noch einen Gedanken daran. Es war nicht ihre erste Sportverletzung gewesen.

John wollte Profimusiker werden, und sie verbrachten den Großteil ihrer zehnjährigen Ehe in der Gegend von Miami. Eine Zeitlang war Lori als Model tätig. Sie hatte langes glänzendes weizenblondes Haar, und ihre Haut schimmerte goldbraun. In weißen Stiefeletten und einem Minikleidchen posierte sie auf einem Werbeplakat der Florida Highway Patrol und der Highway Safety Commission des Gouverneurs. Direkt in die Kamera lächelnd, öffnete Lorraine 1971 die erste Kiste Florida-Plaketten, die Staatsangestellte an ihren Fahrzeugen anbringen sollten. Sie trugen die Aufschrift: Sunshine State – ARRIVE ALIVE – Florida.«

Lori und John Boisseau wurden elf Jahre nach ihrer Heirat geschieden. Es spielt keine Rolle mehr, worüber sie stritten, aber Jahre später vertraute Lorraine ihrer besten Freundin an, daß sie im nachhinein glaube, voreilig gewesen zu sein – sie habe zugelassen, daß ihr Stolz eine Beziehung zerstörte, die mit Hilfe einer Eheberatung möglicherweise zu retten gewesen wäre. »Ich bin zu schnell gegangen«, seufzte Lori. »Ich hätte ihm verzeihen können.« Ironischerweise wurden beide erst danach beruflich wirklich erfolgreich.

John, einstmals Kopf des Rocktrios ›The Better Halves‹ machte schnell Karriere, aber nicht nur als Musiker; er erwarb eine Soundbühne und vermietete Trucks, Kabel, Instrumente und elektronische Geräte an die Musikgruppen, die in der Gegend von Miami auftraten.

Lorraine war eine Frau voller Ideen, kreativ, enthusiastisch und temperamentvoll. Sie wählte sich Public Relations, Kommunikationswissenschaften und Marketing zum Beruf. Sie war ein Naturtalent in Sachen innovativer Werbung und verstand es nicht nur, taktvoll und einfühlsam mit Menschen umzugehen.

Lorraine Hendricks war darüber hinaus eine Frau, die die Menschen aufrichtig mochte und hierdurch anzog wie ein Magnet. Mehr als ein Freund, der nach einem Wort suchte, um sie zu beschreiben, bezeichnete sie letztendlich als ›bezaubernd‹.

»Es lag an ihren Augen, an ihrem Lächeln«, erinnerte sich eine Mitarbeiterin, »ich schätze, man könnte es wohl als ihre Aura bezeichnen. Wenn man an Lorraines Seite einen Raum betrat, wollten plötzlich alle mit ihr sprechen, und in null Komma nichts waren sie Freunde.«

Lorraines Talent und ihr natürlicher Charme ließen sie sehr rasch die Karriereleiter erklimmen. In den vierzehn Jahren, die sie im Umkreis von Fort Lauderdale verbrachte, arbeitete sie für Jack Frury and Associates, The Communications Group, North Broward Hospital District Medical Centers, die Hospital Corporation of America sowie Humana-Krankenhäuser. Außerdem war sie fünfzehn Jahre lang Werbe- und Marketingvertreterin von Stubbs and Associates in Atlanta.

Lorraine versuchte sich im Skydiven und flog zum Skilaufen in die Schweiz. Sie beschloß, Ballettanzen zu lernen, weigerte sich jedoch, »dies mit einem Haufen unbeweglicher Frauen in Strumpfhosen zu tun.« Statt dessen eignete sie sich die Grundfertigkeiten im Anfängerunterricht zusammen mit Zwölfjährigen an. Es kümmerte sie nicht im geringsten, daß sie größer als alle anderen, die einzige Erwachsene unter Kindern war. Carol Worley lachte bei der Erinnerung. »Lorraine nahm sogar an einer Tanzvorführung teil – diese große fünfunddreißigjährige Frau fühlte sich absolut nicht fehl am Platze unter all den Teenagern.«

Nach ihrer Heirat mit John besuchten beide Kung-Fu-Kurse, und Lorraine schaffte es als erste Kaukasierin in den USA bis zum schwarzen Gürtel. Ihre zierliche Figur mochte sie zerbrechlich erscheinen lassen, aber sie war alles andere als das.

Pech für jeden gewöhnlichen Anmacher, der ein Auge auf die hübsche und äußerlich zart wirkende Lorraine Boisseau warf und sie als eine Frau einschätzte, die nicht in der Lage war, sich zur Wehr zu setzen. Lorraine gab sogar Frauen – ihres Alters und älteren – Unterricht in Selbstverteidigung. Sie war ein Verfechter für alle Frauen, kümmerte sich jedoch vor allem um solche, die vom Leben schwer gezeichnet waren und den Glauben an sich selbst verloren hatten. Wenn sie sie nicht selbst einstellen konnte, sorgte sie dafür, daß sie anderswo Arbeit fanden und etwas Hübsches zum Anziehen bekamen, bis sie sich selbst neue Kleider leisten konnten.

Lorraine und Carol »hingen einfach zusammen rum«, erinnerte sich ihre beste Freundin. Die beiden lernten sich im November 1978 kennen. Lorraine hatte sich nach einem Skiunfall in Zermatt einer Knieoperation unterziehen müssen, und Carol war gerade als Krankengymnastin am University Community eingestellt worden. Carol joggte in ihrer Freizeit, um sich fit zu halten, allerdings nur kurze Strecken.

»Würde mein Knie durch Laufen schneller heilen?« fragte Lorraine.

Das war ein Novum für Carol; die meisten ihrer Patienten schonten ihre verletzten Glieder und bewegten sie nur sehr vorsichtig.

»Ha«, antwortete Carol zögernd. »Ja, ich denke schon ... wenn Sie es nicht übertreiben.«

Und Lorraine lief. »Dann, eines Tages«, erzählte Carol,

»eröffnete Lorraine mir: ›Carol, ich nehme an einem *Rennen* teil – über 7,2 Meilen!‹ Ihre Begeisterung war so ansteckend, daß ich nicht widerstehen konnte, und ehe ich mich versah, erklärte ich: ›Nun, dann mache ich auch mit!‹ Ich hatte noch nie mehr als zwei Meilen zurückgelegt, aber Lorraine mobilisierte mehrere Kolleginnen, und wir joggten alle gemeinsam.

Kurz darauf absolvierten die beiden Frauen auf Lorraines Vorschlag ihren ersten Marathon. Carol war zehn Jahre jünger als Lorraine, aber jeder hielt Lorraine für erheblich jünger. »Sie und ich, wir sind 26,2 Meilen gelaufen!« berichtete Carol. »Das war nun einmal ihre Art, die Dinge anzugehen. Hinterher fragten die Freunde, die uns an den Start gebracht hatten: ›Und, macht ihr nächstes Jahr wieder mit?‹ Wir tauschten Blicke und antworteten wie aus einem Mund: ›Im Leben nicht!‹ Aber im nächsten Jahr waren wir doch wieder dabei!«

Immer wenn Carol Worley sich Lorraine vorstellt, sieht sie ihre Freundin in ihrem Jogging-Outfit vor sich, das lange Haar zu einem Zopf geflochten, ungeschminkt und mit einem triumphierenden Lächeln auf dem Gesicht. »Oder ich *höre* sie. Sie trug bei der Arbeit immer hochhackige Schuhe, und wenn das Stakkato von Absätzen auf dem Gang erklang, *wußte* man, daß es Lorraine sein mußte – niemand sonst ging so zielstrebig.«

Lorraine war eine große Tierliebhaberin. Sie erfuhr von einem alten Pferd, das niemand haben wollte, einem Wallach, der »mit einem Huf in der Leimfabrik« stand, wie sie sich ausdrückte. Lorraine bezahlte fünfzig Dollar für das Tier, adoptierte es und ließ ihm seinen unpassenden Namen: Flicka. Sie waren gleich alt – dreißig. »Flicka nahm lange Zeit einen wichtigen Teil von Loris Leben ein«, erinnerte sich Carol. »Manchmal verbrachte sie die ganze Nacht im Stall. Nach der Scheidung von John war er ihr bester Freund. Sie gab Unsummen aus für die

Behandlung einer Hufentzündung, die sich Flicka nach einer Überschwemmung der Weide zugezogen hatte. Einmal stürzte Flicka in seiner Box, und die Stallbesitzer waren stinksauer, weil sie glaubten, eine Mauer einreißen zu müssen, um ihn zu befreien. Aber Lori trommelte freiwillige Helfer zusammen und beschaffte Gurte und Leinen, und gemeinsam brachten sie Flicka wieder auf die Beine – er lebte noch weitere sechs oder sieben Jahre!« Tatsächlich wurde Flicka zweiundvierzig – ein bemerkenswertes Alter für ein Pferd.

Lorraine organisierte regelmäßig Geburtstagsfeiern für Flicka, und ihre Freunde brachten Äpfel, Möhrenkuchen und andere geeignete Präsente mit. Über eine erschien ein Artikel, nebst Photo, im Lokalteil der Zeitung. Natürlich trug er ein Partyhütchen. Eine andere wurde für die Elf-Uhr-Nachrichten in Miami verfilmt.

Zu den Dingen, die Lorraine nicht ertragen konnte, gehörte auch der Anblick toter Tiere auf der Straße. Sie kam oft zu spät zu einem Termin, weil sie unterwegs angehalten hatte, um einen Kadaver an den Randstreifen zu ziehen und mit irgend etwas zuzudecken. »Sie hatte tatsächlich immer eine Schaufel oder ähnliches im Kofferraum«, erinnerte sich Carol. »Damit sie die Tiere mit etwas Würde ›bestatten‹ konnte. Wenn sie in einem Stadtviertel auf ein totes Haustier stieß, klopfte sie überall an, um in Erfahrung zu bringen, wem es gehörte, damit der Besitzer seinen Liebling nicht völlig unvorbereitet selbst entdeckte.«

Lorraine war nach der Scheidung von John Boisseau zwei Jahre lang Single. 1979 lernte sie Rick Hendricks kennen, einen leitenden Angestellten von Eastern Airlines und Reservehauptmann der Army. Lorraine verliebte sich Knall auf Fall in Rick und heiratete ihn bereits sechs

Wochen nach ihrer ersten Begegnung. Ihre Hochzeit fand im Nordwesten statt, wo Ricks Trauzeuge lebte, und die Flitterwochen verbrachten sie in einem Wintersportgebiet.

Lorraine, damals Anfang Dreißig, sehnte sich nach einer Familie. Sie war tief enttäuscht, als sie eine Fehlgeburt erlitt. Im Alter von fast achtunddreißig Jahren wurde Lorraine wieder schwanger. Am 28. Juni 1984 brachte sie per Kaiserschnitt ein kleines Mädchen zur Welt: Katherine. Lorraines Haar war inzwischen nachgedunkelt, aber ihre Tochter war ebenso blond wie ihre Mutter als Kind. Und, ganz wie ihre Mutter, hatte Katherine etwas Unwiderstehliches an sich. Lorraine liebte sie abgöttisch, nichts war ihr wichtiger.

Mochte die Karriere ihr noch so viel bedeuten, Lorraine zog sich zurück, bis Katherine zur Schule ging. Eine sechsjährige Berufsunterbrechung war in jener konkurrenzstarken, schnellebigen Welt sehr riskant, aber für Lorraine kam nichts anderes in Frage.

Wenn Lorraine jetzt an Marathons teilnahm, war Katherine dabei. Sie trug ein winziges Top mit demselben Logo wie auf dem ihrer Mutter, eine kleine Schirmmütze, Sportsocken und Laufschuhe. Bei einem schob Lorraine ihre Tochter die gesamte Strecke über 6,2 Meilen vor sich her – nicht etwa in einem speziellen Laufkinderwagen, sondern in einem ganz gewöhnlichen Buggy. Nach einem 9,2-Meilen-Lauf war Lorraine am Ende völlig erschöpft, nahm ihr Baby aber trotzdem auf den Arm, damit Katherine die Freude mit ihr teilen konnte, die Ziellinie zu überqueren.

Katherine Hendricks sprach Polnisch, ehe sie des Englischen mächtig war. Lorraine unterhielt sich mit ihr nur in ihrer Muttersprache, und auch die Dombroskis taten dies, wohl wissend, daß es kleinen Kindern viel leichter fällt, Sprachen zu erlernen. Im Alter von drei oder vier Jahren beherrschte Katherine Englisch genausogut wie Polnisch. Lorraine lachte, als eine von Katherines Vorschullehrerinnen sie zu sich bat und ihr mit perplexer Miene mitteilte: »Katherine benutzt Wörter und bringt diese auch anderen Kindern bei – aber wir wissen nicht, was sie bedeuten. Wir befürchten, es könnte sich um unfeine Ausdrücke ...«

»Es sind polnische«, erklärte Lorraine. »Ich kann ihnen versichern, daß es keine Ungezogenheiten sind.«

Lorraine eignete sich die polnischen Rezepte ihrer Großmutter an und verbrachte jeden Frühling ganze Tage mit der Zubereitung eines österlichen Festessens, das man schon hundert Jahre zuvor in Polen aufgetischt hatte. Außerdem half sie polnischen Einwanderern, sich in ihrer neuen Heimat zurechtzufinden.

1988 wurde Rick Hendricks ein hervorragender Posten als leitender Angestellter des Blauen Kreuzes in Jacksonville angeboten – was allerdings einen Ortswechsel erforderte. Es war sehr schmerzhaft für Lorraine Hendricks, ihre Freunde zu verlassen, aber sie zögerte nicht. Sie bestand nur darauf, Flicka mitzunehmen. Der sechsstündige Transport des zweiundvierzig Jahre alten Pferdes sollte einiges kosten, aber Lorraine und Flicka hatten wieder einmal Glück. Ein Mann, der Rennpferde trainierte, bot Flicka in seinem modernen Pferdetransporter eine kostenlose Reise Erster Klasse nach Jacksonville. Flicka – zusammen mit Lorraines Corgis Amy und Si – zog also 1988 ebenfalls von Fort Lauderdale nach Jacksonville.

Lorraine und Rick Hendricks bemühten sich, ihre Ehe aufrechtzuerhalten. Sie waren beide nette Menschen, hatten aber nur wenige Gemeinsamkeiten – abgesehen von Katherine. Die sportliche Lorraine sehnte sich nach den Aktivitäten im Freien, denen sie früher nachgegangen war. Zu Beginn ihrer Ehe hatten sie und Rick noch einiges zusammen unternommen – Lorraine hatte sogar gelernt, mit seiner Reserveeinheit Klippen hinabzuklettern. Aber mittlerweile neigte Rick dazu, seine Energie ausschließlich seiner Karriere zu widmen, und verbrachte seine Wochenenden lieber daheim. In Jacksonville nahm Lorraine zum ersten Mal in ihrem Leben zu. Nicht, daß sie sich gelangweilt hätte – das tat sie nie –, aber es mangelte ihr an körperlicher Tätigkeit.

Letztendlich mußten sich Rick und Lorraine, die anfangs noch gehofft hatten, um Katherines willen zusammenbleiben zu können, eingestehen, daß sie sich zu weit voneinander entfernt hatten. Kurz nach dem Umzug nach Jacksonville trennten sie sich. Rick mietete widerstrebend eine eigene Wohnung, spielte aber weiterhin eine wichtige Rolle im Leben seiner kleinen Tochter.

Als Katherine fast sechs war, gründete Lorraine in Jacksonville eine eigene Firma. Sie nannte sie ›Lorelei Promotions Ltd.‹ und führte ›Kommunikation, Marketing und Promotion sowie Ausrichtung größerer Veranstaltungen‹ als Dienstleistungen ihrer Agentur an.

Lorraine Hendricks war mit dem Begriff ›Lorelei‹ vertraut; in der deutschen Mythologie handelt es sich dabei um einen Felsen am Rheinufer, auf dem eine Nixe saß, die mit ihrem Gesang Seeleute in den Schiffbruch und somit in den Tod lockte. Aber sie verband damit einen ganz besonderen Ort in Deutschland, den sie sehr geliebt hatte, als sie noch ein kleines Mädchen gewesen war. Außerdem hoffte sie, daß sich ihre potentiellen Kunden aufgrund der Ähnlichkeit mit ihrem eigenen den Namen leichter einprägen würden.

Was die Persönlichkeit betraf, war Lorraine Hendricks das genaue Gegenteil der ›Lorelei‹. Sie neigte eher dazu, zuviel von sich selbst zu investieren, um anderen zu helfen, sich zu sehr aufzuopfern.

Nach ihrer Rückkehr ins Geschäftsleben hatte Lorraine von Mitte 1989 bis Frühjahr 1990 unglaublich viel zu tun. Ihre Empfehlungsschreiben aus Miami/Fort Lauderdale öffneten ihr auch in Jacksonville viele Türen. Sie besaß besonderes Talent im Organisieren von Kongressen und Festivals, bei denen riesige Mengen von Menschen transportiert, untergebracht, verköstigt und unterhalten werden mußten. Im Gegensatz zu den meisten Leuten, denen es davor graute, liebte sie es, die Myriaden von Details und logistischen Probleme anzugehen. Sie und ihre Freundin und Partnerin Ruth Straley brachten im Auftrag der American Society of Military Comptrollers 3000 Menschen zu einer Jahresversammlung nach Jacksonville. Es war die größte Tagung, die je in Jacksonville stattgefunden hatte, und sie war ein Riesenerfolg.

Lorraine betreute außerdem eine Mature Life Expo, die erste ihrer Art in Jacksonville, und ihre Ideen trugen dazu bei, den 1989 Gator Bowl zu einem denkwürdigen Ereignis zu machen. Lorraine organisierte die West Virginia Pre-game Pep rally und ein sixties vintage sock hop mit dem einzigartigen Chubby Checker, der ›The Twist‹ und seine ganzen anderen Hits zum besten gab.

Lorraine ging nicht gerne auf Reisen, denn sie bedeuteten, von Katherine getrennt zu sein – aber wo immer sie auch war und wie beschäftigt sie auch sein mochte, wenn Katherines Schlafenszeit war, ließ Lorraine alles stehen und liegen und rief zu Hause an, um ihrem kleinen Töchterchen eine gute Nacht zu wünschen. Eines wußte Katherine ganz gewiß: Ihre Mutter würde immer für sie dasein.

Lorraine lernte den Mann, der einer ihrer liebsten Kunden und Freunde in Jacksonville werden sollte, bei den Vorbereitungen für die Military-Comptrollers-Tagung kennen. Sie und Ruth wollten eine erstklassige Auswahl von Entertainern für den letzten Veranstaltungsabend engagieren und setzten sich mit Mike Raleigh* in Verbindung, der einer der erfolgreichsten Künstleragenten und Produzenten der Ostküste war – und ist. Obgleich sein Hauptbüro sich in New York befand, kam Raleigh oft nach

Florida, um Shows für Konferenzen, Clubs, Nobelhotels und Festivals zu arrangieren, und er war in der Lage, mit einem Anruf fast jeden Künstler zu verpflichten, den sich ein Klient nur wünschte. Er hatte mehrere Shows mit Red Skelton, Rick Little, Barbara Mandrell, Lee Greenwood und Dutzenden anderer Stars ausgerichtet.

Am 26. Mai 1989 traf Lorraine Mike Raleigh zum ersten Mal persönlich. Sie mochten einander auf Anhieb. Er erkannte ihr Riesenpotential in der Unterhaltungsbranche, und er unterstützte und ermutigte sie nach Kräften und brachte sie mit Berühmtheiten wie Joan Rivers, den Smothers Brothers, Frankie Avalon und Jim Stafford zusammen. Raleigh konnte Country-and-Western-, Broadway-, Fernseh- und Kinostars vermitteln. Wie Lorraine hatte auch Mike Raleigh etwas von einem Workaholic, und die beiden entwickelten bald großen Respekt füreinander.

Plötzlich, mit Anfang Vierzig, schien sich Lorraines Leben zum Besseren zu wandeln; Türen öffneten sich weit für sie, und sie war glücklicher, als sie sich je hätte träumen lassen. Obwohl dies weder ihren Erwartungen noch Wünschen entsprach – und obwohl sie dafür eigentlich gar keine Zeit hatte –, lernte Lorraine Hendricks einen Mann kennen, in den sie sich blind, unwiderruflich und rückhaltlos verliebte. In Anbetracht dessen, was später geschehen sollte, ist sein Name nicht von Belang, und ihn zu nennen würde ihn nur sehr schmerzen. Und dennoch sollte er eines Tages versichern, daß sein Zusammentreffen mit Lorraine »die klassischste, zauberhafteste und berauschendste Begegnung war, die man sich nur vorstellen kann ... Sie kam der berühmten Liebe auf den ersten Blick näher als alles, was ich je erlebt hätte.«

Weder Lorraine noch dieser Mann wußten, ob ihre Beziehung so romantisch bleiben konnte, wie sie begonnen hatte, und sie gingen sehr behutsam vor, voller

Respekt vor ihren Gefühlen. In gewisser Weise fühlte sich Lorraine wie ein Teenager. Sie fuhr mit ihrem Traummann nach Miami, um ihn mit Carol Worley bekannt zu machen, und sobald sie wieder daheim war, rief sie Carol an und fragte: »Und, was hältst du von ihm?«

Carol bestätigte ihr, daß er wahrhaftig wunderbar sei. Sie hätte ihn sich zwar nie als Mann an Lorraines Seite vorstellen können, mußte aber, nachdem sie die beiden zusammen erlebt hatte, zugeben, daß sie füreinander geschaffen schienen. »Aber Lorraine war vorsichtig. Ihre Scheidung von Rick hatte sie sehr mitgenommen, und sie wollte keinen Fehler begehen. Aber ich hatte keinen Zweifel, daß die beiden sich sehr liebten.«

In der Zwischenzeit widmete sich Lorraine noch unermüdlicher ihrer blühenden Agentur. Mike Raleigh half ihr und Ruth Straley, das Programm für den letzten Abend der umfangreichen Jackson-Tagung zusammenzustellen. Er verpflichtete Gary Morris, dessen Opernstimme das New Yorker Publikum in *Les Misèrables* begeistert hatte und der mit Linda Ronstadt am Broadway als Star in *La Bohème* auftrat. Morris war außerdem berühmt für seinen Hit »Wind Beneath My Wings«, ein Song, der für Lorraine Hendricks immer eine ganz besondere Bedeutung haben sollte.

Für ein weiteres großes Ereignis, die Nacht der Stars zur Silvesterfeier 1990, organisierten Mike Raleigh und Lorraine eine Show mit Jim Stafford, Joan Rivers, dem Impressionisten Danny Gans und dem Bill Allfred Orchestra. Lorraine holte Joan Rivers vom Flughafen ab und brachte sie vor dem Auftritt in ihr Hotel zurück. Lorraine hatte sich von Berühmtheiten noch nie einschüchtern lassen; sie begegnete ihnen mit derselben Herzlichkeit und Wärme wie jedem anderen auch.

Sie arbeitete an einer Benefizgala mit den Smothers Brothers für ›The Big Brothers and Big Sisters‹ in Jacksonville.

Mike Raleigh erinnerte sich, die kleine Katherine Hendricks im Juni 1989 gesehen zu haben; sie saß hinter der Bühne auf dem Schoß des inzwischen verstorbenen Gamble Rogers und lachte, während er ihr ›beibrachte‹, auf seiner Gitarre zu spielen. Für Raleigh ist dies eine bittersüße Erinnerung; der Folksänger und Songschreiber sollte bei dem Versuch, einen Ertrinkenden zu retten, eines heldenhaften Todes sterben.

Einige der Abende, die Lorraine ausrichtete, waren wirklich extravagant, mit Superstars wie Joan Rivers und den Smothers Brothers; andere waren bescheidener. Aber bei allen vermochte Lorraine stets einzuschätzen, was ihren Klienten vorschwebte, und sie koordinierte die Vielzahl von Details zu einem Erlebnis, an das die Teilnehmer, aber auch ihre Frauen und Kinder, immer gerne zurückdenken würden, zu einem Erlebnis, das sich von den manchmal öden Banketts und endlosen Reden, die typisch waren für so viele geschäftliche Anlässe, deutlich abhob.

Lorraine und Rick Hendricks hatten sich freundschaftlich getrennt – so freundschaftlich, daß es eine ›Do-it-yourself-Scheidung‹ gewesen war, deren legale Modalitäten sie einem Scheidungsratgeber entnommen hatten, ohne den anderen übervorteilen zu wollen.

Ihre Scheidung sollte am 4. März 1990 rechtskräftig werden, aber der zuständige Richter verlangte eine Änderung in den Scheidungsunterlagen. Die Eintragung ›fakultativ‹ in ›Unterhaltszahlungen für das Kind‹ war ihm zu vage. Die Möglichkeit, Katherine könnte eines Tages nicht mehr absolute Priorität haben, war beiden unvorstellbar, doch der Richter vertrat die Meinung, sie sei besser abgesichert, wenn eine genaue Summe oder eine bestimmte dynamische Regelung festgelegt werde.

Rick Hendricks konnte sein Argument nachvollziehen und erklärte sich einverstanden, die Höhe der Unterhaltszahlungen für Katherine zu konkretisieren sowie eine kurze Verzögerung des Verfahrens in Kauf zu nehmen. Lorraine ihrerseits hielt den ursprünglich angesetzten Termin für wirksam. Zu ihrer Freundin Carol Worley sagte sie: »Es ist vorbei; das war's.«

Ihre Ehe hatte nicht mit einem Knall geendet – sie war einfach abgelaufen, hatte nichts als Leere zurückgelassen. Lorraine stimmte das traurig – sie hatte einmal gedacht, sie würde nur einen Mann heiraten und für immer mit ihm zusammenbleiben. Aber das Leben hatte es anders gewollt.

Um in der Nähe zu sein und sich um Katherine kümmern zu können, wenn sie aus der Schule kam, hatten Lorraines Eltern ihr Haus in Connecticut verkauft und eine Wohnung in Jacksonville bezogen.

Nach ihren jahrelangen Bemühungen, sich eine Karriere aufzubauen, wurde alles, was Lorraine anfaßte – trotz der sechs Jahre, die sie sich ausschließlich Katherine gewidmet hatte –, zu Gold. Aber das bedeutete nicht, daß sie ihre ehrenamtliche Tätigkeit und ihre engen Bande zur St. Joseph's Catholic Church aufgegeben hätte. Sie erteilte an der kircheneigenen Schule immer noch Spanischunterricht. Lorraine war einfach unermüdlich und fand Zeit für jeden, der sie brauchte.

Lorraine Hendricks hatte es immer eilig; sie versuchte stets, unglaublich viele Dinge in ihrem Leben unterzubringen. Ihre Agenturarbeit ließ sich auch nicht innerhalb der üblichen Bürostunden bewältigen. Und obwohl sie sich davor fürchtete, ihre Tochter allein großzuziehen, war sie überzeugt, auch diese Aufgabe meistern zu können.

Für sie gab es in diesem Frühjahr keine Herausforderung, der sie sich nicht gewachsen fühlte.

Kapitel 10

1989 sollte also für zwei Paare in Florida das Ende bedeuten. Zwei Ehen – zwei von Tausenden in Florida in jenem Jahr – standen vor dem Aus.

Lorraine und Rick Hendricks hatten sich bereits auf eine Scheidung geeinigt, als Tim Harris Sandy am Abend des 27. September 1989 zum Essen einlud – anläßlich ihres siebenundzwanzigsten Geburtstags. Obgleich sie im ersten Moment angenehm überrascht war, sollte Sandy dieser Abend unauslöschlich im Gedächtnis haften bleiben, sie noch Jahre verfolgen. Da Tim am 6. Oktober für die Nachtschicht eingeteilt war, hatte er ihr vorgeschlagen, die Feier vorzuverlegen.

Es war kein nobles Restaurant, aber das machte Sandy nichts aus. Selten genug unternahmen sie etwas ohne die Kinder.

Man hatte gerade ihr Essen serviert, als Tim plötzlich den Kopf senkte und sagte: »Ich denke, du solltest es wissen. Ich treffe mich mit einer anderen Frau.«

Sandy starrte ihn verdattert an. Dieses Geständnis traf sie völlig unerwartet. Sicher, Tim hatte nie aufgehört, mit ihren Freundinnen, ihren Schwestern, ja mit jeder Frau, der er begegnete, zu flirten. Aber sie wäre nie auf die Idee gekommen, daß er sie tatsächlich hinterging. Sie hatten sich bei ihrer Trauung Treue geschworen, und sie war immer davon ausgegangen, daß auch er sich daran hielt. Sie stritten, ja, und Tim trieb sie wegen seiner ›Spielsachen‹ hin und wieder an den Rand des Wahnsinns, aber Sandy hätte nie vermutet, daß es in seinem Leben eine andere Frau gab.

Sie sah Tim an, der seelenruhig aß. Er blickte auf und sagte: »Los, fang an – bevor es kalt wird.«

Sie brachte keinen Bissen hinunter, bekam kaum noch Luft. Wie hatte er ihr etwas derart Ungeheuerliches mitteilen können, ohne zu wissen, was er ihr antat? Er benahm sich, als hätte er etwas so Banales geäußert wie, daß es bald regnen dürfte.

Sandy Harris hatte sich schon lange an die sonderbare Gefühllosigkeit ihres Mannes gewöhnt, als würden Ereignisse, die andere Menschen bis ins Mark erschütterten, nur über ihn hinwegstreichen wie eine leichte Brise. Aber das hier überstieg ihr Begriffsvermögen. Tim hatte ihr gerade eröffnet, daß er sie betrog – noch dazu an dem Abend, da sie eigentlich ihren Geburtstag hatten feiern wollen, und er saß da und kaute, ohne sich bewußt zu sein, daß ihre ganze Welt aus den Fugen geraten war.

Sandy bombardierte Tim mit Fragen. Er wich ihr aus. »Er sagte nur, daß sie berufstätig sei, und das konnte alles mögliche bedeuten.«

»Wie lange geht das schon?« verlangte Sandy zu wissen.

»Ein paar Wochen vielleicht.«

»Du schläfst mit ihr, stimmt's?«

Tim schüttelte den Kopf. »Nein. Ich habe nie Sex mit ihr gehabt. Es ist nicht so, wie du denkst. Wir reden nur.«

»Ihr *redet*?«

»Ich verstehe gar nicht, warum du dich so aufregst.«

»Warum willst du mir dann nicht sagen, wer sie ist?«

»Weil das unwichtig ist. Ich werde sie auch weiterhin sehen, um mit ihr zu reden.«

Sandy war übel, und sie schob angewidert ihren unberührten Teller von sich. An jedem ihrer folgenden Geburtstage sollte sie sich an jenen schrecklichen Abend erinnern, an dem ihr klar geworden war, daß Tim nicht nur mit Frauen flirtete, sondern ein Verhältnis hatte. Sandy glaubte ihm keine Sekunde, daß er sich nur mit dieser Frau traf, um zu reden. Für wie blöd hielt er sie eigentlich? Sie war nicht mehr die blauäugige Sechzehnjährige, die er einst kennengelernt hatte, und doch schien er anzunehmen, daß sie nach wie vor alles kommentarlos schluckte.

Als er endlich bemerkte, wie erschüttert Sandy war, brachte Tim sie nach Hause. Wahrscheinlich hatte er inzwischen erkannt, daß es ein grober taktischer Fehler gewesen war, ihr von der anderen Frau zu erzählen, aber jetzt war es zu spät. Sie stritten. Sandy bestand darauf zu erfahren, wer ihre Rivalin war, aber Tim wandte sich einfach ab und ignorierte sie.

Die Tatsache, daß er einer Aussprache aus dem Weg ging, machte Sandy rasend. »Du bist genau wie dein Vater.«

Zum ersten Mal in ihrer Ehe hatte sie etwas gefunden, das Tim zu einer Reaktion veranlaßte. Bleich vor Zorn, wirbelte er herum: »Nein! Nein! Ich bin ganz anders als mein Vater.«

Vielleicht stimmte das, vielleicht auch nicht. Sandy hatte Tims zunehmende Entfremdung von seinen Eltern miterlebt. Er mochte diesen beiden klassisch schönen Menschen ähnlich sehen, aber er benahm sich wie ein Kind, das man einer fremden Familie anvertraut hatte, mit der es nie warm geworden war. Nur sein Bruder David zeigte ähnliche Charakterzüge. Auch er war Cop gewesen, jedoch vom Dienst suspendiert worden. Sandy fragte sich häufig, was in Tims Kindheit oder Jugend passiert sein mochte, daß er Frauen behandelte wie Dreck.

Tim, der nie viel Taktgefühl besessen hatte, ließ es auch bei seiner Affäre daran mangeln. Ein paar Tage nach Sandys denkwürdiger ›Geburtstagsfeier‹ teilte er ihr mit, daß er angeln gehe. Nach seinem Aufbruch stellte Sandy fest, daß er sich nicht einmal die Mühe gemacht hatte, seine Angelruten mitzunehmen.

Offenbar erwartete Tim, daß in seiner Ehe alles beim alten blieb. Sandys Leben war implodiert, in tausend Stücke zersprungen, und sie wanderte benebelt durch den Trümmerhaufen. Bislang hatte sie Tim alles verziehen, aber diesmal konnte sie nicht beide Augen zudrücken. Wie jede betrogene Ehefrau war sie besessen, Einzelheiten zu wissen, vor deren Enthüllung sie sich gleichzeitig fürchtete. Das, was Sandy herausbekam, ließ sie sich noch elender fühlen.

»Ich fing an, unermüdlich Fragen zu stellen«, erzählte Sandy. »Und allmählich erfuhr ich von verschiedenen Personen Bruchstücke, die sich langsam, aber sicher zu einem Ganzen fügten.«

Als Tim ihr schließlich beichtete, daß er sie seit vier Jahren hinterging, war sie nicht minder schockiert als seinerzeit vom Eingeständnis seiner Untreue. »Einzig und allein während des Hundeausbildungslehrgangs mit Shadow hatte er sich nicht mit ihr getroffen.«

Das Zusammenleben mit diesem Mann, ihrem Ehemann, war nicht einfach gewesen, und nur Sandys unerschütterlicher Glaube an seine Treue hatte ihre Ehe zusammengehalten. Was ihre Familie oder die Nachbarn von Tim hielten, war ihr gleich gewesen. Sandy hatte einmal fest darauf vertraut, daß Tim eines Tages erwachsen und ihre Ehe eine gleichberechtigte Partnerschaft sein würde.

Sie hatte sich getäuscht.

Tim Harris war immer noch der große unreife Junge, den Sandy mit sechzehn Jahren kennengelernt hatte. Doch mittlerweile hatten sie zwei Kinder, ein Haus, Autos und ein Boot. Ihr war klar, daß sie alles verlieren konnten, aber noch schlimmer war, daß sie die Liebe ihres Lebens verloren hatte.

Sandy fand heraus, daß DeeLisa Davis fast zehn Jahre älter war als Tim, geschieden, Mutter kleiner Kinder, eine Frau mit langem blondgebleichtem Haar und einer schlanken Figur, die sich nicht merklich von ihrer eigenen unterschied. *Warum?* Sandy konnte es einfach nicht verstehen. Sie wußte, daß sie selbst hübscher war als DeeLisa – und jünger. Warum betrog Tim sie ausgerechnet mit einer Frau, die wie seine eigene, ihr Haar lang trug, was er seinen Aussagen zufolge, noch nie gemocht hatte.

Sandy Harris versuchte, ihrer Familie gegenüber zu verheimlichen, daß ihre Ehe zerbrach; sie hoffte nach wie vor, einen Weg zu finden, um sie zu retten. Da sie wußte, daß ihre Mutter Tim niemals verzeihen würde, übte sie sich in Geduld, blieb jedoch wachsam. Tim versprach ihr, sich nicht mehr mit DeeLisa zu treffen, aber Sandy glaubte ihm nicht. Wie jede betrogene Ehefrau hatte sie keine Lust, sich noch einmal hinters Licht führen zu lassen.

Sie glaubte auch nicht länger, daß es tatsächlich darum ging, einen Unfall aufzunehmen, wenn Tim nach einem Notruf in seinem Dienstwagen davonraste.

»Ich kontrollierte den Tacho seines Wagens«, erinnerte sich Sandy. »Einmal erklärte er, man habe ihn zur Bewachung einer kleinen, noch im Bau befindlichen Mall in West Palm Beach abkommandiert. Nun, die Differenz entsprach exakt der doppelten Entfernung zu DeeLisas Haus.«

Anfang November wandten sich Tim und Sandy an eine Eheberaterin, die Tim ebenso belog wie Sandy. Sandy brauchte nicht lange, um in Erfahrung zu bringen, daß Tim seine Verbindung zu DeeLisa keineswegs aufgegeben hatte.

Eines Abends wurde Tim vom ›Dispatcher‹ zu einem Einsatz gerufen, obgleich sein Dienstwagen in der Werkstatt stand. Sandy sagte er, er fahre mit dem Truck zu einem Kollegen, um sich dessen Dienstwagen zu leihen. Ein paar Minuten später rief sie den Trooper an, den Tim ihr genannt hatte, und bat, Tim sprechen zu dürfen.

»Tim ist nicht hier«, entgegnete der Trooper verblüfft. »Ich habe ihn seit Wochen nicht mehr gesehen.«

Sandy war nicht im mindesten überrascht. Sie wußte, daß Tim bei DeeLisa war. Endlich gab sie auf und reichte am nächsten Tag die Scheidung ein. Das war Ende November 1989. Man hätte meinen sollen, Tim sei erleichtert gewesen. Jahrelang hatte er Sandy wie ein Ärgernis, wie einen lästigen Hemmschuh behandelt. Statt dessen war er entsetzt, völlig perplex und konnte einfach nicht verstehen, daß Sandy ihn tatsächlich verlassen wollte. Er flehte sie an, es sich noch einmal zu überlegen.

»Es war schon komisch«, sagte Sandy Harris. »Er hat nicht gesagt: ›Ich liebe dich‹ oder ›Ich will dich nicht verlieren.‹ Nein, er sagte nur: ›*Ich* möchte jemanden haben, dem *ich* etwas bedeute.‹

Eigentlich ging es nicht darum, daß er mich nicht verlieren wollte«, fügte Sandy Harris traurig hinzu. »Er wollte nur nicht, daß mich ein anderer bekam.«

Einen Tag nachdem die Scheidungseinreichung der Harris' in der Lokalzeitung erschienen war, klingelte nachts um zwei das Telefon. Der Anrufer hängte wortlos ein, als Sandy sich meldete. Sie vermutete, daß es sich um DeeLisa handelte. Sie hatte keine Ahnung, wo Tim steckte – aber offenbar war er auch nicht bei DeeLisa. Am nächsten Morgen rief Tim sie an ihrem Arbeitsplatz an, um ihr mitzuteilen, daß DeeLisa ihn angerufen und gedroht habe, dafür zu sorgen, daß man ihn feuerte, wenn er nicht bei ihr einzog. Sandy wußte nicht, ob sie ihm glauben sollte, jedenfalls behauptete Tim, daß er nicht DeeLisa wolle, sondern Sandy. »Du bist die einzige Frau, die ich liebe«, versicherte er ihr.

Von seinem Gehalt gehe ein so großer Betrag ab – die Raten für das Boot und den Truck, ganz zu schweigen von der dritten Hypothek –, daß er sich keine andere Miete leisten könne, gestand er Sandy. Sandy hatte Mitleid mit Tim und stimmte zu, daß er – allerdings nicht als ihr Mann – im Haus wohnte, bis sie eine Lösung gefunden hätten. Sie betonte, daß diese Vereinbarung nur vorübergehend gelte und ihre Scheidungsabsichten nicht beeinflusse.

Tim versuchte vergeblich, Sandy davon abzubringen. »Die meiste Zeit war er völlig außer Kontrolle und demolierte irgendwelche Gegenstände. Sogar seine sündhaft teure Kamera zertrümmerte er. Er verlor das Interesse an allem«, erinnerte sich Sandy. »Ich befürchtete, er könnte seine Arbeit verlieren.«

War Sandy nett zu ihm, nahm er an, sie beabsichtige, die Scheidungsklage zurückzuziehen. Tim sah die Dinge so, wie er sie sehen wollte. Erklärte sie ihm nach einem Treffen mit DeeLisa zu wissen, wo er gewesen sei, meinte er, daß er ihr noch etwas bedeute. Sandy war resolut; sie hatte sich entschieden, aber Tim sah Unsicherheit und Unentschlossenheit, weil er es so wollte. Weil er es *brauchte*. Er war mißgünstig, und keine Frau, die ihm ›gehörte‹, hatte das Recht, ihn zu verlassen – nicht, bevor er ihrer überdrüssig war.

Er betrachtete Sandy als sein Eigentum.

Sandy Harris war eine schöne Frau, und das schien Tim plötzlich zu erkennen. Um nichts in der Welt wollte er die Kontrolle über sie verlieren. Obgleich *ihm* freistand, zu kommen und zu gehen und sich mit DeeLisa zu treffen, wann immer ihm beliebte, war er nicht einverstanden, wenn Sandy das Haus verließ.

Natürlich hatte sie keine Rendezvous; sie war mit ihrer Arbeit und den Kindern absolut ausgelastet.

Tim beschwerte sich über die angebliche Einmischung von Sandys Familie. Pat hatte kein Blatt vor den Mund genommen und Sandy ermuntert, die Scheidung möglichst bald über die Bühne zu bringen.

»Meine Mom hat zwei Wochen lang kein Wort mit mir gesprochen«, erinnerte sich Sandy. »Sie fand, ich wäre besser sofort, nachdem ich von Tims Untreue erfahren hatte, zum Anwalt gegangen.«

Das war typisch für Pat. In ihrer Welt gab es keine Grautöne, und Tim hatte die Grenze dessen, was sie von einem Schwiegersohn zu akzeptieren bereit war, schon lange überschritten.

Natürlich waren auch Susan und Don Dappen im Bilde. Sie versuchten, sich herauszuhalten, aber das Problem wurde immer bedrohlicher, Tim war eifersüchtig und fassungslos, er begriff, daß Sandy ihn nicht zurücknehmen würde, sondern vielmehr vorhatte, ein neues Leben ohne ihn anzufangen, sobald die Scheidung rechtskräftig war.

Don Dappen hatte schon erlebt, daß sich scheinbar normale Männer in besessene Verfolger verwandelten, wenn sie von ihren Frauen verlassen wurden. Er hatte Männer erlebt, die eine Frau lieber tot sahen, als sie gehen zu lassen. Und Tim hatte er noch nie als ›normal‹ betrachtet. Sein Schwager war schon immer ein unberechenbarer Einzelgänger gewesen.

Dappen machte sich Gedanken über Tims nächste Schritte. Er hoffte, Tims Beruf – der ihm immer so viel bedeutet hatte – würde ihn von einer folgenschweren Kurzschlußhandlung abhalten.

Tim hatte ihm gegenüber zugegeben, ›Mist gebaut‹ zu haben, als er die Beziehung mit DeeLisa eingegangen war. Anfangs hatte er versprochen, sie nie wiederzusehen, aber später hatte er seinen Schwager um Rat gebeten, wie er seine Frau behalten konnte, ohne seine Geliebte aufgeben zu müssen. Don hatte ihn gedrängt, eine Entscheidung zu treffen, und zwar schnell. Als Tim überzeugt war, daß sein Schwager Sandy nichts von ihrem Gespräch erzählt hatte, glaubte er – zu Unrecht – dieser habe sich ›neutral‹ verhalten – wie ein Kumpel …

Am 9. Dezember ging Tims Besessenheit mit ihm durch. Susan, die wußte, daß Sandy dringend etwas Abwechslung brauchte, hatte ihre Schwester in die UpTown Lounge in Vero Beach eingeladen. Es war Samstag abend, und Don hatte Dienst auf der Polizeiwache von Vero Beach. Es sollte nicht spät werden, und in dem gemütlichen Lokal konnten die beiden Schwestern vor Belästigungen sicher sein.

Tim Harris, der, gelinde ausgedrückt, immer ein unzuverlässiger Vater gewesen war, hatte sich plötzlich ungewöhnlich großzügig gezeigt und sich erboten, bei seinen Kindern zu bleiben. »Sie wollte die Kinder zu Nana bringen, und ich meinte: ›Hör mal, ich kann doch ebensogut auf sie aufpassen. Es ist mir egal, wenn ... also, wenn du ausgehen willst, ist das okay, weißt du. Ich wäre dir nur dankbar, wenn du dich nicht mit anderen Kerlen triffst, bis wir, du weißt schon, endgültig geschieden sind.«

Der gutaussehende Polizist klang nicht sehr überzeugend. Er beschrieb sich als verständnisvoll und entgegenkommend. Seine Frau schilderte Vertrauten jedoch ein völlig anderes Szenario.

»Tim trat hinter mich, legte die Hände um meinen Hals und sagte: ›Ich könnte dir hier und jetzt das Genick brechen und dich töten‹.«

Am Abend des 9. Dezember folgte Tim Harris Sandy und Susan Dappen zur Polizeiwache, wo sie kurz anhielten, um Don hallo zu sagen, ehe sie zum UpTown weiterfuhren. Als Dappen auf dem Flur Lärm hörte, verließ er sein Büro und sah seinen künftigen Ex-Schwager, der Sandy mit sonderbarem Blick anstarrte. Tim begann, Sandy anzubrüllen – offenbar war ihm gar nicht bewußt, daß er sich auf einer Polizeiwache befand und Don, der Wachhabende an diesem Abend, alles mit bekam.

Tim Harris war außer sich, blind vor Wut. Don hatte sich geschworen, sich nicht in Sandys Eheprobleme einzumischen, aber diesmal ging Tim zu weit. »Ich habe mir immer vorgenommen einzugreifen, sobald Sandy und die Kinder *gefährdet* waren«, sagte Don.

»Raus hier, Tim«, sagte Dappen. »Das reicht. Verlaß sofort das Revier, oder es wird dir noch leid tun.«

Tim Harris begriff, daß Dappen es ernst meinte. Er stolzierte aus der Wache, stieg in seinen Truck und raste mit quietschenden Reifen davon.

Dappen, der sich Sorgen um seine Frau und seine Schwägerin machte, begleitete Susan und Sandy bis zum Parkplatz hinter der Lounge. Sie waren kaum dort eingetroffen, als Tim auf Sandy zurannte und rief: »Sandy! Komm nach Hause! Dein Platz ist bei mir!«

Don Dappen sprang aus seinem Wagen. »Tim ...«, begann er.

»Halt dich da raus, zum Teufel«, herrschte Tim ihn wütend an.

»Nein, das werde ich nicht tun«, entgegnete Dappen fest. »Wir sind in der Öffentlichkeit.«

Tim Harris, der nur selten fluchte, gab einen Schwall von Obszönitäten von sich, kehrte seinem Schwager den Rücken zu und folgte Sandy in das Lokal. Sandys Hoffnung, sie könnte mit ihrer Schwester in Ruhe ein, zwei Drinks zu sich nehmen, wurde hiermit zunichte gemacht. Tim beharrte darauf, daß er sie sprechen müsse, und veranstaltete ein solches Spektakel, daß die anderen Gäste aufmerksam wurden.

Don Dappen war klar, daß die Situation zu eskalieren drohte. Er wollte nicht der Beamte sein, der Tim verhaften mußte – falls dies nötig sein sollte. Aber vor allem spürte er, daß Tim es auf eine körperliche Auseinandersetzung mit ihm *anlegte*, und diesen Gefallen wollte Dappen ihm nicht erweisen. Er rief einen seiner Officers zur Unterstützung und erklärte diesem, daß es sich um einen Ehestreit handle und Tim ein State Trooper sei. Er bat den Officer, seinen Schwager zu beobachten und möglichst wenig Aufhebens zu machen. »Versuch die Angelegenheit friedlich zu regeln. Wenn er die Grenze überschreitet, nimm ihn fest. Verhalte dich völlig neutral, als würdest du die Beteiligten nicht kennen.«

Der junge Cop erledigte seine Aufgabe gut. Tim verließ

die Lounge, aber Don wartete draußen und beobachtete ihn unbemerkt.

Tim kam nicht nur einmal, sondern zweimal zurück. »Der Kerl tauchte ganz plötzlich wie aus dem Nichts auf«, erinnerte sich Dappen. »Sandy und Sue betraten die Bar, und urplötzlich rannte Tim ihnen nach.«

Es war eine schwierige Situation für Don Dappen. Die Bar war voller Menschen, und er konnte nicht abschätzen, was sein Schwager vorhatte. Er beschloß, mit den Rausschmeißern zu reden und nahm ihnen das Versprechen ab, Tim im Auge zu behalten.

»Bereits nach fünf Minuten verließ Tim mit Sandy die Bar. Er hatte einen Arm um ihre Schultern gelegt und drückte ihren Kopf an sich – nicht mit Gewalt, soweit ich das beurteilen konnte, aber doch so, daß sie sich nicht von ihm entfernen konnte.«

»Sandy«, sprach Don sie an. »Wo willst du hin?«

Sandy hatte resigniert. »Ich fahre mit ihm nach Hause. Ich möchte nicht noch mehr Ärger verursachen. Ich will nicht, daß er ins Gefängnis kommt, Donny.«

Don Dappen war frustriert, aber er hatte sich noch nie in anderer Leute Angelegenheiten eingemischt – wenn es sich vermeiden ließ. »Sandy«, sagte er fest, »du brauchst nicht mit ihm zu gehen, du hast die Wahl. Ich möchte, daß du das weißt.«

»Nein«, entgegnete sie. »Ich muß hier weg.«

»Okay.« Dappen beobachtete, wie Tim Sandy, die er immer noch festhielt, wegführte; er blickte zurück zu seinem Schwager, ein triumphierendes Grinsen auf den Lippen, ein Grinsen, das besagte: »Siehst du, sie gehört mir, und du kannst absolut nichts dagegen tun.«

»Ich muß zugeben« – Dappen schnitt eine Grimasse –, »daß ich ihm am liebsten die Visage poliert hätte, aber ich beherrschte mich. Das war allein ihre Sache.«

Seltsam, daß Tim Harris, für den Treue ein Fremdwort

war, allen Ernstes glaubte, daß seine Frau ihn betrog. Wenn Sandy Harris gedacht hatte, ihr bisheriges Leben sei die Hölle gewesen, bekam sie jetzt einen Vorgeschmack darauf, wieviel schlimmer es noch werden konnte.

Don Dappen machte sich Sorgen um seine Schwägerin, und er war wütend auf Tim Harris, der sich wie ein großmäuliger Teenager aufgeführt hatte – erst auf dem Polizeirevier von Vero Beach und dann im UpTown.

Dappen ging zurück zu seinem Wagen und funkte die Zentrale der Polizeiwache an. »Rufen Sie bei der Florida Highway Patrol an. Lassen Sie sich mit irgendeinem diensthabenden hohen Beamten verbinden und sagen Sie ihm, daß ich ihn sprechen möchte. Er kann entweder in mein Büro kommen oder einen Treffpunkt vorschlagen.«

Zehn Minuten später betrat Lieutenant Gary Morgan Dappens Büro. Dappen mochte ihn; die beiden Männer kannten sich seit Jahren.

»Gary«, sagte Dappen. »Ich hätte Tim verhaften können. Sie müssen ihn sehr genau im Auge behalten. Er ist labil: Er sollte nicht im Außendienst eingesetzt werden.«

Morgan war über Tims bevorstehende Scheidung ebenso informiert wie über sein – im Vergleich zu dem der Patrol bekannten – auffälliges Verhalten. Aber Morgan war nicht Tims direkter Vorgesetzter; dieser war in Lantana, sechzig Meilen weiter südlich, stationiert. Dappen und Morgan telefonierten mit ihm. Er bat um einen schriftlichen Bericht, den Don Dappen verfaßte und am Empfang der Polizeiwache von Vero Beach hinterließ, wo er am nächsten Tag von der FHP abgeholt werden sollte.

»Ich weiß nicht, was mit dem Bericht geschehen ist«, erklärte Dappen später. »Er verschwand auf mysteriöse Weise, ist nie in Lantana eingetroffen. Wer auch immer ihn abgeholt hat – Gary Morgan war es nicht, soviel steht fest.«

Aber unabhängig von Dappens Anruf war der Florida Highway Patrol bereits bekannt, daß Tim Harris' dienstliche Leistungen nachgelassen hatten – allerdings nicht so stark, daß er als dienstuntauglich eingestuft worden wäre. Außerdem hatte sich der Zwischenfall im UpTown in seiner Freizeit ereignet und war Harris' Privatsache, denn es hatte sich um einen Ehestreit gehandelt. Man beschloß, ihn zu beobachten, vorerst jedoch keine disziplinarischen Maßnahmen gegen ihn zu ergreifen.

Polizeiarbeit – welcher Art auch immer – ist eine große Belastung für jede Ehe. Das weiß jeder Polizist. Viele verschiedene Faktoren spielen eine Rolle. Zum einen ziehen Uniformen manche Frauen an wie ein Aphrodisiakum, und Gelegenheiten zur Untreue bieten sich ständig, bedeutend häufiger als einem Buchhalter oder einem Versicherungsvertreter. Viele Beamte wollen den Job nach Feierabend hinter sich lassen und weigern sich, mit ihren Frauen über das zu sprechen, was sie während ihrer achtstündigen Dienstzeit erlebt haben. Manchmal ist es zu häßlich und tragisch, um noch einmal ins Gedächtnis gerufen und mit einem Dritten geteilt zu werden. Je mehr sich die Situation draußen auf der Straße zuspitzt, desto weniger möchten die Beamten ihre Familien damit belasten. Obgleich ihre Ehepartner sie aus Liebe und Sorge schützen wollen, fühlen sich Ehefrauen – und in Anbetracht der wachsenden Zahl von Beamtinnen auch *Ehemänner* – oft ausgeschlossen und übergangen.

Cops bilden einen Kreis von Eingeweihten, der dem Rest der Welt nicht zugänglich ist, und niemand, der sich in sie hineinversetzen kann, wirft ihnen das vor. Häufig machen sich ›Zivilpersonen‹ lustig über sie. Untereinander sprechen sie dieselbe Sprache, eine Sprache, die die übrige Bevölkerung nicht versteht. Niemand, der noch nie an einem Tatort war, wenn das Blut noch warm ist und das Schießpulver noch in der Luft hängt, kann sich vorstellen, mit welchem Streß, welch entsetzlichen Anblicken und Gerüchen Polizeibeamte fertig werden müssen. Ihre Partner sind oft die Menschen, die ihnen am allernächsten stehen. Im Zusammenhang mit gemeinsamen Erfahrungen und geteiltem Leid sogar näher als die eigene Frau (oder der eigene Mann).

Viele Ehen scheitern. Die beruflichen Leistungen vieler Cops lassen dann eine Zeitlang nach, aber die meisten fangen sich nach ihrer Scheidung bald wieder.

Es war schon ironisch, daß Tims Traum, im Antidrogenprogramm eingesetzt zu werden, sich ausgerechnet erfüllte, als seine Ehe zu Bruch ging. Tim und Trooper Dean Burrows sollten unter Lt. Gary Morgan Rauschgiftdelikte ahnden.

Schon vor Don Dappens Anruf wußte Morgan, daß Tims Erfolgsquote stark gesunken war. Auch seinen Kollegen und Vorgesetzten entging Tims Veränderung nicht. Tim Harris war der leidenschaftlichste Trooper in seinem Bezirk gewesen und hatte unermüdlich Raser und Drogenhändler verfolgt und gestoppt – mehr als der Durchschnitt. Aber das war vorbei.

»Seine Leistungen waren immer noch sehr akzeptabel«, erklärte Morgan hastig. »Nur nicht mehr so überragend wie früher.«

Die Patrol steckte in der Klemme. Sie konnten einen Mann nicht aufgrund einer Ehekrise aus dem aktiven Dienst entfernen, schon gar nicht, solange er seine Arbeit machte. Wie sich jedoch herausstellen sollte, unterlief ihnen bei der Einschätzung von Tim Harris' Gemütszustand ein folgenschwerer Fehler.

Tims zahlreiche Abwesenheiten von Zuhause waren leicht durchschaubar, und Sandy wurde aus reiner Not heraus erfinderisch. Sie drückte die Wahlwiederholungstaste, wenn Tim telefoniert hatte, bevor er das Haus verließ. Jedesmal meldete sich DeeLisas Stimme. Und die Anzahl der gefahrenen Meilen, die sie vom Tacho ablas, stimmte *nie* mit denen der Entfernung überein, die er vorgab, zurückgelegt zu haben.

Tim suchte oft Streit mit Sandy, um einen Vorwand zu haben, aus dem Haus zu stürmen und die ganze Nacht wegzubleiben. Nach einer allzu provokativen Auseinandersetzung seufzte Sandy und sagte: »Tim, ich bin zu müde, um mich mit dir zu zanken. Wenn du deine Freundin besuchen willst, geh einfach.«

Schon kurze Zeit später war er zurück. »Es machte ihm keinen Spaß mit DeeLisa zusammenzusein, wenn ich davon wußte«, sagte Sandy.

Es brauchte keinen Psychiater, um zu erkennen, daß Tim Harris allmählich durchdrehte. In all den Jahren bei der Polizei hatte er sich so gut wie nie krank gemeldet; jetzt kam das ständig vor – im Januar 1990 gleich zweimal.

Ende des Monats stand für Sandy Harris fest, daß sie und Tim nicht länger unter einem Dach wohnen konnten. Sie schlug eine zweimonatige Trennung vor, um ihre Gedanken zu ordnen. Vielleicht könnten sie ja hiernach wieder miteinander reden und eine Lösung finden.

Widerstrebend stimmte Tim zu. Insgeheim hoffte Sandy, er würde für immer ausziehen. Er schien sich vor dem Alleinsein zu fürchten und würde vermutlich bis in alle Ewigkeit zwischen beiden Frauen hin und her pendeln, wenn ihm nicht jemand einen Schubs gab. Er konnte DeeLisa nicht aufgeben, und er konnte Sandy nicht aufgeben. Also gut, sagte sich Sandy, dann soll er doch mit DeeLisa zusammenleben. Sandy wollte nur ihre Freiheit. Sie war es leid, belogen zu werden und sich unbehaglich zu fühlen, wenn sie wußte, daß er sie in seinem Wagen verfolgte und sie abends beobachtete.

Im Februar 1990 versuchten Tim Harris' Freunde bei der Florida Highway Patrol, Tim zu helfen, sein Leben wieder in den Griff zu bekommen. Außerhalb der Dienstzeit hatte er mit keinem von ihnen wirklich engen Kontakt und auch noch nie über Privatangelegenheiten gesprochen. Aber sie brauchten ihn nur anzusehen, um zu wissen, daß es ihm schlechtging. Er hatte mindestens vierzig Pfund abgenommen. Dunkle Ringe lagen unter seinen Augen, und seine Wangen waren eingefallen. Tims Eheprobleme schienen ein offenes Geheimnis zu sein; der einstmals so wortkarge Trooper redete nur noch von der Versöhnung mit seiner Frau.

Lt. Gary Morgan bemerkte, wie Tim deprimiert war. »Ich sagte ihm, es gäbe ein Licht am Ende des Tunnels«, erinnerte sich Morgan.

Immer wieder gab Tim zu, ›Mist gebaut‹ zu haben, behauptete jedoch, daß ihm nur seine Frau und seine Kinder wichtig seien. Er habe Buße getan, aber leider sei seine Frau kalt und hartherzig, wollte er seinen Kollegen allen Ernstes weismachen. Daß er seine Beziehung zu Dee Lisa Davis nach wie vor aufrechterhielt, vergaß er, zu erwähnen.

Tatsächlich tat er seinen Freunden von der Florida Highway Patrol so leid, daß sich diese bei Gary Morgan nach einer Bleibe für Tim erkundigten. Morgan besaß ein Haus am Seventh Place in Vero Beach, das er im Moment nur an den Wochenenden nutzte, weil er vorübergehend in Palm Beach im Einsatz war. Mogan erklärte sich bereit, den jungen Trooper, der dort wohnte und nach dem Rechten sah, zu fragen, ob er einverstanden sei, wenn er Tim – und natürlich seinen Hund Shadow – für zwei Wochen einquartiere.

Morgan ließ Tim wissen, daß er eine Unterkunft für ihn habe und ihm am kommenden Freitag den Schlüssel unter die Matte legen werde.

Lt. Morgan verbrachte das ganze Wochenende in seinem Haus, mähte den Rasen und erledigte einige geringfügige Reparaturen, aber Tim Harris ließ sich nicht blicken. Am darauffolgenden Wochenende stellte Gary Morgan fest, daß Tim offenbar inzwischen eingezogen war.

Tatsächlich war Tim Harris' Aufenthalt im Haus seines Lieutenants etwas gespenstisch. Morgan bekam ihn selbst gar nicht zu Gesicht; er sah nur Tims Sachen und seinen Hund. Nach Ablauf der vierzehn Tage rief Tim Lt. Morgan an und fragte, ob er noch etwas länger in seinem Haus wohnen bleiben könne. »Ich sagte ihm, daß es meine Wochenenden störe«, erinnerte sich Morgan, »die ich (solange er dort wohnte) nicht zu Hause verbringen könne – also versprach er, das Haus freitagabends zu räumen.«

Tim hielt Wort. Er selbst war nicht da, als Morgan am nächsten Samstag dort eintraf – aber sein Hund Shadow, und Morgan versorgte den K-9-Hund mit Futter und Wasser.

Am darauffolgenden Wochenende waren Tims Sachen und auch sein Hund verschwunden. Auf dem Küchentisch hatte er eine Nachricht für den Lieutenant hinterlassen, in der er ihm für seine Gastfreundschaft dankte.

Tim konnte jederzeit bei seinem Bruder übernachten; manchmal schlief er auf einem der Rastplätze an der I-95 in seinem neuen Truck oder auf seinem neuen Boot. Und natürlich war er auch DeeLisa willkommen. Wenn es nach ihr gegangen wäre, hätte er jede Nacht bei ihr verbringen können.

Aber Tim Harris wollte seine Nächte nur noch mit jener Frau verbringen, die zu betrügen er sich zuvor so einfallsreiche Täuschungsmanöver ausgedacht hatte.

Am Grundstück in Citrus Hideaway hatten Sandy vor allem die Abgeschiedenheit und die Entfernung zu anderen Häusern gefallen. Jetzt da sie allein mit den Kindern dort lebte, in dem Bewußtsein, daß Tim zwar ausgezogen sein mochte, jedoch das Haus ebenso wie sie selbst und die Kinder auch weiterhin als seinen Besitz betrachtete, wünschte sie sich statt der Schwärze, die sie nach Einbruch der Dunkelheit umgab, erleuchtete Fenster nebenan oder gegenüber.

Sandy wußte, daß Tim sich leicht Zutritt verschaffen konnte, wenn er wollte. Jeder Zentimeter dieses Hauses, das einmal das Symbol einer strahlenden Zukunft für sie bedeutet hatte, war ihm vertraut. Wie auch nicht – er hatte es ja eigenhändig erbaut. Und jetzt, nachdem er von dort verbannt worden war – und sei es auch nur für zwei Wochen –, begann er, dort einzudringen, wenn Sandy arbeitete oder sich bei ihren Eltern aufhielt.

Hoch oben zwischen den Dachsparren, in der rosafarbenen Isolierung, deponierte Tim einen Kassettenrecorder, den er solcherart verdrahtete, daß er automatisch ansprang, sobald der Telefonhörer abgenommen wurde. Einen zweiten Recorder versteckte er im Mechanismus eines Bettsofas. Jeder einzelne von Sandys Anrufen – jene, die sie tätigte und solche, die sie empfing – wurden von nun an aufgezeichnet.

Sandy ahnte hiervon nichts.

Tim zog nicht zu DeeLisa. Er kam für ein paar Wochen bei seinem Bruder David und seiner Frau Melissa unter. Aber Davids Frau erwartete ein Baby, und in ihrem Mobilheim war nicht viel Platz.

In der ersten Nacht, in der sie neben dem Haus, dort wo Tim Shadows Zwinger gebaut hatte, Geräusche hörte, schreckte Sandy aus dem Schlaf hoch. Panik ergriff sie. Wie gelähmt lag sie da und lauschte den schweren Schritten über ihr.

Ihr Herz raste, als sie auf Zehenspitzen die Treppe hinaufstieg. In Timmys Zimmer sah sie einen Schatten auf dem Boden.

Es war Tim, der neben dem Bett seines Sohnes schlief. Hätte sie seinetwegen nicht schon so viele Ängste ausgestanden, wäre Sandy beim Anblick vielleicht traurig oder sogar gerührt gewesen. Statt dessen seufzte sie nur und kehrte zurück ins Elternschlafzimmer.

Hiernach brach Tim fast jede Nacht ein. Sandy hörte, wie er auf Shadows Zwinger kletterte und von dort aufs Dach stieg. Er näherte sich ihr nicht, und gewöhnlich war er am Morgen schon wieder fort. Wenn Sandy einen Anruf erhielt, vernahm sie jedoch oft ein leises Klicken und wußte, daß Tim oben abgenommen hatte und lauschte, seine riesige Pranke über die Sprechmuschel gelegt, damit sie ihn nicht atmen hörte.

In den Nächten, die Tim nicht im Haus verbrachte schlief Sandy keineswegs besser. Wenn sie in die Dämmerung hinausblickte, konnte sie Tim häufig drüben bei den Kiefern in seinem Truck sitzen sehen.

Er saß einfach da und beobachtete sie.

Selbst wenn sie ihn nicht sah, wußte Sandy, daß Tim sich ganz in der Nähe aufhalten konnte. Und dann erinnerte sie sich, wie oft er schon gesagt hatte, daß er ihr mühelos das Genick brechen könne.

Kapitel 11

In Jacksonville, 165 Meilen nördlich von Vero Beach, lief Lorraine Hendricks Agentur prächtig. Lorelei Promotions wurde mit der Ausrichtung der Einweihungsfeier des neuen Carriage-Club-Seniorendorfes beauftragt. Die noblen Residenzen verlangten eine nicht minder elegante und edle Eröffnung, und Lorraine sollte sie nicht enttäuschen. Sie organisierte weiße Pferde und Kutschen und sorgte dafür, daß sich alle kleideten wie zu einem grandiosen Ball der Jahrhundertwende. Lorraine selbst erschien in einem schulterfreien Satinkleid sowie langen weißen Handschuhen und einer dreireihigen Perlenkette. Ihr glänzendes Haar hatte sie zu einer Hochfrisur arrangiert gesteckt, die ein Diadem krönte.

In der Valentinstag-Woche, genauer am 10. Februar 1990, organisierte Lorraine für die Heart Guild of Northeast Florida eine Benefizgala. Sie präsentierte den Schwarm der späten Fünfziger, Frankie Avalon, und wieder einmal war es in erster Linie ihr Verdienst, sie zu einer denkwürdigen Nacht zu machen, von der zudem noch die Herzforschung in Florida profitierte.

Frisch verliebt und beruflich so erfolgreich, wie sie sich immer erträumt hatte, war Lorraine Hendricks wunschlos glücklich.

Im Februar 1990 ahnte Sandy Harris nach wie vor nicht, daß ein Kassettenrecorder auf dem Speicher jeden ihrer Anrufe aufzeichnete. Sie wußte weder, daß Tim sich auch tagsüber in das Haus schlich, um dessen Kassetten auszutauschen, noch, daß er ihren Büroschlüssel aus ihrer Handtasche genommen hatte, um ein Duplikat anfertigen zu lassen.

Der – Valentinstag – der Tag der Liebenden – war ein einziger Alptraum für Sandy Harris. Kurz nach Mitternacht des 13. Februar brach Tim nicht bei sich zu Hause ein, sondern verschaffte sich Zutritt zu Sandys Büro, in dem zahlreiche vertrauliche Schriftstücke untergebracht waren. Unermüdlich und sehr sorgfältig arbeitete er Stunden an einer Überraschung für Sandy.

Als Sandy Harris am Valentinstag zur Arbeit kam, hing ihr Job an einem seidenen Faden. Ihr Boß war wütend und entsetzt, weil sich in der Nacht ein Unbefugter im Gebäude herumgetrieben hatte. Verblüfft betrat Sandy ihr Büro – oder versuchte es zumindest. Der Raum war voller weißer und roter Luftballons, und auf ihrem Schreibtisch stand eine riesige Schachtel Pralinen. Als Sandy versuchte, um die Ballons herumzugehen, wurden diese gegen die Wand gedrückt oder von einem spitzen Gegenstand auf dem Schreibtisch zerstochen und zerplatzen lautstark. Benommen blickte Sandy auf ihre Kollegen, die sie neugierig anstarrten, und schließlich auf ihren Boß. Dann brach sie in Tränen aus. Es gab keinen Ort, an dem sie vor Tim sicher war, sie hatte keine Zuflucht mehr.

Schluchzend verließ sie ihre Arbeitsstelle. Tim war der letzte Mensch auf Erden, dem sie begegnen wollte, aber er erwartete sie bereits ungeduldig lächelnd, als nehme er an, sie sei in aller Eile nach Hause gefahren, um ihm für die wunderbare Valentins-Überraschung zu danken. Fassungslos starrte sie ihn an. Er *glaubte* wirklich, ihr eine Freude bereitet zu haben.

Sandy stürmte an ihm vorbei ins Bad, aus dem sie ihn wenigstens für ein paar Minuten aussperren konnte. Dort fand sie einen Kassettenrecorder, den sie noch nie zuvor gesehen hatte. Offenbar hatte Tim nicht so früh mit ihr gerechnet und ein Band abgespielt.

Sandy stellte das Gerät an. Verwirrt vernahm sie ihre eigene Stimme, begriff jedoch schnell, daß es Tim irgendwie gelungen war, ihre Telefonate aufzuzeichnen. Aber *wie*? Sie lauschte der harmlosen Unterhaltung, die sie mit ihrer Schwester geführt hatte, und hörte, wie sie beide auflegten. Das Band lief weiter, und plötzlich vernahm Sandy nicht ihre eigene, sondern Tims Stimme. Er telefonierte mit DeeLisa.

Mein Gott, ist er vielleicht verrückt? fragte sich Sandy. Die vielen Ballons und die Pralinen, erst schlich er sich jede Nacht in das Haus, um bei ihr zu sein … und dann flehte er DeeLisa mit der gleichen Verzweiflung an wie sie, vorbeikommen zu dürfen.

Grimmig stellte Sandy den Recorder so laut, bis Tim

sein eigenes Gespräch mit DeeLisa mitbekam. Sofort rannte er zur Tür, hämmerte dagegen und brüllte, sie solle ihn hineinlassen. Die Tür wölbte sich; Tim versuchte offensichtlich, sie einzutreten.

Sandy öffnete und trat zurück, das Band mit einer Hand umklammernd. Tim stürzte sich auf sie, aber sie konnte sich befreien und lief aus dem Bad.

»Er jagte mich durch das ganze Haus, um mir das Band abzunehmen. Ich hatte ihn noch nie, *niemals* so wütend gesehen.«

Tim Harris hatte Geheimnisse, seine eigenen Geheimnisse – und Sandy war einem auf die Spur gekommen. Und damit war auch die letzte Chance vertan, daß sie ihn je zurücknahm. Er hatte sich nicht geändert. Er log immer noch. Seine Bemühungen um sie waren keinen Pfifferling mehr wert, jetzt da sie den Beweis für seine anhaltende Untreue in Händen hielt. Trotzdem fand Sandy Tims Zorn übertrieben. Immerhin hatte sie ihn, was DeeLisa betraf, schon früher beim Lügen ertappt – und das nicht nur einmal, sondern immer wieder. Stur das Band festhaltend, betrachtete Sandy den Mann, mit dem sie seit fast neun Jahren verheiratet war, und erkannte ihn kaum wieder. Sein Gesicht war gerötet und verzerrt von Wut, die ihn umgab wie eine übelriechende Dunstwolke.

Sandy Harris war realistisch; das mußte sie sein. Sie wußte, daß Tims eigene Charakterschwächen sie soweit gebracht hatten – aber sie machte seine Geliebte mitverantwortlich. DeeLisa Davis hatte alles in ihrer Macht Stehende getan, um Sandys Ehe kaputtzumachen. Obgleich Sandy die Stimme ihrer Rivalin kannte, waren die beiden Frauen einander nie begegnet, was sich jedoch bald ändern sollte.

Sue Dappen und Sandy besuchten mit ihren Kindern jeden Samstag die Eissporthalle von Vero Beach. »Einmal«, erinnerte sich Sandy, »sah ich DeeLisa dort. Irgendwie wußte ich, daß sie es war – und als Jennifer sagte: ›Schau mal, da ist DeeLisa!‹, wurde mir klar, daß Tim unsere Kinder mit zu seiner Geliebten genommen hatte.«

Sandy musterte die Frau, die auf einer Bank saß und ihre Schlittschuhe auszog, neugierig. Sie war viel älter als sie selbst, und sie war attraktiv, wenn auch nicht wirklich schön. Ehe Sue sie zurückhalten konnte, fuhr Sandy auf DeeLisa Davis zu und wartete, bis diese aufblickte.

»Ich schätze, Sie wissen, wer ich bin, aber ich weiß nicht, wer Sie sind«, meinte Sandy sarkastisch.

»Sprechen Sie nicht vor meinen Kindern«, sagte DeeLisa.

»Also, *meine* Kinder wissen über Sie Bescheid«, konterte Sandy.

DeeLisa schnappte sich ihre Schlittschuhe und die Kinder und eilte fluchtartig davon. »Sie konnte die Eisbahn nicht schnell genug verlassen«, erzählte Sandy bitter. Es machte Sandy wirklich nichts mehr aus, aber sie mußte an alle die Male denken, die Tim sie DeeLisas wegen belogen hatte.

Am Abend des 3. März 1990, einem Samstag, heiratete eine von Sandys Freundinnen, und Sandy sollte als Brautführerin fungieren. Noch ein Jahr zuvor hätte sie Tim gebeten mitzukommen; jetzt verzichtete sie auf seine Begleitung. Sie hatte viel Spaß auf der Hochzeit – zum ersten Mal seit Jahren. Dennoch blieb sie nicht lange; sie wollte nach Hause zu den Kindern. Als ein Freund des Bräutigams sie kurz darauf anrief, um sie auf einen Drink einzuladen, lachte sie und unterhielt sich ein paar Minuten mit ihm. Sie hatte vergessen, daß Tim ihre Telefonate vermutlich immer noch aufzeichnete.

Sandy lehnte es ab, sich mit ihm zu verabreden, aber

das spielte keine Rolle. Später am Abend hörte Tim das Band ab; er kochte vor Wut, weil Sandy ohne ihn zu der Hochzeit gegangen war. Für ihn stand fest, daß sie dem Kerl, schöne Augen gemacht hatte. Sooft Sandy glaubte, noch wütender könne er gar nicht werden, bewies Tim ihr das Gegenteil. Bislang hatte er sich weitgehend beherrscht und seinen Zorn nur dadurch zum Ausdruck gebracht, daß er manchmal tagelang kein Wort mit ihr geredet hatte. Jetzt unterdrückte er ihn nicht mehr. Sandy fragte sich, ob diese ganze Wut schon all die Jahre in ihm gebrodelt hatte.

Wäre sie nicht ein solches nervliches Wrack gewesen, hätte Sandy die Doppelmoral ihres Mannes vermutlich als lächerlich empfunden. Sie interessierte sich nicht für andere Männer. Einmal unterhielt sie sich mit einem der Trooper, die Tim ab und an zum Fischen mitnahm. Als Sandy erklärte, Tim stehe es nicht zu, anderen wegen der Scheidung etwas vorzuheulen – nicht nachdem er sie fast fünf Jahre lang betrogen habe – meinte der Trooper wahrhaftig: »Was sollte er denn deiner Meinung nach tun, während du bei der Arbeit warst?«

»Ich bin auch zu Hause geblieben, wenn er Nachtschicht hatte. Ich bin auch nicht fremdgegangen.«

»Das ist etwas anderes.«

Warum? fragte sich Sandy. Warum war es etwas anderes, wenn Tim betrog? Warum sollte er sich so gelangweilt und geil fühlen, wenn sie im Büro war? Für ihre Begriffe hatte ein Mann genauso wenig das Recht, die Ehe zu brechen, wie eine Frau.

Sandy Harris versuchte verzweifelt, die vielen Probleme in ihrem Leben zu meistern. Bereits Anfang März 1990 hatte sie einsehen müssen, daß die gewaltige Hypothekenlast nicht länger tragbar war. Schweren Herzens und in aller Stille hatte sie das Haus zum Verkauf angeboten und am Sonntag, dem 4. März, Besichtigungstermine für Interessenten vereinbart.

Tim kam dahinter. Obgleich der Wagen der Maklerin keine Werbung trug, wußte er Bescheid. Natürlich wußte er Bescheid. Er zeichnete nach wie vor jeden Anruf auf, jedes Gespräch, das in Sandys Haus geführt wurde. Nur einen Tag nachdem sie allein die Hochzeitsfeier besucht hatte, war Sandys Vorhaben, ihr gemeinsames Haus zu verkaufen, der deutlichste Beweis dafür, daß sie ihn aus ihrem Leben gestrichen hatte, daß sie Entscheidungen jetzt ohne ihn fällte.

Zum ersten Mal hatte Sandy Harris Angst. Richtig Angst. Schaffte sie es je, von Tim loszukommen? Sie fragte sich, ob sie vielleicht beide tot sein würden, ehe er sie freigab …

Kapitel 12

Selbst zwei Jahre nach ihrem Umzug nach Mandarin bei Jacksonville suchte Lorraine Hendricks häufig ihren Haus- oder Zahnarzt, beides Freunde der Familie, in Fort Lauderdale/Miami auf, wo sie über fünfzehn Jahre gelebt hatte.

Am Montag, dem 5. März 1990, hatte Lorraine einen Termin bei ihrem Zahnarzt Dr. Joe Hilton, außerdem war sie am Sonntag abend um 18 Uhr mit Mike Lutz von Tropical Realty verabredet. Lorraine und ihre Eltern waren Eigentümer einer Wohnung am Wimbleton Drive in Plantation und überlegten, diese zu verkaufen.

Vor allem aber war ihr daran gelegen, Carol Worley vor ihrer Abreise in den Staat Washington noch einmal zu sehen. »Sie rief mich am Samstag morgen an – dem dritten

März«, erinnerte Carol sich später. »Ich höre sie noch sagen: ›Glaub ja nicht, daß du in Florida deine Zelte endgültig abbrechen kannst, ohne mich noch einmal zu Gesicht zu bekommen!‹«

Carol sagte, sie sei mit dem Hausputz bis Sonntag morgen fertig und anschließend bei ihrem Bruder, der gleich um die Ecke wohnte, erreichbar. Da man ihr eigenes Telefon abstellen würde, gab sie Lorraine dessen Nummer.

Lorraine meinte, sie würde am Sonntag gegen ein Uhr in Fort Lauderdale eintreffen. Carol lächelte in sich hinein; sie kannte Lorraine und bezweifelte, daß ihre Freundin es schaffen würde, sich an einem Sonntag um fünf oder sechs Uhr früh aus dem Bett zu quälen, um sich pünktlich auf den Weg zu machen. Für die mehr als zweihundert Meilen lange Strecke über die I-95 brauchte auch jemand wie Lorraine, der sie regelmäßig zurücklegte, gut und gerne sechs Stunden. Carol ging davon aus, daß Lorraine nicht vor drei Uhr da sein würde, und plante entsprechend.

Samstag telefonierte Lorraine gegen Mitternacht mit Mike Raleigh. Sie versicherte ihm, sich von Miami aus zu melden, damit sie ein laufendes Projekt besprechen konnten. Wie immer nahm er ihr das Versprechen ab, vorsichtig zu fahren.

Lorraine verließ ihr Haus auf dem Remler Drive am Sonntag, dem 4. März, gegen acht Uhr früh. Sie wollte sich mit dem Makler treffen, Carol besuchen und am folgenden Tag zum Zahnarzt gehen. Lorraines ständig überfüllter Terminkalender verleitete sie gelegentlich, wenn sie im Geiste die verschiedenen Facetten ihres Lebens koordinierte, zu rasen. Sie war eine Frau der Tat, die manchmal ungeduldig von einer Verabredung zur nächsten hastete. Genau genommen hatte sie in den vergangenen sieben Jahren acht Protokolle wegen überhöhter Geschwindigkeit bekommen. Einer Freundin gegenüber hatte sie geäußert, sich keine weiteren Protokolle leisten zu können, wenn sie ihren Führerschein nicht verlieren wollte. Also bemühte sie sich, das vorgegebene Tempolimit einzuhalten oder knapp darunter zu bleiben.

Aber, wie es jedem von uns passiert, verfiel Lorraine in Tagträumereien, dachte an den Mann, in den sie sich verliebt hatte, an irgendwelche geschäftlichen Probleme oder an die Zukunft, und trat dabei unwillkürlich fester auf das Gaspedal. Außerdem hörte sie beim Autofahren immer Musikkassetten, und ein flotter Rhythmus machte sich gewöhnlich bei ihr auf dem Tacho bemerkbar.

Was Lorraine bei ihrer Abreise am 4. März nicht wußte, war, daß man ihren Führerschein bereits eingezogen hatte. Die Benachrichtigung an sie war unterwegs, sollte aber erst in einigen Tagen bei ihr zu Hause eintreffen.

Das war im Grunde nicht schlimm. Sie konnte den Führerschein zurückbekommen, wenn sie die Schritte befolgte, die der Staat Florida in solchen Fällen vorschrieb. »Um ihre Fahrerlaubnis wiederzuerlangen, müssen sie folgendes tun: Setzen Sie sich mit dem Gericht in Verbindung und erfüllen Sie die Ihnen dort auferlegten Bedingungen. Bußgelder müssen auf das untenstehende Konto der Duval County Court Clerk eingezahlt werden. *Tätigen Sie keine Überweisungen an die hiesige Behörde.* Der Court Clerk wird Ihnen eine schriftliche Bestätigung über den Eingang des Bußgeldbetrages ausstellen, die Sie einer Führerscheinprüfstelle vorlegen müssen. Hierfür ist eine Gebühr in Höhe von 25 Dollar zu entrichten ...«

Frank und Jodi Dombroski trafen an jenem Sonntag morgen im März sehr früh im Haus ihrer Tochter ein, um bei Katherine zu bleiben. Rick hielt sein Versprechen, sie um elf Uhr abzuholen.

Lorraine war leger gekleidet. Sie trug verwaschene Jeans, eine rostrote Bluse und dazu Mokassins. Ihr Honda

Accord war Baujahr 1982, lief jedoch einwandfrei – abgesehen davon, daß die Tankanzeige nicht funktionierte. Rick hatte sie gedrängt, darauf zu achten, damit sie nicht irgendwo auf der Interstate mitten im Nichts liegenblieb. Er riet ihr, den Tageszähler nach jedem Tanken auf Null zu stellen, um – anhand der zurückgelegten Distanz – zu wissen, wann es an der Zeit war nachzutanken. Gewöhnlich prüfte sie dabei auch den Ölstand, da der acht Jahre alte Wagen einen leicht erhöhten Verbrauch hatte.

Aber der 4. März war ein sonniger Tag, und Lorraine machte sich keinerlei Sorgen. Die Strecke war ihr vertraut, und sie liebte es, sich während der Fahrt, bei voller Lautstärke, Musikkassetten anzuhören – über Kopfhörer, um in den Genuß des Stereoeffekts zu kommen.

Gegen zehn Uhr rief Lorraine zu Hause an, sie versicherte Katherine, am nächsten Tag zurück zu sein, und bat ihren Vater, nach einem Zettel zu suchen, auf dem sie die Telefonnummer von Carol Worleys Bruder notiert hatte, damit sie ihn über ihre verspätete Ankunft informieren konnte.

Hiernach sollte es keine Anrufe von Lorraine mehr geben.

An diesem Sonntag nachmittag traf Lorraine weder bei ihrer Freundin Carol in Fort Lauderdale ein, noch rief sie deren Bruder an. Carol war nicht beunruhigt; sie hatte nicht gerechnet, daß Lorraine pünktlich sein würde. Gegen drei Uhr tauchte sie bei ihrem Bruder auf und erwartete, jeden Moment den kleinen grauen Honda die Straße herunterkommen zu sehen.«

»Allmählich wurde ich ein wenig böse«, gesteht Carol. »Sie hätte wenigstens Bescheid geben können, daß es so spät werden würde – oder sie überhaupt nicht kam. Das sah Lorraine gar nicht ähnlich.«

Carol kramte in ihren bereits gepackten Sachen nach der Nummer von Lorraines Wohnung in Plantation. »Ich rief pausenlos dort an, aber keiner ging an den Apparat. Dann versuchte ich es bei ihr zu Hause in Jacksonville – aber dort nahm natürlich auch niemand ab. Schließlich rief Lorraines Mom – Jodi – gegen fünf Uhr *mich* an, um sich zu erkundigen, ob Lorraine gut angekommen sei. War sie nicht.«

Lorraines Vater telefonierte mit jeder einzelnen Dienststelle der Highway Patrol entlang der Interstate. Er meldete sich mit ›Major Dombroski‹ – was auch stimmte –, erwähnte jedoch nicht, daß er Major der Army und nicht der Patrol war. Er erklärte, er sei auf der Suche nach seiner Tochter. Aber keiner der Dienststellen lag eine Nachricht über Lorraine vor.

»Um Mitternacht rief mich Rick Hendricks an«, erinnert sich Carol Worley. »Niemand wußte etwas von Lorraine.«

Auch ihre Verabredung mit Immobilienmakler Mike Lutz in Plantation hielt Lorraine nicht ein. Und sie ließ ihren Zahnarzttermin am Montag morgen platzen. Ihr Noch-Ehemann und ihre Eltern kontaktierten jeden, der, so hofften sie, vielleicht etwas von ihr gehört hatte.

Niemand konnte ihnen weiterhelfen.

In fast jedem amerikanischen Staat gilt ein Erwachsener offiziell erst als vermißt, wenn er sich nach Ablauf von vierundzwanzig Stunden nicht an einem zuvor vereinbarten Ort einfindet. Am Montag, dem 5. März 1990, wurden Lorraine Marie Hendricks' Daten in die verschiedenen Computersysteme der Polizei im Staate Florida aufgenommen. Im emotionslosen Telex-Jargon las sich die Meldung jedoch wie folgt: »Erwachsene Frau vermißt, gefährdet ... Geisteszustand okay ... Verdacht auf ein Verbrechen ...«

Lorraine Hendricks' verzweifelte Angehörige versuchten, sich einzureden, daß Lorraine an einem sonnigen

Sonntagnachmittag nichts Schlimmes hatte zustoßen können. Sie wäre niemals auf die Idee gekommen, einen Anhalter mitzunehmen, und sie hatte zwischen Jacksonville und Fort Lauderdale keine Zwischenstops geplant – außer um zu tanken. Wäre sie verunglückt, hätte die Highway Patrol Bescheid gewußt und sie informiert. Aber bislang waren gerade so viele ihrer Fragen beantwortet, um sie in Angst und Schrecken zu versetzen. Sie hatten Lorraines Wagen gefunden. Von Lorraine, ihrer Handtasche, ihrer Brieftasche oder ihrer Brille keine Spur.

Florida Highway Patrolman Mike Transue, dessen Einsatzbereich denselben langen Abschnitt der I-95 durch die Countys Indian River und St. Lucie umfaßte, den auch Tim Harris kontrollierte, hatte den Wagen am Montag, dem 5. März, kurz vor zwölf Uhr mittags entdeckt. Der silberfarbene Honda Accord war am rechten Fahrbahnrand, Richtung Süden abgestellt, exakt auf der Höhe von Meile 157,5.

Transue hielt und ging um das Fahrzeug herum. Es war unbewacht, auch in dessen Nähe schien sich niemand aufzuhalten. Die vorderen Türen waren nicht abgeschlossen. Ein Bonbon für jeden Dieb, einige im Wageninneren sichtbare Gegenstände hätten einen gereizt: eine glänzende rote Aktentasche, die diverse Unterlagen enthielt, eine Kleinbildkamera, eine blau-beige Sporttasche, ein graues Beauty-case, eine Pulsar-Uhr, Kopfhörer, ein roter Koffer, Knöchelgewichte und eine blaue Windjacke – unberührt. Transue folgerte daraus, daß der Wagen noch nicht lange dort stand. Eine Überprüfung des Nummernschildes AKJ-65U ergab, daß es sich bei der Person, die ihn zuletzt gefahren hatte, um eine Frau namens Lorraine Hendricks aus Jacksonville handelte, die als vermißt galt. Der Dispatcher der Florida Highway Patrol setzte sich mit dem Duval County Sheriff's Office in Jacksonville in Verbindung.

Auf Veranlassung von Detective M. E. Hyde wurde der

Honda zum Courtesy Auto Service in Vero Beach geschleppt und bis zum Eintreffen der Spurensicherung versiegelt.

Die Fundstelle kennzeichnete Fransue mit roter Farbe.

Rick Hendricks, der als Miteigentümer von Lorraines Wagen eingetragen war, versuchte derweil, seiner kleinen Tochter zu erklären, warum ihre Mutter nicht wie versprochen heimgekommen war.

Niemand wußte, wo Lorraine Hendricks steckte. Etwas Unerwartetes mußte sie gezwungen haben, den Honda auf der I-95 zurückzulassen. Das heißt, vielleicht war sie ja gar nicht im Wagen gewesen, als man diesen abgestellt hatte. Nein, irgend etwas war geschehen zwischen der Stelle, an der sie angehalten hatte, um mit ihrem Vater zu telefonieren, und der Stelle an der Interstate, die jetzt mit roter Farbe markiert war, rot wie Blut.

Irgend etwas. Aber was?

Phil Williams, der Cop, der ebensogut Flugzeugmechaniker, Rockmusiker oder Gärtner hätte bleiben können, der Cop, der mit drei Jungen aufgewachsen war, die sich zu brutalen Killern entwickelt hatten, der Cop, der ein hervorragender Detective geworden war, sollte in einem Fall ermitteln, der unfaßbarer und grotesker war als jeder andere, der je einem Detective – egal wo – untergekommen ist.

Williams folgte seinem ganz persönlichen Leitspruch: »Ich war schon immer bereit, alles Notwendige zu tun ... und ich meine *alles* Notwendige, um einen Fall zu lösen.«

Während seiner Ausbildung versuchten die örtlichen Polizeibehörden gerade, den Mord an einem kleinen Mädchen aufzuklären. Beamte kamen in die Akademie und baten die künftigen Kollegen um Mithilfe.

»Der schlimmste Teil dieser Aufgabe bestand darin, in den Graben hinunterzusteigen, durch den Kanal zu waten und in dem schwarzen, stinkenden Wasser nach der Tatwaffe, einem Messer, zu suchen. Diesen Part übernahm ich«, erinnert sich Williams.

Die Alligatoren und das andere Viehzeug störten Williams nicht weiter. »In meiner Kindheit habe ich in Kanälen wie diesem gespielt«, erklärte er lakonisch. Später, auf der Suche nach den Pizzeria-Mördern, sollten Phil Williams und Don Dappen erneut durch solche Gräben und überwucherte Wasserläufe waten.

Alles, was Phil Williams am 5. März 1990 wußte, war, daß eine vermißte Frau einen Wagen an einem vielbefahrenen Freeway zurückgelassen hatte – ohne jeglichen Hinweis auf ein Verbrechen, nichts Konkretes. Am Anfang schien der Fall nicht weiter ungewöhnlich. Erfahrungsgemäß würde Lorraine Hendricks in ein oder zwei Tagen wieder auftauchen und irgendeine Erklärung für ihr Verschwinden abgeben. Er hatte zu viele Fälle von Vermißten erlebt, um etwas anderes zu vermuten.

Williams traf sich mit Bruce McMann vom Florida Department of Law Enforcement bei Courtesy Auto in Vero Beach, um sich Lorraines Honda vorzunehmen. Es war beinahe unheimlich, wie normal er wirkte – so als habe seine Besitzerin ihn nur ganz kurz verlassen. Auf dem Rücksitz, neben Lorraines Aktentasche, sie enthielt irgendwelche Geschäftspapiere, lagen zwei weitere ungeöffnete Gepäckstücke. Alle Gegenstände waren unversehrt, die beiden Hintertüren abgesperrt, die Fenster geschlossen.

Die beiden Ermittler sahen die blaue Jacke auf dem Beifahrersitz – sorgfältig gefaltet. Im Fußraum des Beifahrersitzes stand eine Packung Kleenex, daneben Papp- und Plastikbecher, die ein Beifahrer beschädigt hätte – ebenso wie die Kopfhörer und die Sonnenbrille, die sie unter der

Jacke fanden. Nein, es war ausgeschlossen, daß sich, außer Lorraine, noch jemand im Wageninneren aufgehalten hatte.

Soweit sie damals beurteilen konnten, fehlte nichts außer den Wagenschlüsseln und der Handtasche – und natürlich Lorraine Hendricks selbst.

»Der naheliegende Verdacht war eine Affäre«, sagt Williams. »Doch wenn sie vorgehabt hatte, sich mit jemandem zu treffen, warum war sie nicht bis zu dem nur eine Meile entfernten Wayfarer gefahren und hatte den Wagen auf dem Restaurantparkplatz abgestellt, statt ihn draußen auf dem Freeway stehen zu lassen?«

Bruce McMann und Phil Williams nahmen Fingerabdrücke im Wageninneren und saugten es gründlich, auf der Suche nach Haaren und Fasern, winzigen Schmutzpartikeln oder anderen, möglicherweise zweckdienlichen Spuren. (Die Fingerabdrücke sollten sich als unbrauchbar erweisen; das Labor des Florida Departments of Law Enforcement stellte später fest, daß sämtliche in ausreichendem Maße erhaltenen Abdrücke Lorraine Hendricks zugeordnet werden konnten.)

Lorraine Hendricks' Vater hatte telefonisch mitgeteilt, daß er und sein Ex-Schwiegersohn Rick nach Vero Beach unterwegs seien. Rick besaß einen Zweitschlüssel für den Honda und meinte, der Polizei vielleicht sagen zu können, ob etwas fehlte.

Williams sprach mit Rick Hendricks. Der Tatsache, daß dieser bei weitem nicht so panisch war wie Lorraines Vater, Frank Dombroski, maß er keine besondere Bedeutung bei; er war lange genug Detective, um zu wissen, daß die Menschen ihre Gefühle auf sehr unterschiedliche Art und Weise zeigen. Hendricks erzählte ihm schon bald, daß er und Lorraine in Scheidung lebten. Kein Groll. Keine Feindseligkeit. »Lorraine und ich haben uns in den meisten finanziellen Fragen bereits geeinigt«, fügte Hendricks hinzu. Und er sagte, daß sie etwas sehr Wichtiges verbinde – Katherine.

Rick Hendricks teilte Williams mit, daß Lorraine mit einem anderen Mann liiert sei, mit jemandem, den sie über die Agentur kennengelernt habe. Williams musterte Hendricks eindringlich, konnte jedoch keine Spur von Zorn entdecken. Offenbar gab es für Lorraine keinen Grund, sich davonzuschleichen, um sich heimlich mit einem anderen Mann zu treffen. Die beiden waren allem Anschein nach freundschaftlich auseinandergegangen, aber Williams betrachtete nichts als gegeben, solange er es nicht persönlich überprüft hatte.

Was Lorraines persönliche Gegenstände anbelangte, stellte Rick fest, daß ihre Handtasche fehlte. Gewöhnlich benutze sie eine braune mit Reißverschluß, in der sie auch ihre Brieftasche aufbewahre, erklärte er.

Sie fanden heraus, daß der Ölpegel des Honda um die Hälfte oder gar um Dreiviertel zu niedrig war – was vermutlich die Kontrollampe aktiviert, aber keine Panne verursacht hatte. Williams fragte sich, ob sie vielleicht rechts ran gefahren war, um den Ölstand zu prüfen, und jemand sie hierbei überfallen und entführt hatte.

Der Tageszähler zeigte 57,9 Meilen an.

Möglicherweise ein wichtiger Hinweis, wie Hendricks meinte. Er war sicher, daß Lorraine ihn nach dem letzten Tanken auf Null gestellt hatte. Williams nickte. Es müßte möglich sein, ihre Spur zurückzuverfolgen und festzustellen, wo genau sie getankt hatte.

»Versuchen Sie, zu starten«, forderte Williams Rick Hendricks auf.

Rick Hendricks drehte den Ersatzschlüssel im Zündschloß, und der Motor sprang sofort an. Ein technischer Defekt schien nicht vorzuliegen. Hendricks fiel noch etwas ein – er öffnete das Handschuhfach und tastete dessen Boden ab. »Es fehlt noch etwas. Die Zulassung.«

Williams überließ den Wagen Hendricks und Frank Dombroski, der ihn nach Jacksonville zurückbringen wollte. Sie füllten Öl nach, um auszuschließen, daß Dombroski auf der Heimfahrt in Schwierigkeiten geriet. Später bestätigte Rick Phil Williams, daß sie problemlos nach Jacksonville gekommen waren.

Williams bat Rick Hendricks, Dreiviertel des Motoröls abzulassen und bei einer anschließenden Fahrt zu kontrollieren, ob das Öllämpchen aufleuchtete oder sich irgendwelche sonstigen Schwierigkeiten ergaben. Nichts geschah.

Die Zurückverfolgung von Lorraines Fahrt brachte die Ermittler zur Ausfahrt 50, an der sich eine Amoco-Tankstelle befand. Frank Dombroskis Vermutung, seine Tochter habe dort getankt, weil sie eine Kreditkarte von Amoco besaß, wurde Detective Don Brown vom Brevard County Sheriff's Office gegenüber bestätigt. Die Kassiererin war sich nach Vorlage der Tankrechnung ganz sicher, daß Lorraine Hendricks am 4. März, zwischen 9 Uhr 45 und 10 Uhr 00, bei ihr bezahlt hatte. Auch dem Inhaber von Sunshine Food and Fruits am Cheney Highway 3580 war die ausgesprochen attraktive Lorraine Hendricks aufgefallen. Er erinnerte sich, daß sie hinterher den Münzsprecher benutzt hatte. Das paßte. Sie mußte ihren Vater in Jacksonville angerufen und, vielleicht, auch versucht haben, Carol Worley in Fort Lauderdale zu erreichen.

Wenn Lorraine Hendricks irgendwohin wollte, konzentrierte sie sich ganz auf ihr Ziel, weshalb sie als Autofahrerin bereits mehrfach negativ aufgefallen war. Beim Anblick des Computerausdrucks, den das Department of Highway Safety and Motor Vehicles ihm hatte zukommen lassen, verzog Phil Williams das Gesicht:

14.01.1983: 65 MSt in einer 45-Meilen-Zone
21.06.1984: 59 MSt in einer 40-Meilen-Zone
24.07.1985: 57 MSt in einer 40-Meilen-Zone

19.09.1985: 41 MSt in einer 25-Meilen-Zone

05.06.1986: 49 MSt in einer 30-Meilen-Zone

11.03.1987: 56 MSt in einer 45-Meilen-Zone

06.01.1990: 60 MSt in einer 45-Meilen-Zone

06.02.1990: 51 MSt in einer 35-Meilen-Zone

16.01.1990: Bußgeld nicht bezahlt.

Lorraine Hendricks hatte einen Bleifuß.

»Für wen würde Lorraine anhalten?« fragte Williams Rick Hendricks. Noch wollte er die Möglichkeit eines Verbrechens nicht ansprechen. Vielleicht würde er das nie müssen. »Würde sie einen Anhalter mitnehmen?« hakte Williams nochmals nach, obwohl ihm alle Angehörigen das Gegenteil bestätigt hatten.

Hendricks schüttelte den Kopf. »Sie hält für Schildkröten und Cops und für sonst niemanden.«

»*Schildkröten?*«

»Sie liebt Tiere. Ich habe selbst schon erlebt, wie sie eine Schildkröte von der Fahrbahn geholt hat, damit sie nicht überfahren wurde.«

»Und warum sie für Cops angehalten hat, ist klar«, meinte Williams. »Sie hatte keine andere Wahl.«

Hendricks zuckte die Achseln. Daß Lorraine häufig und gerne zu schnell gefahren war, ließ sich nicht leugnen.

Schildkröten und Cops. Schildkröten und Cops.

Williams grübelte über diese seltsame Kombination nach und ging alle Möglichkeiten durch. Was, wenn Lorraine Hendricks gestoppt hatte, um wieder eine Schildkröte zu retten? Sie hätte auf der Straße von einem Fahrzeug erfaßt, vielleicht sogar getötet werden können. Wenn der Fahrer in Panik geraten war, hatte er sie vielleicht in den Kofferraum seines Wagens oder die Ladefläche seines Trucks gelegt und war abgehauen. Nein. Dann hätten sie Spuren wie bei einem Unfall mit Fahrerflucht, Blut, Kleidungsfetzen, einen Schuh, finden müssen. Irgend etwas.

Okay. Angenommen, sie hatte gerade eine Schildkröte

gerettet und war von irgendeinem Kerl entführt worden. Dieses Szenario hielt er für wahrscheinlicher als die erste Möglichkeit. Zumal es auch erklärte, warum die vorderen Wagentüren nicht abgeschlossen waren.

Was immer sich ereignet hatte, die Hoffnung, daß Lorraine Hendricks lebte und wohlauf war, verringerte sich mit jeder Stunde.

Detective Phil Williams wandte sich an die Lokalpresse, damit diese in der Ausgabe vom 8. März über Lorraines Verschwinden berichtete und die Bevölkerung um Mithilfe bat.

Er ließ zwei Photos von Lorraine vervielfältigen, die Rick Hendricks ihm übergeben hatte – eines zeigte sie zusammen mit Rick und Katherine, auf dem anderen war sie allein und lächelte in einer weißen Bluse und einem schwarzen Trägerrock in die Kamera. Tatsächlich gingen zahlreiche Hinweise aus der Bevölkerung ein, aber keiner schien mit Lorraine Hendricks in direktem Zusammenhang zu stehen. Trotzdem wurde jeder Anruf überprüft und registriert.

»Zum damaligen Zeitpunkt unserer Ermittlungen wußten wir noch nicht, was wichtig war und was nicht«, erklärte Williams. »Also behielten wir alles.«

Kapitel 13

Die Duval County Detectives Roy Myers und Mike Robinson hatten inzwischen Lorraine Hendricks' Namen in die Computer des NCIC (National Crime Information Center) in Quantico, Virginia, eingegeben. Sollte sie irgendwo in Amerika wiederauftauchen, konnten die örtlichen Cops ihre Daten abrufen.

Mike Raleigh war, wie alle Freunde Lorraines fassungslos, als er die Nachricht von ihrem Verschwinden erfuhr. Seiner Verlobten Alice* gegenüber äußerte er, daß ihr etwas zugestoßen sein müsse. Die Lorraine, die er kannte, hätte sich niemals freiwillig ihren Verpflichtungen entzogen. »Möglicherweise muß ich verreisen«, erklärte er ihr. »Ich bin schon ganz krank vor Sorge. Vielleicht muß ich dort hin, um zu helfen.«

Am Dienstag, dem 6. März, betreute Raleigh eine Show mit Jim Stafford in Orlando, aber gleich nach der Vorstellung fuhr er zur Ausfahrt 50 auf der I-95, dem letzten Ort, an dem Lorraine gesehen worden war. Er traf um vier Uhr früh dort ein und nahm sich ein Motelzimmer. Bereits im Morgengrauen schaute sich Raleigh die Läden an der Ausfahrt 50 genauer an: Es gab eines dieser im Süden allgegenwärtigen Waffle-House-Restaurants, mehrere Motels und zwei Tankstellen. Bevor er in den anderen Geschäften nachfragte, suchte er die Amoco-Tankstelle auf und sprach mit den Angestellten, die an besagtem Sonntagmorgen gearbeitet hatten. Er fand zwei Personen, die sich tatsächlich erinnerten, die Frau auf dem Photo, das er ihnen zeigte, gesehen zu haben.

Leider wußte keine von beiden etwas über Lorraines weiteren Verbleib.

Mike Raleigh erkundigte sich bei einem Detective in der Brevard County, ob er in irgendeiner Weise behilflich sein könne. Seine besondere Sorge galt dem großen Bikertreffen in Daytona Beach, das nur fünfunddreißig Meilen nördlich der Ausfahrt 50 alljährlich stattfand. Lorraine war immer noch ein Motorradfan gewesen und möglicherweise mit den falschen Leuten ins Gespräch gekommen.

Der Ermittler musterte Raleigh und sagte dann: »Fahren Sie zurück nach Hause. Sie können nichts tun, was nicht bereits getan würde.«

»Ich schaffte es einfach nicht«, erinnerte Raleigh sich vier Jahre später. »Ich machte mich auf den Weg nach Süden. Ich wußte, daß ihr Wagen etwa siebenundfünfzig Meilen von der Tankstelle sichergestellt worden war, und ich entdeckte die rotmarkierte Stelle am Straßenrand. Dort begegnete ich auch Phil Williams das erstemal.«

Raleigh vermutete, daß einer der Detectives ihn informiert hatte. »Als ich rechts ran fuhr, erwartete Phil mich bereits dort. Er stieg aus seinem Wagen und sagte ohne Umschweife: Hallo, Mike. Unterhalten wir uns.«

Während sich Raleigh Gewißheit verschaffen wollte, ob die Polizei auch wirklich alles in ihrer Macht Stehende tat, um Lorraine zu finden, wollte Phil ergründen, wer genau dieser Mike Raleigh war – einerseits wollte er feststellen, wo dieser sich an dem Wochenende aufgehalten hatte, an dem Lorraine verschwunden war, und andererseits das Bild abrunden, das er sich inzwischen von der Vermißten gemacht hatte. Er wußte, daß Mike Raleigh, über den niemand etwas Negatives berichten konnte, nicht vorbestraft war und in Nordflorida mit Lorraine zusammengearbeitet hatte.

Raleigh machte auf Williams den Eindruck eines ›Gentlemans‹, der eher wie ein Professor als ein Geschäftsmann der Unterhaltungsindustrie aussah. Er war sehr groß und schlank und trug eine Brille. Williams schätzte ihn auf Anfang bis Mitte Vierzig. Er sprach langsam, deutlich und überlegt.

Raleigh fiel es nicht schwer, seinen Tagesablauf vom Sonntag, dem 4. März, zu rekonstruieren. Von vierzehn bis siebzehn Uhr war er in seinem Florida-Büro in Orlando gewesen, was gleich mehrere seiner Angestellten bestätigten. Davor hatte er, mit einem befreundeten Anwalt zusammen, versucht, zwei Parzellen, die sie in High Springs erworben hatten, ausfindig zu machen und dabei mit einigen Anwohnern in der Gegend gesprochen.

»Und am Abend?« fragte Williams.

»Ich war bis spät in die frühen Morgenstunden unterwegs, um mir ein paar Auftritte anzusehen, die ich dem Pleasure Island vermittelt hatte.« Raleigh erklärte weiter, daß er am Flughafen von Orlando bei Budget Rental einen Lincoln gemietet habe.

Sämtliche Angaben erwiesen sich als zutreffend. Es wäre Raleigh schlicht unmöglich gewesen, Lorraine irgendwann zwischen acht Uhr früh am Sonntag, dem 4. März, und zwölf Uhr mittags des darauffolgenden Tages, als Mike Transue ihren verlassenen Wagen entdeckt hatte, zu begegnen.

Darüber hinaus glaubte Williams Raleigh, daß Raleigh aufrichtig besorgt war, obwohl er und Lorraine erst seit einem knappen Jahr Geschäftsbeziehungen unterhielten. Er wollte unbedingt bei den Ermittlungen helfen und zerbrach sich den Kopf darüber, wer Lorraine etwas angetan haben könnte. Raleigh erklärte Williams, daß er Lorraine in die Unterhaltungsbranche eingeführt und sie mit zahlreichen Machern des Genres bekannt gemacht habe, da er es für wichtig halte, daß sie auch gesellschaftlichen Umgang mit den hohen Tieren dieses Metiers pflege. Lorraine hatte ihre jahrelange Lehrzeit mit örtlichen Talenten in Kleinstädten hinter sich. Jetzt sollte sich ihr Traum endlich erfüllen, mit richtigen Stars zusammenzuarbeiten.

Raleigh nannte einige der illustren Persönlichkeiten, die Lorraine für Benefizgalas und Festivals gebucht hatte. Er beschrieb sie als eine Frau, die dank ihrer Intelligenz und Freundlichkeit jede Situation meisterte. Sie war sehr schön, kleidete sich untadelig und konnte sich einfach mit jedem unterhalten; sie erstarrte in Anwesenheit berühmter Leute nicht in Ehrfurcht, sondern fügte sich mühelos in deren Welt ein. Raleigh war der Ansicht, daß eine große Zukunft in der Unterhaltungsindustrie vor ihr lag.

Phil stellte Fragen über Fragen: »Was wäre, wenn …?« »Wie hätte sie reagiert, wenn …?«

Raleigh lobte Lorraines rhetorische Fähigkeiten. »Sie ist ein PR-Mensch – das kann sie am besten. Sie ist die geborene Verkäuferin und verfügt über außergewöhnliches Verhandlungsgeschick.« Lorraine sei clever und geschickt genug, um jedem Entführer stets einen Schritt voraus zu sein. »Sofern es ihr gelingt, ihn am Reden zu halten …«

Phil Williams war bewußt, daß auch er einer Musterung standhalten mußte. Mike Raleigh, ein Mann, dessen Beruf viel Liebe zum Detail erforderte, machte keine halben Sachen. Während ihrer Unterhaltung betrachtete er Williams' Gesicht forschend, so als bilde er sich ein Urteil über den Polizisten.

Und genau so war es auch. »Als ich an jenem Tag wegfuhr«, erinnerte sich Raleigh, »war ich absolut sicher, daß Phil Lorraine finden würde, daß er aufklären könnte, was mit ihr geschehen war. Ich wußte, daß nur ein ganz besonderer Mensch in der Lage war, dieses Rätsel zu lösen – ein Mensch mit einem starken Willen, Charakterstärke und Überzeugung. Als Phil Williams mir versicherte, daß er die Suche nach Lorraine niemals aufgeben, ihren Fall nicht zu den Akten legen würde, glaubte ich ihm.«

Phil Williams hielt Wort, aber die beiden folgenden Tage verstrichen ohne den geringsten Hinweis auf Lorraine Hendricks' Verbleib.

Es galt das Alibi des neuen Mannes in ihrem Leben zu überprüfen, des Mannes, in den sie sich so plötzlich verliebt hatte. Williams stellte fest, daß Matthew*, ein Geschäftsmann aus Jacksonville, sich zum Zeitpunkt von Lorraines Verschwinden weit weg von der Indian County aufgehalten hatte. Erwiesenermaßen war er am Samstag, dem 3. März, frühmorgens in ein Flugzeug nach Europa gestiegen. Inzwischen hatte ihn seine Sekretärin über die Tragödie informiert, und er war bereits auf dem Rückweg in die Staaten.

Schließlich erkannte Phil Williams, daß ihm nichts anderes übrig blieb, als ganz von vorne anzufangen – dort, wo sie zuletzt gesehen worden war. Dort, wo rote Farbe eine Stelle an der I-95 markierte.

Am 8. März war der Polizeihubschrauber der Brevard County immer wieder spiralenförmig über den Fundort des Honda hinweggeflogen, während ein Beamter das Gelände durch die vielen Pinien und Palmettos mit dem Feldstecher beobachtet hatte. Wenn sich Lorraine Hendricks irgendwo dort unten befand, aus der Luft war sie nicht auszumachen!

Entweder war sie tausend Meilen weit weg oder aber ganz in der Nähe – in diesem Fall wollte Phil Williams sie finden. »Am nächsten Tag beschlossen wir, uns die Umgebung zu Fuß vorzunehmen.«

Phil Williams, seine Kollegen, die Detectives Larry Smetzer, Mark Johnson und Joe Bobrowskas, eine Reihe von Deputys der Sondereinheit ›Landwirtschaftskriminalität‹ sowie Männer sämtlicher benachbarter Polizeiwachen begannen ihre Suche am Fundort des silbernen Honda auf der State Road 512. Sie folgten den Seiten- und dem Mittelstreifen, der nach etwa einer Meile in ein dichtes Waldstück überging, das an seiner breitesten Stelle einen Durchmesser von neunzig Metern hatte. Eine unbefestigte Straße, die den Grünstreifen durchschnitt, bot eine Wendemöglichkeit für die Trooper, ersparte ihnen, die nächste Ausfahrt zu nehmen, wenn sie entgegenkommende Verkehrsteilnehmer überprüfen wollten.

Buchstäblich Schritt für Schritt hatte der Suchtrupp 3,1 Meilen zurückgelegt, in der Hoffnung, auf etwas zu stoßen, das sie zu Lorraine Hendricks führte, die inzwischen seit fünf Tagen verschwunden war. Sie verlangten gar nicht viel – vielleicht einen Knopf, einen ihrer Mokassins, ihre Handtasche, einen Papierschnipsel, der sich irgendwie mit Lorraine in Verbindung bringen ließ. Sie fanden nichts.

State Trooper Mike Transue, der seine normale Schicht auf der I-95 machte, hielt an – ebenso Tim Harris, der diesen Abschnitt der Schnellstraße kontrollierte. Natürlich war es Transue gewesen, dem Lorraine Hendricks' Wagen zuerst aufgefallen war. Die Deputys der Indian River County und die Beamten der Highway Patrol unterhielten sich eine Weile kopfschüttelnd über den sonderbaren Fall.

Tim Harris hatte Shadow bei sich im Wagen, und Williams warf einen Blick auf das prächtige Tier, das ihn argwöhnisch vom Rücksitz aus beobachtete. Shadows Zähne schienen mindestens zehn Zentimeter lang zu sein.

Er wandte sich an Harris. »Ihr Hund ist doch ein Suchhund, oder? Könnten wir ihn nicht einsetzen, um eine Leiche aufzuspüren?«

Tim fuhr herum. Dann nickte er. »Möglich. Aber nachts ist er besser; wir sollten warten, bis es etwas kühler ist. Im Augenblick würde er im Wald zu schnell ermüden. Aber klar, ich helfe Ihnen gern.«

Williams wußte nicht viel über Polizeihunde. Manche Hundeführer sagten, daß Hunde Leichen in der Luft erschnupperten und nicht auf dem Boden. Jede Rasse arbeitet auf andere Art. Beispielsweise hieß es, daß Bluthunde mit ihren langen Ohren Gerüche vom Boden aufwirbelten. Der Wind hatte zugenommen. Schätzungsweise nahm Tim an, er würde bis zum Einbruch der Dunkelheit Abkühlung bringen. Wenn sie bis dahin nichts gefunden hatten, wollte Phil ihn bitten, mit seinem Hund zurückzukommen.

Tim Harris erwähnte Phil Williams gegenüber nicht, daß der Abschnitt, den sie durchkämmten, zu seinem

Kontrollbezirk gehörte; vermutlich ging er davon aus, daß Williams darüber informiert war.

Shadow musterte Williams eindringlicher, fing an zu bellen und fletschte die Zähne. Der Detective sagte sich, daß *er* für Harris' Hund offenbar wie ein Verbrecher aussah.

»Rufen Sie mich, wenn Sie den Hund später noch brauchen«, sagte Tim.

Noch während ihres Gespräches fragte Deputy Joe Bobrowskas über Funk, ob Harris ihn zu seinem Streifenwagen, der zwei Meilen weiter nördlich unter der Brücke beim Wayfarer stand, zurückbringen könne.

»Geht das?« wandte sich Williams an Harris.

Tim Harris schüttelte den Kopf. »Nicht mit dem Hund im Wagen. Das wäre zu gefährlich.«

Aber Tim wollte dem Deputy nicht zumuten, den ganzen Weg zu Fuß zurückzulegen. Er erbot sich, dessen Wagenschlüssel zu holen, bevor er seinen eigenen Wagen (mit Shadow) beim Wayfarer abstellte und mit Bobrowskas Wagen zurückfuhr. »Wenn Sie mich nur hinterher bei meinem Wagen absetzen.« Bobrowskas stimmte zu; es war brütendheiß in der Sonne.

Tim Harris bestand darauf, niemanden in seinem Wagen mitnehmen zu können – nicht solange Shadow auf dem Rücksitz saß. Shadow würde sich ebenso auf einen Cop stürzen wie auf einen Verbrecher. Tim Harris erklärte, daß dieser Hund nicht akzeptiere, daß irgend jemand zusammen mit *seinem* Trooper irgendwohin fuhr.

Die Sonne stieg höher, und der Wind vermochte die sengende Hitze auch nicht zu mildern. Phil Williams versuchte, sich in einen Mann hineinzudenken, den er noch nie gesehen hatte. »Wenn ich Sex mit einem Mädchen haben wollte«, sagte er zu Larry Smetzer und zeigte auf ein Dickicht aus Unkraut und Bäumen auf dem breiten Mittelstreifen, »würde ich da reingehen.«

Die beiden Detectives aus der Indian River County trennten sich, um in entgegengesetzter Richtung weiter zu suchen.

Seiner Eingebung folgend, kämpfte sich Phil Williams immer tiefer in das Pinien- und Palmettowäldchen. Er hob die Nase prüfend in den Wind und schnupperte nach dem Gestank des Todes, den kein Detective, der ihn schon einmal gerochen hatte, jemals wieder vergaß. Nichts.

Dann, als die Bäume hinter ihm die Stelle verbargen, an der er eben noch gestanden hatte, und die Bäume vor ihm den Blick auf das versperrten, was hinter ihnen lag, als die von der Sonne ausgedörrte Vegetation unter seinen Füßen zu laut raschelte, fühlte Phil Williams, wie sich seine Nackenhaare sträubten. Er konnte einen Hauch von Tod riechen, so schwach, daß er nicht einmal sicher war, ob er sich nicht vielleicht geirrt hatte.

Aber gleich darauf war er sich absolut sicher. Trotz der Hitze fror er.

Er sah etwas, ohne zu erkennen, was es war. Keines seiner Sinnesorgane – weder Nase, Augen noch Ohren – half ihm. Direkt vor ihm, unter einer krummen Pinie, zeichnete sich ein länglicher Erdhügel unter den vertrockneten Gräsern und Piniennadeln ab. An dem ihm zugewandten Ende konnte Williams etwas Dunkles ausmachen. Dann fiel sein Blick auf etwas, das einer braunen Frauenperücke ähnelte.

Phil Williams bewegte sich darauf zu; seine Neugier war stärker als das Bedürfnis, die anderen Beamten zu alarmieren. Er hatte geglaubt, ihn könne nichts mehr schockieren oder erschüttern. Aber hier, im Schatten der Bäume, war ihm nicht geheuer. »Ich hatte schon in Mordfällen ermittelt – in sehr vielen sogar –, aber es ist schon unheimlich, wenn du mitten im Wald eine Leiche findest, ganz allein, während dein Partner an einer völlig anderen Stelle sucht. Ich machte kehrt, um Larry zu holen.«

»Wir können abbrechen«, sagte er leise. »Sie ist da drin.«

»Tot?« Eine überflüssige Frage.

Williams nickte. Es war fast unmöglich, in der Leiche die Frau wiederzuerkennen, die auf den Photos, die er in der Presse veröffentlicht hatte, so strahlend in die Kamera lächelte. »Ja, tot.«

Sie lag, wie beide jetzt erkennen konnten, unter einem dicken Haufen Äste und Piniennadeln. Wäre sein Blick auch nur eine Sekunde abgeschweift, hätte Phil Williams sie vermutlich überhaupt nicht wahrgenommen. Bei dem runden dunklen Gegenstand, der Williams als erstes aufgefallen war, handelte es sich um den nackten Schädel der Frau. Die ›Perücke‹ stellte sich als ihr eigenes Haar heraus. Die Verwesung war schon weit fortgeschritten, und kleine Tiere hatten Kopfhaut und Haar abgelöst und etwa einen Meter weit von ihr fortgezogen.

Sorgfältig auf jeden Schritt achtend, gingen Phil Williams und Larry Smetzer um den Hügel herum, der eine menschliche Leiche verbarg. Sie stellten fest, daß sie auf dem Bauch lag.

Aber etwas an ihr war seltsam. Jemand hatte ihren nackten Körper so hingelegt, daß ihre Beine rechts und links der Pinie ausgestreckt waren. Der Baumstamm erhob sich wie ein groteskes Phallussymbol zwischen ihren Pobacken. In diese Position konnte sie nicht gestürzt sein – unmöglich. Nein, jemand mußte sie an den Füßen gepackt und rückwärts geschleift haben, bis ihr Geschlecht fest an den Stamm gepreßt war.

Phil Williams photographierte den Fundort. Deputy Johnson blieb bei der Leiche zurück, während Williams und Smetzer zum Münzfernsprecher beim Wayfarer fuhren. Sie wollten den Gerichtsmediziner Fred Hobin nicht über Polizeifunk anfordern, den jeder, der einen Scanner besaß – vor allem die Medien – abhören konnte. Falls es, wie sie vermuteten, tatsächlich Lorraine Hendricks war, sollten ihre Angehörigen nicht durch die Presse von ihrem Tod erfahren.

Ron Sinclair und Anthony Oliver von der Spurensicherung des der Indian River County Sheriff's Office trafen um 13 Uhr 15 an diesem Freitag nachmittag ein und sperrten den Fundort mit gelbem Plastikband ab, das mit den Worten bedruckt war: »Verbrechenstatort – betreten verboten«.

Nach Dr. Hobins Ankunft legten sie den Leichnam frei. Er war völlig nackt; sofern die Frau irgendwelchen Schmuck getragen hatte, war dieser verschwunden. An einem ihrer dicken Zehen klebte ein Pflaster.

In der Nähe der Leiche entdeckten die Detectives einen Ohrring aus massivem Gold, wertvoll und von klassischem Design. Die Tote wurde in Dr. Hobins Labor gebracht.

Um 19 Uhr begann dieser seine sorgfältige Untersuchung – in der Hoffnung, trotz der extremen Zersetzung von Kopf und Gesicht der Frau die Todesursache herausfinden zu können. ›Autopsie‹ bedeutet wortwörtlich ›mit eigenen Augen sehen‹, und der Pathologe sollte den präzisen Schritten folgen, die ihm eine Menge über die Leiche verraten würden, die vor ihm auf dem Tisch lag.

Dr. Hobin kam zu dem Schluß, daß der Todeszeitpunkt in etwa mit Lorraine Hendricks' Verschwinden übereinstimmte. Die feuchte Märzhitze in Florida hatte den Verwesungsprozeß beschleunigt, aber daran war Hobin gewöhnt.

Die Frau war einen Meter zweiundsechzig groß und wog 67 Kilogramm. Ihre Zähne waren tadellos gepflegt, und sie hatte feines, dunkelbraunes Haar. Ihre Haut war mit Insektenstichen und Ameisenbissen übersät, die ihr vermutlich nach ihrem Tod zugefügt worden waren. Irgendwann in ihrem Leben hatte sie sich einer größeren Operation im Bereich des Abdomens unterziehen müssen, und Röntgenbilder zeigten chirurgische Klammern in der Lebergegend. Die rechte Leberhälfte sowie die Gallenblase waren operativ entfernt worden. Dr. Hobin konnte weder Knochenbrüche noch eine Fraktur des Schädels feststellen. Nichts deutete auf eine Erkrankung der inneren Organe hin. Aber der Gerichtsmediziner fand eine Quetschung des Schildknorpels, einen tief im Inneren des Halsgewebes liegenden Bluterguß sowie eine Prellung im linken Schultermuskel.

Einem Laien hätte er erklärt, daß die Verletzungen darauf schließen ließen, daß das Opfer erdrosselt worden war. Außerdem hegte Dr. Hobin den Verdacht – ohne diesen untermauern zu können –, daß die Frau einen Schlag auf den Kopf erhalten hatte. Beschädigtes Gewebe verwest schneller als gesundes, und ihr Kopf war im Gegensatz zu ihrem Torso sowie ihren Armen und Beinen fast skelettiert.

Die Tote zu identifizieren war auf tragische Art simpel. Die Detectives brauchten nicht lange nach Lorraine Hendricks' Zahnarzt zu suchen; sie hatte erst fünf Tage zuvor einen Termin bei ihm versäumt, und Dr. Hilton übergab ihre Röntgenbilder sofort der Polizei. Sie stimmten mit denen des Opfers absolut überein.

Ebenso wie Lorraine Hendricks' Fingerabdrücke.

Die Detectives erfuhren von ihrem zwei Jahrzehnte zurückliegenden Motorradunfall. Lorraine wäre an ihren schweren inneren Verletzungen beinahe gestorben, hatte sich jedoch, nachdem in einer Notoperation ein Großteil ihrer Leber entfernt worden war, um deren Blutung zu stoppen, vollständig erholt.

Da der Gerichtsmediziner ein Sexualverbrechen nicht ausschloß, stellte er Proben von Partikeln unter ihren Fingernägeln sowie aus dem Schambereich sicher. Anschließend wurden Abstriche aus den oralen, analen und vaginalen Höhlen entnommen und eine Vaginalspülung durchgeführt. Es war unwahrscheinlich, daß in diesem Stadium noch Spuren von Samenflüssigkeit nachgewiesen, geschweige denn auf die Blutgruppe hin analysiert werden konnten. Lorraine Hendricks hatte fünf Tage in dem Wäldchen gelegen. Die routinemäßig durchgeführte Blutuntersuchung fiel negativ aus. Weder Marihuana, Kokain, Opiate, Barbiturate, Antidepressiva oder Schlaftabletten wurden im Körper der Toten festgestellt. Aufgrund der eindeutigen Position, in der der Täter ihre Leiche zurückgelassen hatte, ergab sich ein groteskes Tableau angedeuteter analer Sodomie.

Vielleicht handelte es sich um freudianischen Symbolismus, um die letzte Aktion eines Mörders, dessen Manneskraft versagt hatte.

Vielleicht würde Williams diese Frage eines Tages beantworten können – vorausgesetzt, daß er je den Mörder fand, nach dem er jetzt suchte.

Lorraine Hendricks war nicht freiwillig untergetaucht und auch nicht mit einem Liebhaber durchgebrannt. Irgend etwas hatte sie veranlaßt, auf dem Seitenstreifen der I-95 anzuhalten, und hiernach war sie nicht mehr in der Lage gewesen, ihre Fahrt fortzusetzen.

Nie mehr!

Kapitel 14

Die Nachricht, daß eine Frau aller Wahrscheinlichkeit nach am hellichten Tage auf der I-95 ermordet worden war, löste bei Dutzenden von Frauen, die diese in der Indian River County regelmäßig benutzten, irrationale

Ängste aus. Wie hatte das passieren können? Bei dem starken Verkehr, der ständig dort herrschte, mußte es doch extrem schwierig sein, eine Frau von der Straße abzudrängen und gewaltsam in das Wäldchen auf dem Mittelstreifen zu bringen. Aber wenn genau das Lorraine Hendricks widerfahren war, konnte es jeder von ihnen widerfahren.

Auch Sandy Harris hatte Angst, vor allem da sie jetzt mit ihren zwei Kindern allein lebte, und das nur wenige Meilen von der Stelle entfernt, an der man Lorraine Hendricks gefunden hatte. Schließlich mahnte sie sich zur Vernunft. Sie war Hunderte von Nächten allein gewesen, wenn Tim Nachtschicht gehabt oder man ihn nachts zu einem Einsatz gerufen hatte. Trotzdem graute ihr bei der Vorstellung, daß die seit Tagen vermißte Frau die ganze Zeit über tot dort gelegen hatte.

Sandy war nicht sicher, wo Tim übernachtete. Nach wie vor stieg er hin und wieder durch das Fenster, um sich in Timmys Zimmer zu schleichen. Trotz ihrer Probleme empfand sie es als weniger bedrohlich, ihn im Haus zu wissen, als nachts allein zu sein. Allerdings gewöhnte sich Sandy an, nach oben zu rufen »Tim, ich weiß, daß du da bist!«, wenn sie verräterische Geräusche hörte.

»Ich hatte jede Furcht vor ihm verloren. Wenn er mir etwas antun wollte, könnte ich es letztlich doch nicht verhindern. Sollte ich ewig Angst vor ihm haben?«

Jeden Tag rief Tim bei Sandy an oder besuchte sie. Und er wollte noch immer von DeeLisa zu ihr zurück. Aber sie glaubte Tim nicht. Entgegen seinen Beteuerungen, mit ihnen beiden zusammensein zu wollen, argwöhnte Sandy, daß es ihm nur um das Machtgefühl ging, sie beide zu ›besitzen‹.

Nachdem Lorraine Hendricks' Photo in den Lokalzeitungen sowie im *Miami Herald*, unter der Schlagzeile ›Vermißte Frau aus Jacksonville ermordet aufgefunden‹ erschienen war, liefen Phil Williams' Telefonleitungen heiß. Laien können sich nicht vorstellen, wie viele Hinweise ein ermittelnder Detective in einem aufsehenerregenden Fall erhält. Dutzende. Hunderte. Manchmal sogar Tausende. Sie alle sind willkommen, und sie alle werden überprüft – früher oder später, je nachdem, wie viele Beamte zur Verfügung stehen.

In diesem konkreten Fall schien jeder an der Treasure Coast einen eigenen Verdächtigen oder eine eigene Theorie anbieten zu können. Einem Anrufer sowie dessen Freund war am Sonntag, als sie den C54-Kanal passiert hatten, am Ufer ein weißer ›teuer aussehender‹ Wagen unter der I-95 aufgefallen. »Erst dachten wir, es seien Jäger – aber dann haben wir uns gesagt, daß der Wagen zu nobel war, um damit zur Jagd zu fahren. Er hatte vorn einen abgerundeten Chrom-Kühlergrill.«

Keine große Hilfe. Weder ein Kennzeichen noch die Beschreibung einer Person, die sich in der Nähe des weißen Wagens aufgehalten hatte.

Lorraines Kreditkarten wurden nicht benutzt. Demnach hatte der Mörder ihre Brief- und Handtasche offensichtlich nicht verschwinden lassen, um sich zu bereichern, sondern um die Identifizierung ihrer Leiche zu erschweren. Bislang hatte Phil Williams nichts von seiner ursprünglichen Vermutung, daß sie einem Sexualtäter zum Opfer gefallen war, abbringen können.

Am nächsten Tag teilte ihm Rick Hendricks telefonisch mit, daß er gerade Lorraines Brieftasche erhalten habe. Da sie noch vor ihrer Leiche aufgetaucht war, hatte sie der Sheriff von St. Lucie County, wo sie abgegeben worden war, routinemäßig an die im Inneren angegebene Adresse geschickt. Phil Williams und Tony Oliver von der Spurensicherung machten sich auf den Weg in besagte County unmittelbar südlich ihrer eigenen.

Von Detective Messina erfuhren sie, daß die Brieftasche in einem Mülleimer auf dem Picknickplatz der Raststätte Fort Pierce, etwa zwanzig Meilen vom Fundort von Lorraines Leiche entfernt, von einer Frau gefunden worden war. Kleidungsstücke, eine Handtasche oder eine verdächtige Person in der Nähe hatte sie nicht bemerkt.

Laut Rick Hendricks waren Lorraines Kreditkarten noch in der Brieftasche gewesen, nur ihr Führerschein und das Bargeld hatten gefehlt. Spurensicherungsexperten konnten auf der Brieftasche keine identifizierbaren Fingerabdrücke sicherstellen.

Schon allein statistisch gesehen, rechnen die Polizeibehörden an der Ostküste Floridas wöchentlich mit einer bestimmten Anzahl von Morden. Phil Williams forderte die anderen Dienststellen auf, über jeden einzelnen, der irgendwie mit Lorraine Hendricks' Fall in Verbindung stehen konnte, in Kenntnis gesetzt zu werden.

Am 13. März berichtete ihm Detective Hartman aus Delray, Florida, vom Fall eines hünenhaften und aggressiven jungen Mannes namens Jack Criger*. Dieser war von Delray, wo er seine Tante und seine Mutter umgebracht hatte, am 2. März – zwei Tage vor Lorraines Verschwinden – über die I-95, in einer weißen Buick-Limousine, nach South Carolina gefahren. Dort hatte man ihn verhaftet, und zwar an dem Tag, an dem Lorraine Hendricks' Leiche gefunden worden war. Nun, dachte Williams, das könnte der ›teuer aussehende‹ weiße Wagen gewesen sein.

Aber sonst paßte nichts. Criger war kokainsüchtig und hatte die beiden Morde gestanden, jedoch darauf beharrt, kein weiteres Verbrechen begangen zu haben. Seine Personalien wurden aufgenommen, aber er galt nicht als Hauptverdächtiger.

Es gingen weiter unzählige Hinweise ein: (1) Die Behörden der Brevard County (unmittelbar nördlich der Indian River County) meldeten die Entführung einer jungen Frau auf Merritt Island. Die Täter, zwei Weiße, in einem rostroten Camaro, hatten sie in derColumbia County laufenlassen und sich mit der Polizei eine rasante Verfolgungsjagd durch Jasper bis Lowndes County in Georgia geliefert, wo sie schließlich verhaftet wurden. (Keine Übereinstimmung beim Modus Operandi, M.O.). (2) Am Samstag, dem 3. März, hatte eine Frau auf ihrer Fahrt Richtung Norden einen möglicherweise zur State Patrol von Rhode Island gehörenden Wagen mit drei Antennen den Mittelstreifen der I-95 überqueren sehen. (3) Ein Prediger einer Kirche in Wabbasso teilte der Polizei mit, er verdächtige einen Ortsansässigen, der einen kleinen grauen Wagen fahre. (4) Einem Mann war am Wochenende vor Lorraine Hendricks' Verschwinden ein Weißer am Steuer eines gelben Oldsmobiles aufgefallen, der einen von einer Frau gelenkten Wagen verfolgt hatte und hinter diesem von der I-95 abgefahren war. (5) Eine Frau berichtete, am Montag, dem 5. März, gegen 16 Uhr einen beigefarbenen Chrysler in der Nähe des Fundortes der Leiche bei einem Wendemanöver auf dem Mittelstreifen beobachtet zu haben.

Die Hinweise aus der Bevölkerung nahmen kein Ende: »Anrufer hatte am Sonntag, den 04.03., einen Truck mit Vierradantrieb und überlautem Auspuff aus dem Wäldchen kommen sehen, in dem am darauffolgenden Freitag die Vermißte gefunden wurde. Anrufer konnte den Truck nicht einholen, da dieser mit sehr hoher Geschwindigkeit unterwegs war.« »Anrufer meldet, von einem MW (männlichen Weißen) mit zottigem braunem Haar im Waffle House auf penetrante Art um einen Hamburger angebettelt worden zu sein. ... Anrufer hatte ein komisches Gefühl ... könnte ein Vagabund gewesen sein ... das war an der Ausfahrt 50 an der I-95 zwischen 11 Uhr und 12

Uhr … hatte eine sonderbare Art.« »Anrufer verweist auf einen Zeugen, der LORRAINE Hendricks (konnte sie anhand des Photos in der Zeitung wiedererkennen) zwei Stunden lang am Sonntag nachmittag im Waffle House gesehen hatte … (Zeuge entpuppte sich als potentieller *Geisteskranker.*)« »Anrufer meldet, Sonntag, den 04.03., gegen 14 Uhr einen MW auf der I-95 in nördliche Richtung, unmittelbar südlich der Grenze zur Brevard County beobachtet zu haben … der Mann ist aus einem gräulichen Pontiac 4Dr gestiegen … MW war etwa einen Meter fünfundachtzig groß und ist zum Mittelstreifen gelaufen … hat leuchtendgrüne Shorts getragen.« »Anrufer, ein Strafvollzugsbeamter, ist am 05.03. um 8 Uhr am Rand des Wäldchens, in dem die Leiche gefunden wurde, ein Mann aufgefallen, der den Hut tief ins Gesicht gezogen hatte. Der Verdächtige schleppte einen großen, offenbar sehr schweren braunen Koffer … und trug eine Jacke in Khaki oder ähnlicher Farbe …«

Einer von Detective Don Browns Deputys von der Brevard County hatte auf der I-95, in Höhe von Melbourne, einen Mann mit einem sonderbaren Hobby vernommen, einen gewissen Rodney Marcello Martino. Er war neununddreißig, untersetzt und eher schmächtig gewesen und hatte einen Dodge Coronet gefahren.

»Martino sagte unserem Deputy, daß er täglich auf der I-95 unterwegs sei, auf der Strecke von Fort Pierce bis zur Ausfahrt 520. Er betrachte es als seine Lebensaufgabe, liegengebliebenen Autofahrern zu helfen. Das Problem ist nur, daß er Handschellen bei sich hatte und wegen Vergewaltigung vorbestraft ist.«

Allmählich schien sich die I-95 zu einem Hindernisparcours für vertrauensvolle Touristen zu entwickeln.

Pflichtbewußt gab Phil Williams seitenweise Hinweise

in seinen Computer ein und überprüfte die plausibelsten. Bei den meisten hatte er das Gefühl, auf der Suche nach einem bestimmten Schmetterling zu sein, der an dem Tag, an dem man Lorraine Hendricks gezwungen oder überredet hatte, ihren Honda zu verlassen, über die I-95 hinweggeflogen war.

Williams bekam Anrufe von geistig Verwirrten – und von Psychopathen, von Profis und von normalen Bürgern. Das Gedächtnis ist vermutlich die unpräziseste Funktion des Gehirns. Viele ›Zeugen‹ waren sich nicht sicher, an welchem Tag oder zu welcher Zeit sie die verdächtigen Personen oder Fahrzeuge gesehen hatten. Phil Williams mußte Prioritäten setzen, jene Hinweise herauspicken, die glaubhaft klangen, und die anderen ad acta legen.

Lorraine Hendricks war entweder einem Bekannten gefolgt, dem sie vertraut hatte, oder aber von einem Fremden gezwungen worden, ihren Wagen zu verlassen. Die Kernfrage lautete, wo hatte Lorraine ihren Mörder getroffen? Es war möglich, daß jemand zugestiegen war, nachdem sie an der Ausfahrt 50 gehalten hatte, um zu tanken.

Detective Bobby Mutter vom Titusville Police Department rief Williams an. Sein Kollege Detective Dan Carter, hatte am Abend des 3. März einen Weißen bemerkt, der von einem Laden zum anderen gegangen war und Autofahrer angesprochen hatte – unter anderem auch an der Amoco-Tankstelle, an der Lorraine Hendricks am nächsten Morgen gesehen worden war. Der Mann konnte sich nicht ausweisen, nannte jedoch den Namen Erik Marshall Litton* und die Sozialversicherungsnummer 5-22-52. Er behauptete, aus Connecticut zu kommen und auf dem Weg nach Süden zu sein. Litton war zirka einen Meter siebzig groß, wog etwa 80 kg und hatte ein rötlichkariertes Hemd an sowie schmutzige blaue Jeans, Cowboystiefel und eine schmutzige Baseballmütze. In einer Scheide an seiner Hüfte steckte ein langes, schmales Messer mit Plastikgriff. Carter überprüfte den Namen, aber offenbar lagen weder Haftbefehle noch Suchmeldungen vor. Dann ging ein Notruf ein, und er mußte sofort los. Die Polizei von Titusville hatte nichts mehr von Litton gesehen oder gehört.

Möglicherweise hatte er sich noch an der Amoco-Tankstelle aufgehalten, als Lorraine am nächsten Morgen vorgefahren war.

Eine Frau namens Liane Stark* teilte Phil Williams mit, daß sie im vergangenen Sommer an jener Amoco-Tankstelle gewesen sei. »Ich habe den öffentlichen Fernsprecher benutzt, und ein Mann – ein Schwarzer – gab vor, von dem zweiten Apparat aus zu telefonieren, während er mich beobachtete. Als ich zu meinem Wagen zurückkehrte, versuchte er, hinter dem Fahrersitz einzusteigen. Ich konnte den Pächter zu Hilfe holen, aber als wir meinen Wagen erreichten, war der Mann verschwunden.«

Wenigstens erfuhr Williams auf diese Weise, welche Gefahr Raststätten und Läden an Ausfahrten für alleinreisende Frauen darstellten. In der kurzen Zeit, in der sie ihr Fahrzeug aus den Augen ließen, um anzurufen, die Toilette aufzusuchen, sich einen Schokoladenriegel zu kaufen oder die Benzinrechnung zu bezahlen, konnte sich jemand auf dem Rücksitz des unverschlossenen Wagens verstecken. Demnach war nicht ausgeschlossen, daß Lorraine Hendricks mit einem blinden Passagier auf dem Rücksitz die Ausfahrt 50 verlassen hatte. Aber sollte dieser *siebenundfünfzig Meilen* gewartet haben, ehe er sich bemerkbar machte? Unwahrscheinlich.

Detective Greenhaigh von der St. John's County unmittelbar südlich von Jacksonville informierte Williams über einen Fall, der eventuell gewisse Ähnlichkeiten mit dem Fall Lorraine Hendricks aufweise. Eine attraktive Frau hatte am Dienstag, den 6. März, zwei Tage nach Lorraines Verschwinden, nach einem Arzttermin in der Mayo Clinic in Jacksonville den Rest des Tages einen Einkaufsbummel durch die Geschäfte in deren Umgebung unternommen. Auf der Heimfahrt folgte ihr ein großer grauer Wagen, an dessen Steuer ein großer Mann saß. Unmittelbar nach der Grenze der Duval County wollte er sie zum Anhalten bewegen, indem er aufblendete, neben ihr herfuhr und auf ihren Wagen zeigte, als hätte er einen Platten oder ein sonstiges technisches Problem. Doch sie hatte sich nicht beirren lassen und war auf die US 1 nach St. Augustine abgebogen. »Der Mann blieb ihr auf den Fersen. Er zerschoß das Seitenfenster ihres Fahrzeugs«, berichtete Detective Greenhaigh. »Kurz darauf wandte er, so vermuten wir zumindest, diese Taktik bei einem zweiten Opfer an, diesmal in umgekehrte Richtung.«

Dummerweise versuchte der großgewachsene Mann in der grauen Limousine später am Abend einen weiblichen Detective des St. Augustine Departments, außerhalb ihrer Dienstzeit, vom Freeway zu drängen. Detective Mary Loveck notierte sich das Kennzeichen, und das Straßenverkehrsamt ermittelte als Fahrzeughalter einen gewissen Patrick Phillips', MW, geboren 21.02.1942. Die weiblichen Detectives in den Countys St. Augustine und St. John's überprüften ihn sehr sorgfältig. Bislang hatte nichts darauf hingedeutet, daß Phillips weiter gefahren war als bis St. Augustine, aber für Frauen, die allein unterwegs waren, stellte er zweifellos eine Gefahr dar.

Geenhaighs Meldung konnte eine Frau namens Brenda Lacy* untermauern. Als sie die I-95 außerhalb von Jacksonville verlassen hatte, war ihr ein großgewachsener Mann mit sandfarbenem Haar gefolgt. An ihrem Wagen mußte etwas repariert werden, was an die zwei Stunden dauerte. Brenda, die sich selbst als fünfzigjährige ›attraktive Frau‹ beschrieb, war überrascht und ein wenig beunruhigt, als der Mann die ganze Zeit über an der Tankstelle wartete. Seine Aufforderung, ihn nach St. Augustine zu begleiten, lehnte sie ab. Trotzdem war der Mann mehrere Meilen hinter ihr hergefahren. Nach Roger Gaineys Anruf vom Clay County Sheriff's Office (westlich von St. Augustine) überlegte Phil Williams, zum ersten Mal, ob er es möglicherweise mit einem Serienkiller zu tun hatte. Gainey war mit einem Mord befaßt, der sich sechs Wochen vor dem an Lorraine Hendricks ereignet hatte. Carol Orcutt, eine hübsche Blondine, einen Meter sechzig groß und fünfzig kg schwer, Geschäftsfrau wie Lorraine, war keine zehn Meilen von der Stelle verschwunden, an der man Lorraine Hendricks das letzte Mal lebend gesehen hatte. Carol Orcutts Wagen, ein roter Thunderbird, war – mit noch laufendem Motor – auf der State Road 21 sichergestellt worden.

Ihre Leiche hatte man zwei Wochen später – am 27. Januar – am Ende einer wenig befahrenen unbefestigten Straße entdeckt – nackt und in ähnlich obszöner Position wie die Lorraine Hendricks'. Doch ihre Kleider waren unauffindbar. Im Gegensatz zu Lorraine hatte Carol keinen Schmuck getragen.

Eine Obduktion ergab, daß sich ihre Verletzungen von denen Lorraine Hendricks' kaum unterschieden.

Phil Williams fuhr in die Clay County, um sich mit Lt. Jimm Redmond, der die Ermittlungen leitete, und Detective Gainey zu beraten. Die Männer kamen schnell zu dem Schluß, daß das Opferprofil und der M. O. beider Fälle zu viele Übereinstimmungen aufwiesen, um ignoriert werden zu können.

Sie vereinbarten, in Kontakt zu bleiben. Aber keiner der beiden Morde sollte rascher aufgeklärt werden.

Williams und Oliver fragten bei sämtlichen Abschleppdiensten sowie allen Florida Troopern nach, die vom 4. bis 9. März auf der I-95 im Einsatz gewesen waren. Weder Mike Transue oder Tim Harris, noch einer der Trooper der anderen Schichten konnten den Beamten zweckdienliche Hinweise liefern.

Es ist der Alptraum eines jeden Detectives, daß ein weiteres Opfer sterben muß, bevor er den Mörder dingfest machen kann. Diese Möglichkeit quälte auch Phil Williams. Trieb tatsächlich ein Serienmörder zwischen Jacksonville und Fort Pierce sein Unwesen? War die Wahrscheinlichkeit, daß er erneut zuschlug, groß? Wenn er noch am Anfang seiner obsessiven Phantasien stand, konnten Monate vergehen, ehe er wieder aktiv wurde. Wenn er jedoch wie Ted Bundy, der Florida zwölf Jahre zuvor in Angst und Schrecken versetzt hatte, bereits auf dem Höhepunkt seiner Mordsucht war, dürfte schon in den nächsten Tagen ein neues Opfer zu beklagen sein.

Phil Williams wußte, daß das Justizministerium ein Programm zur Verbrechensanalyse und -prävention eingerichtet hatte, das sich VICAP nennt (Violent Criminal Apprehension Programm), und vom FBI-Hauptquartier in Quantico, Virginia aus gesteuert wird. Es unterstützt Detectives in ganz USA bei der Aufklärung ungelöster Mordfälle, vor allem solcher, denen eine Entführung vorausgegangen war, die – zumindest oberflächlich betrachtet willkürlich, unmotiviert oder sexuell orientiert wirkten oder Teil einer Serie waren bzw. sein konnten.

VICAP geschrieben von Pierce Brooks, einem der angesehensten Detectives Amerikas und einem ehemaligen Captain des Morddezernates des Los Angeles Police Departments und Polizeichef in den Städten Oregon und Colorado – ermöglicht nicht nur Vergleiche mit Fällen im gesamten Bundesgebiet; darüber hinaus kann es, wie Spezialagenten der Abteilung Verhaltensforschung des FBI, Täterprofile erstellen. Das vierzehn Seiten lange Informationsformular des VICAP, das Phil Williams am 12. März ausfüllte, umfaßte 188 Fragen sowie einen narrativen Bericht, denn die Experten für Serienmorde haben schon vor langer Zeit gelernt, daß sich scheinbar unwichtige Details als solche entpuppen können, die zur Identifizierung und Ergreifung des Täters führen.

Und Phil Williams war ein Detective, der nichts unversucht lassen wollte, um diesen Mann – oder diese Frau – zu finden. Er gab alles an, was er über den Fall Nr. 90-15640 in der Indian River County wußte – Lorraines Fall – und führte zwei weitere Fälle an, zu denen unter Umständen eine Verbindung bestand: den Carol Orcutts, Nr. 90-005374 in der Clay County und die Ermittlungssache, den Autofahrer betreffend, der Frauen auf Schnellstraßen verfolgt hatte, Nr. 90-65161 in der St. John's County.

VICAP konnte Williams auch nicht weiterhelfen – aber immerhin, er hatte sich darum bemüht. Phil Williams und Larry Smetzer, einer seiner Assistenten, sollten noch einer Reihe von Hinweisen nachgehen, ehe sie auf den Schlüssel zur Auflösung des Mordfalles Lorraine Hendricks stießen.

Smetzers Aufgabe bestand unter anderem darin, sämtliche Protokolle, Verwarnungen und Befragungen der Florida Highway Patrol und anderer Polizeidienststellen auf ungewöhnliche Begegnungen entlang der I-95 zu untersuchen. Schließlich bestand die Möglichkeit, daß Lorraines Mörder am 1. März angehalten worden oder sonstwie mit der Polizei in Berührung gekommen war, auch wenn die Chancen, wie Williams und Smetzer zugaben, eins zu zehntausend standen. Bei der Überprüfung des sechsundfünfzigsten Hinweises öffneten sie eine Büchse der Pandora, deren düstere Geheimnisse sie am liebsten nie erfahren hätten und die noch viele andere Familien unglücklich machen sollten.

Kapitel 15

Am 10. März, jenem Samstag, an dem die Schlagzeilen der Morgenzeitungen verkündeten, daß eine Frauenleiche gefunden worden war, die man als Lorraine Hendricks aus Jacksonville identifiziert hatte, schaute Tim Harris bei Sandy vorbei.

Sandy las den Artikel und hauchte: »O mein Gott! Ich kann einfach nicht glauben, daß jemand etwas so Schreckliches tun kann.«

»Noch dazu war sie ausgesprochen hübsch«, bemerkte Tim.

Sandy betrachtete das Photo neben der Schreckensmeldung; es war nicht größer als eine Briefmarke. Woher konnte Tim wissen, ob sie hübsch gewesen war oder nicht? Plötzlich stieg Übelkeit in ihr auf; sie hatte eine Art böser Vorahnung, die sie versuchte zu ignorieren. Sie schüttelte den Kopf, atmete tief durch, und das flaue Gefühl verflog.

Während das ganze Land sich mit dem rätselhaften Mord an Lorraine Hendricks befaßte, mußte Sandy Harris nach wie vor noch mit ihren hoffnungslos verworrenen Eheproblemen fertigwerden. Sie hatte einige Zeit gebraucht, um sich zur Scheidung durchzuringen. Der Entschluß, das Haus zum Verkauf anzubieten, war ihr nicht leichtgefallen. Tim hinauszuwerfen hatte sie noch mehr Kraft gekostet, aber ihn davon abzuhalten, es weiterhin zu betreten, erwies sich als unmöglich. Es verging kein Tag, an dem Tim sie nicht besuchte oder anrief – oder beides. Jetzt, da er sie verloren hatte, war Sandy wieder überaus reizvoll für ihn geworden.

Nachts kletterte Tim immer noch an Shadows ehemaligem Zwinger hoch, lief über das Dach und stieg durch Timmys Schlafzimmerfenster. Es war beinahe unheimlicher, wenn Sandy ihn *nicht* hörte. Manchmal, wenn sie telefonierte, verriet ihr ein leises Klicken seine Anwesenheit. Der Streit, nachdem Sandy einen Kassettenrecorder gefunden hatte, war heftig gewesen, aber sie machte sich nichts vor und zweifelte nicht, daß er noch andere versteckt hatte. Er war einfach zu gut über ihr Kommen und Gehen informiert; hin und wieder verplapperte er sich sogar. Obgleich es keinen anderen Mann in ihrem Leben gab, war ihr der Gedanke, daß er jedes ihrer Telefonate aufzeichnete, äußerst zuwider. Sie fing an, Tim mit seinen eigenen Waffen zu schlagen, indem sie die Nummer irgendeines Geschäftes wählte, das ihres Wissens keinen Anrufbeantworter hatte, und den Hörer neben den Apparat legte.

Wenn Tim im Laufe des nächsten Tages die Kassetten austauschte, bekam er nur Bänder mit stundenlangen Klingelzeichen. Das frustrierte ihn über die Maßen, hielt ihn jedoch nicht davon ab, Sandy auch weiterhin permanent zu überwachen.

Bald begann er, ganz offen mit den Recordern umzugehen, holte sie aus ihren Verstecken und spielte die Kassetten vor Sandy ab. Es machte ihm Spaß, sie zu ärgern. »Du wärst überrascht, wenn du wüßtest, wie viele Nächte ich schon im Haus verbracht habe.«

Er hinterließ Sandy beinahe täglich Briefe und Nachrichten auf Band: »Ich liebe dich. Ich werde dich immer lieben. Warum siehst du das nicht ein, warum begreifst du nicht, wie glücklich wir wieder sein könnten?«

Er wiederholte ständig dieselben Phrasen, als könnten sie dadurch wahr werden und all die Jahre, in denen er sie betrogen hatte, ungeschehen machen.

Aber das konnten sie nicht. Das war schlicht nicht möglich – nicht für Sandy, nicht mehr.

Lt. Gary Morgan versuchte Tim dazu zu bringen, sich der Realität zu stellen. »Ich hielt ihm vor Augen, daß seine Ehe inzwischen seit ... sechs Monaten ... in der Krise stecke ... daß er Sandy nicht zwingen könne, ihn zu lieben, und meiner Meinung allmählich Vernunft annehmen und sie vergessen müsse. ... Erst als er an diesem Tag vor mir saß, erkannte ich, wie schmerzhaft die Trennung für ihn gewesen war ... Er hatte vor, sich aus dem Drogenprogramm zurückzuziehen. ... Ich erinnerte ihn, wie hart er dafür gearbeitet, wieviel Zeit er in das Training mit Shadow investiert hatte – daß der Hund zu den fähigsten gehörte ... Ich sagte: ›Ich glaube nicht, daß du das wirklich willst. In sechs Monaten wirst du es bereuen ... und du kannst deine Entscheidung nicht revidieren‹ ... Ich hielt es für das beste, wenn er die Scheidung hinter sich brachte, sein Leben neu ordnete und seinen Job behielt, weil ich dachte, daß ihm dieser danach ebensoviel Spaß bereiten würde wie in seinen glücklichen Tagen ...«

Aber Tim stieg gegen den Rat seiner Vorgesetzten aus der Abteilung Drogenbekämpfung aus. Er tat ihnen leid. Natürlich hatten sie nur seine Version gehört. Sie wußten nicht, daß er sich nach wie vor mit DeeLisa traf.

Am 15. März trennte Tim sich von Shadow. Sandy bettelte, ihn behalten zu dürfen. Sie und die Kinder liebten den Hund und würden sich erheblich sicherer fühlen, wenn sie ihn nachts im Haus hätten, aber Tim meinte, die Patrol könne darauf keine Rücksicht nehmen. Diesmal log er nicht; Shadow war ein Diensthund und hatte die Patrol Tausende von Dollars gekostet.

Tim schrieb an Bobby R. Burkett, den Leiter der Fort Pierce Division der Florida Highway Patrol:

> Ich ersuche hiermit, in den Dienst als Trooper I, Indian River County, zurückversetzt zu werden. Ich war sehr zufrieden mit meiner Arbeit inner-

> halb des Drogenprogramms, aber ich denke, es liegt im Interesse der Florida Highway Patrol, wenn ich auf meine Position als Hundeführer verzichte. Aufgrund der zusätzlichen Pflichten sowie privater Umstände sehe ich mich außerstande, meine optimale Leistung zu bringen.
>
> Ich bitte darum, mir K-9 Shadow zu überlassen, falls er von einem anderen nicht trainiert werden kann. Ich werde alles in meiner Macht Stehende tun, dabei zu helfen, den K-9 an meinen Nachfolger zu gewöhnen.
>
> Mit tiefem Bedauern ersuche ich um meine Versetzung.

Tim Harris' Wunsch wurde entsprochen. Er sollte wieder Verkehrsvergehen ahnden und hatte nicht mehr das geringste mit den Ermittlungen im Mordfall Lorraine Hendricks zu tun. Im Grunde war das auch nie der Fall gewesen – abgesehen von jenem Tag, da er Phil Williams Bitte, Shadow bei der Suche nach ihrer Leiche einzusetzen, wegen der ungünstigen Witterung ausgeschlagen hatte.

Einer von Tims Lieutenants, Andy Morris, war der Überzeugung, daß Tim seine persönlichen Probleme nicht allein bewältigen konnte, und legte ihm nahe, sich in Behandlung eines Fachmannes zu begeben. Morris stellte fest, daß Shadow erst vier Jahre alt und durchaus noch einem anderen Trooper anzuvertrauen war.

Auf Drängen der Florida Highway Patrol suchte Tim Anfang März schließlich einen Psychologen auf. Pat Wessendorf erklärte er, daß er sicher sei, seine Ehe noch retten zu können. Pat hielt das für unwahrscheinlich. Hätte er seine Untreue aufrichtig bereut und sich endgültig von DeeLisa getrennt, wäre sie möglicherweise bereit gewesen, ihrem Schwiegersohn zu verzeihen. Aber sie wußte, daß er immer noch mit Sandys Gefühlen spielte: Sie selbst hatte ihn zusammen mit DeeLisa gesehen.

Außerdem fand sie, daß er sich sonderbar verhielt. Pat bemühte sich, mit Sandy zusammen das Haus in Citrus Hideaway für den Verkauf vorzubereiten. Tim hatte schon seit einer Ewigkeit nichts mehr im Garten getan, und Pat sollte ihn gerade etwas verschönern, als Tim vorfuhr. »Ich hatte noch nicht einmal angefangen – ich meine, die Pflanzen befanden sich noch alle in den Kisten –, und Tim kam und schwärmte regelrecht, wie toll der Garten sei. Ich starrte ihn nur an; er wirkte völlig abwesend, wie ein Schlafwandler.«

Sandy Harris versuchte zögerlich, als alleinstehende Frau etwas zu unternehmen, was ihr nicht leichtfiel. Sie hatte Tim seit ihrem sechzehnten Lebensjahr geliebt; inzwischen war sie zwölf Jahre älter, und ihre Selbstachtung hatte in dieser Zeit sehr gelitten. Manchmal ging sie mit ihren Schwestern Sue und Kathy aus. Und sie traf sich nach wie vor jeden Donnerstag mit ihrer Mutter und ihren beiden Schwestern zum Mittagessen. Soweit sie informiert war, wohnte Tim mit DeeLisa zusammen – sofern man es so bezeichnen konnte. Im März 1990 verbrachte Tim fast jede Nacht in *Sandys* Haus. Er näherte sich nie ihrem Bett, konnte aber auch nicht in DeeLisas liegen.

Sandy fragte sich, warum DeeLisa sich das gefallen ließ.

Und Pat Wessendorf fragte sich, warum Sandy sich Tims ständige Einmischungen in ihr Leben gefallen ließ. Tatsächlich aber begann Pat, sich vor ihm zu fürchten. Natürlich wußte Pat nichts von den zahlreichen Gelegenheiten, da Tim ihrer Tochter die Hände um den Hals gelegt und gedroht hatte, sie zu erdrosseln oder ihr das Genick zu brechen. Sie ahnte nicht, wie schlimm es wirklich stand.

Phil Williams fuhr noch zweimal nach Jacksonville. Wie alle Detectives, die ihrem Instinkt vertrauen, war ihm klar, daß er mehr über das Opfer in Erfahrung bringen mußte, als er über seinen besten Freund wußte. Irgend etwas mußte Lorraine vorübergehend für den Mörder erreichbar und verwundbar gemacht haben. Das Problem war nur, daß Williams noch nicht einmal ahnte, was es gewesen sein könnte.

Manchmal murmelte er die komische kleine Litanei vor sich hin: »Cops und Schildkröten – Cops und Schildkröten.« Wenn er Schildkröten gemächlich die sengendheiße Fahrbahn der I-95 überqueren sah, mußte er unwillkürlich an die Tote im Wald denken, die so tierlieb gewesen war, daß sie sogar angehalten hätte, um diese häßlichen Kreaturen zu retten. Welch bittere Ironie, daß jemand *sie* getötet und allein in einem Pinienwald zurückgelassen hatte.

Am 16. März rief Rick Hendricks Phil Williams zu Hause an. Seine Bank hatte ihm mitgeteilt, daß ein 100-Dollar-Scheck Lorraines geplatzt war, den er abholen wollte. Da er vorhatte, in zwei Tagen nach Jacksonville zu kommen, schlug Williams vor, ihn zu begleiten, um selbst mit der Bank zu sprechen. Er hatte vergeblich auf den entscheidenden Hinweis gehofft. Die Unterschrift war unzweifelhaft die Lorraines, und sie hatte den Scheck vor ihrem Verschwinden am 4. März ausgestellt. Wäre sie noch am Leben gewesen, hätte sie ihr Gehaltskonto längst ausgeglichen. Es gingen keine weiteren Schecks ein, ihre Kreditkarten wurden nicht benutzt.

Während Phil Williams versuchte, den rätselhaften Fall in seiner County aufzuklären, nahm die Mordrate in Florida kaum ab. Lou Sessa vom Palm Beach Sheriff's Office berichtete Williams vom Fall einer Vierzehnjährigen, die um den 18. März herum vergewaltigt und erwürgt worden war. Williams informierte sich über seine Einzelheiten, aber sein M. O. unterschied sich zu stark von jenen der Fälle Hendricks und Orcutt. Das Opfer aus Palm Beach, es handelte sich nicht um eine elegante Geschäftsfrau, war weder nackt und in einer bizarren, anzüglichen Position noch an einem stillen, einsamen Ort aufgefunden worden.

Phil Williams gingen die ›Cops und Schildkröten‹ nicht aus dem Sinn. Er sprach mit Bruce McMann vom Florida Department of Law Enforcement. *Könnte* ein Kollege in den Fall verwickelt sein? Suchten sie möglicherweise nach einem Cop – oder nach jemandem, der sich für einen solchen ausgab? Ted Bundy hatte diesen Trick mehrmals mit tödlicher Effektivität angewandt, um seine Opfer von Einkaufspassagen oder Campussen wegzulocken – mit einer falschen Marke, die sich jeder über eine Zeitungsanzeige beschaffen konnte.

Einiges in diesem Fall deutete jedoch darauf hin, daß der Täter ein *echter* Polizist oder Ex-Polizist gewesen sein könnte. Zum einen wurde die Straße, die durch das Pinienwäldchen auf dem Mittelstreifen führte, fast ausschließlich von Cops benutzt; nur wenige Zivilisten wußten von deren Existenz. Zweitens fehlten Lorraine Hendricks' Führerschein und die Zulassung des Honda, jene Papiere, die ein Polizist zuerst zu sehen verlangte, wogegen sich eine Zivilperson eher für ihre Kreditkarten interessiert hätte.

Sollte Lorraine tatsächlich von einem Polizisten angehalten worden sein, gab es hierfür keinen schriftlichen Beleg. McMann jagte alle vorhandenen Daten durch die Computer des NCIC und FCIC, aber das Kennzeichen von Lorraine Hendricks' Wagen war nur einmal überprüft worden, und zwar nachdem Trooper Mike Transue ihn am 5. März entdeckt hatte.

Trotzdem war Phil Williams einverstanden, einen Termin mit den höchsten Beamten der Highway Patrol in Fort Pierce zu vereinbaren, um mit ihnen die Cop-Theorie zu diskutieren.

Dann rief Detective Helfer vom St. Lucie County Sheriff's Office an, der den Fall Hendricks ebenfalls in der Presse verfolgt hatte. »Ich wollte sie nur wissen lassen, daß einer unserer Detectives einen Fall bearbeitet, in den ein Ex-Cop verwickelt ist. Er hat eine Frau vergewaltigt. Das Interessante daran ist, daß er sie gewürgt hat.«

Helfer versprachen, sich um genauere Informationen zu bemühen, und sich wieder zu melden. Seltsamerweise erhielt Phil Williams am selben Tag einen anonymen Brief, dessen Absender, ein ›besorgter Bürger‹, den Verdacht äußerte, Lorraine Hendricks sei von einem ›geisteskranken‹ Polizisten getötet worden.

Phil Williams leitete ihn an Tony Oliver von der Spurensicherung weiter. Durchaus denkbar, daß es sich um das häufig praktizierte und offenbar überaus beliebte ›Fangt mich doch, wenn ihr könnt, ihr dämlichen Cops-Spiel‹ des Täters handelte, dem es zu lange dauerte, bis die Detectives alle Puzzleteile zusammengesetzt hatten. Manche Mörder konnten es kaum erwarten, ihr Gesicht in den Abendnachrichten zu sehen.

Es war der erste Frühlingstag, der 21. März 1990, aber das registrierte Phil Williams nur ganz am Rande.

Die Ermittler vom Indian River Sheriff's Office gingen jeder Möglichkeit nach, mochte sie auf den ersten Blick auch noch so lächerlich wirken. Phil Williams, Larry Smetzer und Tony Oliver bildeten den Kern der Truppe, und Lt. Mary Hogan übernahm die undankbare Aufgabe, ihnen die Öffentlichkeit vom Leib zu halten. Es war die Art von Fall, bei dem die Presseleute förmlich um Einzelheiten bettelten – und sie konnte ihnen nur sehr wenig mitteilen, um die Nachforschungen nicht zu gefährden. Es war ein Fall, der die Bevölkerung der River County in Angst und Schrecken versetzt hatte – und sie verlangte die Zusicherung, nicht in Gefahr zu sein. Hogan wandelte auf einem sehr schmalen Grat, lächelte stets und ließ sich von den pausenlosen Anfragen nicht aus der Ruhe bringen. Außerdem sorgte sie dafür, daß die Ermittler ohne Zeitdruck arbeiten konnten und weder von knappen Countybudgets noch von Reportern behindert wurden. Irgendwie gelang es ihr, andere Fälle Detectives zu übertragen, die gerade weniger belastet waren.

Phil Williams hielt es für wichtig, sich jede Theorie anzuhören. »Das habe ich während meiner Tätigkeit als Musiker gelernt. Musiker. Versuche nie, eine Ein-Mann-Band zu sein; du kannst nie zu viele Leute haben. Der eine Mann mehr kann derjenige sein, der deiner Gruppe erst zum Erfolg verhilft. Diese Überzeugung hat mich bis in meine Polizeiarbeit hinein begleitet.«

Die Akte Lorraine Hendricks wurde mit jedem Tag dicker.

Detective Larry Smetzer und Sergeant Coates von der FHP werteten immer noch Informationen der Florida State Patrol und anderer Dienststellen aus, darunter solche über Wagen, die die Trooper am Sonntag, den 4. März angehalten hatten. Es war nicht leicht. Während die Beamten der Städte und Gemeinden die Zentrale über alle kontrollierten Verkehrsteilnehmer unterrichtete, meldeten die Bundespolizisten nur jene, denen sie ein Protokoll oder eine Verwarnung ausgestellt hatten. Trooper arbeiteten sehr selbständig. Sie nahmen ihre Einsatzwagen mit nach Hause, brauchten sich bei Schichtbeginn nicht im Hauptquartier zu melden und hielten dort nach Rasern und Autofahrern in Not Ausschau, wo der Verkehr ihrer Einschätzung nach am dichtesten war.

Je mehr Personen die Ermittler ausfindig machen konnten, die am Tag von Lorraine Hendricks Verschwinden die I-95 in südliche Richtung befahren hatten, desto größer war die Wahrscheinlichkeit, daß sie auf einen Zeugen – oder Beinahe-Zeugen – stießen.

Unter den Protokollen der FHP befand sich auch eines, das Trooper Tim Harris am 4. März um 10 Uhr 48 auf der Bundesstraße 9, ganz in der Nähe der Stelle, an der seinem Kollegen Mike Transue am folgenden Tag Lorraine Hendricks' Wagen aufgefallen war, einer gewissen Diane Lonergan* ausgestellt hatte. Diese Nachricht begeisterte Phil Williams wenig, denn die Unterlagen der Patrol bewiesen außerdem, daß Harris eine Stunde später, also zum Zeitpunkt, da Lorraine die Grenze zur Indian River County hatte passieren müssen, in einiger Entfernung von dem bewaldeten Mittelstreifen eine Verhaftung vorgenommen hatte, so daß er als Verdächtiger ausschied.

Phil Williams überprüfte, wo sich die Mitarbeiter seines Departments am 4. März zwischen 10 Uhr 30 und 13 Uhr aufgehalten hatten. War Lorraine von einem Cop oder jemandem, der wie einer ausgesehen hatte, angehalten worden, mußte Williams auch seine nächsten Kollegen in den Kreis der Verdächtigen aufnehmen, sosehr ihm dies auch widerstreben mochte. Erleichtert stellte er fest, daß zur fraglichen Zeit im Umkreis der abgelegenen Gegend kein Wagen des Sheriffbüros im Einsatz gewesen war. Er wollte weder, daß sich die Cop-Theorie bewahrheitete, noch – und das in erster Linie –, daß sich ein Beamter vom Indian River County Sheriff's Office als Sexmörder entpuppte. Das hatte er schon einmal durchmachen müssen; die schmerzliche Erkenntnis, daß seine besten Freunde Mörder waren, reichte für sein restliches Leben.

Die Kontakte, die Phil Williams knüpfte, und die Hinweise, die er entgegennahm, summierten sich. Anruf

Nummer 53 ging am 24. März ein: Ein Bürger aus der Columbia County hatte von einem toten Mädchen gelesen, das im Fond eines Vans gefunden worden war. Williams' Nachfragen ergaben keinerlei Übereinstimmungen mit Lorraines Fall.

Anruf Nummer 54 erhielt er von einer Frau, die meldete, von einem grauen Van an den Rand der I-95 gedrängt worden zu sein.

Anruf Nummer 55 kam von Detective Winker vom Cocoa Police Department gegenüber von Merritt Island. »Vor einiger Zeit konnten wir hier einen Schwarzen aufgreifen, der mit Hilfe eines Blaulichts auf seinem Camaro eine Frau angehalten hat. Sie ist rechts ran gefahren, aber geflüchtet, als sie sah, daß er keine Uniform trug.«

Anruf Nummer 56 kam von Sergeant Carroll Boyd, und er bezog sich auf Sandy Harris, die Ehefrau von Florida Highway Patrolman Tim Harris.

Kapitel 16

Am Freitag, dem 23. März, traf sich Sandy nach Feierabend mit ihrer Schwester Susan im UpTown auf einen Drink. Tim folgte ihr dorthin, so wie er ihr überallhin zu folgen schien. Unbemerkt, hinter einer Säule versteckt, belauschte er ein Gespräch, das sie dort mit einer Freundin führte. Sie tanzte mit niemandem und verließ die Bar schon sehr früh wieder.

Pat Wessendorf, die im Citrus Hideaway Timmy und Jennifer beaufsichtigte, war gerade im Garten, als Tim plötzlich in seinem neuesten Wagen, einem roten Camaro, Baujahr 1990, um die Ecke raste. Er bog in die Auffahrt ein und schleuderte auf den Rasen.

»Ich lief ins Haus«, erinnerte sich Pat. »Sandy mochte ihm noch gewachsen sein, aber ich hatte Angst vor ihm. Er brüllte Sandy an, beschimpfte sie als Barschlampe und Nutte. Er rastete völlig aus.«

Tim hatte das UpTown kurz nach Sandy verlassen und war ihr nach Citrus Hideaway gefolgt. Er wollte ihr etwas geben – ein Band, das er für sie aufgenommen hatte und auf dem er beteuerte, sie über alles zu lieben und wie glücklich sie wieder miteinander werden könnten, wenn sie ihm nur eine Chance einräume. Sandy ging verdattert um den brandneuen Camaro herum. Es war noch nicht lange her, daß Tim seinen letzten Truck gekauft hatte. »Tim«, fragte sie verwundert, »wie willst du denn jetzt dein Boot ziehen?«

»Ich kaufe einen anderen Truck«, entgegnete er knapp. »Zerbrich dir darüber nicht den Kopf.«

An jenem Abend wurde Tim Harris kurz nach der Auffahrt auf den Highway 510 in einen Unfall verwickelt. Der Kotflügel seines neuen Camaro wurde verbeult, Tim selbst in die Notfallklinik von Vero Beach gebracht. Er hatte 0,1 Promille im Blut, was mehr als erstaunlich war, denn Tim trank und rauchte nicht. Jedenfalls bisher nicht. Das Krankenhaus verständigte Sandy, die sich auf den Weg nach Vero Beach machte, wobei sie sich fragte, weshalb er nicht gebeten hatte, DeeLisa zu benachrichtigen. Auf dem Heimweg hielten sie an einem Park; Sandy erhoffte sich nichts weiter, als mit Tim reden zu können. Tim hatte nur leichte Verletzungen. Es war sein Geisteszustand, der ihr Sorgen bereitete; er begriff einfach nicht, daß sie ihn nur abgeholt hatte, weil es sonst niemanden gab, der es getan hätte, und nicht etwa, weil sie ihn noch liebte oder gar zurückhaben wollte.

Tim machte Sandy angst. Schon ihre geringste Geste

aus reinem Anstand ließ ihn glauben, sie habe ihm seine Lügen der vergangenen elf Jahre verziehen. Er unterbrach sie stets, lehnte es zum hundertsten Mal ab, sich anzuhören, daß sie die Scheidung durchziehen würde. Er tat so, als hätten sie sich so gut wie versöhnt.

Tim Harris steuerte seinem Untergang zu. Sandy vermochte nicht abzuschätzen, wozu er fähig war. Er hatte sein Lebensziel, die Drogeneinheit, aufgegeben, hatte Shadow aufgegeben. Seine dienstlichen Beurteilungen fielen deutlich schlechter aus. Tim, der Abstinenzler, war plötzlich zum Trinker geworden. Seinen neuen Truck – in dem er zumindest schlafen konnte – hatte er gegen einen teuren Sportwagen eingetauscht, der seine finanziellen Möglichkeiten überschritt. Wegen rücksichtsloser Fahrweise hatte er damit bereits einen Unfall gebaut. Er raste durch Indian River und die St. Lucie County wie ein Wahnsinniger, übernachtete auf Raststätten, bei seinem Bruder oder bei DeeLisa – meistens jedoch im Obergeschoß von Sandys Haus.

Sandy fühlte sich wie bei einer Hurrikanwarnung. Die Luft schien geladen vor Spannung, als nahe eine unabwendbare Katastrophe.

Am Sonntag abend, dem 24. März, hatte Sandy Harris ihre Nachbarn auf ein Glas Wein eingeladen. Die Rodney Tillmans waren ihr in letzter Zeit häufig zur Seite gestanden, denn sie wußten, zu welcher Bedrohung sich ihre Beziehung zu Tim entwickelt hatte. Ihnen war nicht entgangen, daß Sandy Angst hatte, obwohl sie stets alles daransetzte, den Eindruck zu erwecken, sie sei der Situation gewachsen. Nicht einmal ihre Mutter hatte sie während der ganzen Scheidungskrise je weinen sehen, und sie wäre nie auf die Idee gekommen, ihren Nachbarn gegenüber zuzugeben, wie sehr sie zu kämpfen hatte. Nach wie vor ging sie ihrer Arbeit als Buchhalterin nach, kümmerte sich um die Kinder und lächelte, als sei alles in bester Ordnung.

Es war bereits dunkel, als sie kurz nach neun einen dumpfen Knall im Obergeschoß hörten. Die beiden Tillmanns zuckten zusammen, aber Sandy seufzte nur. »Tim ist gekommen. Das ist nur Tim.«

Halb verlegen, halb beunruhigt lief sie die Treppe hinauf und rief: »Tim? Tim, bist du's?«

»Er versteckte sich im Badezimmer, nachdem er meine Handtasche aus dem Schlafzimmer geholt hatte«, erinnerte sich Sandy. »Ich sah sie offen auf der Ablage liegen. Ich sagte: ›Tim, ich weiß, daß du da drin bist.‹ Schließlich kam er heraus. Ich sagte: ›Warum benimmst du dich nicht einfach wie ein normaler Mensch und gehst mit nach unten? Unsere Nachbarn sind zu Besuch.«

Tim Harris folgte Sandy ins Wohnzimmer, weigerte sich jedoch, an der Unterhaltung teilzunehmen. »Er saß nur da und starrte vor sich hin – wie ein Zombie. Dann verzog er sich in sein Arbeitszimmer und setzte sich an seinen Schreibtisch, ohne irgend jemanden zu beachten.«

Die Tillmans versuchten es mit Small talk, aber Tim gab ihnen eindeutig zu verstehen, daß er ihre Gesellschaft nicht wünschte, so daß sie sich bald verabschiedeten.

Sobald er sicher war, daß sich die Rodney Tillmans außer Hörweite befanden, packte er Sandy unsanft und brummte: »Ich habe in meiner Tasche ein Geschenk für dich.«

Tim wog mindestens fünfunddreißig Kilogramm mehr als Sandy, und es hätte wenig Sinn gehabt, Gegenwehr zu leisten. Außerdem wollte sie Jennifer und Timmy nicht wecken. Sie ließ sich von Tim durch den Raum zerren, während sie fieberhaft überlegte, wie sie ihn loswerden konnte.

Tim schob Sandy über die Treppe hinauf ins Elternschlafzimmer und knallte die Tür hinter ihnen zu. Dann zog er ein Paar Handschellen aus einer glänzenden schwarzen Vinyltasche, keine modernen, flexiblen Kunststoffhandfesseln, sondern schwere metallene.

Tim knipste das Licht aus.

Als Tim nach ihr griff, wehrte sich Sandy. So etwas hatte er noch nie getan, und sie fürchtete sich. Er legte ihr eine Schelle an, aber Sandy trat und wand sich so heftig, daß es ihm nicht gelang, die zweite zu schließen. Ihr Kampf schien eine Ewigkeit zu dauern, aber vermutlich waren es nicht mehr als zehn Minuten. Kräftemäßig unterlegen, landete Sandy schließlich auf dem Fußboden neben der Tür.

»Du wirst mich zurücknehmen«, knurrte Tim ihr pausenlos ins Ohr.

»Ich werde mich von dir scheiden lassen«, stieß Sandy hervor.

»Du wirst mich zurücknehmen«, wiederholte er, als hätte er sie nicht gehört. Andernfalls würden sie beide sterben, versprach er.

»Nein, werde ich nicht«, beharrte Sandy zähneknirschend. »Ich lasse mich scheiden.«

Es war nicht das erste Mal, daß Tim Harris seine Frau bedrohte, und er hatte sie auch schon mehrmals gewürgt und ihr versichert, wie leicht es für ihn sei, ihr das Genick zu brechen, aber wirklich weh getan hatte er ihr noch nie. Jetzt tat er ihr weh. Er riß an den Handschellen, um sie völlig bewegungsunfähig zu machen. Sie hatte Hautabschürfungen und Kratzer am ganzen Leib und begriff, daß es Tim diesmal todernst war.

Sandy fing an zu brüllen, obgleich sie wußte, daß alle Fenster geschlossen waren.

Tim saß rittlings auf ihr. Sie drehte den Kopf zur Seite, und ihr Blick fiel auf die Waffe. Es war eine Handfeuerwaffe, und er hielt sie ihr direkt an die Schläfe. Dann knallte seine riesige Faust unmittelbar neben ihrem Kopf auf den Boden, und sie wagte nicht, sich zu vergewissern, ob er die Pistole noch in der Hand hatte. »Das könnte auch dein Gesicht sein«, keuchte er. »Denk nur, was ich mit deinem *Gesicht* anstellen könnte.«

Sandy zweifelte keine Sekunde daran, daß Tim meinte, was er sagte.

Der vierjährige Timmy war aufgewacht, hämmerte jetzt an die Tür und fragte, ob sie Hilfe brauche. Ihr kleiner Sohn sollte sie nicht in diesem Zustand sehen; sie erklärte ihm, daß alles in Ordnung sei und er wieder zu Bett gehen könne. Timmy versuchte zu ihr zu kommen, aber die Tür war abgeschlossen. Er begann, Gegenstände dagegen zu werfen, wollte seine Mutter retten.

Irgendwann gab Sandy nach. Sie hatte nicht den geringsten Zweifel, daß Tim sie vergewaltigen und anschließend umbringen würde, und sie bangte um ihre Kinder. Tief schockiert erkannte sie, daß sie einen Punkt erreicht hatte, da sie um ihr Leben fürchtete. Sie hatte keine Angst, verletzt oder zum Sex gezwungen zu werden, sondern sie hatte Angst, sterben zu müssen.

»Okay, ich nehme dich zurück.«

Sie erwartete nicht, daß Tim ihr glauben würde, nicht nachdem sie sich so heftig gesträubt hatte.«

Sie irrte sich ein weiteres Mal. Tim Harris dachte wahrhaftig, es sei ihm gelungen, die ersehnte Versöhnung herbeizuführen. Er hockte immer noch auf Sandy, tat ihr jedoch nicht mehr weh. Sie versicherte Timmy nochmals, daß kein Grund zur Sorge bestehe.

Sandy sprach sehr langsam, sehr sanft, als wolle sie ein Kind beruhigen, denn sie befürchtete, Tim könnte erneut ausrasten. »Morgen veranstalten wir eine kleine Feier – und wir ziehen unsere Eheringe wieder an«, schlug sie vor.

»Warum nicht schon heute nacht?« fragte Tim.

»Nein«, entgegnete Sandy, um Zeit zu gewinnen. »Nein, laß uns bis morgen warten – und ganz neu anfangen.« Langsam stand Tim auf. Sie bat ihn, nach unten zu gehen, um etwas zu trinken, worauf er freundlich nickte. Ihr Nacken prickelte, als er ihr über die Treppe folgte.

Tim löste die Handschelle. Zerplatzte Blutgefäße hatten ihre Haut bereits blau verfärbt, und Sandy wußte, daß sich dort ein schlimmer Erguß bilden würde.

»Er ließ mich ein Glas Wasser holen und wirkte beinahe wieder normal, so daß ich hoffte, ihn irgendwie zum Gehen zu bewegen. Er setzte sich auf das Sofa, wollte sich unterhalten und versuchte erneut, mich zu überreden, schon in dieser Nacht wieder zusammenzukommen.«

Tim hatte ein Sporthemd und blaue Cordjeans an. Sandy erstarrte, als er sich erhob, seine Hose öffnete und diese auszog. Was Sandy dann sah, versetzte ihr den größten Schock ihres Lebens.

Tim trug eine Strumpfhose und einen Frauenslip aus schwarzer Spitze mit einem durchsichtigen Einsatz vorn.

»Warum tun wir nicht etwas Unanständiges, bevor ich mich verabschiede?« fragte er.

»Ich war wie gelähmt. Ich dachte nur ›O mein Gott!‹«

Sandy gefror das Blut in den Adern. Ihr hünenhafter, gutaussehender Macho von einem Ehemann stand in Frauenunterwäsche vor ihr. Der Slip gehörte ihr ebensowenig wie die Strumpfhose. Diese Farbe hatte sie noch nie gemocht. Mühsam gegen die aufsteigende Hysterie ankämpfend, fragte sich Sandy, wie er an die Dessous gekommen war. Hatte er diese ihr bisher unbekannte Neigung schon immer verspürt? Sie schaffte es, ihrer Stimme einen ruhigen Klang zu verleihen. Sandy beobachtete, wie Tim die Frauenunterwäsche auszog. Er war jetzt halb nackt und wollte, daß sie wieder nach oben gingen. Aber irgendwie konnte sie ihn überzeugen, daß sie ihre ›kleine

Feier‹ veranstalten und erst miteinander schlafen wollten, nachdem sie erneut ihre Eheringe getauscht hatten. Sandy hielt die Luft an, während er wieder in die Cordhose stieg.

»Laß mich dich zur Tür bringen«, schlug sie vor, und erstaunlicherweise folgte er ihr.

»Gib mir einen Abschiedskuß«, drängte Tim.

»Ich wollte nicht, aber ich hatte Angst, ihn erneut zu erzürnen, und darum erfüllte ich ihm den Wunsch«, erinnerte sich Sandy. »Es kostete mich einige Überwindung, ihn auf den Mund zu küssen. Anschließend wandte ich mich ab, lief zur Treppe, so normal wie möglich, gab vor, wieder zu Bett zu gehen. Er sollte nicht merken, wie sehr ich mich fürchtete. Alles in mir schrie förmlich danach, mir die Kinder zu schnappen und wegzulaufen, aber in dieser Nacht wagte ich weder das Haus zu verlassen noch telefonisch Hilfe zu rufen. Ich konnte unmöglich wissen, wie viele Recorder und Wanzen er im Haus installiert hatte. Unser Grundstück umfaßte achttausend Quadratmeter, so daß ich nie wußte, ob er irgendwo geparkt hatte, um das Haus zu beobachten.«

Sandy Harris stand die längste Nacht ihres Lebens bevor.

»Ich lag wach im Bett und lauschte, weil ich keine Ahnung hatte, wohin er gegangen war, und fast damit rechnete, daß er sich erneut ins Haus schlich.«

Sandy hatte am nächsten Tag wieder einen Besichtigungstermin mit der Maklerin vereinbart. Und ihr einen Schlüssel gegeben. Sandy zögerte nicht länger, packte ein paar Kleidungsstücke und fuhr mit den Kindern zu Susan und Don Dappen. »Ich hatte Todesangst vor Tim. Würde ich je nach Hause zurückkehren können?«

Don Dappen hatte sich Jahre bemüht, mit seinem Schwager auszukommen, aber seit der Szene auf der Polizeiwache im Dezember hatte er endgültig genug von ihm. Durch seine Beschwerde bei Tims Vorgesetzten hatten sich die beiden Männer noch mehr entfremdet, obgleich Tim für seine Entgleisung nie bestraft worden war.

Als Sandy an jenem Sonntag morgen mit den Kindern eintraf, wußte Don, was er zu tun hatte, auch wenn es gefühllos erschien. »Sandy«, begann er nüchtern, »du kannst dich gleich wieder auf den Heimweg machen – es sei denn, du erstattest Anzeige gegen Tim.« Wie jede andere mißhandelte Ehefrau geriet Sandy in einen Zwiespalt.

»Mir war klar, daß, sobald ich das tat, Tim seinen Job verlieren würde. Wie sollte ich alle unsere Rechnungen bezahlen und für mich und die Kinder sorgen? Natürlich wußte ich, daß Don recht hatte. Mein Leben stand auf dem Spiel, und das war viel wichtiger als Geld. Wenn Tim mich umbrachte, würden meine Kinder ohne Vater und Mutter aufwachsen.«

Sie stimmte zu, daß Don den Sheriff verständigte, und rief ihren Anwalt an. Sie wollte eine einstweilige Verfügung, die Tim verbot, sich ihr zu nähern, so daß sie nach Hause zurückkehren konnte, obgleich sie bezweifelte, daß ein Stück Papier Tim davon abhalten würde. Sie bekam den richterlichen Beschluß, obwohl ihr Anwalt herablassend meinte: »Ach kommen Sie, Sandy, so schlimm kann es doch nicht sein, oder?«

Dappen bot seiner Schwägerin, seiner Nichte und seinem Neffen Zuflucht in seinem Haus. Entgegen ihrer Überzeugung versuchten alle Normalität vorzutäuschen. Sogar die Kinder waren nervös. Am Abend grillten sie im Freien, und Dappen blickte wiederholt über die Schulter, um sich zu vergewissern, daß sie keine unliebsame Gesellschaft hatten.

»Als es dunkel wurde, ging ich nach draußen, um die Rasensprenger abzustellen«, erinnerte sich Dappen. »Ich sah ›diese Person‹ hinter unserem Pool, die unser Wohnzimmer beobachtete. Ich schrie und rannte auf sie zu – barfuß durch die dornigen Beete.«

Don Dappen war klar, daß er hinter Tim herjagte. Er lief zurück ins Haus und verständigte die Polizei von Sebastian. Sie fanden Tim auf einem Golfplatz in der Nähe von Dappens Haus. Er wurde verwarnt, weil er gegen den richterlichen Beschluß verstoßen hatte.

Don Dappen reichte bei der Highway Patrol eine weitere Beschwerde gegen seinen Schwager ein. Tim Harris sprach mit Patrol Lt. Andy Morris, der seit seinem Beitritt zum Felony Special Response Team 1989 vor vier Monaten sein Vorgesetzter war. Morris wußte von Don Dappers erster Beschwerde im Dezember. Damals war Tim nicht im Dienst gewesen, also hatte man den Zwischenfall als Ehestreitigkeit abgetan. Tims Leistungen waren in den vergangenen, schwierigen Monaten zwar nicht optimal, nach Morris' Einschätzung jedoch mindestens neunzigprozentig gewesen. Später hatte er Tim Urlaub gewährt, damit er seine Probleme mit Sandy lösen konnte.

Morris hatte andere Trooper viel stärker unter ihrer Scheidung leiden sehen als Tim Harris. Der Psychologe, zu dem Tim geschickt worden war, hatte bei ihm keine Neigung zur Gewalttätigkeit festgestellt. Tim ging noch seiner gewohnten Arbeit nach, obgleich er in den Innendienst versetzt werden sollte, bis die Wogen sich geglättet hatten.

Tim versprach, Don Dappens Haus fernzubleiben. Er erklärte, er habe nur seine Kinder sehen wollen. Die Polizei von Sebastian ließ Dappens Grundstück überwachen, für den Fall, daß Tim erneut dort auftauchte.

An die einstweilige Verfügung hielt Tim sich nicht. Als Sandy am nächsten Morgen ins Büro fuhr, überholte er sie, schnitt ihr den Weg ab, stellte seinen Wagen quer und drängte sie von der Straße. Don Dappen, der ihr in einigem Abstand gefolgt war, um sicherzugehen, daß sie unbehelligt zur Arbeit kam, griff ein.

Tim war wütend, trat dicht vor seinen Schwager und schrie ihn an: »Na los! Schlag zu! Schlag zu!«

Nichts hätte Dappen lieber getan, als Tim windelweich zu prügeln, aber er beherrschte sich, weil er wußte, daß Tim genau das bezweckte. »Nein, ich werde dich nicht anrühren. Aber hör mir gut zu. Wenn du Sandy belästigst oder ihr und den Kindern noch einmal zu nahe kommst, bringe ich dich um. Du weißt, daß das keine leere Drohung ist. Ich *werde* dir buchstäblich das Hirn wegpusten, ohne mit der Wimper zu zucken.«

»Ich beschwere mich bei deinem Chief!« brüllte Tim.

»Ich gebe dir seine Nummer, Tim«, bot Dappen ruhig an. »Aber vergiß nicht, was ich dir soeben gesagt habe, oder du bist ein toter Mann.«

Tim Harris wandte sich ab und ging zu seinem Wagen. Er mochte Don Dappen zwar nicht, aber er respektierte ihn, und er bezweifelte nicht, daß dieser meinte, was er sagte. Er stieg in den Camaro und brauste in einer Staubwolke davon.

Don Dappen war nur schwer in Rage zu bringen, aber er spürte instinktiv, daß seiner Familie Gefahr drohte. Und er würde nicht zulassen, daß ihr etwas zustieß.

Bei der Durchsicht der zahlreichen Hinweise und Informationen, die seine Ermittler bislang zusammengetragen hatten, war Phil Williams auf die Durchschrift von Diane Lonergans Protokoll gestoßen, das Tim am 5. März um 10 Uhr 48 ausgestellt hatte, sowie auf einen Ablieferungsbeleg vom Gefängnis. Ursprünglich war ihm dieser wie ein nutzloses Stück Papier erschienen; seine Rückfrage bei der Patrol ergab jedoch, daß man Tim Harris eine *neue* Kennnummer zugeordnet und ein *anderer* Trooper die Verhaftung gegen 11 Uhr 30 vorgenommen hatte. Tim konnte sehr wohl auf der Interstate geblieben sein und sich zur fraglichen Zeit in der Nähe des Mittelstreifens aufgehalten haben.

Da sich Phil Williams nicht erklären konnte, warum Harris Diane Lonergan überhaupt kontrolliert hatte, rief er sie an. Diane lebte in der Nähe von Miami. An ihre Begegnung mit Trooper Tim Harris konnte sie sich noch sehr gut erinnern.

»Er hat mich angehalten und darauf beharrt, daß ich das Tempolimit um sechs Meilen überschritten hätte, obwohl ich wußte, daß das nicht stimmte. Mein Cobra-Radarwarner hatte nicht angezeigt.«

Williams vereinbarte zu einem späteren Zeitpunkt ein zweites Gespräch mit Diane, und zwar im Beisein ihres Mannes. Viele Leute behaupten, sie seien nicht zu schnell gefahren, aber in diesem Fall hatte Williams ein ungutes Gefühl.

Am selben Abend ging Hinweis Nummer 56 ein. Sergeant Carroll Boyd rief Williams an, um ihn über Sandy Harris' Problem zu informieren – nicht, weil Williams den Mordfall Hendricks bearbeitete, sondern weil er am 26. März zufällig der wachhabende Detective war.

»Ich wollte Ihnen nur mitteilen«, begann Boyd, »daß Donny Dappen behauptet, sein Schwager würde sich aufführen wie ein Idiot. Offenbar ist Tim Harris um Dappens Haus herumgeschlichen und hat seine Frau Sandy bedroht.«

Boyd fügte hinzu, daß sie vorhätten, Tim Harris zu verhaften.

»Nein«, entgegnete Williams. »Das möchte ich *nicht*. Wenn Sie ihn ausfindig machen, sagen Sie ihm, ich werde den Vorwurf gegen ihn überprüfen.«

Phil Williams wollte unbedingt mit Tim Harris reden. Wenn dieser argwöhnte, daß er ihn zum Mordfall Hendricks befragen wollte, würde er zweifellos in die Defensive gehen. Nahm er jedoch an, Williams ermittelte nur in seinem Ehestreit, dürfte sich die Sache um vieles einfacher gestalten und ihm möglicherweise Zugang zu Harris verschaffen.

Als erstes mußte Phil Williams mit Sandy sprechen. Da Tim Harris nicht davon erfahren sollte, wollte er sie weder in Don Dappens noch in ihrem eigenen Haus aufsuchen. Sandy war bereit, sich am Montag, den 26. März, auf dem Parkplatz einer High-School mit Williams und Tony Oliver zu treffen.

Sandy hatte ihren Verdacht, daß Tim möglicherweise ein Mörder war, niemandem gegenüber erwähnt und versuchte, nicht daran zu denken. Ihre Beschwerde beim Indian River Sheriff's Office wegen Tims Überfall am Samstag abend wurde offiziell als tätlicher Angriff gehandhabt. Tims Verhalten an jenem Abend hatte sie erschreckt, und der nagende Verdacht, er könnte etwas Entsetzliches getan haben, etwas, das so schrecklich war, daß es ihr Vorstellungsvermögen überstieg, nagte tief in ihrem Inneren und machte sie ganz krank.

Als sie Phil Williams und Tony Oliver gegenübertrat, hatte sich der Bluterguß an ihrem rechten Handgelenk rot und blau verfärbt, und die Beamten photographierten die Verletzung als Beweismittel. Sie zweifelten nicht an Sandys Erklärung, Tim habe ihr brutal Handschellen angelegt. Da die Detectives sie nicht beeinflussen und ihr suggerieren wollten, daß Tim irgendwie in den Mord an Lorraine Hendricks verstrickt sein könnte, gingen sie bei ihrer Befragung sehr behutsam vor.

Aber sie *wußte* es. Sandy kannte inzwischen jede Facette von Tims Persönlichkeit. Sie hatte seine Gewalt erlebt, und sie hatte sein Süßholzgeraspel gehört. Sie wußte besser als jeder andere, wozu er fähig war.

Selbst wenn sie wünschte, es nicht zu wissen.

Sandy informierte Williams und Oliver über Tims mehrfache Drohungen, sie zu vergewaltigen, und daß er schrie, sie beide zu erschießen, wenn sie nicht zu ihm zurückkäme. Und sie mußte ihnen von der Frauenunterwäsche erzählen, so peinlich ihr das auch sein mochte.

Phil Williams war sicher, eine zu Tode erschreckte Frau vor sich zu haben. Dem Polizisten Tim Harris, der wußte, wie schwer Beweisstücke wogen, war jedoch ein unverzeihlicher Fehler unterlaufen: Er hatte den schwarzen Spitzenslip und die Strumpfhose zurückgelassen.

»Die gehören nicht Ihnen?« fragte Williams Sandy.

Sie schüttelte den Kopf. »Ganz bestimmt nicht. Ich entferne immer die Etiketts aus meiner Unterwäsche, und ich besitze auch keine braunen Strumpfhosen.«

Phil Williams fragte Sandy nach bevorzugten Sexpraktiken ihres Mannes. Verlegen antwortete sie, daß Tim oft nach Oralsex verlangt habe, etwas, dem sie selbst nichts abgewinnen könnte. Und er hatte sie in Posen photographieren wollen, die sie als demütigend empfinde. Aber daß er Frauenunterwäsche trug, war ihr neu gewesen und hatte sie schockiert.

Die beiden Detectives stellten die Dessous als Beweismittel sicher, denn sie wußten nicht, welche Unterwäsche Lorraine Hendricks angehabt hatte. Ihr Portemonnaie und ihr Ohrring waren als einzige Stücke ihrer persönlichen Habe gefunden worden.

Die Möglichkeit, daß ein Mörder, wie verrückt er auch war, die Unterwäsche seines Opfers anzog, um anschließend zu versuchen, die eigene Frau zu vergewaltigen, überforderte die Phantasie der Beamten. Aber daß ein angesehener und mehrfach belobigter Trooper des Staates Florida der skrupellose Mörder sein sollte, nach dem sie suchten, schien nicht weniger unvorstellbar. Dennoch mußte sich Phil Williams der Tatsache stellen, daß es angebracht war, sich mit Tim Harris näher zu befassen.

Vielleicht war er, wie sie hofften, völlig unbeteiligt, denn ein einziger krummer Cop schadet dem Ruf aller Kollegen. Aber Williams und Oliver konnten nicht übersehen, daß Tim Harris offenbar nicht ganz richtig im Kopf war. Er verhielt sich immer sonderbarer, und sie konnten nur Beweise finden, um ihn aus dem Verkehr zu ziehen, oder sich anderswo umsehen und darauf vertrauen, daß der Trooper sich in psychiatrische Behandlung begab.

Sandy Harris stimmte zu, daß ein Recorder an das Telefon an ihrem Arbeitsplatz angeschlossen wurde, um Tims Anrufe mitzuschneiden. Welche Ironie, wenn man bedachte, daß er ihre Telefonate monatelang aufgezeichnet hatte. Gewiß würde er niemals vermuten, daß man *ihn* überwachte. Mittlerweile wußte jede Polizeiwache im Umkreis – egal, ob es sich um die städtische, die County- oder die Bundespolizei handelte –, daß sich Sandy vor Tim fürchtete, was ihr ausreichenden Schutz gewähren durfte.

Sandy glaubte nicht wirklich, daß Tim Jennifer oder Timmy etwas antun könnte; schließlich hatte er sie angefleht, die Kinder zu sehen. Da sie über keine rechtlichen Mittel verfügte, die Tim den Kontakt mit ihnen verbot, gestattete sie Tim, am Montag, den 26. März, Jennifer und Timmy zum Abendessen auszuführen. Er brachte sie pünktlich zurück und ließ sie seinen Dank für das Zusammensein mit ihnen übermitteln. Sandy blieb auf der Hut; sie hatte ihn schon mehrmals süß erlebt – nur waren diese Phasen leider immer nur von kurzer Dauer gewesen.

Am Mittwoch, dem 28. März, wollte Tim die Kinder über Nacht bei sich behalten. Sandy lehnte ab. Die beiden mußten am Morgen in die Schule, und Tim hatte kein richtiges Zuhause. Sandy war dagegen, daß sie bei DeeLisa übernachteten, und David und Melissa hatten nicht genug Platz. Sandy bat ihre Mutter, Jennifer und Timmy von der Schule abzuholen und keinesfalls zu erlauben, daß Tim sie mitnahm.

Nachdem Tim in der Vergangenheit sein Versprechen, sich um die Kinder zu kümmern, nicht eingehalten hatte, war er an diesem Tag pünktlich und folgte seiner völlig verängstigten Schwiegermutter in seinem roten Camaro, Stoßstange an Stoßstange. Pats Befürchtung, er könne die Kinder außer Landes bringen, so daß ihre Mutter sie niemals wiederfand, schienen nicht unbegründet. Jennifer und Timmy weinten beide, als Tim sie überreden wollte, mit ihm zu kommen, so daß er schließlich ohne sie davonfuhr.

Kapitel 17

Ein Detective bearbeitet einen Mordfall ähnlich wie jemand, der ein scheinbar hoffnungslos verschlungenes Knäuel entwirrt. Erst muß er den leichtesten Knoten finden – nur um an die anderen heranzukommen. Hat er diesen gelöst, wird es mit jedem weiteren etwas leichter. Williams hatte drei Wochen lang versucht, Knoten zu lösen, und war endlich auf einen gestoßen, der aussah, als könnte er nachgeben. Er hatte einen Punkt gefunden, auf den er seine ganzen Erfahrungen und seine ganze Energie konzentrieren konnte.

Anfangs war er davon ausgegangen, Tim Harris habe ein Alibi und komme als Täter nicht in Frage. Inzwischen wußte Williams jedoch, daß er ihn nicht als Verdächtigen ausschließen konnte, denn ein anderer Trooper hatte die Verhaftung vorgenommen.

Phil Williams wußte jetzt ebenfalls, daß sich Harris in letzter Zeit merkwürdig verhalten hatte und nichts darauf hindeutete, daß er sich am 4. März von der Radarüberwachungsposition ganz in der Nähe der Stelle, an der der graue Honda sichergestellt worden war, entfernt hatte.

Phil Williams rief erneut Diane Lonergan an und erfuhr, daß der Trooper, von dem sie angehalten worden war, einen Hund bei sich gehabt hatte – einen aggressiven deutschen Schäferhund. Der Officer war erst freundlicher geworden, nachdem sie seiner Aufforderung, auszusteigen und ihn zu seinem Einsatzwagen zu begleiten, Folge geleistet hatte.

»Ich bin mittlerweile hochschwanger –, und das war gewiß auch schon vor vier Wochen zu sehen. Möglich, daß es ihm nicht aufgefallen war, als ich noch im Wagen saß.«

Über das Protokoll hatte sie sich geärgert, und er hatte seltsamerweise gesagt: »Das können Sie wegwerfen. Es bedeutet nichts.«

»Waren Sie allein unterwegs?« fragte Williams.

»Ja. Ganz allein.« Sie gestand Williams, daß ihr das Verhalten des Beamten merkwürdig vorgekommen sei, obgleich er, oberflächlich betrachtet, höflich und professionell reagiert habe. Aber irgend etwas an ihm sei ihr nicht geheuer gewesen, und die Begegnung habe sie aufgewühlt. Der Trooper mußte ebensogut wie sie selbst gewußt haben, daß sie nicht zu schnell gefahren war.

Hatte die Schwangerschaft Diane Lonergan vielleicht das Leben gerettet? Es schien tatsächlich so, als habe Harris sie grundlos angehalten und sie erst aufgefordert, das Ticket zu zerreißen, nachdem ihre Schwangerschaft offensichtlich geworden war.

Stan Lonergans Begeisterung, seine Frau nach Vero Beach zu bringen, damit sie Williams zeigen konnte, wo genau sie angehalten worden war, hielt sich in Grenzen. Er zeigte sich allerdings hilfsbereiter, als Williams erklärte: »Sie können sich glücklich schätzen, wissen sie. Es gibt da eine andere Familie, die eine Ehefrau, Mutter und Tochter verloren hat. Sie ist etwa eine Stunde nach ihrer Frau diesen Streckenabschnitt entlanggefahren. Wir glauben, daß auch sie wegen Überschreitung des Tempolimits verwarnt wurde ...«

Lonergan räusperte sich, und Williams konnte ihn beinahe denken hören, nachdem er den Sinn dieser Worte begriffen hatte. »Wir kommen«, versprach er. »Sagen Sie nur, wann.«

Es war an der Zeit, mit Tim Harris zu sprechen. Natürlich kannte Phil Williams ihn bereits, er hatte ihn allerdings nicht in der Konstellation Detective und Verdächtiger erlebt, oder anders ausgedrückt, bei einem Katz-und-Maus-Spiel. Tim Harris war schlau und mit allen Tricks der Polizei vertraut; so daß er sich erheblich weniger leicht verplappern dürfte als ein Normalbürger.

Angenehmerweise hatte Tim Harris erfahren, daß Phil Williams den Zwischenfall mit Sandy bearbeitete. Phil brauchte Tim nicht zu sich zu bestellen. Tim rief ihn an, und sie vereinbarten nach kurzem Wortwechsel, sich am 27. März um 14 Uhr vor dem Restaurant Mama Mia in Vero Beach zu treffen. Er hatte jedem, der ihm ein offenes Ohr schenkte, erzählt, wie verzweifelt er über Sandys Rausschmiß sei. Gut möglich, daß er Williams als einen weiteren verständnisvollen Zuhörer betrachtete.

In Florida ist es legal, Gespräche ohne das Wissen der beteiligten Personen aufzuzeichnen. Immerhin hatte sich Tim Harris dieser Methode selbst bedient, um über jeden Schritt seiner Frau informiert zu sein. Phil Williams, der davon Kenntnis hatte, lächelte grimmig, als er den Recorder in der Achselhöhle befestigte und hiernach sein Sportsakko zurechtzupfte. Es wäre nur ausgleichende Gerechtigkeit, wenn Tim Harris sich selbst auf Band mit dem Mord an Lorraine Hendricks in Verbindung brachte.

Als Tim auf das Mama Mia zufuhr, sah Williams, daß er

in Begleitung DeeLisa Davis' war. Phil hatte 1971 zusammen mit DeeLisa seinen High-Schoolabschluß gemacht. Manchmal fragte er sich, ob es für einen Cop nicht leichter sei, in einer anonymen Großstadt zu arbeiten. Er hatte das Gefühl, als müsse er schrecklich viele Menschen verhaften oder verhören, mit denen ihn irgendwann einmal eine Freundschaft verbunden hatte.

Phil Williams war ein Meister des Verhörs – ein täuschend argloser Junge vom Lande, der schon vor langer Zeit gelernt hatte, daß man jeden Verdächtigen wie ein menschliches Wesen behandeln mußte, ganz egal, wie abscheulich sein – oder ihr – Verbrechen auch war. Vor allem aber durfte er nicht den Eindruck erwecken, über sein Gegenüber zu Gericht zu sitzen. Je schlimmer das Verbrechen war, desto sorgfältiger hatte er darauf zu achten, sich weder Schock noch Abscheu anmerken zu lassen. Er mußte den Anblick von Lorraine Hendricks' verwester Leiche unbedingt verdrängen.

Das würde nicht leicht sein.

Phil Williams hatte es nicht eilig. Er wollte sich Harris gegenüber verständnisvoll geben. Tim schien völlig entfallen zu sein, daß Phil ihn vor Jahren, nachdem er von ihm wegen zu schnellen Fahrens angehalten worden war, mit gezücktem Protokollheft einfach hatte stehen lassen. Der kleine surrende Apparat unter Williams Achsel würde jedes Wort ihrer Unterhaltung festhalten.

»Wie geht es Ihnen?« begrüßte Williams Tim Harris, als dieser zu ihm in den Wagen stieg. Er registrierte die dunklen Ränder unter den Augen des Troopers und dessen eingefallene Wangen.

»Schlecht, das können Sie mir glauben.«

»Sie gehen durch die Hölle, habe ich recht?«

»Es ist schlimmer als die Hölle … und die Verwandten sind auch keine große Hilfe. Sie machen mich noch wahnsinnig.«

»Ist das DeeLisa?« William nickte in Richtung der hübschen Frau, die mit einem ihrer Kinder in Tims Camaro wartete.

»Ja.«

»Ich bin mit ihr zur Schule gegangen ... nettes Mädchen, wirklich nettes Mädchen.«

»Sie hat mich sehr unterstützt«, entgegnete Harris.

»Ja. Na, dann haben Sie wenigstens jemanden, der zu ihnen hält, was?«

Tim erwiderte, er wolle Phil gern die ganze Geschichte erzählen, so daß Williams im ersten Moment dachte, Harris werde es ihm beinahe zu leicht machen. Aber das erwies sich als Trugschluß. Für Tim beschränkte sich ›die ganze Geschichte‹ darauf, wie schlecht er bei dem ganzen Scheidungskrieg von Sandy, ihrer Mutter und ihren Schwestern behandelt wurde.

Und jetzt, klagte Tim, seien es nicht mehr nur die Frauen aus Sandys Familie. Don Dappen habe sich ebenfalls gegen ihn gewandt. Sandy und ihre gemeinsamen Kinder würden sich ständig bei seinem Schwager aufhalten. »Donny nimmt ab und sagt: ›Ruf sie nie wieder an ...‹«

»Tim, der Grund für ihre Anwesenheit«, begann Phil, »ist, daß sie panische Angst davor hat, zu Hause wohnen zu bleiben. Todesangst.«

Tim wußte, wovon Phil sprach – von der Nacht, in der er Sandy mit Handschellen gefesselt und beinahe vergewaltigt hatte. Aber Tim beharrte darauf, daß alles nur ein Mißverständnis gewesen sei. Er behauptete, Sandys Aufforderung vorbeizukommen abgelehnt zu haben, weil die Nachbarn auf ein Glas Wein zu Besuch gewesen seien und er selbst nicht trinke. Ein paar Stunden später habe er zurückgerufen, und die Nachbarn seien immer noch dagewesen. Sandy habe ihn erneut bedrängt. »Sie hat gesagt: ›Warum kommst du nicht einfach vorbei? Vielleicht verstehen sie den Wink, wenn du auftauchst.‹«

In Tim Harris' Version vom Abend des 24. März hatte Sandy ihn um eine Rückenmassage gebeten und das Herumalbern mit den Handschellen als Spaß betrachtet.

»Ich habe sie ja nicht richtig damit gefesselt … Vielmehr habe ich sie ihr abgenommen, als sie anfing zu weinen und sagte, sie täten ihr weh … Ich meine, ich spreche nicht gern über unser Sexleben.«

Er senkte den Kopf und vermied es, Williams in die Augen zu sehen, fuhr jedoch fort, die intimsten Details seiner Beziehung zu Sandy zu schildern. Ihm zufolge war sie es, die sich nicht entscheiden konnte. Sie hatte ihn immer wieder ins Haus gelockt und neue Sexpraktiken vorgeschlagen, die sie gern ausprobieren wollte. Er war zu allem bereit gewesen, um Sandy zurückzubekommen. Rückenmassagen. Kuscheln. Sie mit Babypuder einreiben. Oralsex. Was immer sie verlangt hatte.

Williams nickte mitfühlend, fragte sich aber, wie der Mann neben ihm so blind sein – oder so meisterhaft lügen konnte. Tims Geliebte, seine Zweitfrau, die er seit fünf Jahren hinhielt, erwartete ihn in seinem Camaro. Er schien sich in keinster Weise bewußt zu sein, wie sehr er DeeLisa verletzte.

Tim leugnete, die Frauenunterwäsche in Sandys Haus gebracht zu haben.

»Ich frage mich, woher sie den Slip und die Strumpfhose hat«, bemerkte Williams milde.

»Sie gehören ihr … es sind ihre Sachen.«

»Wissen Sie, das ist das einzige, was mich an ihr stört … dieses Leugnen, ich meine, sehen Sie …«, begann Phil. »Was soll ich sagen«, entgegnete Tim unschuldig. »Wissen Sie, sie zieht mir ihre Slips über …«

»Ja.«

»Aber an diesem Abend wollte sie keinen Sex, was sie mir auch deutlich zeigte«, gab Tim zu. »Um die Wahrheit zu sagen, als sie wegen der Handschellen zu heulen begann ...«

»Hmmmmm.«

Tim Harris klang absolut aufrichtig, als er versicherte, Sandy habe sich nie vor ihm gefürchtet und er seinerseits sei stets ihren Wünschen nachgekommen. Wenn sie nicht auf den Mund geküßt werden wollte, meinte er »Kein Problem« und küßte sie auf die Wange. Wenn sie nicht wollte, daß er über Nacht blieb, ging er.

Phil Williams' Miene war nach wie vor ausdruckslos und freundlich. Tims Züge erhellten sich. »Wissen Sie«, sagte er, »das alles wird irgendwann ein Ende haben, und dann ist alles wieder in Ordnung.«

»Und, werden Sie sich von Don fernhalten?«

»Damit habe ich keine Schwierigkeiten«, antwortete Tim, fügte aber hinzu, daß Don Dappen der Hauptverantwortliche für den ganzen Ärger mit Sandy sei.

»Ich bin derjenige, der gewissermaßen mit der Beurteilung dieser Sache betraut wurde«, sagte Phil Williams. Er wußte, daß Sandy eine einstweilige Verfügung erwirkt hatte und sie allein der Gedanke, Tim könnte Jennifer und Timmy mitnehmen, sei es auch nur für eine Stunde, in Panik versetzte.

Erwartungsgemäß drehte sich Tim Harris im Kreis und kam immer wieder auf seine Liebe zu Sandy zu sprechen, auf ihr wunderbares Sexleben, seine Überzeugung, daß sie längst wieder zusammenwären, wenn ihre Familie sich nicht ständig einmischen würde und den, wie er glaubte, »seidenen Faden«, der ihn immer noch mit Sandy verband. Phil Williams übertrieb nicht, als er sagte, daß er die Qualen einer Scheidung selbst durchgemacht habe und Tims Situation gut nachvollziehen könne. Mehr wollte Tim Harris gar nicht hören. Bereits nach kurzer Zeit betrachtete er Williams nicht nur noch als geduldigen Zuhörer, sondern auch als verständnisvollen Kollegen.

Dennoch, ein gewisser Unterton, Tims Zurückhaltung und seine Körpersprache verrieten Williams, daß dieser Harris den Fluß der Unterhaltung bewußt von etwas fortlenkte, das für ihn ebenso gefährlich war wie ein Alligator, der unter der Oberfläche eines scheinbar harmlosen Wassergrabens lauert.

Tim gab zu, daß die Patrol seine Dienstwaffe eingezogen hatte. Das war nicht erfreulich – ganz und gar nicht erfreulich. Außerdem sei ihm bewußt, daß eine Rückkehr zu Sandy DeeLisa das Herz brechen würde. Aber er könne ja nichts dafür, wenn DeeLisa unbedingt die Beziehung zu ihm aufrechterhalten wollte.

DeeLisa hatte lange in der heißen Sonne gesessen – aber schließlich sah Williams sie mit ihrem Kind aus dem Camaro steigen und auf seinen Wagen zukommen.

Offenbar dachte Tim Harris ausschließlich an sich selbst und seine eigenen Gefühle. Er vertraute Phil an, daß er befürchte, seinen Job zu verlieren, wenn man ihn wegen tätlichen Angriffs verhaftete. Er betonte, daß er wirklich zu schätzen wisse, daß Phil die Zeit gefunden habe, sich mit ihm über seine Probleme zu unterhalten.

Phil versicherte ihm, stets für ihn verfügbar zu sein. »Sie brauchen nur anzurufen«, bot er freundlich an.

Sie hatten eine Ewigkeit geredet. Keiner von ihnen war auch nur ansatzweise auf die tote Frau in dem Pinien- und Palmettowäldchen zu sprechen gekommen.

Williams fragte sich, ob Tim wirklich der Mann sein konnte, den er suchte. Er schien mit Scheuklappen durchs Leben zu gehen und nichts anderes zu sehen als das, was er sehen wollte. Er machte nicht den Eindruck, als würde ihm irgend etwas Sorgen bereiten, außer sein besessener Kampf, seine Frau zurückzugewinnen, sowie der mögliche Verlust seiner Stelle. Er wirkte tatsächlich gehetzt und ausgezehrt, was bei Männern, deren Liebe nicht erwidert wird, jedoch nicht weiter verwundert.

Wäre Tim Harris ins Schwitzen geraten, wenn er Lorraine Hendricks erwähnt hätte?

Vielleicht das nächste Mal.

Phil Williams war der festen Überzeugung, seinen Dialog mit Tim Harris fortzusetzen; er spürte, daß Harris den Vorhang, hinter dem sich seine düsteren Phantasien verbargen, früher oder später lüften würde. Aber um seine Rolle als mitfühlender Zuhörer nicht zu gefährden, brauchte Williams einen ›bösen Cop‹ als Gegenpart.

Und diese Rolle würde Donny Dappen übernehmen müssen.

Phil Williams suchte ihn auf. Die beiden Männer – der eine Detective der Indian County und der andere Detective der Stadt Vero Beach – kannten sich seit Jahren. Sie waren bei den Ermittlungen der Pizzeria-Morde gemeinsam durch Gräben und Morast gewatet und über Felder gestapft. Aber das hatte Williams im Vergleich zu dem vorliegenden Fall als Kinderspiel empfunden.

»Donny«, begann Phil zögernd. »Ich möchte dich etwas fragen. Traust du Tim einen Mord zu?«

»Du denkst an die I-95-Sache, stimmt's?«

Williams sah ihn nur wortlos an. Dappen nickte. »Ja – ja, ich glaube, er wäre dazu fähig.«

»Sandy muß klar sein, daß sie niemandem gegenüber erwähnen darf, daß wir Tim verdächtigen«, warnte Williams.

»Können wir uns auf sie verlassen?«

»Ich denke schon. Bis vor kurzem wußte keiner von uns, was sie tatsächlich durchgemacht hat. Sie ist sehr verschwiegen.«

»Noch was, Donny«, fuhr Williams fort. »Ich brauche einen Partner. Ich möchte nicht, daß Tim wegen Körperverletzung verhaftet wird – ich muß mich ihm gegenüber in eine etwas günstigere Position bringen, damit er sich mehr öffnet. Hierfür muß ich dich als ›bösen Cop‹ hinstellen, wenn ich mit ihm spreche. Geht das klar?«

Dappen grinste.

»Nur zu – solange es den Ermittlungen dienlich ist. Tu dir keinen Zwang an. Ich spiele deinen bösen Cop. Er haßt mich ohnehin. Schließlich war ich der erste, der ihm auf die Zehen getreten ist.«

Sollte sich Tims Schuld herausstellen, müßte er verhaftet werden. Dappen hatte keine Eile, den Verdacht der Detectives gegen seinen Schwager publik zu machen. Die ganze Sache war bereits schon häßlich genug. Wenn Williams Gefühl ihn nicht betrog, würde bald ihre ganze Familie in die Schlagzeilen kommen.

Williams bemühte sich weiterhin, Tim Harris mittels handfester Beweise mit Lorraine Hendricks in Verbindung zu bringen. Er ging davon aus, daß Tim sie vor jenem Tag, da sie das große Pech hatte, auf der I-95 hinter einer Kurve in das Blickfeld des Troopers zu geraten, noch nie gesehen hatte. Es mußte eine Zufallsbegegnung gewesen sein. Wenn sie nicht gehalten hätte, um zu tanken, wenn sie nur fünf Minuten länger telefoniert hätte, wenn sie nur ein wenig später aufgebrochen wäre …

Aber das alles hatte jetzt keine Relevanz mehr.

Von ihren Freundinnen und ihrem Ehemann erfuhr Williams, daß Lorraine feine Dessous, in Schwarz, bevorzugt hatte. Aber niemand konnte zweifelsfrei bestätigen, daß der schwarze Spitzenslip, den Tim im Haus zurückgelassen hatte, einer von Lorraines gewesen war. Seine Größe stimmte zwar, obgleich seine Form, nachdem er von einem einhundert Kilogramm schweren Mann getragen worden war, etwas gelitten hatte. Und was die

Strumpfhose betraf, wer sollte die schon zuordnen können? Sandy gehörte sie jedenfalls nicht.

Die Lonergans trafen in demselben Wagen, den Diane Lonergan am 4. März gefahren hatte, in Vero Beach ein. Sie begleiteten Phil Williams nach Norden aus der Stadt, bis Diane jene Stelle auf der I-95 wiedererkannte, an der sie an besagtem Sonntag angehalten worden war. »Ich erinnere mich an dieses Schild, das die Entfernung bis zu den Malls an der Ausfahrt nach Fort Pierce angibt«, erklärte Diane.

Der Fundort der Leiche auf dem bewaldeten Mittelstreifen war nur einen Steinwurf entfernt. Diana Lonergan zeigte Williams, in welcher Höhe der Einsatzwagen des Troopers entgegen der Fahrtrichtung gestanden hatte, und der Detective vergewisserte sich, daß Tim Harris in der Lage gewesen war, von dort aus die Insassen der entgegenkommenden Fahrzeuge deutlich zu erkennen. Trotz der getönten Scheiben von Diane Lonergans Wagen durfte er gesehen haben, daß die Frau am Steuer hübsch und allein unterwegs gewesen war.

Daß Diane ein Kind erwartet hatte, konnte ihm allerdings erst aufgefallen sein, nachdem sie ausgestiegen war, um ihn zu seinem Dienstwagen zu begleiten.

Phil Williams wußte jetzt, daß sich Tim Harris mit großer Wahrscheinlichkeit in nächster Nähe des Wäldchens aufgehalten hatte, als Lorraine Hendricks auf diesen Abschnitt zugefahren war.

Wenn nicht Harris selbst, dachte Williams grimmig, dann muß jemand Lorraine vor dessen Nase umgebracht haben.

Kapitel 18

Sandy Harris gestattete Phil Williams, Tony Oliver und Lt. Greg Edwards von der Florida Highway Patrol, ihr Haus zu durchsuchen. Unter der Isolierung des Speichers entdeckten sie einen Kassettenrecorder, von dem sie nichts geahnt hatte – das Aufnahmegerät der FHP, das mit der Telefonleitung verdrahtet war. Außerdem fanden sie Führerscheine und Ausweise mehrerer Männer und Frauen, jedoch nicht von Lorraine Hendricks.

Auf dem Band des sichergestellten Recorders waren erkennbare Stimmen: Sandys, DeeLisas und Don Dappens. Selbst Sandy, die nicht sonderlich überrascht war, hatte, wie die beiden anderen, vom Mitschnitt dieser speziellen Gespräche nichts gewußt.

Williams hörte sich eines von Tims Telefonaten mit DeeLisa an – es belegte übrigens, daß Tim doch nach Sandys vorübergehendem Auszug in das Haus in Citrus Hideaway eingestiegen war – und fragte sich, warum diese so bedingungslos zu Harris hielt. Der Kerl täuschte ihr gegenüber Gefühle vor, während er ihr gleichzeitig seine besessene ›Liebe‹ zu Sandy unter die Nase rieb.

»Wo bist du?« fragte DeeLisas Stimme.

»Unterwegs«, entgegnete Tim.

»Rufst du von einem Münzfernsprecher aus an?«

»Gewissermaßen.«

»Wo bist du?«

»Frag nicht, okay? Ich bin allein, okay?«

»Timothy?«

»Was, Babe?«

»Solltest du mir nicht etwas erzählen?«

»Wieso?«

»Wegen neulich abend? ... Du warst bei ihr (Sandy). Gibt es etwas, das du mir sagen willst?«

»Zum Beispiel?«

»Hast du mich angelogen oder mir etwas verschwiegen?«

»In welchem Zusammenhang?«

»Ich frage dich jetzt, ob es zu irgendeinem körperlichen Kontakt mit ihr gekommen ist … ob du sie vielleicht geschlagen hast oder grob zu ihr gewesen bist.«

»Ich habe sie nicht geschlagen und bin auch nicht grob zu ihr gewesen.«

Tim Harris wußte natürlich, daß ihr Gespräch aufgezeichnet wurde, aber er hatte sicher nicht erwartet, daß jemand den versteckten Recorder finden konnte. Trotzdem war er in seinen Äußerungen DeeLisa gegenüber sehr vorsichtig.

»Ich möchte wissen, was neulich abend passiert ist«, drängte DeeLisa.

»Ich war nur hingefahren, um mit ihr zu reden.«

»Und …?«

»Sie bat mich, nach oben zu kommen und sie einzupudern, was ich auch getan habe.«

»Sie eingepudert?«

»Ja, sie legt sich aufs Bett, und ich reibe ihr mit Puder den Rücken ein. Soll ich weitererzählen?«

DeeLisa mußte masochistisch veranlagt sein. Jedem war klar, daß sie Harris anbetete, und doch forderte sie ihn auf, ihr in allen Einzelheiten zu beschreiben, wie er sich mit Sandy vergnügt hatte. Tim erzählte ihr die Geschichte, die Phil Williams bereits kannte – das Ringen, das Umarmen und Küssen, die ›ungewollte‹ Verletzung mit den Handschellen. »Ich habe sie gebeten, mir noch eine Chance zu geben, und sie war einverstanden. Dann hat sie mir einen Abschiedskuß gegeben, und ich bin gegangen.«

DeeLisa glaubte ihm ebensowenig, wie Phil Williams es seinerzeit getan hatte.

Ihre Stimme klang ebenso verletzt wie wütend. »Wirklich erstaunlich, daß sie sich so plötzlich von jemandem, der Sex nichts abgewinnen kann, in eine Frau verwandelt hat, die dich auffordert, sie einzupudern, und Spaß an Oralsex findet … Fast stündlich erfahre ich Neuigkeiten, die mich in Erstaunen versetzen.«

Tim schien plötzlich beunruhigt. »Von *wem* hast du das gehört?«

»Es war nur so eine Ahnung – ein Gefühl, ich dachte, ich sollte dich darauf ansprechen.«

»Ich habe gefragt, mit wem du geredet hast!«

»Mit niemandem.«

Tim bestritt erneut, sich in Sandys Haus aufzuhalten. DeeLisa trickste ihn aus. Sie hatte in ihrem Job alles über Kommunikationsanlagen gelernt. Sie benutzte ihre Konferenzschaltung, um ihn unter Sandys Nummer anzurufen, und er fiel darauf herein. »Warte eine Sekunde, das Telefon klingelt. Sei mal einen Moment still«, forderte er sie auf.

Dann, nach einer Pause: »Bist du noch dran?«

»Ja. Ich habe dich gerade angerufen, Timothy.«

»Wer war dran?«

»Ich.«

»*Wer?*

»*Ich*«, wiederholte DeeLisa mit einer gewissen Selbstgefälligkeit, »über die Konferenzschaltung.« Sie hatte ihn hereingelegt, indem sie ihn in die Warteschleife geschickt hatte. Jetzt hatte sie die Gewißheit, daß Tim im Haus in Citrus Hideaway war.

»Du hältst dich wohl für sehr schlau, was?«

»Sagen wir, ich werde langsam klüger.«

»Das war nicht sehr nett.«

»Ach nein? Es macht mich krank, und ich bin es leid, hintergangen zu werden, Timothy.«

Tim leugnete, sie jemals belogen zu haben, und beteuerte, daß er keinen Körperkontakt zu Sandy gewünscht habe. »Es ist nicht passiert, weil ich es wollte – und es ist auch nicht passiert, weil sie es wollte«, schloß er lahm.

»Ah, ihr seid beide nur Gefangene, ja? Irgendwelche Außerirdischen haben euch gezwungen, euch hinzulegen und es zu tun. Letztens hast du noch behauptet, ihr hättet euch gestritten.«

»Haben wir auch.«

»Und bevor du gegangen bist, hat sie die Arme um dich gelegt und gesagt ›Ich liebe dich‹?«

»Genau das hat sie getan.«

»Okay. Dann hast du wohl nur ein paar Einzelheiten ausgelassen.«

DeeLisa hängte ein, und das Freizeichen ertönte von dem sich langsam drehenden Band.

Williams etikettierte Band und Recorder und verstaute beides in speziellen, für Beweismittel zugedachte Plastiktüten. Tim Harris jonglierte mit zu vielen Geschichten, mit zu vielen Frauen, und Williams war überzeugt, daß er dabei die größte Lüge von allen verbarg. Phil fragte sich, wie lange Tim die Fassade noch aufrechterhalten konnte. Er schlug vor, den Recorder durch ein anderes Aufnahmegerät der FHP auszutauschen, aber das lehnten Tims Kollegen ab. Trotz der Hinweise auf seine Schuld war er immer noch einer von ihnen.

William seufzte. Er hatte vorgehabt, Tim Harris durch ein fingiertes Telefonat mit Sandy ein wenig aufzurütteln. Sein Plan war gewesen, ihr gegenüber zu behaupten, drei Augenzeugen könnten bestätigen, daß Tim Lorraine Hendricks am 4. März angehalten habe. Beim Abhören des Bandes aus ›seinem‹ Recorder wären Tim die Haare zu Berge gestanden.

Rick McIlwain, Detective des Generalstaatsanwaltes von Florida, war zu dem Ermittlerteam gestoßen und wie dieses der Meinung, daß sie sehr behutsam vorgehen mußten. McIlwain, ein Lügendetektorexperte, wußte wie die meisten seiner Berufskollegen, daß ein Verdächtiger oft gar nicht an das Gerät angeschlossen werden mußte. Die Furcht vor dem, was dieses ans Licht bringen konnte, sowie das vorangegangene Verhör reichten meist aus, ein Geständnis zu provozieren.

Der Mann, auf den sie es abgesehen hatten, war jedoch kein Zivilist, er kannte das Spiel, war mit den Regeln vertraut und wußte, was er zu tun hatte, um nicht erwischt zu werden. Und er wußte, wie unglaublich akkurat ein Lügendetektor die Atmung, die galvanischen Hautreaktionen, den Blutdruck und den Herzschlag graphisch darstellen konnte. McIlwain schätzte, daß Tim Harris dennoch nervöser sein würde als die meisten zivilen Verdächtigen.

Keiner der sichergestellten Gegenstände – nicht einmal ein Haar oder eine Faser – hatte eindeutig bewiesen, daß Tim Harris je in Lorraine Hendricks Nähe gewesen war.

Ein Hundehaar aus Lorraines Honda, das unter dem Elektronenmikroskop analysiert worden war, schien eher von ihrem eigenen Corgi als von Shadow zu stammen. Außerdem sind alle Tierhaare äußerst schwer zu identifizieren und die eines Hundes nicht so eindeutig zuzuordnen wie die eines Menschen.

Auf Phil Williams' Bitte um eine Probe aus seinem Intimbereich hatte Tim, ohne zu zögern, in seine Uniformhose gefaßt und sich ein Haar ausgezupft. Es stimmte mit allen überein, die in dem schwarzen Damenslip gefunden worden waren. Da Tim jedoch zugegeben hatte, diesen getragen zu haben, brachte sie das auch nicht weiter.

In der Garage hatte Sandy ihre Tochter beim Spielen mit einer Frauenhandtasche überrascht, aber es war nicht die Lorraines gewesen. Es ließ sich nicht ermitteln, wem sie gehörte. Tim sagte, es handele sich um ein Fundstück, das er behalten habe, nachdem alle Bemühungen, die Besitzerin ausfindig zu machen, erfolglos geblieben seien.

Gewiß, Tim Harris stand unter enormem Druck, aber es konnte dennoch sehr, sehr lange Zeit dauern, ehe er die Nerven verlor. Die Beamten hatten sich darauf geeinigt, daß McIlwain nötigenfalls als Williams' Partner beim Verhör von Tim Harris fungieren müsse. Ihre Taktik sollte darin bestehen, eine unumstößliche Mauer aus Beweisen gegen ihn zu errichten. Jedes Eingeständnis sollte, so daß Harris es nicht zurücknehmen konnte, in Mörtel gebettet und getrocknet, und jede neue Abweichung von seiner Geschichte darauf aufgebaut werden.

Und während all dieser Zeit durfte Harris nicht einmal ahnen, wie hoch die Mauer um ihn herum wurde.

Am 2. April rief Tim Harris Phil Williams an. Er wollte über Sandy sprechen. »Ich hatte am Wochenende Ärger. Ich bin, mit einem Gerichtsbeschluß in der Tasche, zu Don gefahren, um Timmy und Jennifer für zwei Tage abzuholen und sie haben sich einfach geweigert, mir die Kinder zu überlassen ... Sandy hat gedroht, mich anzuzeigen und all so was, darum wollte ich nachhören, ob irgend etwas im Busch ist.«

Tim fügte hinzu, daß die Highway Patrol ihn in den Innendienst versetzt habe.

»Was heißt das?« fragte Williams, obgleich er es bereits wußte.

»Schreibkram.«

»Sie haben Sie praktisch suspendiert?«

»Na ja, nicht ganz – ich muß mich eben jetzt um Verwaltungskram kümmern.«

Tim Harris äußerte den Wunsch, mit Phil zu Mittag zu

essen, um sich etwas ausführlicher mit ihm zu unterhalten. Phil Williams holte ihn auf dem Revier der Highway Patrol ab, und sie fuhren über die I-95. Diesmal wollte Phil härter rangehen; er brachte den Mord an Lorraine Hendricks zur Sprache und begann mit Sonntag, dem 4. März.

Ja, Tim erinnerte sich, an jenem Sonntag eine schwangere Frau angehalten zu haben – eine alltägliche Amtshandlung, die zu erwähnen ihm nicht wichtig erschienen sei.

Außerdem, fuhr Tim fort, habe er sich danach nur noch sehr kurze Zeit in der Nähe des bewaldeten Mittelstreifens aufgehalten und den Großteil seiner Schicht in der St. Lucie County verbracht.

»Wie lange?«

»Vielleicht eine halbe oder eine Dreiviertelstunde …«

»Wenn das stimmt«, bemerkte Phil, »müssen Sie *irgend etwas* gesehen haben.«

»Ich habe nichts gesehen … nichts Ungewöhnliches.«

»Und wenn ich einen Zeugen beibringe, der beschwört, Sie beim Anhalten ihres Wagens beobachtet zu haben?«

»Den der Schwangeren?«

»Nein, den der anderen.«

»Sie meinen den der Toten?«

»Hmmm.«

»Das war ich nicht.«

Williams änderte seine Taktik. Er erklärte Tim, daß er nur etwas Handfestes von ihm brauche, um ihn endgültig von der Liste der Verdächtigen streichen zu können.

Tim dachte an die Behauptung der jungen Frau, das Tempolimit nicht überschritten zu haben, und meinte, ihr Radarwarner sei vermutlich defekt gewesen.

»Der funktioniert. Wir haben ihn auf sechs verschiedene Arten überprüft.«

»Haben Sie mit ihr gesprochen?« Plötzlich wurde Tim hellhörig.

»Muß ich wohl«, entgegnete Phil vage. »Ich verrate Ihnen eine ganze Menge, nicht wahr?«

Tim war bereit, sich nötigenfalls einem Lügendetektortest zu unterziehen. Bezüglich des Experten, der diesen durchführen sollte, wollte er sich nicht festlegen, und Phil hakte nicht weiter nach.

Tim Harris hatte ihm bereits die Erlaubnis erteilt, seinen Dienstwagen zu durchsuchen; er wollte nicht zu früh zu weit vorpreschen.

»Nun, ich möchte nur … über das Ergebnis der Ermittlungen informiert werden«, begann Phil Williams vorsichtig. »Ich möchte wissen, ob ich bei Ihnen an der richtigen Adresse bin oder völlig danebenliege, okay?«

Sein Tonfall war locker, aber seine Worte ließen es nicht an Deutlichkeit mangeln.

»Ich bin kein Mörder, Phil. Ich verstehe ja, worauf Sie hinauswollen, aber ich bringe nicht irgendwelche Leute um.«

»Und Ihr sonderbares Verhalten«, hakte Phil nach. »Ziemlich abartig, oder?«

In der Annahme, Phil spiele auf den Vorfall auf Dons Grundstück an, beharrte Tim, er habe dessen Haus nur belauert, um seine Kinder zu sehen.

»Ist aber auch ganz schön abartig, Frauenslips und Strumpfhosen zu tragen, finde ich«, fuhr Phil fort. Tim gab Sandy die Schuld, behauptete erneut, die perversen Sexspielchen seien ihre Idee gewesen.

Phil schaffte es, Tim aus dem Konzept zu bringen. Als er ihm vom Mitschnitt seines Telefonates mit DeeLisa erzählte, wurde Tim ganz still. Er hatte nicht gewußt, daß Phil über den auf dem Speicher versteckten Recorder informiert war. Und er wußte bestimmt nicht, daß der kleine Recorder unter Phils Achsel versteckt jedes Wort ihrer laufenden Unterhaltung aufzeichnete.

Aber Williams kam nicht weiter. Tim leugnete stur. »Ich

habe sie nicht getötet ... ich habe sie nicht angehalten, ich habe sie nicht gesehen.«

Er erinnerte sich, daß er fast den ganzen Sonntag über nach männlichen Schwarzen oder Hispanos, möglichen Drogenkurieren, Ausschau gehalten habe. Eines stand fest: Tim sagte, daß er ganz sicher nicht dort draußen gewesen sei, um alleinreisende Frauen anzuhalten.

Phil Williams bedauerte erneut, daß er, Larry Smetzer und Tony Oliver absolut nicht in der Lage waren, Tim Harris eine Verbindung zum Mordopfer nachzuweisen. In dem Palmettowäldchen waren sie auf eine, Rick Hendricks zufolge, goldene Creole Lorraines gestoßen, sie hatten Gewebe-, Körperflüssigkeiten-, Haar- und Faserproben entnommen, (die laut Autopsie allesamt wertlos waren), den Honda des Opfers abgesaugt und die von ihm dort zurückgelassenen Gegenstände sichergestellt und – mit dessen Erlaubnis – Tims Wagen, Sandys und Tims Haus, das seines Bruders David sowie die Streifenwagen jedes Florida Troopers untersucht, der auf besagtem Abschnitt der I-95 im Einsatz gewesen war.

Und trotz alledem hatten sie immer noch nichts in der Hand, das eine Verhaftung gerechtfertigt hätte.

Phil Williams beschloß zu bluffen und erzählte Tim, an dem schwarzen Spitzenslip und der Strumpfhose seien rote Fasern von den Fußmatten seines Camaro gefunden worden, was nur teilweise der Wahrheit entsprach, denn das Labor hatte die – tatsächlich sichergestellten – Fasern nicht als solche identifizieren können. Es war ein Schuß ins Blaue, ein Köder, den er vor Tims Nase baumeln ließ.

Und Tim schnappte danach. Ganz plötzlich fiel ihm wieder ein, daß er vor ein paar Wochen Sandys Schubladen durchwühlt und mehrere ihrer Nachthemden und Slips in seinen Wagen gelegt habe. Den Grund dafür kannte er nicht, und Williams fragte ihn auch nicht – weil er ihm nämlich nicht glaubte. Aber seine List hatte funktioniert. Tim Harris gab offen zu, Sandys Slip geklaut und an besagtem Abend getragen zu haben. Das würde die roten Fasern erklären, die man an dem Wäschestück gefunden hatte.

Nur – es waren nicht die richtigen.

Phil Williams hatte Tim Harris bei einer Lüge ertappt. Der ersten Lüge. Williams startete den Motor seines Wagens und hielt auf die I-95 zu.

Das war genug für diesen Tag. Sollte der Mörtel der Mauer, die sie um Tim Harris herum errichteten, ruhig ein wenig trocknen.

Phil wandte sich Tim zu und erklärte ihm ganz beiläufig, daß er ihn als Täter ausschließen müsse, um sich wieder auf die Jagd nach dem wahren Mörder machen zu können. »Das stört meine Ermittlungen ... Wie die Sache mit der Unterwäsche ... Ich meine, in den Dessous hat ganz offensichtlich ein Mann gesteckt ... Für mich ist ziemlich offensichtlich, daß Sie mich belogen haben. Nun überlege ich natürlich: Warum sollte Tim mich anlügen?«

Schweigend fuhren sie zurück nach Vero Beach.

Schon einen Tag später hinterließ Tim Harris seine Telefonnummer auf Phil Williams Pager.

»Können Sie mir sagen, was vorgeht?« fragte Harris, als Williams ihn zurückrief.

»Wir stellen gerade den Lügendetektor auf. Sieht aus, als wäre um fünf alles bereit. Wann haben Sie Feierabend?«

»Gegen fünf.« Harris' Stimme war Williams noch nie so abweisend erschienen.

»Hätten Sie etwas dagegen, den Test heute nachmittag zu machen?« fragte Williams.

»Würde ich ja gern, das sagte ich Ihnen ja«, entgegnete Tim, und Phil Williams erstarrte; Harris wollte kneifen.

»Weil Sie meinten, Sie wissen schon, daß es Ihnen weiterhelfen würde«, fuhr Tim im selben ernsten Tonfall fort, der wirklich bedeutete »Niemals«.

»Hm-mm.«

»Aber ich habe mit einem Anwalt gesprochen, und der hat mir abgeraten – und das nicht, weil ich etwas zu verbergen hätte. Er sagte: ›Als erstes wird man glauben, Sie hätten etwas zu verbergen‹ … Aber er sagte auch, daß ein Lügendetektor einen reinlegen kann, und das auf sehr unfaire Art und Weise.«

Phil Williams diskutierte nicht mit Tim Harris. »Das ist allein Ihre Entscheidung … Es wäre nur eine Gelegenheit, vor Gott und der Welt Ihre Unschuld zu beweisen.«

Tim versicherte Phil, seine Bereitschaft zu kooperieren, aber daß der Lügendetektor … nun ja, er habe Bedenken, was die Zuverlässigkeit dieser Geräte betreffe. Er könne es wirklich kaum erwarten, von dem Papierkram fortzukommen und wieder in den Außendienst versetzt zu werden, aber er sei eben verunsichert.

»Also, wie ich schon sagte, Tim«, entgegnete Williams locker »ich bin der Ansicht, daß es Sie stark entlasten würde, wenn Sie sich einem Test unterziehen und diesen auch bestehen. Sollten Sie durchfallen, stehen wir genau an derselben Stelle wie jetzt.«

»Wir stehen nirgendwo … Und ich denke, im Augenblick ziehe ich es vor, diesen Test nicht zu machen.«

»Okay. Dann lasse ich die ganze Aktion abblasen.«

Phil Williams hielt Tim Harris' Weigerung beinahe für ebenso aussagekräftig, als wäre Tim dazu bereit gewesen und durchgefallen.

Außerdem waren Tim Harris' Reaktionen zu flach, und sie waren falsch. Er hätte stinksauer sein müssen, aber er war weder wütend, noch verlor er die Beherrschung. Er klang ganz und gar nicht wie ein Unschuldiger, der sich empörte, weil man ihn als Verdächtigen bezeichnete, sondern nur wie ein sehr nervöser, zögerlicher Mann.

Am nächsten Tag rief Tim Harris erneut Phil Williams an, und diesmal bat dieser ihn, zur Patrol-Wache zu kommen. Es war seltsam; er mußte wissen, daß Williams ihm dicht auf den Fersen war, und doch klammerte er sich an ihn wie ein Ertrinkender. Tim erklärte, langsam sei er ernsthaft besorgt um seinen Job. Man habe Lt. Greg Edwards von der Patrol-Zentrale beauftragt, seinen Fall intern zu untersuchen. Tim wollte von Phil Williams die Zusicherung, daß alles in Ordnung sei. Im übrigen verhielt er sich passiv-aggressiv; er war wütend, daß Phil den Recorder auf dem Speicher entdeckt hatte.

»Tim, Sie haben mir viel erzählt«, sagte Phil. »Und Sie haben mich belogen. Doch Sie glauben nicht wirklich, daß ich Ihnen einen Mord anhängen könnte, oder? Ich meine, was soll ich machen?«

»Ich wüßte nicht, wie Sie mir etwas nachweisen sollten«, stimmte Tim ihm zu. »Ich habe mir nämlich nichts vorzuwerfen.«

Phil Williams hatte bereits eine Reihe von Männern kurz vor ihrem Geständnis erlebt, und jetzt konnte er sogar durch die Telefonleitung hören, daß Tim Harris langsam die Nerven verlor. Sie waren beide Cops. Er hatte diesen Umstand vorher schon genutzt, um Tim seine hartnäckige Suche nach der Wahrheit plausibel zu machen, und er tat es jetzt wieder.

»Wissen Sie, den Recorder habe ich ganz bewußt nicht aus seinem Versteck geholt – ja, einfach um zu sehen, ob sie ihn abhören. Reine Routine … ebenso alltäglich wie die Verkehrsüberwachung mit Radar. Die Leute tappen in Ihre Falle … Sie sind ein Cop, Sie wissen, wie das läuft. Irgendwann müssen Sie nachgeben und offizielle Aussagen machen. Immerhin waren Sie am Mordtag in der Gegend.«

»Soviel steht fest«, gab Tim zu.

»Ich mag keine telefonischen Verhöre«, entgegnete Phil. »Unser Gespräch in meinem Wagen war völlig zwanglos; wir haben uns nie richtig zusammengesetzt ...«

Nach zahlreichen Schachzügen war Tim Harris zu einer Aussage bereit. Mit möglichst ruhiger Stimme schlug Phil Williams ein Treffen im Büro des Staatsanwaltes vor. Wenn sein Captain nichts dagegen habe, würde er kurz vor zwölf Uhr mittags dort eintreffen, versprach Tim.

Williams informierte Rick McIlwain von der Staatsanwaltschaft über den bevorstehenden Termin. Es mußte klappen! Obwohl, selbst wenn ihm Harris gestand, Lorraine Hendricks erwürgt zu haben, war seine Verurteilung noch keineswegs garantiert. Das funktionierte nur im Fernsehen – im richtigen Leben zog jeder Ankläger handfeste Beweise einem Geständnis oder einer Zeugenaussage vor.

Und noch hatte Phil Williams Zweifel; noch war er nicht restlos von Tim Harris' Schuld überzeugt. Nur weil er die Frauen in seinem Leben behandelte, als seien sie sein Eigentum, deren Gefühle nicht zählten, nur weil er Spaß daran hatte, Frauendessous zu tragen und seine Sexpartner gerne photographierte, nur weil er sich zur fraglichen Zeit in der Nähe des Tatortes herumgetrieben und eine schwangere Frau angehalten hatte, um sie, nachdem er ihren Zustand erkannt hatte, wieder fahren zu lassen.

Das waren ziemlich viele ›Nur-Weils‹.

Aber inzwischen hatten sie auch erste Beweise sichergestellt. Die Durchsuchung von Tim Harris' Einsatzwagen, seiner Unterlagen und privaten Habe, hatte das Bild eines Mannes ergeben, der von Sex schier besessen war – eines Mannes, der die Macht, die ihm seine Uniform und Position verliehen, nicht nur über Frauen aus seinem privaten Umfeld ausübte, sondern auch über solche, denen er draußen auf den Freeways begegnete.

Auf der Rückseite einiger seiner Protokolldurchschriften hatten Phil Williams und Tony Oliver Notizen, Bemerkungen über die Maße von Autofahrerinnen, über ihre Brüste, ihre Beine, ihren Sex-Appeal, entdeckt. Außerdem waren sie bei seinen Sachen, so gut versteckt, daß Harris sicher nicht damit gerechnet hatte, daß jemand sie finden dürfte, auf zwei Cartoons gestoßen. Der eine schien vervielfältigt worden zu sein, möglicherweise, um unter alten Freunden weitergereicht zu werden – wie eine Zote, die unter Jungen der Junior-High-School die Runde macht.

Bei dem zweiten Cartoon handelte es sich offenbar um das Werk der Person, die auch die – selbstverständlich völlig andersartigen – Cartoons für Tims Kinder gezeichnet hatte. Beide zeigten einen grinsenden Trooper, der hübsche Frauen in einem Sportwagen anhielt, die diesen oral befriedigten.

Der Dialog in den Sprechblasen des zweiten Cartoons war sehr persönlich. Die nackte Frau, die zu Füßen des Patrolman kniete, fragte: »Trooper Harris, sind Sie sicher, daß ich das auch richtig mache?«

Der Trooper, der eine Sonnenbrille trug, antwortete: »Ja. Das ist der neueste Blastest.«

Wenn Tim Harris kein Mörder war, dachte Phil Williams, hätte er an jenem Tag nicht gegen die Fahrtrichtung am Straßenrand geparkt, um sich die Frauen am Steuer der entgegenkommenden Fahrzeuge anzusehen. Nicht, daß der normale Cop – er selbst eingeschlossen – eine attraktive Frau nicht zu schätzen wüßte, aber bei Tim Harris hatte Williams ein seltsames Gefühl. Harris konnte Frauen einfach nicht leiden; er benutzte sie, und wenn eine den Mut aufbrachte, ihn zu verlassen, wollte er sie um jeden Preis und mit allen Mitteln zurückholen.

Williams war überzeugt, daß Sandy Harris in jener Nacht, da Tim sie bedroht hatte, in Todesgefahr geschwebt hatte. Hätte sie nicht die Nerven behalten und ihm vorgelogen, ihn zurückzunehmen, wäre sie am nächsten Tag vielleicht nicht mehr am Leben gewesen. Für Frauen, denen er alleine begegnete, stellte Tim eine sehr reale Gefahr dar. Er selbst war ein wahrer Hüne von einem Mann, und Shadow gehorchte seinem Herrn blind. Seine Bißkraft hatte deutliche Spuren in den Polstern und der Türverkleidung von Tims Einsatzwagen hinterlassen.

Kapitel 19

Am Freitag, dem 6. April frühnachmittags, fast auf die Minute genau vor vier Wochen nachdem Phil Williams Lorraine Hendricks' Leiche gefunden hatte, erschien Tim Harris im Büro des Staatsanwaltes. Phil führte ihn in ein Besprechungszimmer. Dort stand ein langer Tisch mit sieben weißen Lederdrehstühlen, die Wandregale füllten juristische Bücher. Es war sehr still in diesem Raum; eine Zuflucht inmitten der hektischen Betriebsamkeit des Gebäudes.

Williams teilte Tim mit, daß Rick McIlwain vom Büro der Staatsanwaltschaft möglicherweise zu ihnen stoßen werde, und Harris erhob keine Einwände.

Sie fingen ganz harmlos an. Von wann bis wann hatte Tim am 4. März gearbeitet? Die zweite Schicht. »Von acht bis vier.«

Tim erinnerte sich, in Wagen 444, seinem regulären Hundeeinsatzwagen unterwegs gewesen zu sein. Shadow hatte er bei sich. Und die Verkehrsüberwachung zwischen der nördlichen Grenze von der Indian River County und der State Road 60 im Süden begonnen.

Harris beantwortete den Großteil von Williams Fragen einsilbig mit »Ja« oder »Nein«.

Tim sagte, er habe niemanden auf dem Mittelstreifen

bemerkt, weder im Wagen noch zu Fuß. Es sei ein ruhiger, stinknormaler gewöhnlicher Sonntag gewesen.

In diesem Moment trat Rick McIlwain lächelnd durch die Tür, einen Arm zum Gruß ausgestreckt.

»Hallo«, sagte er freundlich.

»Wie geht's?« entgegnete Tim und erwiderte McIlwains energischen Händedruck.

Phil machte die beiden Männer miteinander bekannt, ehe er mit dem Verhör fortfuhr. McIlwain hörte zu, ohne sich einzumischen.

An jenem Sonntag habe Tim seinen stationären Radar in der Nähe des bewaldeten Mittelstreifens eingesetzt – schätzungsweise zwischen zehn und elf Uhr. Einer seiner Kollegen, Carlin Parker, war vorbeigekommen und sie hatten zwanzig Minuten bis eine halbe Stunde miteinander geplaudert.

»Die Verwarnung«, sagte Williams. »Traf Carlin ein, bevor Sie diese ausgestellt hatten oder danach?«

»Ich glaube, er war vorher da.«

Tim leugnete, das Wäldchen auf dem Mittelstreifen aufgesucht zu haben. »Nicht an diesem Tag … obwohl ich häufig dorthin fahre … Ich laufe mit dem Hund durch das Unterholz, damit er sich austoben kann, übe mit ihm Spurensuche.«

Williams wollte wissen, ob Tims Stimmung an diesem Tag vielleicht besonders schlecht, ob er angesichts seiner bevorstehenden Scheidung deprimierter und zorniger gewesen sei als üblich.

»Ich denke, ich war noch nie so schlecht drauf wie gerade jetzt – aufgrund dessen, was sich im Moment abspielt.«

»Ist an diesem Sonntag irgend etwas passiert … etwas Ungewöhnliches?«

»Damals ging es mir noch besser, weil Sandy und ich noch miteinander geredet und versucht haben, unsere Ehe zu retten.«

Tim behauptete, an jenem Sonntag, dem 4. März, nur Autofahrer kontrolliert und genau erkannt zu haben, ob die Insassen der entgegenkommenden Fahrzeuge schwarz oder weiß, männlich oder weiblich gewesen waren. So was alles eben. Er hatte eine stationäre NT8-Radareinheit benutzt, nicht die neuere VASCAR-Technik. Nein, die siebzig Meilen in der Stunde, die Diane Lonergan gefahren war, hatte er damit nicht per Ausdruck nachweisen können.

Tim erinnerte sich an »die schwangere Tussi«, an seine Vermutung, sie sei die Frau oder Freundin eines Polizisten – wegen ihrer Ausdrucksweise. »Sie sprach mich auf den Hund an.«

»Hatte sie Angst vor dem Hund?«

»Das glaube ich nicht. Sie hat ihn bemerkt, weil er an der Scheibe kratzte ... und bellte.«

Nachdem er das Protokoll für Diane Lonergan geschrieben hatte, war Tim Harris nach eigenen Angaben noch fünfzehn oder zwanzig Minuten, das Radargerät über der Schulter, auf dem Mittelstreifen stehengeblieben. Er hatte über Funk gehört, daß Carlin Parker nach einer Verhaftung auf dem Weg zum Gefängnis gewesen war. (Carlin hatte Tims alte Registriernummer bekommen; bei dieser Verhaftung handelte es sich um jene, die ursprünglich Tim zugeordnet worden war – was ihm zu Beginn der Ermittlungen fälschlicherweise ein wasserdichtes Alibi verschafft hatte.)

Anschließend war Tim Harris nach Süden, in Richtung St. Lucie aufgebrochen. Er hatte nicht richtig zu Mittag gegessen, sondern sich nur unterwegs im Seven-Eleven-Supermarkt eine Limo und einen Schokoladenriegel besorgt. Das einzige weitere Protokoll an jenem Tag hatte er einem Schwarzen aufgebrummt, der »mit neunzig Sachen unterwegs war ... Es hat eine Weile gedauert, ihn einzuholen«, erinnerte sich Tim.

Tim erzählte weiter, daß er sich gegen Ende seiner Schicht wieder nach Norden gewandt habe und zu seinem Bruder David gefahren sei, um bei ihm zu übernachten. Die folgenden zwei Tage hatte er frei gehabt.

»Okay, Tim«, sagte Williams. »Haben Sie entlang dieser Strecke irgendwo angehalten?«

»Ich bin über den Rastplatz St. Lucie gefahren ...«

»Gehen wir zurück zu der Zeit, als Sie ihre Nächte noch dort verbracht haben.«

Tim Harris lachte. »Das war in einem Ram Charger – das war der Truck, den ich vor dem Camaro hatte.«

Williams lenkte das Gespräch geschickt wieder auf den Lügendetektor, doch Tim blockte sofort ab. Der Test anläßlich seiner Bewerbung bei der Patrol vor acht Jahren hatte ergeben, daß er im Zusammenhang mit einer Verkehrskontrolle gelogen hatte. Der Mann, von dem dieser durchgeführt worden war, hatte sich anhand seiner Fahrerkartei vom Gegenteil überzeugen können. Seither traue er dem Apparat nicht mehr.

Sie unterhielten sich seit fast einer Stunde, und Williams begann, Druck auszuüben, wenn auch nur minimal. »Erklären Sie mir einfach – mit Ihren eigenen Worten –, warum Sie einen Lügendetektortest verweigern.«

»Irgendwie«, begann Tim, »muß ich Sie davon überzeugen, daß ich mit dieser Sache nichts zu tun habe ...«

»Und wie wollen Sie das anstellen?« fragte Rick McIlwain rundheraus. Er lächelte nun nicht mehr.

»Ich weiß es nicht. Sie scheinen zu glauben, daß meine Probleme mit Sandy oder das, was sie nach sich gezogen haben, in irgendeiner Weise mit dieser Sache in Verbindung stehen, aber das stimmt nicht. Ich habe niemanden umgebracht.«

McIlwain kam auf Tims Laufbahn bei der Polizei zu sprechen. Nach und nach übernahm er die Leitung des Verhörs, stellte eine harmlose Frage, um eine gefährlichere hinterherzuschicken und sich sofort wieder zurückzuziehen. Er erkundigte sich nach Tims Erfahrungen bei Ermittlungen »Sie wissen, was getan werden muß. Sie wissen, worauf man achten muß. Okay?«

»Ich verstehe«, sagte Tim.

»Und im vorliegenden Fall geht es um einen Mord«, wagte McIlwain sich weiter vor. »Okay – Sie haben eine Frau, die auf der I-95 von Jacksonville nach Süden gefahren ist. Wir wissen, daß sie gegen elf Uhr, elf Uhr dreißig in der zur Debatte stehenden Gegend eingetroffen sein muß. Sie wissen, daß Sie sich etwa um die gleiche Zeit ebenfalls dort aufgehalten haben.«

»Das ist richtig.«

»Gut. Und Sie sind Polizeibeamter. Und Zeuge in diesem Fall ...«

»Nur wenn ich etwas gesehen hätte.«

»Sie sind trotzdem Zeuge, Sie wissen, was ein Zeuge ist, Sie wissen, wozu wir Zeugen brauchen, warum wir Personen vorladen ... Egal, wie man es dreht und wendet, Sie sind Zeuge, weil Sie in der Gegend waren. Sie haben Dienst gehabt und jemandem ein Protokoll ausgestellt, und zwar innerhalb eines zeitlichen Rahmens, der darauf schließen läßt, daß Sie sich auch nach Ankunft des Mordopfers dort aufgehalten haben. Und ihr Wagen steht am Straßenrand, keine halbe Meile von der Stelle entfernt, an der sie diese Frau stoppten. ... Sie haben einen Hund?«

»Ja, Sir.«

»Wofür ist Ihr Hund ausgebildet?«

»Drogen- und Personenfahndung.«

»Okay. Diese Lady wurde am Montag als vermißt gemeldet, einen Tag nachdem Sie Ihre letzte Tagschicht gemacht haben. Der Wagen wurde irgendwann am Montag gefunden, in unmittelbarer Nähe des Standortes ihrer Radarfalle. Sie hatten ihren Hund dabei. Sind Sie, seitdem, mit ihm noch einmal dort gewesen? Hat Sie irgend jemand informiert und gesagt ›Hey, Tim, eine junge Frau wird vermißt, seit sie Cocoa verlassen hat. Montag wurde ihr Wagen auf unserem Abschnitt der I-95 gefunden‹?«

Tim schüttelte langsam den Kopf. »Nein. Aber ich glaube, ich bin in dieser Woche Phil begegnet – Mittwoch, vielleicht auch Donnerstag ... Er ging die Interstate auf und ab ...«

»Das war am Freitag«, berichtigte Phil ruhig.

Tim beharrte darauf, aus der Zeitung von der vermißten Frau erfahren zu haben. Da die Ermittlungen nicht in sein Ressort gefallen seien, habe er der Angelegenheit keine weitere Aufmerksamkeit geschenkt.

Während ihrer stundenlangen Gespräche hatte sich Phil Williams Tim gegenüber als Kumpel präsentiert, als Mann, der ein offenes Ohr für seine Frauenprobleme hatte, als mitfühlender Kollege. McIlwains Verhörstil war ein völlig anderer. Er nahm Tim richtig in die Mangel, hielt es für unglaubwürdig, daß ein Trooper im Einsatz, ein Drogenermittler und Hundeführer, von einer Frau, die mitten in seinem Kontrollgebiet verschwunden war, nichts gewußt, sich nicht für deren Fall interessiert und auch nicht an deren Suche beteiligt haben soll.

Tim mauerte. »Sie wollen etwas von mir wissen, wovon ich keine Ahnung habe.«

»Hey«, entgegnete McIlwain. »Ich frage nur ...«

»Jemanden zu töten ist nicht normal«, sagte Tim ausdruckslos.

»Stimmt ... das ist es ganz bestimmt nicht.« McIlwain schwieg einen Augenblick, ehe er fortfuhr. »Daran zu denken, ein Verbrechen zu begehen, ist aber kein Verbrechen, oder?«

»Aber wer denkt denn daran, eines zu begehen?« konterte Tim.

»Sie zum Beispiel?«

»Nein, das habe ich nicht.«

»Niemals? Wenn Sie in der Zeitung gelesen haben, wie jemand bei einem Banküberfall oder einer anderen Straftat erwischt wurde, haben Sie nicht schon mal gedacht: ›Nein, verdammt, das wäre mir nicht passiert! Hätte ich mich zu so etwas hinreißen lassen, wäre ich völlig anders vorgegangen.‹ Sie haben sich noch nie Gedanken dieser Art gemacht? Sie gehen den meisten normalen Menschen durch den Kopf.«

»Dann bin ich wohl nicht normal«, entgegnete Tim milde.

In diesem Raum schien es keine Zeit zu geben, als sei er durch die dicke Lage der juristischen Bücher an den Wänden von der Außenwelt abgeschnitten. Die drei Männer saßen da und unterhielten sich täuschend ruhig, als seien nicht zwei von ihnen Jäger und der dritte die Beute. Kein Schweißtropfen stand auf Tim Harris' Stirn; entspannt streckte er seine langen Beine von sich. Für einen flüchtigen Betrachter mochten sie aussehen wie drei Juristen, die angeregt debattierten. Und doch näherten sich Rick McIlwains Fragen immer mehr einer bestimmten Richtung, die direkt zu dem Mord an Lorraine Hendricks führte.

Tim erinnerte Rick McIlwain und Phil Williams an seine Kooperationsbereitschaft bei den diversen Durchsuchungen. »Ich habe alles getan, worum Sie mich gebeten haben … außer ihren Mörder zu finden.«

Phil Williams wies darauf hin, daß Tim den Lügendetektortest abgelehnt habe.

»Wenn Sie Drogen in einem Fahrzeug finden, und jemand befindet sich in dessen Fond … weiß diese Person von den Drogen im Vordersitz?« Phils Frage konnte nur ein Cop verstehen.

Sie versetzte Tim Harris in die Lage zuzugeben, daß er zwar am Rande in den Mordfall Lorraine Hendricks verwickelt, jedoch nicht der Mann war, den sie suchten.

»Möglich«, entgegnete Tim Harris unergründlich.

Er zeigte kein Anzeichen von Verzweiflung oder Anspannung, nur eine Spur von Verärgerung. Seiner Meinung nach würden sie sich nur aufgrund Sandys Anzeige wegen Körperverletzung und seiner anderen Eheprobleme auf ihn einschießen. »Ich bin nicht der einzige, der derzeit in Scheidung lebt.«

Auf alle Fragen nach seinem Status versicherten sie Tim, daß er noch nicht als ›Verdächtiger‹, sondern nach wie vor als Zeuge betrachtet werde, was er ihnen offensichtlich nicht abkaufte. Er erinnerte sie, daß er gegen den Rat seines Anwalts gekommen sei, weil er nichts vor ihnen zu verbergen habe.

Sie redeten und redeten, drehten sich mal in weiten, mal in engen Kreisen, kehrten aber immer wieder zu dem schwarzen Slip zurück, von dem Tim nach wie vor behauptete, er habe Sandy gehört, sowie zu dem Umstand, daß Lorraine während seiner Dienstzeit aus ihrem Wagen gelockt worden war und er etwas gesehen haben mußte.

Tim Harris fuhr fort, seine Frau für alle seine Schwierigkeiten verantwortlich zu machen. Sandy, verlangte er, müsse an den Lügendetektor angeschlossen werden und nicht er.

Aber es war Tim, den Rick McIlwain und Phil Williams unbedingt diesem Test unterziehen wollten; sein zunehmender Widerstand verwunderte sie. Sie benutzten seine Weigerung, um seine Position der Unschuld und Unwissenheit im Mordfall Lorraine Hendricks zu erschüttern.

»Dann sind also Leute, die sich dem Lügendetektortest nicht unterziehen, automatisch schuldig ... Das scheint jedenfalls der Schluß zu sein, den Sie im vorliegenden Fall ziehen«, warf Tim McIlwain vor.

»Ich ziehe keinerlei Schlüsse«, entgegnete McIlwain gepreßt. »Wenn Sie etwas annehmen, was tun Sie dann, Kumpel? Sie machen sich selbst und auch mich zum Narren. A-N-N-E-H-M-E-N … Ich will nur sagen, daß mir solche und solche Cops begegnet sind. Cops gehören zu den besten Menschen auf der Welt, weil sie den Unterschied zwischen Recht und Unrecht kennen, und wenn man sie verhört und sie haben nichts getan, brauchen sie auch nicht nervös zu werden. Dann kann ihnen das ganze Theater am Arsch vorbeigehen, nach dem Motto, ›fragt mich doch, was ihr wollt‹.«

Phil betonte, daß jeder Verbrecher zuallererst seine Unschuld beteuere.

»Ich weiß, daß Sie ein Cop sind, aber in diesem speziellen Fall reicht es nicht aus, daß Sie behaupten, unschuldig zu sein.«

»Wie lange wollen Sie noch glauben, daß ich es gewesen bin?« fragte Tim.

»Solange, bis Sie mir das Gegenteil bewiesen haben.«

Nach über zwei Stunden schien ihre Unterredung in eine Sackgasse geraten zu sein. Jetzt war es Rick McIlwain, der eine andere Taktik einschlug. »Könnte es sein, daß Sie nur eine mündliche Verwarnung ausgesprochen haben oder etwas in dieser Art? Daß Sie jetzt, nachdem sie tot ist, denken: ›Mein Gott … ich habe diese Frau angehalten, und ich habe sie laufenlassen … Ich habe sie nicht aufgeschrieben, und wenn ich es ihnen sage, bin ich dran?«

»Ich habe diese Frau nie angehalten.«

»Fahren Sie immer noch mit Ihrem Hund zum Trainieren dorthin (zum Tatort in dem Wäldchen)?«

»Nein, nicht mehr.«

»Warum?«

»Wegen des Tatortes.«

»Das ist längst vorbei«, entgegnete McIlwain.

»Es ist erst vorbei, wenn Sie jemanden festgenommen haben.«

Tim Harris war alles andere als dumm, spürte den Stimmungswechsel sehr wohl. McIlwain hatte ihn in die

Enge getrieben und hatte keineswegs vor, sich in absehbarer Zeit zurückzuziehen. Phil zeigte sich immer noch verständnisvoller, aber auch er übte jetzt Druck auf ihn aus, wollte mehr, mehr Beweise.

Warum dieser ihn wegen der Abhöraktion auf Sandys Speicher nicht schon längst verhaftet und in den Knast gesteckt hatte, um dann in aller Ruhe im Mordfall Lorraine Hendricks zu ermitteln, war Tim ein Rätsel.

»Was meinen Sie?« lautete Phils Gegenfrage, nachdem Tim ihn darauf angesprochen hatte.

»Ich bin davon ausgegangen, Sie hätten davon Abstand genommen, weil Sie nicht wollten, daß ich eingesperrt werde.«

Williams nickte. »Ich sehe es nicht gern, wenn Cops im Knast landen. Aber der Verdacht, ein Cop könnte ein Mörder sein, gefällt mir ebensowenig.«

»Was glauben Sie denn, wie ich mich auf dem Revier fühle?« entgegnete Tim. »In der Gewißheit, daß die anderen über mich reden?«

Immer wenn die Fragen zu präzise wurden, wenn er – was er sich allerdings nicht anmerken ließ – in Panik geraten mußte, verwies Tim Harris die Beamten an Sandy. Sie konnten nicht ahnen, wie typisch das für ihn war. Er war immer zu Sandy gelaufen, wenn er Trost oder Schutz gebraucht hatte oder jemanden, der das Chaos, das er in seinem Leben angerichtet hatte, beseitigte. Sie war erst sechzehn gewesen, als sie sich kennenlernten, und mittlerweile siebenundzwanzig und er zweiunddreißig. Sandy hatte es bislang immer geschafft, alles wieder ins Lot zu bringen; sie hatte ihm stets verziehen, ihm mehr Geld geborgt oder das neueste ›Spielzeug‹ geschenkt, das ihm zum Glücklichsein noch gefehlt hatte. Sie war sein Puffer gegen den Rest der Welt gewesen.

Und jetzt, nachdem er sie des öfteren einfach weggeworfen hatte, war Sandy aus seinem Leben verschwunden, aber diesmal würde sie nicht zurückkommen. Tim schien sich dessen jedoch nicht bewußt zu sein, denn er lenkte das längst zum Verhör gewordene Gespräch, immer wieder auf Sandy. »Ich denke, wenn Sie mit Sandy reden und ihr erklären, wie die Dinge wirklich stehen …«, meinte Tim ernsthaft.

Es liegt in der Natur der Sache, daß erfolgreiche Verhöre langwierig sind, sich vieles häufig wiederholt und ständig dieselben Punkte angesprochen werden. Auf dieses spezielle Verhör traf dies gewiß zu. Phil Williams fragte sich, warum Tim nicht einfach aufstand und verschwand. Niemand hätte ihn daran gehindert. Sooft Tim sein Angebot, zwischendurch etwas Kaltes zu trinken, annahm, besorgte Phil eine Limonade und nutzte die Gelegenheit, um die Kassette seines versteckten Recorders zu wechseln. Mittlerweile hatte er drei Stunden auf Band, und Harris machte nach wie vor immer noch keine Anstalten zu gehen. Williams wußte nicht, ob Tim glaubte, sie völlig in die Irre führen zu können, oder das unbewußte Bedürfnis hatte, sich ihnen anzuvertrauen, um das Verbrechen, das seit über einem Monat wie Säure sein Gehirn verätzen mußte, endlich loszuwerden.

In keinem seiner Telefonate mit Sandy – sie hatten alle aufgezeichnet – war Tim auch nur ein einziger Versprecher unterlaufen – nichts, was ihn mit dem Mord an Lorraine Hendricks in Verbindung gebracht hätte. Noch bestand die Möglichkeit, daß er tatsächlich unschuldig war – ein unverbesserlicher Schürzenjäger, ein Kerl, der, wie viele andere, seine Ehefrau verprügelte und gern Frauenunterwäsche trug.

Eine klitzekleine Möglichkeit.

Tim fragte, wie lange sie noch mit ihm reden wollten.

»So lange, bis Sie sagen ›Ich muß los‹«, erwiderte Williams.

»Sollen wir uns weiter endlos im Kreis drehen?«

Wieder versicherten sie ihm, daß er jederzeit gehen könne. Tim Harris bewegte sich nicht von der Stelle. Er wollte etwas von ihnen. Er wollte von ihnen hören, daß sie nicht mehr an seiner Unschuld zweifelten. Er wollte zurück in den Außendienst, und er wollte, daß alle vergaßen, daß man ihn je als Verdächtigen in einem Mordfall betrachtet hatte.

Aber diesen Wunsch waren weder McIlwain noch Williams gewillt, ihm zu erfüllen. In drei Stunden hatten sie nur minimale Fortschritte gemacht, denn er war jeder wichtigen Frage ausgewichen.

Und dennoch herrschte eine wachsende Spannung im Raum. Rick McIlwain klang jetzt viel anklagender und sarkastischer.

»Sie sind der Gute«, sagte Tim plötzlich, den Blick auf Phil Williams gerichtet. »Und Sie der Böse«, an McIlwain gewandt. Das war eine uralte Verhörmethode. Mutt und Jeff. Guter Cop, böser Cop.

»Nein, nein«, widersprach McIlwain. »Dieses Theater spielen wir hier nicht … Ich habe Ihnen zugehört und zugehört und zugehört, und er ist so nett und höflich gewesen, wie man nur sein kann, während ich unsicher und deshalb etwas nervös bin. Er kennt Sie besser als ich.«

Timms Zusammenbruch war näher, als Rick McIlwain und Phil Williams ahnten. Plötzlich änderten sich seine Antworten leicht, als wolle er sie herausfordern, die Puzzleteile, die er ihnen lieferte, selbst zusammenzusetzen.

»Wenn Sie ein Problem haben, sollten Sie es sich von der Seele reden«, begann McIlwain erneut.

»Welches Problem denn?«

»Den Mord an einer Frau zum Beispiel.«

»Ich habe Ihnen doch gesagt, daß ich sie nicht getötet habe.«

»Haben Sie sie angehalten?«

»Und was wäre, wenn? Würden Sie deshalb Ihre Meinung ändern?«

»Ob uns das weiterhelfen würde?« fragte McIlwain. »Allerdings – dann wüßten wir wenigstens, daß sie in der Gegend war.«

»Einmal angenommen, ich hätte Sex mit ihr gehabt«, sagte Tim Harris. »Würde das einen Unterschied machen?«

Irgend etwas stand unmittelbar bevor. Die beiden Detectives hielten die Luft an, während ihre Gesichter ausdruckslos blieben.

»Was sollte sich deshalb ändern?« fragte Phil.

»Würde das einen Unterschied machen?«

»Nun, wir könnten daraus schließen, welche Art von Frau sie war«, entgegnete McIlwain.

»Das kann ich Ihnen sagen, Tim«, mischte sich Phil Williams ein. »Das erste, was ich in einem Mordfall tue, ist eine Charakteranalyse des Opfers zu erstellen ... Ihre Eltern beschreiben sie als liebes kleines Mädchen ...«

»Sandys Mutter beschreibt ihre Tochter auch als liebes kleines Mädchen«, brummte Tim bitter.

Williams dirigierte Tim Harris sachte auf das zu, was nun unvermeidbar war. Er wußte, daß er sich nicht den Hauch von Abscheu anmerken lassen durfte, egal, was er zu hören bekam. Harris würde sich sofort verschließen, wenn er spürte, daß er ihn verurteilte.

»Beschreiben Sie uns die Situation?« forderte McIlwain ihn auf.

Tim begann, ganz allgemein zu sprechen, und die Beamten unterbrachen ihn nicht.

»Eine völlig normale – vielleicht nicht ganz korrekt, aber immerhin normal«, sinnierte Tim. »Sie gehen. Sie denken, daß auch sie geht ... Wie sollte ich mich Ihrer Meinung nach fühlen, wenn man sie danach tot auffindet? Glauben Sie nicht, daß ich mich schuldig fühlen würde, wenn ich mit ihr den Ort aufgesucht hätte, an dem sie später umgebracht wurde?«

»Natürlich«, entgegnete Phil ruhig. »Und ich glaube, deswegen würden Sie sich auch gegen einen Lügendetektortest sträuben.«

Tim legte allergrößten Wert darauf, als ›normal‹ betrachtet zu werden, was er in den vergangenen Stunden mehrfach deutlich gemacht hatte. Es war eine Eigenart, die McIlwain und Williams bei Mördern und Sexualtätern bereits häufig festgestellt hatten. Ganz gleich, wie verabscheuungswürdig ihr Verbrechen auch sein mochte, sie wollten um keinen Preis als ›abnormal‹ oder ›verrückt‹ gelten.

Tim fuhr fort, beinahe, als führe er ein Selbstgespräch. »Mit jemandem Sex zu haben, der dazu bereit ist, keine Gegenwehr leistet, verstößt nicht gegen das Gesetz. Das ist vielleicht moralisch nicht ganz richtig ... aber jemanden zu töten ist ... Ich versichere Ihnen, ich habe sie nicht getötet.«

»Was haben Sie dann mit ihr angestellt?« fragte McIlwain.

»Mehr werde ich dazu nicht sagen.«

Tim Harris hatte die Beamten bis an den Rand eines Abgrundes geführt, um im letzten Moment einen Rückzieher zu machen. Sie konnten und wollten jetzt nicht aufgeben, ganz gleich, wie sehr sich Harris auch dagegen sträubte. Sie befürchteten, er würde gehen, aber er blieb völlig reglos sitzen.

»Kommen Sie, Tim«, drängte Williams.

»Sie suchen nach einem Mörder, nach jemandem, der einen anderen umgebracht hat. Ich war es nicht.«

»Haben Sie das Mädchen angehalten?« hakte McIlwain nach. »Haben Sie mit ihr gesprochen? Haben Sie es mit ihr getrieben und sie anschließend in die St. Lucie County weiterfahren lassen? Was haben Sie getan?«

»Es waren Motorradfahrer in der Gegend«, erklärte

Tim. »Ich habe sie nicht getötet … Ich sage Ihnen doch, ich war es nicht. Damit habe ich nichts zu tun.«

»Wissen Sie, wer es getan hat?«

»Nein, das weiß ich nicht.«

»Was wissen Sie *denn*?« bohrte McIlwain.

»Wo war sie, als Sie sie das letzte Mal gesehen haben?« fragte Williams.

Die Spannung stand unmittelbar vor ihrer Entladung. Alle drei spürten es. Fragen und Antworten kamen jetzt in quälend großen Abständen, als würde sich jeder von ihnen am Abgrund entlangtasten, in der Gewißheit, daß der geringste Fehltritt alles zunichte machen würde. Die Luft schien irgendwie dicker als gewöhnlich. Phil Williams warf Tim einen verstohlenen Seitenblick zu und stellte fest, daß sich immer noch kein Schweiß auf dessen Stirn gebildet hatte. Er beobachtete, wie ein Tropfen Kondensflüssigkeit an Tims leerer Limodose herunterrann und wartete auf die Antwort, von der er wußte, daß sie der Schlüssel sein würde, der Zugang, nach dem sie wochenlang gesucht hatten.

»Wenn ich mit Ihnen darüber spreche«, sagte Tim abschließend, »werden Sie glauben, ich hätte es getan.«

Rick McIlwain hielt seine Stimme so ausdruckslos wie möglich. »Nicht unbedingt.«

Phil Williams nahm kein Blatt vor den Mund: »Ich persönlich glaube das jetzt, in diesem Moment, Tim.«

»Das weiß ich.« Zum ersten Mal starrte Tim – der selten irgend jemand direkt ansah – in Phil Williams' Augen, und in seinem Blick lag eine Intensität, die beinahe schmerzte.

»Sie wollen mir etwas sagen?« fragte Williams.

Tim Harris antwortete ausweichend. »Ich schätze, man hat das Bedürfnis, sich jemandem anzuvertrauen, selbst wenn man sich für etwas nur indirekt verantwortlich fühlt.«

»Wofür fühlen Sie sich indirekt verantwortlich?« fragte McIlwain.

»Ich betone aber nochmals, daß ich sie nicht getötet habe.«

Phil Williams schaute auf seine Armbanduhr. Verdammt, das Band mußte abgelaufen sein. Und jetzt war der denkbar ungünstigste Augenblick, um die Atmosphäre im Raum zu stören. Trotzdem, Tims zu erwartendes Geständnis einer Mitschuld an Lorraine Hendricks' Tod wollte Phil unbedingt aufzeichnen. In der letzten Stunde waren sie ein gutes Stück weitergekommen. Nach seiner anfänglichen Behauptung, nichts über den Fall zu wissen, hatte Tim praktisch zugegeben, Zeuge des Geschehens gewesen zu sein.

Williams gab McIlwain ein Zeichen. Sofern es Tim befremdete, daß sie ausgerechnet an diesem Punkt eine Pause einlegten, zeigte er dies nicht. Phil Williams verließ das Zimmer, um Band 7 gegen Band 8 auszutauschen, und holte zwei Limonaden, ehe er zurückkehrte.

Sie mußten sich erneut zu dem Punkt vorarbeiten, an dem Tim bereit gewesen war, von Lorraine Hendricks zu erzählen. Von seinem Motiv hatten sie nach wie vor keinen blassen Schimmer. Sie wußten wohl, daß Tim mit allen Mitteln versuchte, Sandy zurückzugewinnen, und daß die Tatsache, daß sie ihn abwies, ihn rasend machte.

Waren die beiden Teile seines Lebens derart miteinander verwoben und von Besessenheit geprägt, daß sie eine mörderische Wut in Tim Harris ausgelöst hatten?

In seiner folgenden Version des Tathergangs gab Rick McIlwain ihm Gelegenheit, Einzelheiten hinzuzufügen oder zu ändern. »Es könnte ein Unfall gewesen sein. Sie hält an, um zu helfen, und dann fährt noch jemand rechts ran. Sie reden. Vielleicht hat sie etwas gesagt, das die anderen verärgert hat …«

»Was sollte sie gesagt haben, um jemanden derart zu verärgern?« fragte Tim.

»Ich weiß nicht ... Hat Ihre Frau sie schon mal verärgert?«

»Schon oft.«

»Haben Sie sie je geschlagen?«

»Nein.«

»Hat es zwischen Ihnen jemals Rangeleien gegeben?«

»Das schon, ja.«

»Haben Sie sie schon mal geohrfeigt?«

Tim wollte es nicht zugeben. Er habe sie an den Armen und Schultern gepackt und, ja ... die Hände um ihren Hals gelegt und ihr Blutergüsse zugefügt. »Aber das macht mich noch nicht zu einem Mörder.«

McIlwain wechselte von Sandy zu Lorraine Hendricks. Ist es möglich, daß sie von einem Cop angehalten wurde, ihm erklärt hat, sie könne sich kein weiteres Protokoll leisten, und versucht hat, den Beamten zu bestechen? »Ich zahle, wenn Sie mich laufen lassen?«

»Das ist schon vorgekommen?« entgegnete Tim vorsichtig.

»Und, wie haben Sie reagiert? ... Sind Sie jemals darauf eingegangen?«

»Ich habe ihnen ein Protokoll in die Hand gedrückt und ihnen gute Weiterfahrt gewünscht«, erwiderte Tim.

Rick McIlwain versuchte eine andere Annäherung. Er erzählte Tim Harris, daß er allmählich glaube, Tim habe Lorraine doch nicht getötet. »Wir suchen nach einem Mörder, aber vielleicht war es gar kein Mord.«

»Es war Mord«, entgegnete Tim fest. »Das kann ich Ihnen garantieren.«

Williams starrte Tim verblüfft an. Warum hatte er Ricks Angebot, zu entkommen, ausgeschlagen?

Aber es war ohnehin schwer zu begreifen, was Tim Harris von sich gab. Wieder und wieder betonte er, Lorraine Hendricks nicht getötet zu haben, ließ aber gleichzeitig durchblicken, daß er mehr wußte.

»Ich kenne Sie schon lange Zeit, Tim«, sagte Phil Williams. »Ich glaube nicht, daß Sie fähig sind, jemanden zu töten ...«

»War ich auch nicht.« (Seltsam, daß er nicht sagte ›Bin ich auch nicht‹.)

»Allerdings glaube ich sehr wohl, daß Sie einem kleinen Abenteuer nicht abgeneigt sind«, fuhr Williams fort.

»Der Punkt ist«, entgegnete Tim langsam, »daß, sollte es sich tatsächlich so abgespielt haben, ich gegangen bin, als sie noch gelebt hat, aber jetzt ist sie tot.«

Tim Harris teilte ihnen mit, daß er mit Lorraine Hendricks intim gewesen sei, sie aber jemand anders umgebracht haben müsse. Tim Harris schien bereit, sich zu öffnen, ob er allerdings willens war, ihnen alles zu erzählen, stand auf einem anderen Blatt.

»Es hat Leute gegeben, die wegen geringfügigeren Vergehen in den Knast gewandert sind«, sagte Harris. »Ich kann Ihnen gegenüber zugeben, daß ich sie angehalten habe und wir ins Gespräch gekommen sind. Sie lebte in Scheidung, ich lebe in Scheidung. Wir verstanden uns auf Anhieb gut und fanden uns auf dem Mittelstreifen wieder, ohne jede Gewaltanwendung ... anschließend gehe ich ... und sie wird ermordet. Was glauben Sie, warum ich mich so fühle? Ich habe was mit einem Mädchen – das ich kaum kenne.«

Wieder fragten sie ihn, ob er mit einem Lügendetektortest einverstanden sei – die Fragen würden sich nur auf seine bisherigen Äußerungen beziehen.

Nein.

Tim Harris erklärte, in der Nähe von Lorraines Honda niemanden gesehen zu haben, keinen Tramper, keinen weißen Van.

Wieder und wieder versicherte ihm McIlwain, daß er nur Zeuge sei und sich als solcher nicht so vehement gegen einen Lügendetektortest sträuben müsse.

Aber in diesem Punkt ließ er nicht mit sich reden. Kein Lügendetektortest. Und keine schriftliche, von ihm unterzeichnete Aussage.

»Tim«, sagte Phil. »Wenn ich Sie ... also, ich an Ihrer Stelle würde das hier durchziehen, damit wir weiterkommen und uns um den wahren Mörder kümmern können.«

»Soll das heißen, ich bin es nicht gewesen?«

»Ich glaube Ihnen«, gab Williams zurück. »Okay?«

Rick McIlwain lehnte sich in seinem Stuhl zurück; er hatte seinen Auftrag erledigt. Alles weitere konnte er Phil Williams überlassen.

»Vielleicht habe ich sie angehalten, vielleicht habe ich sie gesehen und vielleicht habe ich mit ihr gesprochen«, begann Tim Harris zögerlich.

»Ich weiß, daß Sie mit ihr gesprochen haben ... Was war sie für eine Frau?«

»Eine sehr nette.«

»Haben Sie ihr Photo gesehen?« fragte Phil.

»Sie ist jünger – viel jünger; sie wirkte viel jünger, als sie war.«

»Hat sie Ihnen erzählt, daß sie Spanisch kann und all die anderen Sprachen?«

»Nein, sie hatte eine Tochter, Phil. Wie sollte ich die Mutter eines kleinen Mädchens töten?«

»Hat sie Ihnen gesagt, daß sie sich kein weiteres Protokoll mehr leisten könne?«

»Ich habe sie nicht wegen zu schnellen Fahrens angehalten.«

»Warum dann?«

»Weil sie Kopfhörer aufhatte.«

Bingo! Niemand außer den Ermittlern wußte, daß die Kopfhörer in ihrem Wagen sichergestellt worden waren. Diese Information hatte keine Zeitung veröffentlicht.

Mordopfer haben keine Gelegenheit, ihre Version der Geschichte zu erzählen. Nur handfeste Beweise, der eigene Ruf und Lücken in der Geschichte des Verdächtigen können für sie sprechen. Und jetzt erzählte Tim Harris, dessen Verachtung für Frauen bereits legendär war, Rick McIlwain und Phil Williams, daß Lorraine Hendricks so scharf darauf gewesen sei, mit ihm zu schlafen, daß sie ihn sogar oral befriedigt habe. »Weil sie schon lange keinen Sex mehr gehabt hatte – wegen ihrer Scheidung.«

Tim Harris' Schilderung seiner Begegnung mit Lorraine erinnerte an jene Briefe, die College-Jungen an Playboy oder Penthouse schreiben. »Ich hielt sie an, weil sie während der Fahrt Kopfhörer aufhatte. Ich wollte sie nur mündlich verwarnen, mehr nicht.«

»Hat sie zugestimmt, Sie zum Mittelstreifen zu begleiten?«

»Sie tat es, war allerdings in Eile.« Harris erklärte, die Frau sei nach Fort Lauderdale unterwegs gewesen, um ihre kleine Tochter zu besuchen. »Sie hatte mehrere Termine und mußte zu einer bestimmten Zeit dort sein, um sechs, glaube ich. Wir unterhielten uns über meine und ihre Scheidung – und über die Kinder. Ich sage es nicht gern, aber ich glaube, sie hatte Mitleid mit mir.«

»Sie war ein mitfühlender Mensch«, sagte Williams.

»Wie bitte?«

»War sie ein mitfühlender Mensch?«

»Diesen Eindruck hatte ich.«

Außerdem habe sich Lorraine für Shadow interessiert. Ausgerechnet für Shadow, dachte Williams, der, wenn er die Zähne fletschte – und das tat er, sobald sich jemand Tim näherte –, einen wahrhaft furchterregenden Anblick bot.

»Wo hat der Sex stattgefunden – in Ihrem Einsatzwagen oder in dem Honda?«

»Im Palmettowäldchen.« Sie hätten beide ihre Wagen dort geparkt, hinter einem Baum.

Phil Williams legte ihm eine Zeichnung des Mittelstreifens vor und forderte Tim auf, ihm die Stelle zu zeigen.

»In welche Richtung sind Sie anschließend gegangen?«

»Ich kam im Westen aus dem Wäldchen und bin dann nach Süden gefahren. Ich dachte, sie sei direkt hinter mir.«

Phil reichte ihm ein 20 x 25 cm großes Photo, das er von dem Mittelstreifen auf der Interstate geschossen hatte. »Haben Sie gesehen, daß sie diesen Abschnitt hier erreicht und gewendet hat? ... Haben Sie zu irgendeiner Zeit in den Rückspiegel geschaut, um sich davon zu überzeugen?«

»Es waren andere Wagen hinter mir. Ich habe einfach vorausgesetzt, daß sie mir gefolgt war.«

»Könnte sie vielleicht mit ihrem Wagen steckengeblieben sein?«

»Beim ersten Mal hatte sie Angst, den Mittelstreifen zu überqueren.«

Trooper Harris war jedenfalls kein Gentleman. Wenn seine Geschichte von einvernehmlichem Sex stimmte – was Williams bezweifelte –, hatte er sich davongemacht, ohne sich zu vergewissern, daß Lorraine sich wieder auf ihrer Route nach Süden befand.

Warum Lorraines Führerschein und Autopapiere fehlten, wußte er nicht und versicherte, ihr beides nach einer flüchtigen Überprüfung zurückgegeben zu haben.

»Was hat sie für einen Slip getragen?« fragte Williams.

»Baumwolle ... nichts Besonderes, nicht sexy oder so was.«

Auf die Frage nach Lorraines Protokoll, erklärte Tim, er habe sämtliche Exemplare weggeworfen – das weiße Original, die rosa Durchschrift für den Fahrer und die gelbe Durchschrift – allerdings nicht, das betonte er ausdrücklich, um zu verhindern, daß man ihn später mit Lorraine in Verbindung brachte; und was Lorraine selbst betraf, kannte sie seinen Namen ja bereits von seinem Namensschild. Im übrigen hatten sie sogar in Erwägung gezogen, sich auf ihrer Heimfahrt zu einem weiteren Schäferstündchen zu treffen.

Phil Williams und Rick McIlwain fragten Tim ein Dutzend Mal, ob es ihm jetzt recht sei, sich einem Lügendetektortest zu unterziehen.

Er verneinte.

Rick McIlwain zeigte Tim die Photos von Lorraine Hendricks, die sie fünf Tage nach ihrem Tod aufgenommen hatten. Er und Williams registrierten, wie sehr es Tim Harris widerstrebte, auch nur einen Blick darauf zu werfen. Er war seit acht Jahren Trooper, er hatte schreckliche Unfälle mit tödlichem Ausgang gesehen, Dinge, bei deren Anblick normale Männer sich übergeben mußten und ohnmächtig wurden.

Trotzdem wandte er den Kopf entschlossen ab.

»Ich muß den Rest meines Lebens mit dem Wissen leben, daß ich etwas mit dieser jungen Frau hatte, die jetzt tot ist. Vielleicht hätte ich es verhindern können, wenn ich dort geblieben und auf sie gewartet hätte oder zurückgefahren wäre, um mich davon zu überzeugen, daß sie auch gut weggekommen war. Ich kann mir gut vorstellen, wie sie auf den Photos aussieht, und ich will sie nicht sehen.«

»Diese Photos sind das Ergebnis dessen, was geschah.«

»Wenn Sie mich nicht damit in Ruhe lassen, bin ich in zwei Sekunden durch diese Tür«, drohte Tim.

In den ganzen fünf Stunden, die sie nun schon in diesem Zimmer saßen, war er nicht so erregt gewesen.

»Sie sind das Ergebnis dessen, was geschah, nachdem sie tot war«, betonte McIlwain.

Tim Harris sprang auf, stieß den weißen Lederstuhl zurück und war mit zwei Schritten auf dem Flur. Die Tür fiel krachend hinter ihm ins Schloß.

Rick McIlwain wandte sich Phil Williams zu. »Ich sage, wenn er sich diese Photos nicht anschauen will ... hat er ein schlechtes Gewissen.«

Phil Williams nickte, griff nach seinem Recorder und schaltete ihn ab. Er hatte fünf Verhörstunden auf dünnem braunen Kassettenband, fünf Stunden, die ein gelungenes Polizeiverhör dokumentierten. Der Mann, der soeben fluchtartig aus dem Zimmer gestürmt war, hatte es mit dem festen Vorsatz begonnen, ihnen überhaupt nichts zu sagen, und am Ende ein beinahe vollständiges Geständnis abgelegt.

Sie waren jetzt ganz dicht dran.

Kapitel 20

Rick McIlwain und Phil Williams wußten, daß sie Tim Harris über Nacht nicht zur Ruhe kommen lassen durften. Noch gab es zu viele Ungereimtheiten. Sie konnten sich einfach nicht erklären, warum Lorraine Hendricks' grauer Honda auf dem Seitenstreifen gefunden worden war und zwar exakt an der Stelle, an der Tim Harris sie, eigenen Angaben zufolge, gestoppt hatte. Die Beamten hielten es für unmöglich, daß sie das Wäldchen mit dem Wagen erreicht hatte. Sie vermuteten, daß sie gewaltsam dorthin gebracht worden war – entweder hatte Tim seinen Hund benutzt, um sie einzuschüchtern, oder seine Waffe (mit der er Sandy zwei Wochen nach dem Mord an Lorraine bedroht hatte) oder einfach die Autorität, die seine Position und Uniform ihm verliehen.

Sie gewährten Tim dreißig Minuten. Sie hatten nicht den geringsten Zweifel, daß er vom Büro der Staatsanwaltschaft aus direkt zu DeeLisa fahren würde. Sosehr er

Frauen auch zu verachten schien, er rannte zu ihnen, wann immer er Trost brauchte, und sie wußten, daß Sandy ihm den Zutritt in das gemeinsame Haus verwehren würde. DeeLisa stand zu ihm und hielt bildlich und wahrhaftig seine Hand.

Sie sollten recht behalten. Tim war bei DeeLisa. Sie fragten ihn, ob er bereit sei, das Gespräch fortzuführen, das er so plötzlich abgebrochen habe. »Im Augenblick ziehe ich vor, mich nicht mit Ihnen zu unterhalten«, sagte Harris.

Sie waren machtlos. Dabei war der Kerl kurz vor seinem Zusammenbruch. Sie wußten es, aber sie hatten keine Möglichkeit, diesen zu beschleunigen oder zu erzwingen.

Wenn es einen Menschen gab, den Tim Harris respektierte, dann war das sein Captain, Dean Sullivan. Nach kurzer Rücksprache stimmte Sullivan zu, mit Tim zu reden, sollte er später noch seinen Arbeitsplatz aufsuchen. Er versicherte, sein Möglichstes für den Trooper zu tun. Wenn Tim allerdings unter Mordverdacht stehe, müsse er mit den Ermittlern sprechen, bzw. mit ihnen kooperieren, falls dieser zu Unrecht erhoben worden sei.

Eine Stunde nach ihrem ersten Besuch fuhren Williams und McIlwain erneut vor DeeLisas Haus vor. Sie selbst war gerade aus Gainesville zurückgekommen, wo man ihren kleinen Sohn kurz zuvor operiert hatte. Wahrscheinlich war dieser der schlimmste Tag seit zehn Jahren für sie gewesen. Sie sah erschöpft aus und wirkte mißtrauisch. Sie grüßte Phil Williams, ihren ehemaligen Klassenkameraden, und erklärte sich widerstrebend bereit, Tim zu holen.

»Tim«, sagte Phil. »Sie müssen mit uns kommen, damit wir unser Gespräch zu Ende bringen können.«

Tims Weigerung überraschte sie nicht. Er überlegte es sich jedoch anders, als er hörte, daß Captain Sullivan ihn erwarte.

»Lassen Sie mich anschließend wieder nach Hause?« fragte Tim.

»Sie können Ihren eigenen Wagen nehmen. Die Bedingungen haben sich nicht geändert. Sie können gehen, wann immer Sie wollen«, sagte McIlwain.

Aber Tim Harris wußte Bescheid und nahm DeeLisa zum Büro des Staatsanwalts mit. Falls sie ihn verhafteten, sollte sie den Camaro zurückbringen. Außerdem wollte Tim, daß DeeLisa anwesend war, wenn er mit seinem Captain sprach. Nach etwa vierzig Minuten hinter verschlossener Tür trat den Detectives ein völlig anderer Tim Harris gegenüber. Von der stolzen Haltung eines Troopers war nichts mehr übriggeblieben, er wirkte absolut ernüchtert und zutiefst enttäuscht. Endlich war er bereit, in allen Einzelheiten vom Sonntag, dem 4. März zu erzählen. Er hatte nur eine Bitte: Jemand sollte Sandy holen.

Er brauchte Sandy.

DeeLisas Gesicht war eine Maske der Trauer. Ganz offensichtlich liebte sie Tim Harris, egal, was er getan hatte und trotz dieser weiteren Demütigung – diesmal in Gegenwart von Detectives und Staatsanwälten. Niemand unter den Anwesenden bezweifelte, daß sie selbst während des bevorstehenden Verhörs mit Staatsanwalt Bruce Colton Tims Hand gehalten hätte.

Bruce Colton war Chef des Staatsanwaltsbüros im 19. Gerichtsbezirk des Staates Florida, der die Countys Martin, St. Lucie, Okeechobee und Indian River einschloß. Tim hatte jedes weitere Gespräch mit Phil Williams und Rick McIlwain entschieden abgelehnt. Sie hatten aus seinen Unschuldsbeteuerungen die Wahrheit herausgefiltert, und er konnte den Anblick ihrer Gesichter und den Klang ihrer Stimmen nicht mehr ertragen.

Außerdem hegte Tim Harris offenbar die Hoffnung, einen Deal aushandeln zu können, wenn er bei einem möglichst hohen Tier der Staatsanwaltschaft, das die

Macht eines Bruce Colton besaß, ein volles Geständnis ablegte.

Colton hatte sich einverstanden erklärt, eine offizielle Aussage von Tim entgegenzunehmen.

Nachdem die beiden in Coltons Büro verschwunden waren, wollte Phil Williams von DeeLisa erfahren, was Tim ihr erzählt hatte. Sie erklärte, ihre Frage, ob Lorraines Tod ein Unfall gewesen sei, habe er verneint. »Als ich wissen wollte, ob er es getan hätte, antwortete er: »Nicht der Tim Harris, den du kennst, – nicht Tim Harris, der Trooper …«

Phil Williams hatte Don Dappen bereits im Laufe des Abends über die Möglichkeit einer entscheidenden Wende im Fall Hendricks informiert. »Sandy ahnte bestimmt schon, daß Tim Lorraine Hendricks ermordet hatte«, erinnert sich Dappen. »Aber sie wollte es nicht wahrhaben. Phil rief an, um mich um einen Gefallen zu bitten. Er sagte, Tim sei gewillt auszupacken – bestehe allerdings darauf, erst mit Sandy zu sprechen. Ein letztes Mal.«

Dappen stöhnte. Für ihn stand fest, daß Tim Harris seiner Frau etwas aufbürden wollte, irgend etwas Grauenhaftes, das ihr unvergeßlich bleiben, eine Schuld, die sie den Rest ihres Lebens mit sich herumschleppen würde. Dennoch versprach er Williams, mit Sandy zu reden und zurückzurufen. Er warnte seinen Kollegen aber, daß sie sich, nach allem, was sie bereits durchgemacht hatte, möglicherweise weigern würde.

Don Dappen unterrichtete Sandy über seinen Verdacht, daß Tim irgend etwas plane – daß er sie nicht gehen lassen würde, ohne ihr das Gefühl einer Mitschuld an seiner Tat zu vermitteln. »Es ist allein deine Entscheidung, ob du hingehst oder nicht.«

Sandy schwieg lange. Dann blickte sie auf und sagte: »Ich werde gehen.«

Dappen rief Phil Williams an und teilte ihm mit, daß Sandy in etwa fünfzehn Minuten dort sein werde.

Es war der 7. April, und mittlerweile dämmerte es bereits. Obwohl es nach wie vor warm war, fröstelte Sandy. Wie sehr sie auch versucht hatte, sich für das zu wappnen, was sie erwartete, sie war nicht bereit, würde es bestimmt niemals sein.

Bruce Coltons Büro war kleiner als das Besprechungszimmer, in dem Tim mit Phil und Rick den ganzen Nachmittag verbracht hatte, und nur karg möbliert. Auf dem Schreibtisch standen Telefon, Becher mit gespitzten Bleistiften, ein Tesafilmspender und zwei Familienphotos. Der Fuß der Lampe auf dem kleinen Schreibmaschinentisch erinnerte an einen Globus. Neben dieser hockten bizarrerweise zwei ausgestopfte Tiere – ein Tiger und ein weißer Scotch Terrier. An den Wänden hingen keine Bilder. Es gab nichts, was Tim Harris, der Bruce Colton in einem der beiden Ledersessel vor dem Schreibtisch gegenübersaß, hätte betrachten können – außer dessen Augen.

Bevor Bruce Colton eingetreten war, hatte Phil Williams ihm einen Mikrorecorder in die Anzugtasche gesteckt.

Tim hielt den Kopf gesenkt.

»Phil hat angerufen«, begann Colton. »Sandy ist auf dem Weg hierher. Okay? Er hat ihr nur gesagt, daß Sie hier sind und mit ihr sprechen möchten.«

»Darf ich denn mit ihr sprechen?«

»Wenn Sie es möchten.«

»Ich weiß das zu schätzen.«

Bevor sie das Thema anschnitten, das zwischen ihnen lag wie ein schlafender Löwe, bevor sie all das Grauen und die Tragik enthüllten, die sich in Tim Harris' Hirn verbergen mußte, machte Colton unmißverständlich deutlich, Tim nicht das geringste versprechen zu können. »Ich möchte noch nicht einmal, daß Sie mir etwas erzählen, weil sie glauben, ich sei verpflichtet, Sie darauf hinzuweisen, würde mich aber gegebenenfalls doch für Sie verwenden.«

»Ich weiß, was Sie zu tun haben«, entgegnete Tim. »Ich weiß, was man von Ihnen erwartet.«

Tim war bereits mehrmals gefragt worden, ob er während seiner Aussage die Anwesenheit Phils, Ricks oder Captain Sullivans wünsche, und er schüttelte den Kopf, als Colton es ein weiteres Mal tat.

»Ich will sie nicht dabeihaben.«

»Also gut.«

»Sie haben mich korrekt behandelt. Ich bin nicht wütend auf sie.«

Es war soweit.

Obwohl niemand an seiner Schuld zweifelte, hatte keiner der Detectives und auch niemand von der Staatsanwaltschaft begreifen können, warum dieser bis dato ›perfekte‹ State Trooper zum Verbrecher geworden war. Er hatte besessen, wovon so mancher Mann nur träumen kann, und alles systematisch weggeworfen. Teufel, viele Cops – viele Männer – hatten gute Ehen zerstört, weil sie anderen Frauen nachgestellt hatten. Das konnte jeder unschwer nachvollziehen. Aber auf ein Motiv für den Mord an Lorraine Hendricks waren die Ermittler bisher nicht gestoßen.

Tim hatte sie nur wegen der Kopfhörer angehalten. Niemand außer ihrem Mörder konnte wissen, daß sie diese während der Fahrt getragen hatte. Tim zufolge war sie bereit gewesen, Sex mit ihm zu haben, wenn er ihr Protokoll zerriß. Lorraine war ihm freiwillig vom stark frequentierten Freeway in das Pinien- und Palmetto-Wäldchen gefolgt. Sie hatten sich Tims Geschichte angehört, ohne Kommentare abzugeben oder Widersprüche aufzuzeigen, obwohl sie von Anfang an der Überzeugung gewesen waren, daß er log.

Schließlich hatte Tim während seiner Vorbesprechung mit Bruce Colton Lorraines starke Ähnlichkeit mit Sandy erwähnt und somit einen indirekten Hinweis auf sein Motiv für diesen Mord gegeben.

Damit begann Bruce Colton sein offizielles Verhör. »Haben Sie ihr gesagt, daß sie Sie an Sandy erinnere?«

»Ich glaube, ich habe sie sogar mehrmals mit Sandy angesprochen.«

»Schien sie deshalb verwirrt?«

»Ja.«

»Hatten Sie zu irgendeinem Zeitpunkt den Eindruck, sie fürchte sich vor Ihnen?«

»Ja.«

»War das, bevor Sie miteinander Sex hatten?«

»Hinterher.«

»Glauben Sie, daß ein bestimmter Ausdruck in Ihren Augen – oder irgend eine Äußerung ihr plötzlich angst gemacht hat?«

»Das glaube ich nicht.«

»Als sie Angst bekommen hat … hat sie versucht wegzulaufen?«

»Nein. Sie lag auf dem Boden – unter mir. Ich habe ihr gesagt, daß ich ihr nicht weh tun würde.«

»Aber dann ist etwas passiert, richtig?«

»Ich bin durchgedreht.«

»Haben Sie sie mit bloßen Händen erdrosselt? Oder mit der Handkante auf ihre Luftröhre geschlagen? Oder sie an der Kehle gepackt? Ich weiß, daß das am schwersten auszusprechen ist, Tim.«

»Mr. Colton, ich werde die Erinnerung bis ans Ende meiner Tage mit mir herumschleppen.«

»Ich weiß, und Sie müssen sich damit auseinandersetzen. Wie ist es passiert? Ich verlange von Ihnen nicht, mir den Grund zu nennen. Ich möchte nur wissen, wie es rein physisch passiert ist.«

Tim Harris begann zu weinen.

»Tim!« drängte Colton.

»Ich will mich nicht erinnern.«

»Was Sie so bedrückt, ist die Tatsache, daß Sie sich erinnern ... Schmerzt es Sie noch mehr, es auszusprechen, als sich daran zu erinnern?«

»Es tut tief im Inneren weh.«

Tim Harris, der muskelbepackte Polizist, der es geliebt hatte, Temposünder und Drogendealer zu verhaften, der einen der schwierigsten Hunde der K-9-Staffel führte, der Frauen, die ihn liebten, geschlagen, gekniffen und gewürgt hatte, weinte wie ein Kind – wie ein verwöhntes Gör, das zum Schuldirektor gerufen worden war, um sein ungehöriges Benehmen zu erklären.

Bruce Colton wartete, und der Recorder nahm lange Zeit nur Schweigen auf. Schließlich versiegten Harris' Tränen, und er war bereit, weitere Fragen zu beantworten.

»Sie beide lagen also immer noch auf dem Boden. Sie war völlig nackt, richtig?« nahm Colton das Verhör wieder auf.

Tim sagte, er habe seine Hose runtergezogen und das Opfer ebenfalls. Und ihre Bluse sei hochgerutscht.

»Sie hatten Ihr Holster, Ihren Pistolengurt, abgenommen?«

»Ja.«

»Bekam sie Angst, weil Sie sie zum Sex zwangen?«

»Nein«, beharrte Tim stur. »Der Sex war nicht erzwungen.«

»Okay. Könnte es sein, daß sie zu bestimmten Sexpraktiken bereit war, sie aber dann etwas von ihr verlangten, was sie nicht wollte? War das der Grund für ihre Angst?«

»Nein.«

»Ihr Tod, Tim, ist er schnell eingetreten?«

Eine Weile war im Zimmer nur das mechanische

Klicken der Klimaanlage zu hören. Beide Männer saßen einander eine kleine Ewigkeit wie erstarrt gegenüber.

Schließlich sagte Tim: »Nein ... ich wollte aufhören ... aber ich konnte einfach nicht, wissen Sie.«

Tim Harris weigerte sich, Einzelheiten zu berichten, egal wie Bruce Colton seine Fragen auch formulierte. »Im Augenblick machen Sie den schlimmsten Teil durch, Tim. Sie müssen sich öffnen.«

»Es ist nicht so, daß ich mich hinterher gut fühlen werde.«

»Das behaupte ich auch gar nicht ... aber es wird Sie erleichtern, wenn Sie mir sagen, was passiert ist.«

»Bin ich verrückt, Mr. Colton?« entfuhr es Tim. »Oder bin ich nur unzurechnungsfähig?«

Bruce Colton erklärte ihm erneut, daß nicht er Tims Geisteszustand zu beurteilen habe. »Der Pathologe kann uns die Todesursache nennen, aber den Tathergang müssen Sie offenlegen ... Wir können es diesbezüglich nicht bei Spekulationen belassen.«

Wieder schwiegen sie beide mehrere Minuten. Dann seufzte Tim Harris tief, ehe er gestand: »Ich glaube, ich habe sie mit ihrer eigenen Unterwäsche getötet. Ich habe sie ihr um den Hals gewickelt.«

»Meinen Sie ihren Slip, ihren BH oder was?«

»Ihren Slip.«

»Haben Sie ihn um ihren Hals gelegt und daran gezogen ... so lange, bis sie keine Luft mehr bekam?«

Es war eine mühsame Prozedur für Bruce Colton, Tim Harris sagte entweder gar nichts oder antwortete nur durch Nicken oder Kopfschütteln. Schließlich gab er zu, daß er Lorraine nach dem Oralsex aufgefordert habe, ihren Slip auszuziehen.

»Glauben Sie, daß sie in diesem Moment bereits Angst hatte?«

»Nein, denn sie wußte noch nicht, was los war.«

»Haben Sie zu irgendeinem Zeitpunkt ihre Waffe als Druckmittel eingesetzt?«

»Nein.«

»Was ist mit dem Hund? Haben Sie ihr mit dem Hund gedroht?«

»Nein ... ich habe ihr nur befohlen, ihren Slip auszuziehen.«

»Okay. Haben Sie danach sofort angefangen, sie zu würgen, oder haben Sie erst noch miteinander geredet?«

»Sie drehte sich auf den Bauch.«

»Haben Sie das von ihr verlangt?«

»Ja.«

»Hatten Sie in dieser Stellung Sex mit ihr? Oder haben Sie es versucht?«

Erneut entstand eine lange, lange Pause.

»Haben Sie es versucht, Tim?«

»Ich fing an, mich an ihr zu reiben. Ich lag auf ihr.«

»War das der Augenblick, in dem sie Angst bekam?«

Tim nickte.

»Und warum? Welchen Grund hatte sie Ihrer Ansicht nach, sich plötzlich zu fürchten? Sind Sie vielleicht in Ihrer Ausdrucksweise aggressiver oder grober geworden?«

»Ich redete mit ihr, als sei sie Sandy. Ich sprach sie ständig mit Sandy an.«

»Ich habe sie gefragt, warum sie sich von mir scheiden lassen wolle.«

»Und was hat die junge Frau geantwortet?«

»Sie sagte: ›Ich weiß, daß Sie verletzt sind, aber ich bin nicht die, für die Sie mich halten.‹«

»Und wurden Sie deshalb wütend? Oder haben Sie sich immer mehr in die Vorstellung hineingesteigert, sie sei Sandy?«

»Ich glaube, ich habe gedacht ... ich wußte, daß sie es nicht war.«

»Ist sie auf dem Bauch gelegen, als Sie ihr den Slip um

den Hals geschlungen haben? Und wie sind Sie vorgegangen? Haben Sie sich auf sie gesetzt?«

»Kommen Sie schon, Tim«, drängte Colton.

»Ich wünsche, Sie könnten meine Gedanken lesen.«

»Ich weiß. Aber das kann ich nicht. Ich bin darauf angewiesen, von Ihnen zu erfahren, was sich zugetragen hat.«

Tim Harris konnte oder wollte nicht darüber reden. Vielleicht hatte er endlich das Ausmaß seines Verbrechens begriffen. Wahrscheinlich ist jedoch, daß er die Folgen eines umfassenden Geständnisses abwog. Dreiunddreißig Jahre lang hatte er sich ausschließlich mit sich selbst befaßt. Er wußte, daß seine berufliche Laufbahn beendet war. Er wollte nicht ins Gefängnis. Er hatte so viele Stunden als Zeuge der Anklage vor Gericht verbracht; ihm war bewußt, wie stark sich Vorsatz, der verstrichene Zeitraum und der Geisteszustand auf die Länge der Strafe auswirken konnten.

»Hatten Sie sich inzwischen aufgesetzt oder hingekniet, um ihr den Slip um den Hals zu schlingen?«

»Ich saß.«

»Auf ihr?«

»Ja.«

»Waren Sie, als Sie aufhörten, sie zu würgen, ganz sicher, daß sie nicht mehr atmete?«

»Nein.«

»Hat es lange gedauert? Ich meine, bis sie nicht mehr um sich schlug und sich nicht mehr wehrte?«

»Ja.«

»Was haben Sie dann getan, Tim?«

Wieder verfiel Tim in Schweigen. Er schien in seine eigene Welt zu versinken, seine Augen von Coltons abgewandt, seine Hände völlig schlaff auf dem Schoß, als gehörten sie nicht zu ihm und hätten niemals eine schöne, lebenslustige Frau erdrosselt, deren Bemühungen, ihm klarzumachen, daß sie nicht Sandy war, die Frau, die ihn verlassen hatte, vergeblich gewesen waren. Eine Frau, die Mitgefühl für ihn gezeigt hatte – für einen Mann, der selbst nicht wußte, was das war.

»Also, was haben Sie dann getan?« hakte Colton nach.

»Gestarrt ...«

»Was haben Sie getan, nachdem sie nicht mehr atmete?«

»Wollte ihr helfen ... Ich konnte nichts mehr für sie tun ... konnte nichts mehr für sie tun.«

»Sie erkannten also, daß sie tot war?«

»Ich glaube, ja ... ich wußte nicht, was ich tun sollte.«

»Und was haben Sie getan?«

»Sie zugedeckt.«

»Womit?«

»Piniennadeln.«

»Was ist mit ihren Kleidern?«

»Ich habe sie an mich genommen, im Wagen versteckt.«

»Warum ... was haben Sie sich dabei gedacht?«

»Ich weiß es nicht.«

»Ich habe sie drei, vier Meter weit von der Stelle fortgezogen, an der wir Sex hatten.«

Er erinnerte sich nur an ›ein paar Bäume‹, jedoch nicht, ob er Lorraine Hendricks auf dem Bauch oder auf dem Rücken liegend zurückgelassen hatte. »Ich konnte ihr nicht mehr ins Gesicht sehen ... Ich wollte dem Mädchen nichts tun. Ich wollte ihm nichts tun.«

Die Ermittler wußten, daß Tim, etwa zur Zeit von Lorraine Hendricks Ermordung, seinen bisherigen Einsatzwagen gegen einen Mustang eingetauscht hatte. Sie wußten außerdem, daß dieser in der Polizeigarage aufgebrochen worden war, aber Tim leugnete, dafür verantwortlich zu sein. Trotz intensiver Befragungen behauptete er steif und fest, über den weiteren Verbleib von Lorraines Kleidern nichts zu wissen. Ja, ihre Brieftasche habe er in den Abfalleimer auf dem Fort-Pierce-Rastplatz geworfen und ihren Führerschein und die Fahrzeugpapiere in ihre Handtasche zurückgesteckt; wo diese abgeblieben sei, entziehe sich allerdings seiner Kenntnis.

Bruce Colton war fasziniert von der Hartnäckigkeit, mit der Tim betonte, Lorraine Hendricks für Sandy gehalten zu haben. »Das Problem ergab sich in dem Moment, als Sie Sandy in ihr sahen ... Hat sie Sie gleich von Anfang an Sandy erinnert?«

»Nicht aufgrund ihres Äußeren. Sie hatte eine andere Haarfarbe, aber sie benahm sich ganz ähnlich.«

»Aber während sie Sex mit ihr hatten, hat sie Sie mehr und mehr an Sandy erinnert?«

»Ich hasse Sandy nicht. Ich weiß auch nicht, warum das passiert ist.«

Tim blieb dabei, daß er in den Tagen, bevor Lorraine gefunden worden war, den Tatort nicht mehr aufgesucht habe. »Ich war nicht mal in der Nähe.«

»Haben Sie versucht, sich jemandem anzuvertrauen?« fragte Colton.

»Ich wollte DeeLisa davon erzählen, aber ich kann nicht darüber sprechen.«

Bruce Colton erinnerte Tim, daß an jenem Sonntag morgen noch ein anderer Trooper in der Nähe gewesen war.

»Er hat damit nichts zu tun«, entgegnete Tim bestimmt.

Dies anzudeuten war nicht Coltons Intention gewesen. »Woher wußten Sie, daß er Sie nicht überraschen konnte?«

»Ich wußte es nicht.«

»Nun, Sie wußten immerhin, daß er eine verhaftete Person zum Gefängnis brachte ... Haben Sie das über Funk gehört?«

Tim leugnete nicht.

»Hatten Sie vorher schon mal Sex im Dienst? Ich meine, mit Frauen, die freiwillig mit Ihnen geschlafen haben, ohne jede Gewaltanwendung?«

»Auf diese Art habe ich DeeLisa kennengelernt.«

Tim beharrte jedoch darauf, mit keiner weiteren der schönen Frauen, die er im Laufe der vergangenen acht Jahre angehalten hatte, intim gewesen zu sein.

Lorraine Hendricks konnte Tim Harris' Worte, die ihren Ruf beschmutzten, sie als eine Frau beschrieben, die ihm Sex angeboten hatte, um sich ein Protokoll zu ersparen, nicht mehr widerlegen. Tim Harris wußte nicht, daß Phil Williams über Lorraines Verhalten in derartigen Situationen bereits informiert war. Sie hatte ihre Protokolle mal ruhig, mal etwas grimmig entgegengenommen. Aber nie, niemals war sie auf die Idee gekommen, einer Verwarnung durch Sex zu entgehen. Seit sie ihren geliebten Vater in der seinen gesehen hatte, war Lorraines Respekt vor Uniformen groß gewesen.

Interessanterweise behauptete der Mann, bei dem man Cartoons von hübschen Frauen gefunden hatte, die Trooper Harris im Rahmen eines neuen Alkoholtests einen ›bliesen‹, zufällig einer solchen Frau begegnet zu sein.

Nein, nein und nochmals nein, widersprach Tim Harris. Die junge Frau in dem Honda sei nicht ängstlich und das Schäferstündchen sei ihr Vorschlag gewesen. Außerdem habe sie ihn nicht einmal, sondern gleich zweimal oral befriedigt und zwar freiwillig.

Wenn seine Version der Wahrheit entsprach, warum hatte die Autopsie Hinweise auf Gewalttätigkeit ergeben? Dr. Fred Hobin ließ die stark fortgeschrittene Verwesung des Kopfes – im Vergleich zum Rest des Körpers – auf starke Traumen, vermutlich von Schlägen ins Gesicht und auf den Kopf schließen. Hatte Tim Harris Lorraine auf diese Weise gefügig gemacht?

Aber Tim Harris blieb dabei, daß ›diese junge Frau‹ erst

Angst bekommen habe, als er sie bäuchlings in die Piniennadeln gedrückt und mit dem Vornamen seiner Frau angesprochen habe.

»Was sagten Sie vorhin, haben Sie sie gefragt – in der Annahme, sie sei Sandy.«

»Warum sie sich von mir scheiden lasse.«

»Und was hat sie hierauf geantwortet?«

»Sie sagte, daß sie nicht Sandy sei.«

»Waren ›Ich bin nicht diejenige, für die Sie mich halten‹ ihre letzten Worte?«

»Ja.«

»Weil Sie sie würgten oder weil sie nicht mehr in der Lage war, etwas zu sagen? Ist es das, was Sie mir mitteilen wollen, Tim?«

»Ja.«

Es war der tragische Moment gewesen, da Tim Harris ›durchgedreht‹ war. Er hatte auf Lorraine Hendricks Rücken gesessen, hatte ihre Arme mit den Knien auf den Boden gedrückt und sie mit ihrem Slip gewürgt, bis sie tot gewesen war. Dann hatte er sie ausgezogen, sie in die obszöne Pose, einen Baumstamm zwischen ihren Schenkeln, gebracht (obgleich er das nicht zugab) und sie mit Pinienästen und -nadeln zugedeckt.

Hiernach war er in sein Einsatzgebiet zurückgefahren.

Sandy Harris wartete vor dem Verhörzimmer. Bruce Colton fragte Tim, ob er seine Noch-Ehefrau immer noch sehen wolle.

»Ja. Ich werde ihr nicht weh tun.«

»Deswegen mache ich mir keine Sorgen. Ich möchte Ihnen nur nicht das Gefühl vermitteln, ich würde sie Ihnen aufdrängen.«

»Ich will sie sehen, und ich werde ihr sagen, daß ich sie liebe.«

Sandy Harris hätte es bei weitem vorgezogen, irgendwo anders zu sein. Sie stand in der Tür und musterte den Mann, der sie vor so kurzer Zeit erst terrorisiert hatte. »Tim«, begann sie leise. »Möchtest du mit mir sprechen?«

»Könntest du mich ein paar Minuten einfach nur festhalten?« Er legte ihr die Arme um die Taille und versuchte, sie an sich zu ziehen.

»Tim …« Sandy erstarrte. Es widerstrebte ihr, Tim zu berühren. Seine Bitte war ihr unbegreiflich, aber dann erinnerte sie sich, daß er schon immer so gewesen war. Auf ihre Zusicherung, ihn zurückzunehmen, war er sofort eingegangen, obwohl er sie mit Handschellen gefesselt, zu Boden geworfen und ihr eine Pistole an den Kopf gehalten hatte. Er würde immer nur das glauben, was er glauben wollte.

»Möchtest du mit mir sprechen?« fragte sie erneut.

»Könntest du mich nur ein paar Minuten festhalten?« wiederholte er.

»Bitte, Tim, nicht. Tim, es ist auch für mich schwer. Ich kann es nicht fassen …«

»Wo sind Timmy und Jennifer?« fragte er.

»Bei Don. Tim, willst du überhaupt mit mir reden?«

»Kannst du nicht ganz lange deine Arme um mich legen?«

Da er im Beisein von Bruce Colton nicht mit Sandy sprechen wollte, bat Tim, mit ihr allein gelassen zu werden. Dieses Risiko konnte Colton nach Tims Geständnis unmöglich verantworten. Sandy hatte gerade erfahren, daß Tim in seiner Wut über ihre Scheidungsabsichten, nach ihrem ›Ebenbild‹ Ausschau gehalten hatte, um es zu zerstören.

»Tim«, flehte Sandy. »Warum, Tim? Was ist nur in dich gefahren, Tim … Hast du ihr gesagt, daß das, was du ihr antust, in Wirklichkeit mir gilt? Wünschst du, ich wäre es gewesen? Hast du es deshalb getan, Tim?«

»Nein.«

»Du hast immer wieder gedroht, mich zu erwürgen, um letztendlich eine andere zu töten.«

»Du warst meine Welt«, entgegnete er leise. »Und mit dir habe ich alles verloren.«

»Tim, du hast es weggeworfen, und das weißt du. Du hast mich vier Jahre lang betrogen, hast es mir selbst ins Gesicht gesagt.«

»Ich will das nicht. Ich gehöre zu dir.«

»Du hast schon vor langer Zeit den Bezug zur Realität verloren, Tim.«

»Ich versuche, alles wiedergutzumachen.«

Sandy Harris war schockiert, erschüttert und wütend. Tim hatte sich noch nie an anderer Leute Regeln gehalten. Sogar jetzt, nachdem er einen schrecklichen Mord gestanden hatte, erzählte er ihr, alles wieder ins Lot bringen zu wollen.

»Nein«, sagte Sandy. »Wie konntest du das tun, Tim? Warum hast du sie getötet?«

»Es ist nicht der Mensch gewesen, der dich liebt. Ich brauche Hilfe. Du warst immer da, wenn ich dich gebraucht habe, das weißt du. Ich werde dich nicht mehr anrufen müssen ... Denk nicht schlecht von mir. Ich wünsche, ich könnte es ändern.«

»Tim«, entfuhr es Sandy, der ein schrecklicher Verdacht kam. »Sie war die einzige, oder? Du hast dich doch an keiner anderen Frau vergangen?«

»Nein. Ich versuche, Hilfe zu bekommen.«

»Wenn man Hilfe braucht, tut man so etwas nicht, Tim. Du hast mich monatelang bedroht. Warum hast du dir nicht früher Hilfe geholt? Weil du schon vor Monaten ... warum hast du nicht früher etwas unternommen?«

»Ich dachte, ich hätte es unter Kontrolle.«

»Ich muß los, Tim.« Ihre Stimme war bar jedes Gefühls.

Und dann verließ Sandy Harris den Raum und Tim Harris' Leben. Er hatte erwartet, daß sie, wie all die Male zuvor, auch diesmal alles wieder in Ordnung bringen würde. Hundertmal hatte sie ihm verziehen. Jetzt konnte sie es nicht mehr.

Tim fragte Bruce Colton, ob er auch gehen könne. Er wußte, daß er damit das Gefängnis meinte. »Ich wünsche, ich wäre tot«, heulte er.

Er wollte nicht, daß seine Eltern von seiner Tat erfuhren. Er wollte irgendwohin, wo »ich Hilfe bekommen kann«.

»Bitte lassen sie mich nicht in irgendeinem Loch verfaulen«, flehte er Colton an.

Tims Bitte barg eine bittere Ironie. Genau das, worum er bettelte, hatte er seinem Opfer versagt. Er wußte es nicht, und vermutlich wäre es ihm auch egal gewesen, aber die Frau, die er tot in dem Wäldchen zurückgelassen hatte, war jedem Lebewesen mit so viel Liebe begegnet, daß sie nicht einmal einen toten Hund oder eine tote Katze auf der Straße hatte liegenlassen können. Es schien, als sei der selbstloseste Mensch Floridas, durch einen grauenhaften Zufall, auf den egozentrischsten Bürger dieses Staates getroffen.

Sandy stand noch vor Coltons Büro. Don Dappen an ihrer Seite, warf sie einen Blick auf die Männer, die sich um sie versammelt hatten. Es waren Juristen und Polizisten, die er seit fast zwei Jahrzehnten kannte. Und es war sein Schwager, der gerade eines der abscheulichsten Verbrechen gestanden hatte, das ihm bislang untergekommen war. Sie warteten in bedrücktem Schweigen.

»Sie brachten Tim zur Toilette. Er sah erst Sandy und dann mich an«, erinnert sich Dappen. »Ein paar Minuten später führte man ihn wieder an uns vorbei. Verstehen Sie, inzwischen haßte ich den Kerl. Aber er sollte mir noch einen weiteren Hieb versetzen. Er verharrte. Er sah mir unverwandt in die Augen, beugte sich vor und flüsterte mir ins Ohr: ›Bitte kümmere dich um meine Kinder.‹ Er ging weiter, und ich brach in Tränen aus – vor all den Männern, mit denen ich zusammenarbeitete. Wieder hatte er mir eins ausgewischt. Das letzte Mal!«

In diesem Moment begriff Don Dappen, daß alles Wirklichkeit war und die Kinder am meisten darunter leiden mußten. Nicht nur Jennifer und Timmy, sondern auch seine eigenen Kinder, Chris und Charlene; Kathys Kinder, Gary Jr., Freddie und Michael; und sogar Nichte und Neffe seiner Schwester, April Rose und Ryan, Martins Kinder, die in New York lebten.

Aber vor allem Katherine Hendricks würde ihr Leben lang leiden, weil Tim Harris ihr die geliebte Mutter genommen hatte.

Phil Williams überreichte Tim Harris den Haftbefehl um 2 Uhr 20. Obgleich das hieß, Eulen nach Athen zu tragen, las er Tim seine Miranda-Rechte vor. Tim bestätigte nach jedem Satz, ihn verstanden zu haben. Alles, was er sagte, konnte vor Gericht gegen ihn verwendet werden, und er hatte das Recht auf einen Anwalt, und wenn er sich keinen leisten konnte, würde man ihm einen stellen. Es war absurd, einem langgedienten Cop seine Rechte vorzulesen. Aber das Gesetz verlangte das nun mal.

Als sie in Begleitung des Deputy Sheriffs Pete Lenz zum Gefängnis der Indian River County fuhren, sprach Phil ein Detail an, das ihn beschäftigte, seit er Lorraine in diesem schrecklichen Augenblick entdeckt hatte.

»Erinnern Sie sich, Tim, wie sie Lorraine zurückgelassen haben?« begann Phil.

»Wissen Sie noch, wie Sie Lorraine zu dem Baum geschleift und ihre Beine um den Stamm gelegt haben?«

Tim blickte starr geradeaus und schwieg.

»Warum?« fragte Phil. »Würden Sie mir sagen, warum Sie sie in dieser Stellung zurückgelassen haben?«

»Aus keinem speziellen Grund.«

»Sie müssen doch zugeben, daß sie äußerst seltsam war.

Hatte diese Position eine besondere Bedeutung für Sie? Gab es einen bestimmten Grund dafür?«

»Ich weiß es nicht.«

Als Phil Williams mit Tim Harris im Gefängnis eintraf und verlangte, daß man ihn wegen Mordes einsperrte, fiel den zuständigen Vollzugsbeamten die Kinnlade herunter. Zuerst dachten sie an einen Scherz. Sie hatten Tim, den großen, gutaussehenden Trooper schon in Uniform gesehen: Er hatte Hunderte von Häftlingen bei ihnen abgeliefert. Er hatte ihnen zugewunken, mit ihnen geplaudert, war Teil des umfangreichen Teams von Gesetzeshütern in der Indian River County – war einer von ihnen gewesen. Und jetzt brachte man Tim selbst in Handschellen.

Doch es handelte sich um keinen Witz. Phil Williams war froh, daß er den Fall aufgeklärt hatte, und erleichtert, daß Tim die Freeways nicht mehr unsicher machen konnte, aber er verspürte ebensowenig wie die anderen nicht das geringste Bedürfnis, zu jubeln und seinen Ermittlerkollegen auf die Schulter zu klopfen. Statt dessen brannten Tränen in seinen Augen. Ein krimineller Cop beschmutzte den Ruf Tausender anständiger Polizisten. Außerdem hatte er so viele unschuldige Menschen ins Unglück gestürzt. Donny Dappen war ein harter Cop, und doch hatte er geweint.

Und das war erst der Anfang des Schmerzes. Phil hoffte, die Einzelheiten von Tims Geständnis wenigstens noch für kurze Zeit aus den Medien heraushalten zu können. Diese Sache dürfte für einen Riesenwirbel sorgen, und er wußte, daß die Pressesprecher alle Hände voll zu tun haben würden. Auch Mary Hogan konnte die Reporter nur begrenzte Zeit vertrösten.

Kapitel 21

In der vergangenen Woche war Don Dappen mit Sandy, Susan und allen Kindern für zwei Tage nach Disney World in Orlando gefahren, nicht so sehr, um sie vor Tim zu schützen oder Jennifer und Timmy fortzuschaffen, sondern einfach um ihnen zu helfen, ein Weilchen zu vergessen. Er war froh, daß er es getan hatte; von jetzt an würde es kein Vergessen mehr geben. Für Wochen, Monate, Jahre nicht mehr – für den Rest ihres Lebens.

Tims Familie reagierte schockiert und erschüttert. Phil Williams rief David Harris am Samstag morgen an, um ihn von der Verhaftung seines Bruders in Kenntnis zu setzen. David und Melissa waren unterwegs, so daß ihm nichts anderes übrigblieb, als die Nachricht auf den Anrufbeantworter zu sprechen. Melissa sah das Gesicht ihres Mannes, als er das Wohnzimmer betrat, nachdem er das Band abgehört hatte.

»David konnte es nicht glauben ... Wir wußten nicht, was passiert war. Wir dachten, es hätte etwas mit Sandy zu tun ... Wir versuchten, sie zu Hause zu erreichen, aber sie ging nicht ans Telefon.«

David und Melissa fuhren zum Gefängnis, um Tim zu besuchen. David sprach mit ihm, und Tim klammerte sich an ihn und stammelte: »Laß mich nicht allein.«

Melissa erinnerte sich, daß David danach ›völlig geschockt‹ war. »Er sagte immer wieder: ›Ich fasse es nicht, ich fasse es nicht.‹ Als wir das Gefängnis verließen, weinte er hysterisch.«

Tims Mutter traf am Sonntag mit dem Flugzeug ein. Sie saß bei ihrem Sohn in der Zelle und hielt ihn fünfzehn oder zwanzig Minuten lang einfach nur in den Armen, wobei keiner von beiden ein Wort sagte. Auch Tims Vater kam nach Vero Beach, weigerte sich jedoch, seinem Sohn in dieser Situation gegenüberzutreten und reiste schließlich wieder ab. Familienangehörigen zufolge hatten die beiden Männer sechs Jahre keinen Kontakt mehr; Tim und seine Stiefmutter vertrugen sich nicht.

David Harris versuchte, Phil Williams seinen Standpunkt zu erklären. »Mein Dad hat nichts mit uns am Hut.«

Tim Harris wurde keine Kaution eingeräumt, und er wurde zu seinem eigenen Schutz in Isolationshaft gesteckt, denn Cops ergeht es zuweilen sehr schlecht, wenn sie hinter Gittern landen. Frauenmörder werden von allen Häftlingen geächtet. Auf Tim traf beides zu. Wärter kontrollierten alle fünfzehn Minuten, was er tat.

Die Presse erfuhr sehr bald von Tim Harris' Verhaftung; Das Sheriffbüro wurde ständig von Journalisten beobachtet, und diese spürten sofort, daß etwas Bedeutendes im Gange war. Der Fall Harris machte am Sonntag, dem 8. April 1990, Schlagzeilen. Die Einzelheiten füllten mehrere Spalten der örtlichen Zeitungen und weckten auch das Interesse der Fernseh-Boulevardsendungen.

Die Schlagzeile des *Orlando Sentinel* lautete: »Eine Frau wird ermordet, ein Trooper gesteht; ein Angstgeschwür«; auf der Titelseite des *Miami Herald* war zu lesen: »Abstieg – Vom Erfolg zum Mordverdacht: State Trooper ›geschnappt‹.«

Daraufhin meldeten sich zwei Frauen bei Rick McIlwain, die Tims Version, er sei ›plötzlich durchgedreht‹ widersprachen. Sie hatten das Pech gehabt, ihm schon Monate zuvor, im Juli 1989, zu begegnen, und sie bezeichneten Harris als ›wandelnde Zeitbombe‹.

»Er verhielt sich, als würde er Frauen hassen«, erinnerte sich die siebenundvierzigjährige Sandy Horne. Sie hatte in Begleitung der dreiundzwanzigjährigen Mary Turney, gegen drei Uhr nachmittags die I-95 in südlicher Richtung befahren, als Tim Harris in Höhe der Okeechobee-Road-Ausfahrt in Fort Pierce auf sie zugerast war. Erst in dem Moment, in dem sie ausscherte, um den vorausfahrenden Wagen zu überholen, schaltete Tim Harris das Blaulicht ein und forderte sie auf anzuhalten. Er fragte weder nach ihrem Führerschein noch nach den Fahrzeugpapieren; er war ganz offensichtlich wütend wegen irgend etwas.

»Er sagte ›Sie sind mir im Weg, und ich habe es eilig‹«, berichtete Sandy Horne. Als die Frauen hierauf protestierten, schrie er sie an. Horne hatte den Eindruck, daß mit dem Trooper etwas nicht stimmte – seine Wut war völlig überzogen – und sah auf sein Namensschild.

»Er bemerkte meinen Blick und rastete aus«, sagte sie schlicht. Er sagte, er könne sie wegen Umweltverschmutzung drankriegen, weil eine halbe Meile weiter nördlich in der Nähe irgendeines Wäldchens eine Plastikmilchflasche von ihrem Pickup gefallen sei.

»Ich machte mich daran auszusteigen«, sagte Horne, »und als ich gerade ein Bein draußen hatte, lehnte er sich gegen die Tür und klemmte es ein. ›Wo wollen Sie hin?‹ herrschte er mich an.«

Sie erklärte, sie wolle sich vergewissern, ob die drei Milchflaschen, die sie gekauft hatte, noch auf der Ladefläche seien. Tim Harris verbot es ihr. Statt dessen befahl er ihr, auf dem Seitenstreifen zrückzulaufen, die Fahrbahn zu überqueren, um auf dem bewaldeten Mittelstreifen nach besagter Flasche zu suchen.

»Er forderte mich immer wieder dazu auf, insgesamt mindestens sechsmal, aber ich weigerte mich beharrlich. Der Wald erschien mir düster und unheimlich«.

»Er war schon vor langer Zeit Choleriker«, sagte sie.

»Wir sind in unserem ganzen Leben noch nie so grob behandelt worden. Ich dachte ›Gott, ich lande wegen einer Milchflasche im Gefängnis‹. Aber er war an jenem Tag eine wandelnde Zeitbombe. Ich bin heilfroh, daß ich nicht (in den Wald) gegangen bin.«

An Tim Harris' Geständnis gab es einiges, das Phil Williams störte. Tim hatte so nachdrücklich betont, Lorraine Hendricks sei freiwillig zum Sex mit ihm bereit gewesen – was Polizisten in Florida abschätzig als ›Nummer‹ bezeichneten. Die Ergebnisse von Phils fünfwöchigen Ermittlungen, Gespräche mit mehreren Officern, die ihr Protokolle ausgestellt hatten, standen in krassem Widerspruch zu Tims Behauptung.

Lorraine hatte mit keinem von ihnen versucht zu flirten. Sie wurde vielmehr als ›schwierig‹ geschildert. Einem Kollegen aus Jacksonville sei sie sehr geschäftsmäßig, einem anderen sogar ärgerlich und richtig schnippisch gegenübergetreten. Warum also hätte sie Tim Harris so entgegenkommen sollen? Das ergab einfach keinen Sinn.

Vieles ergab keinen Sinn. Laut Tims Aussage war ihm Lorraine in ihrem Honda auf den Mittelstreifen gefolgt, wo sie ihre Wagen im Schutz der Bäume abgestellt hätten. Wenn das stimmte, sagte sich Williams, wären er, Larry Smetzer und Tony Oliver dort ganz sicher auf Spuren von zwei Fahrzeugen gestoßen. Mehr als das; auf dem Unterboden des Honda hätte man Unkraut, Piniennadeln, Palmenblätter etc. sicherstellen müssen, doch dieser sah aus wie der eines Wagens, der ausschließlich auf Teer- und Schnellstraßen gefahren worden war.

Tim Harris hätte Lorraines Honda zu der Stelle, an der er sie angehalten hatte, zurückfahren, ihn dort auf dem Seitenstreifen parken und eine Meile laufen müssen, um wieder zu seinem Einsatzwagen zu gelangen. Ein großgewachsener uniformierter Trooper, der entlang der Interstate marschierte, wäre zweifellos aufgefallen. Jemand hätte sich an ihn erinnert. Phil glaubte nicht, daß Tim dieses Risiko eingegangen wäre.

Beide Vordertüren waren unverschlossen und ihre Sachen noch im Fahrzeug gewesen, einschließlich ihres Aktenkoffers mit wichtigen Unterlagen. Laut Meinung jedes einzelnen, mit dem Phil Williams sich über Lorraine unterhalten hatte, war sie eine sehr vorsichtige Frau gewesen – eine Frau, die niemals ihren Wagen mehr als einen Augenblick offen hätte stehenlassen, und schon gar nicht mit Gepäck.

Tim Harris mußte sie aufgefordert haben, kurz in seinem Einsatzwagen Platz zu nehmen, eine durchaus übliche Verfahrensweise, in Florida und auch in anderen Staaten, während die Officer die aktuellen ›Suchmeldungen und Haftbefehle‹ von der Zentrale überprüfen lassen und das Protokoll ausstellen.

Gut möglich, daß Lorraine mit ihm gekommen war, in dem Glauben, in wenigen Minuten wieder bei ihrem Wagen zu sein. Außerdem war sie mit absoluter Sicherheit keinem fremden Mann in einen dunklen Wald gefolgt, um dort mit ihm Sex zu haben.

Lorraine war sexuell nicht frustriert gewesen; sie hatte einen Freund gehabt. Nach Gesprächen mit fast jedem, dem sie je etwas bedeutet hatte, wußte Williams, daß sie eine liebevolle und leidenschaftliche Frau gewesen war, die sich niemals auf billigen Sex eingelassen hätte.

Ihrer Freundin Carol Worley zufolge, war Lorraine schamhaft gewesen – so schamhaft, daß sie sich in der Umkleide eines Fitneßclubs nicht einmal vor anderen Frauen ausgezogen hatte. Die Frage, ob Lorraine einem Mann Sex angeboten hätte, um einem Protokoll zu entgehen, war Carol absurd erschienen. Mit zornig blitzenden Augen hatte sie entgegnet: »Nie. Niemals. Das ist einfach undenkbar. Einmal stand Lorraine vor einer wichtigen Beförderung – ein leitender Angestellter der Firma kam um Mitternacht in ihr Hotelzimmer und meinte, sie sollten ihre Freundschaft doch vertiefen. Sie war schockiert und stinksauer. Sie schickte ihn weg. Daß es ihrer Karriere schaden konnte, interessierte sie nicht.«

Nein, Lorraine Hendricks hatte, so schnell wie möglich den Besuch bei ihrer Freundin und die Termine beim Zahnarzt und mit dem Immobilienmakler in Fort Lauderdale hinter sich bringen wollen, um zu ihrer kleinen Tochter nach Jacksonville zurückzukehren.

Sie mochte zwar eine notorische Temposünderin gewesen sein, doch eine Frau ihrer Klasse, die ihr Kind abgöttisch liebte, hätte sich niemals mit einem Fremden eingelassen, nur um ein Protokoll zu vermeiden. So etwas taten die Frauen in Tims Cartoons, die, so glaubte Williams, Tims Phantasie derart beherrschten, daß er sich ein eigenes Szenario ausgedacht und Lorraines Kommentar entsprechend angepaßt hatte.

Der Hund. Gut möglich, daß Tim Shadow dazu benutzt hatte, seine Machtposition zu untermauern. Auch Don Dappen war überzeugt davon. Er erinnerte sich noch gut, wie Tim seinem Hund befohlen hatte ›aufzupassen‹, um Susan angst zu machen. Hatte Lorraine Hendricks erst in Tims Wagen Platz genommen oder sich diesem auch nur genähert, wäre sie Shadow, auf einen entsprechenden Befehl hin, ebenso hilflos ausgeliefert gewesen wie einer Waffe. Wie hätte sie sich trotz des schwarzen Gürtels in Kung Fu gegen einen ausgebildeten Polizeihund und einen 200 Pfund schweren Polizisten wehren sollen? Welche Ironie, daß ein Hund – ein braver Hund, der nur seinem geistesgestörten Herrn gehorchte – geholfen haben sollte, eine Frau festzuhalten, die so tierlieb gewesen war wie Lorraine Hendricks.

Williams wußte, daß Mörder auf unterschiedliche Art

gestehen; manche sagen rundheraus die Wahrheit, aber die meisten übergehen die Stellen, die sie am stärksten belasten oder sie am gewissenlosesten erscheinen lassen. Ein letzter Versuch, die eigene Schuld geringer darzustellen.

Phil bezweifelte nicht, daß Tim Harris Lorraine angehalten und mit ihr gesprochen hatte. Er wußte zu viel von ihr – von ihrer Scheidung, dem Ziel ihrer Reise, von Katherine. Tim hatte mehrmals erwähnt, sie sei auf dem Weg zu ihrer kleinen Tochter gewesen. Möglicherweise hatte Lorraine ihm erzählt, sie wolle möglichst bald wieder bei Katherine sein, in der Hoffnung, dann gehen zu können.

Daß Lorraine Hendricks zu Sex auf freiwilliger Basis bereit gewesen war, hielt Phil Williams für ausgeschlossen. Hatte Tim sie jedoch erst gefesselt, um ihr seine Macht zu demonstrieren, konnte sie befürchtet haben, sterben zu müssen, wenn sie den Befehlen des Troopers nicht gehorchte und jede Gegenwehr aufgegeben haben. Lorraine war in erster Linie Mutter, und Mütter haben sich schon immer geopfert und für ihre Kinder alles auf sich genommen. Katherine war ihr Leben, und um zu ihr zurückzukehren, hätte sie sich wahrscheinlich sogar dem hünenhaften Trooper unterworfen. Nach allem, was Phil über ihren Charakter und ihre Persönlichkeit wußte, nahm er an, daß es genau so gewesen war.

Zu spät mußte sie erkannt haben, daß sie in der Falle saß und es nie seine Absicht gewesen war, sie anschließend laufen zu lassen. Mit dem Namen einer anderen Frau angesprochen, mußte sie verzweifelt gerufen haben: »Ich bin nicht die Frau, für die Sie mich halten! Ich bin nicht Sandy!« Diesen Teil von Tims Aussage hielt Williams für zutreffend.

Immerhin gab es für Lorraines Familie und Freunde einen kleinen Trost. Beim Strangulieren tritt der Tod gemeinhin sehr schnell ein. Sind die Halsschlagadern zum Gehirn abgeschnürt, verliert der Betreffende beinahe sofort das Bewußtsein. In seiner Raserei mochte Tim Harris Lorraine Hendricks weiter gewürgt haben, aber sie hatte hiervon nichts mehr wahrgenommen oder gespürt. Sie war an diesem Punkt bereits an einem sicheren Ort, an einem Ort, der einer Frau zustand, die von Kindesbeinen an großen und kleinen Lebewesen geholfen und das Leben anderer Menschen bereichert hatte.

Strafverteidiger Clifford Barnes sollte Tim Harris vor Gericht vertreten. Die Anklage lautete auf Mord ersten Grades. Der Staat Florida würde die Todesstrafe beantragen. David Morgan, der zweite Staatsanwalt, erklärte, daß er noch nicht einmal in Erwägung ziehe, Harris einen Deal anzubieten, der ihn davor bewahre, wie die zahlreichen Insassen der Bundesstrafvollzugsanstalt des Staates Florida in Starke in der Todeszelle seinem Ende auf dem Elektrischen Stuhl entgegenzusehen.

»Wir werden auf jeden Fall auf Mord ersten Grades plädieren«, sagte Morgan und erklärte, der Staat werde sich auf zwei erschwerende Umstände stützen, die den ersten Grad zweifelsfrei auf jeden Fall rechtfertigten – selbst wenn die Verteidigung beweisen könne, daß Tim nicht vorsätzlich gehandelt habe.

Im Gefängnis weinte Tim viel. Er wurde von einer Videokamera beobachtet, obgleich die Behörden ihn nicht für selbstmordgefährdet hielten. DeeLisa besuchte ihn regelmäßig. Sandy nicht. Sie mußte Timmy und Jennifer beibringen, wo ihr Vater war, und sie vor den Hänseleien der anderen Kinder schützen. Sie mußte jeden Tag zur Arbeit und sich ihren Freunden und Kollegen stellen. Vero Beach und Sebastian waren kleine Orte, in denen es keine Geheimnisse gab.

Major Frank und Jodi Dombroski versuchten zu akzeptieren, daß ihre wundervolle Tochter ihnen unwiderruflich genommen worden war; Rick Hendricks' sechs Jahre alte Tochter würde ihre Mutter niemals wiedersehen. Mike Raleigh mußte auf eine Geschäftspartnerin verzichten, die er sehr geschätzt hatte. Der Mann, in den Lorraine verliebt gewesen war, hatte sie verloren, noch bevor sie einander nähergekommen waren; er sollte sie seinen Lebtag nicht mehr vergessen.

Für Tim Harris war Lorraine Hendricks' Tod Schnee von gestern, etwas, das der Vergangenheit angehört, etwas, das in seinen Augen nicht annähernd so wichtig war, wie Sandy zurückzugewinnen. Er weinte um Sandy, und er weinte um sich selbst, weil er in einer Zelle eingesperrt war, die er Besuchern gegenüber als schmutzig und widerlich bezeichnete.

Sandy war das einzige, was Tim in seinem Erwachsenenleben verwehrt geblieben war, und er wollte einfach nicht wahrhaben, daß er sie verloren hatte. Er schrieb ihr wieder und wieder – mit Bleistift auf liniertem, von der Anstalt gestelltem Papier.

Tim weinte bitterlich, während er einen reiflich überlegten Brief an Sandy richtete, einen Brief, der aufs sorgfältigste erdacht war und darauf abzielte, ihr Schuldgefühle einzureden, einen Brief, der sie dazu verleiten sollte, ihn zu vermissen und zu ihm zurückzukehren. Aber zu menschlichen Emotionen, Mitgefühl oder auch nur Verständnis für den Standpunkt eines anderen war Tim Harris einfach nicht fähig.

Bei der Lektüre des Briefes, den er Sandy in der letzten Aprilwoche geschickt hat, meint man, dieselbe Situation von beiden Seiten eines Spiegels zu betrachten. Die ›Valentins-Überraschung‹, die Sandy schrecklich peinlich gewesen war, hatte in Tims Erinnerung einen völlig anderen Stellenwert.

»Ich wollte nur, daß Du weißt«, begann Tim, »daß ich mich gestern abend in den Schlaf geweint habe … Es ist blöd, klar, aber ich mußte an den Valentinstag denken. Hast du je überlegt, DeeLisa zu fragen, was ich an jenem Tag für sie getan habe? Nichts. Ich denke an die vielen Ballons, wie oft ich zum Truck zurückgelaufen bin und damit rechnen mußte, erwischt zu werden. Irgendwie habe ich mich selbst bewundert …«

Er erinnerte, daß er vorgehabt habe, ihr sexy Unterwäsche zu kaufen, aber Sandy ja wisse, daß er das nie allein, sondern nur in Begleitung seiner Tochter oder eines der Jungen aus dem Reservecamp getan hätte.

»Ich möchte keinen Valentinstag mehr erleben«, schrieb er. »Und wenn man bedenkt, daß Du noch nicht einmal danke gesagt hast. Ich liebe Dich …«

Tim Harris nahm auch Bezug auf einen Fanbrief, den er von einer Frau erhalten hatte. »Wenn eine Frau, die mich nicht einmal kennt, mir schreibt, warum kann mir dann nicht meine eigene Frau schreiben? Vielleicht willst Du ja gar nicht meine Frau sein? Mann und Frau müssen sich füreinander einsetzen … Ich will, daß Du mich jede Woche besuchst. Ich will, daß Du mir schreibst. Ich will, daß die Kinder mir schreiben. Ich will, daß Du mich liebst. Ich will, daß Du Anteil nimmst an dem, was mit mir geschieht … Da Du nicht aussagen darfst, kannst Du mich doch zur Verhandlung begleiten. Wenn Du Schwierigkeiten hättest, würde ich Dir zur Seite stehen – ganz egal, wie wütend ich auch auf Dich wäre …«

»Ich will …«

Wieder flehte Tim Harris Sandy an, ihn zurückzunehmen, seinen Ring wieder zu tragen.

Im Mai gratulierte Tim Pat Wessendorf zum Muttertag. Er schien wirklich nicht begreifen zu können, weshalb seine Schwiegermutter nichts mehr von ihm wissen wollte.

»Ich verstehe immer noch nicht, warum Du mich nicht besuchen kommst oder mir wenigstens schreibst. Eine achteinhalb Jahre währende Ehe beendet man doch nicht einfach so. Ich kann Dir versichern, daß, sollten wir uns scheiden lassen, dies nur geschehen wird, weil Du es so wolltest ... So zu tun, als existiere ich nicht mehr, ändert auch nichts. Ich hätte nie geglaubt, daß Du zu dieser Art von Frauen gehörst. Deine Gefühle ... sind verletzt, meine ebenfalls ...«

Obgleich Tims juristische Situation objektiv betrachtet hoffnungslos war, hörten sich seine Briefe an, als sitze er wegen einer Lappalie, wie beispielsweise eines Verkehrsdeliktes. »Ich denke, ich möchte woanders leben, wenn das alles ausgestanden ist. Hast du Lust, mich zu begleiten?«

Tim schickte Sandy Zeitungsartikel, in denen die Scheidung an sich angeprangert wurde, und Robert Flughums ›All I Ever Really Needed to Know I Learned in Kindergarten‹ (›Alles, was ich wirklich wissen muß, habe ich im Kindergarten gelernt‹). Seine Gefühle waren intensiv und zielgerichtet – nur daß Tim Harris den riesigen Abgrund ignorierte, der ihn von Sandy trennte, den Abgrund, den Untreue, Gewalt und Mord geschaffen hatten.

Sehr sorgfältig zeichnete Tim Harris Bilder für Sandy, Jenny und Timmy – eine einzelne rote Rose, einen Snoopy. Und jeder Brief endete mit ›Love Always‹, gefolgt von seiner schwungvollen Unterschrift.

Sandy mußte alles verkaufen, um finanziell über die Runden zu kommen – Tims Boot, seinen Wagen, ihr gemeinsames Haus. Sie war schockiert, als sie feststellte, daß Tim seine Einkommenssteuererstattung an DeeLisa abgetreten hatte, während er fortfuhr, sie mit einer Flut von Briefen zu überhäufen, in denen er ihr seine unsterbliche Liebe versicherte und ihr anvertraute, welch schreckliche Angst er habe, daß sich Sandy mit anderen Männern treffe und seine Kinder ihn vergessen könnten. Er schärfte Sandy ein, den Kindern nicht sein Bild in der Zeitung zu zeigen, wenn es zum Prozeß kam.

Tims Briefe waren von krankhafter Eintönigkeit geprägt. Sandy kannte ihren sich ständig wiederholenden Inhalt, noch bevor sie sie öffnete. Als er nichts von ihr hörte, verdächtigte er die Gefängnisleitung, Sandys Briefe zu konfiszieren. Er wollte einfach nicht akzeptieren, daß sie sich endgültig von ihm gelöst hatte, daß es definitiv zu spät war. Sandy las die Briefe und steckte sie zurück in den Umschlag. Sie warf sie nicht weg, und sie wußte selbst nicht, warum.

Schließlich fand sie einen Käufer für das Haus auf der 75. Court. Ihre Familie half Sandy beim Auszug aus ihrem ehemaligen Traumhaus. Während Don Dappen mit Sandy einige persönliche Gegenstände verpackte, vergewisserte er sich, daß sie auch nichts vergessen hatte. Im obersten Regalfach einer der Schränke, hinter anderen Wäschestücken, fand er eine Strumpfhose – mit abgeschnittenen Füßen. Sandy hatte sie noch nie gesehen. Aus irgendeinem Grund mußte Tim sie dort versteckt haben.

Sandy konnte für sich und die Kinder ein viel kleineres Häuschen bauen. Sie blieb in der Indian River County, obgleich sie manchmal daran dachte, weit weg zu ziehen, irgendwohin, wo Tim und sie keinem bekannt waren. Aber sie hatte einen guten Job, ihre Familie lebte in der Nähe, und die Leute waren nett zu ihr. Niemand machte ihr das Leben wegen des Skandals schwer.

Möglicherweise änderte sich das, sobald man Tim vor Gericht stellte, wenn sämtliche Details in der Presse erneut breitgetreten wurden. Aber Sandy blieb, ihre Kinder hatten ihren Onkel Don und ihren Opa Fred, und sie hatte ihre Mutter und ihre Schwestern Susan und Kathy.

Kapitel 22

Tim Harris' Prozeß wegen Mordes ersten Grades sollte am 9. Oktober 1990 beginnen. In der Woche davor feierte Sandy ihren achtundzwanzigsten Geburtstag, und Lorraine Hendricks wäre vierundvierzig geworden. Erst ein Jahr zuvor hatte Tim selbst den Zusammenbruch seines Lebens eingeläutet, als er Sandy zu einem ›Geburtstagsessen‹ ausgeführt und ihr unumwunden eröffnet hatte, daß er sich noch mit einer anderen Frau traf.

Sofern er je daran gedacht hatte, spielte das jetzt keine Rolle. Inzwischen waren zwölf Monate vergangen, und er mußte damit rechnen, auf dem elektrischen Stuhl zu enden. Am 19. September verlor die Verteidigung in einem entscheidenden Punkt. Clifford Barnes' Strategie hatte in erster Linie darauf basiert, daß man Tim zu seinem Geständnis gedrängt habe. Vor allem wollte er verhindern, daß das Gericht die Bandaufnahmen von Tims Aussage gegenüber Phil Williams und Rick McIlwain sowie jene seines Geständnisses gegenüber Staatsanwalt Bruce Colton als Beweismittel zuließ.

Sollte ihm dies nicht gelingen, konnte Clifford Barnes nur versuchen, die Jury davon zu überzeugen, daß sich sein Mandant nicht eines Mordes ersten, sondern ›nur‹ zweiten Grades oder eines Todschlags schuldig gemacht habe. »Es sieht nicht so aus, als würden wir mit Unzurechnungsfähigkeit durchkommen«, gab Barnes zu. Bei seinen Gesprächen mit seinem Klienten hatte er einen Mann kennengelernt, der grundsätzlich nicht als geisteskrank einzustufen war und auch zum Zeitpunkt des Verbrechens bei klarem Verstand gewesen sein durfte.

Noch bestand die – wenn auch kaum zu befürchtende – Möglichkeit, daß der Fall abgewiesen und Tim Harris nie vor Gericht gestellt wurde, denn Staatsanwalt Bruce Colton bestätigte, daß »wir ohne Tim Harris' Geständnis bestimmt nicht genug in der Hand gehabt hätten, um ihn wegen Mordes zu verhaften«.

Strafverteidiger Barnes ließ sich nicht davon abbringen, daß Tim zu dem aufgezeichneten Geständnis gezwungen worden sei. »Sie haben ständig seine Furcht vor der Verhaftung geschürt«, beharrte er. »Das war ein Meisterstück psychologischer Nötigung. Sie haben es verdammt gut verstanden, ihn kleinzukriegen. Der Umstand, daß er ein Cop ist, bedeutet nicht, daß er keine verfassungsmäßigen Rechte hat.«

Diese Strategie war gelinde ausgedrückt fragwürdig. In den acht Jahren, die Tim Harris im Einsatz war, hatte er die Miranda-Rechte vermutlich Tausenden von Autofahrern laut vorgelesen. Ihm war von Anfang an klar gewesen, daß er nicht mit Phil Williams, Rick McIlwain oder Bruce Colton zu sprechen brauchte, was seine Äußerung den beiden gegenüber »Ich kann durch diese Tür gehen und kein Wort mehr sagen« auf Band belegte, und der Ausschnitt seines offiziellen Geständnisses: »Ich bin hier, weil ich das so will«, untermauerte das.

Im Gerichtssaal war es mucksmäuschenstill, als die Aufzeichnungen vom 6. Und 7. April abgespielt wurden. Tim Harris beschrieb mit tränenerstickter Stimme, wie er sein Opfer erwürgt hatte, ohne zu wissen, ob es Lorraine Hendricks oder seine Ehefrau Sandy gewesen war.

Der echte Tim Harris – jener im Gerichtssaal – hörte mit versteinertem Gesicht zu, die verschränkten Arme auf dem Eichentisch der Verteidigung. Photographen lauerten vergeblich auf eine Spur von Gefühl in seinen Zügen. Er hatte in den fünf Monaten seit seiner Verhaftung kein Wort mit den Presseleuten gewechselt und war auch nicht gewillt, den Reportern zu einer gelungenen Aufnahme zu verhelfen. Gelegentlich schloß er die Augen, als könne er auf diese Weise die häßlichen Details von Lorraines Tod ausblenden.

In seinem roten Gefängnisoverall wirkte Tim Harris schlanker als früher, aber alle Bilder, die die Medien letztendlich veröffentlichten, zeigten einen Mann, der attraktiv genug war, um die Rolle eines angeklagten Mörders in einem Kino- oder Fernsehfilm zu übernehmen. Eine widerspenstige Strähne seines dicken schwarzen Haares fiel ihm in die Stirn.

Nach einer spannungsgeladenen Wartezeit erklärte Bezirksrichter L. B. Vocelle: »Es geht nicht um jemanden, der keinerlei Erfahrung in Gewaltfragen hat.« Er betonte, daß das Gericht Tim Harris' elfjährige Erfahrung im Polizeidienst sowie seine umfangreiche Ausbildung ›selbstverständlich berücksichtigen werde‹.

Und er akzeptierte die Bänder als Beweismittel.

Harris, der damit gerechnet hatte, war keine Enttäuschung anzumerken, denn als erfahrener Cop wußte er, daß man ihn ordnungsgemäß über seine Rechte aufgeklärt hatte. Die Folgen eines Gespräches mit Williams und den beiden Männern von der Staatsanwaltschaft waren ihm bewußt gewesen.

Barnes befürchtete das Schlimmste. »Es ist ein abscheuliches Verbrechen. Man wird ihn wegen Mordes ersten Grades anklagen. Es ist eine kleine Stadt und eine extrem komplexe Angelegenheit.« Trotzdem vertraute er darauf, daß ein Appellationsgericht Richter Vocelle widersprechen würde, und versicherte, im Falle einer Verurteilung in Berufung zu gehen.

Phil Williams erklärte, daß er nicht aufgegeben hätte, auch wenn Tim Harris bei dem stundenlangen Verhör im April dabei geblieben wäre, Lorraine Hendricks nicht getötet zu haben.

»Ich wäre mit ihm zum Angeln gegangen«, sagte Williams.

»Nur er und ich und der Recorder.«

Wie sich herausstellte, sollte es jedoch keinen Mordprozeß für Timothy Scott Harris geben. Am Freitag, dem 28. September 1990, brach er sein Schweigen. Im Beisein von Lorraine Hendricks Eltern, die der beisitzende Staatsanwalt David Morgan informiert hatte, gestand Tim Harris, ihre einzige Tochter umgebracht zu haben. Major Frank Dombroski nahm es stoisch auf, während seine Frau Jodi sichtlich mit den Tränen kämpfte.

Die Hände an den Gürtel seines roten Gefängnisoveralls gefesselt, betrat Tim Harris den Gerichtssaal. Er erklärte sich nicht für schuldig, erhob jedoch keinen Widerspruch gegen die Anklage wegen Mordes ersten Grades. Das würde ihn vor dem elektrischen Stuhl bewahren.

Harris stand mit völlig ausdruckslosem Gesicht vor Richter Vocelle. »Ich werde immer im Gedächtnis behalten, was passiert ist«, begann er. »Und ich weiß, daß ich nichts sagen kann, was an der Realität noch etwas ändern würde ... Es tut mir wirklich leid für ihre Angehörigen und Freunde, und ich bedaure den Schmerz, den ich verursacht habe. Ich werde nicht vergessen, daß ich vielen Menschen weh getan habe ... Ich verdiene es nicht zu leben.«

An Lorraines Familie gerichtet, sagte er: »Ich wünsche, Sie könnten mir verzeihen. Ich wünsche mir, daß Sie irgendwann dazu in der Lage sein werden.«

Die Dombroskis starrten Harris an, als habe er eine fremde Sprache benutzt.

Tim hob hervor, wie stolz er immer auf seinen Beruf als Polizist gewesen sei; daß er nie erwartet habe, eines Tages als Angeklagter einem Richter gegenübertreten zu müssen. »Ich hoffe nur, daß meine Tat der Polizei nicht geschadet hat, denn diese ist völlig anders.«

Richter Vocelle ließ Tim Harris ausreden und verurteilte ihn anschließend zu lebenslanger Haft.

Für Lorraines Eltern nahm sich die Strafe tragisch gering aus. Ihnen wäre wohler gewesen, wenn Tim Harris für den Mord an Lorraine mit seinem eigenen Leben bezahlt hätte. Und doch wurde hiermit ihren Qualen ein Ende gemacht. »Alles, was wir möchten, ist, einen Schlußstrich unter die Sache zu ziehen«, erklärte Major Dombroski. »Wenn wir in Berufung gehen, könnte sich das Verfahren noch zehn bis zwölf Jahre hinziehen. Und ich glaube nicht, daß ich das emotional durchstehen würde.«

Jodi Dombroski rang um Fassung, doch sie hatte das Bedürfnis, etwas loszuwerden. Sie wies auf die Ironie hin, daß ausgerechnet ihre Tochter, die 1971 als Model für Floridas ›Arrive Alive‹-Kampagne posiert hatte, durch die Hände eines Mitgliedes eben jener Organisation zu Tode gekommen war, die dieses Programm seinerzeit gesponsert hatte.

»Wie traurig, daß dieser wahnsinnige Mörder die Würde aller ehrenhaften Officers besudelt hat, die diesem Land dienen und ihr Bestes tun, um uns zu schützen und nicht, um uns zu vernichten«, sagte sie den Reportern. »Soll er seine Strafe antreten. Ihre Angehörigen mußten leiden, weil alle sie von ganzem Herzen geliebt haben. Und alle unsere Freunde werden dafür beten, daß er keine Stunde vergißt, welchen Schmerz er ihr zugefügt hat, und sich bis ans Ende seiner Tage wünscht, tot zu sein.«

Sandy Harris blieb dem Gerichtssaal fern. Sie gab Reportern gegenüber eine kurze telefonische Stellungnahme ab. »Das ist die Strafe, die er verdient«, erklärte sie. »Verdient irgend jemand die Todesstrafe? Zu leben ist schlimmer; wenn ich jemanden umgebracht hätte, würde ich den Rest meines Lebens nicht im Gefängnis verbringen wollen.«

Sandy war zwei Tage zuvor mit den Kindern bei Tim im Gefängnis gewesen – aber nur, damit sie verstehen konnten, warum ihr Vater nicht mehr zu Besuch kam. Sie hoffte, ihn hiernach niemals wiedersehen zu müssen und ihn vielleicht sogar vergessen zu können.

Man hätte Tim Harris um ein Haar zum Tode verurteilt; das war der einzige Grund, weshalb sein Rechtsberater sich auf den ›Plea bargain‹ eingelassen hatte. (Absprache zwischen Anklage und Verteidigung hinsichtlich der Beschränkung der Anklage auf einzelne Punkte oder hinsichtlich des Strafmaßes; Anmerkung des Übersetzers.) Er hatte nicht das Recht, in Berufung zu gehen, und nach geltendem Gesetz des Staates Florida mußte er mindestens fünfundzwanzig Jahre seiner Strafe absitzen, ehe er ein Begnadigungsgesuch einreichen konnte.

Nur Stunden nach seiner Verurteilung zu lebenslanger Haft wurde Tim Harris vom Indian River County Gefängnis zum Orlando Receiving Center gebracht, das ihn der Haftanstalt zuteilen sollte, in der er möglicherweise den Rest seines Lebens verbringen würde.

Kurze Zeit später überstellte man ihn in die Baker Strafvollzugsanstalt in Olustee, Florida. Aus Trooper Timothy Scott Harris war Häftling Timothy Scott Harris, 139009, geworden.

Nachwort

In Baker wurde Harris einer von 1600 Häftlingen. Man bestimmte ihn zum Gehilfen eines Mathe- und GED-Lehrers. Er trat den Gefängnis-Jaycees bei und begann, regelmäßig in die Kirche zu gehen, was er, wie er Reportern mitteilte, vor seiner Verurteilung noch nie getan hatte.

Während ihn DeeLisa Davis in den ersten sechs Monaten seiner Haft treu besuchte, beantwortete Sandy noch nicht einmal seine Briefe. So leicht ließ sich Tim jedoch nicht entmutigen. Er schrieb weiterhin beiden Frauen und schwor beiden, sie zu lieben.

Am 21. März 1991 führte Tim Harris seine letzte Amtshandlung für die Florida Highway Patrol aus. Er wurde vom Gefängnis nach Fort Pierce gebracht, um als Zeuge der Anklage gegen den LKW-Fahrer auszusagen, der 1989 in betrunkenem Zustand jenen Unfall verursacht hatte, bei dem unter anderem der kleine schwarze Junge ums Leben gekommen war. Er durfte seine Uniform nicht tragen, aber für ein paar Stunden war der Häftling Tim Harris wieder ein ›Trooper‹ im Zeugenstand.

Von seinen Kindern getrennt, hatte sich Tim Harris zum vollendeten Vater entwickelt, der sich nichts sehnlicher wünschte, als eine Chance, an deren Leben teilzuhaben. Er wollte wissen, was sie dachten, träumten, fühlten und sich wünschten. Einer der Fragebögen an den siebenjährigen Timmy umfaßte 148 Fragen – einige davon in mehrere Punkte gegliedert.

Sandy bemühte sich, Tims Bitte zu erfüllen, aber Timmy und Jennifer wurden dieses Spiel schnell leid. Warum sollten sie Stunden damit verbringen, jedes Detail ihrer Welt zu offenbaren? Obwohl sie noch so jung waren, fühlten sie sich in ihrer Privat- und Intimsphäre beeinträchtigt. Harris' Neugier war grenzenlos aufdringlich.

In einem neunseitigen Brief an seinen Sohn hieß es unter anderem »Welche Marmelade streichst Du am liebsten auf Deinen Toast? Könntest Du einen Fisch fangen, würdest Du ihn ins Wasser zurückwerfen – oder ihn lieber essen? Magst Du Paradiesäpfel?«

In gewisser Weise schien es, als versuche Tim Harris, selbst wieder ein kleiner Junge zu sein, eine neue Kindheit zu erleben, indem er Timmys Hirn anzapfte.

»Hast Du schon einmal mit Pfeil und Bogen geschossen – oder mit einem Gewehr? Magst Du mit Käse überbackenes Brot? Glaubst Du an Gespenster? Kennst Du den Namen eines berühmten Geistes? Was bekommst Du in die Schule zu essen mit? Hast Du eine Freundin? Wie heißt sie? Wie oft am Tag sagst Du Deiner Mom, daß Du sie lieb hast? Welche Dinge, die Du nicht tun kannst oder darfst, würdest Du gerne tun? Und warum?«

Tim Harris forderte seinen Sohn auf, sieben Dinge aufzuzählen, die ihm Furcht einflößten, sieben, die ihm Freude bereiteten, sowie sechs, die Sandy für ihn tat und die ihn glücklich machten. Er fragte: »Hast du schon einmal einen schlimmen Autounfall gesehen?« und »Kannst Du eine Krabbe beschreiben?«

Kaum ein Erwachsener wäre in der Lage gewesen, eine solche Flut von Fragen zu beantworten – ein Junge von sieben Jahren erst recht nicht.

Tims Handschrift auf seinen Protokollen war ein fast unleserliches Gekritzel gewesen. Seine Briefe an die Kinder und die Schreiben, die er – als sein eigener Anwalt – an die Behörden richtete, waren fein säuberlich, in Druckschrift verfaßt, wie von Kalligraphenhand.

Tim Harris' einziges Lebensziel schien sich letztlich darauf zu reduzieren, seine Exfrau, wenn nötig per Gerichtsbeschluß, zu zwingen, sich seinem Willen zu beugen und ihn mit Jennifer und Timmy im Gefängnis zu besuchen.

Tim Harris hatte sich auf ein Plea Bargain eingelassen, um der Todesstrafe zu entgehen. 1991 brach er seinen Teil der Abmachung, indem er aufgrund der Tatsache, daß er nur infolge falscher Beratung seitens seines Verteidigers auf eine Berufung verzichtet habe, eine Anhörung zwecks neuer Beweisaufnahme beantragte. Staatsanwältin Lynn Park erhob keinerlei Einwände. »Es gibt einige Vorwürfe, zu denen die Aussage seiner damaligen Verteidiger benötigt wird«, bemerkte Park.

Es sollten noch einmal beide Seiten zu Wort kommen. Die Strafverteidiger Philip Yacucci und Clifford Barnes würden als Zeugen des Staates aussagen. Tim Harris behauptete, der Plan, auf Unzurechnungsfähigkeit zu plädieren, sei drei Wochen vor Prozeßbeginn verworfen worden, weil sein Psychologe keine Zeit gehabt habe, sich ein Urteil zu bilden. Außerdem sei ihm fälschlicherweise in Aussicht gestellt worden, nur die Hälfte der obligatorischen fünfundzwanzig Jahre seiner Strafe absitzen zu müssen.

Der Staat und seine ehemaligen Verteidiger erklärten übereinstimmend, Harris habe sehr wohl gewußt, daß er sein Berufungsrecht aufgab, als er entschied, auf einen Widerspruch gegen die Anklage zu verzichten. Tim verlangte, im Revisionsverfahren von Robert Udell, dem Verteidiger im Fahrerfluchtprozeß von Fort Pierce, vertreten zu werden.

Am, 6. Juni 1991 beklagte sich Tim Harris in einem Brief an das Vero Beach Press Journal über die mangelnde Sensibilität der Staatsanwaltschaft.

Er schrieb, daß er nach dem Urteilsspruch Einsicht in seine Prozeßakte gefordert habe. Eine Abschrift sei ihm übersandt worden.

> Darunter befanden sich zahlreiche Dokumente, die mir völlig unbekannt waren ... Die Staatsan-

> waltschaft hielt es außerdem für angebracht, mir ein Photo des Opfers zu schicken. Ist das üblich? Sie scheint vergessen zu haben, daß es in diesem Fall mehrere Opfer gegeben hat … Ich finde das geschmacklos – und überflüssig, wenn es mich an meine Tat erinnern sollte, denn ich vergesse sie keine Minute meines Lebens …
> Ich glaube, daß es richtig ist, jemanden für ein Unrecht zu bestrafen. Es stimmt, daß nichts ein unschuldiges Opfer zurückbringen kann. Ich unterscheide mich von den meisten meiner Mitmenschen. Es läßt mich nicht kalt, und ich habe sehr wohl Gefühle. Ich bin nicht der ›kaltblütige Mörder‹, als den manch einer mich abstempeln will …
> Das Gefängnis ist schon schlimm genug. Ich halte die Idee mit dem Photo für grausam … Ich werde auf die denkbar schlimmste Art und Weise bestraft. Bitte machen Sie es nicht noch schlimmer.

Tim hatte nie ein Bild von Lorraine Hendricks' Leiche sehen wollen; er und sein Hund waren, bis man sie gefunden hatte, dem Mittelstreifen ferngeblieben. Er hatte seine Aussage gegenüber McIlwain und Williams abgebrochen, als diese ihm die Photos hatten zeigen wollen. Sein Brief an das *Press Journal* brachte die Leser in Rage.

Lori Brenton aus Vero Beach schrieb:

> Armer Tim Harris. Er bekommt doch tatsächlich ein Photo des Opfers zugeschickt … und fühlt sich ›grausam behandelt‹. Ich empfand Mitgefühl, als ich seinen Brief gelesen habe – nur leider nicht für ihn, sondern für das Opfer und seine Familie. Wachen Sie auf, Tim! Das Leben, das Sie ausgelöscht haben, wird nie wieder die Gelegen-

heit bekommen, irgend etwas zu sehen … weder einen Sonnenuntergang noch das Lächeln auf dem Gesicht eines Kindes …

In einem Punkt haben Sie allerdings recht: Man sollte – wie Ihnen – allen Mördern Bilder ihrer Opfer zeigen. Jeder einzelne müßte gezwungen werden, sich diese anzusehen und über die Träume und Hoffnungen nachzudenken, denen er ein so jähes Ende bereitet hat …

Mary Ann Laymann und Linda Furrows stimmten ihr zu.

Wir fühlen mit ihm, während der arme Kerl in seiner klimatisierten Zelle sitzt … Hoffentlich hatte er schon zu Abend gegessen, als er die Bilder seines Opfers sah … Hatte Lorraine Hendricks' Tod irgendeinen Sinn? Hatte Sie eine Chance? Harris verdient es nicht zu leben …

Himmel, der arme, bedauernswerte Tim Harris, schrieb Rindy Reardon.

Er hat eine unschuldige Frau umgebracht, und jetzt sollen sich alle elend fühlen, weil man ihm ein Photo seines Opfers geschickt hat – dasselbe Photo, das sich unauslöschlich in das Gedächtnis ihrer Angehörigen und Freunde eingebrannt hat. Und er sagt, das Gefängnis sei schon schlimm genug – das ist doch wahrlich herzzerreißend, oder? Also, mir wird ganz übel, wenn ich das lese …

Aber Tim Harris begriff offenbar immer noch nicht.

Am Dienstag, dem 17. Dezember 1991, schlug Richter Vocelle Tims Revisionsantrag nieder. Zu einem früheren

Zeitpunkt hatte Tim Reportern gegenüber geäußert, daß das Gefängnisdasein für einen Cop weniger gefährlich als erwartet sei, während ihn die Tatsache, seine Kinder und seinen Hund nicht sehen zu dürfen, erheblich mehr deprimiere, als er sich vorgestellt habe. »Es ist hart«, sagte er. »Das ist kein Zuckerschlecken, das können Sie mir glauben. Aber ich packe das.«

Richter Vocelles Entscheidung stimmte Tim nicht fröhlicher. Als man ihn abführte, erhob sich Major Frank Dombroski und rief ihm nach: »Harris, mögen Sie in der Hölle schmoren!«

Tim Harris kam zurück ins Gefängnis, um dort den Rest seiner Mindeststrafe von fünfundzwanzig Jahren abzusitzen.

Aber das sollte noch nicht das Ende seiner rechtlichen Manöver sein. Um seine Forderung nach mehr Kontakt zu Timmy und Jennifer durchzusetzen, klagte Tim auf Änderung der Scheidungsmodalitäten. Er verlangte mindestens zwei Telefonate pro Monat mit seinen Kindern, Briefe seiner Kinder ins Gefängnis, ein Teilsorgerecht für ›Ausnahmefälle‹, einschließlich der Information über sämtliche medizinischen Probleme; Einblick in die Schul- und Krankenakten; sowie, daß entweder seine Angehörigen oder Staatsbeamte die Kinder an ihrem Geburtstag und an Weihnachten zu ihm brachten.

In seinem Brief an Richter Vocelle hieß es: »Meine Eltern haben sich scheiden lassen, als ich noch sehr jung war. Ich habe meinen Vater nie so gekannt, wie ein Sohn seinen Vater kennen sollte … und das macht sich früher oder später bemerkbar.« Niemand würde je genau wissen, wie Tim Harris' Kindheit verlaufen war; er hatte sich hierzu nie geäußert und tat es auch Richter Vocelle gegenüber nicht.

Obwohl sich Tim monatelang nicht bemüht hatte, mit seinen Kindern in Verbindung zu treten; obwohl seine Anrufe zu Hause – R-Gespräche – nur dazu gedient hatten, mit Sandy zu sprechen; obwohl er ihr zu Weihnachten eine sehr teure Engelspuppe mit einer Träne auf der Wange geschickt hatte und seinen Kindern überhaupt nichts, wurde seinem Anliegen entsprochen. Der einzige Haken daran war, daß er für den Transport der Kinder nach Baker selbst aufkommen mußte. Und Tim Harris hatte kein Geld. (Anfang 1994 erwirkte er eine Verfügung, die Sandy zwang, die Kosten hierfür zu übernehmen.)

Am 16. Februar 1992 verklagte Rick Hendricks den Staat Florida und das Department of Highway Safety and Motor Vehicles (die Behörde, der auch die Florida Highway Patrol untersteht) wegen fahrlässiger Tötung an Lorraine Hendricks. Er machte einen Schaden von »über 5000 Dollar« geltend, weil die FHP »übersehen habe, daß Harris wegen ungebührlichen Verhaltens bereits von einer anderen Dienststelle zur Kündigung aufgefordert worden sei und somit die psychischen Voraussetzungen für die Durchführung von Verkehrskontrollen nicht erfüllt habe.«

Der Fall wurde in der letzten Februarwoche 1994 verhandelt. Lorraine und Katherine Hendricks spielten und lachten noch einmal zusammen, wenn auch nur als bewegliche Schatten auf einem Videoschirm, vor den Augen der Geschworenen in Saal D des Gerichts der Indian River County.

Rick Hendricks berichtete von Katherines erschreckender Reaktion, als er angefangen habe, ihr die traurige Nachricht über ihre Mutter beizubringen. »Meine Mom kommt nicht wieder nach Hause, stimmt das?« Hatte sie ihn unterbrochen.

Nach seiner Bestätigung hatte Katherine einige Sekunden lang geschwiegen. Dann war sie in Tränen ausgebrochen und hatte gesagt: »Ich will ohne Mama nicht leben. Ich will ohne Mama nicht leben ...«

Katherines Anwälte legten dem Gericht ein Gutachten vor, das aufgrund Lorraines gewaltsamen Tods Einbußen zwischen 588 153 $ und 898 000 $ aus ihrer selbständigen Tätigkeit an staatlichen Zuschüssen auswies. Für den dabei nicht berücksichtigten und unschätzbaren Verlust der Mutter verlangten sie für Katherine ein Schmerzensgeld in Höhe von 4 Millionen Dollar.

Lt. Andrew Morris von der Florida Highway Patrol sagte aus, er habe »die ihm notwendig erscheinenden Schritte eingeleitet«, nachdem er von Don Dappen im Dezember 1989 über Tims ungebührliches Verhalten informiert worden sei. »Ich habe Tim darauf angesprochen und ihm klargemacht, daß er mit disziplinarischen Maßnahmen seitens des Departments rechnen müsse.«

Um zu gewinnen, mußte die Familie Hendricks beweisen, daß der Staat fahrlässig gehandelt und Tims Tat hätte voraussehen können. Das bedeutete, daß sechs Geschworene davon überzeugt werden mußten, daß Lorraine Hendricks Mord auf ein Versäumnis der Florida Highway Patrol zurückzuführen war.

Am 25. Februar 1994 kamen sie, nach weniger als neunzig Minuten, zu dem Schluß, daß die FHP nicht dafür verantwortlich gemacht werden könne.

FHP-Lt. Jim Howell bezeichnete das Urteil als fair. »Ich denke einfach, daß dieses Verbrechen unter Berücksichtigung aller Umstände nicht kalkulierbar war. Er fügte jedoch hinzu, daß sein Department großes Mitgefühl für die Familie Hendricks empfinde und auch die FHP sich durch die Tat ihres ehemaligen Mitarbeiters ›betrogen‹ fühle.

Tim Harris befindet sich immer noch in der Strafvollzugsanstalt Baker. Es heißt, er sei ein vorbildlicher Insasse, der gelegentlich in der Gefängnisschule unterrichte. Fast sein ganzes Leben hatte er versucht, Menschen und Dinge zu besitzen.

Heute besitzt Tim Harris überhaupt nichts mehr.

Rick Hendricks hat wieder geheiratet; Katherine wird dieses Jahr zehn und hat eine liebevolle Stiefmutter. Ihre Großmutter mütterlicherseits, Jodi Dombroski, besucht sie häufig.

Major Frank Dombroski erlag im September 1993 nach langem Kampf seinem Krebsleiden. Er und Jodi waren vor seinem Tod in einer neuen Selbsthilfegruppe für Verbrechensopfer in Florida aktiv gewesen. STOP (Stop Turning Out Prisoners – Laßt Verbrecher nicht wieder laufen). Sie hatten dem Gouverneur von Florida, Lawton Chiles, Dutzende von Postkarten mit nachstehenden Appellen überreicht: »Verbrechen machen mich wütend, und ich bin nicht gewillt, sie länger hinzunehmen. Bitte stoppen Sie die Freilassung gewalttätiger Krimineller«. Jodi Dombroski arbeitet als ehrenamtliche Helferin in dem Veteranenkrankenhaus, in dem ihr Mann gestorben ist. Diese Tätigkeit füllt einige ihrer Tage aus und versetzt sie in die Lage, ihre Dankbarkeit für die aufopfernde Pflege ihres Mannes auszudrücken; die Erinnerung an ihren schweren Verlust vermag sie jedoch nicht auszulöschen.

Mike Raleigh ist nach wie vor vierzehn Stunden täglich damit beschäftigt, in allen Teilen der Vereinigten Staaten Unterhaltungsshows zu organisieren.

Der Mann, der sich auf den ersten Blick in Lorraine verliebt hat, der Mann, in den sie selbst sich fast ebenso schnell verliebt hat, kann sie nicht vergessen. Er liebt sie heute noch.

Ruth Straley, die in jenen glücklichen Tagen des Jahres 1989 und in den ersten Monaten des folgenden zusammen mit Lorraine Hendricks die Agentur Lorelei in Jacksonville geführt hat, ist nach Europa ausgewandert, und Lorraines beste Freundin Carol wohnt mittlerweile im Staate Washington. Das Leben geht weiter, aber mir ist niemand begegnet, der von Lorraine sprechen konnte, ohne zu weinen.

Flicka, Lorraines geliebtes Pferd, starb ein Jahr vor ihr.

Sandy Harris heiratete zu Silvester 1993 ein zweites Mal. Sie und die Kinder sind weit fort von der Indian River County gezogen.

Don Dappen arbeitet immer noch beim Vero Beach Police Department.

Die Wessendorfs verbringen die kalte Jahreszeit nach wie vor in Fellsmere und die Sommermonate im Staate New York.

Phil Williams hat sich seinen langjährigen Wunsch erfüllt, Lügendetektorexperte zu werden. Wie Rick McIlwain hat er eine entsprechende Ausbildung am National Training Center of Polygraph Science in New York City absolviert und leitet heute die Polizeiliche Überwachungsbehörde des River County Sheriff's Office. Derzeit bereitet er sich auf sein Diplom vor.

Der Mord an Carol Orcutt in der Clay County, Florida, konnte bis heute, vier Jahre nach ihrem Tod, nicht aufgeklärt werden. Lt. Jimmy Redmond vom Clay County Sheriff's Office hat jedoch in Zusammenarbeit mit Phil Williams ermittelt, daß sich Tim Harris zum mutmaßlichen Todeszeitpunkt unmöglich in der Nähe des Tatortes aufgehalten haben konnte. Redmond nimmt immer noch dankbar jeden Hinweis in diesem Fall entgegen.

Einige Wochen vor ihrer tödlichen Fahrt nach Fort Lauderdale hatte die Vereinigung der Einzelhändler von North Florida die Lorelei Promotion mit der Organisation des Micanopy Fall Festivals beauftragt. Lorraines Begeisterung war ansteckend gewesen, und viele Mitglieder der Vereinigung hatten sich mit ihr auf die seit Jahren erneut geplante Veranstaltung gefreut.

Die Umsetzung ihrer Vorstellungen erlebte Lorraine nicht mehr, aber sie hatte so überragende Vorarbeit geleistet, daß Ruth Stanley das Projekt ohne größere Schwierigkeiten realisieren konnte.

Das sechzehnte Micanopy Fall Festival wurde ein Riesenerfolg und dem Andenken an Lorraine Hendricks gewidmet.

»Dieses Festival soll die Öffentlichkeit an Lorraines Leistungen erinnern sowie an ihr ganz eigenes Gefühl für das Leben, das sie jedem, dem sie begegnete, zu vermitteln verstanden hat – wenn auch nur für einen kurzen Augenblick.«

Lorraine Hendricks hat vielen Menschen sehr Verschiedenes bedeutet. Sie war die Marathonläuferin mit dem Pferdeschwanz gewesen; die wagemutige Athletin; die feine Lady in Samtkleidern mit Perlenschmuck; die Köchin, die ganze Tage damit verbrachte, traditionelle polnische Ostergerichte zuzubereiten; die selbstsichere und zuversichtliche Geschäftsfrau; die Tochter, auf die ihre Eltern stolz waren; die Liebe eines Mannes; die Zuhörerin, die zur Mentorin wurde für verängstigte Frauen, die nicht mehr daran glaubten, es in dieser Welt noch zu etwas zu bringen; die Tierliebhaberin. Vor allem aber war sie Katherines Mutter gewesen.

Ironie spielt in unser aller Leben immer wieder mal eine Rolle, und so war es auch bei Lorraine Hendricks. Als Jodi Dombroski die Photos durchsah, die verschiedene Phasen im Leben ihrer Tochter dokumentierten, stieß sie auf eine Aufnahme aus Loris Model-Tagen. Lori war so jung und so schön gewesen, als sie 1971 im Rahmen einer Kampagne für rücksichtsvolles Fahren für die Florida Highway Patrol posiert hatte.

Lächelnd hielt Lori ein Nummernschild hoch, auf dem stand ›Arrive Alive – Lebend ankommen!‹.

Schwarze Weihnacht

Diese Geschichte ist eine von vielen, die ich nie schreiben wollte. Ich wollte vielmehr den Blick abwenden und weitergehen. Es ist zu traurig und zu sinnlos. Wenn wahnsinniger, grausamer Mord diese Opfer vernichten konnte, sollten wir uns dann nicht alle fürchten? Die Antwort lautet »natürlich«. Aber ihr müssen wir entgegenhalten, daß wir viel Lebensqualität einbüßen würden, wenn uns tagtäglich Angst und Sorge plagten. Die Lösung muß irgendwo in der Mitte liegen. Das Wissen um geisteskranke Mitmenschen, die rettungslos pervertierten Bauernfängern folgen, kann dazu beitragen, unser Leben ein wenig sicherer zu machen. Niemand darf davon ausgehen, daß jedes Klopfen an der Tür eine Bedrohung ist. Aber niemand sollte andererseits blind darauf vertrauen, daß es von Freundeshand stammt. Wir alle könnten davon profitieren, wenn wir besser über die archaischen Kräfte Bescheid wüßten, die Menschen innewohnen wie jenem Mörder mit den eigentümlich hellen Augen im vorliegenden Fall.

Niemand verdient es, umgebracht zu werden. Und doch lesen wir oft von Mordopfern, die ihren gewaltsamen Tod scheinbar selbst provoziert haben – die Frau, die mit einem Fremden, den sie in einer Bar kennengelernt hat, nach Hause geht, der leichtsinnige Anhalter (und der ebenso leichtsinnige Autofahrer, der trampende Fremde mitnimmt), der Betrunkene, der mit einem dicken Bündel Geldscheine herumwedelt –, von Menschen, die jegliche Vorsicht außer acht lassen. Wir sind anders, behaupten wir. Es ist für uns bequemer, dem Opfer eine Mitschuld an seinem Schicksal zu unterstellen.

»Also, mir würde so etwas nie passieren«, behaupten wir im Brustton der Überzeugung. »Ich suche keine solchen Orte auf«, oder »Da sieht man mal wieder, wozu es führt, wenn man seinen gesunden Menschenverstand ausschaltet.«

Es erfordert ein unerklärliches Abschlachten Unschuldiger, um diese Krücke der Selbstgefälligkeit fortzutreten – »Mein Gott!« erkennen wir plötzlich. »Wenn es denen passiert ist, könnte es auch mir passieren …«

Charles und Annie Goldmark und ihre Söhne – Derek, zwölf, und Colin, zehn – schienen eine Familie, von der man am wenigsten erwartet hätte, einem Mörder zu begegnen. Charles, einundvierzig, war Partner einer erfolgreichen Anwaltskanzlei, bearbeitete jedoch ausschließlich Zivilsachen, im Vergleich zum Strafrecht eher langweilige Rechtsstreitigkeiten, Zivilklagen und gelegentlich eine Scheidung, aber nichts, was bei den betroffenen Parteien Rachegelüste geweckt hätte. Er war attraktiv, brillant, aufmerksam und nett. Annie (Anniii gesprochen) war mit dreiundvierzig Jahren eine hübsche Frau. Sie hatte ein fröhliches und lebhaftes Naturell. Da sie gebürtige Französin war, flog Annie in den Sommerferien regelmäßig mit ihren Söhnen in die Heimat, damit sie ihre Wurzeln ebensogut zu verstehen lernten wie jene ihres Vaters.

Die Goldmarks verkörperten alle Vorzüge der amerikanischen Familie. Zuallererst liebten die vier einander und ihre Freunde von ganzem Herzen. Sie setzten sich für Belange ein, die ihre Gemeinde betrafen, und sie waren erfolgreich – nicht nur finanziell, sondern auch im Zusammenhang mit den vergnüglichen Dingen des Lebens. Sie ernährten sich gesund, liebten die Natur und nutzten oft all das, was der Nordwesten zu bieten hatte.

Die kleinen Jungen waren entzückende, kluge Kinder. Derek spielte, obgleich erst zwölf, bemerkenswert Bridge. Der zehnjährige Colin sang im Schulchor der Bush School, eine Privatschule, die beide Jungen besuchten. Und doch waren sie alles andere als versnobte Gören aus wohlhabender Familie. Ihr Erbe war der Einsatz für andere, in ihren Genen das Mitgefühl für weniger Privilegierte verankert. Die Goldmarks ähnelten der Familie Kennedy in ihren guten Tagen.

Charles Goldmark war seit langem aktiver Demokrat. Er leistete der Partei im Staate Washington Rechtsbeistand und führte Senator Gary Harts Präsidentschaftskampagne, als es so aussah, als sei Hart die große Hoffnung der Demokratischen Partei, der nächste ›Kennedy‹ im Weißen Haus.

Grundsätzlich besaß jeder der vier Goldmarks grenzenloses Potential, um seine Umwelt für jene Mitbürger, mit denen das Leben es weniger gut gemeint hatte, zu verändern und angenehmer zu gestalten.

Selbst wenn die Zukunft der Goldmarks gegen Ende 1985 gesichert schien, hatte Charles seinerzeit den emotionalen Schmerz erfahren, geschnitten und geächtet zu werden. Lange bevor er Annie kennengelernt hatte, war Charles' Familie Opfer grausamer und übertriebener Schlagzeilen geworden.

Die Geschichte der Hetzkampagne gegen seinen Vater, Washington State Senator John Goldmark, und seine Mutter, Sally, war so skandalös und verworren, daß US Bezirksrichter William L. Dwyer sie in einem Buch verarbeitet hatte. *The Goldmark Case: An American Libel trial* war ein Tribut an Sally und John Goldmark, die für ihre Überzeugung ihren eigenen Untergang riskiert hatten.

Johns und Sallys Schicksal hatte direkten Einfluß auf das, was ihrem Sohn Charles und seiner Familie viele, viele Jahre später widerfahren sollte. Es war auf Lügen, Irrtümern, Halbwahrheiten, Fehlinterpretationen und Haß begründet. Als der erste Dominostein umkippte, fielen auch die anderen, und diese Kettenreaktion löste Chaos und Tod aus.

Charles' Mutter, Sally, war gebürtige New Yorkerin und Tochter deutscher Einwanderer. Als sie während des Ersten Weltkrieges in die Schule kam, wurde sie bald geächtet, weil sie Deutsch sprach. Sie war ein lebhaftes, sensibles Kind mit dem IQ eines Genies. Das Gefühl, gequält und drangsaliert zu werden wegen etwas, wofür sie nicht die geringste Schuld trug, sollte sie niemals wieder vergessen. Ihr richtiger Name lautete Irma Ringe, als sie jedoch alt genug war, änderte sie das deutschklingende Irma in Sally.

Sally Ringe Goldmark widmete ihr ganzes Leben der Unterstützung anderer, wobei ihr Unterprivilegierte besonders am Herzen lagen. Nach nur einem Jahr an der medizinischen Hochschule sah sich Sally aufgrund der großen Depression der dreißiger Jahre gezwungen, ihren Traum, Ärztin zu werden, aufzugeben. Sie zog nach Washington D. C., wo sie für die National Youth Administration arbeitete. Es war die Ära Franklin D. Roosevelts, und die Aufregung um den ›New Deal‹ steckte sie an. Ihr wurde klar, daß es tatsächlich eine Möglichkeit gab, den sozial Schwachen zu helfen. Als 1935 die Work Projects Administration (WPA) gegründet wurde, erlebte sie, wie für Hunderttausende verzweifelter Männer, die die Depression ruiniert hatte, Arbeitsplätze gefunden wurden, und sie erkannte die Macht der Politik.

Sally Ringe setzte sich immer wieder kurzfristig für verschiedene gute Zwecke und Organisationen ein, auf der ständigen Suche nach dem richtigen Weg, die Menschen zu unterstützen.

Zu Anfang des Zweiten Weltkrieges lernte Sally einen jungen Rechtsanwalt kennen – John Goldmark. Sie heirateten, und John zog in den Krieg, um tapfer und mit herausragendem Einsatz in der US Navy zu dienen. Als der Krieg vorüber war, zogen er und Sally nach Westen, obgleich Sally immer ein Stadtmädchen gewesen war. Sie folgte ihm willig überallhin, wo er meinte, glücklich zu werden. John und Sally Goldmark standen kurz davor, sich ihren Traum von Abenteuer und Landleben fern der Hektik der Ostküste zu erfüllen.

1947 ließen sich Charles Goldmarks Eltern auf einer Ranch im Colville-Indianerreservat im mittleren Norden des Staates Washington nieder, die Weizenanbau und Rinderzucht betrieb. Sie florierte, und die beiden Söhne der Goldmarks, Charles und Peter, wuchsen in der Okanoga-Region, dem denkbar besten Umfeld, heran. Es gibt noch vergilbte Zeitungsausschnitte, die die Goldmark-Jungen in stolzer Pose auf ihrer Ranch zeigen. Die Goldmarks waren so sehr Teil des Westens geworden, daß man sich kaum noch vorstellen konnte, daß sie ursprünglich aus dem Osten stammten.

1956 wurde John Goldmark in den Washingtoner Senat gewählt, dem er viele Jahre lang angehörte. Erst Mitte der sechziger Jahre, nach einer von Gerüchten geprägten Kampagne, wählte man ihn ab. Ein Mitglied der Opposition hatte herausgefunden, daß Sally Ringe Mitglied der kommunistischen Partei gewesen war. Wenngleich der McCarthy-Wahn Mitte bis Ende der fünfziger Jahre seinen Höhepunkt überschritten hatte, war es Senator Joseph McCarthy gelungen, durch seine Anhörungen die Furcht vor der Bedrohung des Kommunismus zu schüren, so daß die Menschen auf alles, was sie mit dieser politischen Richtung in Verbindung brachten, nach wie vor empfindlich reagierten. Zahlreiche Karrieren wurden ruiniert – die meisten zu Unrecht.

Es stimmte, Sally Ringe war Mitglied der kommunistischen Partei gewesen – einen Wimpernschlag lang. Das lag weit zurück: sie war damals kaum mehr als ein Mädchen, wie viele junge Leute in den Zwanzigern und Dreißigern von einem manchmal irregeleiteten Eifer, Gutes zu tun, erfüllt gewesen. Sally hatte sich schnell wieder von der Kommunistischen Partei distanziert, doch die Tatsache, daß ihr Name in irgendwelchen längst vergilbten Listen früherer Parteimitglieder registriert war, lieferte dem Kandidaten, der gegen Ihren Mann antrat, Jahrzehnte später reichlich Zündstoff. Aber viel erschütternder als John Goldmarks Wahlniederlage war der Schaden,

den sein Ruf nahm. Die Gerüchte griffen um sich und wurden immer skurriler. Diese Familie, die so viel für andere getan hatte, mußte nun Dinge erdulden, die das idyllische Ranchleben, das Charles und Peter Goldmark bislang gekannt hatten, überschatteten.

Jene, die sich die Mühe machten, der Sache auf den Grund zu gehen, verstanden. Aber andere glaubten den Intrigen, denen zufolge Sally Goldmark mindestens überzeugte, lebenslange Kommunistin und somit gefährlich sei. Ihr Name stand auf ›ihrer‹ Liste; das bedeutete, daß sie eine von ›ihnen‹ war. Zu viele vergaßen, wer Sally Goldmark wirklich war, und zeichneten sie mit dem schwarzen Pinsel böswilliger Unterstellungen.

Die Goldmarks reichten eine Verleumdungsklage ein. Sie gewannen, aber John Goldmarks politische Karriere war bereits zerstört. 1965 verließen sie ihre geliebte Ranch und zogen nach Seattle, wo John Goldmark als Anwalt praktizierte. Sally, deren Herz immer noch am weiten Okanoga-Land hing, spendete der öffentlichen Bücherei von Omak eine Familienerbschaft, damit diese einen Künstler beauftragen konnte, die massiven Holztüren mit Schnitzereien zu verzieren. Bücher und Menschen waren schon immer ihre größte Leidenschaft gewesen, eine Liebe, die sie an ihre Söhne und Enkel weitergab.

John Goldmark starb 1979, und Sally überlebte ihn um sechs Jahre. Sie hinterließ Briefe, die überquollen von ihren Erinnerungen an die wunderbaren Jahre der Familie auf der Ranch in Okanoga. Ein Absatz sollte im Licht der Tragödie an Heiligabend 1985 eine makabre Bedeutung annehmen. Sally schrieb: »Dem Mechanismus, der in jedem Tier und jedem Menschen pulsiert, wohnt etwas Großes inne, ein Herz, das Saft und Hitze herauspreßt. Es will genährt werden, aber es schafft Geist, und die menschliche Seite sind der Scherz, das Kind, der Spaß, alles Dinge, die den Geist erhellen und das Herz wärmen.«

Sie konnte damals nichts ahnen von einem Mann, dessen Herz ebenfalls Nahrung verlangte, allerdings Nahrung ganz anderer Art. Während Charles und Peter Goldmark alles hatten – oder soviel wie John und Sally ihren geliebten Söhnen hatten geben können – besaß dieser Mann, dieser Mörder mit dem maskenhaften Gesicht, nichts. Oder zumindest kam es ihm so vor. Er war ewig auf der Suche und ließ dabei sein ganzes Wesen von Haß durchdringen und jedwedes Gewissen, das er zu irgendeinem Zeitpunkt gehabt haben mochte, zerfressen.

Als Sally Goldmark am 31. Mai 1985 starb, trauerten alte und neue Freunde um sie, ebenso wie ihre Söhne, Schwiegertöchter und Enkelkinder. Erst später sollte jemand sagen: »Ein Glück, daß Sally vorher gestorben ist. Den Schmerz hätte sie nicht ertragen.«

Das mag wohl sein. Nur knapp sechs Monate später brach eine Katastrophe gewaltigen Ausmaßes über ihre geliebte Familie herein.

Im Dezember 1985 bestand das Morddezernat von Seattle aus fünfzehn Detectives, drei Sergeants, einem Lieutenant und einem Captain – die allesamt vorgezogen hätten, an Heiligabend nicht zu arbeiten. Schon seit ewigen Zeiten wurden in Seattle jährlich zwischen fünfzig und sechzig Morde verübt – kein sehr hoher Prozentsatz für eine Stadt, die zusammen mit den Vororten eine Million Bürger zählte. Bislang waren es fünfundfünfzig, und die Mordermittler hofften, daß sich deren Zahl in der letzten Woche des Jahres nicht erhöhte. Aber sie wußten auch, daß Familienstreitigkeiten während der Ferien oft zu gewaltsamen Auseinandersetzungen eskalierten.

Manche Angehörige näherten sich einander auf höchstens zwei Armeslängen.

Detective Hank Gruber, der außerdem Polizeizeichner

war, erstellte jedes Jahr die Mordübersicht. Die Tabelle von 1985 wurde im Büro des Captains an die Wand gepinnt. In seiner tadellosen, gestochen scharfen Druckschrift listete Gruber jeweils Datum, Namen des Opfers, Geschlecht, Alter, Todesursache, Fundort und im Idealfall auch den Namen der Person, der das Verbrechen angelastet wurde, auf. Zusätzliche Eintragungen konnten am Fuß der Tabelle vorgenommen werden.

Sergeant Jerry Yates' Crew von Detectives hatte man dazu verdammt, am 24. Dezember bis Mitternacht zu arbeiten, und die Beamten waren froh, daß sich am frühen Abend absolut nichts tat. Kein Hilferuf über das Telefon und auch keine Meldungen über Funk – noch nicht einmal ein Familienkrach. Wenn erst Geisterstunde war, konnten sie nach Hause und Weihnachten feiern, wie es Normalbürger taten. Detective Sergeant Joe Sanford und die Detectives Hank Gruber und Rudy Sutlovich hatten sich freiwillig zum Bereitschaftsdienst gemeldet, um die Anrufe zwischen 24 Uhr und 7 Uhr 30 entgegenzunehmen, wenn die Büros des Morddezernates nicht besetzt waren. Tatsächlich beschloß Sanford in seiner Urlaubsstimmung, Gruber und Sutlovich schon früher, nämlich um 21 Uhr, heimzuschicken.

Da im fünften Stock der Polizeiwache bis 19, 20 und auch 21 Uhr alles ruhig blieb, entließ Sergeant Yates seine Männer. Sie knipsten das Licht aus und sperrten die Bürotür ab. Falls doch etwas passierte, würde man die Kollegen in Bereitschaft über Funk verständigen.

»Um 21 Uhr 30 erhielt ich einen Anruf von Joe Sanford«, erinnert sich Hank Gruber an den Anfang des Falles 85-551331 der Seattle Police. Für das Morddezernat sollte es Fall H85-365 werden.« »Der Bereitschaftsdienst hatte früher angefangen als erwartet – Joe meldete einen Mord. Ich fragte: ›Worum geht's denn?‹, und er sagte: ›Soweit ich weiß, um eine Art Weihnachtsfeier; offenbar sind einige der Gäste aneinandergeraten und haben angefangen, rumzuballern. Einige Verletzte wurden ins Harborview gebracht (das Krankenhaus von King County) – ein Toter. Wir kümmern uns darum. Du und ich, wir können ja feststellen, was genau vorgefallen ist‹.«

Viele Meldungen erreichen uns in dieser Art. Nicht wirklich wirr, aber bruchstückhaft. Sergeant Sanford schickte Hank Gruber zu der angegebenen Adresse, damit er in Erfahrung brachte, was sich zugetragen hatte.

»Ich rechnete wirklich mit einem Familienzwist, einem Streit darüber, wie man eine Gans tranchiert oder ähnlicher Art«, sagt Gruber bei der Erinnerung bitter. »Als ich dort eintraf, erkannte ich natürlich gleich, daß es sich um etwas völlig anderes handelte – und daß ich Unterstützung brauchte. Joe verständigte Rudy. Später mußten wir noch eine Reihe von Kollegen hinzuziehen.«

Die Adresse lautete 36. Avenue im Madrone District von Seattle, einer gediegenen Wohngegend in einem Viertel der oberen Mittelklasse. Von den hinteren Fenstern aller Häuser in dieser Straße hatte man einen atemberaubenden Blick auf den riesigen Lake Washington. Das Haus sah aus wie viele andere, die in den dreißiger Jahren in Seattle gebaut worden waren, ein abgewandeltes normannisches Cottage, zweigeschossig zur Straße hin, aber dreigeschossig auf der Rückseite, wo der Garten steil abfiel. Hank Gruber sah die Streifenwagen, die draußen parkten, und die Lichter drinnen im Haus. Im Vorderfenster leuchteten bunte Weihnachtsbaumlichter.

Streifenpolizist Dane Bean, der erste Beamte, der den Tatort erreicht hatte, informierte den Detective über alles, was ihm selbst bislang bekannt war. Freunde der Familie von Charles Goldmark hatten telefonisch um Hilfe ersucht. Sie waren am Abend zu einer Weihnachtsfeier verabredet gewesen, aber auf ihr Klopfen hin hatte niemand geöffnet. Verwirrt und ein wenig besorgt, waren sie wieder nach Hause gegangen und hatten bei den Goldmarks angerufen.

»Es meldete sich niemand«, sagte Bean. »Also machten sie sich erneut auf den Weg zu den Goldmarks. Sie glaubten, im Haus jemanden ganz leise rufen oder weinen zu hören. Da sie einen Schlüssel hatten, gingen sie rein.«

Was die Freunde der Goldmarks vorfanden, übertraf ihre schlimmsten Befürchtungen bei weitem. Alles, was Bean mit Sicherheit sagen konnte, war, daß alle verwundet gewesen waren. Seines Wissens hatte es einen Toten gegeben.

»Der Rettungswagen hat den Mann und die Jungen ins Krankenhaus gefahren«, erklärte Bean. »Die Frau ist oben. Wir haben sie nicht von der Stelle bewegt – und auch sonst im Zimmer nichts angerührt.«

Gruber betrat das Haus. Alles wirkte irgendwie unwirklich; dieses Haus sah einfach nicht aus wie der Schauplatz eines Mordes. Es war tadellos sauber und weihnachtlich geschmückt. Am Kamin hingen Strümpfe, und auf einem Couchtisch neben dem Christbaum stand ein Weihnachtsstern. Der Tisch im Erker, der als Eßzimmer diente, war festlich arrangiert, mit edlem Porzellan, roten Servietten sowie Stechplamenzweigen und Kerzen, und für zehn Personen eingedeckt.

Der Küchentresen war übersät mit Gebäck, Dips und Hors d'oeuvres. Gruber schnupperte und wandte sich der Küche zu. Die Platten unter den Töpfen waren ganz klein gestellt. Es duftete herrlich; nichts schien angebrannt. Wo war die Köchin, die all die Köstlichkeiten fabriziert hatte? Sie mußte ihren Arbeitsplatz eben erst verlassen haben.

Eine Feier, das wußte Dane Bean von den Nachbarn. Sie hatten bei einem Festmahl den Heiligabend verbringen wollen. Gruber seufzte und schaltete sämtliche Herdplatten und den Backofen aus. Der Name Goldmark sagte ihm nichts; Hank Gruber, ein New Yorker, den man in den Nordwesten verpflanzt hatte, war nicht so genau über die

Geschichte Seattles informiert. Er hatte schon vor langer Zeit gelernt, daß ein sauberes und elegantes Haus keine Garantie dafür war, daß es nicht zu gewaltsamen Auseinandersetzungen kam, aber sein Gefühl sprach dagegen. Hier deutete nichts auf einen Familienkrach hin.

Außerdem hatte der Ehemann so schwere Verletzungen davongetragen, daß er ohnmächtig geworden war, und die Freunde, die die Polizei verständigt hatten, beharrten darauf, daß es sich um eine glückliche Familie handele. Eine glückliche, liebevolle Familie. Es konnte unmöglich ein Fall von Papa-tötet-Mama sein.

Grubers Blick durch Eßzimmer und Küche hatte maximal zwanzig Sekunden in Anspruch genommen. Jetzt bewegte er sich auf die Treppe zu.

Rudy Sutlovich, der soeben erst eingetroffen war, folgte ihm. Im Haus war es sehr still.

Am Heiligabend 1985 stiegen sie die Stufen in den ersten Stock hinauf und kamen sich immer noch vor wie Eindringlinge, als sie über den dickflorigen beigefarbenen Teppich gingen. Die Detectives brauchten nur einen schmalen Flur zu überqueren, um zum Elternschlafzimmer zu gelangen, einem riesigen Raum von 4,5 mal 6 Metern. Auf der Schwelle blieben sie eine Weile schweigend stehen und ließen ihre Blicke über das Szenario schweifen, das sich ihnen darbot.

Der Raum war ein wenig unordentlich von der Hektik letzter Vorbereitungen. Die Beamten sahen Geschenkpapier, Schleifen und Tesafilm, Kartons in glänzendem blauem Papier und solche, die noch verpackt werden mußten. An der Tür zum angrenzenden Bad lag ein feuchtes Handtuch, das entweder achtlos oder eilig fallen gelassen worden war.

Hank Gruber richtete seine Augen auf das Erkerfenster über der gerundeten Sitzbank, und seine Brust zog sich zusammen. Er zwang seinen Blick abwärts, auf den Teppich, und stellte fest, daß er von kleineren und größeren Flecken einer leuchtendroten oder halbgetrockneten dunkelroten Flüssigkeit teils gesprenkelt, teils durchweicht war. Dort hatte man die Jungen gefunden, erklärte Bean.

Die Frau lag auf der Seite, die schlanken Handgelenke gefesselt. Sogar im Tod war sie noch schön. Den Morgenmantel hatte man ihr von den Schultern gerissen, so daß ihr Körper halb entblößt war. Das deutete nicht unbedingt auf eine Sexualtat hin; er konnte auch verrutscht sein, als man sie in diese Position gebracht hatte.

In ihrer Brust war eine tiefe Stichwunde – eine tödliche Verletzung – auszumachen.

Das mußte Annie Goldmark sein – eine attraktive Frau, die zehn Jahre jünger aussah, als man ihnen gesagt hatte. Jemand hatte ihr brutale, knochenzersplitternde Schläge auf den Kopf versetzt. Ihre Füße zeigten auf eine antike Orgel, ihr Kopf in Richtung Bett.

Die mutmaßlichen Tatwaffen lagen noch neben ihr – ein Küchenmesser mit einer langen, schmalen Klinge sowie ein Dampfbügeleisen; sein Plastikgriff war durch massive Krafteinwirkung abgebrochen, an seiner blutverschmierten Unterseite hafteten Haare. Es sah aus, als hätte der Mörder seine Waffen im Haus des Opfers gefunden.

Einer der Streifenbeamten holte einen Ring mit verschiedenen Handschellenschlüsseln hervor und probierte verschiedene aus, bis einer in die Handschellen um Annies Handgelenke paßte. Der Officer nahm sie ab und steckte sie in eine Plastiktüte, um sie auf Fingerabdrücke untersuchen zu lassen. Annie Goldmark trug noch ein goldenes Armband, und an einem Finger steckte ein teurer Diamantring.

Die Ermittler stiegen vorsichtig über die Abfälle hinweg, die das Rettungsteam der Feuerwehr von Seattle hinterlassen hatten: Verbandszeug, Spritzen, Plastikschläuche, leere Beutel Dextroselösung. Vierzehn Sanitäter und

Feuerwehrleute hatten offensichtlich verzweifelt versucht, die Verletzten zu retten.

Die oberste Priorität aller Sanitäter und Cops lautete in jedem Fall ›Leben retten‹.

Die Feuerwehr von Seattle verfügte über ein hervorragend ausgebildetes Team, das auf Noteinsätze mit lebensrettenden Maßnahmen spezialisiert war. Wenn irgendein Sanitäterteam die Familie Goldmark hätte retten können, dann Medic One. Es war ein Kampf gegen die Zeit gewesen, sie hatten Blutungen aus schrecklichen Wunden gestillt, um an diesem plötzlich tristen und tragischen Heiligabend so viele Leben wie möglich zu retten.

Die Detectives des Morddezernates wußten nicht, wie der Zustand Charles Goldmarks und seiner Söhne war, aber hier gab es kein Leben mehr zu retten. Dr. Corinne Fligner vom gerichtsmedizinischen Institut der King County stellte fest, daß Annie Goldmarks linkes Ohr zerfetzt war und sie eine tiefe Stichwunde direkt hinter dem Ohr, eine weitere im Hals und eine dritte in der Brust davongetragen hatte.

Ihre Leiche wurde von der Gerichtsmedizin abtransportiert, und die Ermittler blieben in dem geschmackvollen Schlafzimmer, das zum Schlachthaus geworden war, allein zurück.

Bean wies auf eine große Blutlache an der Tür. »Dort haben wir den Mann vorgefunden. Seine Beine zeigten zur Treppe.«

Keines der Opfer hatte sich wehren können, als es von der Tatwaffe – vermutlich dem Dampfbügeleisen – getroffen worden war. »Das konnten wir am Muster der Blutspritzer erkennen«, erklärte Gruber. »Die Leute hatten nicht versucht zu fliehen, waren also nicht panisch herumgerannt. Der Täter hatte auf sie eingeschlagen, als sie bereits hilflos am Boden gelegen hatten.«

Rudy Sutlovich schaute Richtung Sitzbank und entdeckte Spuren von Hirnmasse. Er fing Grubers Blick auf und bemerkte den Ausdruck in den Augen seines Kollegen. Sie dachten beide das gleiche. Die Kinder dürften es nicht schaffen. Oder noch schlimmer – sie überlebten, trugen aber schwere Hirnschäden davon. Mußten die Eltern zusehen, als man ihre Kinder blutig geschlagen hatte? Oder waren die Kinder Zeugen der Mißhandlung ihrer Eltern gewesen?

Aber darüber brauchten sich die Ermittler einstweilen nicht den Kopf zu zerbrechen; sie waren dankbar, daß es einiges zu tun gab. Das erste große Rätsel, das sich ihnen stellte, lautete: Wer hatte das getan und warum? Zum anderen galt zu klären, wie es einer Person gelungen war, vier Personen in ihre Gewalt zu bekommen. Möglicherweise hatten sie es mit mehreren Tätern zu tun.

Die Detectives sahen sich im Badezimmer um. Die Wanne war noch naß; auf dem Fußboden lagen noch einige feuchte Handtücher, und auf dem Bett war die Abendgarderobe einer Frau ausgebreitet. Annie Goldmark hatte offensichtlich gerade geduscht und sich anziehen wollen, als der – oder die – Täter sie gepackt und gefesselt hatten.

Den Streifenbeamten zufolge war Charles Goldmark vollständig bekleidet gewesen, seine Handschellen hatten die Nachbarn bereits durchtrennt. Colin und Derek waren ebenfalls angezogen gewesen, aber jemand hatte ihnen die Pullover bis zu den Schultern und zum Hals hochgezogen, um sie in ihrer Bewegungsfreiheit zu behindern.

Alle vier Goldmarks hatten schwere Kopfwunden. Jemand mußte in blinde Wut geraten sein, um derart durchzudrehen und derartige Brutalität anzuwenden.

Aber warum?

Um 22 Uhr 45 an diesem Abend bekamen Sutlovich, Gruber und Sanford Unterstützung von den Detectives Sonny Davis, Duane Homan und Jim Yoshida. Bis sechs oder sieben Uhr früh am Morgen des ersten Weihnachtstages hielten sich ständig Ermittlerteams entweder am Tatort oder im Krankenhaus auf und sammelten Beweisstücke, die sie in Tüten packten und beschrifteten, oder stellten Fragen – allerdings nicht an die Opfer; alle drei lagen im Koma.

Die Detectives hatten sich schon sehr früh vergewissert, daß kein gewaltsames Eindringen vorlag. Einer von den Goldmarks mußte den Mörder eingelassen haben. Bei der Durchsuchung des Hauses entdeckte die Polizei den Fluchtweg des Täters. Im Keller stand die Hintertür sperrangelweit offen; ihr Schloß aktivierte Riegel auf beiden Seiten, so daß sie weder geöffnet noch geschlossen werden konnte ohne Schlüssel.

»Wir gingen davon aus, daß der Täter diese an sich genommen hatte«, erinnerte sich Gruber. »Da wir in diesem Moment noch nicht wußten, wie viele Fahrzeuge die Opfer besaßen, überlegten wir, ob der Mörder möglicherweise in einem familieneigenen Wagen geflüchtet war.«

Aber dann stellten sie fest, daß jemand vergeblich versucht hatte, sich Zugang zur separaten Garage zu verschaffen. Sofern er auf der Straße keinen Wagen vorgefunden hatte, mußte er zu Fuß über den stark abfallenden Garten geflohen sein, sich vor dem Haus zu zeigen wäre zu dem dumm gewesen. Das schien die wahrscheinlichste Variante. Er konnte nicht viel Zeit gehabt haben zwischen dem Überfall und dem Eintreffen der ersten Gäste der Goldmarks, war vermutlich sogar gerade durch die Kellertür entkommen, als diese geklopft hatten.

Von Dr. Michael Copass, Leiter des Medic-One-Programms, erfuhren die Detectives Jim Yoshida und Duane Homan, daß die Schädeldecke Charles Goldmarks, ebenso wie die seiner Söhne, nicht nur Frakturen aufwies, sondern jemand durch diese ein Messer in sein Gehirn gestoßen hatte. Ihr Zustand war nach wie vor äußerst kritisch.

Hatten vielleicht alle den Mörder gekannt? Immerhin war er bemüht gewesen, völlig auszuschließen, daß selbst die Kinder sprechen und ihn somit identifizieren konnten.

Oder sie. Noch war nicht klar, ob es sich um einen Mann, eine Frau oder auch um mehrere Personen handelte.

Im Schlafzimmer der Goldmarks stellten Sutlovich und Gruber alles sicher, das sich auch nur im entferntesten als nützlich erweisen konnte. »Es ist schon interessant«, erklärte Gruber. »Bevor man herausgefunden hat, wie ein Verbrechen abgelaufen ist, ist schwer zu beurteilen, was wichtig ist und was nicht – also nimmt man letztendlich Dinge mit, ohne so recht zu wissen, warum ... Man sagt sich einfach ›Na ja, wir packen es einfach mal ein – mal sehen, ob es uns weiterhilft‹. Wir fanden beispielsweise ein Taschentuch neben ihrer Leiche, auch vor der Sitzbank lagen Papiertücher. Damals schien das keinen Sinn zu machen. Den Opfern war es unmöglich gewesen, sie auf ihre Wunden zu pressen – und warum hätte der Mörder das tun sollen? Später stellte das Labor fest, was wir nicht riechen konnten, daß sie mit Chloroform getränkt waren.« Die Tatsache, daß er sie betäubt hatte, bevor er über sie hergefallen war, erklärte nicht nur, warum sich keiner der Goldmarks gewehrt hatte, sie war auch ein kleiner Trost für alle, die sie gemocht hatten.

Die schwierigste Aufgabe der Detectives bestand darin, ein Motiv hinter der abscheulichen Tat zu ermitteln. Das Haus war nicht geplündert worden. Die Goldmarks besaßen zwei Computer und mehrere Fernseher, an den Wänden hingen antike Waffen und Gemälde, unter dem Weihnachtsbaum lagen Geschenke, und es gab Schmuck, Kunstgegenstände und Stereoanlagen, alles Dinge, die ein professioneller Dieb hätte mitgehen lassen. Das einzige, was auf Diebstahl hinwies, war Charles Goldmarks Brieftasche, die sie im Schlafzimmer auf dem Fußboden fanden. Sämtliche Kreditkarten waren auf einem Regal ausgebreitet, als hätte jemand nach einer ganz bestimmten gesucht. Die Detectives konnten nicht sagen, ob überhaupt welche fehlten. Das würden sie später mit Freunden und Angehörigen abklären.

Während Beweisstücke gesammelt wurden, sprachen Sonny Davis, Duane Homan und Jim Yoshida mit den besorgten Freunden der Opfer, die sich im neunten Stock des Harborview Hospitals eingefunden hatten.

Alle waren so geschockt, daß die Detectives anfangs zögerten, sich genauer nach den Goldmarks zu erkundigen. Homan und Yoshida (die innerhalb des Morddezernates nur mit ›Ho‹ und ›Yo‹ angeredet wurden), staunten über deren Bekanntheitsgrad. Polizeichef Patrick Fitzsimmons persönlich saß im Wartezimmer des Krankenhauses, ebenso war erschienen Bill Dwyer, der das Buch über Goldmarks Eltern geschrieben hatte, und Jim Wickwire, ein international angesehener Bergsteiger und einer der neun Partner von Goldmarks Anwaltskanzlei.

Jim Wickwire erklarte, Charles Goldmark sei – wie alle seine Kollegen – mit Zivilsachen befaßt gewesen. Charles hatte den historischen Pike-Place-Markt von Seattle vertreten, das Kunstmuseum und das Luftfahrtmuseum der Stadt. Keiner seiner Klienten war unzufrieden gewesen, es hatte keinen Groll, keine Drohungen gegeben – nichts.

Eine Freundin, Janet Lilly*, sagte, sie und Annie hätten täglich miteinander Kontakt gehabt – persönlich oder telefonisch. Die eine hatte bei der anderen Weihnachtsgeschenke versteckt, damit sie vor neugierigen Kindern sicher waren, und sie hatten sie am Weihnachtstag austauschen wollen. Am 24. Dezember hatte Lilly sie mehrmals angerufen, das letzte Mal zwanzig Minuten vor sechs.

Lilly sagte, daß die Goldmarks derzeit zwei Autos besäßen – einen BMW und einen Alfa Romeo. Außerdem gehöre ihnen ein VW Rabbit, mit dem Charles' Schwägerin allerdings nach Ost-Washington gefahren sei, da sie ihren Flug verpaßt hatte.

»Chuck war großartiger Laune, so richtig in Weihnachtsstimmung«, berichtete Janet Lilly. »Annie hat an Heiligabend immer ein traditionelles Essen zubereitet, und vermutlich wollte sie, wie jedes Jahr, ihr schwedisches Kleid anziehen.«

Lilly schüttelte auf die Frage nach irgendwelchen Eheproblemen den Kopf. Nein, sie hatte nicht den geringsten Zweifel, daß Chuck und Annie miteinander glücklich waren. Andernfalls hätte sie davon gewußt.

Homan und Yoshida unterhielten sich als nächstes mit Allie Chambers*. Sie hatte Annie ab mittags geholfen und mit ihr noch den Tisch gedeckt. »Um Viertel vor fünf bin ich gegangen, um mich schnell umzuziehen – um sieben sollte gegessen werden. Chuck trug ein rotes Velourhemd und Levi's, und Annie hatte Jeans, einen blauen Rollkragenpullover, einen roten Pollunder sowie eine blaue Schürze an. Sie wollte nur duschen und sich auch fertig machen.«

Eineinviertel Stunden später kehrte Allie Chambers mit ihrem Mann zurück. Sie war etwas überrascht, daß das Außenlicht nicht eingeschaltet war und im Haus offenbar nur in der Küche Licht brannte. Sie klopften, hämmerten dann gegen die Tür und rüttelten am Türknauf – aber es öffnete niemand.

»Ich dachte, sie würden uns einen Streich spielen oder so was«, sagte sie traurig. »Also setzten wir uns an einen Klapptisch auf der Veranda und warteten. Schließlich hinterließen wir eine Nachricht und machten uns auf den Heimweg.«

Zu Hause rief Allie sofort bei den Goldmarks an und stellte fest, daß die Leitung besetzt war. Verwirrt und etwas beunruhigt, gingen die Chambers zwanzig Minuten später wieder zu den Goldmarks. Allie Chambers glaubte, durch den Spion ein leises Geräusch zu hören. Sie und ihr Mann Leif* waren mittlerweile ernsthaft besorgt und holten bei gemeinsamen Freunden – den Walkers – einen Ersatzschlüssel zum Haus der Goldmarks.

Sie ließen sich ein und folgten den Geräuschen nach oben ins Elternschlafzimmer, wo sie, zu ihrem Entsetzen, ihre Freunde blutend auf dem Boden vorfanden.

Leif Chambers hörte Charles Goldmark rufen »Leif ... Leif ... tut weh ... Schmerzen ...« Er zitterte und klagte über die Handschellen.

Die Telefonleitung war tot. Noch während Chambers und Walker Goldmarks Fesseln mit Hilfe einer Blechschere und einer Bügelsäge durchschnitten, bemerkten sie, daß jemand eine Decke über die beiden Jungen geworfen hatte – als sei selbst dem Killer der Anblick dessen, was er ihnen angetan hatte, unerträglich gewesen.

In der mehr als geringen Hoffnung, er sei in der Lage, den Täter zu beschreiben, hatten zwei Streifenpolizisten Charles Goldmark in die Klinik begleitet. Detective Sonny Davis saß immer noch an dessen Krankenbett, aber der Familienvater war entweder still oder nicht zu verstehen.

Einer der Goldmark-Jungen wurde einem Kinderapperzeptionstest unterzogen, und der zweite befand sich im OP.

Auf Homans und Yoshidas Bitte hin durchforsteten Ben Walker und Allie Chambers ihr Gedächtnis nach etwas Ungewöhnlichem, das sich möglicherweise innerhalb der letzten Stunden vor dem Fest ereignet hatte. Sie erinnerten sich nur an einen grünen Datsun Pickup Baujahr 1975, der mehrmals am Haus der Goldmarks vorbeigefahren war. In dem Truck hatten zwei Männer gesessen und gelacht.

Das Wartezimmer im neunten Stock des Krankenhauses war brechend voll, und jeder der Anwesenden versuchte nach Kräften, den Detectives zu helfen. Fast alle Partner von Charles Goldmarks Kanzlei hatten sich eingefunden. Keiner von ihnen konnte jemanden benennen, der Grund gehabt hätte, Chuck Goldmark etwas Böses zu wollen. Das einzige, das ihrer Meinung nach möglicherweise Feindseligkeit hätte hervorrufen können, waren die Absagen auf die zahlreichen Bewerbungen. Die einzelnen Partner verfaßten diese häufig auf Briefpapier der Kanzlei und unterzeichneten mit ihrem eigenen Namen.

Im Umfeld der 36. Avenue befragten die Detectives unter anderem eine Frau aus der Nachbarschaft. An jenem Abend war ein Fremder an ihrer Tür gewesen, der sich, ein weißes Päckchen auf dem Arm, nuschelnd nach »Charles … Soundso« erkundigt hatte.

Sie erinnerte sich noch gut an den »Boten«, einen großen dunkelhaarigen Mann. Vor allem sein seltsam durchdringender – beinahe irrer Blick war ihr aufgefallen. Das Phantombild, das Detective Al Smalley aufgrund ihrer Beschreibung zeichnete, zeigte einen wirklich unheimlichen Mann. Der Eindruck entstand durch die Augen. Sie waren ausdruckslos, unergründlich – aber auch unvergeßlich.

Gewöhnlich ließ sich ein Paketzusteller leicht aufspüren. Aber es war Weihnachtszeit; jeder in der Straße bekam irgendwelche Päckchen. Im Haus der Opfer fanden die Ermittler diverse, aber kein schlichtes weißes.

Die Nachbarn der Goldmarks hatten nicht das geringste Bedürfnis, Weihnachten zu feiern. Schweigend pilgerten sie zu deren Haus und legten Blumen auf die Treppe. Es entstand ein richtiger kleiner Schrein. Vasen voll mit Blumen, die sich im regnerischen Wind wiegten. Aber es war ein trauriger, makaberer Schrein, gesäumt von gelben Plastikbändern; sie signalisierten Polizeiabsperrungen, die nicht überschritten werden durften.

Die Nachrichten aus dem Krankenhaus machten jegliche Hoffnungen zunichte. Die drei überlebenden Familienmitglieder dürften ihren Verletzungen ebenfalls erliegen. Die Gehirne, die so schwer durch Schläge und Messerstiche verletzt worden waren, schwollen an und drückten gegen die Schädeldecke, so daß noch größerer Schaden entstand, obgleich die Ärzte alle drei operiert und Teile des Schädels entfernt hatten, um der Hirnmasse mehr Raum zu geben. Außerdem drohte ständig eine Infektion. Charles, Colin und Derek konnten weder hören noch sprechen.

Bald mußten sich die Detectives der Mordkommission von Seattle eingestehen, daß sie in Schwierigkeiten steckten. Die Durchsuchung des Tatortes war absolut negativ gewesen. Die Handschellen hatte der Mörder mitgebracht; die Tatwaffen stammten aus dem Haus seiner Opfer. Es war ihnen gelungen, einen einzelnen Fingerabdruck sicherzustellen, der jedoch nichts nützte, solange sie keine Vergleichsabdrücke hatten. Afis, das automatische Fingerabdruckidentifizierungssystem sollte erst in ein paar Jahren ausgereift sein. Offenbar hatte der Mörder das grausame Verbrechen größtenteils mit Handschuhen verübt. Es schien sich doch um ein Verbrechen an Unbekannten gehandelt zu haben – und ein solches war am schwierigsten zu lösen.

Und sie hatten immer noch kein Motiv gefunden. Sie würden Hilfe aus der Öffentlichkeit brauchen. Oder ein Geständnis. Oder etwas Glück.

Aber in Seattles Broadway-Bezirk – einige Meilen westlich des Goldmark-Hauses – ereignete sich etwas.

Max Stingley*, ein hochgebildeter Schwarzer, der im Broadway District lebte, war ein gutherziger Mann, der schon manchem Pechvogel geholfen hatte, und Weihnachten war eine traurige Zeit, um am Boden zu sein. Als er nach kurzem Klopfen seine Wohnungstür öffnete, war Stingley überrascht, David vorzufinden. Er kannte ihn flüchtig, als Mitglied des Fox Club, dem er selbst angehörte.

Der Fox Club war eine sehr lockere Organisation, die sich für ›die strikte Einhaltung der Verfassung der Vereinigten Staaten‹ einsetzte. Soweit Stingley bislang hatte beurteilen können, handelte es sich dabei um keine militante, sondern eine eher friedliche Vereinigung, wenn deren Mitglieder auch meinten, ständig in ihren Bürgerrechten beschnitten zu werden, weil irgendwelche Beamte die Verfassung nicht repetierten. Sie war ein homogener Haufen von Menschen, die sich gerne in Restaurants trafen, um bei ein paar Tassen Kaffee über Politik zu diskutieren.

Stingley gab jedoch zu, daß er den Mitgliedern nicht bedingungslos traue. Er spürte, daß sie nicht viel für Juden übrig hatten, und fragte sich, ob möglicherweise Schwarze die nächsten auf ihrer Liste waren.

Aber da stand dieser Typ – David, der mit Dr. Suzanne Perreau* zusammenlebte – vor ihm und sagte, er irre seit zweiundsiebzig Stunden durch die Straßen, sei halb erfroren und brauche dringend ein Plätzchen, an dem er ausruhen konnte, Stingley ließ ihn widerstrebend in die Wohnung.

David war schon immer sehr blaß gewesen, hatte dunkle Ringe unter den Augen gehabt, aber am Weihnachtsabend wirkte er völlig fertig. Stingley war ebenfalls müde, und so teilte er seinem ungebetenen Gast mit, daß er schlafen wolle. Als er zu Bett ging, saß Davis in seinem Wohnzimmer auf dem Sofa.

Was Stingley am nächsten Morgen, noch bevor es hell war, auf dem Couchtisch fand, machte ihn so nervös, daß er schließlich die Polizei verständigte. Er hatte den Jungen am Vorabend etwas auf ein Blatt Papier schreiben sehen, wußte jedoch nicht, was die Kritzeleien bedeuteten, ob sie ernst zu nehmen oder nur schriftstellerische Ergüsse waren. Aber was sich dahinter auch verbergen mochte, beim Lesen sträubten sich seine Nackenhaare.

> Hiermit erkläre ich, daß ich derjenige bin, nach dem sie im Fall Goldmark suchen.
> Ich weiß, daß das, was ich getan habe, abscheulich war. Darum befinde ich mich auch in diesem Zustand.
> Ich möchte unmißverständlich klarmachen, daß niemand in irgendeiner Weise daran beteiligt war. Dafür habe ich gesorgt.
> Die Person, mit der ich zusammenlebe, weiß nicht einmal, daß ich schon wegen einer anderen Sache gesucht werde. Auf ihrem Anrufbeantworter sind mehrere Nachrichten eingegangen, die ich jedoch alle gelöscht habe, bevor sie sie abhören konnte.
> Ich habe das Gewehr, das ich vor ein paar Wochen gekauft habe, nicht benutzt und es vor zwei Wochen weggeworfen. Statt dessen habe ich sie mit einer Spielzeugpistole hereingelegt, die sie im Vorratsschrank finden werden.
> Ich möchte noch einmal ausdrücklich darauf hinweisen, daß niemand etwas davon gewußt hat, also quälen sie [sic.] Unschuldige nicht unnötig.
> Ich denke, ich habe schon genug Leid angerichtet.
> Ich schätze, ich sollte ihnen besser sagen, warum ich das getan habe. Dann brauchen sie nicht andere danach zu fragen.
> Mein Leben ist ein einziges Chaos. Das ist so, seit meine Frau mich verlassen hat. Sue hat versucht, mir zu helfen, mein Leben in den Griff zu kriegen, aber …

Das war alles. Entweder handelte es sich nur um einen groben Entwurf, und David hatte vorgehabt, diesen, wenn er aufwachte, zu überarbeiten, oder aber er hatte nicht wirklich verraten wollen, warum er ›das‹, was immer es sein mochte, getan hatte.

Der Name Goldmark war Max Stingley völlig unbekannt. Wegen der Feiertage und dem ganzen Drum und Dran hatte er zwei Tage weder die Zeitung gelesen noch die Nachrichten im Fernsehen verfolgt. Er las das Geschriebene noch einmal durch, warf einen Blick auf den schlafenden David und beschloß, Kaffee zu kochen, während er sich überlegte, was er tun sollte. Der Mann, von dem er nur wußte, daß er David hieß, benahm sich entschieden merkwürdig.

Sein Gast wachte auf. David saß auf dem Sofa und sah fern, als Stingley erklärte, er wolle nur Zigaretten besorgen. Stingley überquerte die dunkle Straße und betrat einen Club Ecke 11. Avenue und Union, in dem er Mitglied war. Nach wie vor verwirrt, fragte er dort ein paar Frühaufsteher, ob sie vielleicht von einer Schießerei oder sonst etwas im Zusammenhang mit einem gewissen Goldmark gehört hätten.

Sie starrten ihn sichtlich überrascht an. Jeder in Seattle mußte doch inzwischen über den Überfall auf die Goldmarks informiert sein. Wo Stingley denn gesteckt habe, wollten sie wissen. Jemand hielt die Titelseite der Morgenausgabe des Post-Intelligencer vom 26. Dezember hoch. Der Name Goldmark sprang sofort ins Auge.

Stingley drehte sich der Magen um. Das Gekritzel auf dem Zettel war keine Fiktion gewesen. Er hatte mit einem mutmaßlichen Mörder unter einem Dach geschlafen.

Rudy Sutlovich trat am 26. Dezember kurz nach 7 Uhr seinen Dienst im Morddezernat an. Außer zwei Sekretärinnen war noch niemand im Büro. Das Telefon klingelte, und Sutlovich nahm ab; es war Elizabeth Eddy, die leitende Dispatcherin. »Ich habe jemand in der 911er Leitung, einen gewissen Max Stingley – er ist Ecke 11. Straße und Union. Er sagt, in seiner Wohnung sitze ein Kerl vor dem Fernseher, der behauptet, er habe die Goldmarks umgebracht. Was soll ich tun?«

»Schicken Sie einen Uniformierten hin«, entgegnete Sutlovich und zog seinen Mantel wieder an. »Ich mache mich sofort auf den Weg.«

Sutlovich lief zum Fuhrpark der Polizei hinüber; Gruber koordinierte derweil den Einsatz über die Zentrale. Sonny Davis und Sutlovich fuhren, den Hügel hinauf, auf den Broadway zu. In Höhe der Boren und Madison hörten sie Sirenen, und über Funk gingen die unverkennbaren Geräusche einer Verfolgung zu Fuß ein.

»Du glaubst doch nicht, daß das unser Mann ist, oder?« zog Sutlovich Davis auf.

Davis zuckte die Achseln. »Das wäre viel zu einfach. Niemals!«

Aber er war es.

David hatte Stingleys Gespräch mit dem Beamten vor dem Club durch das Fenster beobachtet und sehr richtig kombiniert, daß es um ihn ging. Er begriff, daß Max Stingley seine Notiz gefunden haben mußte.

David wartete nicht, daß die Officer kamen, um ihn zu holen. Er rannte aus dem Wohnblock und die 11. Avenue Richtung Norden. Stingley entdeckte ihn und zeigte auf ihn. Die Streifenpolizisten R. P. Cuncan und Peter Hogan setzten dem großen, schlanken Mann nach. Sie jagten die 11. Avenue entlang, halb um den Block herum und dann nach Süden auf den Broadway, so daß sich der Vorsprung des Flüchtenden langsam verringerte. Die Polizisten bemerkten eine Flasche in der Hand des Verdächtigen, die er an seinen Mund hob und anschließend wegwarf.

Im nächsten Augenblick hatten sie ihn eingeholt, warfen ihn zu Boden und legten ihm Handschellen an. In eben diesem Moment trafen Rudy Sutlovich und Sonny Davis ein.

Sutlovich ging auf den gefesselten Verdächtigen zu, der offenbar schicksalergeben dalag. Sutlovich hockte sich neben ihn und sah dem Mann, der seinen Namen mit David Lewis Rice angegeben hatte, das erste Mal ins Gesicht. Sutlovich las ihm seine Rechte vor.

»Warum sind Sie vor den Beamten weggelaufen?« fragte Sutlovich.

»Darauf will ich nicht antworten.«

Rice war jung, erst siebenundzwanzig. Er hatte glattes schwarzes Haar, einen üppigen Schnauzer und einen gepflegten Bart. Man hätte ihn trotz seiner Blässe als gutaussehend bezeichnen können. Und doch war etwas an ihm merkwürdig. Seine Bewegungen wirkten gekünstelt und seine Ausdrucksweise gestelzt; beinahe erinnerte er an eine Schaufensterpuppe – als sei er nicht ganz echt.

»Es waren seine Augen«, erinnerte sich Sutlovich.

»Ich sah in diese Augen und erinnerte mich sofort an das Phantombild, das Al Smalley nach der Beschreibung dieser Nachbarin der Goldmarks angefertigt hatte. Ich meinte, geradewegs in die Augen auf dieser Zeichnung zu blicken, und konnte nachvollziehen, warum sie diese Augen nie wieder vergessen würde. Sie waren sehr auffällig, ja – leer.«

Rice leistete, nachdem die Polizei ihn erst gefaßt hatte, keinen Widerstand. Sie stiegen hinten auf den Dempsey-Kipplaster, um die Flasche zu suchen, die Rice während der Flucht dort hineingeworfen hatte, und erkundigten sich nach deren Inhalt.

»Nikotin«, antwortete Rice. »Flüssiges Nikotin.«

Ob Nikotin einen umbringen konnte? Sonny Davis und Rudy Sutlovich hatten keine Ahnung. Rice schien sich gut zu fühlen. Vermutlich war das nur so eine großspurige Geste gewesen.

Sonny Davis nahm den Verdächtigen in Gewahrsam und brachte ihn zum Morddezernat. Rudy Sutlovich wollte sich erst noch mit Max Stingley unterhalten.

Stingley erklärte ihm, daß er David Rice kaum kenne – bis vor wenigen Minuten noch nicht einmal seinen Nachnamen gewußt habe. Als Sutlovich nach dem Zettel fragte, bei dem es sich in Anbetracht der Umstände um ein Geständnis zu handeln schien, entgegnete Stingley, der müsse sich noch in der Wohnung befinden.

Glücklicherweise war er noch da, und Sutlovich stellte ihn als Beweisstück sicher. Detective Sergeant Don Carmeron, Sonny David und sein Partner John Boatman konnten eine Kopie bei ihrem Verhör von David Rice benutzen.

Der Fall wurde offiziell John Boatman und Sonny Davis übertragen. Jetzt lag es an ihnen, ein vollständiges Geständnis oder zumindest eine Erklärung für den sinnlosen Überfall auf die Goldmark-Familie zu bekommen.

David Rice war erneut über seine Rechte aufgeklärt worden, Sonny Davis ließ sie ihn sogar laut vorlesen. Die Detectives hatten Rice einen Anwalt besorgt – Bill Lanning, ein wahrer Strafverteidigerveteran, war ins Dezernat gekommen und hatte mit dem Verdächtigen gesprochen.

Rice gedachte, ihnen trotzdem seine Geschichte zu erzählen, Anwalt hin oder her, zögerte jedoch, als Sonny Davis ihn fragte, ob er dazu bereit sei. Nachdem man ihn aufgefordert hatte, seine Taschen zu leeren, legte er verschiedene Gegenstände auf den Tisch. Darunter befanden sich auch zwei Ringe mit Handschellenschlüsseln, die zu den Fesseln der Opfer paßten.

Sonny Davis zeigte David Rice eine Kopie der Notiz, die sie in Max Stingleys Wohnung vorgefunden hatten.

Er gab zu, diese verfaßt zu haben, und wollte sie zu Ende schreiben. Davis gab ihm einen Kugelschreiber und ließ ihn allein, doch hatte Rice nichts zu Papier gebracht, als Sonny nach einer Weile zurückkam. Er hatte keine Lust, darüber zu schreiben; er wollte den Detectives erzählen, was sich am Heiligabend im Haus der Goldmarks zugetragen hatte.

Am 26. Dezember um 13 Uhr 07 begann der Verdächtige zu reden, in Kenntnis der Tatsache, daß ein Kasettenrecorder mitlief.

Es war ein Fall, dessen Ursprung weit zurückreichte. Die Ermittler waren überzeugt, den richtigen Mann verhaftet zu haben, aber dieser siebenundzwanzigjährige Mann mit den leeren Augen war nicht der, den sie erwartet hatten. Nur, wen hatten sie erwartet? Wie sollte irgend jemand wissen, welche Art von Mörder dieses monströse Verbrechen gegen die Familie Goldmark hatte planen können?

Es fiel schwer, sich Rice in Charles und Annie Goldmarks Welt vorzustellen. Er hatte sie nicht bestohlen. Warum hatte er sie dann erschlagen? Und er hatte gezielt sie aufgesucht, sich nach deren Namen erkundigt. Aber aus welchem Grund? Und wer war er?

David Lewis Rice wurde am 11. November 1958 geboren. Am Jahrestag des Waffenstillstandes. Er hatte zwei ältere Brüder und eine Schwester, die sich erinnerten, daß er schon immer auf Konfrontationskurs gewesen war – fast von dem Augenblick an, da er laufen gelernt hatte. Er war in Arizona aufgewachsen und als Kind ein Einzelgänger gewesen, ein leichtes Opfer, das seine Brüder gerne gehänselt hatten.

Als David elf war, hörten seine Brüder ein sonderbares Poltern aus seinem Zimmer. Sie brachen die Tür auf und fanden ihn bewußtlos an einem Seil baumelnd vor. Er lief bereits blau an. Sie schnitten ihn los, und seine Haut färbte sich wieder rosig, nachdem er zu sich gekommen war. Seine Mutter brachte ihn zum Arzt, aber er wurde in keiner Weise therapiert.

Es ging alles weiter wie zuvor. David Rices Brüder schämten sich für ihn, weil er ein solcher Trampel war. Später erinnerte sich einer der Brüder etwas reumütig, daß er ihn von einem Baum gestoßen hatte.

»Er hat sich nie gewehrt.«

Überraschenderweise hatte David eine Freundin gefunden, geheiratet und ein Kind gezeugt – aber die Ehe war nicht von Dauer. Bei ihm war nichts von Dauer. Er kam weder mit dem Leben selbst noch mit Menschen oder einem Arbeitsplatz klar. Sein Gefühl, die ganze Welt habe sich gegen ihn verschworen, verstärkte sich zunehmend.

Obwohl seine Brüder, die in Washington lebten, ihn als Kinder so schlecht behandelt hatten, hingen sie an ihm und drängten ihn, nach Norden zu kommen, so daß David Rice, vielleicht um ihnen näher zu sein, Anfang 1986 nach Seattle zog. Eine Zeitlang arbeitete er als Schweißer in einem Stahlwerk. Er war Vorarbeiter und verdiente gutes Geld. Aber nachdem dieser Betrieb Pleite gemacht hatte, erhielten er und seine Kollegen nur einen gekürzten Gehaltsscheck.

Diese Ungerechtigkeit schien grenzenlosen Haß in David Rice auszulösen.

Im Frühjahr 1983 wurde er zum leidenschaftlichen Antikommunisten. Der Kommunismus war etwas, worauf er seine Verbitterung konzentrieren konnte. Trotz seiner Fähigkeiten als Schweißer fand er keine neue Stelle. Er fristete sein Dasein am Rande der Gesellschaft und bemühte sich, vom Sommer 1984 bis zu seiner Verhaftung mit Arbeitslosenunterstützung und den Almosen fremder Menschen über die Runden zu kommen. Achtzehn Monate irrte er, angetrieben von brennendem Rachedurst, ziellos durch die Straßen von Seattle. Er haßte die Kommunisten nicht weniger als die großen Bosse, die ihn um einen Teil seines letzten Lohnes betrogen hatten, und schien gar nicht zu begreifen, welchem Widerspruch er erlag.

Anfang 1985, als er buchstäblich auf der Straße saß, lernte David Rice Dr. Suzanne Perreau kennen, eine Fußpflegerin. Sie gehörte dem Fox Club an und führte David in die Gruppe ein. Voller Inbrunst nahm er an deren Diskussionen teil, wenngleich er sich bei seinen Beiträgen häufig so sehr mitreißen ließ, daß er die Stimme erhob und sich Speichel in seinen Mundwinkeln sammelte. Aber die Mitglieder des Fox Club zeigten sich ihm gegenüber tolerant. Er glaubte wie sie an die Unantastbarkeit der Verfassung der Vereinigten Staaten.

Außerdem war David Rice fasziniert von Waffen, Überlebenskämpfern, Sprengstoff, Söldnern, paramilitärischen Aktivitäten und natürlich der Abwehr der kommunistischen Invasion.

Einige Zeit nachdem er seinen Job verloren hatte, las Rice einen Artikel, der sein Leben und letztendlich auch das vieler anderer unwiderruflich verändern sollte. Laut seiner Interpretation stellte dieser Charles Goldmark sich als eine führende Persönlichkeit innerhalb der Kommunistischen Bewegung dar. Viel wahrscheinlicher ist, daß David Rices Verstand schon nicht mehr richtig funktionierte. Der einzige Bezug, den es je zwischen Charles Goldmark und dem Kommnismus gegeben hatte, war die kurze Parteimitgliedschaft seiner Mutter mehr als zwölf Jahre vor seiner Geburt.

»Kennen Sie die Goldmarks?« fragte Sonny Davis ihn nun in einem der kleinen Verhörzimmer des Morddezernates.

»Nur vom Hörensagen«, antwortete Rice vage.

»Hörensagen?«

»Aus Artikeln in irgendwelchen Zeitungen und so ... In der heutigen steht beispielsweise, Charles Goldmark sei ein prominentes Mitglied der Demokraten gewesen. Was nicht erwähnt wird, ist, daß er als solches auch der Kommunistischen Partei angehörte ... Ich habe herausbekommen, daß er wegen staatsfeindlicher Umtriebe vor das Subkomitee des Senates gestellt worden ist ...«

»Dieser Mr. Goldmark?« Boatman klang verwirrt.

»Richtig.«

»Charles Goldmark?« hakte Davis nach.

David Rice nickte, als beschäme ihn die Unwissenheit der Detectives. »Charles Goldmark ... und man hat nichts unternommen. Er war einmal regionaler Vorsitzender der Kommunistischen Partei von Amerika.«

Rice glaubte nicht, die Artikel, die ihn über die ›Vergangenheit‹ seines Opfers aufgeklärt hatten, noch zu besitzen. Allerdings sei gut möglich, daß er einige seiner Notizen aufbewahrt habe.

»Woher wußten Sie, wo die Goldmarks wohnen?« fragte Davis.

»Aus einem Zeitungsartikel.«

Rice meinte sich zu erinnern, in einer Ausgabe der Seattle Times irgendwann im März 1983 gelesen zu haben, daß die Goldmarks gerade in ein Haus auf der 36. Straße gezogen seien.

»Das liegt schon zwei Jahre zurück. Demnach haben Sie sich schon länger mit der Familie Goldmark befaßt?«

»Ja, ich würde sagen, die letzten sechs Monate.«

David Rice habe sich erst mental auf seinen Plan vorbereiten müssen.

»Und worin bestand dieser?« fragte Boatman.

»Ich wollte die Goldmarks töten.«

Die Detectives Davis und Boatman und Sergeant

Cameron musterten den großen, hageren Mann, der ihnen am Verhörtisch gegenübersaß, und fragten sich, ob er in der Lage war, ihnen das schier Unerklärliche zu erklären.

Die Abschrift von David Rices Geständnis umfaßte siebenundsiebzig Seiten. Die bizarr-tragische Geschichte, die er erzählte, schockierte sogar Polizeibeamte, die schon allerlei Grauenhaftes gesehen und gehört hatten.

Mitte 1985 war Rice zu dem Schluß gekommen, daß er Charles Goldmark töten mußte. Er glaubte, Goldmark sei Jude und Kommunist. Tatsächlich war Charles Goldmark weder das eine noch das andere. Aber für David Rice verkörperte Goldmark den Feind schlechthin.

Rices ursprünglicher Grund war politischer Natur gewesen, aber er gab auch ›finanzielle Gründe‹ an. »Ich ging davon aus, daß er eine gewisse Summe Geldes im Haus haben würde. Ich wußte nicht, wieviel, aber es dürfte in jedem Fall genügen, um mich fürs erste über Wasser zu halten.«

Weihnachten 1985 steckte David Rice in großen wirtschaftlichen Schwierigkeiten.

Obgleich Dr. Perreau ihm gestattet hatte, bei ihr zu wohnen, bezweifelte sie mittlerweile die Richtigkeit ihrer Entscheidung. David fing an, sie zu irritieren. Als sie eines Abends nach Hause kam, bemerkte sie, daß ihr Fernseher verschwunden war. Sie fragte David nach dem Gerät, und er gab zu, dieses an sich genommen zu haben.

»Warum?« verlangte sie zu wissen.

»Wegen des Geldes. Ich habe ihn für zehn Dollar beim Pfandleiher gelassen.«

Aber das, was das Faß zum Überlaufen brachte, war weniger harmlos. Ende Oktober fand Dr. Perreau ein Gewehr in ihrer Wohnung. Sie übergab es einer Bekannten. Die Weihnachtstage wollte sie in Florida verbringen und stellte David vor ein Ultimatum. Sie teilte ihm mit, daß er bis zu ihrer Rückkehr am 28. Dezember ausgezogen sein müsse.

Hiermit hatte Dr. Perreau unwissentlich höllische Kräfte entfesselt. David Rices finanzielle Situation verschlechterte sich mehr und mehr, da er nicht arbeitete. Er verbrachte seine Tage damit, in der Bibliothek nach ›Feinden‹ zu forschen, so daß er keine Zeit hatte, einer beruflichen Tätigkeit nachzugehen. Bald würde er auch kein Dach mehr über dem Kopf haben. Er machte die Kommunisten dafür verantwortlich.

Die Lösung all seiner Probleme war ihm einfach erschienen. Um seine Finanzkrise, die die Goldmarks und Leute wie sie verursacht hatten, zu mildern, wollte er sich etwas Geld bei Charles Goldmark ›borgen‹.

Außerdem würde er sich von ihm eine Liste aller führenden Persönlichkeiten der Kommunistischen Partei aushändigen lassen, die, wie Rice den Detectives erklärte, nicht ›im Telefonbuch‹ stünden.

Anschließend wollte er Charles Goldmark und seine Frau töten. Er haßte sie leidenschaftlich – obwohl er ihnen nie begegnet war, nie über sie recherchiert oder sich über sie erkundigt hatte. Dies hielt er für unwichtig; ihm war daran gelegen, kein Aufsehen zu erregen.

Notwendigerweise setzte Rice seinen Plan allein um. Er wußte nicht, wie die Goldmarks aussahen. Er wußte nicht, wie alt sie waren. Er wußte nicht, daß sie zwei so junge Söhne hatten. Er wußte so gut wie gar nichts über sie – außer, daß Charles Goldmark Rechtsanwalt war, und er wußte, daß sich Leute dieses Berufsstandes schon mal auf krumme Sachen einließen.

Die Welt hatte David Lewis Rice immer benachteiligt, und jetzt würde er sich hierfür rächen.

An Heiligabend war David in Dr. Perreaus Wohnung gegangen, um, wie versprochen, ihre Pflanzen zu gießen. Er hatte ein paar Sachen dort gelagert und wollte seinen grünen Parka holen – die zahlreichen Taschen würden sich bei seinem Vorhaben als sehr praktisch erweisen. Er trug Jeans, einen roten Pullover sowie Arbeitsstiefel. Außerdem nahm er noch ein paar Arbeitshandschuhe aus weißer Baumwolle mit.

»Ich steckte noch eine Spielzeugpistole ein. Das Gewehr, das ich eigentlich benutzen wollte, ... würde zuviel Lärm machen.«

Rice gab David und Boatman gegenüber zu, daß er beim Central Gun Exchange einen M-1 Karabiner gekauft habe, diesen jedoch, weil er zu groß und unhandlich gewesen sei, zwei Wochen vor Weihnachten weggeworfen habe.

Das Gewehr unauffällig zu transportieren sei schwierig und die Goldmarks zu erschießen ohnehin nicht seine Absicht gewesen, sagte er. Damit habe er sie nur unter Kontrolle halten wollen. Die Waffe, die bei Dr. Perreaus Bekannter gelandet war, erwähnte er nicht.

»Wann haben Sie denn die Spielzeugpistole gekauft?« wollte Davis wissen.

»An Heiligabend – im Toys-Galore, für drei Dollar.«

»Sah sie echt aus?«

»Ja ... ich schätze, man hätte sie beinahe mit einer Polizeipistole verwechseln können.«

»Ein Revolver mit kurzem Lauf ... schwarz?« fragte Davis.

»Hm-mm.«

».38er Kaliber?«

»Hm-mm.«

Außerdem hatte David in einem Laden von Big 5 Sporting Goods zwei Handschellen erstanden – allerdings schon vor etwa vier Monaten. Er war, nachdem er die

Pistole, die Handschellen, die Handschuhe, sowie zwei – weil er von zwei Personen ausgegangen war – Lappen und zwei Fläschchen Chloroform in den Taschen seines Parka verstaut hatte, mit dem Bus der Linie sieben in die Innenstadt gefahren, um dort in einen der Linie drei umzusteigen, der ihn zu den Goldmarks bringen sollte.

»Haben Sie sich im Laufe des Abends irgendwie aufgepuscht ...«, fragte Davis.

»Nein«, fiel Rice ihm ins Wort. »Ich war stocknüchtern.«

Nach seiner intensiven geistigen Vorbereitung war David Rice ohne irgendwelche Drogen und Alkohol ausgekommen. Selbst wenn er nicht permanent an die Goldmarks gedacht hatte, war ihm innerlich klar gewesen, daß es nur eine Frage der Zeit sein konnte, bis er seinen Plan in die Tat umsetzte. Daß er diese ausgerechnet an Heiligabend ausgeführt habe, sei reiner Zufall gewesen, meinte er.

»Wollten Sie von Anfang an auch Mrs. Goldmark umbringen?« fragte John Boatman.

»Ja.«

»Auch jeden anderen, der noch im Haus war und ein Goldmark zu sein schien?« wollte Davis wissen.

»Ja.«

»Woher wußten Sie, welchen Bus Sie zum Viertel der Goldmarks nehmen mußten?« fragte Davis.

»Ich war schon zweimal dort gewesen ... Das erste Mal am ersten November, glaube ich ... einfach, um zu sehen, welches Haus sie bewohnten, und um mich mit der Nachbarschaft vertraut zu machen.«

Das war also der Mann, der eine halbe Stunde vor Beginn ihrer Weihnachtsfeier an die Tür der Familie Goldmark geklopft hatte. David Rice war ein zorniger Mann. Ein verzweifelter Mann. Ein Mann, der möglicherweise eine mehr als nur leicht schräge Sicht der Welt hatte.

Als David Rice an Heiligabend das Haus im Madrona Bezirk aufsuchte, rechnete er eigenen Angaben zufolge, nur ein Ehepaar anzutreffen, ein älteres Ehepaar. Ganz offensichtlich hatte er die Informationen über den Aufruhr wegen Sally Goldmarks kurzer Mitgliedschaft in der Kommunistischen Partei ein halbes Jahrhundert zuvor sowie die daraus resultierenden Schwierigkeiten John Goldmarks, die er irgendwie gelesen oder gehört hatte, verdreht und ausgeschmückt. Die Detectives begriffen, daß Rice tatsächlich losgezogen war, um Sally und John Goldmark zu töten, die beide nicht mehr lebten.

Sein sorgfältig ausgeklügelter Plan hatte von Anfang an auf einem Irrtum basiert. Sally und John Goldmark waren keine Kommunisten gewesen; ihr Sohn Charles hatte sich von diesen sogar noch weiter distanziert. David Rice war aus den falschen Gründen aufgebrochen, um die falschen Personen zu töten.

In seinen grünen Parka gehüllt, war er mit dem Bus zu den Goldmarks gefahren.

Niemand hatte ihn beachtet. An Heiligabend war er nur ein Gesicht in der Menge jener gewesen, die sich abgehetzt hatten, um in letzter Minute noch Geschenke zu besorgen.

Er wußte nicht, welche Autos sie fuhren. In der ersten Dezemberwoche hatte er sich noch einmal auf den Weg nach Madrona gemacht, wieder mit dem Bus, in der Hoffnung, sich einen Eindruck von den Goldmarks zu verschaffen. Aber ihr Haus war völlig dunkel gewesen. Er hatte es von der Straße aus beobachtet und sich nach etwa einer Stunde aus Angst, Verdacht zu erregen, zu dessen Rückseite geschlichen und dort einen Weg und eine Garage entdeckt. Ihm war aufgefallen, daß deren Tor keinen Griff hatte, so daß es schwierig sein dürfte, sich Zugang zu verschaffen. Er hatte vermutet, daß es mit einer Fernbedienung ausgerüstet war.

Auf Drängen der Detectives gab David Rice zu, sich zwar das Gebäude, in dem Charles Goldmarks Kanzlei untergebracht war, angeschaut, die Empfangshalle jedoch nie betreten zu haben. Trotzdem stand außer Frage, daß er Charles Goldmark beschattet hatte – erfolglos, ja, aber beharrlich.

Rice erzählte, daß er an Heiligabend zu dem Schluß gekommen sei, Charles Goldmark gegenüberzutreten. Ja, er war mit einem weißen Karton losmarschiert und hatte sich auch noch in der Hausnummer geirrt. »Als ich der Frau erklärte, ich wolle ein Päckchen für Charles Goldmark abgeben, meinte sie, ich sei falsch bei ihr. Ich bedankte mich und ging.«

»Ich wollte den Karton, er war leer, nur als Vorwand benutzen, damit sie mir die Tür öffneten.«

Obwohl die drei Beamten erleichtert waren, daß sie Annie Goldmarks Mörder in Gewahrsam hatten und dieser willens war, seine Verbrechen zu gestehen, fühlten sie sich angesichts dessen, was als nächstes kommen würde, äußerst unbehaglich. Sie hatten das Ergebnis seines Besuches auf Farbphotos der Spurensicherung gesehen. Mit seltsam gestelzter Stimme fuhr Rice fort.

Er erinnerte sich, daß er einige Minuten nach sieben bei den Goldmarks geklopft und ein kleiner Junge ihm geöffnet hatte.

»Ich war überrascht, weil ich, wie gesagt, nur mit zwei Personen gerechnet hatte, aber ich hielt trotzdem an meinem Plan fest und sagte: ›Ich bin von Farwest Cab und habe ein Paket für Charles Goldmark.‹ Daraufhin rief der Junge nach ihm.«

Rice schätzte den Jungen auf acht oder zehn Jahre. Er stand da und wartete, während sein Vater die Treppe herunterkam. Rice zog die Pistole, die er hinter dem Paket versteckt hatte.

»Ich zeigte ihm die Waffe ... dann packte ich ihn (Charles) vorne beim Hemd, drehte ihn herum und forderte ihn auf, sich auf den Boden zu legen ... Der Junge lief Richtung Küche.«

David Rice trat mit einem Fuß die Haustür hinter sich zu. Jetzt konnte man ihn von der Straße aus nicht mehr sehen.

Goldmark, der gedacht hatte, seine Gäste seien eingetroffen, war gelähmt vor Schock.

»Ich befahl Mr. Goldmark, seinen Sohn zu rufen, was er auch tat ... und ich brachte sie nach oben.«

»Warum nach oben?« fragte Sonny Davis.

»Ich fragte ihn ›Wo ist deine Frau?‹, und er antwortete ›Oben unter der Dusche‹. Darauf sagte ich ›Dann laß uns zu ihr gehen‹.«

Während Rice den beiden über die Stufen folgte, die echt wirkende Pistole auf ihren Rücken gerichtet, mußte Charles Goldmark, ein friedliebender, sanfter Mensch, fieberhaft überlegt haben, wie er sich verhalten sollte, um seine Familie zu retten.

»Er fragte ›Wollen Sie Geld?‹, und ich sagte ›Ja, ich kann alles brauchen, was Sie haben‹. Darauf er ›Ich habe nicht viel Bargeld im Haus – es ist oben.‹ Was er mir dort zeigte, waren ganze vierzehn Dollar und etwas Wechselgeld.«

Rice entdeckte eine Brieftasche, die jedoch nur Kreditkarten und eine SeaFirst-Bankkarte enthielt. »Ich forderte ihn auf, mir seine Geheimnummer zu nennen.«

Rice beschrieb das Obergeschoß im Haus der Goldmarks sehr präzise. Er erinnerte sich noch an die Anordnung der verschiedenen Türen, das Erkerfenster und der Bäder. Zweifelsfrei war er tatsächlich dort gewesen.

»Als wir oben waren, sagte er (Goldmark) ›Liebes, könntest du mal kommen?‹ Er steckte den Kopf durch die Badezimmertür und bat sie, etwas überzuziehen. Kurz darauf erschien sie in einem Bademantel.«

»Welche Farbe hatte er, David?« wollte Sonny Davis wissen.

»Er war gestreift, rot und grün.«

Erst nachdem Rice die Familie im Elternschlafzimmer versammelt hatte, bemerkte er den zweiten Jungen.

David Rice verlangte nach einer Tasse Kaffee und rauchte eine Zigarette. Dann erklärte er, das Verhör unterbrochen zu haben, weil er befürchte, daß das, was er gleich erzählen werde, für die Ohren der Detectives möglicherweise zu grauenhaft sei. Seine eigene Stimme war flach und völlig ausdruckslos.

»Okay. Ich befahl ihnen, sich mit dem Gesicht nach unten auf den Boden zu legen, damit sie nicht erkennen konnten, daß ich sie mit einer Spielzeugpistole bedrohte. Dann fesselte ich Charles und seine Frau mit den Handschellen.«

»Was hatte Charles an? Strengen Sie Ihr Gedächtnis an«, drängte John Boatman.

»Einen hellbraunen Pullover und ... ein braunes Hemd, glaube ich ... Dazu graue Hosen, wenn ich mich recht entsinne.«

David Rice war verwirrt. »Ich mußte eine Minute pausieren. Ich war etwas nervös, wegen der Kinder, außerdem hatte ich gedacht, Charles Goldmark und seine Frau seien erheblich älter. Schließlich sagte ich mir ›Jetzt stecke ich schon mitten drin. Jetzt gibt es kein Zurück mehr‹.«

Er hatte einige ›Informationen‹ aus Goldmark herausbekommen wollen, stellte jedoch fest, daß sich dazu einfach keine Gelegenheit ergab. Es wurde kaum gesprochen.

Charles Mitteilung, daß sie um sieben Uhr Gäste erwarteten, hätte jeden Eindringling, der nicht von einer ›Mission‹ besessen war, in die Flucht geschlagen, doch David Rice trieb sie nur zur Eile an. Er drückte einen mit Chloroform getränkten Lappen auf Goldmarks Nase, bis dieser das Bewußtsein verlor. Dann beugte er sich über Annie Goldmark. Sie versuchte, sich abzuwenden, aber er hielt sie fest, und so wurde auch sie ohnmächtig. »Es hat ihr nicht gefallen. Das Zeug riecht ziemlich widerlich.«

Sonny Davis fragte: »Haben sich die Kinder gewehrt?«

»Nein. Der Junge mit der Brille hat nur leicht den Kopf bewegt, das war alles.«

Bereits zehn Minuten nachdem er ihr Haus betreten hatte, waren ihm die Goldmarks völlig wehrlos ausgeliefert. Er kontrollierte die Zeit und sagte sich, daß ihm bis zur Ankunft der Gäste noch fünf bis zehn Minuten blieben.

Er begriff, daß er die ›Informationen über andere Kommunisten‹ nun nicht mehr bekommen würde, hatte jedoch nach wie vor den festen Vorsatz, sie alle auszulöschen …

Sonny Davis führte das Verhör sehr behutsam. Er und Boatman mußten Einzelheiten erfragen, die sie im Grund nicht hören wollten. »Dann konnten Sie sie jetzt töten?«

»Exakt.«

»Und … und Sie mußten jetzt entscheiden, wie.«

»Richtig.«

»Woran dachten Sie, und wofür haben Sie sich letztendlich entschieden?«

»Also«, antwortete David Rice, »als erstes bin ich runter in die Küche gegangen. In einer Schublade gleich neben dem Tresen fand ich ein Filetiermesser.«

»Könnten Sie uns erklären, was Sie darunter verstehen?« fragte Sonny Davis.

»Das ist ein Messer mit einer dreißig Zentimeter langen und etwa anderthalb Zentimeter breiten Klinge. Es hatte einen weißen Holzgriff.«

»Trugen Sie immer noch ihre Handschuhe?« fragte John Boatman.

»Ja. Ich hielt nach einem … einem dieser Fleischklopfer Ausschau.«

»Wozu?« wollte Davis wissen.

»Der Gedanke, ein Messer zu benutzen, gefiel mir nicht.«

»Das Schneiden?«

»Hm-mm.«

»Sie wollten lieber schlagen?«

»Richtig.«

Aber David Rices Suche nach einem Hammer blieb erfolglos. Nachdem er auch in einem Spind neben der Haustür nichts Brauchbares gefunden hatte, rannte er in den Keller.

»Dort entdeckte ich ein Bügeleisen … ein gewöhnliches Bügeleisen.«

»Okay«, sagte Sonny Davis ausdruckslos. »Das eignete sich also für Ihre Zwecke.«

»Ja. Etwas anderes war nicht aufzutreiben.«

Mit dem Bügeleisen in der Hand lief Rice wieder nach oben. Er schätzte, daß er vier oder fünf Minuten gebraucht hatte, um seine Waffen zu finden. Durch das Chloroform fühlte er sich sicher. »Es wirkt fünfzehn bis zwanzig Minuten.«

»Hatten Sie es vorher schon mal ausprobiert, um sich davon zu überzeugen?« fragte Sonny Davis.

»Ja – an mir selbst.«

»An Ihnen selbst?«

»Hm-mm.«

Die Goldmarks hatten ihre Position nicht verändert.

»Wie ich schon sagte«, fuhr Rice fort, »ich wußte, daß

ich nicht viel Zeit hatte und es hinter mich bringen mußte. Also schlug ich Mr. Goldmark das Bügeleisen auf den Kopf – auf den Hinterkopf, ich glaube vier oder fünf Mal.«

»Und dann?« fragte Davis.

»Dann wandte ich mich Mrs. Goldmark zu. Ich traf ihre Schläfe, worauf sie sich bewegte. Ich nahm an, das Chloroform verliere seine Wirkung, und schlug noch zweimal zu, bis sie sich nicht mehr rührte.«

Ruhig und erbarmungslos beugte sich David Rice über die Jungen. Sie waren noch bewußtlos. ›Dem Kind mit der Brille‹ verpaßte er fünf oder sechs, dem jüngeren vier Schläge.

Die Detectives bemühten sich nach Kräften, ihre Emotionen zu unterdrücken. Sie brauchten alle Details, wenn der Mann, der vor ihnen saß, verurteilt werden sollte. Sie konnten es sich nicht leisten, an die kleinen Jungen zu denken, die inmitten von Weihnachtsgeschenken und Geschenkpapier in ihrem Blut gelegen hatten.

»Dann ging ich zurück zu Mr. Goldmark und sah ihn mir genauer an. Ich fühlte die Schlagader an seinem Hals.«

»Nach dem Puls?« fragte Davis.

»Genau. Er schlug noch, auch der Mrs. Goldmarks. Also beschloß ich, die Arbeit mit dem Messer zu beenden, stieß es durch den Schädel, dort wo das Bügeleisen ihn zersplittert hatte.«

Sonny Davis mußte an sich halten, um Zorn und Abscheu aus seiner Stimme herauszuhalten. »Sprechen Sie jetzt von Mr. oder Mrs. Goldmark?«

»Mr.«

»Wie oft haben Sie zugestochen?«

»Nur einmal; außerdem habe ich die Klinge hin und her bewegt.«

»Wie tief haben Sie das Messer in sein Hirn gestoßen?« fragte Boatman ruhig.

»Vielleicht so zwölf Zentimeter. Es war ganz leicht.«

»Und anschließend?« fragte Sonny Davis.

»Nun, ich habe mir die drei anderen vorgenommen.«

»Sie haben der Mutter und den beiden Kindern das Messer in den Kopf gestoßen und es in der Wunde gedreht?« David war nahe daran, die Beherrschung zu verlieren.

»Na ja, um genau zu sein, … bei Mrs. Goldmark konnte ich … keine Stelle finden, an der die Klinge durch den Schädelknochen ging … und darum habe ich ihr das Messer in die Brust gestoßen … Ich brauchte nur ganz wenig Druck auszuüben.«

Annie Goldmark hatte also noch in ihrem Haus den Tod gefunden, und die anderen dürften ihren Verletzungen ebenfalls erliegen. David Rice hatte buchstäblich versucht, ihr Hirn zu zerstören. Es grenzte an ein Wunder, daß sie überhaupt noch lebten. Er beschrieb die, wie er dachte, vier Morde überaus nüchtern und sachlich, war dabei weder wütend noch in Panik gewesen. Er hatte nur getan, was getan werden mußte.

David Rices leere Augen starrten blicklos vor sich hin, während er weitererzählte. Er wischte das Blut, das er auf seinem Parka, den Jeans sowie auf seinem rechten Stiefel entdeckt hatte, mit einem blauen T-Shirt ab, das er sich hinterher in die Tasche steckte – ebenso wie die Handschuhe. Er mußte verschwinden, bevor die Gäste eintrafen.

Es war fast zwanzig nach sieben.

Er sah sich nicht weiter nach Bargeld um, dazu war es zu spät. Er hatte ›den Kommunisten‹ getötet, und das war sein Hauptanliegen gewesen.

»Es hat mich etwa drei Minuten gekostet, bis ich die Hintertür fand … unten im Keller. Beim Rausgehen löschte ich alle Lichter.«

Er durchquerte einen kleinen Raum und verließ das Haus durch gläserne Doppeltüren. David Rice war draußen.

Er folgte dem Weg und drehte den Knauf des Gartentores, das auf die Gasse hinausführte. Er wollte zurück zu Dr. Perreaus Wohnung. Er wagte nicht, den Bus zu nehmen; mit seinen blutbefleckten Kleidern wäre er aufgefallen. Er hatte über zwei Meilen Fußmarsch vor sich. Am Automaten einer SeaFirst-Bank versuchte ich, Geld abzuholen, mußte jedoch feststellen, daß die Geheimnummer, die Goldmark mir genannt hatte, falsch war. Ob der Zettel auf den er diese notiert hatte, sowie die Kreditkarte und der Schlüsselbund noch in den Efeuranken drei Blocks weiter lagen, in die Rice sie in seiner Wut geworfen hatte? Es wären handfeste Beweisstücke – und davon konnten Davis und Boatman nicht genug haben!

»Etwa auf halber Strecke fiel mir ein, daß ich die Handschellen vergessen hatte, also fuhr ich wieder hin, nachdem ich mich umgezogen und das Zeug bei Dr. Perreau versteckt hatte.«

»Zu den Goldmarks?« fragte Davis überrascht.

David Rice kehrte wahrhaftig an den Schauplatz seines Verbrechens zurück. Bis zur 26. Ecke Union nahm er sich ein Taxi und lief von dort aus in die 36. Straße. Er erreichte das Haus der Goldmarks zwischen 20 Uhr 30 und 21 Uhr und schlich an einer efeubewachsenen Böschung auf der anderen Straßenseite entlang.

»Ich hörte Funkgeräte und dergleichen, deshalb ging ich einfach weiter. Polizeifunk ... einen (Polizei) Wagen sah ich nicht. Aber im Haus brannten einige Lampen, und darum nahm ich an, daß man sie bereits gefunden hatte.«

Die Ermittler hatten also nicht geahnt, daß sich der Mann, der für dieses Blutbad verantwortlich war, einen Moment lang nur fünfzehn Meter vom Schauplatz seines Verbrechens aufgehalten hatte.

»Ich dachte bei mir, jetzt bin ich geliefert … Jetzt haben sie meine Fingerabdrücke auf den Handschellen.«

David Rice machte sich erneut zu Fuß auf den Heimweg. Unterwegs kaufte er in einem Supermarkt einen Block (jenen, auf dem er sein ›Geständnis‹ verfaßt hatte), Sprudel und einen Schokoriegel. Als er sich Dr. Perreaus Block näherte, sah er jemanden in der Garage stehen und fürchtete, die Polizei sei bereits hinter ihm her. »Ich wandte mich nach Süden, Richtung Innenstadt.«

Bis zu seiner Verhaftung war er bei Max Stingley gewesen. »Was haben Sie bei Dr. Perreau versteckt?« fragte John Boatman.

»Nun – in der Papiertüte waren mein Parka, meine Hose und die Handschuhe, eingerollt in dieses Shirt.« Die Chloroformfläschchen und Lappen befanden sich in einem Schrank in der Diele, die Spielzeug-.38er in einem Spind auf dem Speicher. Seltsamerweise hatte er nicht versucht, diese Gegenstände irgendwo zu entsorgen, wo man sie nicht mit ihm in Verbindung bringen würde. Sämtliche Beweise für den unerklärlichen Überfall auf Leute, ihm völlig unbekannte, sogar der weiße Karton, der ihm Zutritt zu deren Haus verschafft hatte, waren noch in der Wohnung der Frau, die ihn aufgefordert hatte, diese zu verlassen. Vielleicht hatte er sie dort deponiert – bewußt oder unbewußt –, um ihr Schwierigkeiten zu bereiten und sie in seine Verbrechen hineinzuziehen.

Es war fast fünfzehn Uhr an diesem Tag nach Weihnachten. Sonny Davis starrte David Rice an. »Okay – bald können wir dieses Verhör abschließen. Für das Protokoll frage ich Sie, ob Sie Reue, Trauer oder sonst etwas empfinden?«

»Die Kinder. Ich … wenn ich von ihnen gewußt hätte, wäre ich nicht dort gewesen.«

»Es tut Ihnen leid um die Kinder?«

»Ja.«

»Ist Ihnen je der Gedanke gekommen, einfach zu sagen: ›Okay, sie sind bewußtlos und mir ausgeliefert; ich verlasse jetzt dieses Haus und vergesse meinen Plan?‹« fragte Davis.

»Sie hatten mein Gesicht gesehen. Es war zu spät.«

Viel zu spät.

Colin Goldmark starb zwei Tage später, am 28. Dezember 1985, Charles Goldmark um 9 Uhr 47 des 9. Januar 1986, Derek Goldmark am 30. Januar 1986.

Sie waren alle tot, die zu dieser freundlichen, brillanten netten Familie gehörten.

David Lewis Rices Prozeß begann im Mai 1986. Er wurde von Tony Savage und Bill Lanning vertreten, zwei der besten Strafverteidiger im Staate Washington. Bill Downing, stellvertretender Staatsanwalt der King County, sollte die Anklage vertreten. Er war ein junger – aber gewiefter – Gegner. Die Verteidigung versuchte, auf Unzurechnungsfähigkeit zu plädieren.

Bill Downing seinerseits hob hervor, mit welcher Sorgfalt David Rice sein Vorhaben geplant, wie brutal er es ausgeführt und mit welcher Cleverneß er sich aus dem Staub gemacht habe. Keine von Rices Taten vor oder nach dem Verbrechen deute darauf hin, daß er vor dem Gesetz als geisteskrank einzustufen sei. Bill las außerdem eine Liste von Rices künftigen Opfern vor; der Angeklagte hatte seine Morde offenbar nicht auf die Goldmarks beschränken wollen.

Es war ein langes und deprimierendes Verfahren, dessen Zeugenaussagen beinahe einen ganzen Monat in Anspruch nahmen. Der blasse David Rice blieb während der ganzen Zeit ruhig wie der leibhaftige Tod. Seine Angehörigen weinten im Zuschauerraum. Ebenso Freunde und Verwandte der Goldmarks.

Das mit Sicherheit aussagekräftigste Argument von allen für Rices Verurteilung war die Aufzeichnung seines Geständnisses gegenüber John Boatman und Sonny Davis am 26. Dezember, zwei Tage nach den Morden. Auf dem Band klang David Rice intelligent, bei klarem Verstand und völlig reuelos. Seine Stimme ließ die Anwesenden im Gerichtssaal schaudern.

Am 5. Juni 1986 zogen sich die Geschworenen, sechs Männer und sechs Frauen, zur Beratung zurück. Keine fünf Stunden später hatten sie sich geeinigt; sie lehnten den Antrag der Verteidigung ab und erklärten Rice des vierfachen Mordes ersten Grades für schuldig. Rice nahm die Nachricht gelassen auf. Als er jedoch zum Gefängnisfahrstuhl ging, erklärte er einigen Reportern: »Der Mistkerl hat in allem gelogen. Er hat behauptet, ich hätte gelogen, um mich zu retten, während es tatsächlich eine Lüge gewesen wäre, mir das Leben zu nehmen.« (Er sagte nicht, ob er damit den Staatsanwalt Downing meinte oder seinen Beisitzer Bob Lasnik).

In dem schwierigen Prozeß galt es in der nächsten Phase, darüber zu befinden, ob David Rice eine lebenslange Haftstrafe absitzen oder hingerichtet werden sollte.

Am 10. Juni verkündeten die Geschworenen, daß sie sich auf eine Hinrichtung geeinigt hätten. »Es ist nicht leicht, Gott zu spielen«, meinte der Obmann der Jury, Joel Babcock, Reportern gegenüber. »Eine solche Entscheidung ist etwas sehr Emotionales. Mr. Rice mag heute geistesgestört sein, aber wir haben über den 24. Dezember zu befinden. Ich selbst könnte verrückt werden, wenn ich vier Menschen umbrächte und hinterher in einer Gefängniszelle lange genug darüber nachgrübelte. Ich denke, Mr. Rice leidet an einer Persönlichkeitsstörung, aber ich denke auch, daß es der Staatsanwaltschaft gelungen ist, zu beweisen, daß er sich über das Ausmaß und die einzelnen Schritte seiner Tat im klaren war.«

In der Zwischenzeit hatte David Rice wieder einmal ein Tabak-Wasser-Gemisch getrunken und war ins Harborview Medical Center eingeliefert worden. Auch diesmal stellten sich keinerlei Vergiftungserscheinungen ein. Er äußerte sich nicht zu dem Todesurteil und weigerte sich auch, mit seinen Angehörigen zu sprechen, die gekommen waren, um ihn zu trösten.

Bereits nach wenigen Tagen redete und aß David Rice wieder.

Am 15. August 1986 wurde seine Überstellung ins Washingtoner Bundesgefängnis in Walla Walla angeordnet. Die Berufung stand bevor. Jeder rechnete damit, daß bis zur Vollstreckung des Urteils noch Jahre vergehen würden.

In der Avenue Nr. 36 blieb das hübsche Haus, in dem die Goldmarks gewohnt hatten, eine ›offene Wunde‹ für die Nachbarn. Alles, was sich die Goldmarks vorzuwerfen hatten, war, an einem fröhlichen Heiligabend ihre Haustür einem Fremden zu öffnen.

Es wäre gewiß keine Verfälschung der Wahrheit, zu behaupten, daß ein schmutziger politischer Trick, der Charles Goldmarks Eltern diskreditieren sollte, diese Tragödie heraufbeschworen hat. Die Lügen über Sally Ringe Goldmark, die dreißig Jahre zuvor verbreitet worden waren, hatten nicht nur die politische Karriere ihres Mannes zerstört, sondern auch ihre Rehabilitation überdauert. Irgendwo, in den staubigen Regalen einer öffentlichen Bibliothek, war David Rice auf der Suche nach jemandem, den er für den Scherbenhaufen seines Lebens verantwortlich machen konnte, auf einen alten Zeitungsartikel gestoßen. Sein irregeleiteter Haß hatte sich bis zur Besessenheit gesteigert.

David Rice war tatsächlich überzeugt gewesen, John Goldmark getötet zu haben. Dieser war nie Kommunist, alles war nur ein dummer, tragischer Irrtum gewesen.

Rice hatte Charles Goldmarks Familie irrtümlich ausgelöscht!

Charles, Annie, Colin und Derek Goldmark sollten ihr gewaltiges Potential, Gutes zu tun, niemals realisieren. Im Gedenken an sie wurde die Charles-and-Annie-Goldmark-Family-Foundation gegründet, eine nach wie vor bestehende Stiftung, die sich für die Förderung der demokratischen Werte einsetzt, an die sie geglaubt hatten: Freiheit, Verständnis und persönlicher Einsatz.

Die tragische Geschichte der Goldmark-Morde endete nicht im Jahre 1986. Der Mann, der sie verübt hatte, lebte noch. Obgleich David Rice seelenruhig Mutter, Vater und zwei kleine Jungen getötet hatte, wollte er selbst nicht sterben. Er begann, die ihm zur Verfügung stehenden Rechtsmittel einer Berufung zu studieren.

In seinem Berufungsantrag an den Obersten Gerichtshof forderte er die Umwandlung seiner Todesstrafe, da seine Hinrichtung gegen das in der Verfassung verankerte Verbot grausamer und ungewöhnlicher Strafen verstoße. Durch seine Anwälte ließ David Rice mitteilen, an einer ›ernsthaften mentalen Störung‹ zu leiden.

Außerdem sei ihm kein fairer Prozeß zuteil geworden: Die Anklage habe die Geschworenen aufgefordert, sich in die Lage des zwölfjährigen Derek sowie des zehnjährigen Colin Goldmark hineinzuversetzen und ihnen Photos der Jungen, vor dem tödlichen Überfall, gezeigt.

Am 19. Juni 1989 wies der Oberste Gerichtshof diese Vorwürfe zurück und weigerte sich, David Rices Todesstrafe in eine Haftstrafe umzuwandeln.

Staatsanwalt Robert Lasnik von der King County, der zusammen mit Bill Downing den Schuldspruch gegen Rice erwirkt hatte, warnte vor weiteren rechtlichen Möglichkeiten eines Berufungsverfahrens über staatliche und

Bundesgerichte und sah voraus, daß bis zur nunmehr möglichen Festsetzung eines Termines für David Rices Hinrichtung drei Jahre vergehen könnten. Tatsächlich waren es noch einige mehr.

Die Vollstreckung eines Todesurteils im Staate Washington lag ohnehin fast drei Jahrzehnte zurück. 1963 hatte man Joseph Chester Self wegen Mordes an einem Taxifahrer aus Seattle gehängt.

Aber das änderte sich am 5. Januar 1993, als Westly Allan Dodd, ein sadistischer Pädophiler, der drei kleine Jungen auf dem Gewissen hatte, in Walla Walla am Galgen endete.

Obwohl mehrere abscheuliche Morde begangen worden waren, seit David Rice seine Zelle im Todestrakt von Walla Walla bezogen hatte, war sein Name noch fast jedem Bürger geläufig, und jene, die sich an den schwarzen Heiligabend 1985 erinnerten, hatten seine Verbrechen so klar vor Augen, als seien sie erst am Vortag passiert.

Die Öffentlichkeit reagierte schockiert, als Richter Jack Tanner vom US-Bezirksgericht David Rices Todesstrafe revidierte: Rice sollte nicht sterben, weil er bei der Urteilsverkündung nicht anwesend gewesen sei, was, gemäß Fünftem, Sechstem und Vierundzwanzigstem Zusatzartikel, seine verfassungsmäßigen Rechte verletzt habe.

Entrüstet stellte Generalstaatsanwalt Jack Jones klar: »Rice hatte den Gerichtssaal verlassen, um mehrere in Wasser aufgeweichte Packungen Zigaretten zu sich zu nehmen. Er wurde ins Harborview Medical Center gebracht, wo man ihm den Magen auspumpte. Er schluckte das giftige Gebräu, zwanzig Minuten bevor die Geschworenen ihren Schuldspruch bekanntgeben sollten. Rices Rechtsbeistand verzichtete auf die Anwesenheit seines Mandanten.«

Der Staat plant gegen Richter Tanners Entscheidung Berufung einzulegen. Das Büro des Generalstaatsanwaltes behauptet, Tanner habe sich geweigert, sich die Argumente der Anklage anzuhören.

Wird Tanners Urteil bestätigt, hat David Rice eine lebenslange Haftstrafe vor sich, die nicht zur Bewährung ausgesetzt werden kann.

One Trick Pony

Die meisten von uns glauben, daß es so etwas wie den perfekten Mord nicht gibt. Und wir haben gute Gründe dafür; die Literatur quer durch alle Zeitalter sagt uns, daß dem so ist. Shakespeare hat es in zahlreichen seiner Stücke behauptet; »Wie leicht wird Mord aufgedeckt!« »Die Wahrheit wird ans Licht kommen; Mord läßt sich nicht lange verbergen«, »Der Mord, auch wenn er keine Zunge hat, wird sprechen.«

In Cervantes' Don Quijote heißt es, daß ›Mord sich verrät‹.

Im siebzehnten Jahrhundert schrieb John Webster: »Andere Sünden sprechen nur; Mord hingegen schreit förmlich.«

Das stimmt nicht ganz. Leider gibt es Hunderte perfekter Morde. Manche werden niemals entdeckt, erheblich mehr noch niemals aufgeklärt.

Donna Howards Tod war zwölf Jahre lang als Unfall in staubigen Akten vermerkt. Aber Donna ist auf andere Weise gestorben, als die Detectives und Gerichtsmediziner seinerzeit angenommen hatten, und es erforderte großer Beharrlichkeit seitens ihrer Schwester Bobbi, damit nach all dieser Zeit doch noch Recht gesprochen wurde. Bobbi Bennett gab nicht auf, ehe die Wahrheit über Donnas Tod aufgedeckt war, wie die Unterseite eines schlammigen Steines, der in die Sonne gehalten wird. Mit einer Entschlossenheit, die weder Erschöpfung noch Verzweiflung zuließ, kämpfte Bobbi darum, Donnas Tod zu sühnen. Erst danach konnte sie ihr eigenes Leben weiterführen.

Ich denke, dieser Fall ist ein klassisches Beispiel dafür, daß der Schein trügen kann – vor allem, wenn es um Mord geht.

Die Cascade-Berge teilen den Staat Washington in zwei Hälften. Obgleich die eigentliche Pazifikküste noch meilenweit entfernt ist, bezeichnen die Bewohner im Osten des Staates Seattle und seine Umgebung als ›die Küste‹. Der westliche Teil ist üppig-grün; dort herrscht ein mildes Klima, und es regnet viel. In Ost-Washington gibt es fruchtbare Felder, ausgedörrte Wüsten, die weitläufigen Palous Hills, die an ein wogendes Meer goldener Weizenähren erinnern, und Obstplantagen, soweit das Auge reicht.

Ellensburg und Yakima befinden sich inmitten des Obstbau- und Pferdezuchtgebietes. Dort braucht man nur einen Apfel- oder Kirschbaumzweig in bewässertes Land zu stecken, und er schlägt über Nacht Wurzeln – zumindest scheint es so.

In diesen westlichen Städten tragen sogar Banker und Leiter großer Lebensmittelläden gewöhnlich Cowboystiefel. Rodeos, Pferdeschauen und Jahrmärkte werden hier veranstaltet. Und wie in jeder mittelgroßen Stadt Amerikas ereignen sich gelegentlich Skandale. Manchmal sind sie ›hausgemacht‹, eine Dreiecksbeziehung, in der sich tödliche Aggressionen entladen, oder ein ebenso tragisch endender Familienstreit. Die dadurch ausgelöste Schockwelle scheint es jedoch nur in Kleinstädten zu geben. Vielleicht liegt es einfach daran, daß in größeren Städten so viel Gewalt herrscht, daß einzelne Verbrechen dort nicht so stark auffallen.

Donna Bennett kam am Flag Day (Jahrestag der Nationalflagge), dem 14. Juni des Jahres 1932, zur Welt, und ein paar Jahre später folgte ihre Schwester Blodwyn, die alle nur Bobbi nennen sollten. Ihre Eltern waren bei der Geburt ihrer Töchter – zumindest für damalige Verhältnisse – schon etwas älter, nämlich über dreißig. Die Bennetts und ihre Vorfahren lebten seit Generationen in der Nähe von Ellensburg, am oberen Rand des Yakima-Tales. Sie waren Pferdeleute – keine Schickimicki-Pferdeleute, sondern echte Cowboys.

Vielleicht weil sie so lange gewartet hatten, Kinder zu

bekommen, liebten sie ihre kleinen Mädchen Donna und Bobbi abgöttisch. Die Bennett-Mädchen waren hübsch, hatten glänzendes braunes Haar und riesige braune Augen. Donna und Bobbi waren beide geborene Reiterinnen und genossen es, mit dem Duft von Salbei und Apfelblüten in der Nase, über das Land zu galoppieren. Sie wuchsen zusammen auf und standen einander so nahe, wie es Schwestern bestimmt ist.

Donna konnte schon mit drei Jahren freihändig auf einem ungesattelten Pferd stehen, ihre Balance perfekt dessen Bewegungsablauf angepaßt.

Mit fünf wurde Donna zum ›bestgekleideten Junior-Cowgirl‹ auf der Ellensburg Rodeo Parade gewählt.

Donna und Bobbi besuchten die High-School in Ellensburg. Donna machte 1950 ihren Abschluß, und ihre Freunde aus jenen Tagen erinnern sich noch so deutlich an sie, als seien sie gestern noch mit ihr zusammengewesen. Sie konnte sehr ernst und ein wenig spröde sein, aber hatte man erst Freundschaft mit ihr geschlossen, war es eine fürs Leben. Sie hatte nicht viel Zeit für Freizeitaktivitäten, weil sie auf der elterlichen Farm mithelfen mußte. Gewöhnlich fuhr sie gleich nach Schulschluß mit dem Bus nach Hause und traf selten Verabredungen.

Donnas Dad war seinerzeit Trommler gewesen, und Donna teilte seine Leidenschaft – das schlanke Mädchen marschierte in der Bull Dog Band mit, während es auf dem unhandlichen Instrument den Takt schlug. Jean ›Tex‹ Turner Parsons war die Tambourmajorin, und Fay Griffin Moss und Gail Kelly Sether schwenkten die Fahnen. Die drei Mädchen waren Donna Bennetts beste Freundinnen. Fay und Donna kannten einander seit der fünften Klasse und standen einander bis zu ihrem Tod sehr nahe.

Zu ihren High-School-Zeiten sowie in den Jahren danach nahmen Donna und Bobbi an Paraden teil. »Sie waren in Ellensburg dabei«, erinnert sich Fay Moss.

»Allerdings gehörten sie nie dem königlichen Hof an. Ich glaube, dafür war die Familie nicht wohlhabend genug; man mußte schon Geld haben, um von diesem Kreis akzeptiert zu werden. Aber sie hatten wirklich Stil, saßen kerzengerade im Sattel. Sie waren echte Cowgirls.«

Als sie achtzehn und in der letzten Klasse der Ellensburg High-School war, wählte eine Lokalzeitung Donna zur Abschlußschülerin mit den schönsten Augen – zu Recht. Sie hatte riesige Rehaugen.

Donna und alle ihre besten Freundinnen tauschten Photos aus. Auf dem, das sie ›Tex‹ Turner schenkte, schrieb sie ›Hi Tex, ich werde den Spaß, den wir erlebt haben, nie vergessen, weder die Partys noch die Scherze oder unsere Reisen mit der Band. Ich wünsche dir für die Zukunft alles Glück der Welt – und benimm dich!! Alles Liebe und dicken Kuß, Donna.‹

In den Sommermonaten und nach ihrem High-School-Abschluß trat Donna bei Rodeos im ganzen Ostteil des Staates Washington als Kunstreiterin auf. Sie besaß wirklich großes Talent. Donna, ebenso schön wie schlank, trug bei ihren Vorstellungen knallbunte Satinhemden mit Paillettenstickereien und Perlenfransen, enge Hosen, Stiefel und einen Cowboyhut. Ihr Bild zierte zahlreiche Messeplakate.

Auf einem Photo aus jenen Tagen in den Fünfzigern ist Donna bei ihrem Stunt ›Das Hippodrom‹ zu sehen – sie steht auf Bobbis Schimmelstute Dana, ihren makellosen Körper gegen den Wind vorgeneigt, die Arme weit ausgebreitet. Bobbi, hinter ihr, hat ihre Füße in die Steigbügel geklemmt und sich so weit über Danas Kruppe gelehnt, daß ihr Kopf den Hufen gefährlich nahe kommt und ihr Haar über den Boden der Arena schleift.

Beide Bennett-Mädchen waren im Umgang mit einem Pferd ebenso sicher wie die meisten Menschen mit einem Hund. Sie standen auf seinem Rücken, hingen unter seinem Bauch, ließen sich hinterherschleifen und vollbrachten sonstige Kapriolen, während das Pferd so schnell galoppierte, daß ihr Haar im Wind flatterte. Sie boten bei ihren Auftritten ein wunderbar harmonisches Bild.

Aber sie waren nicht leichtsinnig. Sie wußten, daß ein Pferd jederzeit erschrecken und scheuen konnte, und nahmen kein Risiko auf sich. »Donna war klar, daß man jeden Kontakt zwischen Kopf und Pferdehufen tunlichst vermeiden sollte«, sagte Fay. »Daß man sich zusammenrollt und dem Pferd seinen unempfindlichsten Körperteil präsentiert.«

Donna ging davon aus, eines Tages einen Cowboy kennenzulernen und sich mit ihm niederzulassen. Das war ihre Welt, und auf den Rodeos begegnete sie Dutzenden von gutaussehenden jungen Männern. Aber eine andere Art von Mann trat in ihr Leben, und Donna Bennett fühlte sich trotz eigener Skepsis und trotz der Vorbehalte ihrer Freunde und Familie zu ihm hingezogen. Sie traf Noyes Russell Howard am Yakima Valley Community College zum ersten Mal und begann, sporadisch mit ihm auszugehen.

Russ Howard war damals ein gutaussehender Mann, nicht sehr groß, aber gut und kräftig gebaut. Mit einem Meter zweiundsiebzig war er nur knapp fünf Zentimeter größer als Donna. Sein dickes Haar kämmte er vorn zu einer Welle. Das Beste an Russ war sein Witz; er war ein echter Partyclown. Man konnte nie wissen, was sich Russ als nächstes einfallen lassen würde.

»Er war nicht nur witzig, er war auch verrückt«, erinnert sich Fay Moss. »Ich konnte verstehen, warum er sie gereizt hat.«

Donna und Russ brachen ihre Beziehung mehrmals ab, nahmen sie jedoch immer wieder auf. 1954 zogen Donna und Fay nach Seattle und teilten sich eine kleine Wohnung in der Republican Street – wo 1962 die Weltausstellung stattfinden sollte. Donna bekam einen Job als Verkäuferin bei Best's Apparel in der Innenstadt. Als Best's zum Flaggschiff von Nordstrom's avancierte, war Donna schon wieder über alle Berge. Im Modeteil des Yakima Herald konnte man des öfteren Bilder von ihr bewundern. Sie war so photogen, daß Kaufhäuser sie regelmäßig für die Präsentation ihrer neuesten Kollektion engagierten.

Russ hatte nach dem College eine Reihe von Jobs – anfangs verkaufte er sogar Schuhe. Später hatte er dann in mehreren Funktionen mit Pflanzensamen zu tun, arbeitete vorübergehend als Außendienstmitarbeiter einer Samenfirma aus Yakima Valley und später als Pflanzensamenkontrolleur für das Landwirtschaftsministerium. Er war nur zwei Jahre älter als Donna, aber erheblich weltgewandter. Als sie sich kennenlernten, trank Russ bereits eine ganze Menge, was Donna massiv störte. Sie selbst war absolut abstinent, und sie wollte nicht, daß ihre Kinder in einem Haushalt aufwuchsen, in dem Spirituosen herumstanden. Sie war noch sehr jung; sie glaubte, ihn mit der Zeit von dieser schlechten Gewohnheit abbringen zu können.

Als Russ ihr einen Antrag machte, zögerte Donna. Aber sie traf sich weiter mit ihm, und schon bald war offensichtlich, daß die stille Rodeoreiterin den spritzigen Partyclown liebte. Sie waren sehr verschieden, aber es heißt ja, Gegensätze ziehen sich an. Schließlich sagte Donna ja, und wenngleich sie die Hochzeit mehrmals aufschob, trat sie mit Russ vor den Altar, als die Fünfziger in die Sechziger übergingen. Sie war fast dreißig, und all ihre Freundinnen hatten vor Jahren geheiratet.

Donnas Eltern lächelten bei der Hochzeit tapfer, aber sie waren besorgt. Donnas Freunde konnten ihr ansehen, daß sie wild entschlossen war, eine glückliche Ehe zu führen, und sich nach einem geordneten Zuhause sehnte, in dem sie Kinder großziehen konnten. Offenbar brauchte sie lange, um sich sicher zu fühlen; Donna Howard war schon über dreißig, als ihre Töchter Lisa und Marilyn zur Welt kamen. Obwohl nicht alles zum besten stand und Russ immer noch trank, hatte sie sich Kinder gewünscht.

Donnas Eltern, die im Tal bekannt und beliebt waren, halfen dem jungen Paar, ein Haus und etwas Land an der Galloway Road, einige Meilen im Nordwesten von Yakima am Naches River, zu erwerben. Yakima liegt nur vierzig Meilen südlich von Ellensburg, so daß Donna ihre Familie häufig sah. Es war Platz genug für einen Stall, und Donna konnte sich nicht vorstellen, auf Dauer ohne ein oder zwei Pferde zu leben.

Russ' Job als Angestellter des Staates Washington brachte mit sich, daß er viel unterwegs war. Das versetzte ihn in die Lage, sich Donnas enttäuschten Blicken zu entziehen, und es verschaffte ihm gleichzeitig die Möglichkeit, sich an andere Frauen heranzumachen. Einmal sollte er recht deutlich zum Ausdruck bringen, daß die ›veränderten sexuellen Bedürfnisse‹ seiner Frau ›Triebfeder‹ für mindestens acht Affären gewesen seien. Das war eine bequeme und vieldeutige Ausrede für ihn, und Donna hatte nie eine Chance, ihre Version der Geschichte zu erzählen.

Wußte Donna, daß Russ sie hinterging? Vermutlich. Aber sie war loyal und zudem ein sehr verschwiegener Mensch. Viele Frauen hätten bei ihren Freundinnen oder ihrer Familie Trost gesucht. Aber Donna Howard behielt ihre Probleme jahrelang für sich. Ihr Stolz ließ nicht zu, einzugestehen, zu welcher Hölle ihre Ehe geworden war.

Warum irgendein Mann das Bedürfnis gehabt haben sollte, Donna Bennett Howard zu betrügen, ist an sich schon rätselhaft. Sie war warmherzig und freundlich, und ihre Familie hatte stets Vorrang für sie. Auch mit Ende Dreißig, Anfang Vierzig war sie noch eine außergewöhnlich schöne Frau, ebenso schlank wie in ihren Tagen als

Rodeokönigin, ihre Hand glatt, ihre Augen strahlten wie eh und je, und ihr Haar wies keine einzige graue Strähne auf. Bei Russ hingegen hatte sich längst der massive Alkoholkonsum bemerkbar gemacht. Sein Gesicht war von tiefen Furchen durchzogen. Aber er hatte mit Gewichtheben angefangen und besaß Kräfte wie ein Mann, der zweimal so groß war. Und auf einer Party oder in einer Bar sorgte er immer noch für Stimmung, so daß er keine Mühe hatte, Frauen kennenzulernen.

Die Absolventen der Abschlußklasse von 1950 der Ellensburg High-School blieben in Verbindung. Ursprünglich hatten 107 Schüler diesem Jahrgang angehört. Obgleich ihre Zahl zusehends geringer wurde, nahm immerhin mindestens die Hälfte an den alle fünf Jahre stattfindenden Treffen teil.

»Donna war nur einmal dabei, obwohl sie bestimmt gerne öfter gekommen wäre«, erzählt ›Tex‹ Parsons. »Und zwar allein. Ich glaube, alle wußten, daß sie befürchtete, Russ könne sich betrinken und sie in Verlegenheit bringen.«

›Tex‹ und Gene Parsons, die nach ihrer Heirat in die Gegend von Seattle gezogen waren, schauten einmal bei den Howards vorbei, als sie eine Toastmasters-Veranstaltung in Yakima besuchten. Russ wirkte unverändert – vielleicht ein bißchen eitler. Gene Parsons, der selbst weit über einen Meter achtzig groß ist, hielt Russ für einen Prahlhans. »Er besaß mehrere Gewehre und ging mit mir raus auf die Veranda, um mir zu zeigen, welch toller Schütze er war«, erinnert sich Parsons. »Er warf eine Aspirintablette, in die Luft – ganz gewöhnliche Aspirintabletten –, und schoß sie in Stücke, bevor sie den Boden berührte. Er war gut und mußte reichlich geübt haben. In Yakima regnet es nie, und der Garten war mit diesen weißen Aspirinbröseln übersät. Es müssen Tausend oder mehr gewesen sein.«

Donna Howard versuchte offenbar mit allen erdenklichen Mitteln, ihre Ehe zu retten. Sie drängte Russ, ein

Alkoholentzugszentrum aufzusuchen. Er tat es, fing aber, sobald er zu Hause war, wieder zu trinken an. Da sie das Gefühl hatte, daß seine Freunde Teil des Problems waren, reagierte Donna und verbot ihnen den Zutritt zu ihrem Haus, was Russ sehr verärgerte. Sie selbst wandte sich an Al-Anon (die Gruppe für Angehörige von Alkoholikern) und sprach fast täglich mit Mitgliedern dieser Organisation, auf der Suche nach einem Weg, Russ zu helfen, trocken zu bleiben. Als alle Bemühungen scheiterten, ließ sie sich von einem Anwalt in Scheidungsfragen beraten. Aber dann überlegte sie es sich doch wieder. Sie fürchtete, allein nicht für ihre Töchter aufkommen zu können, außerdem wollte sie unbedingt, daß sie nicht nur mit einer Mutter, sondern auch mit einem Vater aufwuchsen.

Wenn es etwas gab, was beiden Howards am Herzen lag, dann ihre Töchter. Die kleinen Mädchen waren acht und zehn, und Russ und Donna liebten sie über alles.

Trotzdem vermochten nicht einmal seine Kinder, Russ Howard daheim zu halten. Donna wußte nie mit Sicherheit, wo er sich gerade aufhielt. Einmal wurde sie bei einem Autounfall verletzt, und es dauerte Stunden, ehe man Russ ausfindig machen und benachrichtigen konnte.

Sooft Russ in der Stadt war, besuchte er den Yakima VFW Club. Die Barfrau dort war seit gut einem Jahr die Attraktion. Sie war eine niedliche, zierliche Blondine, hatte Sommersprossen über dem Nasenrücken und etwas derbe Züge. Sie hieß Sunny Riley* und war etwa zwölf Jahre jünger als Donna.

Sunny und Russ Howard hatten seit einem Jahr eine leidenschaftliche Affäre. Sunny mochte an Russ dieselben Eigenschaften, die Donna zwanzig Jahre zuvor fasziniert hatten: er war witzig, aufregend und brachte sie zum Lachen. Sie wollte ihn heiraten und machte ein wenig Druck. Sie erklärte ihm einfach, er dürfe nicht darauf vertrauen, daß sie ewig auf ihn warte; falls er sich nicht scheiden lasse, würde sie eben mit anderen Männern ausgehen.

Im Dezember 1974 konnte Donna Howard die Anspannung, die eine kaputte Ehe mit sich brachte, nicht länger verbergen. Es war Weihnachtszeit, und ihre Familie wahrte schon viel zu lange den Schein. Russ war kaum noch zu Hause; er hatte den Entzug abgebrochen und trank wieder wie früher.

Donna hatte sich nach Kräften bemüht, all seine Wünsche zu erfüllen, in der Hoffnung, dadurch ihre Beziehung zu verbessern. Beispielsweise hatte er unbedingt ein neues Haus kaufen wollen. Letztendlich war Donna – gegen ihre Überzeugung – mit einem Umzug einverstanden gewesen. Sie hatten ein Haus am Tieton Drive gekauft, das sie im Januar beziehen sollten. Donna hatte es, in Anbetracht ihrer Probleme als grotesk empfunden, sich jedoch gesagt, daß ein neues Umfeld möglicherweise tatsächlich ein glücklicheres Licht auf ihre Ehe werfen würde – praktisch eine geographische Lösung für eine scheinbar ausweglose Situation.

Mitte Dezember kam Russ eines Abends sehr spät heim. Er war betrunken. Ein Streit entstand; er rastete aus und schlug Donna zweimal so brutal auf den Kopf, daß sie beinahe das Bewußtsein verlor. Das machte ihr angst. Als das Schwindelgefühl nachließ, rief sie das Büro des Sheriffs an und meldete den Zwischenfall. Donna erklärte dem Beamten, sie werde am nächsten Tag ihren Anwalt aufsuchen und die Scheidung einreichen.

Russ' Gewalttätigkeit hatte das Faß zum Überlaufen gebracht. Der Anwalt war besorgt um Donna. Er hatte ihr schon des öfteren geraten, sich von ihrem Mann zu trennen, aber bislang hatte Donna im letzten Moment Abstand davon genommen. Jetzt war sie jedoch fest entschlossen,

Russ zu verlassen und das alleinige Sorgerecht für ihre Töchter zu beantragen. Sie teilte Bobbi mit, daß sie es durchziehen werde. »Ich bezweifelte nicht, daß sie es diesmal ernst meinte«, erinnert sich Bobbi.

Auch Fay vermutete, daß das definitive Ende bevorstand. »Donna war ein Mensch, der sich nie beklagte. Sie war es, die auf uns andere zuging, uns fest in die Augen sah und meinte ›Wie geht es dir? Was treiben die Kinder?‹ Und es interessierte sie wirklich. Aber dieses eine Mal Ende Dezember sagte ich zu ihr ›Donna, wie geht es dir wirklich?‹ Sie brach in Tränen aus und sagte: ›Nicht gut. Gar nicht gut.‹«

Russ Howard saß zwischen den sprichwörtlichen zwei Stühlen. Wenn er sich nicht von Donna scheiden ließ, würde Sunny ihn fallenlassen. Ließ sich Donna jedoch von ihm scheiden – wie sie angedroht hatte – verlor er unter Umständen nicht nur seine Kinder. Da Donnas Eltern die Anzahlung für das alte Haus geleistet hatten, nahm er an, daß der Richter das neue Donna zusprechen würde.

Vielleicht um zu betonen, daß auch sie konsequent war, trennte sich Sunny Ende 1974 von Russ. Beide Frauen in Russ' Leben hatten genug.

Was er wirklich wollte, waren seine Kinder, das neue Haus und Sunny. Am 9. Januar 1975 führte Russ Howard ein langes Gespräch mit Sunny und vertraute ihr eine Idee an, die ihm in den Sinn gekommen war. Sie glaubte ihm nicht wirklich, sondern dachte, er sei betrunken.

An jenem 9. Januar hielt sich Donnas Freundin Fay Moss in Ellensburg auf. »Ich sprach mit einer Freundin, die oft nach Yakima fuhr und sagte: ›Ellie, ruf Donna an. Sie braucht jetzt wirklich einen Freund‹.«

Fay erinnerte sich an ihr Telefonat mit Donna Howard im Dezember, seit dem sie beunruhigt war. Donna hatte am Telefon geweint, und Donna weinte nie. »Sie hatte sich entschuldigt, weil sie nicht bei mir in Seattle vorbeigekommen war. Dann hatte sie gesagt: ›1975 werde ich einiges in meinem Leben ändern. Am ersten Januar ziehen wir nach Selah. Das dürfte sich als höchst interessant erweisen. Ich erzähle dir später mehr.‹«

Fay Moss bezweifelte, daß Donna von ihrem Umzug gesprochen hatte. Sie kannte Donna, und Donna hatte etwas gemeint, das erheblich mehr Unruhe in ihr Leben bringen würde als ein reiner Ortswechsel. Es hatte etwas mit ihrer Ehe zu tun. Fay sorgte sich den ganzen 9. Januar um Donna und beschloß schließlich, sie am nächsten Tag in Yakima zu besuchen. »Aber ich schaffte es nicht. Ein Schneesturm überraschte mich und zwang mich zur Umkehr. Als ich wieder zu Hause eintraf, erfuhr ich, daß Donna tot war.«

Donna Howard war zweiundvierzig Jahre alt, als sie am 10. Januar 1975 starb. Es passierte so plötzlich. Zwanzig Minuten nachdem Russ sie an jenem bitterkalten Morgen in Yakima Washington gefunden hatte, erklärte sie der Notarzt um 9 Uhr 47 für tot.

Welche Ironie, daß ausgerechnet Donna Howard in einem Stall sterben mußte, sie, die Pferde schon geliebt hatte, bevor sie gehen konnte. Es erschien einfach sinnlos. Es sollte fast zwölf Jahre dauern, ehe das Unglück aufgeklärt war.

Donna, Russ und die Kinder hatten noch nicht alles aus dem Haus an der Galloway Road in das neue Haus gebracht. Nachdem sie die Mädchen an der Schule abgeliefert hatten, machten sich Russ und Donna noch einmal auf den Weg zu ihrem alten Haus. Sie kamen an einigen Nachbarn vorbei, und Russ und Donna winkten ihnen zu.

Russ' Hilferuf ging nur wenige Minuten vor halb zehn

ein. Eine Frau sei auf der Route 8, Box 741 verletzt worden. Der Notarzt und die Streifenbeamten Jerry Hofsos und Ron Ward vom Yakima County Sheriff's Office übernahmen den Einsatz.

Ein besorgter Russ Howard führte sie zum Holzschuppen, in dem die beiden Pferde untergebracht waren. Er erzählte den Sanitätern, sie hätten einen Topf Kaffee aufgesetzt, und er sei kurz darauf zum Eisenwarenladen in die Stadt gefahren, um einen Briefkasten für das neue Haus zu kaufen. Er habe mit Scheck bezahlt und sich mit mehreren Leuten unterhalten, ebenso wie im Donut Shop, in dem er ein Dutzend frischer Donuts besorgt habe. Russ, der schon immer gesprächig gewesen war, wirkte an jenem Morgen besonders mitteilsam.

Nach seiner Rückkehr war Donna nicht im Haus gewesen und habe auch nicht auf sein Rufen reagiert. Er war davon ausgegangen, Donna halte sich – wie so oft – bei den Nachbarn auf, aber die hatten sie auch nicht gesehen. Er warf sich vor, kostbare Zeit vergeudet zu haben, weil er am falschen Ort gesucht hatte.

Als Russ dann durch den tiefen Schnee zum Stall stapfte, fand er Donna. Sie lag auf dem Rücken im Offenstall, noch genauso wie jetzt, abgesehen von der Decke, die er über sie gebreitet hatte. Der Sanitäter kniete sich neben sie und zog die Decke zurück.

Donna Howard hatte den linken Arm erhoben und das Gesicht nach links gewandt. Ihre rechte Hand war, die Handfläche nach unten, unter ihrer rechten Pobacke eingeklemmt. Der Sanitäter fühlte an der Halsschlagader nach ihrem Puls. Er konnte keinen spüren. Donna Howards Augen waren leicht geöffnet, die Pupillen jedoch bereits starr und erweitert. Ihr Körper fühlte sich noch warm an, aber sie war tot.

Todesursache schien eine schlimme Kopfverletzung zu sein; das Blut, das über Donnas Stirn lief, hatte ihr dickes braunes Haar buchstäblich durchtränkt. Die beiden roten Striche auf der nur Zentimeter von ihrem Kopf entfernten Wand könnte jemand mit einem Pinsel gemalt haben. Fast genau gegenüber, keinen halben Meter über Donnas linkem Ellbogen, waren ein waagerechter und ein senkrechter Streifen auszumachen.

Donna trug Jeans mit Schlag, eindeutig zu große Gummi-Überschuhe (der Reißverschluß war offen), einen weißen Pullover, eine dunkle wattierte Jacke (offen) und Handschuhe. Ihr Pullover war hochgerutscht und zeigte an ihrer Taille einen Streifen nackter Haut. Ihre Jeans, ebenfalls seltsam verknittert, waren leicht zu den Knien hochgezogen. Ihre Kleider sahen beinahe so aus, als sei sie über den Boden geschleift worden. Ihre Überschuhe berührten einen Salzleckstein, den sie schon vor einiger Zeit für ihre Pferde dort deponiert hatte.

»Genau so habe ich sie vorgefunden«, erklärte Russ Howard. »Ich habe die Decke über sie gebreitet und den Rettungswagen gerufen.« Er habe sie nicht angefaßt, um ihren Zustand nicht noch zu verschlimmern, behauptete er.

Die Feuerwehr und die Streifenbeamten hatten natürlich Detectives zur Unterstützung angefordert. In allen Fällen eines gewaltsamen Todes – egal ob durch Unfall oder mutwillig herbeigeführt – war die Polizei verpflichtet, Ermittlungen einzuleiten. Detective Sergeant Bob Langdale und Detective Ray Ochs fuhren zum Tatort, um bei der ersten Beweissicherung behilflich zu sein.

Die Beamten machten Aufnahmen vom Fundort der Leiche, mehr aber auch nicht. Scheune und Haus waren ein gutes Stück entfernt. Im Haus selbst schien nichts angeführt worden zu sein. Viel gab es nicht zu photographieren. Der Unfallhergang war offenkundig. Eines von Donna Howards geliebten Pferden hatte sich erschreckt, ausgeschlagen und sie mit dem Huf am Hinterkopf getroffen.

Die Aufnahmen in den Polizeiakten zeigen eine attraktive Frau mit makelloser, schlanker Figur, die ausgestreckt auf dem vereisten Boden des Unterstandes liegt. Zur offenen Seite hin liegen ein Plaid und eine Decke des Umzugsunternehmens Bekins Movers. Im Hintergrund ist ein Sturm aufgezogen, und Schnee und Himmel verschmelzen zu grenzenlosem Weiß.

Nachbarn eilten herbei, um den so plötzlich verwitweten Ehemann zu trösten, der Gewissensbisse hatte. »Eines ihrer Pferde muß sie getreten haben«, sagte er. Er konnte seine Gefühle kaum artikulieren. »Ich empfinde eine Mischung aus Trauer und Zorn, ohne zu wissen, wie ich dem Zorn Luft machen sollte.«

Zu den ersten Dingen, die Russ tat, nachdem Donnas Leiche weggebracht worden war, gehörte unter anderem, Sunny Riley anzurufen. Er teilte ihr mit, was sich am Morgen zugetragen hatte. Sunny war entsetzt, ja schockiert, aber sie liebte Russ trotz allem und behielt ihr Wissen für sich.

Donnas Familie konnte die Tragödie nicht fassen. Daß Donna von eben dem Tier getötet worden sein sollte, das sie am meisten geliebt hatte, konnten sie einfach nicht begreifen. Sie war ihr ganzes Leben von Pferden umgeben gewesen; sie hatte in einer ganz eigenen Sprache mit ihnen gesprochen und ihnen mehr vertraut als den Menschen. Außerdem war sie kein Anfänger gewesen, der nicht gewußt hatte, wie man sich Pferden näherte.

Dr. Richard Muzzall, der Leichenbeschauer der Yakima County und ortsansässige Chirurg, war mit Donna zur Schule gegangen. Am 11. Januar obduzierte er ihre Leiche, obgleich er keine Spezialausbildung in forensischer Pathologie hatte. Er fand die schwere Wunde am Hinterkopf, die von einem Huftritt stammen konnte. Außerdem stellte er fest, daß der Schädelknochen rechts oben eingedrückt war. Diese zweite Fraktur irritierte ihn. Da Dr.

Muzzall bezüglich deren Ursache nicht sicher war, beschloß er, sich am Schauplatz des Geschehens umzusehen.

Im Offenstall entdeckte Muzzall drei übereinander angebrachte Eisenbahnschwellen, die einen Teil jener Wand ausmachten, neben der Donna Howards Leiche gelegen hatte. Aus der obersten Schwelle, sie mußte irgendwann einmal durchgebrochen sein, ragte ein spitzes, gezacktes Stück Holz. Dieses hätte die kleine, separate Fraktur verursachen können.

Muzzall folgerte hieraus: Als Donna auf Knien, einem der Pferde den Huf ausgekratzt habe, war sie, mit dem Kopf voran, gegen die Bahnschwelle geschleudert und dann zurückgeprallt. Danach mußte ihr Kopf an der Wand entlanggeglitten sein und die zwei blutigen Streifen hinterlassen haben, bevor sie, mit ausgestreckten Beinen, auf dem Rücken zum Liegen gekommen war.

Dr. Muzzalls Obduktionsbericht umfaßte nur eine Seite und wies Schädelfrakturen durch Huftritt als Todesursache aus. Außerdem erwähnte Dr. Muzzall einen Erguß des Gewebes zwischen Daumen und Zeigefinger der rechten Hand, an dem sich das Innenfutter ihres Handschuhs abgezeichnet hatte. In der Zusammenfassung gab er jedoch an, diese Verletzung an der linken Hand festgestellt zu haben. Ein scheinbar unbedeutender Fehler, aber einer, der von einem forensischen Pathologen als sehr wichtig eingestuft worden wäre, denn hierbei handelte es sich um eine klassische Selbstverteidigungsverletzung. Welcher Körperteil eines Pferdes hätte ihr eine solche Prellung zufügen können? Und warum hatte Muzzall den Autopsiebericht nicht noch einmal Korrektur gelesen?

Außerhalb des Einzugsgebietes großer Städte sind nur wenige speziell ausgebildete forensische Pathologen anzutreffen, sogar die besten sind sich in Grenzfällen zuweilen uneins. Tatsächlich müssen in vielen ländlichen und schwachbevölkerten Gegenden Coroner nicht einmal Mediziner sein. Muzzall hatte seine Schlüsse aufgrund der damals verfügbaren Informationen und seiner Ausbildung als Chirurg gezogen. Später sollten ihm mehrere forensische Pathologen zustimmen, während andere ihm widersprachen.

Weder die Detectives Langsdale und Ochs noch Staatsanwalt Jeff Sullivan konnten genügend Verdachtsmomente zusammentragen, um irgend jemanden wegen Mordes an Donna Howard zu verhaften. Sie waren also gezwungen, ihren Tod als Unfall, eine Ironie des Schicksals, einzustufen und zu den Akten zu legen.

Donna wurde beerdigt, und Russ Howard und seine Töchter begannen in dem neuen Haus ein neues Leben. Das Leben Donnas war nur auf 17 000 Dollar versichert gewesen, aber Russ erhielt fortan für die Kinder Bezüge seitens der Sozialversicherung.

Donnas Familie konnte die offizielle Todesursache nicht akzeptieren. Man mochte die Zweifel der Familie auf Trauer zurückführen oder die Weigerung, den Tod des geliebten Menschen zu akzeptieren, aber trotzdem …

Bobbi Bennett suchte – und fand – Trost in ihrer Religion, doch ihr wachsender Glaube verstärkte ihre Überzeugung, daß es ihre Pflicht sei, dafür zu sorgen, daß man Donnas Mörder zur Rechenschaft zog. Bobbi wußte, wie unglücklich Donna gewesen war, wußte von ihren Scheidungsabsichten, und sie wußte von Russ' tätlichem Angriff keine vier Wochen vor ihrem Tod, daß Donna beinahe das Bewußtsein verloren hatte. Für Bobbi Bennett bestand nicht der geringste Zweifel, daß Russ ihre Schwester umgebracht hatte, aber ihr war schleierhaft, wie sie dies beweisen sollte.

Mit dem Einverständnis ihrer Eltern engagierte Bobbi einen Privatdetektiv.

Zu den überraschendsten Informationen, die er ihnen lieferte, gehörte auch jene, daß eine junge Frau namens Sunny Riley bei Russ und seinen Töchtern lebe. Bereits im Februar, kurz nach Donnas Beerdigung, war Sunny bei ihnen eingezogen. Offiziell hatte Russ sie als Kindermädchen beschäftigt. Da er als Geschäftsmann viel unterwegs war, schien einleuchtend, daß er eine Haushaltshilfe brauchte, aber Donnas Familie war mißtrauisch. Der Privatschnüffler gab sich als Immobilienmakler aus und sprach mit Sunny. Er bezweifelte nicht, daß sie ständig bei der Familie Russ wohnte. Und er hielt sie nicht unbedingt für den Kindermädchentyp.

Vier Monate später, im Juni – dem Monat, in dem Donna ihren dreiundvierzigsten Geburtstag gefeiert hätte – machten Russ Howard und Sunny Riley durch ihre Heirat den Spekulationen über ihren Status ein Ende.

Sunny Riley hatte gute Gründe, ihre Hochzeit im Juni nicht so romantisch zu empfinden, wie sie hätte sein können. Sie wurde von widerstreitenden Gefühlen geplagt. Sie liebte Russ immer noch, trotz ihres Verdachtes, und sie hatte sich schon lange Zeit gewünscht, seine Frau zu werden. Aber sie hatte auch Angst. Sie wußte Dinge, die sie lieber nie erfahren hätte. Was er auch getan oder nicht getan haben mochte, Sunny war sicher, vor dem Gesetz ebenso schuldig zu sein wie er. Tatsächlich erinnerte Russ sie oft an ihre Komplizenschaft, und sie glaubte ihm, wenn er sagte, daß auch sie in arge Schwierigkeiten gerate, sollte sie verraten, was er ihr unter dem Siegel der Verschwiegenheit anvertraut hatte.

Ihre Furcht, ihn zu heiraten, war ebenso groß gewesen wie, ihn nicht zu heiraten. Sie habe sich auf Russ' Hochzeitspläne nur eingelassen, erklärte sie später, weil sie immer gehofft habe, daß irgend etwas passieren würde, bevor sie tatsächlich vor den Altar traten. Russ seinerseits wußte sehr wohl, daß eine Ehefrau nicht gezwungen werden kann, vor Gericht gegen ihren Mann auszusagen.

Natürlich geschah nichts, und die Trauung wurde problemlos vollzogen. Sunny tat ihr Bestes, ihre Ängste zu verdrängen; manchmal gelang es ihr sogar, ihre Zweifel völlig zu vergessen. Nachdem sie erst verheiratet waren, schien sich Russ vor dem Gesetz nicht mehr zu fürchten. Offenbar fühlte er sich sicher. Der Coroner hatte seine Version des Unfallhergangs bestätigt, ebenso der Sheriff und der Staatsanwalt. Die Vergangenheit sollte ruhen.

Aber Donnas Schwester Bobbi war nicht bereit, dies zuzulassen. Sie hatte keine Ahnung, wie man einen Mord aufklärte, als sie ihre ›Ermittlungen‹ aufnahm, aber sie befaßte sich intensiv mit entsprechender Literatur und hatte sich bald einiges Wissen angeeignet. Eines Tages las sie bei der Kosmetikerin von einem gewissen Thomas Noguchi, dem obersten forensischen Pathologen der Los Angeles County.

Bobbi Bennett setzte sich mit Noguchi in Verbindung und bat ihn und einen Kollegen um Hilfe. Nachdem die beiden Donnas Fall geprüft hatten, hielten sie eine umfangreichere Autopsie für durchaus gerechtfertigt.

Jeff Sullivan, Bezirksstaatsanwalt der Yakima County, stimmte einer Exhumierung zu. Ende 1976 obduzierte der forensische Pathologe Dr. William Brady – damals für den Staat Oregon tätig – Donna Howards Leiche zum zweiten Mal; Dr. Bob Bucklin, ein ehemaliger Pathologieassistent der Los Angeles County assistierte ihm. Dr. Muzzall, Jeff Sullivan und Sergeant Langdale waren als Zeugen anwesend.

Abschließend konstatierte Dr. Bucklin, er könne nicht mit absoluter medizinischer Gewißheit behaupten, daß die Fraktur der Schädeldecke nicht von einem Huftritt verursacht worden war. Er neigte jedoch dazu, sich Dr. Muzzalls Urteil nicht anzuschließen.

Dr. Brady schickte seinem schriftlichen Bericht voraus, daß bei pathologischen Schlußfolgerungen alle bekannten Einzelheiten vom Tat- bzw. Fundort der Leiche zu berücksichtigen seien – d.h., daß gesunder Menschenverstand mit den Autopsieergebnissen kombiniert werden müsse. Ein massiver Schädelbruch und Pferde paßten grundsätzlich zusammen; sofern keine dem widersprechenden Umstände bekannt seien, könne er, Brady, nicht erklären, was Donna Howards Kopfverletzung sonst verursacht haben sollte.

Die Tatsache, daß sich keiner der Pathologen festlegen wollte, empfand Donnas Schwester als bittere Enttäuschung. Sie hatte so hart für die Exhumierung und die zweite Obduktion gekämpft. Die ganze Prozedur war so quälend und offenbar völlig umsonst gewesen.

Für Bezirksstaatsanwalt Jeff Sullivan bestanden immer noch keine ausreichenden Verdachtsmomente, um einen Haftbefehl auszustellen, der irgend jemand des Mordes bezichtige. Zum zweiten Mal lehnte er eine Anklage ab.

Das Leben ging weiter. Donna Howards Eltern wurden älter, der Verlust der geliebten Tochter hatte ihren Lebenswillen geschwächt. Ihr Vater sollte das Ende des Falles auch nicht mehr erleben.

Bobbi Bennett ließ sich jedoch nicht entmutigen. Sie las. Sie telefonierte. Sie schrieb jedem, von dem sie Unterstützung erhoffte, Donnas Tod zu rächen. »Manche Leute sagten, dieses Bestreben beherrsche mein ganzes Dasein«, erinnerte sie sich später. »Aber ich hatte nun einmal entschieden, daß ich nicht aufgeben würde, ehe nicht jemand was unternahm.«

Im Laufe der Jahre sollte Donnas Familie Tausende von Dollars in die Lösung eines Falles investieren, der für andere längst abgeschlossen war.

Die Ehe von Sunny und Russ Howard erwies sich als schwierig. Vielleicht war diese Entwicklung ja unvermeidbar gewesen. Sunny hatte sich in Russ verliebt, weil er so witzig war und sie gerne lachte. Aber nach ihrer Heirat gab es nicht mehr viel zu lachen; Sunny hatte Angst, und das Gefühl, aufgrund ihres Wissens eine Mitschuld zu tragen, ließ sie nicht los. Russ hingegen war viel unterwegs und trank nach wie vor übermäßig. Trotz aller anfänglichen guten Absichten ging die Ehe 1978 in die Brüche.

Sunny brannte mit einem anderen Mann durch. Aber Sunny hatte offenbar einen sicheren Instinkt für die falschen Männer. Es dauerte nicht lange, und ihr neuer Partner mißhandelte sie. Manchmal nahm sich das Leben mit Russ dagegen idyllisch aus, so daß sie ihn anrief und flehte, sie zurückzuholen. Er ließ sich erweichen und half ihr, sich in einer Wohnung oder in seinem Haus einzurichten; bis 1979 unterhielten Sunny und Russ eine mehr oder weniger gespannte Beziehung.

Nachdem Sunny fünf Jahre nach Donnas Tod immer noch nicht zur Ruhe gekommen war, befürchtete sie, ihre nagenden Gewissensbisse bis ans Ende ihrer Tage nicht loszuwerden. Anfang Juli 1978 suchte sie einen Hilfssheriff der Yakima County auf, einen alten Freund aus ihrer High-School-Zeit und stellte ihm eine hypothetische Frage: »Wenn ich Hinweise auf einen Mord hätte, ... dieser dann tatsächlich passieren, ich noch mehr Einzelheiten erfahren, aber den Mund halten würde, müßte ich dann auch mit Schwierigkeiten rechnen?«

Ihr Freund musterte sie einen Moment forschend und versicherte ihr, daß sie nicht im Mittelpunkt des polizeilichen Interesses stehen würde.

Sunny entgegnete, daß sie in diesem Fall eine Aussage machen wolle, fügte allerdings hinzu, alles zu leugnen, sollte man sie doch eines Verbrechens beschuldigen und unter Anklage stellen. Ihr Freund brachte sie zum Morddezernat, um ein Protokoll aufzunehmen.

Bob Langdale hatte sich inzwischen aus dem aktiven Dienst zurückgezogen, aber Ray Ochs war nach wie vor mit Ermittlungen beschäftigt und Jerry Hofsos von der Streife befördert worden. Was Sunny Riley ihren mitzuteilen hatte, war gelinde gesagt faszinierend.

Sunny begann mit Ende Dezember 1974. Sie sagte, Howard habe ihr von seinem Plan erzählt, seine Frau umzubringen. Er würde Donna unter dem Vorwand, vor Einzug der neuen Mieter noch einige Reparaturen durchführen zu müssen, zur Scheune ihres alten Hauses locken und sie mit der Breitseite des Hammers niederschlagen, um den Anschein zu erreichen, eines der Pferde habe sie getreten. Anschließend würde er in die Stadt fahren und dafür sorgen, daß sich mehrere Zeugen an ihn erinnerten, und sich auf diese Weise ein Alibi verschaffen.

Russ hatte ihr noch am Tag von Donnas Tod die Tat bestätigt und ihr gestanden, daß sie erst nach drei Schlägen gestorben sei, der Rest sei problemlos verlaufen.

Die Informationen, die Sunny der Polizei lieferte, hätten ausreichen müssen, um Russ Howard wegen Mordes an seiner Frau zu verurteilen, doch das Gericht würde nur jene Vertraulichkeiten aus der Zeit nach der Eheschließung zulassen. Nachdem Sunny ihren Mann in Kenntnis seiner Schuld geheiratet hatte, dürften die Geschworenen außerdem ihre Glaubwürdigkeit in Frage stellen.

Ein Lügendetektortest, der von einem Experten der Washington State Patrol durchgeführt wurde, ergab, daß Sunny Riley die Wahrheit sagte.

Die Staatsanwaltschaft der Yakima County zögerte immer noch, Russ Howard den Prozeß zu machen. Zu viele der Beweise waren nicht mehr vorhanden. Donnas blutbefleckte Kleidungsstücke, ihr Plaid und die Umzugsdecke hatte man vernichtet. Der Unterstand war gestrichen, die Blutflecken übermalt worden. Keiner der Ermittler hatte im Rahmen der Ermittlungen einen Hammer gefunden – bzw. erst gar nicht nach einem gesucht.

Die Bahnschwelle, die Dr. Muzzall für die Delle im Schädelknochen verantwortlich hielt, war inzwischen einbetoniert worden und diente als Zaunpfahl. Niemand hatte die Scheune oder das Haus je gründlich auf Spuren von Gewalt untersucht; 1975, nachdem die Autopsie einen Unfalltod bescheinigt hatte, war dies allen überflüssig erschienen.

Jetzt schien es zu spät.

Sunny änderte ständig ihren Wohnsitz, weil sie befürchtete, Russ könnte sich an ihr rächen. Sie zog mit einem neuen Mann nach Kalifornien und wartete auf eine Nachricht der Behörden in Yakima. Sie war jetzt ungeduldig und fieberte Russ' Festnahme entgegen. Aber Monate verstrichen, ohne daß etwas geschah – zumindest nicht sichtbar.

Der Fall lag bereits mehr als fünf Jahre zurück, und die Behörden gaben sich alle Mühe, die Anklage vorzubereiten, bevor sie zur Verhaftung schritten. Sie vertrauten darauf, daß Russ Howard nicht beabsichtigte, seinen Aufenthaltsort zu ändern.

Es war 1981. Sunny machte sich Sorgen, und sie trank mittlerweile. Nach einer bestimmten Menge Alkohol war Sunny nicht mehr nur besorgt, sondern auch noch wütend. Eines Abends rief sie ihn an und schlug vor, sie sollten wieder heiraten, damit sie nicht gegen ihn aussagen müsse, denn früher oder später werde man ihn wegen Mordes anklagen. Sunny glaubte, ihn dadurch zur Herausgabe ihres Eigentums bewegen zu können. Nach dem Prozeß könnten sie sich ja wieder trennen, meinte sie.

Als Sunny am nächsten Tag wieder nüchtern war, verwarf sie den Plan, den sie noch am Vorabend für so vernünftig gehalten hatte. Russ war ohnehin nicht darauf eingegangen. Aber sie hatte anklingen lassen, daß etwas im Busch war, wovon er nichts wußte. Trotzdem blieb er in der Gegend von Yakima. Er schien sich seiner sehr sicher zu sein.

Auch Russ Howard hatte in seinem weiteren Leben Pech mit den Frauen. Anfang 1980 lebte er sporadisch mit einer neuen Freundin zusammen und war aushilfsweise in einer örtlichen Schänke tätig. Eines Nachmittags kam das Paar gemeinsam nach Hause und unterhielt sich eine Weile mit Russ' Töchtern und deren Freundin, die gerade zu Besuch war.

Anschließend fuhr Russ zur Arbeit, und seine Freundin zog sich ins Schlafzimmer zurück.

Ein paar Minuten später hörten die drei Teenager einen lauten Knall in der ersten Etage. Sie liefen nach oben, um nachzusehen: Die Frau lag tot auf dem Bett, mit einer Schußwunde im Bauch. Sie hielt eine Pistole in der Hand.

Die fast hysterischen Mädchen alarmierten Russ, und er raste nach Hause, wo er sogar noch vor der Polizei eintraf. Diese fand ihn neben der toten Frau – die Pistole in der Hand.

Der Barmann in der Schänke bestätigte den Ermittlern, daß Russ den Anruf seiner Töchter entgegengenommen hatte. Der Tod seiner neuen Freundin wurde als Selbstmord eingestuft.

Das war der Stand der Dinge, als zwei der bedeutendsten Persönlichkeiten innerhalb des Rechtssystems des Staates Washington in Aktion traten. Im Jahr 1981 wurde von der Generalstaatsanwaltschaft eine spezielle Ermittlungseinheit ins Leben gerufen, die unabhängig Verbrechen im ganzen Staat untersuchen, die Countys unterstützen und gegebenenfalls auch Anklage erheben sollte (auf Antrag oder mit Billigung des Gouverneurs oder des Kreisstaatsanwaltes). Grundsätzlich sollte diese Spezialeinheit nur aus zwei Mitarbeitern bestehen, die allerdings ebensoviel bewirken dürften wie ein halbes Dutzend weniger fähige Ermittler und Staatsanwälte. Greg Canova sollte die Einheit als oberster stellvertretender Generalstaatsanwalt leiten, und Bob Keppel, der bislang der Abteilung für Schwerverbrechen der Polizei der King County angehört hatte, als sein alleiniger Ermittler fungieren.

Greg Canova war von 1974 bis 1981 als stellvertretender Staatsanwalt im Büro der Staatsanwaltschaft der King County tätig gewesen und hatte es bis zum obersten stellvertretenden Staatsanwalt der Strafkammer gebracht. Canova war brillant, grundehrlich und hartnäckig – und bescheiden. Die Konservative und die Liberale Fraktion respektierten ihn gleichermaßen. Greg Canova hatte bei der Ausarbeitung des neuen Gesetzes, das das Strafmaß für Kapitalverbrechen regelt, mitgewirkt. Er war groß und gutaussehend, trug einen üppigen Schnauzer, besaß eine rasche juristische Auffassungsgabe und eine tiefe, selbstbewußte Stimme, die ihm im Gerichtssaal gute Dienste erwies. Tatsächlich konnte Canova in seiner Eigenschaft als Staatsanwalt so viele Erfolge verbuchen, daß er mit fünfunddreißig bereits so etwas wie eine Legende war. Er selbst schrieb einige seiner Triumphe dem Glück zu. »Glück spielt eine nicht unerhebliche Rolle. In der Vergangenheit habe ich Fälle gewonnen, die ich eigentlich hätte verlieren müssen, und solche verloren, die ich zu gewinnen erwartet hatte. Bei Geschworenen kann man nie wissen.

Ich gehe immer davon aus, meinen Mandanten erfolgreich vertreten zu können. Wenn man nicht daran glaubt, die Schuld eines Angeklagten zweifelsfrei beweisen zu können, sollte man den Fall gar nicht erst vor Gericht bringen.«

Der zweite Mann in diesem neugebildeten Team – Bob Keppel – ist einer der cleversten Detectives, der mir je begegnet ist. Seine intellektuelle Einstellung gegenüber seiner Ermittlertätigkeit hat ihm in ganz Amerika zu hohem Ansehen verholfen. Bob Keppel, ein ehemaliger bekannter Querfeldeinläufer, war noch ein junger Beamter beim Morddezernat des Police Departments der King County, mit einem Erfahrungsschatz von erst einem Fall, gewesen, als man ihn in einen der größten Fälle seiner Karriere stürzte: die spektakulären ›Ted-Morde‹, die 1974 im Nordwesten des Landes begannen und 1978 in Florida endeten.

(›Ted‹ stellte sich als Ted Bundy heraus, der am 24. Januar 1989 in Starke, Florida, auf dem elektrischen Stuhl hingerichtet wurde. Nur einen Tag zuvor gestand Bundy, der zwischen fünfundzwanzig und dreihundert junge Frauen in ganz Amerika umgebracht haben soll, Bob Keppel einige seiner Morde. Er betrachtete Keppel als intellektuell ebenbürtig, und die beiden hatten schon manches Mal ihre Kräfte gemessen. Tatsächlich argwöhnen viele Experten, daß Bundys Angebot, Bob Keppel und anderen FBI-Agenten bei der Erstellung von Täterprofilen von Serienmördern behilflich zu sein, die Idee für ›Das Schweigen der Lämmer‹ geliefert hat. Keppel ließ Bundy in dem Glauben, er sei ein respektierter Berater – nur um den Dialog zwischen ihnen aufrechtzuerhalten.

1975 verringerte Keppel dank eines heute archaisch wirkenden Computersystems die Zahl der 3500 Verdächtigen in den ›Ted-Morden‹ auf nur fünf Personen, zu denen auch Ted Bundy gehörte. Keppels Methoden erwiesen sich als erfolgreich, als Bundy wegen ähnlicher Verbrechen an hübschen dunkelhaarigen Frauen in der Gegend von Salt Lake City verhaftet wurde. Der Rest ist natürlich Kriminalgeschichte).

Aufgrund seiner Erfahrungen, die er sich als einer der

Lieutenants der ›Soko Ted‹ angeeignet hatte, wurde Bob Keppel später in Dutzenden von Serienmord-Ermittlungen in diesem Land von Fahndern zu Rate gezogen. Als Canova Keppel von der King-County-Polizei abwarb, wußte er, was er tat. Trotzdem mußte er Bob Keppel noch einmal zwei Jahre an die Soko Green River verleihen.)

Greg Canova und Bob Keppel waren genau das, was Donna Howards Familie seit sehr langer Zeit brauchte; die Jahre, in denen sie an den bürokratischen Mauern gescheitert waren, hatten sie entmutigt. Bobbi Bennett wollte jedoch nicht aufgeben, bevor der Mörder ihrer Schwester gefaßt und verurteilt war.

Bei ihrer Kampagne zur Wiederaufnahme der Ermittlungen im Fall Donna Howard wandte sie sich unter anderem an das Büro des Gouverneurs. Ihre Argumente klangen durchaus plausibel und überzeugend. Ende 1981 bat Gouverneur John Spellman das Büro des Generalstaatsanwaltes (konkret Canovas Einheit), den Fall Howard zu prüfen.

Damals verfügte Canova jedoch über keinen Ermittler. Im März 1982, nach Bob Keppels Einstellung, konnten sie ernsthaft mit der Untersuchung beginnen. Keppel hinterließ beinahe Rillen im I-90-Freeway, so oft fuhr er über die Berge nach Yakima, um immer wieder Zeugen zu befragen. Er sprach mit den Detectives, die den Fall damals bearbeitet hatten, und mit Ray Ochs und Jerry Hofsos, die durchaus geneigt waren, die Nachforschungen wieder aufzunehmen. Er befragte den Sanitäter, der Donnas Tod als erster festgestellt hatte. Keppel suchte Nachbarn und Angestellte des Eisenwarenladens auf, vor allem aber vernahm er Sunny Riley.

In mühsamer Kleinarbeit rekonstruierte Bob Keppel einen Fall, der mittlerweile sieben Jahre zurücklag und ebenso tot zu sein schien wie das Opfer selbst. Tatsächlich sollte ihm jetzt neues Leben eingehaucht werden.

Greg Canova kam zu dem Schluß, daß das Problem mit der ersten Autopsie begonnen hatte. Der Bericht umfaßte nur eine Seite und schrieb die Prellung, die auf Selbstverteidigung hindeutete, der falschen Hand zu. Darüber hinaus hielt er die Autopsie für unvollständig, weil man einen Unfall vorausgesetzt hatte. Die Ermittlungen waren eingestellt, die Beweismittel verändert oder vernichtet worden, man hatte den Leichnam beerdigt, und der Fall war in sich zusammengestürzt wie ein Strohzaun in einem Sturm.

Allerdings hatten Greg Canova und Bob Keppel eine Zeugin, der laut Lügendetektortest in keinem Punkt ihrer Aussage eine Lüge nachzuweisen war. Trotz ihrer panischen Angst, in die Sache mit hineingezogen zu werden, hatte sich Sunny Riley gemeldet. Sie war eine Frau, die ihren ehemals hedonistischen Lebensstil aufgegeben hatte und zu einer verantwortungsbewußten Bürgerin geworden war. Sunny wußte, daß ihr Russ Howards Anwälte vermutlich einige höchst unangenehme Fragen stellen würden – sofern es überhaupt jemals zum Prozeß kam –, aber sie war bereit, diese zu beantworten.

Bob Keppels Versuche, Russ Howard selbst zu sprechen, blieben erfolglos. »Ich habe ihn ausgelacht«, sagte Howard später. »Ich hätte mir nie träumen lassen, daß irgend jemand Sunny jemals ernst nehmen würde.«

Howard gestand den Reportern, daß er Greg Canova und Bob Keppel dadurch möglicherweise noch ermutigt hatte.

Aber dem war nicht so. Seine Reaktion machte sie nur neugierig.

Die Beweismittel reduzierten sich auf einige wenige kostbare Stücke, die noch vorhanden waren, wie die Photos, die die ermittelnden Beamten an jenem eisigen Morgen des 10. Januar 1975 geschossen hatten. Vergrößerungen der Aufnahmen und die Befragung der Yakima-Deputys, die seinerzeit vor Ort gewesen waren, ergaben keinerlei zweckdienliche Hinweise. Da es sich bei der zweiten um eine ovale Fraktur handelte, meinten einige Experten, daß der Gegenstand, der dafür verantwortlich sei, wenn auch nur ganz kurz, in das Gehirn selbst hätte eindringen müssen, so daß mit größter Wahrscheinlichkeit Blut- und Gewebepartikel sowie vermutlich auch einige Haare daran haften geblieben wären.

Darüber hinaus hatte Donna, laut Dr. Muzzall, gekniet, um den Pferdehuf auszukratzen. Warum war auf den Photos die Kniepartie ihrer Jeans absolut sauber, ohne die geringste Spur von Schnee oder Schmutz.

Greg Canova und Bob Keppel hatten ihre eigene Vorstellung, wie und warum es zu dem Mord gekommen war. Russ Howard hatte seine Ehe beenden, jedoch seine Kinder und sein Vermögen behalten wollen, und, so wie er es Sunny angekündigt hatte, Donna tatsächlich unter irgendeinem Vorwand in den Offenstall gelockt und ihr einmal mit der Breitseite des Hammers auf den Hinterkopf geschlagen, in der Annahme, sie würde gleich zusammenbrechen. Aber Donna hatte sich verteidigt und, um ihren Kopf zu schützen, mit der rechten Hand den Hammer abgewehrt. Die Wucht des Schlages war so groß gewesen, daß das Muster des Handschuhinnenfutters einen erkennbaren Abdruck auf der Haut zwischen Daumen und Zeigefinger hinterlassen hatte. Erst nach weiteren Hieben war Donna tot gewesen.

Der Zustand der Kleidung ließ darauf schließen, daß er ihre Leiche an den Füßen gepackt, über den gefrorenen Boden geschleift und im Unterstand der Pferde in die vorgefundene Position gebracht hatte.

Vermutlich hatte Russ die Decke nur über Donnas Leiche gebreitet – um sie bis zum Eintreffen der Sanitäter warm zu halten, während er in die Stadt gefahren war, um sich ein Alibi zu verschaffen.

Das Problem, das sich 1982 für Greg Canova und Bob Keppel stellte, bestand darin, eine Jury zu überzeugen, daß ihre Theorie des Geschehens, das sieben Jahre zurücklag, zweifelsfrei die richtige war:

Das Hauptbeweisstück war Donna Howards Schädel. Gesäubert, getrocknet und wieder zusammengesetzt sollte er von einigen der besten forensischen Pathologen des Landes untersucht werden.

Dr. Donald Reay, Leiter der Gerichtsmedizin der King County, stellte im Juli 1982 fest, daß die Fraktur am Hinterkopf, der Knochen war in neunzehn Teile zersplittert, jeder stumpfe Gegenstand, der mit einiger Krafteinwirkung auf den Schädel geprallt war, verursacht haben könnte. Die erheblich kleinere und sehr ungewöhnliche Fraktur auf der oberen rechten Stirnseite des Schädels dürfte nicht auf einen Pferdehuf zurückzuführen sein. Ein ovales Knochenstück war sauber herausgebrochen und gegen das Gehirn gedrückt worden.

Nach Ansicht eines führenden forensischen Anthropologen des Smithsonian Institutes rührte die ovale Fraktur von einem Hammerschlag her. Er verwies auf einen Kollegen, der bedeutend mehr von Verletzungen dieser Art verstehe als er selbst.

Clyde Collins Snow, Dr. phil., forensischer Berater in Anthropologiefragen und beinahe eine lebende Legende. Der großgewachsene, grauhaarige und überaus locker wirkende Mann lebt eigentlich in Norman, Oklahoma, ist dort jedoch nur selten anzutreffen. Mal untersucht er in Südamerika irgendwelche Skelette, mal rekonstruiert er auf den Philippinen Schädel von Massakeropfern. Er ist ein geistreicher und jovialer Mann, dessen ungezwungene Art die makabre Natur seiner Arbeit nicht ahnen läßt. Dr. Snow kann von einem Schädel allerlei ablesen.

Er scheut sich nicht, seine Theorien mit anderen Experten zu erörtern, in Donnas Fall waren es Dr. Bob Kirschner vom gerichtsmedizinischen Institut der Cook County (Chicago) sowie Dr. Fred Jordan vom gerichtsmedizinischen Institut des Staates Oklahoma. Beide teilten Snows Meinung, daß ein Hammerschlag für die kleine ovale Fraktur verantwortlich sei. Kirschner fand zudem heraus, daß das vorstehende Holzstück der Eisenbahnschwelle Splitter in der Wunde und diese ihrerseits Gewebe am Holz hinterlassen hätten.

Clyde Snow teilte Bob Keppel unter anderem mit: »Dieser Fall glänzt wie ein Hering, der zu lange in der heißen Sonne gelegen hat.« Das war seine Art zum Ausdruck zu bringen, daß er die offizielle Version des Geschehens für falsch hielt.

In seinem Abschlußbericht, den er diesem sowie Greg Canova übersandte, hielt er fest: Donna Howard hatte eine überdurchschnittlich dicke Schädeldecke, und das vorstehende Stück Holz der Eisenbahnschwelle war viel zu weich, um aus dieser ein Stück Knochen zu lösen. »Die Fraktur hat ein sehr harter Gegenstand mit flacher, abgerundeter Oberfläche herbeigeführt.«

Weiter hieß es: »Kritisches Merkmal des Schädels ist die depressive Fraktur an der rechten Stirnseite. Hierbei handelt es sich eindeutig um ein klassisches Beispiel einer ›fracture à la signature‹ eines Hammers. Für mich reduziert diese Tatsache die Diskussion über die Ursache der anderen Verletzungen auf akademisches Blabla. Welcher der Schläge zum Tod geführt hat, ist absolut nicht relevant. Natürlich könnte man auch spekulieren, daß das Opfer von einem Pferdehuf getroffen und anschließend mit einem Hammer von seinen Qualen erlöst wurde. Ich weiß nicht, wozu seine Artgenossen drüben in Washington fähig sind, aber in Oklahoma hat man noch kein Pferd einen Hammer schwingen sehen ...«

Der Schlag auf den Hinterkopf (vermutlich zwei Schläge, nach allem, was Russ Howard angeblich Sunny erzählt hatte) mußte das Opfer noch im Stehen völlig unvorbereitet getroffen haben. Die ovale Fraktur an der Stirn war ihm beigebracht worden, als es auf dem Rücken gelegen hatte, den Kopf zur linken Seite gewandt. In diesem Moment dürfte der Mörder über seinem Opfer gestanden haben, und es war gut möglich, daß die Frau versucht hatte, den Hammer mit einer Hand abzuwehren.

Snows Untersuchungsergebnisse ließen ein ebenso schreckliches wie pathetisches Bild entstehen.

Die Photos der Blutspritzer im Unterstand wurden auf 27 x 35 cm vergrößert und an Lt. Rod Englert vom Muiltnoman County Sheriff's Office in Portland, Oregon, geschickt. Englert ist einer der angesehensten Experten der Vereinigten Staaten für Blutspritzmuster. Er wird bei Mordprozessen häufig als Experte hinzugezogen und hat über dreihundert Seminare über Blutspritzmuster-Analyse abgehalten. Lt. Englert bringt Detectives die unzähligen Fakten bei, die man aus Blutspuren ablesen kann – beispielsweise, ob das Blut mit ›Hochgeschwindigkeit‹ aus der Wunde gespritzt ist (Schußwunden), mit ›mittlerer Geschwindigkeit‹ oder mit ›geringer Geschwindigkeit‹. Zu den Dingen, die er lehrt, gehören auch die Übertragung von ›Blutflecken‹ und ›Blutschlieren‹, spezielle Muster, die blutige Gegenstände hinterlassen, wenn sie mit einer blutfreien Oberfläche in Berührung kommen.

Englert verglich die Blutspuren auf den Photos von Donna Howards Leiche im Unterstand mit Russ Howards Geschichte und Dr. Muzzalls Rekonstruktion des ›Unfalls‹.

Lt. Englert kam zu dem Schluß, daß Donna Howards Tod unmöglich auf die von Dr. Muzzall vermutete Weise eingetreten sein konnte. Ihr Haar war durchtränkt gewesen von Blut aus ihren Kopfwunden. Hätte sie tatsächlich ein Pferdehuf getroffen, so daß sie von der Eisenbahnschwelle abgeprallt und rückwärts gefallen war, hätte man diffusere Blutspuren vorgefunden, und zwar in größerer Höhe und Entfernung vom Fundort ihrer Leiche.

Die beiden Blutschlieren auf einem der Photos, ein senkrechter und gleich daneben ein waagerechter Streifen, mußten entstanden sein, als jemand einen leblosen Körper auf den Boden gleiten ließ. Es widersprach den Gesetzen der Schwerkraft, daß die Wucht, mit der Donna Howard gegen die Eisenbahnschwelle getreten worden sein sollte, ausgereicht hatte, um ihren Schädel zu zertrümmern, ihr Körper anschließend jedoch sachte zusammengesackt war, daß ihr Haar an der dreißig Zentimeter entfernten Wand zwei derart kompakte Flecken hinterlassen hatte. Bei einem kraftvollen Huftritt wäre das Blut in einem diffusen Muster über die ganze Wand gespritzt.

Vielleicht hatte sie schon nach dem ersten Schlag, der ihren Schädel zertrümmert hatte, das Bewußtsein verloren, vielleicht auch beim darauffolgenden. Unter Umständen war sie direkt auf eine bereits vorsorglich zurechtgelegte Decke des Umzugsunternehmens gestürzt, um dann noch einmal an der Stirn getroffen zu werden, weil sie noch geatmet hatte. Möglicherweise war sie auch noch in der Lage gewesen, eine Hand zu heben, um den herabsausenden Hammer abzuwehren.

Aber diese Einzelheiten waren nur Donna und dem Mörder bekannt.

Am 8. November 1984 erhob die Generalstaatsanwaltschaft des Staates Washington Anklage gegen Noyes Russell Howard, vierundfünfzig, wegen Mordes ersten Grades an seiner ersten Frau fast neun Jahre zuvor. Die Anwälte Susan Hahn und Wes Raber wurden zu seinen Strafverteidigern bestellt.

Noch konnte die Verhandlung nicht beginnen. Bei Anhörungen vor dem eigentlichen Prozeß wurde die

Frage aufgeworfen, wer für die Kosten von Russ Howards Verteidigung aufkommen sollte. 1986, nachdem der Oberste Gerichtshof entschieden hatte, daß nicht die Yakima County, sondern der Staat, als Kläger, diese tragen müsse, stellte die Legislatur des Staates Washington 50 000 Dollar bereit.

Am 13. Oktober 1986 eröffnete James Gavin, Richter am erstinstanzlichen Gericht schließlich den Prozeß. Greg Canova war alleiniger Vertreter der Anklage; Sunny Riley, die einzige Person, die er aus der ›Zivilbevölkerung‹ aufrief, erwies sich bei ihrer Aussage, die sich über Stunden hinzog, als hervorragende Zeugin. Ja, Russ habe ihr erzählt, daß er plane, Donna mit einem Hammer zu erschlagen, um die Tat als Huftritt eines ihrer Pferde zu tarnen, und ihr diese noch am gleichen Tag bestätigt. Im Gerichtssaal war es mucksmäuschenstill, als Sunny berichtete, daß sich Russ beklagt habe, daß drei Schläge notwendig gewesen seien. Sie habe ihm nicht geglaubt. Als sie sich schließlich gestattet habe, dies doch zu tun, sei sie zuversichtlich gewesen, daß irgend etwas ihre Heirat mit Russ verhindern würde. Ja, gestand sie leise, ein Teil von ihr habe ihn damals trotz allem noch geliebt.

Abschließend erklärte Sunny, der Gedanke, daß Donna Howards Mörder nie gefaßt worden war, hatte ihr das Leben unerträglich gemacht.

Letztendlich beruhte das Urteil auf neunzehn Splittern einer Schädeldecke, die man wieder zusammengesetzt hatte.

Es war ein überaus schwieriges Verfahren. Die Verteidigung ging sogar so weit zu behaupten, daß es sich bei dem vorgelegten Schädel nicht um den Donna Howards handele.

Die forensischen Pathologen und Anthropologen, die für die Anklage aussagten, erklärten übereinstimmend, daß die große Fraktur am Hinterkopf von einem Hammer verursacht worden sein könne.

Die Experten der Verteidigung, Dr. Muzzall (der damals in Alaska praktizierte), Dr. William Brady und Cyril Wacht, ein weltberühmter forensischer Pathologe aus Pittsburgh, widersprachen ihrer Feststellung, daß die ovale Fraktur an der Vorderseite von Donna Howards Stirn eindeutig von einem Hammer herbeigeführt worden sei. »Unsere Position lautete, daß die Fraktur aussah, als stamme sie von einem Hammer«, betonte Strafverteidigerin Susan Hahn. »Da sie jedoch auch auf andere Weise entstanden sein konnte, hielten wir die ursprüngliche Erklärung immer noch für die plausibelste.«

Greg Canova befragte Dr. Muzzall eingehend zu der von ihm durchgeführten Autopsie. Er forderte ihn auf, aus dem Zeugenstand zu treten und den Unfallhergang zu demonstrieren. Greg Canova behauptete, daß nicht einmal ein Schlangenmensch zu den Bewegungen fähig wäre, die Donna Howard hätte ausführen müssen. Dr. Muzzall wies dieses Argument entschieden von sich und blieb bei seiner ursprünglichen Version.

Siebzehn Tage nach Prozeßbeginn, am Abend des 30. Oktober 1986, zogen sich die Geschworenen zur Beratung zurück. Sie brauchten acht Stunden, um Russ Howard des vorsätzlichen Mordes ersten Grades für schuldig zu befinden.

»Ich hatte das Gefühl, daß die Geschworenen nach einer Möglichkeit suchten, den Mann zu verurteilen«, erläuterte der Obmann später. »In der Art von ›ich weiß, daß er es war, aber ...‹, wie sich einer der Geschworenen ausdrückte. Wir debattierten, was für das ›Aber‹ folgen könnte, und das war nichts.«

Richter Gavin verurteilte Howard zu lebenslänglich bei mindestens zwanzig Jahren Gefängnisstrafe. Das bedeutete, daß er in dreizehn Jahren und acht Monaten eine Aussetzung seiner Strafe auf Bewährung beantragen konnte, also um die Jahrhundertwende – mit knapp siebzig. Noyes Russell Howard, damals sechsundfünfzig, beteuert nach wie vor seine Unschuld, unterstützt von seinen Töchtern, und er ficht seine Verurteilung nach wie vor an.

Ich schreibe dies im Januar 1994, fast zwei Jahrzehnte nachdem Donna Howard das letzte Mal zu ihren Pferden hinausgegangen ist. In ihrem Fall haben die Mühlen des Gesetzes extrem langsam gemahlen, aber sie haben gemahlen. Ohne Bobbi Bennetts Entschlossenheit und Hartnäckigkeit, ohne Greg Canova und Bob Keppel, wäre Donnas Tod nie gesühnt worden.

Der Computerfehler und der Mörder

Es ist nichts Neues, wenn ein Verbrecher, der eigentlich wegen früherer Vergehen hinter Gittern sitzen müßte, wieder straffällig wird. Dies passiert so häufig, daß wir diesem unseligen Phänomen der Kriminologie mittlerweile eine gewisse Akzeptanz entgegenbringen. Trotzdem gibt es zuweilen Fälle, die so bedauerlich sind, daß wir nur den Kopf schütteln können. Wie um alles in der Welt konnte jemand auch nur in Erwägung ziehen, solche Häftlinge, die wieder und wieder bewiesen haben, daß sie gefährlicher sind als die aggressivsten Raubtiere, auf freien Fuß zu setzen.

Ein Fall geht mir nicht mehr aus dem Sinn. Dieser Mann stellte eine wandelnde Zeitbombe dar; vor seiner letzten grauenhaften Mordwelle war er bereits siebzehn Jahre lang als gesetzlich unzurechnungsfähig eingestuft gewesen. Nach eigener Aussage hatte er seit dreißig Jahren, genau seit der dritten Klasse, den Drang verspürt, Frauen zu foltern und zu töten – und diesem immer wieder nachgegeben. Trotzdem war er ebenso frei wie Sie und ich, und das aufgrund einer unglaublichen Serie von ›Schreibfehlern‹. Bevor er gefaßt wurde, sollte er einer Reihe von Frauen, die das schwelende Dynamit unter der charmanten Fassade nicht erkannten – zumindest nicht, bevor es zu spät war –, nicht wiedergutzumachenden Schaden zufügen.

Ich schließe diesen Fall mit ein, weil ich glaube, daß er demonstriert, wie bezaubernd und harmlos ein sadistischer Soziopath erscheinen kann, wenn er das nur will. Traurigerweise beweist er auch, welch tragische Folgen es haben kann, wenn man der Maske, die dieser aufsetzt, Vertrauen schenkt.

Als die hübsche, blonde Vonnie Stuth und ihr Mann am 4. Mai 1974 heirateten, sah die Zukunft so strahlend aus wie ein Sonnenaufgang über dem Nordwesten. Wie sollte es auch anders sein. Sie liebten einander, er hatte eine gute Stelle, und Vonnie wollte im Jugendzentrum in Seattle als ehrenamtliche Helferin arbeiten. Beide waren junge Helfer in der Vereinigten Methodistenkirche von Highland Park, der Kirche, in der sie auch getraut wurden.

Im Sommer 1974 bezog das Paar ein kleines Haus in der Gegend von Burien, unmittelbar südlich von Seattle, und Vonnie richtete sich zufrieden in ihrem Leben als Hausfrau ein. Todd Stuth machte Schichtdienst in einer Gießerei in Seattle, so daß er an den meisten Abenden nicht zu Hause war, aber Vonnies Eltern, ihre jüngeren Schwestern und viele ihrer Freundinnen lebten ganz in der Nähe, so daß sie sich nicht einsam fühlte.

Am Abend des 27. November 1974, einem Mittwoch, war Vonnie mit den Vorbereitungen für das Thanksgivingfest, ihr erstes als Ehefrau, am nächsten Tag beschäftigt. Sie wollte zum Festessen bei der Familienfeier ein Aspik vorbereiten. Sie löste die Gelatine in heißem Wasser auf und stellte die anderen Zutaten auf der Arbeitsfläche bereit, während sie dem Fernseher lauschte, der im Wohnzimmer lief.

Um 22 Uhr 30 rief ihre Schwester an. Nach einer Weile unterbrach Vonnie das Gespräch, weil es geklingelt hatte. Kurz darauf meldete sie sich wieder und erklärte, es sei der Mann von gegenüber gewesen, der ihnen einen Hund schenken wolle. »Ich habe ihn gebeten, morgen wiederzukommen, wenn Todd zu Hause ist«, sagte sie.

Um 23 Uhr fuhr Vonnies Stiefbruder in die Auffahrt der Stuth', um etwas aus einem Wagen zu holen, der dort parkte. Er warf einen Blick ins Haus und sah, daß Vonnie telefonierte, ging aber nicht hinein, um mit ihr zu sprechen.

Todd kam wie gewöhnlich morgens um Viertel nach eins heim. Die Eingangstür war nicht abgeschlossen, der Fernseher lief, und in allen Räumen brannte Licht. Er rief nach Vonnie, bekam jedoch keine Antwort. Besorgt registrierte er, daß ihre Handtasche auf der Arbeitsfläche lag, neben dem halbfertigen Aspik. Vonnie hatte 150 Dollar im Portemonnaie gehabt, und er überzeugte sich davon, daß das Geld noch da war. Verwirrt öffnete Todd Stuth den Dielenschrank und stellte fest, daß Vonnies grauer Kapuzenmantel fehlte.

Aber er konnte keine Nachricht finden. Es erschien ihm höchst merkwürdig, daß Vonnie so spät noch weggegangen war, ohne ihn darüber zu informieren. Er rief bei Verwandten und Freunden an, um herauszufinden, ob sie vielleicht spontan etwas hatte besorgen wollen, vielleicht eine Zutat, die ihr für das geplante Festessen fehlte. Niemand hatte sie gesehen oder etwas von ihr gehört.

Vonnie Stuth, neunzehn, war verschwunden, und jene, die sie kannten und liebten, machten sich sofort schreckliche Sorgen.

Im Nordwesten wurden bereits acht junge Frauen vermißt, die allesamt auf ebenso unerklärliche Art verschwunden waren wie Vonnie. Die Medien hatten ausführlich darüber berichtet. Lynda Healy, Donna Manson, Susan Rancourt, Roberta Parks, Brenda Ball, Georgeann Hawkins, Denise Naslund, Janice Ott. Janices und Denises Skelette hatte man Mitte September gefunden.

Die Frauen waren alle zwischen achtzehn und zwanzig Jahren alt gewesen, schlank, mit langem, in der Mitte gescheitelten Haar. Alle hübsch. Auch Vonnie besaß diese äußerlichen Merkmale. Brenda Ball und Denise Naslund hatten beide in der Gegend von Burien gelebt; tatsächlich waren Vonnie und Denise Schulfreundinnen gewesen. Und Janice Ott hatte ebenfalls im Jugendzentrum gearbeitet. War das nur Zufall oder vielleicht Teil einer grauenhaften Verschwörung?

Die Detectives der King County waren ebenfalls besorgt. Die Umstände von Vonnies Verschwinden deuteten auf eine Entführung hin. Ihre Familie beschrieb sie als vorsichtige junge Frau, die die Haustür ständig abgeschlossen hielt. Sie hätte keinem Fremden geöffnet.

Todd Stuth verbrachte die nächsten Tage entweder beim Morddezernat, wo er mit Detectives der King County sprach, in der Hoffnung, ihnen irgendeinen Hinweis liefern zu können, der den Beamten möglicherweise half, sie zu finden, oder daheim, wo er auf einen Anruf seiner Frau wartete. Er behauptete steif und fest, daß sie sich nicht gestritten hätten; es gebe nichts, was Vonnie veranlaßt haben könnte, davonzulaufen. »Es ist merkwürdig«, sagte der einundzwanzigjährige Stahlarbeiter. »Sie wurde entführt. Für mich besteht hieran nicht der geringste Zweifel. Wenn es um Ihre Frau ginge, wären Sie doch auch beunruhigt, oder?«

Nachdem sie ihm versichert hatten, daß offenbar keine direkte Verbindung zu den anderen vermißten Mädchen bestand, versuchte er, sich dieser Ansicht anzuschließen. »Das hoffe ich. Ich will nämlich nicht, daß meine Frau tot ist. Ich werde dieses Haus nicht verlassen, solange ich nicht weiß, was mit ihr geschehen ist.«

Im Haus der Stuth' fand sich nichts, was auf einen Kampf schließen ließ – weder Blutspuren noch Hinweise auf ein Handgemenge. Aus irgendeinem Grund hatte Vonnie Stuth die Eingangstür aufgesperrt, und etwas oder jemand hatte sie bewogen, das Haus zu verlassen.

Der einzige Hinweis, der den Ermittlern vorlag, war Vonnies Bemerkung ihrer Schwester gegenüber, daß der Mann von gegenüber ihr einen Hund angeboten hatte. Aber welcher Mann? Die Detectives befragten die Nachbarn, aber niemand erinnerte sich – oder gab zu –, am

Abend vor Thanksgiving mit Vonnie gesprochen zu haben.

Das Haus gleich gegenüber stand leer; die Mieter waren kürzlich ausgezogen. Stuth erklärte, diese kaum gekannt zu haben. Er wußte nur, daß sie mittleren Alters gewesen waren. Ein Nachbar hatte ihren Van am Abend von Vonnies Verschwinden etwa zehn Minuten lang in der Auffahrt des Hauses stehen sehen.

Die Detectives überprüften das Haus und stellten fest, daß die Mieter eine Menge Abfall hinterlassen hatten. Müll zu durchwühlen gehört zu den weniger angenehmen Aufgaben von Untersuchungsbeamten, aber Mülleimer sind nun einmal informationstechnisch wahre Goldminen. In diesen entdeckten die Detectives unter anderem eine Reihe in Stücke gerissener Photos. Nachdem sie deren Einzelteile zusammengesetzt hatten, zeigten sie eine dunkelhaarige Frau, die hübsch genug war, um Model zu sein, und fast nackt posierte. Nachbarn erkannten sie als die Frau, die in dem Haus gewohnt hatte. Auf einem Zettel, den sie ebenfalls im Abfall fanden, standen Name und Adresse eines gewissen Gary A. Taylor. Die Nachbarn meinten, es sei der des Mieters.

Die Taylors hatten sehr zurückgezogen gelebt. Niemand konnte sagen, wo Taylor tätig gewesen war oder woher er und die Frau stammten. Sie hatten nur ein paar Monate in dem Haus gewohnt. Soweit die Anwohner sich erinnerten, hatten sie keinen Hund gehabt. Taylor war etwa fünfunddreißig bis vierzig Jahre alt gewesen, hatte hellbraunes Haar und graue Schläfen gehabt und war etwas größer als einsachtzig gewesen. Außerdem hatte er eine Brille mit dunklem Gestell getragen.

Natürlich konnten sie nicht wissen, ob *er* an jenem Abend bei Vonnie gewesen war. Irgendein Fremder konnte bei den Stuth' geklopft, auf irgendeines der umliegenden Häuser gezeigt und *behauptet* haben, er sei ein

Nachbar. Vonnie hatte ihrer Schwester gegenüber nicht erwähnt, *welcher* Nachbar es gewesen war. Sie hatte keineswegs beunruhigt geklungen, als sie nach einem kurzen Wortwechsel mit ihm wieder ans Telefon gekommen war. Ihr Stiefbruder hatte sie eine halbe Stunde später noch wohlauf gesehen.

Aber der Mann könnte zurückgekehrt sein; vielleicht hatte er Vonnie auch gedrängt, ihn nach draußen zu begleiten, um sich den Hundewelpen anzusehen, damit sie ihn ihrem Mann beschreiben konnte. Beim erstenmal hatte sie das Haus nicht verlassen. War es ihm gelungen, sie zu einem späteren Zeitpunkt dazu zu überreden? Sie hatte nicht geschrien. Die Nachbarn waren ganz sicher, nichts gehört zu haben. Allerdings lag das Viertel in der Einflugschneise des weiter südlich gelegenen Seattle-Tacoma-Airport. Wenn die Jets zur Landung ansetzten, wurde jedes andere Geräusch vom Dröhnen ihrer Triebwerke überdeckt.

Als es nach Tagen immer noch keine Nachricht von Vonnie gab, glaubten Detective Sergeant Len Randall und Detective Mike Baily, die ihren Fall bearbeiteten, nicht länger, daß es um eine ›offiziell Vermißte‹ ging.

Sie fühlten dieselbe Frustration wie bei den Fällen der anderen vermißten Mädchen. Selbst wenn sie auf einen brandheißen Verdächtigen gestoßen wären, hätten sie mit Takt und Diskretion verfahren müssen. Wie sollten sie ohne Leiche jemanden des Mordes beschuldigen? Er konnte sich wegen ›Belästigung‹ und ›falscher Verdächtigungen‹ beschweren und den Unwissenden spielen. Noch war nicht bewiesen, daß überhaupt ein Verbrechen vorlag. Noch war Vonnie eine vermißte Person, eine erwachsene Frau, die aus freien Stücken verschwunden sein konnte.

Bei der Überprüfung seines Nachsendeantrages stellten die Detectives fest, daß Gary Taylor auf eine abgelegene, gut einen Hektar große Ranch in der Nähe von

Enumclaw, Washington gezogen war, tief im Südosten der King County. Sie riefen über den NCIC-Computer (National Crime Information Center – ein nationales EDV-Zentralarchiv für verbrechensbezogene Informationen) die Daten über Taylor ab – in das System waren sämtliche Suchmeldungen, Haftbefehle und Vorstrafenregister eingespeist.

Das war 1974. Vor zwanzig Jahren steckten Computer noch in den Kinderschuhen, und ihre Leistungsfähigkeit war im Vergleich zu 1994 vorsintflutlich.

Unter dem Namen Gary A. Taylor gab es keinerlei Einträge. Der King County zur Verfügung stehenden Unterlagen zufolge, wurde Taylor nirgendwo in den Staaten gesucht und konnte auch kein Vorstrafenregister aufweisen, das ihn zu einem Hauptverdächtigen im Stuth-Fall gemacht hätte.

Am 6. Dezember suchten die Detectives die abgelegene Farm auf, die die Taylors bewohnten, und unterhielten sich mit Gary Taylor persönlich. Er war nicht gerade erfreut, sie zu sehen, aber dennoch recht umgänglich. Er erklärte sich bereit, sie zum Revier der County-Polizei im King County Courthouse (dem Gerichtsgebäude) in der Innenstadt von Seattle zu begleiten. Dort wurden ihm routinemäßig seine Miranda-Rechte vorgelesen, und Randall setzte ihn davon in Kenntnis, daß er im Fall des Verschwindens von Vonnie Stuth als Verdächtiger gelte.

Randall und Baily musterten den großgewachsenen Mann eingehend. Er war sichtlich nervös. Ihm stand der Schweiß auf der Stirn, als er leugnete, in irgendeiner Form in den Fall verwickelt zu sein. Er versicherte ihnen, daß er Vonnie Stuth noch nie gesehen habe. Doch der Instinkt, den gute Ermittler im Laufe der Zeit entwickeln, sagte den beiden Detectives, daß der Mann etwas zu verbergen hatte. Taylor war kribbelig und furchtbar nervös. Aber die Tage, da die Polizei jemanden allein aufgrund eines ›Gefühls‹ verdächtigen durfte, waren lange vorbei. Sie konnten Taylor ein paar Stunden festhalten, aber es lag nichts vor, das seine Inhaftierung gerechtfertigt hätte.

Technisch gesehen war nicht einmal ein Verbrechen passiert. Es gab weder eine Leiche noch Hinweise auf eine gewaltsame Entführung. Und laut NCIC wurde Taylor nicht einmal wegen eines unbezahlten Bußgeldes gesucht.

Len Randall fuhr Gary Taylor zu dem kleinen Haus in den Wäldern nahe Enumclaw zurück. Er rang Taylor das Versprechen ab, sich am Montag, den 9. Dezember, wieder beim Morddezernat einzufinden, damit sie die Befragung fortsetzen und einen Lügendetektortest durchführen konnten. Nachdem sie erst die Wache verlassen hatten, wurde Gary Taylor sichtlich ruhiger, zeigte sich sogar richtig zuvorkommend und versicherte Randall, daß er vorbeikommen werde, um den Verdacht gegen ihn aus der Welt zu schaffen.

Der Montag brach an – aber Taylor ließ sich nicht blicken. Er war verschwunden. Das Haus in Enumclaw schien in aller Eile geräumt worden zu sein, und niemand wußte etwas über den Verbleib der Taylors. Zu spät erfuhren die Detectives der King County, wer Gary Addison Taylor wirklich war. Und die Information, die von den Behörden in Michigan einging, ließ befürchten, daß Vonnie Stuth nie wieder nach Hause zurückkehren würde.

Irgendwie hatte es einen schrecklichen Fehler im System gegeben. Irgendwie war ein Ungeheuer durch eine Masche des Gesetzes geschlüpft und auf freien Fuß gesetzt worden, so daß es weiter morden konnte.

Gary Addison Taylor war 1936 in Howell, Michigan, geboren worden, einer kleinen Stadt zwischen Ann Arbor und

Lansing. Wie in den meisen Kleinstädten des Mittleren Westens gab es auch dort kaum Geheimnisse – jeder kannte jeden. Gary lebte, bis er fünfzehn war, mit seinen Eltern und einem Bruder in Howell. Schulfreunde hatten ihn als cholerischen Fitneßfan und begabten Trompeter in Erinnerung. Taylors einziger Konflikt mit dem Gesetz in Howell konnte man noch als Dummejungenstreich abtun: Gary zerschoß mit einer Schrotflinte Fensterscheiben von Geschäften in der Innenstadt.

1951 zog die Familie Taylor nach St. Petersburg, Florida, wo Garys Eltern ein Motel leiteten. Taylor wurde am Heiligabend 1951, im Alter von achtzehn Jahren, das erstemal festgenommen. Man beschuldigte ihn, eine dreißigjährige Frau aus St. Petersburg – eine Theaterkassiererin – mit einem Schraubenschlüssel geschlagen zu haben, als sie aus dem Bus gestiegen war. Er hatte die Frau nicht einmal gekannt. Die Polizei verdächtigte ihn damals, für sechzehn oder siebzehn weitere Überfälle auf Frauen in dieser Gegend verantwortlich zu sein. Sinnlose, grundlose Gewalt gegen Frauen. Er wurde in einem Fall wegen Körperverletzung und Mordversuchs vor Gericht gestellt, jedoch von den Geschworenen für nicht schuldig befunden.

Später äußerte Gary Taylor drei Psychiatern aus Michigan gegenüber, daß er froh sei, die Theaterkassiererin nicht getötet zu haben, was nämlich ›durchaus möglich‹ gewesen sei.

Kurz nach Garys Freispruch in Florida zogen die Taylors wieder nach Michigan – diesmal nach Royal Oak in der Nähe von Detroit, wo der ältere der beiden Taylor-Söhne ein Textilgeschäft eröffnete. Gary ging zur Navy.

Er blieb elf Monate. Dann wurde er entlassen, weil er über chronische Migräne klagte.

Bereits anderthalb Monate später wurde Gary Taylor erneut verhaftet, weil er Frauen terrorisiert hatte. Mit jedem Zwischenfall wurden die Verbrechen, die man ihm anlastete, ernster. Die Zeitungen von Detroit waren voll gewesen mit Schlagzeilen über den ›Phantomjäger von Royal Oak‹. Jemand mit einem Gewehr hatte Jagd auf Frauen gemacht, als seien sie Freiwild.

Nachdem eine Neunzehnjährige auf dem Heimweg von einer Bushaltestelle erschossen worden war, sah die Polizei Gary Taylor vom Tatort flüchten und faßte ihn nach einer dreistündigen wilden Hetzjagd durch die Vororte von Detroit.

Taylor gestand nicht nur, die Frau getötet zu haben, sondern darüber hinaus Anschläge auf fünfzehn weitere Frauen. Vier von ihnen, darunter ein elfjähriges Mädchen, hatte er verletzt, und es war reine Glückssache, daß keine zu Tode gekommen war. Gary Taylor hatte keines seiner Opfer gekannt; ihr einziges Verbrechen war ihr weibliches Geschlecht gewesen. Taylor erzählte Psychiatern, daß er sich ein Gewehr Kaliber zweiundzwanzig zugelegt habe ›speziell, um auf Frauen zu schießen‹. Er sagte, daß er aus der Hüfte auf sie ziele, aus einem Impuls heraus, den er nicht kontrollieren könne. Offenbar hatten ihm die Anschläge große Freude – nein Lust – bereitet.

»Den Drang, Frauen zu quälen, verspüre ich schon seit der dritten Klasse«, gestand er. Den Psychiatern teilte er mit, daß er seit seinem fünfzehnten Lebensjahr Prostituierte aufsuche und sich an der Furcht auf ihren Gesichtern, wenn er sie verprügele und beraube, ergötze.

Warum hatte er sich Frauen als Zielscheibe und Opfer ausgesucht? Warum haßte er sie in diesem Maße? Das Team von Psychiatern war fasziniert von diesem jungen Mann, der so intelligent wirkte und gleichzeitig so kaltblütig war. Wie der biblische Samson, erklärte Taylor, den Eindruck zu haben, daß Frauen ›ihn und möglicherweise alle Männer schwächen‹. Diese Bedrohung empfand er als Rechtfertigung für seine Anschläge.

Der junge Gary Taylor, der mit bestialischer Gewalt auf Frauen losgegangen war oder unbarmherzig auf sie geschossen hatte, lernte mit der Zeit, daß er nur eine Maske aufzusetzen brauchte, damit die Frauen ihm vertrauten. Er war ein gutaussehender junger Mann, groß und durchtrainiert, der sich gerne als netter Kerl präsentierte, als geistreicher Typ, der andere zum Lachen brachte; es machte ihm Spaß, die Reaktionen der Frauen zu beobachten. Für ihn war es ein Kick, seinen Charme spielen zu lassen, während er sie insgeheim auslachte und Schlimmeres.

Nachdem er sich für das Thema erwärmt hatte, erzählte er den Detectives von den Kellnerinnen, die gerne ›kokettierten‹. Er erklärte, er sei immer nett zu ihnen gewesen. »Obwohl ich sie am liebsten abgeknallt hätte, bildeten sie sich ein, ich würde mit ihnen flirten. Hätten sie gewußt, was mir wirklich durch den Kopf gegangen war, hätten sie Todesängste ausgestanden.«

Nach den Attentaten in Royal Oak wurde Gary Taylor als psychotisch eingestuft – als unzurechnungsfähig. Dr. Abraham Tauber erklärte vor einem Gericht in Michigan, daß Gary Taylor so unmotivierte Feindseligkeit gegenüber Frauen empfinde, daß die Wahrscheinlichkeit bestehe, daß er einen Menschen töte – vermutlich eine Frau –, wenn man ihn auf freien Fuß setze.

Am 28. März 1957 kam Taylor ins Ionia State Hospital, wo geisteskranke Kriminelle untergebracht waren. Das war einen Tag vor seinem einundzwanzigsten Geburtstag.

Etwa 2500 Meilen entfernt sollte Vonnie Stuth eine Woche später ihren zweiten Geburtstag feiern.

1960 wurde Gary Addison Taylor zur Behandlung in die Lafayette Klinik in Detroit überstellt. In den drei Jahren in Iona hatte sein Zustand sich scheinbar gebessert. Jedenfalls war ihm gestattet gewesen, als Freigänger die Klinik zu verlassen, um an der Wolverine Trade School einen Kurs im Lichtbogenschweißen zu belegen.

Aber er hatte im Laufe der Jahre viel mehr gelernt als nur Lichtbogenschweißen; er war zum völligen Soziopathen geworden. Er hatte eine Geschichte für jede Gelegenheit parat. Er konnte nach Belieben in jede Rolle schlüpfen – und das sehr überzeugend. Seine Liebenswürdigkeit war so oberflächlich wie eine hauchdünne Eisdecke auf einem Teich im Herbst, aber er verstand es, das Blendwerk zu nutzen.

Weihnachten durfte Taylor die Lafayette-Klinik vorübergehend verlassen. Als er in West-Detroit an die Tür einer ehemaligen Schönheitskönigin klopfte, gab er sich als Finanzbeamter aus. Er hatte sie zuvor beobachtet und war ihr gefolgt, um herauszufinden, wo sie wohnte. Nachdem sie ihn eingelassen hatte, stellte er seine leere Aktentasche ab und vergewaltigte die Frau. Ganz nebenbei stahl er ihr auf dem Weg zur Tür noch 13 Dollar.

Gary Addison Taylor war in jenem Jahr vierundzwanzig.

Vonnie Stuth besuchte den Kindergarten.

Da man ihm aufgrund seiner scheinbar guten Fortschritte in der Lafayette-Klinik immer mehr größere Freiheit einräumte, konnte Taylor in aller Seelenruhe die ganze Umgebung von Detroit unsicher machen. Seine abartigen Obsessionen hatten sich nicht geändert. Vier Monate später, im April 1961, wurde er von der Detroiter Polizei verhaftet, nachdem er die Inhaberin einer Pension und ihre Tochter mit einer 45 Zentimeter langen Machete angegriffen hatte.

Wie immer war es Taylor mittels einer List gelungen, in das Haus seiner auserwählten Opfer zu gelangen. Er hatte sich bei ihnen ein Zimmer gemietet, so daß sie ihm, bei seiner Rückkehr mehrere Stunden später, ganz selbstverständlich geöffnet hatten. Und diesmal war er über sie hergefallen.

Als Taylors Verhaftung bekannt wurde, meldete sich die sechsundzwanzigjährige Besitzerin eines Kunstimporthandels bei der Polizei und identifizierte Taylor als den Mann, der sie im Januar in ihrem Laden bis zur Bewußtlosigkeit gewürgt hatte. Sie war entsetzt gewesen, als der weltgewandte Kenner von Gemälden und Plastiken sich plötzlich in eine zornige, lüsterne Bestie verwandelt hatte. Innerhalb von nur einer Sekunde war die ›Maske‹ gefallen und hatte das Ungeheuer enthüllt, das sich dahinter verbarg.

1961 gab es in Michigan viel Negativpresse über Gary Taylor, was entsprechende Reaktionen seitens der Öffentlichkeit zur Folge hatte. Die Bevölkerung verlangte lautstark nach einer Erklärung für seine Verlegung nach Detroit. Man brachte ihn in die Anstalt für geistesgestörte Verbrecher zurück, ohne ihn je für seine Verbrechen aus den Jahren 1960-61 anzuklagen. Generalstaatsanwalt Paul L. Adams vom Staate Michigan ließ Taylors Überstellung in die Lafayette-Klinik untersuchen. Die dreimonatigen Ermittlungen ergaben, daß Patienten *ausschließlich* mittels Anhörungen Bewährung zuerkannt werden dürfte, anstatt sie einfach aus psychiatrischen Anstalten zu entlassen.

Anfangs schien es, als würde man sich auch an diese Vorgabe halten.

Noch zweimal, 1966 und 1967, versuchten Gary Taylor und seine Eltern per Gerichtsbeschluß seine Entlassung aus Ionia zu erwirken. Beide Anträge wurden mit der Begründung, daß Taylor noch krank und gefährlich sei, abgelehnt.

Wie viele andere, die einmal Schlagzeilen gemacht hatten, geriet auch Taylor in Vergessenheit.

1970 überstellte man Taylor vom Gefängnis für geistesgestörte Verbrecher in Ionia ins Michigan Centre for Forensic Psychiatry (Zentrum für forensische Psychiatrie Michigan) in Yposilanti, einer verhältnismäßig kleinen Stadt zwischen Detroit und Ann Arbor. Heimlich, still und leise wurde er im Juli 1972 entlassen – natürlich mit der Auflage, sich in regelmäßigen Abständen zur ambulanten Weiterbehandlung dort einzufinden. Dr. Ames Robey, der Leiter des Zentrums, sagte später, er habe Taylor als geheilt betrachtet – eine Bedrohung sei er nur gewesen, wenn er seine Medikamente nicht eingenommen habe. Sogar in der Therapie konnte Gary Addison Taylor überzeugend Aufrichtigkeit heucheln, einen Mann spielen, der immer das Richtige sagte.

Gary Taylor war jetzt sechsunddreißig Jahre alt – Vonnie Stuth siebzehn; sie hatte sich zu einer bildhübschen jungen Frau entwickelt; noch war sie sicher, noch trennten sie 2500 Meilen von Taylor.

Etwa ein Jahr lang erschien Gary Taylor sporadisch im Zentrum für forensische Psychiatrie in Yposilanti, aber ab Mitte 1973 nahm er seine Behandlungstermine nicht mehr wahr.

Erst drei Monate später, im November 1974, meldete die Klinikleitung ihn als entflohenen Geisteskranken. Obendrein wurde Taylors Name durch menschliches Versagen oder eine zeitweilige Störung des landesweiten Fernschreibnetzes nicht in den nationalen Polizeicomputer eingespeist.

Ein weiteres Jahr verging, ehe die Behörden in Michigan den Fehler entdeckten. Ihr dringender Aufruf, Taylor sofort in Gewahrsam zu nehmen, wurde aufgrund eines Flüchtigkeitsfehlers nicht, wie geplant, am 6. November 1974 an alle Polizeidienststellen des Landes weitergegeben.

Das war das dritte tragische Versehen.

Es sollte noch ein viertes geben. Tatsächlich wurden

Gary Taylors Daten erst am 13. Januar 1975 in den landesweiten Zentralcomputer eingegeben – sieben Wochen nach Vonnie Stuth' Verschwinden.

Hätten korrekt bearbeitete Einträge Vonnie retten können? Die ersten drei ganz bestimmt; wäre die Polizei darüber informiert gewesen, daß sich Taylor seiner Therapie entzogen hätte, wäre er aufgespürt und eingesperrt worden. Hätte man den ›dringenden‹ Appell pünktlich abgesetzt, wäre er möglicherweise in den einundzwanzig Tagen bis zu seiner Begegnung mit Vonnie gefaßt worden.

Eines steht jedenfalls fest: Der letzte Fehler vereitelte Gary Taylors Festnahme nach dem Verhör am 6. Dezember. Dabei hatten die Detectives gewissenhaft überprüft, ob eine Suchmeldung Taylors vorlag – vergebens. Am 13. Januar war Vonnie immer noch nicht wieder aufgetaucht, und auch Taylor blieb verschwunden.

Die Polizei hatte das von Taylor zuletzt bewohnte Anwesen in Enumclaw, ein ungepflegtes Farmgelände, auf Spuren von Vonnie untersucht. Es wäre ein idealer Ort gewesen, um sie gefangenzuhalten, denn das weiße Holzhaus war von den modernen Häusern, die die Hauptstraße zu beiden Seiten säumten, hundertachtzig Meter entfernt und nur über einen gewundenen Weg erreichbar, der durch dichtes immergrünes Gestrüpp führte. Es gab zahlreiche Nebengebäude – eine Doppelgarage und verschiedene Schuppen –, die weder von der Straße noch von den Nachbargrundstücken aus zu sehen waren. Hinter dem Haus fiel das Grundstück mindestens dreißig Meter, zum reißenden Newaukum Creek, ab. Im Dezember und Januar war der Boden gefroren, und die Beamten konnten keine Spuren frisch ausgehobener Gräber entdecken.

Solange nicht der ganze Hektar umgegraben war – ein fast unmögliches Unterfangen im Winter –, konnten die Ermittler nicht sicher sein, ob er Vonnie irgendwo dort draußen versteckt hatte. Gary Taylor war in seinem Van weitergezogen, und es konnte gut sein, daß er sie – oder ihre Leiche – mitgenommen hatte.

Inzwischen hatte er auf Hunderten von Meilen reichlich Gelegenheit gehabt, Vonnie zu verstecken.

Die Detectives der King County wußten, daß er sich nach Süden abgesetzt hatte, nur wußten sie nicht, wie weit er gekommen war. Sie hatten es geschafft, Taylors Spur bis Portland, Oregon, zu verfolgen. Eine Frau, die behauptete, mit ihm verheiratet zu sein, eine gewisse Emily* Taylor, hatte vom 6. bis zum 16. Dezember dort eine Wohnung mit ihm gemietet. Sein Van wurde in Portland gefunden – eine Finanzierungsgesellschaft hatte ihn dorthin zurückgeholt.

Die Leute von der Spurensicherung, die ihn untersuchten, fanden ein Haar, dessen Länge und Farbe denen Vonnie Stuth' entsprach. Ob es tatsächlich von ihr stammte, ließ sich nicht beweisen, und wie lange es schon in dem Wagen gelegen hatte, war unmöglich festzustellen.

Als die Polizisten der King County Portland erreichten, hieß es, Taylor habe die Stadt – ohne seine Frau – verlassen. Er wurde in mehreren kleineren Orten in Oregon gesehen – allein –, blieb den Behörden jedoch stets um eine Nasenlänge voraus. Taylors Frau fuhr Ende Januar 1975 im Chrysler des Ehepaares nach Tucson in Arizona, wo Verwandte ihres Mannes lebten.

Ihr Haus wurde unter Bewachung gestellt, aber Taylor selbst ließ sich nicht dort blicken. Allerdings konnten mittels einer vom Gericht genehmigten Überwachung der eingehenden Anrufe Gespräche aus verschiedenen Orten im Südwesten aufgezeichnet werden. Gary Taylor hatte seine Reise fortgesetzt.

Im März und April 1975 bekamen es die Beamten einer Sonderkommission in Houston, Texas, mit einem Sexualverbrecher zu tun, der ihnen immer wieder entwischte. Bei den vier Opfern handelte es sich um Frauen, die große Wohnkomplexe verwalteten; alle waren von einem Mann überfallen worden, der Interesse an einem der Apartments bekundet hatte.

Der großgewachsene, gutaussehende Interessent war ausgesprochen nett gewesen, hatte seinen Charme jedoch sehr schnell abgelegt, sobald er mit ihnen in einer leeren Wohnung gewesen war. Er hatte die wehrlosen Frauen mit einem Neun-Schuß-Chromrevolver bedroht und Sex verlangt, sie jedoch nicht vergewaltigt. Er war nicht zu einer Erektion fähig gewesen und hatte den Frauen befohlen, ihn oral zu befriedigen.

Die weiblichen Opfer beschrieben ihren Aggressor übereinstimmend als einen Mann, der von blinder Wut erfüllt gewesen war. Er hatte gedroht, sie zu töten und ihnen gräßliche Dinge an den Kopf geworfen, sie als ›Huren‹ beschimpft, als verachte er sie.

Zwei der texanischen Opfer waren am 11. März überfallen worden, die beiden anderen Ende März und Anfang April. Einer der Frauen aus Houston, sie hatte ihrem Angreifer gesagt, daß sie an Multipler Sklerose leide, war es gelungen, ihn kurzfristig zu verunsichern und sich zu befreien. Sie war bei der Flucht über eine Treppe gestürzt und hatte aus Leibeskräften geschrien. Der Mann war geflüchtet und hatte seinen Chromrevolver zurückgelassen. Die enttäuschte Polizei konnte keine Fingerabdrücke an der Waffe sicherstellen; der Mann hatte bei allen Überfällen schwarze Handschuhe getragen.

Nach Einschätzung der Detectives ging in Houston ein weiteres Opfer zu seinen Lasten. Ein redegewandter Mann hatte sich glattzüngig Zutritt zur Wohnung einer schwangeren sechzehnjährigen Hausfrau verschafft, die mit ihrem achtzehn Monate alten Baby allein gewesen war. Er hatte sie in der Wohnung sexuell mißbraucht und anschließend aufgefordert, ihn in ein Motel zu begleiten. Sie war ihm gefolgt – aus Angst um ihr Baby, das er ihr erlaubt hatte mitzunehmen.

Der Täter war nicht impotent, und es gelang ihm, die völlig verängstigte junge Mutter zu vergewaltigen. Ihr gelang die Flucht, nachdem der Mann eingeschlafen war. Sie fuhr mit einem Taxi nach Hause und verständigte die Polizei. Sie teilte den Beamten mit, daß der Mann möglicherweise Drogen genommen, seine Kleidung nach Marihuana gerochen habe.

Als die Polizei eintraf, hatte der Vergewaltiger das Ramada Inn bereits verlassen. Aber diesmal war ihm, vermutlich wegen seines Rauschgiftkonsums, ein Fehler unterlaufen. Er hatte sich als ›Sarge‹ Taylor eingetragen und ein Kennzeichen aus Michigan angegeben. Houston überprüfte es. Mittlerweile hatte man Taylors Daten aktualisiert. Das Kennzeichen war laut NCIC-Computer auf einen Mann namens Gary Addison Taylor zugelassen, einen entlaufenen Geistesgestörten aus Michigan, der wegen Mordverdachts im Fall der 1974 verschwundenen Vonnie Stuth auch in Seattle gesucht wurde. Die vier anderen Opfer identifizierten Taylor anhand der Polizeiphotos zweifelsfrei als den Mann, der sie überfallen hatte.

Der Druck, Gary Taylor zu verhaften, war immens – vor allem, als am 16. Mai in Shemran, Texas, ein Heckenschütze mit einem Gewehr Kaliber 22 einen mit Mädchen besetzten Bus sowie mehrere PKW unter Beschuß nahm.

Einen Monat nach dem Vorfall im Ramada Inn ging bei der Polizei ein anonymer Hinweis ein, demzufolge Gary

Addison Taylor in einer Werkstatt in Houston arbeitete. Er hatte vor langer Zeit, bei seinen Freigängen in einer der Detroiter Kliniken Lichtbogenschweißen gelernt – und nach dem Unterricht selbstverständlich weiter Frauen überfallen.

Der Informant aus Houston verriet ihnen, daß Taylor eine spezielle Route von der Arbeit zu der von ihm gemieteten Doppelhaushälfte benutze.

Am 20. Mai 1975 um drei Uhr morgens verhaftete ihn die Polizei.

Vonnie Stuth wurde immer noch vermißt.

Nach seiner Einweisung ins Gefängnis meldete sich Emily Taylor über ihren Anwalt aus San Diego. Sie hatte den Behörden eine Menge zu berichten. Ihre Ängste und Zweifel waren im Laufe der Zeit so stark geworden, daß sie vor Taylor, den sie drei Jahre zuvor, ohne über seine Vergangenheit Bescheid zu wissen, geheiratet hatte, geflüchtet war.

Sie erzählte dem Anwalt, Frederick A. Meiser, daß sie glaube, ihr Mann sei in mehrere Morde verwickelt. »Er betrank sich und sagte dann: ›Hey, du weißt doch, diese Leute ... Ich habe sie getötet und im Garten unseres Hauses in Michigan verbuddelt.‹« Emily Taylor glaubte außerdem, daß er Vonnie Stuth umgebracht und in ihrem Garten in Enumclaw vergraben hatte.

Gary Taylors Eltern waren in dem Dorf Onsted in Michigan, nahe Ann Arbor und Jackson, ansässig gewesen, als sich Gary das letzte Mal im forensischen Zentrum in Ypsilanti gemeldet hatte. Noch während die Houstoner Detectives begannen, Fälle aufzurollen, die sie möglicherweise zu Taylor führen konnten, informierte man die Behörden von Washington und Michigan, daß auf den Grundstücken der Häuser, in denen die Taylors gelebt hatten, möglicherweise Mordopfer begraben waren.

Sheriff Richard Germond aus der Lenawee County in Michigan trommelte am Donnerstag, den 22. Mai 1975 einen Suchtrupp zusammen. In der King County in Washington hielt man es genauso.

Germonds Crew grub den Garten des kleinen Hauses um, das die Taylors Anfang der siebziger Jahre zwanzig Meilen südöstlich von Jackson, nahe der Irish Hills, bewohnt hatten. Unter dem ehemaligen Schlafzimmerfenster fand der Trupp nicht, wie angekündigt, vier, sondern nur zwei Leichen in Müllsäcken sowie zwei Tüten mit Frauenkleidern. Eine erste Untersuchung der nackten und mit Elektrokabeln und Seilen gefesselten Frauenleichen ergab, daß diese offenbar durch Kopfschüsse getötet worden waren. Germond ließ ihre Überreste von forensischen Pathologen in Lansing obduzieren.

Eine Büchereikarte in einer der Tüten war auf den Namen Lee Fletcher, Alter vierundzwanzig, ausgestellt. Sie hatte in Toledo, Ohio, gewohnt, das direkt an Michigan grenzt, wo seit Ende April 1974 zwei Frauen, angeblich Prostituierte, als vermißt galten.

Sie waren das letzte Mal beim Verlassen einer Bar in Toledo gesehen worden, und zwar in Begleitung eines großgewachsenen Mannes, der einen großen Wagen mit Michiganer Kennzeichen gefahren hatte. Lee Fletcher war eine der beiden Vermißten gewesen. Bei der zweiten handelte es sich um die siebzehnjährige Debbie Henneman. Ein Freund der beiden, der über ihr Verschwinden beunruhigt gewesen war, hatte den Van, in dem die Frauen davongefahren sein mußten, entdeckt und herausgefunden, daß dieser auf einen gewissen Gary A. Taylor zugelassen war. Seine Bemühungen, Lee Fletcher und Debbie Henneman auf Taylors Grundstück zu finden, waren vergeblich gewesen.

Jetzt hatte man sie doch noch gefunden!

Die Detectives der Lenawee County wurden beauftragt, das Haus, in dem Gary Taylor und seine Frau gewohnt hatten, zu durchsuchen, konnten jedoch vorerst nichts Ungewöhnliches finden; es war ein Haus wie jedes andere. Schließlich entdeckten sie in der südwestlichen Ecke des Kellers einen kleinen Raum, der nur als schalldichte Folterkammer gedient haben konnte. Obwohl über ein Jahr vergangen war, konnten die Ermittler Spuren von Blut und menschlichem Gewebe auf dem Fußboden, an der Decke, an den Wänden und an den Rohrleitungen sicherstellen.

Die von der Polizei landesweit rekonstruierte Route der Taylors zeigte, daß sie Onsted, Michigan, im Frühjahr 1974 verlassen und sich von dort aus nach Westen gewandt hatten.

In Enumclaw begann die Suche nach Vonnie Stuth' Leiche am Donnerstag, dem 22. Mai, und wurde den ganzen Freitag und Samstag fortgesetzt. Sieben Beamte der King County, vierzig Mitglieder der Such- und Bergungseinheit, mehrere Nationalgardisten sowie ein zum Leichenhund ausgebildeter Deutscher Schäferhund durchkämmten das Farmgelände buchstäblich Zentimeter für Zentimeter und markierten jeden zurückgelegten Abschnitt.

Inzwischen wuchsen wilde Blumen im Gras unter den Zedern; Rhododendren und Glyzinen, die ein früherer Mieter gepflanzt hatte, milderten das makabre Unterfangen ein wenig. Der Newaukum Creek hinter dem Haus führte Hochwasser, und die Vögel zwitscherten.

Vonnie war mitten im Winter verscharrt worden, mittlerweile hatte das Tauwetter des Frühlings den Boden aufgeweicht. Am Samstag abend – der Garten war übersät mit kleinen Stecken, deren kleine bunte Banner im

Wind flatterten – machte der Suchtrupp an einem Graben zwischen einem kleinen Teich und dem Fluß halt. Das Dickicht war hier sehr dicht, aber jemand meinte plötzlich, eine Schuhspitze aus dem Boden ragen zu sehen.

Die nichtpolizeilichen Helfer wurden entlassen und zogen sich zurück. Vorsichtig und sorgfältig entfernten die Detectives die sandige Erde von dem Grab. In 35 bis 50 Zentimeter Tiefe stießen sie auf eine Leiche; sie trug Jeans, einen grauen Kapuzenmantel und braune, knöchelhohe Stiefeletten. Die Tote hatte langes, blondes Haar.

Am Montag, den 26. Mai, konnte der Leichenbeschauer der King County mit Hilfe zahnärztlicher Unterlagen die Überreste, die neben dem Newaukum Creek gefunden worden waren, zweifelsfrei als jene der neunzehnjährigen Vonnie Stuth identifizieren. Sie war durch einen Kopfschuß gestorben und offenbar seit zirka sechs Monaten tot. Ob sie sexuell mißbraucht worden war, ließ sich nicht mehr feststellen.

Gleich einem Kiesel, der auf der Oberfläche eines stillen Gewässers endlose Kreise bildet, nahm Gary Addison Taylors Lust zu töten immer schlimmere Ausmaße an. In Houston befragten die Detectives des Morddezernats Carol Stephenson und Theresa Pierce den Verdächtigen zum Mord an einer einundzwanzigjährigen Gogo-Tänzerin namens Susan Kay Jackson. Es war schon eine seltsame Ironie, daß der Fall dieses Mannes, der Frauen so abgrundtief haßte, ausgerechnet zwei weiblichen Detectives übertragen wurde.

Susan Jackson war am 14. Mai 1975 aus der Three Thieves Bar verschwunden, in der sie gearbeitet hatte. Vier Tage später war ein älterer, herzkranker Mann auf seinem täglichen Querfeldeinlauf in einer abgelegenen, dreißig

Meilen von der Houstoner Innenstadt entfernten Gegend über die in eine Decke eingewickelte Leiche gestolpert.

Gary Taylor versuchte gar nicht zu leugnen: Er hatte Susan Jackson in der Bar angesprochen, sie in seine Wohnung mitgenommen und erstickt. Anschließend hatte er ihr einen Müllsack über Füße und Beine und einen zweiten über Kopf und Oberkörper gestülpt, sie in eine Decke gewickelt, diese mit Ketten gesichert, und ihre Leiche an der Stelle abgeladen, an der sie gefunden worden war.

Auch die Morde an Vonnie Stuth sowie den beiden Frauen aus Toledo, deren Namen er nie erfahren habe, gestand er. Er verlangte keinen Anwalt, obwohl ihm mehrfach erklärt wurde, daß ihm ein Rechtsbeistand zustehe. Er unterzeichnete Geständnisse, die die Morde betrafen, die sexuellen Überfälle in Houston gab er jedoch nur mündlich zu.

Von Informanten erfuhr die Polizei von Michigan, daß Gary Taylor dort mit dem Mord an einer weiteren Frau sowie an einem ehemaligen Arbeitskollegen in Yposilanti geprahlt habe. Polizeichef Walter Krasny und Detective Bernard Price aus Ann Arbor zeigten sich höchst interessiert. Sie ermittelten im Fall der dreiunddreißigjährigen Sandra Horwath, einer Mutter von drei Kindern, die bei einem Bauunternehmen in Ann Arbor gearbeitet hatte. Mrs. Horwath war nach einer Verabredung mit Taylor im Oktober 1973 verschwunden – und blieb es auch.

Das angebliche männliche Mordopfer, das einen Tag später lebendig und wohlbehalten in Garden City, Michigan, ausfindig gemacht werden konnte, gab zu Protokoll, Taylor nur flüchtig gekannt zu haben.

Niemand vermochte abzuschätzen, wie viele ungelöste Morde auf Gary Addison Taylors Konto gingen. Dem Psychiater Dr. Ivan A. LeCore vom State Hospital von Pontiac in Michigan, der seinen Geisteszustand beurteilen sollte, erzählte er von seinen Phantasien. »Er träumte davon, Frauen beim Skispringen zu erschießen, und beschaffte sich sogar ein Gewehr mit Zielvorrichtung, aber nach einer Fahrt zu einer Schanze beschloß er aus irgendeinem Grund, von seinem Vorhaben Abstand zu nehmen«, erinnerte sich LeCore.

Taylors Frau blieb abgeschirmt in San Diego. Sie wurde gefragt, wie ihr das Zusammenleben mit einem Mörder möglich gewesen sei, ohne dies zu merken. »Er ist sehr gerissen, glauben Sie mir, und er benimmt sich im Alltag völlig normal, während er insgeheim vermutlich an nichts anderes denkt als zu töten.«

Detective Carol Stephenson von der Houstoner Polizei neigte dazu, ihren Aussagen zuzustimmen. Sie hatte den Eindruck, daß die Anzahl der Opfer noch nicht mal zu erahnen sei. Taylor behauptete, alle Verbrechen gestanden zu haben, aber Stephenson schüttelte nur den Kopf und sagte: »Sie haben nichts zugegeben, worüber wir Ihrer Einschätzung nach nicht informiert gewesen waren.« Taylor bestätigte dies.

Sie beschrieb Taylor in einem Atemzug als ›gemeingefährlich‹ und ›sehr intelligent‹.

»Ich habe das Gefühl, er ist mit Abstand der gefährlichste Mensch, mit dem ich in den vierzehn Jahren meiner Dienstzeit gesprochen habe«, erklärte sie und fügte hinzu, daß er wegen der Verbrechen im Staat Texas vor Gericht gestellt werden würde. »Dort hat sein ›unwiderstehlicher Drang‹ nicht die geringste Chance.«

Laut seiner Aussagen der Polizei in Houston gegenüber hatte Taylor 1974 den Entschluß gefaßt, dorthin zu ziehen, nachdem ihm die Stellenanzeigen in verschiedenen Zeitungen aufgefallen waren. Über drei Wochen bevor sein Name zum ersten Mal im nationalen Suchprogramm auftauchte, wurde er in der Werkstatt eingestellt. Die Adressen der drei Männer aus Michigan, die er neben seinem Vater als Referenz angegeben hatte, existierten nicht.

Niemand überprüfte seine Angaben.

Mitte März bat er um Freigang, um in Tucson an der Beerdigung seines Vaters teilnehmen zu können. Dieser erfreute sich bester Gesundheit und lehnte, wie eine Zeitung aus Detroit zu berichten wußte, jeglichen Kontakt mit seinem Sohn, den er seit fünf Jahren nicht gesehen hatte, entschieden ab.

Am 28. Mai 1975 wurde Gary Taylor in der Harris County, Texas, von einer Anklagejury (Untersuchungsgremium von auf Zeit ernannten Bürgern, die die öffentliche Anklage ablehnen oder für recht befinden; Anmerkung des Übersetzers) wegen sexuellen Mißbrauchs in fünf Fällen für schuldig befunden: dreimal wegen schweren sexuellen Mißbrauchs, einmal wegen Vergewaltigung in einem besonders schweren Fall und einmal wegen versuchter Vergewaltigung. Er blieb in Haft, und seine Kaution wurde auf 430 000 Dollar festgelegt.

Bei einem Richter aus Houston beschwerte sich Taylor vor Unterzeichnung seiner Geständnisse die Morde in Texas betreffend, von den Ermittlern in einem städtischen Park geschlagen und bedroht worden zu sein. Detective Theresa Pierce bestritt diese Vorwürfe.

Am 29. Mai 1975 wurde Gary Taylor offiziell vom stellvertretenden Staatsanwalt Phil Killien der King County des Mordes ersten Grades an Vonnie Stuth angeklagt.

Vonnie Stuth' Familie hatte ihre letzten Hoffnungen begraben, als ihre Leiche nach sechs Monaten des Bangens auf dem verlassenen Gelände in Enumclaw gefunden worden war. Ihre Mutter, Lola Linstad, die die oberste Lage von Vonnies Hochzeitstorte in der Tiefkühltruhe aufbewahrt hatte, für den Fall, daß sie ihren ersten Hochzeitstag am 4. Mai doch noch daheim feiern würde, warf den Kuchen in aller Stille weg.

Der Gedenkgottesdienst für Vonnie wurde am Sonntag, dem 1. Juni 1975, abgehalten, in der Kirche, in der sie dreizehn Monate zuvor getraut worden war. Lola Linstad, Mitbegründerin der Selbsthilfegruppe Angehörige und Freunde von Opfern von Gewaltverbrechen und Vermißten Personen, blieb aktives Mitglied. »Wir hatten auch weiterhin viel zu tun. Mir war sehr daran gelegen, daß anderen Familien, wenn möglich allen, eine solche Tragödie erspart blieb.«

Einen kleinen Trost gab es für Vonnies Angehörige. Sie hatten Gewißheit bekommen, daß sie schon sehr lange tot war, und konnten ihr Leben weiterleben.

»Das wäre nur schwer durchführbar gewesen«, widersprach Lola Linstad der Mutmaßung eines Reporters, ihre Tochter sei nach ihrer Entführung möglicherweise noch mehrere Tage am Leben gewesen. »Sie hatte ein hitziges Temperament, und außerdem ist es Taylor, das hat er gestanden, zwar gelungen, sie unter einem Vorwand aus dem Haus zu locken, aber sie war wütend geworden, nachdem sie seine List entdeckt hatte.«

Alle Bekannten Vonnie Stuth' wollten glauben, daß Taylor ihr, als sie nach ihrer Ankunft auf der Farm in Enumclaw weggelaufen war, von hinten in den Kopf geschossen hatte. Der Umstand, daß sie vollständig bekleidet aufgefunden worden war, scheint diese These zu stützen. Als er vor Richter William Gooloe vom Obersten Gerichtshof der King County trat, bekannte sich Taylor des Mordes zweiten Grades schuldig. Dadurch wollte er den Prozessen in Texas und Michigan entgehen. Die stellvertretende Staatsanwältin Joanne Maida verlangte die Höchststrafe von lebenslänglich. Richter Goodloe folgte dem Antrag der Staatsanwaltschaft. »Wenn ich die

Macht hätte, würde ich Sie zu *zweimal* lebenslänglich verurteilen.«

Aber diese Macht hatte er nicht. Tatsächlich betrug die Mindeststrafe für Mord zweiten Grades nicht weniger als fünf Jahre Haft. Der Staatsanwalt der King County empfahl dem Washingtoner Bewährungsausschuß, Taylor mindestens fünfzehn Jahre die Bewährung zu verweigern.

Nach außen hin wirkte Taylor sehr gefaßt und hatte beim Betreten des Gerichtssaales sogar gelächelt. Nach der Verkündung des Strafmaßes ›bedauerte‹ Gary Addison Taylor Vonnie Stuth' Tod und schüttelte seinem Verteidiger die Hand. Alles in allem war er noch glimpflich davongekommen. Die Staatsanwaltschaft der King County hatte kaum eine andere Wahl gehabt, als sich auf einen Handel einzulassen. Taylor hatte den Mord an Vonnie gestanden, noch bevor ihre Leiche gefunden worden war. Es hatte Beschwerden über die Art gegeben, in der das Geständnis herbeigeführt worden war, und es bestand die Wahrscheinlichkeit, daß Beweise gegen ihn vor Gericht nicht zugelassen wurden. Außerdem strebte man einen schnellen Prozeß wegen der Sexualstraftaten in Texas an, und er hätte, so unglaublich das auch klingen mag, ohne die Einigung auf eine Minderung der Anklage auf Mord zweiten Grades womöglich noch auf freien Fuß gesetzt werden können.

Niemand weiß, warum Gary Addison Taylor Frauen als seine Feinde betrachtete, als Delilahs und Jezabels, die Männer ihrer Lebenskraft beraubten. Vielleicht war dieser Mann, der Adolf Hitler zu seinem Helden erkoren hatte, tatsächlich krank.

Aber für einen Psychopathen schaffte er es unglaublich lange, Dutzende von Detectives an der Nase herumzuführen.

Gary Taylor, der als Teenager unzählige Frauen mißhandelt hatte, gestand vier Morde sowie fünf tätliche

Angriffe, die er am Ende seiner Schreckensherrschaft über Amerika verübt hatte. Es gab allerdings auch Opfer, die nicht zu seinen Lasten gingen: Lynda Healy, Donna Manson, Susan Rancourt, Roberta Parks, Brenda Ball, Georgeann Hawkins, Denise Naslund und Janice Ortt waren Ted Bundy über den Weg gelaufen. Beide Serienmörder hatten im Jahre 1974 in den Staaten Washington und Oregon ihr Unwesen getrieben.

Gary Taylor kam in das Washingtoner Bundesgefängnis Walla Walla, allerdings nur für acht Jahre. Laut Gefängniscomputer des Staates Washington – die heute viel ausgeklügelter und zuverlässiger sind als noch vor zwanzig Jahren – wurde Taylor 1984 aus dessen Justizvollzugssystem entlassen und in einen anderen Staat überstellt. Er sitzt, während ich seine Geschichte zu Papier bringe, immer noch hinter Gittern. Obgleich sein Status alle paar Jahre überprüft wird, ist das frühestmögliche Entlassungsdatum für Gary Taylor der 17. Mai 2036. Sofern er diesen Tag noch erlebt, wird er einhundert Jahre alt und hoffentlich nicht mehr gefährlich sein.

Aber 1994 war Gary Addison Taylor achtundfünfzig Jahre alt. Hätte man ihr Leben nicht so grausam beendet, wäre Vonnie Stuth in jenem Jahr neununddreißig geworden.

Lola Linstad überlegte lange, nachdem ich sie, nicht aus Neugier, sondern aus Bewunderung für ihre Kraft, gefragt hatte: »Wie konnten Sie es ertragen, Vonnie auf diese Art zu verlieren? Wie haben Sie das überstanden?«

»Vonnie war ein so positiver Mensch, und sie hätte gewollt, daß auch wir wieder fröhlich sind«, entgegnete Lola. »Sie wäre nicht glücklich gewesen, wenn wir bis ans Ende unserer Tage um sie getrauert hätten. Es wäre ihr

Wunsch gewesen, daß wir weiter Weihnachten feiern, lachen und leben. Wir werden sie immer vermissen, aber ich weiß, daß wir so leben, wie sie es gewollt hätte …«

Das Verschwinden

Ende der fünfziger Jahre, als die Autorin noch Polizistin in Seattle war, kam es nur selten vor, daß ein Teenager verschwand oder auch nur von zu Hause weglief. Im gesamten Stadtgebiet wurden jeweils nur höchstens zwei oder drei Mädchen vermißt. Leider hat das Problem vermißter Jugendlicher in den letzten Jahrzehnten epidemische Ausmaße angenommen. In den Akten jeder größeren Polizeiwache sind Dutzende von ihnen aufgelistet.

Die große Mehrheit vermißter Teenager verläßt ihr Zuhause aus eigenem freien Willen, und selbst wenn sie häufig in unangenehme Situationen geraten, sind sie am Leben und wohlauf. Die meisten von ihnen kehren früher oder später nach Hause zurück, trauriger und hoffentlich auch ein wenig klüger. Manchmal aber verschwindet jemand auf so unerwartete und unerklärliche Art, daß sogar erfahrene Polizeiermittler ratlos den Kopf schütteln.

Stacy verschwand unter den seltsamsten Umständen und so spurlos, daß es für einen rationalen Verstand schwer war, diese zu begreifen.

Stacys Geschichte hat ein Ende. Keiner von uns, die an ihrer Sache beteiligt waren, hätte es jemals erraten können. Von allen Möglichkeiten war die Wahrheit jene, an die niemand gedacht hatte.

Am 9. Juli 1979 war Stacy Sparks' Leben nicht nur absolut normal, sondern voller glücklicher Pläne. Sie hatte gerade die High-School absolviert, eine neue Arbeitsstelle, einen festen Freund und freute sich auf die baldige Erfüllung eines langjährigen Traumes: Stacy würde in Kürze nach Hawaii reisen. Die Achtzehnjährige hatte weniger Grund als die meisten anderen jungen Frauen, von zu Hause wegzulaufen. Und doch änderte in jener lange zurückliegenden Nacht im Juli etwas den Verlauf von Stacys Leben, etwas, das niemand, der sie kannte und liebte, sich erklären konnte.

Um Mitternacht war Stacy verschwunden. Genaugenommen schienen sie und ihr heißgeliebter neuer Wagen wie vom Erdboden verschluckt zu sein. Die Detectives, die mit diesem Fall betraut wurden, fanden vor allem ungewöhnlich, daß nicht einmal dieser wiederauftauchte.

Am Morgen des 9. Juli hatte Stacy einen glücklichen Eindruck gemacht. In den Wochen und Monaten nach ihrem Verschwinden gingen ihre Mutter und ihr Stiefvater – Peg und Mika Haley – jenen Tag wieder und wieder durch und versuchten, sich an ein winziges Detail zu erinnern, das ihnen womöglich entgangen war und auf irgendein schwerwiegendes Problem ihrer Tochter hingewiesen hätte. Sie konnten einfach nichts finden.

Stacy verließ ihr Elternhaus in Ballard, einem Vorort von Seattle, um im etwa eine Meile entfernten Sambo's Restaurant zu frühstücken. Stacy hatte lange dort gejobbt, jedoch kürzlich eine Stelle als Bedienung im Little Pebble-Restaurant in der Shilshole Marina angenommen, die sich ebenfalls in Ballard befand. Das Little Pebble war ein Café, das zu dem eleganten Windjammer-Restaurant gehörte, und die neue Tätigkeit bedeutete mehr Verdienst und die Aussicht auf eine Versetzung in das Restaurant, in dem sie fürstliche Trinkgelder erwarten konnte. Stacy war zufrieden mit ihrer ›beruflichen Veränderung‹.

An jenem Montag hatte sie die Tagesschicht übernommen und trug das kleine Outfit im Marine-Look, das ihr von ihrem Arbeitgeber gestellt worden war. Sie machte der Uniform alle Ehre. Bei einem Meter fünfundfünfzig und 57 Kilogramm hatte sie eine perfekte Figur. Ihr aschblondes Haar war von helleren, von der Sonne ausgebleichten Strähnen durchzogen, und ihre braunen Augen strahlten. Stacy war sehr lebhaft und stets freundlich. Es kam selten vor, daß sie nicht lächelte, auch wenn ihr gegen Feierabend die Füße weh taten.

Stacy beendete ihre Schicht gegen 18 Uhr, verließ das Café und ging zu ihrem Wagen, auf den sie schrecklich stolz war. Sie liebte ihren hellblauen '78er Plymouth Arrow mit den zehn Zentimeter breiten weißen Zierstreifen an den Seiten über alles.

Stacy Sparks machte sich auf den Weg zu Freundinnen, Kim Turner* und Polly Gunderson*, die ebenfalls in Ballard wohnten. Polly mußte an diesem Abend im Raintree-Bar/Restaurant in Lynnwood arbeiten, einem Vorort nördlich von Seattle. Die drei Mädchen plauderten, bis Polly aufbrechen mußte. Kim und Stacy fuhren bei Stacy zu Hause vorbei, wo diese ihren Arbeitsdress gegen Jeans und ein gelbes T-Shirt mit einer Applikation in Form einer großen Rose tauschte. Stacy liebte Rosen; sie trug ständig eine Halskette mit zwei ziselierten weißen Rosen, die von goldenen Blättern eingefaßt waren. Sie schlüpfte in Riemchensandalen.

Stacy und Kim, die noch nie im Raintree gewesen waren, wollten an diesem Abend ihre Freundin besuchen. Stacy hatte Kleider zum Wechseln mitgenommen, weil sie vorhatte, die Nacht bei ihrem Freund in West Seattle zu verbringen.

Auf der Fahrt erzählte Stacy ganz aufgeregt von ihrem bevorstehenden Flug nach Hawaii. Sie hatte bereits ihr Ticket nach Honululu für den ersten August. Stacy und die drei Freundinnen, die sie begleiten würden, träumten, schon seit sie fünfzehn waren, von dieser Reise. Jetzt arbeitete sie hart, um auf den Inseln möglichst viel sehen und unternehmen zu können.

Stacy parkte den Arrow auf dem ziemlich vollen Parkplatz vor dem Haupteingang des beliebten Lokals. Es war 20 Uhr 30.

Stacys Freund, Ron Bates*, der in einer Firma, die Autoersatzteile lieferte, als Buchhalter tätig war, mußte Überstunden machen. Sie hatte versprochen, um neun in seiner Wohnung zu sein, damit er ihr Bescheid geben konnte, wenn sie ihn abholen sollte.

Als Ron jedoch um neun dort anrief, meldete sich niemand, was er jedoch nicht für ungewöhnlich hielt. Stacy hatte die Zeit übersehen, erkannt, daß sie es niemals bis neun nach West Seattle schaffen würde, und sich gesagt, Ron dürfte auch ohne sie nach Hause kommen.

Nach mehreren vergeblichen Versuchen, Stacy zu erreichen, stieg Ron ein wenig verärgert in den Bus, in der Annahme, daß sie ihn bereits daheim erwarten würde. Er hatte versprochen, sie zum Essen auszuführen.

Stacy und Kim tranken im Raintree ein paar Gläser, unterhielten sich mit ihrer Freundin Polly und kamen mit einigen jungen Männern an der Bar ins Gespräch. Gegen 21 Uhr 30 verließ Stacy das Lokal – allein. Bis zu ihrem kleinen blauen Wagen hatte sie nicht mehr als fünfzehn Meter zu laufen. Sie würde schnell den I-5-Freeway nach Süden erreichen, die City durchqueren, die Ausfahrt West-Seattle nehmen und weiter Richtung Westen zu Rons Wohnung fahren. Trotz des strömenden Regens dürfte sie höchstens 30 bis 40 Minuten brauchen.

Stacy sollte nie bei Ron Bates eintreffen. Erst war er wütend, dann machte er sich Sorgen; er konnte nicht schlafen und wartete auf sie. Ihre Eltern waren in jener Nacht und auch am nächsten Tag noch nicht beunruhigt. Sie hatten Stacy am Montag abend nicht zurückerwartet und gingen davon aus, daß sie am Dienstag morgen von Rons Wohnung direkt zur Arbeit gefahren war.

Aber Stacy kam auch am Dienstag abend nicht nach

Hause; als ihre Eltern bei Ron Bates anriefen, erfuhren sie die erschreckende Neuigkeit, daß sie auch die vergangene Nacht nicht bei ihm verbracht hatte.

Und sie war auch am Dienstag morgen nicht im Little Pebble erschienen.

Stacys Eltern riefen jeden an, der Stacy ihrer Einschätzung nach begegnet sein könnte. Das letzte Mal hatte jemand im Raintree mit ihr gesprochen.

Am 12. Juli 1979 wurde Stacy Sparks offiziell als vermißt gemeldet und ihre Akte mit dem Vermerk ›verdächtige Umstände‹ versehen. Hiermit begann eine der umfangreichsten Suchaktionen, die die Polizei von Seattle und Lynnwood je durchgeführt hatte, und die Akte Sparks wurde in den folgenden Monaten dicker und dicker, bis sie schließlich zwei prallvolle, fast zehn Zentimeter dicke Mappen umfaßte. Detective Bud Jelberg, Leiter der Abteilung für vermißte Personen, bearbeitete den Fall als erster, zusammen mit den Detectives John Boatman und Mike Tando, die unzählige Stunden darauf verwandten. Da Stacy in Lynnwood zuletzt *gesehen* worden war, wandten sie sich an die Kollegen vor Ort.

Die Einsicht in die Dateien des WASIC Computers (Zentraler Polizeicomputer des Staates Washington) half den Beamten auch nicht weiter: Der kleine blaue Plymouth war weder in einen Unfall verwickelt noch abgeschleppt oder von der Polizei angehalten worden. Die Ermittler wußten, daß sie nicht verletzt und ohne Bewußtsein in irgendeinem Krankenhaus des Staates lag.

Stacys Daten und die ihres Fahrzeugs wurden erst sämtlichen Countys des Staates Washington und dann jedem Polizeirevier der umliegenden sieben Staaten übermittelt. Die Jagd weitete sich aus.

In einem Punkt hatten Stacys Eltern nicht den geringsten Zweifel: Wäre sie von jemandem überfallen worden, hätte sie sich gewehrt! Sie war eine Kämpfernatur und hätte getreten, geschrien und ihre Nägel eingesetzt. Aber die Vorderfront des Raintree hatte keine Fenster. Wäre Stacy mit ihrem Angreifer auf dem Parkplatz allein gewesen, hätte – wegen der lauten Discomusik – niemand im Lokal ihre Hilferufe gehört.

Es schien erschreckend deutlich, daß Stacy Sparks nicht aus freien Stücken verschwunden war. Sie hatte weder ihren letzten Gehaltsscheck von Sambo's abgeholt, noch ihre Ersparnisse angerührt, und zum Zeitpunkt ihres Verschwindens dürfte sie nicht mehr als 25 Dollar bei sich gehabt haben.

Sergeant Craig VandePutte und die Detectives Boatman und Tando aus Seattle nahmen Kontakt mit Kim Turner auf. Sie und Stacy hatten sich mit Ken Brinks* und Ralph Lawrence*, zwei Typen um die zwanzig, an der Bar unterhalten. Die beiden Männer hatten sie weder beleidigt noch bedrängt. Stacy war gegen 21 Uhr 30 gegangen, um zu ihrem Freund nach West Seattle zu fahren, und kurz darauf hatte dann Ralph Lawrence das Raintree verlassen. Kim und Ken Brinks waren nach einer Partie Backgammon ebenfalls aufgebrochen – allerdings nicht gemeinsam.

VandePutte setzte sich mit Brinks in Portland in Verbindung. Der Mann, der übrigens verheiratet war, bestätigte Kims Aussage: Er und Lawrence hatten sich mit ihr und Stacy unterhalten, die beiden Mädchen jedoch außerhalb des Lokals nicht gesehen. Brinks wohnte bei einer Tante, wenn er geschäftlich in Seattle zu tun hatte, und Lawrence, der geschieden war, lebte vor Ort bei seinen Eltern. VandePutte hatte das Gefühl, daß Brinks ihm die Wahrheit sagte. Die Männer waren in ihren jeweiligen Fahrzeugen eingetroffen und auch wieder abgefahren.

Eine Kellnerin vom Little Pebble schilderte den Detectives Stacys letzten Arbeitstag: »Sie war bester Laune. Sie freute sich auf den gemeinsamen Abend mit ihrem Freund«, betonte sie.

Die Detectives überprüften die Alibis von Ken Brinks und Ralph Lawrence. Beide waren eine halbe Stunde nach Verlassen des Raintree von Angehörigen gesehen worden. Demnach konnten sie unmöglich Stacy entführt und ihren Wagen so sorgfältig versteckt haben, daß er nicht auffindbar war.

Polly und Kim sagten übereinstimmend aus, daß Stacy nur zwei oder drei Bier getrunken habe und beim Abschied völlig nüchtern gewesen sei.

»Hätte Stacy jemals in Erwägung gezogen, einen Tramper mitzunehmen?« fragte Mike Tando.

»Möglicherweise«, entgegnete Kim. »Sie ist wirklich lieb. Ja, wenn ... wenn er einen guten Eindruck macht.«

Das schien die einzige plausible Erklärung zu sein. Daß gerade Anhalter, die seriös wirken, sich oft als wahre Monster entpuppen, erwähnten die Detectives Polly und Kim gegenüber nicht.

Am 14. Juli meldete sich ein Mann beim Morddezernat. Er wußte eine sonderbare Geschichte zu berichten, die ihm ein Arbeitskollege erzählt hatte. Dieser war am Abend des 9. Juli auf der I-5 unterwegs und sah plötzlich ein nacktes Mädchen auf der Fahrbahn. Wie einige andere, darunter ein Arzt oder Sanitäter oder so etwas, hielt er an, um ihm zu helfen. Nichts deutete auf einen Unfall hin; das Mädchen lag einfach da, mitten auf dem Freeway, in Höhe der Grenze zur Snohomish County.

Sergeant VandePutte erkundigte sich sofort bei den Notaufnahmen verschiedener Krankenhäuser nach einer am Abend des 9. Juli eingelieferten unbekannten Verletzten. Im Seattle Harborview Hospital, wohin die Sanitäter von Medic One ihre Notfälle bringen sowie im Shoreline-Bezirk nördlich von Seattle erhielt er negative Antworten. Von SnoCom in der County Snohomish erfuhr er schließlich, daß es tatsächlich einen solchen Unfall gegeben hatte.

VandePutte wurde an den Sanitäter verwiesen, der den Noteinsatz begleitet hatte.

»Ja, wir haben sie aufgelesen«, erinnerte sich dieser. »Der Notruf ging um 23 Uhr 18 ein; wir waren gerade auf der I-5 in Höhe der 228. Straße. Eine nackte weiße Frau von etwa einundzwanzig Jahren lag mit mehrfachen Beinverletzungen und anderen Traumata auf der Fahrbahn. Während wir sie versorgten, fragte sie immer wieder: ›Was ist mit meiner Freundin?‹«

Die verletzte Frau war auf die Intensivstation des Stevens Memorial Hospitals gebracht worden. Das Rätsel um Stacy Sparks schien sich aufzulösen. Bei einem Anruf in besagtem Krankenhaus stellte sich jedoch heraus, daß es keinerlei Zusammenhang zwischen ihr und Stacy Sparks gab.

Um sich zu vergewissern, daß es Stacy nicht gelungen war, den Flug nach Hawaii anzutreten, obgleich sich ihr Ticket noch in ihrem Elternhaus befand, kontaktierten die Detectives den Reiseveranstalter. Niemand hatte versucht, die Reservierung zu nutzen oder eine Umbuchung oder Stornierung vorzunehmen.

Am 15. Juli meldete sich ein offenbar geistig verwirrter anonymer Anrufer bei einer der Polizeidienststellen und behauptete, Stacys Leichnam liege auf einem Rastplatz am Blewett Pass. Die gesamte Umgebung wurde durchgekämmt – vergebens.

Stacys blauer Arrow war weder im Polizeicomputer noch bei irgendeinem Gebrauchtwagenhändler aufgetaucht.

Es war unmöglich, sämtliche Wasserläufe nach dem kleinen Plymouth absuchen zu lassen – ohne den geringsten Anhaltspunkt, wo er untergegangen sein könnte. Um via I-5 von Lynnwood nach West Seattle zu gelangen, hätte Stacy die University Bridge, die den Lake-Washington-Schiffahrtskanal überspannt, und die West Sattke

Bridge, die über die Duwamish-Wasserstraße hinwegführt, überqueren müssen. Hubschrauber flogen das Umfeld ab. Wäre Stacys Wagen dort ins Wasser gestürzt, hätte er selbst in einer Wassertiefe von viereinhalb bis sechs Metern noch aus der Luft ausgemacht werden können, aber keiner der Piloten oder Beobachter konnte den blauen Wagen in den Fluten entdecken.

Die Tatsache, daß sie nicht auf die geringste Spur stießen, war den Ermittlern einfach nicht erklärbar. Es ist immer einfacher, ein Auto zu finden, als eine versteckte Leiche.

Peg und Mike Haley, Stacys Eltern, sowie ihre Freunde und Verwandten verteilten Hunderte von Photos und Flugblättern in Geschäften, auf Bowlingbahnen, in Waschsalons und an anderen öffentlichen Orten der Countys King und Snohomish. Tausende von Menschen, die ihr nie begegnet waren, kannten ihr Gesicht – und dennoch meldete sich niemand, der sie gesehen hatte. In ihrer Verzweiflung wandten sich die Haleys an Wahrsager, in der Hoffnung, eine Nachricht aus dem Jenseits könne ihnen verraten, was mit ihrer Tochter geschehen war.

Manche medial veranlagte Personen hatten in der Vergangenheit auf nahezu unheimliche Art Leichen von Verbrechensopfern aufgespürt, während andere sogenannte Seher falsche Zuversicht und schreckliche Ängste bei den Angehörigen weckten.

Ein Medium aus Seattle nahm die Ohrringe, die zu dem Rosenanhänger paßten, den Stacy bei ihrem Verschwinden um den Hals getragen hatte, in seine Hand und beschrieb Peg Haley zufolge Stacys Handtasche sowie deren Inhalt – Einzelheiten, die es nicht wissen konnte.

Aber seine ›Vision‹ von Stacy war gelinde ausgedrückt verwirrend. Er ›sah‹ den vermißten Teenager in einer verlassenen Hütte nahe dem Snoqualmie Pass in der Issaquah County. Er sprach von einer Süßigkeitenfabrik (vom schweizerischen Typ), die nur über eine unbefestigte Straße zu erreichen sei. Dort hatte sich tatsächlich ein bekannter Großhandel für Schweizer Schokolade niedergelassen. Laut Wahrsager wären drei Personen in die Sache verwickelt, darunter ein Mann mit indianischem Blut namens Tom. Er gab Stacy nur noch drei Tage zu leben, weil sie mit Heroin vollgepumpt werde.

Den Haleys fielen drei Toms aus dem Bekanntenkreis ihrer Tochter ein; der erste, ein Indianer, wurde rasch ausgeschlossen. Einer der beiden anderen, sie hatten indianische Vorfahren, lebte weit entfernt, und der Aufenthaltsort des anderen ließ sich nicht feststellen. Da die ›Vision‹ des Mediums die Eltern völlig aus der Fassung gebracht hatten, durchkämmte eine Suchmannschaft der Polizei der King County die Bergausläufer – ergebnislos. Auch die Polizei von Issaquah wurde eingeschaltet, aber eine Hütte, die der Beschreibung des Mediums entsprochen hätte, schien nicht zu existieren. Selbst Verwandte und Freunde suchten die Umgebung des kleinen Ortes am Fuß der Berge ab.

Die Polizei setzte ihre Ermittlungen über realistischere Kanäle fort und ließ immer mehr Mitteilungsblätter mit Stacys Bild verteilen. Ein Mitarbeiter des Washingtoner Straßenverkehrsamtes erklärte sich bereit, sämtliche Meldungen über seit dem 9. Juli abgeschleppte Fahrzeuge des Staates zu durchforsten, für den Fall, daß der Computer etwas übersehen hatte – ein reichlich mühsames Unterfangen, aber der kleine Plymouth Arrow war nicht dabei.

Ein Mann Mitte Vierzig namens Jeff O'Dell teilte den Detectives Mike Tando und John Boatman mit, sich am 9. Juli zweimal mit Stacy Sparks unterhalten zu haben. An jenem Montag morgen war er im Sambo's, seinem Stammlokal, mit Stacy ins Gespräch gekommen. Sie hatte ihm anvertraut, daß ihr Freund an einer ernsthaften Beziehung interessiert sei, während sie selbst noch lange nicht bereit sei, sich fest zu binden. Sie hatte O'Dell aufgefordert, gelegentlich im Little Pebble vorbeizuschauen.

»Und, waren Sie dort?« fragte Boatman.

»Ja. Ich fuhr am Abend zum Essen rüber. Stacy bediente mich und machte gerade Feierabend, als ich ging. Ich zeigte ihr meinen neuen Van, und sie erzählte mir, daß sie noch mit Freundinnen ausgehen wolle.«

Der Mann konnte auch zu keinen neuen Erkenntnissen beitragen; er bestätigte nur ein weiteres Mal, daß Stacy Sparks ein fröhliches, freundliches Mädchen war, das keine ernsthaften Probleme zu wälzen schien. Sie hatte O'Dell gegenüber nicht den Eindruck erweckt, daß sie davonlaufen würde, um einer Ehe zu entgehen. Von Ron Bates wußten die Detectives bereits, daß er und Stacy sich nach seinem Heiratsantrag für eine Woche getrennt und nur aufgrund seiner Zusicherung, sie nicht zu drängen, wieder versöhnt hatten. Der Urlaub in Hawaii war Stacys Chance gewesen, »Erfahrungen zu sammeln und sich einen neuen Eindruck vom Leben zu verschaffen«, meinte Ron.

Die Detectives Boatman und Tando hatten die kanadischen Grenzposten entlang der nördlichen Grenze des Staates Washington alarmiert. Wäre Stacy auf der I-5 nicht nach Süden, sondern in nördliche Richtung gefahren, hätte sie in nur zwei Stunden die Grenze der USA erreicht.

Nur für den Fall, daß Jeff O'Dell entgegen seiner Behauptung mehr als nur platonisches Interesse an Stacy gehabt haben könnte und ihr zum Raintree gefolgt war, überprüften die Detectives seine Angaben vom Abend des 9. Juli. Das befreundete Ehepaar, mit dem er an einem AA-Treffen teilgenommen hatte, bestätigte, daß er bis Stunden nach Stacys Verschwinden ununterbrochen mit ihnen zusammengewesen war.

Zwei von Stacys ehemaligen Kolleginnen von Sambo's hatten nur einen Tag nach Stacys Verschwinden eine Reise von Seattle nach Kalifornien angetreten, und die Ermittler fragten sich, ob Stacy zu ihnen gefahren sein könnte. Das wäre zwar völlig untypisch für sie gewesen, aber das Timing konnte durchaus mehr als nur zufällig sein. Als die Frauen nach Seattle zurückkehrten, reagierten sie schockiert auf die Nachricht von Stacys Verschwinden; sie hatten sie während ihrer Abwesenheit nicht gesehen.

Die Anteilnahme der Öffentlichkeit an der intensiven Suchaktion nach Stacy war überwältigend. Einer der interessanteren Hinweise kam von einer Frau aus Kent, einer Kleinstadt südlich von Seattle.

»Am 9. oder 10. Juli war ich auf der I-5 nach Süden unterwegs. Am südlichen Ende der Innenstadt erregte ein blauer Mittelklassewagen mit einem Mädchen am Steuer meine Aufmerksamkeit. Es sah genauso aus wie Stacy Sparks, deren Photos ich aus den Zeitungen kannte. Im Fond, direkt hinter ihr, saß ein Mann – ein Weißer; er war achtunddreißig bis vierzig Jahre alt und dunkelhaarig. Das Mädchen starrte mich unverwandt an, und ich starrte zurück – solange, daß unsere Wagen beinahe kollidierten. Daraufhin beugte sich der Mann vor und starrte ebenfalls zu mir rüber. Als ich dann heute abend im Fernsehen das Photo von ihr sah, war ich absolut sicher: Es mußte Stacy Sparks gewesen sein.«

In Anbetracht der Theorie, daß Stacy möglicherweise einen Anhalter mitgenommen hatte oder auf dem Parkplatz vor dem Raintree von einem Mann überfallen worden war, klang dieser Hinweis durchaus plausibel. Vielleicht hatte sie versucht, Hilfe von der Frau zu bekommen.

Am 19. Juli berichtete Detective Deardon aus Lynnwood, daß zwei Blocks westlich vom Raintree Mädchenjeans und ein weißer Slip mit grünem Blumenmuster gefunden worden seien. Die Jeans, eine Levi's mit einem bunten Gummizug, war extrem schmutzig, aber ansonsten noch gut erhalten.

Die Detectives baten Kim Turner um eine genauere Beschreibung der Jeans, die Stacy bei ihrem Verschwinden getragen hatte. »Sie war an der Taille sehr hoch geschnitten, vermutlich Größe 34, und hatte einen eingearbeiteten Stoffgürtel. Ich irre mich bestimmt nicht. Schließlich war sie ein Geschenk von mir.«

Ein älteres Ehepaar meldete, daß es absolut sicher sei, am 10. Juli um 17 Uhr in der Nähe von Mud Bay, siebzig Meilen von Seattle, einem hellblauen Wagen mit weißen Zierstreifen begegnet zu sein. »Er raste an uns vorbei und schlingerte wild. Wir konnten das Kennzeichen nur teilweise entziffern: UCX-.«

Stacys Kennzeichen lautete UCX-487!

»Haben Sie die Insassen gesehen? Wer saß am Steuer?« fragte Tando.

»Das konnten wir nicht erkennen. Der Wagen hat uns zu schnell passiert«, lautete die enttäuschende Antwort.

Eine Frau aus Olympia, Washington, sechzig Meilen südlich von Seattle, behauptete, Stacys Wagen auf dem nur zehn Meilen von Mud Bay entfernten Martin Way in ihrer Heimatstadt gesehen zu haben. »Ich weiß noch, daß das Kennzeichen mit UCX begann; das ist mir aufgefallen, weil unser eigenes mit diesen Buchstaben anfängt.«

Aber auch sie konnte weder Fahrer noch eventuelle Beifahrer beschreiben. Das Fahrzeug, das man für Stacys Plymouth hielt, war demnach mehrmals auf einer Route aufgefallen, die von Seattle Richtung Pazifik führte.

Noch während sie Beweisstücke für eine spätere Identifizierung sammelten – einige Haare vom Bürstenaufsatz von Stacys Fön; Kim besorgte die gleiche Jeans, die sie ihrer Freundin geschenkt hatte –, hofften Mike Tando und John Boatman, daß Stacy die Stadt doch aus freien Stücken verlassen hatte.

Daran glauben konnten sie jedoch nicht mehr. Alles,

was sie bislang über sie erfahren hatten, deutete darauf hin, daß Stacy ihre Familie niemals einem solchen Martyrium aussetzen würde. Mike Haley hatte seine Stelle gekündigt und machte nichts anderes, als zu Fuß, in einem Geländewagen und von einem Privatflugzeug aus, Hektar für Hektar der Wildnis im Osten der Stadt nach einem Fleckchen Blau oder einem blonden Haarschopf seiner Stieftochter abzusuchen. Stacys Mutter, ihr Bruder, ihre Tanten und Onkel, ihre Großmutter und Dutzende ihrer Freunde verbrachten ihre Tage damit, Flugblätter zu verteilen und Fragen zu stellen.

Die Haleys hatten sich an Peter Hurkos gewandt, das berühmte holländische Medium, das in Kalifornien lebte und dessen Bücher seine zahlreichen Erfolge belegten. Im Gegensatz zu den bisher konsultierten Hellsehern, die ihre Dienste umsonst angeboten hatten, verlangte er 6000 Dollar. Da sie glaubten, Hurkos könne ihnen vielleicht mehr sagen als seine Kollegen aus der Gegend von Seattle, waren die Haleys entschlossen, das Geld irgendwie aufzubringen, und baten die Bevölkerung um finanzielle Unterstützung.

Menschen, denen Stacy viel bedeutete, gründeten den Stacy-Sparks-Search-Fund, und High-School-Schüler mobilisierten ganz Ballard, eine fest zusammenhaltende, vorwiegend skandinavische Gemeinde, sammelten Spenden und organisierten Bazare.

Ende Juli konnten sie die stolze Summe von 3500 Dollar zur Verfügung stellen. Am 30. Juli – zwei Tage vor Stacys lange geplanter Abreise nach Hawaii – stiegen Peg Haley und Polly Gunderson in ein Flugzeug nach Los Angeles. Sie konnten Hurkos überreden, ihnen für die Hälfte seines üblichen Honorars zu helfen. Peg hatte einen Barscheck in Höhe von 2000 Dollar sowie 1000 Dollar in Scheinen und Kleingeldrollen in ihrer Handtasche.

Hurkos legte ein Photo von Stacy mit dem Gesicht nach unten auf einen Tisch, und nach einigen Minuten stiller Konzentration begann er, sie zu beschreiben. Offenbar war er in der Lage, Peg Haley Dinge über Stacy und ihre Familie zu berichten, die er unmöglich wissen konnte. In drei aufeinander folgenden Sitzungen behauptete er, folgendes ›gesehen‹ zu haben:

- Stacy war mit einem Mann in den Dreißigern liiert gewesen (Polly Gunderson bestätigte, daß Stacy ihr von einem Mann dieses Alters erzählt, jedoch nie seinen Namen erwähnt hatte).
- Stacy hatte am Abend des 9. Juli an einer Tankstelle gehalten.
- Stacy war von drei Männern entführt worden – von ihrem geheimen Liebhaber, der auf Ron Bates eifersüchtig und gegen ihre bevorstehende Reise nach Hawaii war; beim zweiten handelte es sich um einen jüngeren Weißen, und der dritte war vermutlich indianischer Abstammung. Zwei der Männer hatten Stacy in einem Wagen weggebracht, während der dritte ihnen in ihrem blauen Arrow gefolgt war. Laut Hurkos hatten sie den Plymouth Arrow in einer Garage in Tacoma, Washington, versteckt.
- Stacy war, da sie sich gewehrt hatte, mit einer Heroininjektion außer Gefecht gesetzt und in einen Graben geworfen worden.

Hurkos' Vision ähnelte in vieler Hinsicht, einschließlich der Todesursache und des Fundortes ihrer Leiche, jener des Wahrsagers aus Seattle und war nicht minder düster.

Er übergab Mrs. Haley eine Karte, die eine Bergkette mit drei hohen Gipfeln zeigte. In die untere linke Ecke malte er einen kleinen Flugplatz. Von einem Ort am Fuß des rechten Berges zweigte ein Weg ab, der an einer verfallenen Hütte mit einem alten Wohnwagen und allerlei Schrott im Garten endete. Stacys Leiche, sagte er, liege nicht weit davon entfernt, mit Blättern zugedeckt. Hurkos kreiste drei Gebiete auf der Karte von Washington ein – alle drei in der Umgebung von Everett in der Snohomish County, direkt nördlich der King County und zufällig auch in der Nähe des Raintree. Er empfahl Peg Haley, die Suche am Lake Stevens zu beginnen.

Am 2. August, unmittelbar nach der Rückkehr der beiden Frauen, machten sich Stacys Angehörige und Freunde für eine weitere Suchaktion bereit. Sie taten in der Gegend um den Lake Stevens einen Piloten auf. »Das ist der Highway 92 nach Granit Falls!« erklärte er, nachdem er die Karte einige Sekunden studiert hatte.

Zwei Tage waren sie bis zur Abenddämmerung unterwegs ... erfolglos. An den folgenden drei Wochenenden durchkämmten sie jede Seitenstraße in der Umgebung von Granit Falls – von Stacy keine Spur. Trotzdem zweifelten sie auch weiterhin nicht an Hurkos' Vision. Nur das Gebiet, das er eingezeichnet hatte, war zu groß.

Peter Hurkos hatte Peg Haley versprochen, persönlich nach Seattle zu kommen, um sie anzuleiten, sollte Stacy bis Oktober nicht gefunden werden. Als Peg ihn jedoch telefonisch um weitere Informationen ersuchte, rief er nie zurück.

Medien, die ganz sicher waren, ihre Leiche zu ›sehen‹, ließen Stacy Sparks' Familie immer wieder neue Hoffnung schöpfen.

Auch die Polizei glaubte zweimal, Stacy entdeckt zu haben. Die Eltern durchlebten schreckliche Stunden, bis man ihnen mitteilte, daß keine der beiden bereits stark skelettierten Leichen ihre Tochter war.

Bei der am 26. September 1979 gefundenen jungen Frau handelte es sich, das ergab ein Vergleich der Zahnabdrücke, um Jacqueline Plante aus Utah, die nach einem

Besuch in Washington seit Anfang Juni vermißt wurde. Die zweite Tote, die am 7. Dezember in Bellevue, Washington, in erheblich geringerer Entfernung der von den Wahrsagern bezeichneten Gegend, auftauchte, konnte mittels des gleichen Verfahrens als die fünfzehnjährige Teresa Sterling, eine Ausreißerin aus Georgia, identifiziert werden.

Die Mörder beider Mädchen wurden gefaßt und verurteilt.

Ein Jahr später wußte die Polizei noch ebensowenig, was aus Stacy Sparks geworden war, wie einen Tag nach ihrem Verschwinden. Das lag keinesfalls an mangelndem Einsatz. Man war jedem Hinweis nachgegangen, hatte sich sogar hilfesuchend an die Öffentlichkeit gewandt. Aber nach einiger Zeit verwitterten die Plakate und Flugblätter mit ihrem Photo, und man konnte den Text kaum noch entziffern.

> Stacy Sparks ist einen Meter fünfundfünfzig groß und wiegt zwischen 57 und 60 Kilogramm. Sie hat dunkelbraune Augen. Ihr hellbraunes Haar ist vermutlich blond gefärbt. Sie wurde am 25. Januar 1961 geboren. Bislang hat sie vorwiegend als Kellnerin gearbeitet. Sollte sie noch am Leben sein, könnte sie sich auf Hawaii aufhalten.
> Die Flugblätter zeigten auch Stacys Wagen. An seiner Heckscheibe ist eine schwarze Jalousie angebracht, und vom Rückspiegel baumelt ein Quast. Das Kennzeichen lautet UCX-487, die Fahrzeugidentifizierungsnummer lautet: VIN.7H24U84300830.

Stacy Sparks war etwas Schreckliches widerfahren, soviel schien festzustehen. Es war möglich, daß sie sich in jener warmen Montagnacht von den Lichtern und dem Gelächter des Raintree-Lokals entfernt hatte, um auf dem dunklen Parkplatz von jemandem überwältigt zu werden. Daß sie einen, nur harmlos wirkenden, Anhalter mitgenommen hatte, war kaum vorstellbar. Es schien zweifelhaft – aber immerhin möglich –, daß sie einem psychischen Schock erlegen war, der eine Amnesie bewirkt hatte. Und es war bei aller Unwahrscheinlichkeit nicht völlig auszuschließen, daß sie ihre Heimatstadt doch aus freien Stücken verlassen hatte.

Jedes Jahr werden Tausende von jungen Frauen als vermißt gemeldet, und viele von ihnen tauchen nie wieder auf. Stacy Sparks sollte nicht zu ihnen gehören. Sie verschwand am Montag – dem 9. Juli 1979 –, und sie wurde an einem Montag – dem 14. September 1981 – exakt zwei Jahre und zwei Monate danach gefunden. Sie befand sich noch, wo sie die ganze Zeit über gewesen war, wo niemand nach ihr gesucht hatte.

Seattle wird im Westen von der Elliott Bay flankiert und im Osten vom Lake Washington. Bis zur Fertigstellung der ersten Pontonbrücke im Jahre 1940 mußte man, um den Osten des Staates zu erreichen, den Lake Washington umfahren. Seine Tiefe von bis zu 60 Metern hatte eine spezielle Konstruktion erfordert. Die Lacey V. Murrow Bridge schwamm auf Pontons; kleine Schiffe und Segelboote konnten sie unter einem Bogen in ihrer Mitte passieren.

Die schwimmende Brücke lag abseits von Stacy Sparks Route über die I-5 von Lynnwood nach West Seattle; sie hätte die entgegengesetzte Richtung einschlagen müssen, um auch nur in die Nähe der Brücke zu gelangen, die nach Mercer Island führte und von dort aus über die I-90 nach Bellevue.

Und genau das hatte sie getan. Aus welchem Grund wird man wohl nie erfahren.

Am Montag, dem 14. September 1981, wurde die Schiffbrücke von Mitternacht an gesperrt, um den für zahlreiche

Unfälle verantwortlichen Bogen zu entfernen. Als Arbeiter der General Construction Company Stahlseile an dem neuen, geraden Brückenabschnitt befestigten, stießen sie auf einen Gegenstand, der sich in den Kabeln, die den Brückenbogen in mindestens zwanzig Metern Tiefe sicherten, verhakt hatte.

Taucher stellten fest, daß es sich dabei um einen blauen Wagen mit sportlichen Zierstreifen handelte – einen Plymouth Arrow. Um 8 Uhr 25 wurde er von einem Schiffskran geborgen und zum westlichen Ende der Brücke transportiert.

In seinem Inneren befand sich eine Leiche, eine Leiche, die blaue Jeans, ein Shirt mit einer Rosenapplikation und eine Kette mit einem Rosenanhänger um den Hals trug.

Die Schnauze des Fahrzeugs war stark beschädigt, und beide Vorderreifen wiesen gezackte Risse auf. Das Dach war völlig, fast bis zur Oberkante der Sitze, eingedrückt. Der Fahrer dürfte sofort tot gewesen sein, nachdem der Wagen über die Begrenzungsmauer der Brücke katapultiert worden war. Wasser kann bei einem Aufprall aus dieser Höhe hart wie Stahl sein.

Kennzeichen und Fahrgestellnummer entsprachen denen von Stacy Sparks geliebtem Plymouth Arrow. Die Zahnabdrücke der Leiche stimmten exakt mit denen der Vermißten überein. Ihr Fund brachte den Eltern endlich ein Gefühl von Endgültigkeit und auch eine gewisse Erleichterung. »Ich weiß jetzt, daß Stacy nicht ermordet wurde«, sagte Peg Haley. »Daß man sie nicht gequält hat ... und daß sie nicht leiden mußte.«

Dennoch werden einige Fragen für immer unbeantwortet bleiben. Regnete es so heftig, daß Stacy irrtümlich die Ausfahrt Richtung Pontonbrücke nahm? Unwahrscheinlich; die Strecke nach West Seattle war ihr absolut vertraut gewesen.

Hatten die wenigen Biere im Raintree doch eine stärkere Wirkung gehabt als allgemein angenommen? Möglich.

Folgender Tatbestand war besonders verwirrend: Bei der Rekonstruktion des Unfalls, von dem jeder ausgegangen war, stellte die Bundespolizei des Staates Washington fest, daß sich Stacy, als sie mit hoher Geschwindigkeit gegen den Brückenbogen geprallt war, nicht auf dem Weg nach Mercer Island befunden hatte, sondern von dort gekommen und nach Seattle, in westliche Richtung, unterwegs gewesen war.

Wohnte der ältere Mann, von dem Stacy ihren Freundinnen erzählt hatte, auf der Mercer-Island-Seite der Brücke und war sie spontan auf die Idee gekommen, ihn zu besuchen? Hatten sich die beiden gestritten? War sie auf ihrer Rückfahrt aufgewühlt, ihre Sicht von Tränen und strömendem Regen beeinträchtigt gewesen? Reine Spekulation! Das kann niemand wissen außer dem Mann selbst – sofern er überhaupt existiert.

Kenneth Irwin, der Washingtoner Trooper, der den Unfall zwei Jahre später untersuchte, schätzte, daß er sich gegen 2:00 Uhr früh am 10. Juli 1979 ereignet hatte – vor allem deshalb, weil um diese Zeit aufgrund eines heftigen Sommergewitters kaum Verkehr gewesen war.

Das Fehlen von Glassplittern und sonstigen Spuren auf der Brücke sowie die Tatsache, daß es keinen einzigen Zeugen gab, ließ darauf schließen, daß der Wagen über der Wasserlinie mit keinem Hindernis zusammengestoßen war. Aber es *war* ein Unfall und kein Mord gewesen. Hätte sich jemand bei Stacy im Wagen befunden, wäre er – oder sie – mit ihr gestorben. Niemand hätte es geschafft, rechtzeitig, bevor er über die Zementbrüstung hinweggeschossen war, das Fahrzeug zu verlassen.

Der Arrow, der Pfeil, war wie sein Namensvetter eine kurze Strecke durch die Luft geflogen, um dann tief und immer tiefer in den Fluten des Lake Washington zu versinken, zerquetscht wie eine Blechdose.

Viele Morde werden so clever ausgeführt, daß sie als Unfall bei den Akten landen. Im Falle Stacy Sparks verhielt es sich genau umgekehrt – hier erwies sich ein mutmaßlicher Mord letztendlich als tragischer Unfall.

Der letzte Brief

Niemand, der sie über die Jahrzehnte ihrer Beziehung hinweg gekannt hatte, würde jemals leugnen, daß Bill und Jackie sich liebten. Die Jahre, die sie miteinander – und getrennt voneinander – verbrachten, waren voller Sehnsucht und Staunen, Eifersucht und Ekstase. Ja wahrhaftig, sie waren zwei Menschen, die die Art von Gefühl verkörperten, das in Liebesliedern besungen wird. Liedern von verlorener, wiedergewonnener und manchmal auch – für immer – zerstörter Liebe. Aber Ohrwürmer handeln selten von jener Art egozentrischer ›Liebe‹, die unschuldigen Menschen weh tut und auch die zärtlichste Romanze mit Blut besudeln kann.

Diese Geschichte verfolgt mich. Warum? Vermutlich weil das Ende so sinnlos, so überflüssig war. Wie es aussieht, wurden dreißig Jahre des Glücks weggeworfen, weil einer der Partner nicht an die Liebe glaubte und der andere zu sehr an sie glaubte und auf sie vertraute. Es gibt eine alte Weisheit: ›Überleg dir gut, was du dir wünschst, es könnte in Erfüllung gehen, allerdings anders, als du es dir vorgestellt hast …‹

Detectives vom Washington Police Department in Bellevue betrachteten den Fall ›Bill und Jackie‹ anfangs notwendigerweise als forensisches Rätsel. Erst später konnten sie sich gestatten, über die Gründe nachzugrübeln, die Bills und Jackies Beziehung auf diese Art beendet hatten. Sie waren etwas im Vorteil. Einer der Protagonisten der Liebesgeschichte hatte ihre Geschichte aufgeschrieben, möglicherweise in der Annahme, ihre Liebe sei zu monumental, um nicht mit der ganzen Welt geteilt zu werden, und vielleicht auch aus dem Bedürfnis heraus, das Unfaßbare zu erklären.

Im Jahre 1958 lebte Bill Brand zusammen mit seiner Frau und seinen kleinen Töchtern in Fairbanks, Alaska. Er war Anfang Dreißig und ein großgewachsener Mann mit sandfarbenem Haar. Sein etwas derbes, wenn auch attraktives Äußeres schien nach Alaska zu passen. Brand hatte die Weitsicht besessen, frühzeitig dessen politische und wirtschaftliche Zukunft zu erkennen, und sich dort einen sicheren Platz auf dem Baubedarfssektor geschaffen. Als Alaska dann am 3. Januar 1959 zum neunundvierzigsten Staat der USA wurde, hatte sich Bill bereits etabliert und war auf dem besten Wege, ein beträchtliches Vermögen zu machen. Der größte Staat der Union wies zwar die geringste Bevölkerungsdichte auf, aber der Boom würde nicht mehr lange auf sich warten lassen, und die Baubranche blühte.

Jackie Lindall* war siebzehn, hübsch, dunkelhaarig und schlank, als sie Bill Brand das erste Mal begegnete. Sie war 1958 nach Alaska gekommen, um dort die Universität zu besuchen. Sie ließ in Minnesota ein Kleinstadtleben und eine große, liebevolle Familie zurück – unter anderem eine zwei Jahre ältere Schwester sowie zwei Brüder, der eine sieben und der andere zwölf Jahre jünger als sie. Obgleich es ihr schwerfiel, so weit von zu Hause fortzuziehen, brannte in Jackie doch auch Abenteuergeist. Und etwas Abenteuerlicheres als Alaska hätte Jackie sich seinerzeit nicht vorstellen können.

Wohin auch immer sie ging, Alaska – oder besser das, was es ihr bedeutete – rief sie wieder und wieder und wieder zurück.

Ihre Familie war beruhigt, weil sie vorhatte, in der fernen Stadt nicht im universitätseigenen Studentenheim oder in einer eigenen Wohnung zu leben, sondern bei der Familie Brand, die ihr gegen Mithilfe im Haushalt und Betreuung der kleinen Mädchen freie Kost und Logis bot.

Bill Brand hielt das anmutige junge Mädchen offenbar

für bezaubernd. Einer Siebzehnjährigen mußte ein Mann von über dreißig steinalt erscheinen, und doch fand sie ihn vermutlich auch ein bißchen aufregend; er war dynamisch und erheblich weltgewandter als die Collegejungen, mit denen sie normalerweise verkehrte. Ja, möglicherweise schwärmte Jackie sogar für Bill.

Aber was immer Jackie und Bill Ende der fünfziger und Anfang der sechziger Jahre füreinander empfunden haben mochten, nach außen hin blieb die Ehe der Brands ungetrübt. Trotz seiner beruflichen Belastung und der damit verbundenen häufigen Abwesenheiten war Bill ein liebevoller Vater und offenbar ein ebenso liebevoller Ehemann. Er und seine Frau bekamen ein drittes Töchterchen.

Nachdem sie einige Jahre im Hause Brand verbracht hatte, machte Jackie ihren Collegeabschluß und kehrte nach Minnesota zurück. Jackie trat aus Bills Leben. Oder besser, sie versuchte es. Bill Brand schaffte es, stets zu wissen, wo Jackie sich aufhielt und was sie gerade machte. Er ließ sie nie ganz gehen.

Dank ihrer Persönlichkeit, ihrer freundlichen Art und ihres Aussehens fand Jackie Lindall rasch einen Job bei den Northwest Orient Airlines. Im Jahre 1962 absolvierte sie ihre Ausbildung zur Flugbegleiterin (damals noch ›Stewardeß‹) und wurde als erstes in Washington D. C. eingesetzt, so daß das ganze Land zwischen ihr und Bill Brand lag.

1963 teilte sich Jackie eine Wohnung mit einer früheren Mitschülerin ihrer Ausbildungsklasse und begann ein neues gesellschaftliches Leben, ging aus und schloß Freundschaften. Private Kontakte mit Piloten oder anderen Angestellten der Airline lehnte sie allerdings ab; erfahrenere Stewardessen hatten sie eindringlich gewarnt, daß solche Affären gewöhnlich unerfreulich endeten. Aber Jackie war auch nicht auf Kollegen angewiesen – sie lernte bei jedem Flug Dutzende von Männern kennen. Ein

Geschäftsmann, Dan Barret, der regelmäßig zwischen Detroit und Washington hin und her pendelte, stellte ihr Cal Logan* vor, seinen Zimmergnossen in Washington D. C. Jackie verliebte sich in Cal, und es dauerte nicht lange, bis die beiden ihre Verlobung bekanntgaben. Die Aufregungen im Zusammenhang mit ihrer bevorstehenden Heirat ließen sie ihr Leben in Alaska eine Weile vergessen.

Nur wenige Monate vor dem geplanten Hochzeitstag kam Cal Logan bei einem Autounfall ums Leben. Das war das erste Mal, daß ein gewaltsamer Tod Jackies Pläne durchkreuzte. Dan Barret hatte seinen besten Freund verloren und Jackie den Mann, dessen Frau sie werden wollte. Sie trösteten einander, und diese Zeit festigte ihre platonische Freundschaft. Jahrelang war Dan für Jackie ein ganz besonders teurer Freund – aber sie liebte ihn nie in romantischem Sinne.

Was immer sich in Fairbanks zwischen Jackie und Bill entwickelt hatte, sein Leben änderte es grundlegend. Er konnte Jackie nicht vergessen und vermißte sie als Teil seines Lebens. Sie war kein Schulmädchen mehr, sondern eine erwachsene Frau, die sich immer weiter von ihm entfernte. Und er hatte nicht die Absicht, dies zuzulassen. Bill Brand wollte Jackie für sich allein haben – möglicherweise hatte er sie vom ersten Moment an begehrt –, und die Vorstellung, daß ein anderer Mann sie anfassen könnte, war ihm verhaßt. Obgleich er verheiratet blieb, hielt er die Verbindung zu Jackie aufrecht, telefonierte häufig mit ihr und stellte sie zur Rede, wenn sie bei einem seiner allabendlichen Anrufe nicht daheim gewesen war. Brand tröstete sich lange Zeit mit seiner Überzeugung, daß Jackie aufgrund ihrer soliden, für den Mittleren Westen typischen religiösen Erziehung mit niemandem Sex haben würde.

Offenbar kam er noch nicht mal auf den Gedanken, daß eine Affäre mit einem verheirateten Mann – wie er einer war – ihren Moralvorstellungen noch krasser widersprechen könnte als die Intimität mit einem alleinstehenden Mann.

Jackies Freundschaften mit den anderen Flugbegleiterinnen waren sehr eng, und sie sollte mit vielen von ihnen über die nächsten zwei Jahrzehnte ebenso in Kontakt bleiben, wie sie die Beziehungen zu ihren Geschwistern, ihren Eltern und Kindheitsfreunden nie abgebrochen hatte. Sie war eine sehr liebevolle junge Frau; Freunde bezeichneten Jackie als ›bodenständig‹. Unabhängig von ihrer so tragisch kurzen Verlobung mit Cal Logan war den meisten von ihnen schon damals klar, daß Jackie tatsächlich Bill Brand liebte. Nur wenige ihrer engen Freundinnen sollten dem Mann, von dem Jackie mit solcher Begeisterung sprach, persönlich begegnen.

Jackie verglich jeden Mann, den sie kennenlernte, mit Brand, und keiner war ihm gewachsen. Dennoch versuchte sie instinktiv, sich von dem mächtigen Mann, den sie in Alaska zurückgelassen hatte, zu lösen. Obgleich sie Bill Brand vermutlich schon seit ihrer College-Zeit liebte, sehnte sich Jackie nach Sicherheit und hoffte, eines Tages mit ihrem Ehemann in ihrem Traumhaus leben zu können, ohne sich wegen dessen Finanzierung den Kopf zerbrechen zu müssen.

Das war Bills Einfluß. Er hatte Jackie immer wieder gesagt, sie sei eine Königin, etwas ganz Besonderes; sie sollte nie auch nur in Erwägung ziehen – wie gewöhnliche Frauen –, mit dem Bus oder der Straßenbahn zu fahren. Jackie glaubte ihm nicht – aber auf subtile und raffinierte Art hatte Bill sie auf den Geschmack nach teuren Kleidern und exklusiven Häusern gebracht.

Nach Cals tödlichem Unfall ging Jackie viel aus, aber in ihrem Hinterkopf spukte immer noch Bill herum. Und Bill war nicht frei, um sie zu heiraten. Bill Brand stand nicht zur Wahl.

Nachdem sie ein paar Jahre im Osten gelebt hatte, versetzten Northwest Airlines Jackie nach Seattle. Es war eine Beförderung; fortan sollte sie auch Auslandsflüge in den Orient begleiten. Eine ihrer besten Freundinnen wurde mit ihr zusammen versetzt. In Washington D. C. hatten sie nur einen Block voneinander entfernt gewohnt, und sie stellten ebenso überrascht wie entzückt fest, daß dies auch in Seattle der Fall war.

Bill Brand behauptete später, daß Jackie im Sommer 1965 schwanger geworden sei und einen Flug nach Tokio genutzt habe, um abzutreiben. Er äußerte den Verdacht, der Vater sei entweder Bundespolizist in Alaska oder Pilot bei einer Fluggesellschaft gewesen und habe in Anchorage, Alaska, Selbstmord begangen. Eine sehr nebulöse Geschichte. Vielleicht stimmte sie, aber wahrscheinlicher ist, daß sie nur eine Ausgeburt von Bill Brands krankhafter Eifersucht war. Jahre danach, als er an sein eigenes und an Jackies Leben zurückdachte, entdeckte er vermeintliche Indiskretionen, die es nie gegeben hatte, und er haßte jeden Menschen, von dem er glaubte, er habe sich zwischen ihn und Jackie gestellt, leidenschaftlich.

Freunde, die Jackie Lindall seit dem Kindergarten kannten, und andere, die sich an den jüngeren Bill Brand erinnern, meinen, daß die körperliche Beziehung zwischen Jackie und Bill bereits Mitte der sechziger Jahre begonnen hat. Bill war damals natürlich noch verheiratet, aber seine Besessenheit von Jackie hatte durch ihre zeitliche und räumliche Trennung nicht abgenommen.

Trotz der geographischen Entfernung liegen Alaska und Seattle für die Menschen im Nordwesten ganz nah beieinander, und viele Pendler fliegen ständig zwischen den beiden Städten hin und her. Brand hatte häufig geschäftlich in Seattle zu tun, oder gab dies vor, um sich so oft wie möglich mit Jackie zu treffen. Er kochte vor Eifersucht angesichts ihrer anderen Verehrer.

Trotzdem kam ihm nicht in den Sinn, seine Frau und seine Kinder zu verlassen. Er bot Jackie nicht mehr als eine Affäre. Für den egozentrischen Mann hatte alles seine Richtigkeit. Jackie würde die meiste Zeit von ihrer Arbeit in Anspruch genommen sein und ihre Freizeit damit verbringen, auf Bill zu warten. Brand begriff einfach nicht, daß sie möglicherweise mehr vom Leben wollte; ihm gefiel der Gedanke, daß sie in Seattle in ihrer Wohnung saß und seinem Anruf entgegenfieberte.

Von Zeit zu Zeit machte er Jackie vage Versprechungen. Vielleicht konnten sie ja irgendwann tatsächlich heiraten, allerdings erst, wenn seine Kinder erwachsen waren. Er vermißte Jackie, wenn er nicht bei ihr sein konnte, aber er war ein vielbeschäftigter Mann.

Für Jackie war es nicht so einfach. Sie sah ihre Zwanziger verstreichen, ohne einen Mann, der ihr ganz allein gehörte, und der Gedanke, noch Jahre so weiterzuleben, erschreckte sie. Bill überhäufte sie mit Geschenken – aber Geschenke waren an einsamen Wochenenden nur ein magerer Trost.

Jackies Freunde erinnern sich an ihr ausgeprägtes Bedürfnis nach Sicherheit in emotionaler wie in finanzieller Hinsicht. Bill Brand konnte ihr weder das eine noch das andere bieten.

Mitte der sechziger Jahre liebte sie Bill Brand vermutlich aufrichtig. Wie jede andere Frau in dieser Situation klammerte sich Jackie an die Hoffnung, daß Bill sich eines Tages scheiden ließ, um sie zu heiraten. Mit vierzig war er sogar noch attraktiver als bei ihrer ersten Begegnung, und sein Erfolg in der Baubranche brachte ihm ein Vermögen ein. Um Bill Brands Frau zu werden, hätte Jackie sofort jeden anderen Mann fallenlassen. »Er verkörperte alles, was sie an einem Mann bewunderte«, wußte eine Freundin zu berichten.

Jackie lehnte Dutzende von Einladungen ab, um ihr Versprechen zu halten, Bill treu zu sein.

Aber schließlich hatte sie zu viele Tage und zu viele lange Nächte allein verbracht. Vielleicht wollte sie Bill in Zugzwang bringen – vielleicht auch nicht. Wahrscheinlicher ist, daß Jackie letztendlich einsah, daß sie es doch nicht über sich bringen würde, das Leben einer anderen Frau zu zerstören. Jackie lernte einen anderen Mann kennen, einen anständigen Mann, der frei war und mit ihr zusammensein konnte. Jud Jessup* war geschieden und hatte das Sorgerecht für seine zwei Kinder. Am schlimmsten aber war für Bill Brand, daß Jessup an der Ostküste lebte.

1967 war Jackie sechsundzwanzig, und sie beschloß, Jud zu heiraten und ihm bei der Erziehung seiner Kinder zu helfen. Bill Brand wollte diese Entscheidung einfach nicht akzeptieren. Er äußerte sich unglaublich niederträchtig über Jessup und seine Kinder. So sagte er beispielsweise, ihm sei unbegreiflich, warum Jackie ihn verlassen könne, um die ›verblödete Brut eines anderen‹ großzuziehen. Er legte sich die Dinge so zurecht, daß sie in seine ganz persönliche, verblendete Sicht der Dinge paßten. Er schien beinahe zu glauben, daß Jackie zu dieser Ehe gezwungen worden sei und er, Bill, vergeblich versucht habe, sie vor diesem Schicksal zu bewahren.

Bill Brand war ein Mann, der Tagebuch führte und Daten im Kalender anstrich; seine Gedanken schriftlich festzuhalten half ihm, sich an jene Dinge zu erinnern, die für ihn, sowohl geschäftlich wie auch privat, wichtig waren. Eines Tages sollte er einen sehr, sehr langen Brief an Jackie schreiben, in dem er viele Jahre seiner jahrelangen Gefühle für sie dokumentierte. Die meisten seiner Erinnerungen bezogen sich auf ihre zahlreichen Rendezvous.

> Im Oktober 1967 trafen Jackie und ich uns in Anchorage. Ich hatte geschäftlich dort zu tun, und sie war auf der Durchreise in den Orient. Nach ihrer Ankunft stellte sie fest, daß wir im selben Hotel wohnten. Sie hinterließ mir eine Nachricht mit der Bitte, sie anzurufen. Das tat ich, und an diesem Abend aßen wir zusammen im Hotel. Glücklicherweise wurde ihr Flug am nächsten Tag um zwölf Stunden verschoben, was ihr Gelegenheit gab, sich zu erholen, und wir vereinbarten, uns am 12. Dezember in Portland wiederzusehen.
> Ich buchte eine Suite in einem Hotel in Portland, und an jenem Abend kam Jackie aus Seattle. Sie war erst Stunden zuvor aus Tokio zurückgeflogen und völlig erschöpft ... Wir legten uns hin, sie in einem (Bett) und ich im anderen, und sie schlief sofort ein ... Später, während des Abendessens im Hotel, sagte ich ihr, daß ich sie wirklich liebe. Sie äußerte sich nicht dazu, aber in dieser Nacht suchte sie mein Zimmer auf, legte sich zu mir auf das Bett und fragte: ›Was sollen wir tun?‹ Ich wußte von ihrer bevorstehenden Heirat, aber in diesem Moment begriff ich, daß es schon sehr bald soweit war.

Brand weigerte sich nach wie vor zu akzeptieren, daß Jackie die Frau eines anderen Mannes wurde.

> Am nächsten Morgen drehte sie sich zu mir, umarmte mich und sagte mir, daß sie mich liebe ... und wir Entscheidungen zu treffen hätten.
> Ich wollte sofort die Scheidung in die Wege leiten, weil die Beziehung zwischen mir und meiner Frau nie wieder so sein würde wie früher. Sie riet mir

davon ab, weil die Mädchen noch zu jung seien und mich ein Leben ohne sie unglücklich machen würde. Der Gedanke, ihre Hochzeitspläne abzublasen und ihr Verhalten der Familie erklären zu müssen, war ihr verhaßt. Tatsächlich widerstrebte es ihr so sehr, daß sie lieber in Kauf nahm, die Sache durchzuziehen und sich ins Unglück zu stürzen. Später zeigte sich, daß diese Entscheidung beinahe tragisch endete ...

Bill Brand hatte zu lange gewartet, sich für Jackie zu entscheiden. Sie hatte einfach beschlossen, zu handeln und einen Mann zu heiraten, der sie liebte und dem es freistand, sie zu heiraten.

Gewiß plagten sie Zweifel. Nachdem sie zehn Jahre an Bill gebunden gewesen war, mußte sie sich fragen, ob sie das Richtige tat. Noch während der Vorbereitungen für ihre Hochzeit mit einem anderen Mann schenkte sie Bill einen silbernen Brieföffner mit der Inschrift ›Irgendwo, irgendwann, irgendwie‹. Für Bill bedeutete die Gravur, daß sie eines Tages zusammensein würden.

Vielleicht meinte sie es auch tatsächlich so. Vielleicht wußte sie, wie sehr Bill unter dem Abbruch ihrer Beziehung litt, und wollte seinen Schmerz lindern. Wie auch immer, sie hielt an ihren Heiratsplänen fest.

›Den traurigsten Tag in meinem Leben verlebte ich auf einem anderen Kontinent‹, schrieb Bill Brand über Jackies Hochzeitstag. ›Die Ehe stand von Anfang an unter einem schlechten Stern.‹

Bill rief Jackie Jessup nach wie vor häufig an. Er brüstete sich stolz: »Sie lag in seinem Bett, und ich sprach dreimal die Woche über sein Telefon mit ihr ...«

Jackies beste Freundin, eine Kollegin, heiratete Ende 1969, und Jackie fungierte als ihre Brautführerin. Bill wollte rüberfliegen, um sie zu sehen, aber in letzter

Minute ging in Fairbanks geschäftlich etwas daneben, und er mußte die Reise stornieren. Später erinnerte er sich: »Jackie fühlte sich betrogen. Dieses Pack (ihre neue Familie) trieb sie in den Wahnsinn, und sie brauchte dringend jemanden, der ihr Mut machte.«

Aber das war nur Bills Eindruck, und auch nur rückblickend. Jackie war allenfalls bedrückt, weil sie nicht wußte, wo sie hingehörte. Ihre Stiefkinder mochten sie und behielten sie als ›eine Mutter und Freundin‹ in guter Erinnerung.

Bill betrachtete Jessup als Ungeheuer und seine Kinder als ›genetische Krüppel‹, die seiner wahren Liebe im Wege standen. Er drängte Jackie, sich mit ihm zu treffen, und flog dafür an die Ostküste.

Jetzt, da er sie nicht mehr haben konnte, wollte Bill Brand sie einfach nicht loslassen.

Im Oktober 1973 feierte Bill Brand seinen achtundvierzigsten Geburtstag. Er wurde in ein Krankenhaus in Seattle eingewiesen, um sich einer Behandlung zu unterziehen, die einem Schlaganfall vorbeugen sollte. Tests hatten ergeben, daß seine linke Kopfschlagader – jene Arterie, die das Gehirn mit Blut versorgte – zu neunzig Prozent verstopft war. Er spürte regelmäßig ein Kribbeln oder Taubheit in einer Hand und hatte Sehstörungen auf einem Auge. Außerdem bestand die sehr reale Möglichkeit, daß durch eine Unterversorgung des Gehirns mit Sauerstoff seine geistigen Fähigkeiten beeinträchtigt wurden. Der Fettpropfen, der seine lebenswichtige Arterie blockierte, wurde operativ entfernt, und er erholte sich ohne Komplikationen von dem Eingriff.

In den folgenden Jahren mußte Brand seinen Gesundheitszustand überprüfen lassen und eine Unmenge von Medikamenten nehmen. Ganz offensichtlich war er nicht glücklich, denn seine Leiden gehörten zu jenen, die oft durch Sorgen und Depressionen hervorgerufen wurden.

Wie sollte er auch glücklich sein? Jackie hatte einen anderen geheiratet, und obwohl inzwischen viele Jahre vergangen waren, versuchte er immer noch, sie zurückzugewinnen. Er rief sie an, schrieb ihr und schickte ihr Kassetten, redete ihr gut zu, flehte sie an.

Er bedeutete ihr nach wie vor viel, sosehr sie auch gegen ihre Gefühle für ihn ankämpfte. Immer wieder waren Bills Bemühungen erfolgreich. Im April 1974 schickte er Jackie Geld, damit sie nach Seattle flog, um mit ihm zu reden. Er buchte eine Suite in einem teuren Hotel; er stieg immer nur in den besten Häusern ab. Aber später erinnerte er sich, daß Jackies Besuch nicht so romantisch war, wie er erwartet hatte. Bill war überzeugt, daß sie eine Affäre mit einem anderen Mann hatte – einem Kollegen, den sie seit Jahren kannte. Bill Brand war erschreckend paranoid in seinem Denken, zumindest was Jackie betraf.

Jackies Tag hatte gar nicht genug Stunden für all die Männer, die er für ihre Liebhaber hielt.

Jahre danach sollte Bill Brand seine Zeit mit der Frau, die er so besitzergreifend liebte, in einem Schreiben festhalten, das er als den ›Bill-und-Jackie-Brief‹ bezeichnete.

›Der Grund, weshalb ich diesen Zwischenfall erwähne‹, begann er, ›ist der, daß sie einen Hang zur Vulgarität zeigte, der meinen eigenen moralischen Wertvorstellungen aufs krasseste widersprach.‹

Bill Brand war so entsetzlich selbstgerecht. Im Zusammenhang mit Jackie entdeckte er Sünde, wohin sein Auge auch fiel. Tatsächlich existierte sie nur in seiner Phantasie. Abgesehen von ihren Treffen mit Bill war Jackie ihrem Ehemann treu.

›Die Woche war erinnerungswürdig‹, schrieb er von dem Besuch 1974, ›und bildete die Basis für unser Zusammensein. Wir vereinbarten einen kurzfristigen Termin, weil die Geschäfte in Fairbanks meine Aufmerksamkeit erforderten, aber sie Situation in Maryland verschlechterte sich rapide, und in Seattle war alles soweit vorbereitet ...‹

Bill drängte Jackie ständig, Jessup zu verlassen und nach Seattle zu ziehen. Er wollte ihr eine Wohnung stellen und für ihren Unterhalt aufkommen. Und zu gegebener Zeit würden sie heiraten.

Jackie Jessup fühlte sich, wie es in diesem bekannten Song heißt ›Torn between two lovers‹, hin und her gerissen zwischen zwei Männern. Sie war 1974 dreiunddreißig Jahre alt und hatte, gleich, für welchen Mann sie sich entschied, den festen Vorsatz, ihr restliches Leben mit ihm zu teilen. Wenn sie eigene Kinder haben wollte, blieb ihr nicht mehr allzuviel Zeit. Bill würde sie ganz bestimmt nicht in Ruhe lassen, wenn sie nicht etwas überzeugend Endgültiges tat. Aber *wollte* sie wirklich, daß er aus ihrem Leben verschwand? Sie liebte Jessup – aber nicht mit der glühenden Leidenschaft, die sie für Bill empfand. Ihn liebte sie schon so lange, daß er ein Teil ihrer selbst geworden war. Und jetzt versprach er ihr zum erstenmal, sie tatsächlich zu heiraten. Schließlich trennte sich Jackie von ihrem Ehemann.

In seinem ›Bill-und-Jackie-Brief‹ hielt er stolz fest, daß es ihm gelungen sei, Jackie zu überreden, Jessup und ihre Stiefkinder zu verlassen, und daß sie unsäglich erleichtert gewesen sei, als er sie im November 1975 nach Seattle bestellt habe.

Im Grunde war Jackie gar nichts anderes übriggeblieben. Jud Jessup hatte einen Stapel Kassetten mit langen Nachrichten von Bill an Jackie gefunden und auf diese Weise von ihrer Affäre erfahren. Es wird niemanden überraschen, daß er hierauf seine Kinder nahm und ging.

›Er tobte vor Wut und führte sich auf wie ein Riesenidiot‹, schrieb Brand. ›Er mußte schon viel früher erkannt haben, daß seine Tage mit ihr gezählt waren ...‹

Jackies Ehe hatte etwas mehr als sieben Jahre gehalten.

Tatsächlich war sie von Anfang an zum Scheitern verurteilt gewesen. Durch pure Willenskraft hatte Bill Brand ihr verwehrt, glücklich zu werden.

Bill Brand triumphierte. Er war der Sieger. Er hatte seine Jackie zurück. Sie packte ihre Sachen und ließ sie nach Seattle bringen.

›Dann setzte sie sich in ein Flugzeug und traf am Abend des 1. November hier ein. Im Hotel stand eine Suite für uns bereit. Wir hatten vor, dort zu bleiben, bis wir uns entschieden hatten, wo genau wir in Seattle wohnen wollten.‹

Bill war etwas voreilig. Es sollte noch lange dauern, bis sie wirklich zusammenzogen. Bill Brand war immer noch verheiratet und lebte mit seiner Frau und den Kindern in Fairbanks.

Aber er hatte Jackie aus ihrer Ehe ›befreit‹ und, wie früher, wartete sie wieder auf seine Besuche. Nur daß sie jetzt ihren Job als Stewardeß nicht mehr hatte, um ihre Tage auszufüllen. Natürlich konnte Bill weder Weihnachten noch Neujahr mit ihr feiern; er hatte seine Familie. Er kaufte ihr ein Flugticket nach Minneapolis, damit sie die Festtage bei ihrer Familie verbringen konnte.

Bill Brand war Jackies einzige Stütze, sie war Bill Brands Geliebte. Sie liebte ihn. Sie war ihm treu.

Am 14. November 1977 bezog Jackie Jessup die Wohnung, in der sie die nächsten acht Jahre leben sollte. Sie war gut geschnitten, hatte drei Zimmer und lag in Bellevue, Washington, einem von Seattles eleganteren Vororten. Sie unterzeichnete den Mietvertrag und gab als Beruf ›Einkaufsassistentin‹ einer Firma aus Fairbanks, Alaska, an. Natürlich handelte es sich um eine von Bill Brands Firmen. Tatsächlich ging Jackie keiner Tätigkeit nach.

Sie lebte zurückgezogen, und ihre Vermieterin

gewöhnte sich bald an den gutaussehenden Mann, der Jackie häufig besuchte. »Ich hatte in all den Jahren den Eindruck, daß Bill Brand Jackie zärtlich umwarb«, erinnerte sie sich. »Obgleich ich nicht gesellschaftlich mit den Brands verkehrte, bemerkte ich nie irgendwelche häuslichen Streitigkeiten zwischen ihnen. Ich wußte, daß Bill Brand ein sehr sanfter Mann war, auch wenn er sich nach außen hin etwas mürrisch gab.«

Bill Brand hegte immer noch seine paranoiden Hirngespinste über Jackies Untreue. Trotz seines selbstsicheren Auftretens glaubte er tief in seinem Inneren, Jackie sei vor allem an seinem Geld interessiert. Er befürchtete, sie könnte ihn verlassen, wenn er sie nicht besser versorgte als jeder andere Mann. Er täuschte sich. Er war ihr ›Märchenprinz‹, ihr Traummann. Sie betete ihn an. Alles, was Jackie sich wünschte, waren Aufrichtigkeit und eine offizielle Bindung.

Eben die Dinge, die Bill ihr verwehrte.

Später erinnerte sich Brand:

> Ende Februar 1980 hatten Jackie und ich einige Meinungsverschiedenheiten. Sie warf mir vor, nicht genug Zeit in Seattle zu verbringen und die Dinge in Fairbanks nicht schnell genug voranzutreiben, damit wir ein gemeinsames Leben beginnen konnten. Eines Nachmittags klingelte in meinem Büro das Telefon. Sie war dran und fragte mich, ob ich sitze, sie sei nämlich in einem Gasthaus in Fairbanks. Sie wollte eine Aussprache. Sie blieb über Nacht und flog im Laufe des nächsten Tages nach Seattle zurück.

Im Grunde war es ganz einfach. Bill Brand lehnte eine Trennung von seiner Frau ab. Trotzdem war er krankhaft eifersüchtig auf Jackie, als er ihren Entwurf eines Briefes an einen Mann – einen Freund eines ihrer Brüder – fand, in dem sie sich für eine Einladung zum Abendessen bedankte. Die beiden hatten sich an jenem Tag, an dem sie aus Fairbanks zurückgekehrt war, zufällig auf dem Flughafen getroffen. In ihrem Schreiben lud sie besagten Freund, seine Frau und seine Tochter ein, bei ihr zu übernachten, falls sie je nach Seattle kommen sollten.

»Ich habe ihr gegenüber diesen Brief nie erwähnt«, fuhr Brand fort, »aber er ist ein weiteres Beispiel für ihren moralisch lockeren Lebenswandel und ihr Bedürfnis nach einer Affäre. Ich habe keine Ahnung, wie oft der Kerl bei ihr übernachtet hat, aber ich kenne ihre Qualitäten im Bett und weiß sehr wohl, daß sie jeden Mann zu mehr als einer Reise nach Seattle veranlassen würde.«

Bill Brand sah überall nur Sex. Ging Jackie mit einer Freundin und deren Mann zum Strand, während Bill daheim in Fairbanks war, malte er sich unanständige Spielchen zu dritt aus. Er verdächtigte Jackie sogar inzestuöser Handlungen mit einem männlichen Mitglied ihrer Familie. Reichte sie einem Mann ein Feuerzeug und berührte dabei seine Hand, verstand er dies als eindeutiges sexuelles Signal.

Diese verzerrten Wahrnehmungen existierten zwar nur in Bills Phantasie, waren jedoch von erschreckender Intensität. Seine Einschätzung von Jackies Moral zeigte, wie krankhaft sein Denken war:

> Sie hat immer schon zu einer hedonistischen Einstellung geneigt, wie beispielsweise ›Wenn es dir Genuß bereitet und die Konsequenzen nicht so schlimm sind, tu es‹. Manche Menschen betrachten Sex als etwas

ebenso Selbstverständliches wie einen Händedruck. Am meisten irritiert mich, daß ich, in der Erwartung, auf einem normalen gesellschaftlichen und moralischen Niveau akzeptiert zu werden, meine Meinung über ihr Verhalten nie geäußert habe. Es kann doch nicht richtig sein, daß jemand mit ihrem Lebenswandel moralische und gesellschaftliche Anerkennung verlangt und sie auch noch bekommt, während andere sich diese erst verdienen müssen.

Ja, mit den beiden stimmte wahrhaftig etwas nicht: Jackie Jessup ahnte nichts von der Wut ihres Geliebten. Bill zeigte seine Eifersucht nie. Er gab ihr keine einzige Chance, ihn von ihrer Treue, von der Wahrheit, zu überzeugen. Jackie wäre entsetzt gewesen, hätte sie gewußt, daß Bill sie als ›moralisch Gefallene‹ betrachtete.

Schließlich reichte Bill Brand die Scheidung ein und war endlich frei für Jackie.

Am 23. April 1982 wurden Jackie Jessup und Bill Brand ein Paar. Jackie gab ihre Freunde, ihre Familie und sämtliche außereheliche Interessen am Tag ihrer Eheschließung auf. Jackies Rolle – die sie bereitwillig spielte – bestand, den Wünschen ihres Bräutigams gemäß, darin, für ihn und nur noch für ihn da zu sein. Ihr gemeinsames Leben, ein Traum, der sich nach so vielen Jahren der Frustration doch noch erfüllt hatte, sollte eine einzige endlose Hochzeitsreise werden; der Höhepunkt von Bill Brands Ekstase durfte nie in eine bequeme, von Gewohnheit geprägte Zweckgemeinschaft übergehen. Er wollte Romantik, Romantik und noch mal Romantik.

Ein unerreichbares Ziel.

Schließlich zog Bill in die Wohnung in Bellevue, die er so viele Jahre zuvor für Jackie gemietet hatte. Er gründete eine Firma, Alaska Marketing Industries, und mietete Büroräume in der 116. N. E. in Bellevue an.

Es hätte ein Happy-End sein sollen, aber es war alles andere als das.

Bill wollte über jede Minute von Jackies Leben informiert sein. Er wurde wütend, wenn sie zuviel Zeit mit anderen Leuten verbrachte – selbst wenn es sich um Verwandte handelte. Sie hatte im Laufe der Jahre viele Freunde gewonnen – aber Bill reagierte gereizt, wenn diese in Seattle waren und sie anriefen. Traf sie sich zum Mittagessen mit einer Freundin, lief er bis zu ihrer Rückkehr rastlos und murrend auf und ab. Sie wirkte immer sehr angespannt und erklärte jedesmal, daß sie dringend nach Hause müsse. Ihre Nervosität ließ sie keine dieser kurzen Begegnungen genießen.

Bills krankhafte Eifersucht war lächerlich. Jackie liebte ihn; sie betrog ihn nie. Nur der Tod konnte ihrer Ehe mit Bill Brand ein Ende machen. Sie hatte so viel aufgegeben, um mit ihm zusammenzusein, und war dankbar, daß er seinerseits für sie so vieles aufgegeben hatte. Nach einem Vierteljahrhundert der Sehnsucht und des Wartens waren sie endlich verheiratet, und das bedeutete ihr mehr als alles andere.

Sofern sie nicht einem Unfall erlag, dürfte Jackie Brand kaum früher das Zeitliche segnen als Bill; sie war dreiundvierzig, er neunundfünfzig und hatte zudem verschiedene gesundheitliche Probleme.

Ja, man müßte davon ausgehen, daß Jackie Bill überlebte. Sie hatte über diese Möglichkeit nachgedacht und sie, als sie Bills Frau geworden war, als unwichtig abgetan. Die Zeit, die ihnen gemeinsam beschieden war, lohnte den Schmerz, der sie erwartete, wenn er starb.

Am 22. Februar 1985 stellte die Zentrale einen Anruf zu Lieutenant S. M. Bourgette vom Police Department in Bellevue durch. Regis Caulfield*, Bill Brands Versicherungsagent, war am Apparat und ebenso aufgebracht wie Thomas Donley*, ein Geschäftspartner Brands, der ihn selbst kurz zuvor alarmiert hatte. Beide Männer hatten eine Kopie des sogenannten ›Bill-und-Jackie-Briefes‹ erhalten – eine bissige Chronik der fünfundzwanzig Jahre währenden Beziehung des Paares, in der Brand auf zehn maschinengeschriebenen Seiten vor allem die Untreue und die Unmoral seiner Frau anprangerte. Beigefügt war ihm sein letzter Wille sowie eine Abschrift seines Testamentes, dessen Änderung ihm Caulfield erst unlängst auszureden versucht hatte. Bill hatte Jackie enterben und statt dessen sein gesamtes Vermögen seinen Töchtern hinterlassen wollen. Darüber hinaus hatte Bill Brand eine Lebensversicherung in Höhe von einer halben Million Dollar gekündigt. Der Schluß war es, der Donley und Caulfield am meisten beunruhigt hatte. ›Insofern als meine Frau mit mir gemeinsam gestorben ist, habe ich zumindest dafür gesorgt, daß sie mich nicht überlebt.‹

Sofort nach Erhalt der bizarren Briefe hatten Donley und Caulfield vergeblich versucht, Brand zu Hause zu erreichen und deshalb die Hausverwaltung angerufen. Der Verwalter war zu Brands Wohnung gegangen und hatte so lange geklopft, bis Bill Brand schließlich mit zerzaustem Haar geöffnet und ihm versichert hatte, daß alles ›in Ordnung‹ sei. Der Verwalter hatte Jackie Brand nicht zu Gesicht bekommen, jedoch berichtet, daß in der Wohnung alles völlig normal gewirkt habe.

Immer noch beunruhigt, war Regis Caulfield nach Bellevue gefahren und hatte das Mietshaus, in dem die Brands lebten, kurz vor 16 Uhr 30 erreicht. Jackies Plymouth Arrow und Bills Mercury Cougar hatten beide vor dem Haus gestanden. Da niemand geöffnet hatte, war er zum Büro des Verwalters gegangen und hatte von dort aus bei den Brands angerufen. Diesmal war Bills Anrufbeantworter angesprungen.

Lt. Bourgette und der Streifenbeamte Dennis Dingfield trafen am 22. Februar um 17 Uhr 30 bei den Northside Apartments ein. Es war den ganzen Tag schon düster und wolkig gewesen, und mittlerweile war es fast völlig dunkel.

Regis Caulfield deutete auf den Cougar und den Plymouth Arrow. »Als ich das erstemal durch das Fenster geschaut habe«, sagte Caulfield, »ist mir ein Glas mit irgendeinem alkoholhaltigen Getränk aufgefallen – nach meiner Rückkehr, etwa zwanzig Minuten später, stand es woanders. Jemand ist da drin.«

Bourgette und Dingfield erfuhren, daß die Wohnung der Brands die gesamte untere Hälfte auf der Südseite des Gebäudes einnahm. Anhand der Pläne stellten sie fest, daß die Lampen in der Küche, im Wohn-/Eßzimmer sowie in einem der hinteren Schlafzimmer eingeschaltet waren. Dann sahen sie eine Person durch die Wohnung laufen. Es handelte sich um einen großgewachsenen Mann mit silbergrauem Haar.

Dingfield bat die Polizeizentrale, die Wohnung anzuwählen, und gab die beiden Nummern der Brands durch. Das Telefon klingelte, aber der Mann meldete sich nicht. Bei der zweiten Nummer sprang der Anrufbeantworter an. Die Zentrale hinterließ die Nachricht, daß die Polizei vor dem Haus sei und Bill auffordere, an die Tür zu kommen. Bourgette, der den Mann immer noch beobachtete, sah, wie er zum Anrufbeantworter ging, das Band zurückspulte und auf Wiedergabe drückte.

Aber er kam nicht an die Tür. Es wurde dunkel in der Wohnung, jetzt brannte nur noch schwaches Licht am Herd und im hinteren Schlafzimmer.

Bourgette forderte Verstärkung an und ließ sich vom

Hausverwalter einen Zweitschlüssel für die Wohnung aushändigen. Der Mann hatte seinen Rundgang wieder aufgenommen und trank jetzt aus einem Glas.

Von einer Frau keine Spur.

Die Polizei von Bellevue vermutete eine Geiselnahme und umstellte das Mietshaus, während die Geiselnahmespezialisten Tom Wray, Cherie Bay, James Kowalczyk und E. O. Mott unter Leitung von Lt. Mark Ericks alarmiert wurden. Bewaffnete Beamte sicherten die Umgebung.

Thomas Donley, nach wie vor überrascht, zu Bill Brands Nachlaßverwalter bestimmt worden zu sein, hatte nicht den geringsten Zweifel, daß Brands letzter Wille bedeutete, daß es kein Morgen geben würde. Caulfield, der Versicherungsagent, wußte nur sehr wenig über Bill Brand – außer, daß dieser in zweiter Ehe lebte, ein ›sehr starrköpfiger Mann war, der es aus eigenem Antrieb zu etwas gebracht hat‹, daß sein Geschäftsimperium in Alaska Pleite gegangen war und er nur noch über einige Immobilienanteile verfügte. Brand wurde von beiden Männern als starker Trinker beschrieben.

Sie warteten. Minuten und Stunden verstrichen. Für den Fall, daß sich Jackie Brand in der Wohnung befand und nicht in der Lage war, an Bill vorbei ins Freie zu gelangen, wollten sie nicht stürmen und Brand Gelegenheit geben, seine ›Prophezeiung‹ zu realisieren.

Dennis Dingfield hatte die schwach erleuchteten Räume in keiner Sekunde aus den Augen gelassen. Nach stundenlanger Beobachtung sah er den Mann auf allen vieren ein kurzes Stück über den Boden kriechen, ehe er sich hinlegte oder zusammenbrach. Er schien verletzt zu sein oder aufgrund irgendeiner Überdosis jeden Moment das Bewußtsein zu verlieren. Jedenfalls machte er nicht den Eindruck, als könnte er noch irgend jemandem gefährlich werden. Bourgette rief einen Krankenwagen.

Gleichzeitig, um 21 Uhr 26 meldete das TAG-Team

(Tactical Arms Group), die Scharfschützeneinheit, über Polizeifunk, daß im Brand-Haus Code 4 vorliege, was bedeutete, daß sie die Situation unter Kontrolle hatten. Es bedeutete allerdings nicht notwendigerweise, daß alles gut ausgegangen war.

Dann verschaffte sich das TAG-Team Zutritt zur Wohnung. Bis die Scharfschützen die Tür aufgebrochen hatten, war es dem Mann gelungen, wieder auf die Beine zu kommen.

Es war Bill Brand. Er lebte, war jedoch sichtlich betrunken.

Dennis Dingfield blickte an dem Mann vorbei, der wie erstarrt im Licht der Stablampen der Sondereinheit stand. Hinter ihm, weiter im Flur, entdeckte Dingfield eine zweite Person, eine Frau, die reglos auf dem Teppich lag. Um ihren Körper herum konnte er einen dunkelroten Kreis ausmachen.

Zu spät.

Vielleicht war es bereits zu spät gewesen, als sie vier Stunden zuvor das Mietshaus umstellt hatten. Dieses Wissen wäre für die Polizei jedenfalls ein kleiner Trost gewesen.

Dingfield legte Brand Handschellen an und führte ihn zu einem Polizeiwagen, um ihn zum Revier zu bringen, wo er bereits von E. O. Mott und Tom Wray erwartet wurde, die das Verhör leiten sollten.

Die Untersuchung in der Wohnung wurde den Detectives überlassen. Traurigerweise bestand jetzt kein Grund zur Eile mehr.

Detective John Hansen hatte schon einige der mehr als absonderlichen Mordfälle bearbeitet, die neuerdings in Bellevue, dem verschlafenen Vorort, der sich zu einer der größten Städte des Staates Washington entwickelt hatte, immer häufiger vorkamen. Hansen war ein hartnäckiger, ja starrsinniger Ermittler mit Instinkt und gelegentlichen

Anflügen von Genialität. Hansen war groß und kräftig, hatte eine Stimme wie ein Bär und lächelte nur selten – es sei denn, das Gespräch drehte sich um Jagdhunde oder seine Frau und Kinder. Wenn er sich entspannte, wurden seine Züge anziehend, aber verschlossen; man wußte nie genau, was er wirklich dachte.

Bill und Jackie Brand und John Hansen lebten zwar alle in Bellevue, aber dennoch in verschiedenen Welten. Hansen setzte sich aktiv für seine Kirche ein und verbrachte seine gesamte Freizeit mit seiner Familie.

Aber jetzt sollte Hansen die verworrene Lebensgeschichte der Brands kennenlernen, vermutlich sogar besser als jeder andere. Er war der Hauptermittler im Fall Nr. 85-B-02260.

Hansen harrte seit 18 Uhr 30 vor der Wohnung der Brands aus. Ein Sanitäter der Feuerwehr war eingelassen worden und hatte bestätigt, daß der Frau nicht mehr zu helfen war. Hiernach hatte man den Tatort abgeriegelt. Sobald Bill Brand abgeführt war, traten Hansen und Detective Gary Felt in Aktion.

Die Frau lag mit dem Gesicht nach unten auf dem Teppich. Sie war mit einem braunkarierten Rock, einer gelben Seidenbluse und einer braunen Cordjacke bekleidet. Außerdem trug sie hochhackige Schuhe, Strumpfhosen und schwarze Handschuhe. Sie war perfekt geschminkt. Zu ihren Füßen lag eine beigefarbene Decke, die der Feuerwehrsanitäter von ihrer Leiche gezogen hatte, sowie eine glänzende Aktentasche.

John Hansen berührte die Frau an der Wade; sie fühlte sich eiskalt und steif an. Das Opfer war schon sehr lange tot. Mindestens mehrere Stunden.

Offenbar hatte die Tote verreisen wollen; neben ihr waren ein Photoapparat an einem roten Band, ein Schlüsselring und eine große blaue Handtasche verstreut. Ein Stück weiter den Flur hinunter stand ein Tweedkoffer.

Eine Teetasse lag noch dort, wo sie ihr aus der Hand gefallen sein mußte. Ihre Füße zeigten in Richtung Haustür. Sie schien einfach rückwärts umgefallen zu sein, von etwas oder jemandem niedergestreckt.

Sie konnte nichts von ihrem bevorstehenden Tod geahnt haben.

Obgleich ein Laie sich wundern mag, warum für die Ermittlungen in einem Fall, bei dem es mit größter Wahrscheinlichkeit um Mord geht, eine spezielle Genehmigung notwendig ist, brauchten die Detectives, um sich frei in der Wohnung bewegen zu dürfen, einen Durchsuchungsbefehl. Bezirksrichter Brian bewilligte ihn, nachdem Hansen ihm die Gründe dafür telefonisch durchgegeben hatte.

Die überaus gediegen und teuer eingerichtete Wohnung schien ein Dekorateur oder jemand mit einem Naturtalent und einer liebevollen Hand gestaltet zu haben. Das Wohnzimmer war in Rot- und Weißtönen gehalten und mit Kunstgegenständen, Kissen und Gemälden eines Stils ausgestattet.

Offensichtlich hatte jemand auf dem Sofa mit dem geblümten und gestreiften Satinbezug geschlafen. Auf der glänzenden gewachsten Oberfläche des Teak-Couchtisches hinterließ ein Glas Scotch – die Eiswürfel waren noch nicht geschmolzen – einen Ring. Daneben lag eine entsicherte Handfeuerwaffe. Eine .357er.

Ironischerweise hingen an den Wänden des Flurs, in dem sie Jackie Brands Leiche vorgefunden hatten, Bilder von Kindern und Blumenwiesen.

Bill war stolz gewesen auf seinen Reichtum und seinen erlesenen Geschmack; er hatte sich in dem ›Bill-und-Jackie-Brief‹ entsprechend geäußert. Der Brief sollte viele Fragen beantworten, aber noch mehr offenlassen. Brand hatte von der Wohnung in Bellevue geschrieben und von der Zeit nach Jackies Entschluß, dort zu leben und auf ihn zu warten, während er ›in Fairbanks alles regelte‹.

›Wir fanden eine Wohnung, die unseren Bedürfnissen entsprach, mieteten sie und fuhren zu einem Einrichtungshaus in die Innenstadt von Seattle. An einem Tag kauften wir das gesamte Mobiliar für drei Zimmer, ein Devan, Terrassenmöbel und ein neues Auto. Als wir wieder zu Hause waren, übergab sie sich, weil wir so viel Geld ausgegeben hatten.‹

Bill Brands Vorliebe für schriftliche Kommunikation war nicht zu übersehen. Felt und Hansen bemerkten Zettel, wohin sie auch blickten – die Wohnung war übersät damit. Nachrichten von Bill an Jackie klebten an Türrahmen und Schränken. Sogar an der Wand über ihrer Leiche hatte Brand welche hinterlassen.

Es waren gewissermaßen Liebesnachrichten. Bei manchen handelte es sich um Aufforderungen zum Sex, bei anderen um absonderliche Beteuerungen von Brands Ergebenheit gegenüber der Frau, die zwar nur drei Jahre seine Ehefrau, aber über zwanzig Jahre seine Geliebte gewesen war.

Eine Nachricht vom 11. Februar 1985 – zehn Tage vor Jackies Tod lautete: ›Dir verdanke ich meine wunderbaren Wochenenden. Wenn der Montag kommt, muß ich Dich wieder verlassen – und das ist mir verhaßt. Ich sehne schon den nächsten Freitag herbei. Du errätst, woraus mein Leben besteht. Du und ich, wir leben nur für die Liebe, und sie ist es auch, die uns vorwärtstreibt. Bis heute mittag. Sei unanständig – trag es zum Mittagessen. Bill.‹

Die Detectives schüttelten den Kopf. Worauf bezog er sich? Vermutlich auf irgendwelche Reizwäsche, die er Jackie gekauft hatte. Die Tatsache, daß die Nachricht seit zehn Tagen dort hing, deutete darauf hin, daß außer Jackie und Bill niemand die Wohnung betreten hatte. Jackie wäre kaum das Risiko eingegangen, daß ein Außenstehender eine derart eindeutige Aufforderung las. Sie mußte sich wie eine Gefangene gefühlt haben.

Im Flur vor der Küche entdeckte Hansen eine schadhafte Stelle – es war nur ein Kratzer in der Rigipsplatte, der vermutlich von einer verirrten Kugel stammte. Als er sich über den Eßzimmertisch beugte, spürte er, wie sich seine Nackenhaare sträubten. Der letzte Eintrag war mit Bleistift in dem Kästchen vermerkt, das dem 21. Februar vorbehalten war. Gestern.

›Jackie ist um 13 Uhr 10 gestorben.‹

In der Küche fanden sie eine halbleere Flasche Johnnie Walker Red Label Scotch und eine leere Flasche Scotch der Marke Bulloch sowie mehrere Vitamintablettenröhrchen und eine Packung Winston. Die mußte Jackie Brand gehört haben. Eine letzte Zigarette, eine Winston, war in einem Kristallaschenbecher ausgedrückt worden, der Filter noch rot von frischem Lippenstift.

Alkohol, Zigaretten und Vitamine. Alles in dieser Wohnung war widersprüchlich. Waffen, Blumen, Blut, Liebesschwüre auf Klebezetteln.

John Hansen bemühte sich, rational und möglichst emotionslos, das mögliche Geschehen zu rekonstruieren. Aus welchem grotesken Grund auch immer hatte Bill Brand seine Frau in den Hinterkopf geschossen, als er ihr zur Wohnungstür gefolgt war. Die Teetasse in ihrer Hand ließ darauf schließen, daß sie nichts von der Gefahr hinter sich geahnt hatte.

Danach hatte Brand offenbar seelenruhig, als handele es sich um einen Geschäftstermin, Jackies Todeszeit in seinen Kalender eingetragen.

Anschließend mußte er sich dem Scotch zugewandt haben, möglicherweise, um sich den Mut anzutrinken, als nächstes sich selbst zu erschießen. In seinen Briefen hatte er durchblicken lassen, daß sie *beide* tot sein würden, wenn diese die Adressaten erreichten. Der .357 Sechsschuß-Magnum-Revolver lag entsichert und schußbereit auf dem Couchtisch. Drei Kammern der Trommel waren leer.

Die stellvertretende Leichenbeschauerin Corinne Fligner untersuchte die Ein- und Austrittswunden. Sie stellte fest, daß zwei .357er-Projekte Jackie in den Kopf getroffen hatten; eine der Kugeln war über ihrem rechten Ohr eingetreten und in ihr Gehirn vorgedrungen. Eine tödliche Verletzung. Ein weiterer Schuß hatte den Hinterkopf des Opfers lediglich gestreift.

Ohne Augenzeugen ist es praktisch unmöglich, den Tathergang exakt zu rekonstruieren – aber John Hansen konnte sich gut vorstellen, was sich im vorliegenden Fall zugetragen hatte.

Die Position der Wunde am Hinterkopf sowie die sie umgebenden Schmauchspuren zeigten, daß diese dem Opfer zuerst zugefügt worden war, und zwar aus sehr geringer Entfernung. Der Schütze mußte unmittelbar hinter Jackie gestanden haben. Die Kugel war offenbar vom Schädel abgeprallt und in der Flurdecke direkt vor Jackie steckengeblieben.

Der Schußkanal der tödlichen Wunde stellte sich völlig anders dar, verlief von vorn nach hinten, von rechts nach links, in einer leicht abfallenden Geraden.

Nach dem Streifschuß mußte Jackie herumgeschleudert worden sein, so daß sie dem Mann mit der Waffe ins Gesicht sah. Ihrem Bill.

Die zweite Kugel war aus größerer Entfernung abgefeuert worden und hatte den sofortigen Tod herbeigeführt. Ob ihr noch Zeit geblieben war, einen Gedanken zu formulieren? Hatte sie ihrem Mörder in die Augen gesehen?

Niemand würde es je wissen.

Die Detectives E. O. Mott und Tom Wray beobachteten Bill Brand. Sein Gesicht war gerötet, und er schien so betrunken, daß sie sich fragten, ob sie überhaupt ein vernünftiges Wort aus ihm herausbekommen konnten. Sein elegantes weißes Hemd mit blauen Nadelstreifen war an den Manschetten zugeknöpft und steckte in einer dunkelblauen Hose. Seine Kleidung war ganz offensichtlich sehr teuer gewesen; die Etiketten zeigten, daß sie aus den besten Boutiquen Seattles stammte. Er hatte keine Schuhe an, trug aber dunkle Socken.

Mit den Detectives allein im Verhörzimmer auf dem Polizeirevier von Bellevue, begann Brand plötzlich, von Football und den Seattle Seahawks zu sprechen, als sei nichts geschehen. Wahrscheinlich wollte er sich nur nicht an den Anblick seiner toten Frau erinnern.

Mott stellte sich und Wray vor und wartete auf Weisung von Lt. Mark Ericks. Dieser wies ihn vom Tatort aus an, Bill Brands Hände in Plastikbeutel zu stecken und gefesselt zu lassen, bis sie auf Schmauchspuren untersucht worden waren und feststand, ob er die .357er abgefeuert hatte. Außerdem verlangte Ericks, daß ein Nitrattest durchgeführt wurde, um zu sehen, was ein Abstrich seiner Hände sonst noch ergab. Und es sollte ein Alkoholtest vorgenommen werden, bevor sie mit dem Verhör begannen.

Gary Felt hatte Brand seine Rechte vorgelesen, noch bevor er auf das Revier gebracht worden war. Trotzdem wiesen Mott und Wray, als Brand plötzlich hervorstieß, daß er seine ›wunderschöne Frau‹ erschossen habe, ihn erneut darauf hin, um ganz sicherzugehen, daß er sie auch verstanden hatte.

Brand entgegnete, daß er seine Rechte kenne, jedoch bereit sei, zu reden und Fragen zu beantworten. Er bedauerte den Tod seiner Frau und erinnerte sich, daß er sie gegen zwölf Uhr mittags des Vortages umgebracht hatte. Sie war auf dem Weg zur Tür und er dicht hinter ihr gewesen, als er zweimal auf sie gefeuert hatte. Sie war zu Boden gegangen, und er hatte sie dort liegen lassen.

»Warum haben Sie sie erschossen?«fragte Mott ruhig.

Brand antwortete nicht gleich.

›Er wies nur darauf hin, daß sie eine sehr schöne Frau gewesen sei und ich sie und ihn doch nicht verstehen würde‹, schrieb Mott in seinen Bericht.

»Ich habe nichts zu verbergen«, platzte Brand heraus. »Ich habe meine Frau ermordet. Ich habe die schönste Frau der Welt getötet.«

Hinterher hatte er angefangen, Scotch in sich hineinzuschütten.

Bill Brand war immer noch betrunken; er hatte doppelt soviel Alkohol im Blut wie nötig, um im Staate Washington als fahruntüchtig zu gelten. Sein Blutalkohol lag bei 2, der Blastest ergab 1,9 Promille.

Er erzählte weiter zusammenhanglos von seiner ›schönen Frau‹, und seine Erinnerung an den Mord wurde immer wieder von Footballkommentaren unterbrochen, die er mit erschreckender Gelassenheit vortrug. Dann nickte er mehrmals und gestand, zuviel getrunken zu haben. Er versprach den Beamten ein schriftliches Geständnis, sobald er wieder nüchtern sei – ›Morgen‹.

Plötzlich starrte Brand Detective Tom Wray an und meinte unvermittelt, dieser habe unheimliche Ähnlichkeit mit einem Footballstar der Seattle Seahawks. Anschließend saß er schweigend da, und in seine Augen traten Tränen, die sich in seinen Augenwinkeln sammelten. Nach einigen Minuten blickte Brand zu Wray auf und sagte: »Ich habe vor gut vierundzwanzig Stunden meine Frau umgebracht. Ich habe mich hinterher sinnlos betrunken – Johnnie Walker Red ... Ich habe eine .38er oder .357er benutzt« (er hielt sich den linken Zeigefinger unter das Kinn). »Ich habe den Revolver mit fünf Patronen geladen – .38er Kaliber, glaube ich. Drei sind noch übrig. Die

Waffe liegt auf dem Tisch, wissen Sie ... Wer waren die Kerle, die meine Wohnung gestürmt haben?«

Brand vertraute Wray an, daß er auf der Couch geschlafen habe. Er sei etwa alle drei Stunden wach geworden und habe dann weitergetrunken, nur um wieder einschlafen zu können.

»Es ist mir unbegreiflich, daß ich alles kaputtgemacht habe. Das hatte sie nicht verdient ...«

Bill Brand wurde langsam nüchtern und begann, sich der grauenhaften Wirklichkeit seiner Tat zu stellen.

Währenddessen sicherten Hansen und Felt, zusammen mit Ericks, Oliver und einem Polizeiphotographen, fast bis vier Uhr früh Beweismittel in Brands Wohnung.

In der Decke, unmittelbar hinter dem Einschußloch fand Gary Felt eine weitere Kugel. Sie mußten ein Stück Rigips heraussägen, um diese zu bergen. Ericks entdeckte ein kleines Bleifragment auf dem Teppich im Flur. Sie kannten das Ergebnis von Brands Alkoholtest zum Zeitpunkt seiner Verhaftung. Aber war er dreiunddreißig Stunden zuvor, bei Jackies Tod, auch schon betrunken gewesen?

Die Frau, die über den Brands wohnte, teilte Hansen und Felt mit, daß sie am Vortag ›einen dumpfen Aufprall‹ gehört habe, ›als sei etwas Schweres zu Boden gefallen‹. Ihre Aussage bestätigte, daß Jackie, als die Polizei ihre Wohnung gestürmt hatte, bereits seit mehr als vierundzwanzig Stunden tot gewesen war.

John Hansen erkannte, daß er bei seinen Ermittlungen weiter zurückgehen mußte. Er wußte, wer der Mörder war – er hatte auf die Polizei gewartet. Und die Beweise, die sie in der langen Nacht nach Bill Brands Verhaftung zusammengetragen hatten, bestätigten nur das Geschehen. Blieb die Frage nach dem Motiv. Warum um alles in der Welt hatte Bill Brand seine ›wunderschöne Frau‹ umgebracht?

Einige Antworten lieferte ein gutes Dutzend Menschen, Adressaten des ›Bill-und-Jackie-Briefes‹. Mit jedem Tag, der verstrich, tauchte dieses monströse Schriftstück in mehr und mehr Briefkästen im ganzen Land auf. Bill Brand hatte seine Eifersucht und seine Verdächtigungen nicht länger unterdrücken können und ihnen in dem gräßlichen Brief Luft gemacht und diesen an jeden verschickt, der Jackie kannte – an ihre Verwandten, ihre Freunde, sogar an Männer, denen er unterstellte, ihm Hörner aufgesetzt zu haben. Er war nicht damit zufrieden gewesen, Jackie zu töten; er hatte auch ihren Ruf zunichte machen wollen und versucht, jede Spur der echten, liebevollen Jackie auszuradieren. Die meisten Empfänger des Briefes waren entsetzt und empört, manche angewidert. Und einige – die Jackie Brand nur flüchtig gekannt hatten – reagierten mit Verwunderung.

Hansens Gespräche mit ihren Verwandten und Freunden ergaben nicht die geringsten Hinweise auf Jackies Untreue, bestätigten vielmehr das Gegenteil der im Brief erhobenen Vorwürfe. Sooft sie Jackie in Seattle getroffen hatten, berichteten ihre Freundinnen aus Stewardeß-Zeiten, war sie stets nervös gewesen und hatte kaum erwarten können, wieder zu Hause zu sein. Bill war bei den sehr seltenen Begegnungen freundlich, aber desinteressiert und sichtlich gelangweilt von ihrer Gegenwart gewesen.

»Jackie hat mir erzählt, daß er sogar den Stecker ihres Telefons herausgezogen hat – nur damit sie kein ›Außenstehender‹ störte«, teilte ihm eine Frau mit.

Bill hatte Jackie förmlich eingesperrt, sie ganz für sich allein behalten, aber sie hatte sich bei niemandem über die beengende Liebe ihres Ehemannes beklagt.

Ein oder zwei Tage vor ihrem Tod hatte Jackie zwei

Freundinnen erzählt, daß Bill am 21. nach Alaska fliegen wolle und sie ihn zum Flughafen bringen werde. Das machte Sinn. In dem Koffer neben Jackies Leiche war Männerkleidung gewesen.

Hansen las den ›Bill-und-Jackie-Brief‹ wieder und wieder. Trotz Brands maßlosen Übertreibungen ließ er keinen Zweifel, daß die beiden einander sehr, sehr lange eng verbunden gewesen waren.

Und dann hatten sie schließlich doch noch geheiratet. Und wenn sie nicht gestorben sind …

Es dürfte für Hansen nicht leicht sein zu ergründen, was genau schiefgelaufen war. Nach seiner Ausnüchterung im Gefängnis verweigerte Bill Brand jede Aussage. Er meinte lediglich, als sei John Hansen in der Lage, ihm die Antworten zu liefern – »Ich wünsche nur, ich könnte begreifen, warum das alles passiert ist.«

Hansen schwieg, und der Raum schien zu summen vor Spannung. Falls irgend jemand dies wußte, dann der Mann im Gefängnisoverall, der Mann, der Jackie fast drei Jahrzehnte lang gekannt hatte. Aber Bill Brand schüttelte den Kopf, als sei er selbst ebenso befremdet wie alle anderen. Vielleicht war er das sogar. Vielleicht versuchte er auch, seine Haut zu retten.

Schließlich seufzte Brand und sagte: »In ein paar Stunden werde ich alles aufklären können.« Und dann verlangte er nach einem Anwalt. John Hansen beendete das Gespräch.

Von Jackies Freunden und Bill Brands Geschäftspartnern erfuhr John Hansen, daß Brand früher in Fairbanks außerordentlich reich gewesen war. Dann hatte sein Imperium jedoch begonnen zu bröckeln. Aufgrund der hohen Zinsen Ende der siebziger Jahre hatte Brand schwere Verluste hinnehmen müssen und war letztendlich gezwungen gewesen, Konkurs anzumelden – zweimal auf geschäftlicher Ebene und einmal auf privater Ebene aufgrund seiner Privatbürgschaft gegenüber seiner Bank und seinen Zulieferern. Zudem hatte Brands erste Frau den Großteil ihres Privatvermögens eingebracht, um seine Schulden zu begleichen.

Von 1977 an hatte Bill Brand eine Pleite nach der anderen erlebt. Sein immenses Vermögen war ihm zwischen den Fingern zerronnen. 1975, nach der Inbetriebnahme von Alaskas Ölpipeline, hatte Brand damit gerechnet, daß eine Gaspipeline folgen würde. Dazu kam es jedoch nicht, und die Zinsen stiegen immer höher.

Inmitten der Trümmer dessen, was einst ein gutgehendes Unternehmen gewesen war, ließ Bill sich von seiner ersten Frau scheiden, zog nach Seattle, heiratete Jackie und gründete eine Firma, die vor allem als Fassade diente, um seine wachsende Verzweiflung zu verbergen. Er hatte sich anfangs große Hoffnungen gemacht, wieder reich werden zu können, indem er in Washington ansässigen Unternehmen half, sich in Alaska zu etablieren. Noch hatte er den Durchblick, noch hatte er Beziehungen. Aber Brands einzige größere Einkünfte stammten aus Immobilienanteilen in Alaska.

Jackie ahnte nichts von der tatsächlichen Situation. Bill überhäufte sie nach wie vor mit Schmuck und Geschenken, weil er befürchtete, sie könnte ihn verlassen, wenn sie erfuhr, wie nah er dem finanziellen Ruin war. Also schwieg er. Obgleich er keine Arbeit hatte, verließ er ihre gemeinsame Wohnung jeden Tag mit seinem Aktenkoffer. Im Büro telefonierte er mit Freunden oder las Zeitschriften. Manchmal plauderte er auch mit Leuten aus den benachbarten Büros. Tatsächlich schlug Bill nur die Zeit tot, bis er endlich nach Hause zu Jackie eilen konnte.

Wäre er nur in der Lage gewesen, sich ihr anzuvertrauen, sie hätte seine Lage ganz sicher verstanden.

Jackie wußte, daß sie von Erträgen aus früheren Investitionen lebten, aber Bill war so vermögend gewesen, daß sie davon ausging, seine finanziellen Mittel reichten aus, um Engpässe zu überstehen.

Aber ein Unglück kommt bekanntlich selten allein. Bedingt durch seine geschäftlichen Verluste und die Tatsache, daß das Limit seiner zahlreichen Kreditkarten fast erreicht war, sowie aus Angst, Jackie zu verlieren, wurde Bill impotent.

Obgleich Jackie nur selten über ihre Ehe sprach, erwähnte sie Bills sexuelle Probleme zwei Freundinnen aus Seattle gegenüber, betonte jedoch, nicht sonderlich darunter zu leiden. »Ich mag so vieles mehr an meinem Bill, daß es mich nicht wirklich kümmert.«

Eine ihrer Freundinnen erzählte John Hansen, sie habe Jackie Brand schon immer für eine schrecklich anständige und puritanische, ja beinahe geschlechtslose Frau gehalten, so daß sie sich Jackie in der von ihrem Mann zugedachten Rolle der Hure absolut nicht vorstellen könne. Nein, versicherte sie Hansen, ein zur körperlichen Liebe unfähiger Mann hatte für Jackie ganz gewiß keine Katastrophe bedeutet. Nie und nimmer!

Aber für Brand selbst war es eine gewesen. Er hatte Sextherapheuten aufgesucht, um seine Potenz wiederzuerlangen. Hansen fand in Brands Büro einen Terminplaner über die letzten zwei Jahre, den verschlüsselte Notizen über geschäftliche Besprechungen und Sex, in roter Tinte, füllten. Vielleicht war er Jackie nur untreu gewesen, selbst während ihrer Ehe, da er ihr unzählige Seitensprünge vorgeworfen hatte, um sich selbst zu beweisen. Bill Brand war besessen gewesen von seiner sexuellen Leistung.

Minutiös hatte er seine intimen Begegnungen, so kurz sie auch gewesen sein mochten, seine Erfolge und Mißerfolge aufgelistet. Sogar wann er sich Pornofilme angesehen hatte, war vermerkt. Den zahlreichen medizinischen Unterlagen konnte Hansen entnehmen, daß Bill Brand wegen seiner Augen, seiner Lungen, seines Herzens und seines Blutdrucks immer häufiger beim Arzt gewesen war. Der geschäftliche und private Druck, dem er sich ausgesetzt sah, hatte eindeutig physische Symptome zur Folge; Brand schien kurz vor dem körperlichen Zusammenbruch zu stehen, denn er übertrieb nach wie vor in allen Dingen, konnte einfach nicht maßhalten. Das hatte in seinen jungen Jahren noch funktioniert, aber inzwischen war er fast sechzig, und sein Organismus machte nicht mehr mit.

Hansen begann, allmählich zu begreifen, was passiert war. Bill Brand hatte befürchtet, Jackie jene Dinge, die sie *seiner Ansicht nach* von ihm erwartete, nicht mehr bieten zu können – Geld und Sex. Er war nicht mehr der dynamische junge Mann, den sie 1958 zum ersten Mal getroffen hatte.

Brand steckte in einer alptraumhaften Midlife-crisis, die völlig außer Kontrolle geraten war. Trotz ihrer langjährigen Verbindung war ihm die Persönlichkeit seiner Frau fremd geblieben. Er hatte Jackie nicht gut genug gekannt, um ihr seinen Kummer anzuvertrauen. Und sie ihrerseits dürfte noch nicht einmal geahnt haben, was in ihm tatsächlich vorgegangen war.

Nur ein außergewöhnliches Ereignis hatte diesen Alptraum beenden können.

Und tragischerweise war genau das passiert.

Eine Woche nach ihrem Tod sprach John Hansen mit einer weiteren Freundin Jackies, die sie seit ihrer Kindheit daheim in Minnesota gekannt hatte und gegen ihre Heirat mit Bill gewesen war. Sie hatte ihn immer für übermäßig besitzergreifend gehalten. Außerdem war er ihrer Familie und ihren Freunden gegenüber grob und arrogant gewesen.

»Ich mußte bald einsehen, daß ich Jackies Gesellschaft nicht genießen konnte, wenn sich Bill in unserer Nähe aufhielt. Also ging ich dazu über, mich irgendwo mit ihr zum Mittagessen zu treffen oder mit ihr zu telefonieren. Wenn man allerdings das Pech hatte, daß er sich meldete, gab er Nachrichten nicht weiter.«

Jackie hatte ihre Freundin am 19. oder 20. Februar um 17 Uhr angerufen, um sie, da Bill am Donnerstag geschäftlich nach Fairbanks fliegen und nicht vor Sonntag zurück sein werde, zum Abendessen zu sich nach Hause einzuladen. Da diese bereits verabredet gewesen war, hatten sie vereinbart, sich in der darauffolgenden Woche zum Mittagessen in einem Restaurant zu treffen.

Statt des von Jackie angebotenen Abendessens erhielt besagte Freundin am 22. Februar per Eilzustellung den ›Bill-und-Jackie-Brief‹ und las ihn mit wachsendem Entsetzen.

Zwei andere Freundinnen Jackies hatten immer geglaubt, Bill sei seiner Frau zärtlich zugetan. Eine von ihnen hatte sie noch sechs Tage vor ihrem Tod gesehen, und Jackies Äußerung: »Ich hätte gern einen attraktiveren Mann, aber weißt du, Bill ist so gut zu mir«, hatte sie etwas überrascht.

Es schien beinahe, als habe Jackie versucht, sich selbst zu überzeugen, daß ihre Entscheidung, ihr ganzes Leben Bill Brand zu widmen, richtig gewesen war.

Diese Freundin erreichte der Brief ebenfalls am 22. Februar »Bereits während ich ihn las, wußte ich instinktiv, daß Jackie tot war; ich rief sofort bei ihr an, das erste Mal um 18 Uhr 25. Ich habe mehrere Nachrichten auf Band hinterlassen, aber sie hat nicht zurückgerufen …«

Der 21. Februar 1985 war Bill Brands Stichtag gewesen. Er hatte Jackie erzählt, daß er nach Fairbanks müsse. Trotz seiner Zweifel, an jenem Tag tatsächlich nach Alaska zu fliegen, hatte er ein Ticket gekauft. Er war gegen alle Vernunft zuversichtlich gewesen, ein Geschäft abzuschließen, einen Vertrag zu verlängern, *irgend etwas,* damit Jackie nie erfuhr, daß sie finanziell am Ende waren. Wenn bis zum 21. nichts geschah, sollten sie beide sterben. So einfach war das für Bill Brand.

Nichts geschah. Brand war ruiniert. Er konnte nicht einmal mehr eine Mahlzeit auf Kreditkarte bezahlen. Jackie war völlig ahnungslos. Bill hatte die Lüge so lange aufrechterhalten, daß er an diesem letzten Tag ein scheinbar sorgloses Lächeln auf sein Gesicht zaubern konnte, damit sie nichts bemerkte. Er verschickte seine haßerfüllten Briefe, insgesamt etwa ein Dutzend.

Jetzt gab es kein Zurück mehr.

Am Donnerstag morgen zogen sich beide an. Jackie packte Bills Koffer, drückte ihre Zigarette aus, trank noch eine Tasse Tee und ging Bill voran den Flur hinunter, um ihn zum SeaTac Airport zu fahren.

Bill hob die Waffe. Er schoß. Jackie wirbelte herum, Schmerz und Schock verzerrten ihr Gesicht, und einen verrückten Moment lang glaubte Bill, sie leide wieder an ihren periodisch auftretenden Kopfschmerzen. Ja, sie mußte einen ihrer Migräneanfälle haben. Er feuerte noch einmal.

Und Jackie starb. Sie erfuhr nie, daß Bill kein Geld mehr hatte. Mochte er in so vielen Dingen gescheitert sein, bei diesem einen tragischen Bestreben, diesem sinnlosen, unnötigen Akt der Grausamkeit, hatte Bill Brand Erfolg.

Seine Nachricht an seinen Nachlaßverwalter war eindeutig. Er schrieb, daß er Jackie seit dem 1. November 1975 finanziell unterstützt habe.

> Sämtliche Einrichtungsgegenstände in der Wohnung wurden mit Brand-Geld bezahlt. Dazu gehören auch die Maytag-Waschmaschine und der Trockner sowie der Tiefkühlschrank Marke Sears … Außerdem habe ich eine Unigard-Police mit in die

> Ehe gebracht ... Zum Zeitpunkt unserer Heirat habe ich meine Frau als Begünstigte eingesetzt, jedoch am 12. Dezember von der Möglichkeit Gebrauch gemacht, den Begünstigten zu ändern ...
> Sie müssen wissen ... daß meine Frau die Jessup-Kinder nie adoptiert hat, was jedwede Ansprüche ihrerseits auf Gegenstände aus ihrem Nachlaß entsprechend schmälern dürfte ...

Bill hatte Jackies Stiefkinder nie akzeptiert. Er betrachtete auch sie als Störenfriede und wollte sichergehen, daß sie leer ausgingen. Er wollte, daß seine Leiche eingeäschert und die Asche an Verwandte geschickt wurde. Über Jackies sterbliche Überreste sollten ihre Eltern verfügen, – mehr hatte Bill Brand ihnen nicht zugestanden.

Aber John Hansen faßte den Entschluß, der Familie des Opfers die paar goldenen Schmuckstücke zukommen zu lassen, die ihm der Leichenbeschauer abgenommen hatte. Das würde alles sein, was ihnen von ihr blieb – das und der niederträchtige Brief von Bill.

Es war vorbei.

Aber natürlich war es das nicht. Bill Brand hatte den Mut aufgebracht, die Frau zu töten, von der er behauptet hatte, sie mehr zu lieben als das Leben, aber er war zu feige gewesen, seinem eigenen ein Ende zu machen.

Auf Veranlassung seines Verteidigers John Henry Browne sollte ein Psychiater feststellen, ob Bill für seine Tat am 21. Februar 1985 in vollem Umfang verantwortlich gemacht werden konnte.

Die Diagnose lautete, daß Brand an einer ausgeprägten klinischen Depression leide und seine Reaktionen auf eine narzißtische Persönlichkeitsstörung hinwiesen. Ersteres war in Anbetracht der Umstände noch verständlich, letzteres hingegen eine Charaktereigenschaft, die Brand vermutlich sein ganzes Leben begleitet hatte. Der Narzißt stellt immer sich selbst in den Mittelpunkt. Er ist nicht verrückt, weder im rechtlichen noch im medizinischen Sinne; er ist einfach unfähig, sich in andere hineinzuversetzen. Er erwartet von anderen eine Sonderbehandlung und betrachtet die Menschen in seinem Umfeld als seine Untergebenen – die nach seiner Pfeife zu tanzen haben. Jackies Aufgabe bestand darin, Bill zu bewundern und ihn bedingungslos zu unterstützen. Wie alle Narzißten hat Bill sie abwechselnd idealisiert und entwürdigt.

Jackie vermittelte Bill ein Gefühl von Ganzheit. Sie war sein Eigentum, und er durfte nicht zulassen, daß sie erfuhr, daß er ein Versager war. ›Unbewußt‹, schrieb der Gutachter, ›ist das Bedürfnis, sie zu töten, jenem entsprungen, sich vor ihrer Kritik, vor ihrem vernichtenden Urteil zu schützen. Bills Leben … war beherrscht von Jackies Aufmerksamkeit, ihrer Anerkennung, die seine größte – wenn nicht sogar einzige – emotionale Stütze darstellte.‹

Niemand würde je behaupten, Jackie hätte nicht ihr Bestes getan, Bill Brand glücklich zu machen. Sie zog sich von allen zurück, um ausschließlich für ihn da zu sein. Aber das war nicht genug. Nichts hätte je genug sein können.

Bill Brand litt an einer tiefgreifenden Persönlichkeitsstörung und an Depressionen – aber er war nicht verrückt. Der Psychiater von der University of Washington School of Medicine, kam zu dem Schluß, daß sich Bill Brand seiner Tat sehr wohl bewußt und auch in der Lage gewesen sei, Gut und Böse zu unterscheiden. Er konnte demnach nicht auf Unzurechnungsfähigkeit plädieren.

Bill Brand wurde im Februar 1986 von Richter Jim Bates vom Obersten Gerichtshof der King County des Mordes zweiten Grades für schuldig befunden. Die Verkündung des Strafmaßes wurde verschoben, weil der Verteidiger John Henry Browne behauptete, die medizinische Untersuchung seines Mandanten habe eine gewisse Hirnschädigung ergeben. Diese Strategie wäre sechs oder acht Jahre später, als medizinische Experten die verheerenden Auswirkungen von Steroiden auf die körperliche und geistige Gesundheit von Männern nachwiesen, möglicherweise erfolgreich gewesen. Und Bill Brand hatte zur Behandlung seiner Impotenz Steroide genommen – außerdem Halcyon, um schlafen zu können. Der kumulative Effekt jenes Arzneimittelcocktails – ganz zu schweigen von seinem exzessiven Alkoholkonsum und den Medikamenten, die er sonst noch schluckte – kann seine Paranoia, Jackie zu verlieren, durchaus verstärkt haben.

Es wäre ein interessanter Prozeß geworden. Verbrecher, die zur Tatzeit unter Drogen- oder Alkoholeinfluß stehen, bleiben in der Regel nicht ungestraft. Auf ›verminderte Schuldfähigkeit‹ zu plädieren bringt gewöhnlich nichts, weil der Angeklagte sein Unvermögen selbst und aus freien Stücken herbeigeführt hat. Wäre eine Jury in Anbetracht der neuen Erkenntnisse über Steroide von Brands Unzurechnungsfähigkeit zu überzeugen gewesen? Vielleicht. Aber sein besitzergreifender Einfluß auf Jackie reichte ein Vierteljahrhundert zurück, bis in eine Zeit, da er noch ein junger, dynamischer und potenter Mann gewesen war.

Im Spätsommer 1986 wurde Bill Brand zu dreizehn Jahren Haft verurteilt. Aufgrund seines schlechten Gesundheitszustandes und seiner abnehmenden geistigen Fähigkeiten, kam sein Fall vor ein Berufungsgericht; am 1. Oktober 1991 entließ man ihn. Er litt an einer chronischen Lungenkrankheit namens Emphysem.

Im Sommer 1993 wurde Bill Brand, inzwischen achtundsechzig, ins Veterans Administration Medical Center in Seattle eingewiesen, wo er am 16. Juli um 23 Uhr 10 starb. Sein Totenschein wies ihn als ›Witwer‹ aus, was durchaus seine Richtigkeit hatte, denn Jackie war seit acht Jahren tot.

Lange zuvor hatte sie ihm vorausgesagt, daß sie irgendwann doch noch zusammenkommen würden. Und das hatte sich auch bewahrheitet, nur daß ihre gemeinsame Zeit unerwartet kurz gewesen war.

›Irgendwo, irgendwann, irgendwie‹ war eingetroffen und vergangen.

ENDE

ein. Um Bill Brands Frau zu werden, hätte Jackie sofort jeden anderen Mann fallenlassen. »Er verkörperte alles, was sie an einem Mann bewunderte«, wußte eine Freundin zu berichten.

Jackie lehnte Dutzende von Einladungen ab, um ihr Versprechen zu halten, Bill treu zu sein.

Aber schließlich hatte sie zu viele Tage und zu viele lange Nächte allein verbracht. Vielleicht wollte sie Bill in Zugzwang bringen – vielleicht auch nicht. Wahrscheinlicher ist, daß Jackie letztendlich einsah, daß sie es doch nicht über sich bringen würde, das Leben einer anderen Frau zu zerstören. Jackie lernte einen anderen Mann kennen, einen anständigen Mann, der frei war und mit ihr zusammensein konnte. Jud Jessup* war geschieden und hatte das Sorgerecht für seine zwei Kinder. Am schlimmsten aber war für Bill Brand, daß Jessup an der Ostküste lebte.

1967 war Jackie sechsundzwanzig, und sie beschloß, Jud zu heiraten und ihm bei der Erziehung seiner Kinder zu helfen. Bill Brand wollte diese Entscheidung einfach nicht akzeptieren. Er äußerte sich unglaublich niederträchtig über Jessup und seine Kinder. So sagte er beispielsweise, ihm sei unbegreiflich, warum Jackie ihn verlassen könne, um die ›verblödete Brut eines anderen‹ großzuziehen. Er legte sich die Dinge so zurecht, daß sie in seine ganz persönliche, verblendete Sicht der Dinge paßten. Er schien beinahe zu glauben, daß Jackie zu dieser Ehe gezwungen worden sei und er, Bill, vergeblich versucht habe, sie vor diesem Schicksal zu bewahren.

Bill Brand war ein Mann, der Tagebuch führte und Daten im Kalender anstrich; seine Gedanken schriftlich festzuhalten half ihm, sich an jene Dinge zu erinnern, die für ihn, sowohl geschäftlich wie auch privat, wichtig waren. Eines Tages sollte er einen sehr, sehr langen Brief an Jackie schreiben, in dem er viele Jahre seiner jahrelangen Gefühle für sie beieinander, und viele Pendler fliegen ständig zwischen den beiden Städten hin und her. Brand hatte häufig geschäftlich in Seattle zu tun, oder gab dies vor, um sich so oft wie möglich mit Jackie zu treffen. Er kochte vor Eifersucht angesichts ihrer anderen Verehrer.

Trotzdem kam ihm nicht in den Sinn, seine Frau und seine Kinder zu verlassen. Er bot Jackie nicht mehr als eine Affäre. Für den egozentrischen Mann hatte alles seine Richtigkeit. Jackie würde die meiste Zeit von ihrer Arbeit in Anspruch genommen sein und ihre Freizeit damit verbringen, auf Bill zu warten. Brand begriff einfach nicht, daß sie möglicherweise mehr vom Leben wollte; ihm gefiel der Gedanke, daß sie in Seattle in ihrer Wohnung saß und seinem Anruf entgegenfieberte.

Von Zeit zu Zeit machte er Jackie vage Versprechungen. Vielleicht konnten sie ja irgendwann tatsächlich heiraten, allerdings erst, wenn seine Kinder erwachsen waren. Er vermißte Jackie, wenn er nicht bei ihr sein konnte, aber er war ein vielbeschäftigter Mann.

Für Jackie war es nicht so einfach. Sie sah ihre Zwanziger verstreichen, ohne einen Mann, der ihr ganz allein gehörte, und der Gedanke, noch Jahre so weiterzuleben, erschreckte sie. Bill überhäufte sie mit Geschenken – aber Geschenke waren an einsamen Wochenenden nur ein magerer Trost.

Jackies Freunde erinnern sich an ihr ausgeprägtes Bedürfnis nach Sicherheit in emotionaler wie in finanzieller Hinsicht. Bill Brand konnte ihr weder das eine noch das andere bieten.

Mitte der sechziger Jahre liebte sie Bill Brand vermutlich aufrichtig. Wie jede andere Frau in dieser Situation klammerte sich Jackie an die Hoffnung, daß Bill sich eines Tages scheiden ließ, um sie zu heiraten. Mit vierzig war er sogar noch attraktiver als bei ihrer ersten Begegnung, und sein Erfolg in der Baubranche brachte ihm ein Vermögen